梦中，她和他雨中走道，在浓郁的花香与叮咚的风铃声中，敲响了一个陈旧的木门，开门的女孩扎着两股麻花辫子，眼睛都是像弯月，她眯着眼睛昂着头看着她，然后轻轻地笑了。
那一刻他觉得心不受控制地猛地一跳……
然后，女孩突然醒来，他久久地吻小年男孩光洁白皙的额头。
想来第一眼……
或许，可能……

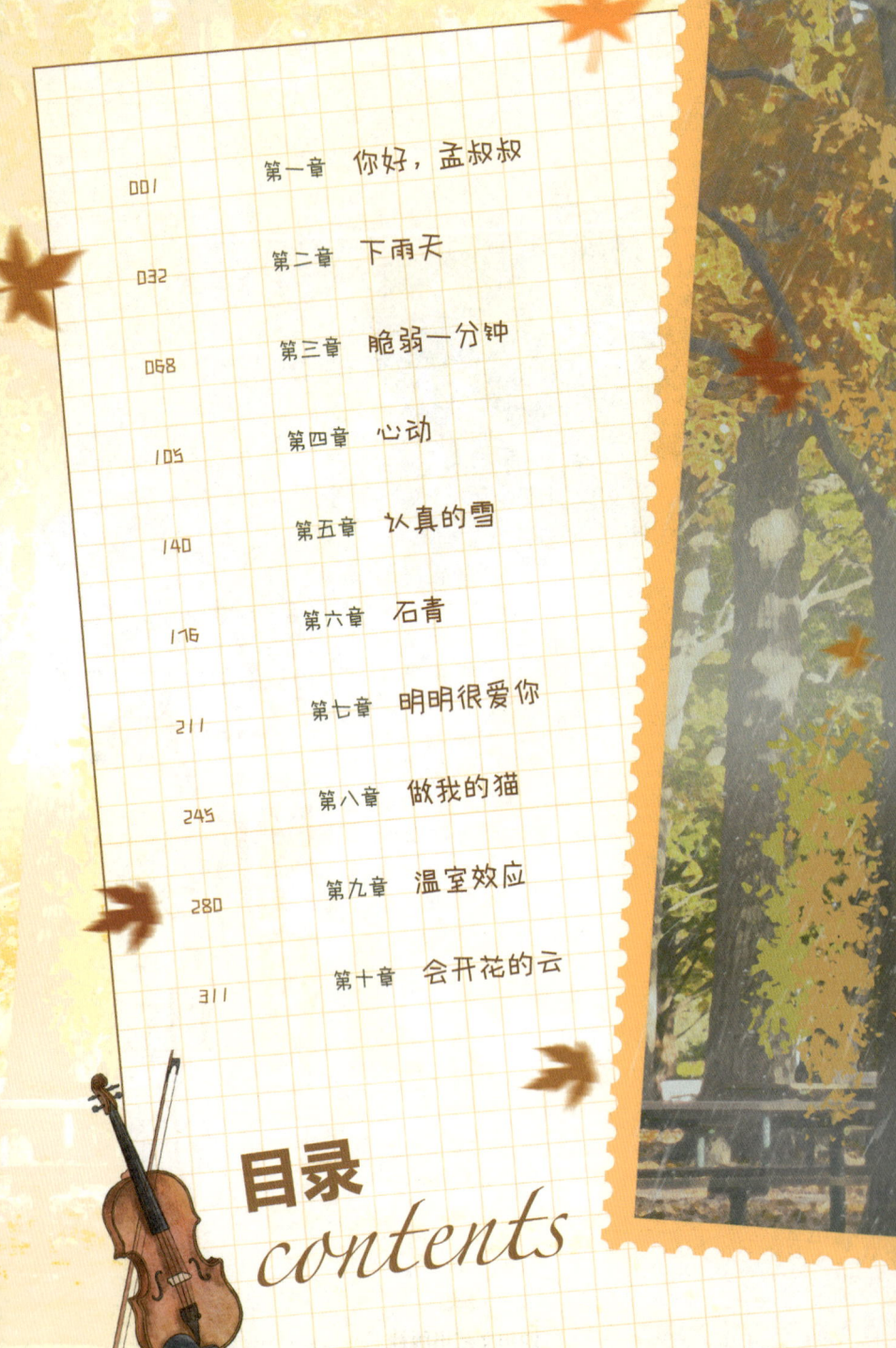

001　第一章　你好，孟叔叔

032　第二章　下雨天

068　第三章　脆弱一分钟

105　第四章　心动

140　第五章　认真的雪

176　第六章　石青

211　第七章　明明很爱你

245　第八章　做我的猫

280　第九章　温室效应

311　第十章　会开花的云

目录
contents

348	番外一 斯文败类
353	番外二 我爱你，永不止息
355	番外三 亿万斯年
358	番外四 意料之外
362	番外五 布拉格之日
367	番外六 谣是遥远的谣
369	番外七 蓝是多情的蓝
376	番外八 有生之年

那笑容，愉快舒心，像一阵风吹散他所有不安与焦虑似的吧，你冲他这一笑，天地间都透亮了。

第一章
你好，孟叔叔

九月末的西南，天气微冷多雨，杭瑞公路大堵车。

外面的天灰蒙蒙的，小雨淅淅沥沥地下着，公路上停满了车，在雨中静静地等着。

似乎是做好了堵下去的准备，司机连喇叭都懒得按。

一辆黑色商务车的司机突然开门下来，他披上雨衣走向前，敲开了一辆旅游大巴的门，在车下高声询问售票员前面的情况。

小雨渐渐变成了毛毛细雨，不过天依旧阴沉得厉害。远处连绵起伏的山脉在一片雾气中朦朦胧胧，让人觉得前路也缥缈不可寻一般，前进不得。

司机脱了雨衣坐回车上，回头看向后座的男人："老板，前面发生了连环车祸，估摸着这路一时半会儿通不了。"

孟斯年跷着腿靠在椅背上，看着远处层峦起伏的山，淡淡道："知道了。"

从中午到傍晚，前面的车子完全没有松动的迹象，后面的车子也多得看不到尽头。

他们已经到了进无可进、退无可退的地步。

司机嘀咕着："搞不好要封路。"

毛毛雨飘个没完没了，其他车子里的人开始冒雨出来散步。

附近镇上的人闻讯赶来售卖食物和水，安静了一下午的公路，在傍晚莫名开始热闹起来。

孟斯年终于坐不住，拿了烟和打火机开门下车。一阵凉风伴着冰凉的雨丝刮来，他点燃烟，弯腰将西装外套从车上拿了出来。

他再回身时，旁边的白色车子走下来一位踩着细高跟鞋的年轻女人。她盯着孟斯年看了许久，但孟斯年却没有因为女人的视线回以任何对视。

女人主动说话："先生，借个火。"

001

孟斯年瞥了她一眼，将手里的打火机递给她。她接过去却没动，上下打量他："我好像见过您？"

孟斯年穿上西装外套，也没看她，嘴里叼着烟，不甚清晰地说："是吗？"

"电影明星？"女人目不转睛地盯着他看。

孟斯年没再说话，抬头看向不远处——

湖泊彼岸，田野尽头，是一个看起来安静祥和的小镇。白墙绿瓦的建筑群错落有致地倚靠着山脚，北方很少见到这样的古镇。

孟斯年呼出一口烟雾，跟着贩卖商品的人一路下坡走向镇子。

经过一座桥，走到田间，小路因为雨水的浸润有些泥泞，孟斯年走上小镇石板路时，原本锃亮的皮鞋已经沾了很多让人烦躁的泥土。

他在路口第一家的门前稍停，又抬脚继续往镇子里走。

路过了敞着大门的几家住户，无视他们对他是否需要食物和水的高声询问，一路顺着青石板路向前走着，直到走到一处稍微大些的房屋前。

院落里传来似有若无的音乐声。

孟斯年停住脚步，站在墙外，低头点烟，细听那音乐声，确定是有人在拉小提琴，而且水平颇高。

这户人家的白色墙头上探出一簇簇不知名的花，繁茂，幽香。院落二楼飘着纱帘的窗边有麻绳编织的风铃在毛毛雨中飘荡，叮咚的风铃声和小提琴声意外地和谐。

待琴声停止后，他走上前，抬手，轻轻敲响大门。

孟斯年也说不清为什么镇上这么多房子，他非要敲响这一间。

后来，他很多次回想，也没有什么标准答案，或许花香太盛，又或许琴音悦耳，是一种说不清道不明的冲动……

来开门的是个女孩。

漆黑的长发编成两条辫子搭在肩头，额前头发越过眉峰自然垂落在那让人忽视不得的眼眸上方。

女孩从敞开的门后歪头看他，圆圆的瞳仁漆黑明亮，像跟这天地万物一起被蒙蒙细雨清洗过似的，干净得不得了。

她疑惑地看着门外英俊的男人，个子很高，穿着考究。他的发丝被雨水打湿了些，看起来价格不菲的西装的肩头也覆了一层细小的雨珠。

她仰头问："您找谁？"说话间，脸颊上的小酒窝若隐若现。

孟斯年心不在焉地想着自己已经多少年没见过这样清澈的眼睛了，听到女孩说话，他将嘴里的烟头抽出捏在指间，不自觉地柔软了声音："路过，想借一下洗手间，可以吗？"

女孩还没说话，屋里就传来询问的声音："是谁呀？"

"爷爷，是一个想借洗手间的叔叔。"女孩边说着边上下打量孟斯年。

孟斯年将手里的烟扔进门边的垃圾桶里，听到她的话，挑了挑眉。

叔叔？

见女孩眼神防备，没有要让他进去的意思，他没计较称呼，坦荡地询问："需要我出示身份证吗？"

女孩点头："好。"

她这公事公办毫不客气的样子，倒是让孟斯年愣了一下。

太久没遇到这么直来直去的人了，他笑了下，正准备拿证件，一位白发老人从院子尽头的屋内走出，看起来年逾古稀，腿脚却挺麻利。

他冲孟斯年说道："进来吧年轻人。"

老人发话后，女孩打开了门，礼貌道："叔叔请进。"

孟斯年顿了一下，看向女孩，见她神色自若，想纠正她称呼的话转为了道谢，随即踏过门槛跟她走进院中。

院内和他预想的差不多，古色古香的院子里有一棵不知品种的大树立在南侧的墙边，丛丛绿叶中红花鲜艳怒放，树下堆放着各种精心修剪的花花草草，花盆和市面上卖的不太一样，造型精致，图案稀有，配色和工艺都很上乘。

石板路通往房屋门庭，石板上雕刻的花纹，或许该叫图腾，和旁边那些瓶瓶罐罐上的图案风格一致，孟斯年不免多打量了一番。

走在前面的女孩微微侧头，对他说："别踩到我的小草啦。"

石板路边种了两排高个子大脑袋的绿植，是孟斯年从未见过的品种，他便纳闷：这都是什么稀奇玩意儿。

他看向前面的女孩，她穿了条正红色连衣裙，没什么花色，裙摆随着她的步伐摇曳生姿，在小腿处划出优美的弧线，这个红穿在她身上不俗不艳，还衬得她肌肤雪白，唇色鲜艳，配上乌黑长发，整个人显得青春明媚。

西南山脚下的小镇，品味非凡的小院中，住着一位像是民国江南时期的水灵灵的女孩。

若不是来的时候见到有人手里拿着方便面和矿泉水，他会怀疑自己是否是穿越了，或许他无意中来到了五柳先生的桃花源也说不定。

女孩走上木板台阶，带他进了主屋，老人和他的孙女一样，说不上热情，但是很礼貌："堵路上的吧？洗手间在那边。"

女孩顺势指向一楼的一处洗手间："您慢用。"说完脚步轻盈地上了二楼。

或许是在这个悠闲宁静的小镇住久了,这祖孙二人浑身都透着一种不急不躁、淡然通透的感觉,让孟斯年本有些烦躁的心也跟着平静下来。

孟斯年从洗手间出来时,偌大的客厅里,老人坐在实木长椅上,手里拿着紫砂壶沏茶,见他出来,指了指桌子:"纸巾。"

他道了谢:"老先生,这是哪里?"

"曲桑。"

孟斯年边擦手边观察着这座十分讲究的房子,墙上的山水画、老人手里的茶杯,以及其他用具摆设都在说明这家人非凡的品位。

老人给他倒了杯茶,示意他坐:"喝点热茶,外面不知道还要堵到什么时候。"

他怎么看都不像是镇上的人,老人稍加猜测就知道他是堵在路上的人。

孟斯年坐到老人对面的椅子上,接过茶,抿了一口:"南糯白毫。"

老人一笑,还没说话,楼上就传来在木板上跑动的"咚咚"声,同时伴有若有似无的歌声,清浅的哼唱,悠扬婉转,和那小提琴曲一样,都是孟斯年从未听过的曲子。

"小丫头淘气,总是闲不住,"老人说着,见他发丝湿漉漉的,冲楼上说道,"格格,给这位先生拿条毛巾来。"

格格?

很有意思的名字。

孟斯年低头喝茶,胡乱地想着,或许他真的来到了另一个时空,遇到了古时的格格。

很快,女孩走下楼来,手里拿着一条米白色毛巾,另一只手上握着手机,白色的耳机线一路向上直至隐没在女孩两条辫子下的耳朵里。

孟斯年接过毛巾,视线从女孩白皙手指下的手机上移开,心想:哦,现代。

女孩没看他,递完毛巾后重新塞了下耳机,转身又上楼了。

毛巾是新的,摸起来非常软绵,上面不知是什么味道,可能是桂花或者桃花,但孟斯年对这些植物没什么研究,现在却有些好奇了:这个和女孩身上味道一样的香气,是哪种植物散发的。

两人闲聊了几句,一盏茶后,孟斯年的头发和肩膀都已不那么潮湿,他将毛巾叠好放到茶案旁边,刚要说话,大门再次被敲响,老人看了下墙上的钟表,起身道:"我去工作室招待一下顾客,你先坐着休息,不用客气,等路通了再回去也没事。"

孟斯年起身致谢，猜测到老人说的顾客应该是来买院子里那些艺术品的。老人没有逐客，祖孙俩对他没有太大的防备心，待人大方，自然随意，或许是小镇淳朴，又或许经常有外人来，总之，这让他感觉很舒服。

目送老人离开，孟斯年走到木质楼梯下，看了眼墙上贴的苏氏家训，琢磨着这女孩是叫苏格还是苏格格？最终，在若有似无的音乐声中，他唤了一声："格格。"

不一会儿，女孩从扶手后出现，居高临下地低头看他。

她不知何时已经打散了辫子，微卷的发丝从一侧垂了下来，不远处的吊灯的灯光映照在女孩的双眸中，一闪一闪的，星星般明亮。

"叔叔，你叫我了？"她的问话中带着一丝疑惑与惊讶。

"你是叫……苏格格？"

"苏格，怎么了叔叔？"苏格一双黑眼珠机灵地转着，估计在想他要干吗。

"这里到沙溪远吗？"孟斯年直接忽略女孩的那句"叔叔"。

"开车一个多小时。"她说。

"我的车在路上堵着，还有什么方法去沙溪吗？"

苏格眼睛一亮，看了眼挂钟上的时间，眼珠一转："镇中心有大巴，我送你过去。"

她蹦蹦跳跳地从楼上下来，在门边五斗柜的抽屉里翻找着什么。

见她一改常态，如此热情起来，孟斯年疑惑地问："你在找什么？"

"车钥匙，"苏格边翻边说，"不是要送你去车站吗？"

孟斯年上下打量她一番："自行车？"

苏格甩给他一个无语的眼神："自行车我也带不动你啊，当然是小汽车。"

孟斯年挑眉："你会开？"

"会啊。"

"你有驾照？"

"有啊。"

"你成年了吗？"

苏格这次没回答，从五斗柜里拿出了驾照，有些得意地在他面前晃了晃："因为成年了，所以有驾照，所以能开车，简单的逻辑问题。"

竟然被嘲笑了？孟斯年心想。

瞧这臭屁孩儿的样子，哪里像成年了，就是个挺酷的小姑娘。

苏格在院子里拦住送客回来的老人："爷爷，车钥匙在哪儿？那个叔叔要去镇中心坐大巴，我送他去。"

老人看看孟斯年，又看看苏格："你真是逮着机会就要开车，是不是车瘾犯了？镇中心又不远，还用得着开车去？"

孟斯年适时开口："既然不远，那我——"

他的话被苏格打断："他着急呗，末班车要赶不上了。"

苏格边说，边回头冲他做了个"闭嘴"的手势。

孟斯年见她凶巴巴地威胁人，挑眉轻笑一下。

可能是给孟斯年面子，苏格成功拿到了钥匙，但老人仍旧不放心地叮嘱着："不许开快车，不许超车，不许单手握方向盘，开门要看后方……"

见他还要讲下去，苏格摆摆手跑出院子："遵命。"

孟斯年见到将要乘坐的黄色 smart 两座车时，才明白她说的小汽车，重点的确在"小"。

苏格系好安全带，指了指外面高处的监控："看到没？"

孟斯年不明所以。

她说："摄像头，到处都是。"

孟斯年调整了下坐姿："所以？"

苏格降下车窗，示意孟斯年探头出去："跟摄像头打个招呼。"

孟斯年失笑："现在才知道害怕是不是晚了？"

苏格没接他的话茬，拿出手机对着孟斯年拍了张照片，发到了好友的微信上，配文——

> 今晚如果我失踪、昏迷、受伤、遇害或者被劫财劫色之类的，就是这人干的。

发完，苏格将手机屏幕凑到孟斯年眼前给他看。

孟斯年看了眼微信名："孤独富婆？"

苏格示意他向下看："让你看内容。"

孟斯年的视线从手机上收回，慢悠悠地打量苏格："劫财？劫色？"

苏格收起手机："您可真会看重点。"

孟斯年揉揉额头："不是说很近吗？这点路我还能怎么着你。"

苏格冲他狡黠一笑，颊边酒窝深深："谁说很近？"

孟斯年疑惑地看她，苏格发动车子，解释道："去沙溪的末班车早走了，所以我只能勉为其难地亲自开车送你过去了。"

孟斯年看着她带着笑意的脸："还真够勉为其难的。"

说着，她开出小路，拐上一条宽阔大路："不问问我怎么收费吗？万一到地方敲你竹杠怎么办？"

孟斯年不甚在意："你帮了我一个大忙，想敲就敲。"

苏格"咯咯"笑了几声，扭头看了他一眼："叔叔看着面熟，您是明星吗？明星出门不都穿便装吗？赶着结婚的新郎都没您穿得正式。"

孟斯年觉得自己要收回之前那个想法，这小姑娘也不是很酷，还挺八卦。

这是今天第二次被人说面熟了，他从不知道自己竟然红到了偏远的西南小镇。

"赶着去上坟。"

苏格白皙的脸颊在蓬松的黑发的衬托下显得更小，漆黑的眼睛此时满是疑惑。

孟斯年并未开玩笑，破天荒地耐心解释："一个朋友的忌日，所以今天必须到沙溪。"

苏格知分寸，不再多问："好。"

车子在夜幕降临前驶出小镇。

行驶了大概二十分钟，等红灯时，苏格不忘给她爷爷打了个电话："爷爷我送完那个叔叔了，陈水谣喊我去她家玩，我晚点回去哦。"

老人不疑有他，苏格挂断了电话，对孟斯年解释："我不是骗人哦，我是怕他担心，毕竟我们孤男寡——"

"儿童。"孟斯年打断她。

孤男寡儿童？

苏格嘟嘟嘴，不跟他掰扯，看了下导航说："高速堵得跟丧尸围城似的，我们得走小路，可能有点颠簸，您这养尊处优的身子骨行吗？"

苏格说完，上下扫了眼孟斯年，他皮肤白皙，长相精致，气质优雅，举止斯文，一看就没体验过什么民间疾苦。

"你只管开。"

拥挤狭小的车厢内温度渐渐升高，外面还在下着毛毛细雨，孟斯年没法开窗，便伸手将西装外套脱了下来。

可能觉得太安静，苏格伸手点开了车载音乐。

音乐中，孟斯年靠在椅背上，透过朦胧的灯光看向苏格，这种天气，又是夜晚，这小女孩竟敢一个人送他去另一个城市，说她鲁莽吧，来时还知道威胁人，说她没防备心吧，又这么胆大包天。

孟斯年只能将她归结为现代人里少见有江湖气的女孩，想到这儿，他突然开口："格格。"

苏格淡淡应了一声:"嗯?"

"谢谢你,车费你适当敲一敲。"

苏格笑了一声。

"不适当也行。"孟斯年补充道。

"不用,"苏格的声音在音乐声中更显悦耳,"刚拿驾照,我就当练车了,我爷爷老不放心,都不让我摸车,不开手都生了,叔叔您说是不是?"

孟斯年解衬衫袖扣的手指一顿,半晌才道:"格格小姐,我觉得我需要提醒你一下,作为一个不熟练的新手,这个车速,有点过分了。"

"还好,我还能快。"苏格慢悠悠地回答完,踩了一下油门。

"我的命非常值钱,这么说,你会收敛点吗?"

孟斯年想,这小孩不仅会耍酷,胆儿也挺肥。

苏格更加确定自己的猜测:"确实有听说你们明星手啊、脚啊、脸的都会买保险。"

"我不是明星。"孟斯年说。

"不是吗?我还以为是哪个十八线小明星。"

"我?十八线?"孟斯年以为自己幻听了。

苏格理所当然地点了下头:"对啊,因为十七线内的我都认识。"

孟斯年:"……"

也没毛病。

"我确定在哪里见过您,还有您这张脸。"苏格瞥他一眼,其实她想说,她确定见过他这张让人记忆犹新的帅脸,但这位叔叔高高在上的气质让她并不想夸他。

"说不定我比明星还厉害呢?"孟斯年不是个喜欢与陌生人交谈的人,也不喜欢和别人谈论自己,所以他曾经推掉过几十场访谈邀请。但在这个小女孩面前,他却毫无防备,愿意多聊几句。

"那您可真厉害。"苏格随口接话道。

孟斯年挑眉,一时间摸不准这女孩是不是又在阴阳怪气。

两人再次沉默起来。

雨渐渐停止,暮色随之降下来,昏暗的天色下,山脉在远处起伏,影影绰绰,悠远绵长。本就人少的小路越发安静,再走上一会儿便见不到人了。

车内的温度很舒适,流淌在车厢里的音乐优美舒缓,旁边的女孩安静认真地开着车。这种感觉,让人觉得……舒服!

孟斯年伸了一下腿,发现伸不开,心里给这份"舒服"打了个折扣。

"那什么……"苏格突然开口,"叔叔……"

"我姓孟。"

孟斯年的那句"你可以叫我孟先生"还没说出来,只听苏格紧接着叫了声:"孟叔叔。"

"……"

孟斯年扭头看她,半晌,决定不和她计较,问道:"怎么了?"

苏格小声说:"您看外面。"

外面漆黑一片,别说路灯了,阴雨天,连颗星星都没有,细看下才能模糊看到路边一闪而过的婆娑树影。

他扭头问:"外面怎么了?"

"会不会有鬼呀?"苏格问得越发小声。

孟斯年低声笑了笑,然后说:"有吧。"

苏格微愣,随即皱紧了眉头瞪他一眼。

她是想从他那里得到些许安慰,要个否定答案壮壮胆,谁知这人看起来正经,其实挺坏的。

看她气呼呼的,孟斯年安慰了一下:"不会让你有事,毕竟你出点什么事都得赖到我身上。"

苏格点头:"明白就好。"

孟斯年:"……"

中途,孟斯年给司机打了个电话交代情况,挂断电话时,他们已经上了大路。相较于前面的山间小路,这里可以说是"灯火通明"了。

苏格的心情好起来,跟着循环的音乐声轻轻哼着。

孟斯年觉得,这样糟糕的雨夜竟然也不是那么让人讨厌了,似乎还多了一丝温馨惬意。

他听着苏格悦耳的哼唱,察觉到她乐感很好,或许是惬意过头了,也可能是苏格这不认生的性子让他过于自在,职业病一犯,他顺口道:"好好唱,我听一下。"

苏格停住哼唱,皱眉:"不好意思,不卖艺。"

孟斯年也顿觉唐突,胳膊抵在车门,手指揉了揉太阳穴:"抱歉。"

苏格也没介意,直接说:"您这命令式的口吻,得改改。"

他平时对下属这么说话习惯了,这确实也是最有效的沟通方式,没人提出过异议,没想到被一个小孩教做人了。

孟斯年沉默了一下,竟然感觉不算差。

到沙溪时，正是这里热闹的时候，穿过闹市区，苏格按照导航将孟斯年送到一家客栈门口。

沙溪古镇的旅游业近两年火得一塌糊涂，只要有房产，稍微装修一下，开家古风客栈就是稳赚不赔的买卖。

孟斯年拿着西装外套下车："要跟我下来吗？"

"去洗手间。"苏格跳下车，跺了跺脚，跑到后备厢拿了件针织外套披上。

沙溪像是没下过雨的样子，但凉爽到甚至有些冻人的气温倒是与曲桑没什么不同。

苏格拢着衣服跟孟斯年进了客栈，他们来的这家客栈一楼是个小酒馆，歌手拿着吉他在哼唱，一些喝酒的客人正三三两两低声交谈。

苏格跟着孟斯年走到前台，前台的小哥头也不抬地说着"欢迎光临，住宿还是喝酒"，还没问完，对方看清来人便愣住了。

"孟先生？"前台小哥惊讶地看着面前的人，来人本就个高腿长，站姿还异常挺拔笔直，一件简单的白衬衫显得他气质清爽干净，西装外套搭在手臂上，是他一贯的装扮。

惊讶过后，小哥忙低头看了一眼手表："我以为您今天不会来了。"

"堵车，"孟斯年说着朝四周看一眼，"走得开吗？"

"能。"小哥拿毛巾擦了擦手，喊了个人过来顶替他。

二人没多说什么，心照不宣地知道他们接下来要去哪儿。

孟斯年走之前像是突然想起身后的人，回头看向苏格："洗手间在二楼。"

"哦。"苏格转身朝楼梯走去，走了两步又回头问，"孟叔叔，您今天还回去吗？"

孟斯年问："你自己敢回去吗？"

苏格咬牙道："您说呢？！"

"先住在这里明天再回去呢？就说在你朋友那儿打了一宿……扑克？"

"那倒也不是不可以，明天回去也就是被爷爷打断腿之类的……"苏格扶着楼梯扶手，一本正经地说着。

孟斯年勾了勾嘴角，几不可闻地笑了一下："我尽量一个小时内回来，和你一起回去。"

客栈前台小哥开了辆越野车，上山前，他问："孟先生都有这么大的侄女了？您好像比我哥还小上几岁吧。"

孟斯年系好安全带："路上捡的小孩，听她瞎叫。"

小哥笑了笑，随口又问："我店里那个歌手怎么样？签给你？"

孟斯年挑了挑眉："差点火候，不要。"

"要求还是这么高。"

两人聊着很快就到了墓地,拜祭完逝者后再回到客栈,前后不过一个小时。

孟斯年在一楼没找到苏格,和小哥打了招呼后回到停在门口的车旁,发现苏格靠坐在副驾座椅上睡着了。

座椅不能完全放平,她侧着身不太舒服地蜷着,穿着针织长衫,怀里抱着手机,睡得沉沉的。

客栈的灯光顺着车窗照射进去,女孩长长的睫毛在脸上打下一小片阴影,那双漆黑又明亮的眸子隐藏起来,没了之前的漫不经心,安安静静的样子让孟斯年想起小时候外婆家养的那只猫,整日懒懒散散地蜷缩成一小团找角落睡觉,很乖。

他敲了敲车窗,女孩很快惊醒:"您回来了?"

她打开门锁,孟斯年直接坐进驾驶座:"为了你的腿,我准备给你当一次司机。"

"那我还怎么练车?"虽然苏格还没完全清醒,但已经下意识攥紧了车钥匙。

"高速不堵了,很快就能到,你实习期能上高速吗?"孟斯年慢条斯理地问道。

苏格看时间不早了,怕她爷爷直接去黑豆家逮她,便双手奉上了钥匙。

高速一路畅通,孟斯年甚至抽空去服务区给苏格的车子加满了油。

到苏格家门口时比预计的还早了些,她裹着外套走下车,见到自家大门一侧停了一辆黑色商务车,微愣后,她回头看看自个儿的 smart,好像站在姚明身边的武大郎……

很快,商务车上下来一个人,他将臂弯上的大衣递给孟斯年,孟斯年见苏格一副困倦的样子,接过大衣顺势从口袋里拿出一张名片塞到她手中:"我的名片。"

他也不知道为什么要给她名片,毕竟两人看起来也没有联系的必要。

苏格倒是没介意,自然地"哦"了一声,将名片放进衣服口袋里,然后伸手到他面前,勾了勾手指:"再给我一张,有笔吗?"

司机递笔给她,她在名片上行云流水地画了几笔,再把笔和名片一起交给孟斯年:"我的名片。"

孟斯年拿起来,就着她家大门前昏暗的灯光看了一眼,看到自己名字旁边两个歪歪扭扭又十分潇洒的字——苏格。

名片上的电话号码被划掉,换成了她的。

看着她的名字,孟斯年脑中突然闪出一个单词——Sugar?

她长得是挺甜的,就是个性跩了点,和长相不符。

苏格冲他摆了摆手,边开门边说:"以后用车找我。"

说完,便开门进去,紧接着咣当一声关上了门,没有丝毫留恋。

孟斯年看着严丝合缝关起的门,挑了下眉,随即示意司机上车,可车门刚打开,苏格家的大门又重新打开,只见苏格拿了个工艺品罐子出来:"油加多了,不占你便宜,补你个罐子吧。"

孟斯年哑然失笑,接过来细细看了下:"这个罐子怎么用?"

苏格耸了下肩:"随意,装米、装面、装垃圾都行。"

孟斯年把罐子递给司机:"这么精致的东西可不适合当垃圾桶,我会放保险柜里。"

苏格笑笑,觉得这人还挺会说话。

孟斯年接着说:"别忘了删了我的照片,告诉你那个叫'孤独富婆'的朋友,不能乱发。"

"我会删的,不过我们发您照片干吗?"

孟斯年一本正经地说:"不发最好,因为发我照片容易上热搜。"

苏格干笑两声:"你们上了年纪的人也挺会玩梗的。"

司机偷偷看了眼孟斯年,觉得他老板似乎和"上了年纪"这四个字毫无关系,提起他,他们通常会用"年少有为"这四个字。

孟斯年瞥她一眼,没说什么,转身准备上车离开,扭头看到苏格的车时,似想起什么,随口问道:"格格,你车里放的小提琴曲叫什么?"

苏格此时已走进了院子,听到他的问话,从门缝里露出小脑袋,歪着头回答:"没名字。"

孟斯年挑了挑眉看她,觉得敷衍人也不带这么敷衍的。

苏格又开始困了,打了个哈欠,嘟囔着说:"自写自弹的,还没取名字。"

听到这句话的瞬间,惊讶的神色从孟斯年的脸上一闪而逝,他不可思议地看着苏格,随即将手中的大衣又交给身后的司机,大步走到门口,伸手道:"来,格格,我们谈谈。"

凉风徐徐,小镇静谧得没有一点声音,苏家大门上的灯泡边上绕着几只飞虫,飞虫不厌其烦地围着光转圈圈。

苏格坐在商务车宽敞的后座上,看了一眼站在车下的人,又看了一眼手表。

时至半夜,这人竟然把进了家门的她又拉出来,把她拉出来他也不说话,拿着她的手机听着音乐,还没完了。

"那个,孟——"

她还没说完话,孟斯年就轻轻地对她做了个"嘘"的手势,他的手指细长,竖立在唇中,指尖后高挺的鼻梁上方,那一双温柔的眸子中正映着她的样子。

苏格低头哦了一声,继续无聊地坐着。

过了约莫五分钟,孟斯年将手机还给她。看她的神色,有种说不上来的微妙。

苏格捂着嘴又打了个哈欠,孟斯年心想这年轻人作息还挺健康,见她迷迷糊糊的样子,便直入主题:"这首曲子卖给我怎样?"

苏格挑眉看回去,因为打哈欠而变得水润的眼睛慢慢睁大了些,细细地打量他。

孟斯年从大衣口袋里拿出一盒烟,抽出一支烟后才想起来自己的打火机给了在高速上搭讪的那个女人。他磕了磕烟盒,抬眸看她:"开个价?"

"什么?"苏格一时间没反应过来。

"曲子怎么卖?"他问。

"啊?您买它干吗?"苏格满脸疑惑。

"一首好听的曲子能干的事可多了。"孟斯年不准备给她一一列举。

苏格稍一思考,懂了些许,十八线小明星总要往十七线努力,发个歌说不定就成功了,于是她问:"市场价多少?"

孟斯年将烟叼进嘴里,回头向司机借打火机:"能入我眼的,词曲一起六万,再优质些的八万,行业大佬的另算。"

司机摇了摇头:"老板我戒烟了,我去车里拿点烟器。"

"这曲子算优质的吗?"苏格又问。

孟斯年叼着烟,没直接说,只说:"我挺喜欢——"

还没说完,苏格直截了当地打断:"那就是优质,您出多少?"

谈生意的事孟斯年不在行,也不懂讲价,但跟她也不需要压价,不然像坑小孩似的,所以主动权还是给她:"你要多少?"

苏格跳下车,从衣服口袋里掏出一个打火机,在他面前晃了晃:"没词,只一首曲子,八万,成交,附赠打火机一个。"

孟斯年:"……"

这就单方面成交了?

他接过打火机低头点烟,并没反驳,如此痛快的反应又让苏格有些犹疑:"您不会是骗子吧?"

孟斯年吐了口烟,笑了下:"骗你什么?为了骗你先给你打八万块钱?"

"可能是什么新型诈骗呗。"

"你下载个反诈软件,等我打电话给你看有没有提醒。"孟斯年认真地给她出主意。

苏格大眼珠转了又转,随即叹了口气:"行吧,赌一把。"

孟斯年见她表情凝重,视死如归,不禁被逗笑。

苏格歪头看他,透过他吐出的烟雾想看清他的神色:"是不是成交了?"

孟斯年没说话,若有所思地看着她。

苏格皱眉,心想,这姓孟的看着挺有钱的,怎么这么抠门,便问道:"想什么呢?"

"在想给你这么多钱你会不会学坏。"他说。

苏格撇撇嘴:"八万块钱我至于吗?买一架钢琴都不知道够不够。"

孟斯年失笑,就这一会儿工夫,怎么花都想好了?他好奇地问:"你会弹钢琴?"

"不会,想学着玩玩。"

苏格说完,院子里就传来她爷爷的声音:"格格打完扑克了?今天又输了几个脑瓜嘣啊?"

她应了一声,回头看着孟斯年,眼睛睁得大大的,闪闪发光。

孟斯年吐着烟雾:"成交了,进去吧。"

苏格勾唇一笑,对孟斯年比了个打电话的手势,开门走进院子里,随即传来她对她爷爷的说话声:"赢了呢。"

"赢了什么呀?"

"八万块。"

"吹牛吧你。"

孟斯年站在门口抽完烟才坐进车里,他把玩着手里的打火机,心想,奇妙的夜晚……奇妙的人。

苏格洗了个澡后困意全消,她吹干头发,钻进被窝和陈水谣打电话。

陈水谣与苏格年龄相仿,苏格十二岁跟她爸回曲桑时谁也不认识,也不适应这里的生活,陈水谣就天天来找她玩,两人很快成了无话不谈的好朋友。

苏格本以为陈水谣亲近自己是因为自己的人格魅力,后来才知道,她就是喜欢她爷爷这手艺,从小就想拜师学制陶。

陈水谣父母总说她,学习要这么上心也不至于考不上大学。

她高中毕业后没有和镇上小伙伴们一样去大城市打拼,一哭二闹三上吊的成功留在了家里,从那时候开始给苏爷爷打下手,一干就是三年。

她对外说是苏爷爷的学徒,其实苏爷爷特别传统,这手艺只传苏家人,而且传男不传女,陈水谣哪个条件都不符,不过这女孩特别轴,俗称"一根筋",还乐观,就觉得早晚会打动苏爷爷。

苏格说她爷爷这老封建,很难被打动,陈水谣就警告她不许这么说她师父。

闲聊了一会儿,苏格交代道:"别忘了我今天晚上一直在你家打扑克,明天你来我家时别说漏嘴了。"

陈水谣满口答应:"不过那人真的不是骗子吗?我刚在网上搜了一下,人家说网络歌曲词曲加一起才三五千。"

苏格愣了下,这么便宜?

她嘀咕道:"看着不像骗子呀。"

"长得帅就不像骗子吗?你们音乐学院不全是帅哥吗,你还没免疫?"

"这个人不止帅呀,很有气质,"苏格沉吟一下,"就……很高贵。"

苏格说完,两个女孩一起哈哈大笑起来,都被这形容肉麻到了。

陈水谣突然止住笑,一拍大腿:"我知道了,有气质,很高贵,这不是艺术家嘛。"

"什么艺术家?"

"同行呀,陶艺师呗,想从你这曲线救国,先给你钱,后面再在合同上做点手脚让你还不起,然后苏爷爷为了救你逼不得已把苏家祖传手艺教出去。"陈水谣说得信誓旦旦。

苏格都听笑了,陈水谣见她态度不端正,急道:"你别不信呀,你想想以前那些来你家拜师的疯狂之徒,骚操作是不是很多?"

苏格认真思考了一下:"那我再观察观察。"

第二天一早陈水谣就冲到苏格家,两人窝在沙发上窸窸窣窣地讨论着昨天那气质高贵的孟先生到底什么目的。

苏格拿出孟斯年的照片,两人的脑袋凑一起研究半天,陈水谣一拍大腿:"我刷剧这么多年,就没见过他,什么十八线小明星,肯定是仗着有点姿色出来行骗的骗子。"

苏格失笑:"你这算不算空口鉴诈骗?"

陈水谣语重心长:"我爸说社会复杂,人心险恶,得'小心驶得万年船'。"

"那你爸跟你说过'挡人财路如断人手足'吗?"

"没有。"

苏格:"……"

"孤独富婆"穗穗发来视频请求时,苏格正在和陈水谣你一言我一语地斗着嘴。

穗穗是苏格学校宿舍的室友,名叫周穗心。她是真富婆,国庆假期跟家人跑去埃及看金字塔,回国后下了飞机就立刻打电话给苏格。

穗穗边走边说:"苏格你怎么认识孟斯年的?他为什么要害你?那照片你合成的吧?"

苏格听得云里雾里:"什么孟斯年?什么照片?"

机场太吵,穗穗扯大嗓门:"你昨天发我的照片啊,我刚看到,那人是孟斯年啊。"

苏格大脑死机了几秒:"孟……"

对面接着说:"天才少年钢琴家,国人之光孟斯年!"

苏格终于反应过来:"你说他是孟斯年?"

曾经享誉国际的少年钢琴家孟斯年在她刚上小学时就退圈了,十多年没怎么出现过,印象中应该是个中年人了,但这孟叔叔怎么看都不太像……

苏格猛地想起昨天被她随手扔在兜里的名片,她冲院子方向喊道:"爷爷,我昨天穿的那件针织衫呢?"

"洗了,在绳上晾着。"

陈水谣追着苏格问:"谁是孟斯年?"

苏格扫了一眼,跑到门庭处,从那件针织衫的衣兜里掏出一个皱巴巴的纸团,摊开一看,最上面写着一行小字——千棠国际音乐。

再下面是"总裁"两个字,中间是他的名字,昨天灯光昏暗她没细看,现在,在初晨明亮的阳光下,她看得一清二楚——孟斯年。

孟子的孟,亿万斯年的斯年,一个字都没错。

苏格父亲还在世时,经常对因为贪玩不想练小提琴的她说:"等你到十七八岁时,能有孟斯年一半的成就,我此生就无憾了。"

她今年刚好十八岁,还是音乐学院里的一个小透明,或者说是特立独行的小透明。

她的老师对她寄予厚望,希望她在小提琴上有所突破,她却心浮气躁,沉不下心,今天研究吉他,明天鼓捣架子鼓,最近又准备学一学钢琴。

身后陈水谣还在追问孟斯年到底是谁,苏格点了点她的脑袋:"孟斯年是大佬，音乐圈大佬。"

陈水谣后知后觉："就那帅哥？看着很年轻啊。"

苏格想了想："是不是他们这些圈里人都很会砸钱保养？"

"所以这大佬到底干吗的？"

"你耳熟能详的那些歌星，华灵、陆雪松、庄千帆都是他公司的。"苏格晃了晃手里的名片。

"那他是经纪人？"

"他们老板。"

"啊！"陈水谣震惊地瞪大眼睛，半晌，反应过来，拿出手机开始搜索。

孟斯年再联系苏格已经是几天后了，那时候苏格刚坐上回盛阳的飞机，她正准备关机，他的电话就来了。

"苏格，我是孟斯年。"他直接自报家门。

苏格还是有点恍惚，忍不住问道："您真是孟斯年？"

孟斯年有些好笑："你觉得呢？"

"是我以为的那个孟斯年吗？"苏格问。

孟斯年没有立刻回答，苏格听到打火机的声音，他又在抽烟。半晌，只听他慢条斯理地说："你把我给你的名片扔了？"

"没啊，在我这儿呢。"苏格心想，只是已经面目全非罢了。

"看一眼，再敢问一句就让你回小学重读。"

苏格"咯咯"笑了几声，她不追星，再加上他退圈时她年龄小，所以对这位低调的孟天才的长相已经没什么印象。

飞机播报准备起飞，孟斯年听到后，问她："要去哪里？"

"盛阳，回学校。"

"哪个学校？"

"音乐学院。"

"离我公司挺近。"

空乘过来提醒她关机，苏格说："我要关机了，孟叔叔，我们加个微信吧，下机后联系。"

两人加上微信的第一条消息是孟斯年发来的电子合同，苏格刚保存好，他立刻又发来一条百科链接。

>孟斯年：你看下我年龄。
>
>格格吉祥：1995 年？叔叔您是上个世纪的人呢。

格格吉祥：看完了，怎么了？

格格吉祥：孟叔叔？

孟斯年：没事，关机吧，赶紧。

十月，初秋的降临让盛阳的天空都少有地见了蓝。

苏格从机场出来，拖着大行李箱，背着她的小提琴走到出口。扫了一眼周围，假期结束，椅子上坐满了人，她将行李箱靠在墙边，转身坐到行李箱上，开了一局游戏，边打边等人来接。

听到江染叫她的时候，她在游戏中刚刚第八次被击杀，队友已经开骂了。

苏格发了条语音，故意卖萌："人家不太会玩嘛！"然后才慢悠悠地抬起头，"巧啊。"

江染穿着连衣裙，踩着小高跟鞋，居高临下地看着她，施舍般地说："我朋友来接我，你没车吗？带你回学校？"

苏格与大她一届的江染虽然都在学校的交响乐团，但平日里没什么交集，话也没怎么说过。但自从团长对苏格的小提琴水平赞扬了几次后，江染对她的态度就多了一丝说不清道不明的敌意。

同是小提琴手，暗中攀比无可厚非。

苏格"复活"了，她低头继续打游戏："谢谢啊，学姐，我在等人。"

"行，"江染说完，又补了一句，"是程蓝的车哦，你确定不坐？"

苏格认真地打着游戏，半晌才问："程蓝是谁？"

估计江染没想到苏格会这样回答，愣了一下后转身走了，走的时候应该是尽力控制才没对她翻白眼。

苏格抬头目送她上了一辆吉普车，车子疾驰而去，一晃而过的是程蓝那扎眼的亚麻青发色和遮了半张脸的大墨镜。同时，苏格的手机里传来她再次被击杀的音效。

程蓝谁不认识，音乐学院校草，蓝三三乐队主唱。校庆演出时抢尽了风头，一度把场面弄成"当红明星见面会"。

穗穗每天在她耳边念叨，俨然一副把他当成了本命 idol 的模样。

想到穗穗，人就来了，她将车子停在刚刚程蓝停的车位上，跑过来抱住苏格："我家小可爱回来啦！"

"哎呀，快躲开，我要是再死，卖萌也没用了。"

穗穗帮苏格把行李搬上车，坐到驾驶座上，瞪她一眼："你再打游戏我就把你的手机扔了。"

"就在一分钟前，程蓝的车子刚从这个位置离开。"苏格说。

穗穗愣了一下，随即开始尖叫，苏格揉了揉耳朵，一句话又让她镇定了下来："接走了江染。"

然后，穗穗飙了一路脏话。

苏格在穗穗絮絮叨叨的骂声中打了一路的游戏。最后一局的关键时刻，手机突然连续弹出微信消息——

  孟斯年：苏格你下飞机了吗？
  孟斯年：有空来公司一趟吗？
  孟斯年：公司地址名片上有。
  孟斯年：我们聊一下合同。
  孟斯年：收到回话。
  ……

苏格急躁地一遍一遍把微信消息滑上去，终于在数不清第几次死亡后彻底怒了："我真服了！"

她退出游戏，打开微信，点进孟斯年头像，果断拉黑！

苏格套了条长裙，将头发绾起来，画了个淡妆，难得打扮如此精致。再加上她整个周末都在练习曲子，是她爸爸生前最喜欢的一首，所以她还挺有信心的。

有四个年级的小提琴学生在面试，再加上一些观众，礼堂的人不算少。苏格准时到的，却一直坐到中午也没轮到上台。

苏格摸了摸肚子，扫了一眼礼堂的人，发现大家全都正襟危坐，并没有人离开。

台上的师姐正沉浸在她自己的音乐世界里，宽敞的礼堂里只有悠扬的琴音回旋。一曲毕，在掌声中，苏格拿起自己的小提琴，起身从另一侧的过道溜出去，她准备先去买个汉堡垫垫肚子。

秋日天高气爽，正午阳光刺眼，苏格顶着太阳走出礼堂，到门口时意外地见到了江染。

她画着浓妆，穿了衬衫、短裙、高跟鞋，看起来是精心打扮过的，她身旁一个红发男生正拉着她，急切地说着话。

苏格背着小提琴从楼梯走下去，经过他们身侧时，听到那个红发男生说："你不能就这么放我们鸽子，我们为了这个机会准备了一个假期，这对我们非常非常重要。"

"我为了进盛阳交响乐团准备了十年,对不起啊,这次的面试对我来说也很重要,不是我放你们鸽子,是我们的面试突然改时间了,我也没办法。"江染看起来也很为难,"不如你问问别人吧。"

"还能问谁啊!全校的小提琴手都在这儿了!"红发男生似乎要急哭了,"再说,找人现背谱子也来不及啊。"

"对不起,我要进去了,帮我跟程蓝说句抱歉,希望他能理解我。"江染不为所动,语气强硬了些,说完挣了下胳膊,没挣开,又扬声喊了一句,"你松开啊。"

"江染,你和你们老师说一下,把你往后排一排好不好?看在我们认识多年的分上……"

"蔡子,松开她。"

礼堂楼梯的下方,程蓝戴了顶黑色鸭舌帽,双手插兜站在来来去去的同学中间,阳光被他的帽子遮挡,阴影下的表情看不清晰。

江染见到程蓝,表情有瞬间的慌张:"程蓝,我真的没办法……"

程蓝看都不看她:"您请便。"

江染神情松动,又有些犹豫不决,几番确认程蓝的神色。

蔡子不甘心地对程蓝道:"让她走了,我们怎么办?"

"重新编曲。"程蓝低头看了看手表,"还有一个小时,我试试。"

江染见他们有了解决方法,转身就往礼堂跑,边回头说了句:"那我就放心了,回头请你们吃饭。"

苏格与急匆匆冲进礼堂的江染打了个照面,江染瞥了她一眼,冲进礼堂。

苏格走下楼梯,从程蓝身边经过时,将小提琴换了个肩膀背,于是,她就被从楼梯上冲下来的蔡子喊住了。

蔡子眼冒精光地看着苏格以及她身后的小提琴盒:"妹妹这是干吗去?有没有空帮哥哥一个忙吗?"

苏格驻足,回头看他,蔡子活脱脱一个小流氓的模样,若不是苏格知道他的目的,她会立刻报警。

"吃饭。"苏格继续往前走。

"你不面试?"他跟在她旁边,一脸谄媚地问,"还是演奏完了?不是还有个复试吗?"

就是因为要公布复试名单,所以都没人出来。

"面。"苏格侧头看他一眼,"但是我饿。"

蔡子步步紧跟,嘴皮子特别溜:"那什么,我知道有点强人所难啊,但是,能不能救下命？只需要帮我们拉支曲子，很快的。"

苏格停下脚步，看了看蔡子，又看了看不远处的程蓝，后者面无表情地回视他们，似乎并不抱希望。

然后程蓝就听到阳光下那个穿红色长裙，皮肤白得发光的女孩用淡得像是闲聊的语气说："好啊。"

蔡子似乎没反应过来，半晌才道："什……什么？"

"谱子给我看一下，长吗？"

程蓝抬脚走过来，站到因为幸福来得太突然而呆愣住的蔡子旁边，没提谱子的事，只问："你为这个小提琴面试准备了多久？几年？"

"两天。"苏格回头看了一眼礼堂大门，想着赶得回来就去，"随缘吧。"

蔡子不停地说着"谢谢"，苏格抬手挡了一下刺眼的阳光，歪头看他："你能帮我去买个饭吗？汉堡就行，要香辣炸鸡的，鸡翅要奥尔良烤翅，背谱子的时候我还喜欢吃点薯条。"

蔡子没想到这小姑娘这么不客气，应了一声，撒腿就跑。

音乐学院有很多明星同学，程蓝算一个，也算是最火的一个。

苏格跟着程蓝去往西区礼堂，一路上，她算是见识到了程蓝吸引目光的程度。于是，她越走越慢，和程蓝的距离越拉越远。

走在前面的程蓝突然停下脚步，回头问道："你叫什么？"

"苏格。"

"我叫程蓝。"

"知道。"

程蓝侧身看着她，半晌，意味深长地"哦"了一声，然后说："那天在机场，你不是说不知道吗？"

苏格瞪大眼睛看向他，讶异和心虚的神色转瞬即逝，程蓝被帽檐阴影遮盖住的嘴角轻轻一挑："听江染说的。"

其实去接江染那天，他最先注意到的是苏格，这个坐在红色的巨型行李箱上背着小提琴盒的女孩，皮肤在明晃晃的阳光下白得透亮，就像现在一样。

苏格轻咳一声，加快了脚步从他身边经过："学长快些吧，来不及背谱子了。"

当苏格跟着程蓝出现在蓝三三乐队的准备区时，贝斯手永乐的嘴张成"O"形："你去高中拉的小孩？"

"你好，苏格，大二管弦系，成年了。"苏格言简意赅地打了招呼，直接走到乐谱架前,弯腰将小提琴放好。

永乐疑惑地看向程蓝,想问程蓝是不是真的,程蓝却懒洋洋地坐到沙发上:"可能是吧,给她张谱子。"

永乐将谱子给苏格送去,不放心地问了好几遍:"能背下来吗?时间够吗?需要练习一下吗?"

"你别说话就能背下来。"苏格面无表情地看向永乐。

永乐立刻抿紧嘴唇,走了。

蔡子满头大汗地拎着食物回来的时候,苏格已经背好了谱子,然后她就毫不客气地坐到椅子上吃东西去了。

永乐再次不放心起来,冲其他两人努了努嘴:"她还有时间吃东西?靠不靠谱啊?"

"还能有江染更不靠谱吗?"程蓝说。

蔡子擦了一把额头上的汗,认命道:"听天由命吧。"

苏格扫了一眼满面愁容的三人,轻声开口:"或许,你们可以乐观些?"

"我没哭就算不错了,你还让我乐?"永乐一屁股坐到沙发上,双手抓了抓头发。

苏格咬了一口汉堡,随口问:"你们要面试哪家公司?"

"千棠音乐,孟先生亲自来了,不然我们怎么会急成这样?"蔡子说。

苏格:"……孟叔叔?"

现在反悔还来得及吗?

程蓝奇怪地看她一眼:"也不用叫得这么客气,孟先生还没到三十岁。"

苏格想到自己已经放了孟斯年好多天的鸽子,有些心虚,尝试着开口:"你们不是摇滚乐队吗?和小提琴也不搭呀。"

"创新懂吗?"永乐像个刺儿头,看她悠闲吃着汉堡就生气。

"去掉也没影响吧?"苏格小声问。

蔡子一惊:"什么意思?你不会也要跑吧?"

苏格眨眨眼:"其实我也是为了你们好,主要我之前把孟叔……孟先生得罪了。"

三人看着她,似乎在消化她这句话的意思,永乐嘲讽一笑:"你能找个像江染那种还算靠谱的理由吗?"

苏格叹了口气,又咬了一口汉堡:"行吧,反正我提醒过你们了。"

程蓝突然郑重其事地说:"千棠的孟先生是少有的懂音乐的人,也是认真做音乐的人。除了千棠,我不想签任何一家公司,苏格……"

他顿了一下,似乎在想措辞。

苏格拍了拍手上的汉堡屑："我比江染拉得好，你信不信？"

程蓝和永乐没说话，蔡子抱着鼓励的心态大声说："信。"

苏格冲他灿烂一笑。

远处，有人喊蓝三三准备上场，程蓝站起身，整理了一下衣服，对苏格说："介绍一下，我是蓝三三乐队主唱兼吉他手。鼓手蔡一子，叫他蔡子就行。贝斯手永乐。希望今天我们合作愉快，苏格同学。"

蔡子郑重点头："必须愉快。"

永乐拿起贝斯，看向苏格，别别扭扭地说道："第二段副歌前你再上，别卡错时间了。"

"好。"苏格应了声。

程蓝看着镇定自若的她，想着她全程没叽叽喳喳聊东聊西，没像江染那样时刻不忘展现自己，更没有对他犯花痴，他突然对她生了些信心。他走近她，说："我也信。"

苏格不明所以："信什么？"

他笑了下："你的琴比江染拉得好。"

第一段结束，苏格跳下椅子，拿起小提琴走到入场区，虽然看不到台上，但听到外面的欢呼声和掌声，心想这可比小提琴那场好玩多了。

精准卡点进去，她垂眸谁也没看，不过半分钟的小提琴独奏，刚背的曲子还记忆犹新，副歌再跟着大家一起进一次就结束，苏格对此信心十足。

蓝三三的编曲很有意思，摇滚音乐与传统音乐结合，高昂激荡的鼓声后衔接一段小提琴曲，节奏舒缓下来，悠扬中衔接副歌，蔡子上场前跟她保证，副歌会嗨翻全场，结果也确实如此。

小提琴跟着贝斯、鼓点落下最后一个音符后，全场欢呼。

苏格这才抬眸看向台下，竟然座无虚席，果然流行乐比较吸引人，或者，传说中的孟斯年更吸引人。

他还是她第一次见到时的样子，西装革履，儒雅俊美，稳稳坐在第一排中间，带着淡淡的疏离感。

孟斯年左边是一位四十岁左右的男人，戴着一副墨镜，扬着头，跩得不得了。而右边是正当红的女歌手华灵，在左边那两尊大神的衬托下，她的神色温和很多。

第二排是围栏，第三排后则坐满了学生，横幅、荧光棒、应援牌应有尽有，像是来参加演唱会。

观众席的灯光不似台上那般明亮，苏格看不清孟斯年的表情，鞠了躬后，她拿着小提琴转身准备下场,谁知孟斯年不紧不慢的声音突然通过礼堂的音响传来:"等会儿再走,不听点评吗?"

苏格回头,发现乐队三人站在原地齐刷刷地扭头看着她,尤其是蔡子,咧着嘴笑得恨不能将所有的牙都露出来,用一副看救命恩人的眼神看着她。

他们大概都没想到,演出会这么成功。

永乐也咧着嘴笑,一扫之前的阴郁,阳光可爱得仿佛换了个人。

蔡子悄悄摆手,用嘴形说着:"快回来。"

苏格在心里叹了口气,没跑成,硬着头皮在台下不大不小的笑声中站了回去。

孟斯年将视线从苏格身上转移到程蓝,给出点评:"挺好,主唱叫什么?"

程蓝还有些微喘,听到孟斯年的问话,立刻扬起嘴角:"孟先生,我叫程蓝。"

苏格摩挲着小提琴弦,心想:瞧他这小迷弟的模样。

台下有女同学喊着"程蓝我爱你",苏格看过去,发现程蓝的应援灯,占满了一大片区域。

真是夸张!

"这上面写的是蓝三三乐队和小提琴助演江染?"孟斯年垂眸看着节目单。

"对,编曲加了小提琴独奏,我们就从管弦系找了个同学帮忙。"蔡子并未多解释。

"江染?"孟斯年挑了挑眉梢,看着苏格,"这是你的艺名?还不如苏格好听。"

程蓝几人诧异地看向苏格,苏格一本正经地点了下头:"嗯,我也这么觉得。"

"孟先生,其实是临时换成了苏格,我们没来得及改名字。"程蓝解释说。

"这女孩的小提琴拉得真好,"一直没说话的华灵突然开口,她笑着看着苏格,"长得也漂亮,是吧,老板?"

孟斯年没看华灵,他的目光落到低头看手表的苏格身上,然后他又看了看站得笔直的程蓝,没再说话。

接着,萧树凑近话筒,说了一句让全场安静的话:"程蓝,我觉得你单独发展比较好。"

窃窃私语声瞬间没了,投在苏格身上的好奇目光也没了,话题回到了正轨。

程蓝愣了一下后举起话筒,低沉却又坚定地说:"我们是一个团体。"

"但是我们不需要其他人,我们会给你更好、更专业的乐队。"

萧树说完,华灵也跟着说道:"只签你一个人,考虑一下。"她妆容精致,脸上带着得体的微笑。

萧树手指敲着桌面,看着台上,突然说:"再加个苏格,签程蓝和苏格。"

孟斯年和华灵一起扭头看他。

萧树因为戴着墨镜,看不清他的眼神,也猜不出他目光的落点。台上的人只知道萧树在看着他们,就听他说:"苏格,终于见面了,我最近没少听我老板说你坏话。"

苏格:"……"

"怎么回事,有什么我不知道的内幕吗?"华灵好奇地看着他们。

"这姑娘就是老板说的那个特别难搞的世外高人。苏格,我是千棠的音乐总监萧树,有没有兴趣……拜个师?"

苏格还没从那句"世外高人"中反应过来,见大家都看着自己,脑子里只有"拜师"两个字,因为从小被她爷爷耳濡目染,她条件反射地说:"啊……不收徒。"

一瞬间的安静后,在孟斯年极短的轻笑声中,整个礼堂的人都跟着哄笑起来。

萧树当制作人时,多少畅销专辑出自他手,可以说是业内最高水平的代表人物了。他主动提出要收徒弟,一片哗然中,那位"徒弟"竟然以为萧树要拜自己为师。

萧树哭笑不得地转头对孟斯年说:"确实难搞!"

然后这位难搞的人的手机,竟然不识相地在如此重要时刻,突兀地响了起来。

苏格忙掏出手机,挂断来电,她说了句"抱歉",紧接着又是"叮咚"一声,来了一条微信。

萧树一笑,特别慈祥的样子:"看吧,看吧。"

苏格笑了笑,脸颊上两个小酒窝若隐若现,可爱得不行,不似刚才那面无表情的严肃样子。她低头扫了一眼手机,是导员发来的信息,问她跑哪里去了,催她赶紧回来候场。

见导员对自己这么上心,苏格突然生出一种负罪感,她收起手机,指了指门:"交响乐团那边我还有个演奏,不好意思,我要先走了。"说完,她鞠了一躬,拎起小提琴转身就走。

众人面面相觑,萧树咳嗽了一声,突然对着话筒问了句:"苏格,你什么时候把孟斯年从你的微信黑名单里放出来？"

苏格咬牙切齿地想，这大叔真是哪壶不开提哪壶，她假装没听到，硬着头皮往台下走。

可以说，这是一段非常特别的表演，蓝三三的表演主场被一个不知道从哪儿来的漂亮小姑娘抢尽了风头，千棠两位惜字如金的大佬不仅话多了起来，而且说的每句话信息量都有点大。

孟斯年见萧树又有要开口的意思，及时打断他："你可以闭嘴了。"

萧树立刻笑着做了个噤声的手势，转头再次把目光投回台上。

蔡子见三人看过来，立刻拿起话筒说："我们同意，我们愿意退出，可以只签程蓝。"永乐紧跟着点头。

程蓝皱紧了眉头，不满地看向他们："我拒绝。"

孟斯年看着节目单说道："你们下去等我们一会儿，下一组。"

苏格赶到东区礼堂的时候，面试官已经公布了复试名单，学生开始陆续离场，还是没赶上。

她正准备转身随人流出去，迎面和出门的江染遇到，江染见到她，收起手机，神色愤懑："你怎么会拉我的曲子？"

苏格挑眉，估摸着她是听说了西区礼堂的事："你的？"

"这段小提琴独奏是属于我的。"

"哦。"

"哦什么哦？"江染有些急，她觉得自己每次和这个苏格讲话都会被气到。

"学姐，"苏格晃了晃手里的小提琴，"其实我救了你一命，不然你很有可能会被程蓝的粉丝撕了。"

江染皱了皱眉头："你自己的面试不参加，就为了去那边出风头？"

苏格笑了下："我在哪边都是出风头，你呢，进复试了吗？"

江染脸色一僵，不回答她的话，换上一副了然的神色："还是说，你喜欢程蓝啊？"

苏格不打算跟她多做纠缠，拿着琴往外走："我喜不喜欢他不重要，重要的是，他现在好像挺不喜欢你的。"

苏格的小提琴盒子还放在西区礼堂，她以前没觉得两个礼堂离得远，今天来回跑了两趟后觉得真是够累的。

当苏格拎着小提琴溜达到后台准备区时，意外地见到了蓝三三乐队的三人和千棠的那几尊大佛。

几人有站有坐，看神情像是在聊事情。

苏格看了一眼立在椅子那边的小提琴盒，又看了看一屋子看向自己的人："我一会儿再来。"

"回来。"说话的是孟斯年。

苏格又走了回来，站到了蔡子旁边，瞪大眼睛看着孟斯年："怎么了，孟叔叔？"

"扑哧……"萧树没忍住，笑出了声。

孟斯年问苏格："合同呢？看了吗？签了吗？"

"在宿舍，看了，签了。"苏格有问有答，模样乖乖的，她其实还想解释早就想把合同送过去了，只是最近太忙，但这听起来太像狡辩，索性还是不说了。

"有问题吗？"

"没啊。"

"去拿。"

他今天有点酷，惜字如金的，不似那天的温柔耐心，苏格自知理亏，"哦"了一声，拿上琴盒走了出去。

结果，没一分钟，满屋子的人又看到小姑娘去而复返。她开了条门缝，探头进来，对千棠总裁孟斯年勾了勾手："您来一下。"

然后满屋子的人看着孟斯年走出去，没一小会儿又看见他走进来，拿了桌上的手机，再次准备离开，被萧树拦住。

萧树问道："干吗去？"

"她手机没电了，我帮她扫一下共享单车。"孟斯年一边回答一边向外走去。

萧树实在没忍住笑出了声。

"想来，自家老板比艺人人气还高的也只有千棠了。"华灵无奈地笑着摇了摇头，"她乐队的人在这儿都不叫，直接喊我们老板。"

孟斯年看了华灵一眼。

华灵本不是话多的人，觉得老板这一眼充满深意，心下一惊。

"实不相瞒，我们和苏同学认识还不到两个小时，更不熟。"程蓝也听出她话里有话，立刻帮苏格解释，表明她并不是攀权附会的人。

"对，江染突然有急事，苏格是我从路上随便拉来的。"蔡子点头附和，模样还有些骄傲，好像在说"你们看我拉来的人多厉害"。

华灵显然不信："你们真会开玩笑，今天的演出看着像是没少练习。"

蔡子恨不得举手发誓："真的真的，她去吃午饭的路上直接让我连哄带骗弄来的，看了二十分钟的谱子，一遍没和就直接上了。"

听他们这么一说，萧树恨不得立刻将苏格收入麾下，忙喊孟斯年："我说老板，怎么能让这小天才自己骑车回去呢，您得开车送啊。"

已经走到门口的孟斯年头也不回地说："小孩不能惯。"

孟斯年帮苏格扫了车，随手将手机装进裤袋里，顺便摸出一盒烟，抽出一支点燃："苏格，微信拉黑我的事先解释解释。"

苏格坐上车，晃荡一下腿："当着小孩的面抽烟不好。"

孟斯年用指尖敲了一下手里的打火机，是她那天送他的那个。

他挑着眼角看她："你不抽？没事揣个打火机干吗？随时准备就地生火烧菜？"

苏格："……"

之前温和话少的孟斯年绝对是装的。

"哑巴了？"孟斯年吐了口烟雾，问她。

"对小孩不能太凶，容易给我留下心理阴影。"苏格绕着圈子就是不往重点上说。

孟斯年挑眉，随即笑了下，这是听到他刚才说的话了，真会现学现卖。

"那我走了？"见他笑了，苏格大胆地踩上脚踏板。

"你试试？"孟斯年一只手拿出手机，"结束用车在哪儿？"

苏格心道：我懒我认命！她轻咳一声："微信那事如果我说我是手误你信吗？"

"你说呢？"

"好吧，其实是因为我打游戏的时候你一个劲儿地说话，就很烦，我随手就拉黑了。想着玩完再拉回来，结果一忙就给忘了……"

苏格选择实话实说，说完，眨巴着眼睛看着他，好像在问"这次我可以走了吗"。

孟斯年差点被她气笑："我？一个劲儿说话？"

"嗯。"

"你可能不知道，我妈曾经因为我不说话带我去看过心理医生。"

"那看来治疗挺成功的。"

孟斯年伸手将烟扔到地上，抬脚踩上去踩灭，不想再和她说话，嫌弃地道："你赶紧走吧。"

"孟叔叔，乱扔垃圾不好。"在孟斯年瞪过来前，苏格踩上脚踏潇洒地溜走了。

萧树出来找孟斯年的时候，孟斯年正在弯腰捡烟头，萧树还以为自己出现了幻觉，十指不沾阳春水的孟总恨不得连鞋带都让用人帮着系，竟然在捡烟头？

孟斯年掐着烟走上礼堂楼梯，特别有素质地将小烟头扔进礼堂大门一侧的垃圾桶，注意到萧树，他弹了弹手指，在萧树衣服上捻了下，问他："老萧，你知道世界上什么最可怕吗？"

萧树嫌弃地掸了掸衣服："你。"

孟斯年瞥他一眼。

"女人呗。"萧树一副过来人的姿态。

孟斯年摇头："熊孩子。"

刚到寝室楼下的苏格，突然打了个喷嚏。

她刚停好车子，就被一声惊呼吓了一跳："哎哟喂，这不是我们家大明星格格吗？"

穗穗拿着程蓝的应援牌从另一侧路走过来，看到她后，换成了跑："你知道我本来是去看程蓝结果看到你出来时的心情吗？"

"以为自己瞎了？"苏格一边向寝室走一边说。

"你知道我在周围所有人都在喊'程蓝我爱你'的叫声中喊'苏格我爱你'时的骄傲感吗？"穗穗倒腾着小碎步跟着她。

"没被打吗？"

"所以，你赶紧给我解释解释你为什么把孟斯年给拉黑了？不对，首先你得先让我知道你为什么有孟斯年的微信？那是谁啊，孟斯年啊，你还骗我说你俩不认识，我还信你了！"

苏格在穗穗一声接一声的质问声中放下小提琴，拿了合同就闪出了寝室。

礼堂离她的宿舍楼不算太远，苏格骑车来回不过十分钟。再到后台准备区时，氛围已经不似刚刚那么严肃，萧树在和程蓝说话，孟斯年靠在桌边抽烟。

这烟瘾还挺大的。

苏格估计他们还是就签一人还是签三人没达成共识。

华灵从洗手间出来，看到苏格，立刻笑着走过去："小妹妹怎么不进去呢？"

她笑起来很亲切，没有大明星的架子，长得虽不是标准大美人，但很有自己的特色，作为实力歌手，长相足够了。

苏格回以微笑："等他们说完话。"

没想到华灵直接拉住她的手带着她向里走去:"没那么多规矩,你和斯年之前就认识?"

"见过一次。"

"你一叫他孟叔叔,他就冷脸,今天可笑死我了。"

"我以为自己挺有礼貌的呢。"

苏格这话说完,换来的是华灵清脆悦耳的笑声,然后众人都转头看向她们。华灵用手指指向苏格,边笑边说:"这小孩真好玩,特逗!"

苏格把合同递给孟斯年,他随手翻了翻,一旁的萧树趁机塞了张名片给苏格:"回去考虑一下要不要拜我为师。"

他觉得这小姑娘虽然性格有点捉摸不定,一看就是个不听话的主,但直觉是个不可多得的人才。

苏格说了句"好",然后看了看孟斯年:"那我走了。"

"嗯。"孟斯年点头,目送她转身,突然又说,"别忘了锁车,我还等着返押金呢。"

"哎呀,这小家子气的,让程蓝他们看到像什么样子。"萧树说完赶紧对程蓝几人说,"你们别怕,孟老板平时是很大方的,他这就是因为苏格放他鸽子,还把他的微信拉黑了,他没受过这种委屈,打击报复呢。"

众人:"……"

苏格:"……"

这事过不去了是吧?

孟斯年狠狠把烟头蹍在垃圾桶的烟盘上,说了句"霸总"的经典台词:"萧树你这个月的工资没了!"

苏格离开后又再次回来,她一如既往地把门开条缝,露出小脑袋,对着孟斯年招招手:"您来一下。"

演出结束后礼堂进行了清场,这个时间除了大门口处的几个保安,整个礼堂没有别人。走廊里很安静,苏格靠在门边的墙上等孟斯年出来。

孟斯年打开门就看到她,她今天把头发绾了起来,应该是为了演出化了淡妆,比起以前的随性,今天精致漂亮很多,口红的颜色衬得她眼瞳更加漆黑闪耀。

听到开门声,苏格侧头看他:"你们千棠这么大的公司,养几个人应该没关系吧?"

孟斯年挑眉看她,不知道苏格要说什么。

"我听说星临公司的罗泱之前亲自来找过程蓝,感觉他有点抢手。"苏格给他一个"你懂的"的眼神。

孟斯年微讶:"罗浃?你怎么知道?"

"我室友是程蓝铁杆粉丝,她跟我说的。"苏格觉得走廊回声有点大,微微压下声音,"所以趁程蓝现在喜欢你,你再直接签他整个乐队,他一感激,不得对你忠心耿耿,以后火了跳槽他也不太好意思。"

孟斯年低低地笑出声:"你这么确定他会火?"

"我看人很准的。"

孟斯年意味深长地看着她:"是吗?看人很准?"

苏格反应过来,自己之前还当他是十八线小明星,她心虚地眨眨眼,只听孟斯年又问:"我留人用得着这么复杂?"

"不然呢?"苏格眨眨眼,"不应该先收买人心吗?"

"我靠实力,还有个人魅力。"孟斯年说。

"程蓝又不是女的,你的魅力勾引不了他太久。"

孟斯年忍不住又笑了。

"笑什么?"苏格嘟了嘟嘴,"我这是为您着想呀,不然您逼他们分开,程蓝要么不签,要么含泪签了也对你们心存芥蒂。"

"知道了,不让他含泪。"孟斯年伸手拍了拍她的脑袋,"小孩子心眼儿别太多,耽误长个儿。"

孟斯年转身开门,突然又回头:"你怎么这么好心?"

苏格嘟嘟嘴:"您可是我的孟叔叔啊。"

"行了,没一句我爱听的。"孟斯年"咣当"一声把门关上了。

苏格其实就是觉得蓝三三乐队不应该解散,蔡子和永乐人都不错,而且他们三个有共同的梦想,有默契、有热情、有感情、有激情,他们在一起能快乐地享受舞台,观众也是能感受得到,也会更爱这种真情实感。

第二章
下雨天

01:26　　　　　　　　　　　　　　　05:20

　　音乐学院宿舍有四人寝和两人寝，苏格认为自己是个社交障碍者，所以多交了一半的钱选择了两人寝。一直以来她都觉得这钱没白花，穗穗除了喜欢犯花痴，也没别的毛病了。不过这晚，苏格开始有点心疼钱了，因为穗穗实在是太缠人了。

　　穗穗扒拉着她："说，你和我男神是什么关系？"

　　"哪个男神？"

　　"孟斯年啊！"

　　"不是程蓝了？"苏格说着指了指穗穗摆在桌上的应援灯牌。

　　"见到孟斯年本人后，那气质、那气场，真是绝了！他不混娱乐圈简直白瞎这张脸，我宣布，从今天起，在孟斯年面前，程蓝只是男同学。"穗穗举例补充道，"就像你喜欢的那个钢琴许老师和莱昂纳多。"

　　"年轻时候的莱昂纳多。"苏格纠正。

　　"嗯嗯，就是这个意思。"

　　"而且我不喜欢那个钢琴老师，我只——"

　　"闭嘴，我在问你和孟斯年什么关系呢？你再乱扯？"穗穗捂住她的嘴，"顺便说说你怎么跟程蓝演出去了！"

　　苏格扯掉她的手："我想换宿舍。"

　　"换到四人寝？就今天这事你能被其他三个人撕了。"

　　苏格："……"

　　忙乱的一天后，夜晚，苏格准备享受难得的安静，可她刚把耳机戴上就听穗穗突然一声怒吼，捧着手机就冲了过来。苏格还没反应过来是怎么回事，就听她说："你快看超话，这些听风就是雨的吃瓜群众，气死我了！"

　　校园超话里一个名为"关于千棠面试，蓝三三乐队用苏格替换江染的内幕"的帖子火得一塌糊涂。

苏格粗略地读了一下,大概就是知情人士爆料,说蓝三三知道苏格认识孟斯年和萧树,直接弃用苦练了整个假期的江染改用苏格当小提琴助演。

帖子将江染塑造成一位饱受委屈却隐忍不发的弱者,蓝三三成了不以实力取胜只会走后门还抛弃"原配"的"渣男"乐队。而苏格,便是那利用特权抢别人劳动成果,爱慕虚荣又强出风头的心机女。甚至有人跟着爆料说苏格在小提琴面试中故意挑衅江染,导致江染痛哭一下午。某些自称知情的人讽刺她,说她为了出风头连盛阳交响乐团的小提琴面试都没去,为了进娱乐圈老本行说扔就扔,毕竟娱乐圈的钱很好赚。

穗穗气得不行,一直在寝室里走来走去、骂骂咧咧的,在她忍不住想去论坛里和那些自以为正义的人大战三百回合时,被苏格拦住:"说不过的,算了。"

"我怕他们?老娘舌战群儒,就没输过。"

苏格笑了笑:"缓缓情绪,去接电话。"

宿舍座机响起,穗穗气呼呼地走到窗边,拿起听筒:"找谁?老娘现在非常不爽,有屁快放!"

在听到电话那头的声音后,穗穗一脸惊讶道:"蓝……什么?"

她开始结巴:"什么三三……"

说时迟那时快,穗穗的语气秒变温柔小绵羊:"嗯,学长您等一下,我这就帮您喊格格。对了,我叫周穗心,替我跟程蓝带好。"

苏格心道,还带好,跟拜年似的。

电话是蔡子打来的,他说话嗓门很大,直截了当道:"学妹我知道你很急,我也很急,你等我找到江染,我立刻让她出来澄清。"

苏格思索片刻,说:"我觉得她不会为我们澄清。"

"会的会的,我和她多少年同学了,大家很熟,她不会看我们被这么误会的。学妹,对不起啊,连累你了。"蔡子继续道,"对了,程蓝下午被家里抓回去了,等他回来我们请你吃饭,一是感谢,二是赔罪,到时候你一定赏光啊。"

"程蓝被家里抓回去了?"苏格惊讶,这几个字她都能听懂,连起来却有点蒙。

"程蓝他爸觉得玩音乐是不务正业,想让他学经管之类的,毕业了接手家里的便利店。当年他考上音乐学院都是偷偷来念的,后来好说歹说跟家里保证毕业考个经管研究生后回去经营便利店,他爸这才勉强同意。"蔡子也是个自来熟，话跟倒豆子似的往外冒。

"什么便利店还要学个经管才能接手？"苏格想到了学校的便利店，进货卖货，大概小学数学就能够用。

"全国几百家连锁。"蔡子说。

苏格点头："明白了，是我肤浅了。"

蔡子继续道："我们面试千棠的事不是在网上发酵了嘛，他爸本以为他在准备考研，结果发现他要签约音乐公司，大发雷霆就给程蓝弄回去了。"

苏格听得一愣一愣的："呃……那怎么办？"

"没事，他妈妈会乘机给他放回来，放心放心。"

蔡子叽里咕噜输出了一大堆，给趴在苏格耳边偷听的穗穗也听得一脸震惊。

苏格挂了电话："哎，家家有本难念的经，怪不得程蓝这么拼，原来不好好玩音乐就要回去继承千万家产啊！"

穗穗被逗笑，随即像想到什么似的，一拍大腿说："我们两家门当户对啊，我得让我爸去打听打听，给我们搞个商业联姻什么的。"

苏格："……"

富婆这清奇的脑回路……

熄灯后的校园很安静，蓝色的窗帘缝隙中钻进了一束微弱的路灯的光，楼下传来几声唤门声，不知道是哪个女孩回来晚了，她对宿管阿姨撒娇的声音从寂静的夜传来，外面似乎是下雨了，宿管阿姨轻易就放女孩进了宿舍楼。

渐渐地，雨滴声大了些，苏格从被子里探出脑袋，突然想起在曲桑时，蒙蒙细雨中的孟斯年。儒雅俊美的男人突然出现在门外，嗓音好听得犹如爷爷私藏的酒一样甘醇。

她本以为他和那些人一样，是来找爷爷买陶器的。她从小就习惯叫那些人叔叔，于是便也不自觉地称呼他"叔叔"。想到这儿，苏格笑了一下，这才想起今天还有一件大事没做。

苏格摸出手机，把孟斯年从黑名单里拉出来，放出他的第一件事，就是主动给他发了条微信——

> 格格千岁：孟叔叔晚上好。
>
> 孟斯年：给我放出来了？
>
> 格格千岁：我还给孟叔叔置顶了。
>
> 孟斯年：截图给我看看备注。

格格千岁：就是孟叔叔。

孟斯年：改成哥。

格格千岁：……

超话的事经过一个礼拜的时间，热度降低了不少，毕竟三方当事人没有一个出来说话，大家都渐渐开始关心起别的事情去了。

穗穗觉得，自己是这个事件最生气的人。

苏格像是与此事毫无关系一般，该上课上课，该练琴练琴。

校乐团训练时，穗穗气不过江染一个字不解释反而还一副受害人的嘴脸，练习中用自己的长笛暗暗戳了对方好几次，在后面拉小提琴的苏格差点没笑出声来。

穗穗对蓝三三的态度也多有不满，嘟嚷着自己快要气脱粉了。

这天，乐团训练结束已至黄昏，盛阳的秋意已经很浓，苏格和穗穗边聊边从教学楼向外走，不知道看到什么，就听穗穗突然"啊"了一声，苏格奇怪地看她："喊什么？"

"程、程……"一阵风吹来，也不知道穗穗是冻的还是激动的，说话时牙齿直打战。

"程程是谁？"苏格扭头顺着她的视线看过去，看到了程蓝。

他的头发染回了黑色，蓝牛仔裤、白T加上黑外套，装扮得像个正经大学生，他站在车边，毫不避嫌地挥手打招呼："苏格。"

喊完还不忘冲她歪头一笑，这一笑又显得这人不那么正经了。

苏格心道：他妈妈还是个行动派，这么快就给放出来了。

穗穗扶住旁边的树，嘀咕道："太帅了，必须让我爸安排联姻。"

苏格比她镇定多了，甚至说是过于冷淡，校乐团其他人陆续出来，八卦的眼神从四周扫射过来，苏格更不想搭理他了，问："干吗？"

程蓝倒不介意，站到苏格面前，特别自来熟地把她的小提琴盒拿走背到自己肩上："吃饭，蔡子之前不是和你打过招呼了嘛，走吧。"

苏格看着自己空空的手，心道：这蓝三三的人都挺社牛的啊，全是自来熟。

蔡子好像是说过等程蓝被他妈放回来就一起吃个饭，她侧头去看树边的穗穗："一起吗？"

穗穗摆摆手："你去吧，我怕我心脏受不了。"

苏格知道穗穗是想去的，但是程蓝没有邀请，她当然不好跟去，毕竟他们穗穗一直是个懂分寸的颜狗。

程蓝绅士地给苏格开了副驾驶的车门，问道："琴放后座可以吗？"

"可以。"苏格说着坐了进去。

程蓝将琴小心放好，刚关上后座车门，不远处便传来江染的声音，她的声音里带有一丝惊喜和期待："程蓝？你怎么在这儿？"

程蓝打开驾驶座车门坐进去，仿佛江染是透明的一般，别说理她了，连一个眼神都没给。

江染看着程蓝的车子绝尘而去，再看看周围不时看过来的人，一脸尴尬，刚想走，穗穗贴过去："江染学姐，程蓝学长刚刚是来接我们家格格的。"

江染的脸色瞬间变得更难看，随即假装不在意地"哦"了一声："这样啊，他们很熟吗？"

"格格本来不想跟他出去的，"穗穗说着，捂嘴笑了下，"但是程蓝学长太热情了，你懂的。"

江染强行扯了个皮笑肉不笑的笑脸给她，她还没见过程蓝对谁热情过，骗谁啊。

程蓝有点摸不准苏格的性子，只觉得她对于跟他们吃饭的事兴致缺缺，他偷偷瞄了几眼苏格，想着是不是因为没提前打招呼直接来接人惹她不高兴了，想到这儿，他将车子停在一个岔口，问苏格："你要回去换个衣服吗？"

苏格和程蓝差不多，都是牛仔裤配T恤，一双帆布鞋，没有化妆，只涂了口红，看着清爽干净。

苏格看了看自己："这样不行吗？"

程蓝笑了下，看来是自己多虑了，他启动车子："行。"

其实按照以往的经验，与他出去的女生都会盛装出席。素面朝天的，苏格是第一个，看起来不太情愿的，苏格也是第一个，程蓝不禁开始对自己的魅力产生怀疑，他都这么热情了，她都没对他笑一下。

比他们玩摇滚的还酷。

他们去的是盛阳很有名的一家集咖啡西点及酒吧一体的餐厅，蔡子几人已经到了，见到苏格，蔡子忙喊服务生上餐，他说："怕你饿，帮你点了牛肋条和意面。"

"吃不下。"

"怎么会？"在蔡子眼中，苏格俨然是个吃货。

事实证明，苏格确实很轻易地吃完了，因为她实在不想理他们，只能低头干饭。

这家店的驻唱歌手熬出头的有很多，最早的是华灵，最近的算是程蓝了，老板送了很多酒过来让大家尽兴，蔡子是真尽兴了，没几瓶下去脸就红成了西红柿，他拉着苏格的手，苏同学长苏同学短地一遍一遍地叫着。

程蓝把他的手拍开："说话就说话，爪子拿开。"

蔡子嘿嘿一笑："那天你把孟先生叫出去说了什么？他回来就同意签我们整个乐队了，你知道吗？学妹，你是我们的吉祥物啊。"

苏格："……"

"这绝对是我的功劳，是我从大街上把你捡到的。"蔡子拍着胸脯。

苏格："……"

"对不起啊，苏格，帖子的事没解决好，江染不太配合，我也不知道怎么说才好，我要是直接卖了江染，不知道她会不会被骂得更惨，不知道这场闹剧要发酵成什么样。"

苏格将手里的叉子一扔，问："我不是你们的吉祥物吗？"

"绝对是，吉祥物，小仙女，活菩萨……"蔡子笑嘻嘻地说。

"越说越离谱。"永乐失笑。

苏格靠向沙发背，冷着脸问："那我被骂也没关系吗？"

一句话说完，几个人都噤声了。

程蓝看了看几人，问了句："发生了什么？被谁骂？"

永乐一拍大腿："忘了跟你说了，你刚出来你不知道，这段时间……你还是自己去超话看吧。"

苏格不是什么大度的人，十八九岁的女孩，怎么会不委屈。她在等乐队的解决办法，等他们给自己一个交代，没想到得到的却是这样的答案。

"我被骂惨了没关系吗？"苏格沉默了一会儿后，又问一遍。

一时间，这个卡座上的人无人敢接话，空气似乎都凝滞了。

"这都什么破事！"程蓝把手机扔到桌上，从桌上的烟盒里抽了根烟夹在嘴角，"你接着说，你们找姓江的后，她说什么？"

"姓江的……咳，江染说，你们的事跟我无关。"永乐说完这话，看了眼蔡子，蔡子眼神迷茫，显然喝得有点多，还没反应过来现在是什么情况。

程蓝咬了咬后槽牙，瞪了眼蔡子："你是猪啊。"

"我去门口待一会儿。"苏格站起身，把程蓝面前的烟摸走。

程蓝和永乐都愣了下，程蓝把手里打火机扔给她，询问："我陪你去？"

"不用，趁我不在你们可以商量商量怎么办。"

商量什么不言而喻，程蓝觉得这姑娘真是直爽得让人措手不及，也弄明白了她今天心绪不高的原因，上次在后台她虽然话少，但也没如此冷淡。

这是被连累了，却没人替她出头，确实够委屈的。

十月的盛阳，白天温度二十摄氏度左右，晚上却只有十多度。苏格开门走进凉风中，她跺了跺脚，走到一旁安静无人的地方，点燃了一支烟，她其实不太常抽烟，除非特别烦的时候，这确实会让人平静很多。

现在的她就挺烦的，蔡子这个人看着热情亲和，没想到办起事来这么费劲。

一支烟还没抽完，她就接到了爷爷的电话，老人家提醒她天凉了多穿衣服，一再嘱咐多吃饭，不要和同学闹矛盾。几乎每次都是这些交代，但苏格就是爱听，笑嘻嘻地应着。

挂断前，老爷子突然又问："盛阳交响乐团的面试结果出来了吗？"

苏格沉默了一下："爷爷，结果还没出来。"

老爷子笑道："我觉得你能行，如果选上了跟爷爷说，爷爷去你爸那儿跟他说一声，他生前就盼着你能进盛阳交响乐团，哎，都怪我当年逼他离开乐团，要不是……"

苏格听他又开始自责，忙说："跟你没有关系，爷爷，不要乱想，爸爸从来不后悔他的决定，他亲口跟我说的。"

老爷子沉默半晌："你真是个好孩子，小格格，爷爷也对不起你。"

"说什么呢爷爷，我现在学的是我自己喜欢的专业，我还这么优秀，您有什么对不起的。"

老爷爷子也跟着笑："格格喜欢就好，格格是最优秀的小音乐家。"

挂了电话，苏格开始愁了，这乐团面试她都没参加，后面怎么跟爷爷交代，心情更加烦躁起来。

她吐了口烟雾，透过烟雾后的玻璃，看到蓝三三几人在说着话，氛围看起来很沉重，其实论坛说了什么如今她已经不在意了，只是乐队的态度让她有点不爽。

窗内，程蓝用手指点着蔡子的头，像骂儿子一样，蔡子抱着头不动，也不敢看他。永乐似乎在添油加醋，表情义愤填膺，他越说程蓝越气，捏着蔡子脸上的肉让他抬头："蔡一子你把你这傻脸抬起来！我教教你怎么办人事？"

苏格看着这滑稽的一幕有点想笑，这时咖啡馆门那边突然有人叫她，她挪开视线，慢悠悠地瞥了那边一眼……瞬间顿住。

是孟斯年。

他站在咖啡馆装饰的灯柱旁，在微微凉风中，侧着身子，远远地看着她。一如她第一次见到他的样子，双眸沉静无波，看不出情绪。

孟斯年旁边还站了个人，苏格看清了那人，又用余光瞄了一下孟斯年，像是被抓包的小学生一样鼓了鼓腮帮,将烟按进不远处的垃圾桶里后才磨磨蹭蹭地走到两个男人面前,乖乖地叫道:"孟叔叔、许老师。"

"你叼根烟站在街角的样子特别危险,你知道吗?"孟斯年居高临下地看着她。

"啊?"苏格仰头看他,表情懵懂。

她觉得孟斯年今天和前两次见到时的感觉很不一样,没有梳理得整齐的头发,也没有穿着严肃的西装。一件简单的卫衣、一条黑色长裤,很休闲,也很年轻,像是他们大学里那些男同学,这导致她喊孟叔叔时都没那么有底气了。

孟斯年看着她一副不明所以的样子,没有说话。他没法对她明说,说她瘦瘦白白的一个漂亮小姑娘叼着烟的样子对进进出出的那些男人多具诱惑力。

若不是他们发现得早,不知道会有多少人来搭讪。

见他不说话,苏格看了一眼旁边的许寒城:"孟叔叔怎么会和许老师在一起?"

孟斯年也扭头看向许寒城:"你们认识?你不是教钢琴的吗?"

"这位苏同学来旁听过我的课。"许寒城说话的声音十分温柔,看人时也是,总是带着让人如沐春风的笑容,"苏格,这两节课怎么没来呀?"

"最近太火了,得避避风头。"苏格说完,"哎?许老师认识我?"

"火成这样也很难不认识。"

苏格瞥了一眼孟斯年,心想:还不是因为他。

凉风阵阵,苏格胳膊上起了一片鸡皮疙瘩,孟斯年见她冻得耸起肩,伸手打开门:"进去再说。"

难得他对女孩如此体贴耐心,许寒城好奇地多看了孟斯年和苏格几眼,觉得两人之间氛围非常自然,不似他与别人在一起时,总是心不在焉,话都懒得说,甚至要拉开大段距离避免与人碰触。

餐厅内,蔡子正在往嘴里扔花生米,见到他们进去,愣怔中没接住花生米,正好砸到永乐头上,永乐站起来勒着他的脖子把花生往他鼻孔里塞……

瞧这无忧无虑的样子,苏格这刚消一点的气如回旋镖一样又打回来了。

程蓝看到三人进来,拉开如同"小学生"一般幼稚互殴的二人,三人像见到班主任一样,站起身,拘谨又惊喜地叫着"孟先生"。

孟斯年点点头示意他们坐下,随即看向苏格:"你和他们一起来的吗?"

苏格没看他们,只说:"孟叔叔我想和您一起坐。"

程蓝赶紧站起来:"我给你点了份水果沙拉。"

苏格嚓嚓嘴，心道这破玩意儿谁爱吃。

程蓝见她不说话，也觉得沙拉有点寒碜："你还想吃什么，随便点，不生气就行。"

许寒城看了眼孟斯年，小声嘀咕："这……小情侣闹别扭呢？"

孟斯年挑眉，眼神在两人身上来回巡视，苏格和程蓝两人同时感受到了莫名的压迫感。

怎么回事，怎么像是偷偷谈恋爱被家长抓包的小孩？

孟斯年问："你们不是不熟吗？"

苏格点头："确实不熟，所以我才要跟您坐。"

孟斯年没说话，向咖啡馆里面走，程蓝又小声对苏格说："他们的惠灵顿牛排做得特别正宗，要不要尝尝？"

"哦，不想吃。"苏格说着跟着孟斯年和许寒城往里面走。

孟斯年回头，看了一眼身后跟屁虫似的苏格，见她瞪着一双大眼睛看着自己，似乎打定了主意跟着他，他视线越过苏格，定在程蓝身上，他说："让她在我这儿吃吧。"

程蓝"哦"了一声，又看了一眼苏格的背影，没再说话。

蔡子见到孟斯年，清醒了不少，酒劲一下就过去了，这才反应过来，问其他人："苏格是不是特别生我的气？"

永乐点点头说："显而易见，服了，为了那个女的还把吉祥物给得罪了。"

程蓝靠在沙发椅背上一言不发，神色低沉。永乐看了一眼咖啡馆最里侧的位置："苏格和孟先生是什么关系？你们有谁问过她吗？"

蔡子摇头，程蓝再次不自觉地扭头看过去，苏格和孟斯年坐在咖啡馆最里侧的双人沙发上，挨得挺近。苏格低头鼓捣着手机，孟斯年和对面坐着的教钢琴的许老师说着话，还顺手丢了颗方糖在苏格面前的咖啡杯里。

看不太出来他们是什么关系。

孟斯年和许寒城说了几句话后扭头看向苏格，见她捧着手机玩得认真，低头靠近她："你就是因为这个游戏把我拉黑了？"

近在耳边的说话声吓了苏格一跳，手一滑冲进敌方塔下，被塔击杀。

她嚓着嘴抬头怒视孟斯年，只是没想到因为她的动作导致两人的距离突然拉近，近到她稍微呼吸重一些就能闻到他呼出的淡淡的咖啡香。

孟斯年也没想到她的动作会这么大，女孩身上的气息猛地霸占他的嗅觉，若隐若现的香气让他一瞬间想到那个笼罩在烟雨蒙蒙中的宁静小镇，那个窗口有风铃的漂亮房子和院子里那株不知名开着花的树。

他微微勾起嘴角："用的什么香水？"

苏格眨眨眼："我要是说洗衣液会不会很破坏气氛？"

伴随着许寒城的笑声，手机里传来"被击败"音效，苏格看着眼前漂亮白皙的男人的脸，到嘴的抱怨也没了，她稍稍后撤些："嗯……您和许老师谈事情吧，不用管我。"

"我们俩经常一起出来，也没什么好聊的。"许寒城带着笑意说。

苏格见他这么说，也不好意思再玩了，便收起手机，视线在两人之间来回游离："难道会弹钢琴的人都互相认识？"

"我们是同一个钢琴老师带出来的。"孟斯年说。

许寒城纠正他："出来的只有你，我可没出来过。"

"如果你不是早恋然后因为情伤远走他乡多年的话，现在应该开了几百场演奏会了。"

"谢谢你的安慰，我再纠正你一遍，十八岁以后恋爱不算早恋。"许寒城语气温柔的同时，眼刀也杀了过去。

苏格听他们聊天，觉得有意思，笑了两声，结果孟斯年看向她："你早恋了吗？目标是当小提琴老师还是开演奏会？"

"我现在谈恋爱还算早恋吗？"苏格问。

"算。"孟斯年打量了她一下，"小屁孩。"

苏格也没争辩，说起钢琴像是想起什么，扯了扯孟斯年卫衣的袖子："那什么，什么时候给我打钱？我想在元旦放假前把钢琴买回家。"

孟斯年失笑，他还是第一次遇到这么直言不讳要钱的人，一点都不拐弯抹角："我正好要找你说你那首曲子的事。"说完，他扬了扬下巴，"你过来点。"

苏格凑过去些，孟斯年伸手将她耳边的发丝撩起，轻轻地别到耳后。苏格微怔，看着他侧脸精致的线条，目光闪了闪没敢动，然后一个耳机就塞进她的耳朵里。

孟斯年说："你那首曲子，我和萧树重录了支 Demo（音乐小样），听听。"

苏格觉得新奇，把另一个耳机也塞好，缩到沙发一角特别认真地听起来。好半晌，她摘下耳机，看向孟斯年时，眼神中多了一丝火热："真好听。"

孟斯年看着她漆黑又亮得出奇的眼睛，侧过头喝了一口咖啡："找了几个人写歌词，我都不满意，苏格……"

"嗯？"

他问："你要不要试试？"

驻唱歌手换了人，蓝三三乐队跑了上去，程蓝拨了拨头发，又拨了拨吉他，简单的两个动作，获得一片欢呼声，气氛瞬间火热起来，许寒城笑了笑："瞧，这就是音乐的魅力。"

苏格把视线收回，没想到孟斯年会提出这种要求，微讶后说道："我没写过。"

"在这首曲子之前，你写过曲子吗？"孟斯年问。

苏格摇了摇头，懂他的意思，凡事都有第一次，不试试怎么知道不可以？

孟斯年挑剔，多少歌词拿过来他都觉得配不上这首曲子，苏格的曲子，一定有她想要表达的东西，别人的词，总让他觉得少了些什么。

台上一阵急促的吉他声响起，随即程蓝唱了起来，是一首老歌，苏格听着耳熟，但是不知道名字。

许寒城和孟斯年听出来了，许寒城笑得意味深长，他对孟斯年说："小朋友们很会哦。"

孟斯年看向蓝三三乐队，脸上看不出什么情绪。

很快到副歌，乐队三个人一起唱道："宝贝对不起，不是不疼你，真的不愿意，又让你哭泣……"

三人唱到这里，一起指着苏格，苏格愣了下，瞪大了眼睛。

孟斯年凑近看得出神的苏格，突然说："我给你买架更好的钢琴好不好？"

苏格把视线移到孟斯年身上，眨巴着眼睛，孟斯年也不急，静静地等她的答案，蓝三三还在继续唱着，很多顾客也跟着合唱起来，一时间热闹得不得了。许寒城被气氛感染，站起身道："我去试试这架钢琴的手感。"

许寒城大步流星地踏上台子，坐到角落的那架三角钢琴凳上，找了个合适的契机，进入曲中。

苏格听了一会儿才问孟斯年："条件是什么？"

"填词。"

苏格没有立刻答应下来，扭头看着几个人玩音乐，大家都挺嗨，包括许寒城，曲调欢快高昂，情绪也非常饱满，不似他平时文静的样子。

一曲毕，程蓝抱着吉他隔着顾客给苏格飞了一个媚眼："这首歌送给苏同学，希望她永远快乐。"

蓝三三下了台，主场交到许寒城手里，他来了兴致，独奏一曲，苏格认真听着，很是专注。

良久，孟斯年失笑道："看来你是真喜欢钢琴。"说完，他眼波流转，拖长了语调，"或者，你喜欢许寒城？"

"我只是觉得他弹得很好听。"苏格回身坐直。

孟斯年轻笑一声:"我弹得比他好。"

这丝毫不需要怀疑,天才钢琴家,十多年前就享誉国际,苏格闻言歪着头看着他:"我没听过你的现场,你要去弹一曲吗?"

她本是没抱希望地随口一说,说完后,竟有些期待。

孟斯年的钢琴曲——光是这几个字,每个字都足以让人惊叹。

孟斯年在苏格期待又专注的眼神中轻轻摇头,将咖啡喝完,垂眸看她:"不,我出场费很贵。"

苏格"哦"了一声:"是啊,贵到这十年都没出过场。"

孟斯年没接她的话,突然又转移话题:"或者,你喜欢程蓝?"

苏格微愣,孟斯年眼神玩味:"从你坐过来,他已经看你十几次了。"

"他可能在看你,毕竟他是你的小迷弟。"苏格一本正经地说。

孟斯年嫌弃地皱眉:"我对男人没兴趣,你让他别在我身上浪费时间了。"

苏格见他说得严肃又认真,"咯咯"地笑起来。

随即,孟斯年再一次注意到程蓝投向苏格的目光,问:"你们俩在谈恋爱吗?"

"这么八卦可和您的气质不符。"苏格说话时,许寒城已经弹奏完走了回来。

"他八卦?"许寒城笑着看向孟斯年,"这倒是稀奇了。"

一位高挑女孩跟着许寒城走过来,她站在他们桌旁,开口询问许寒城刚刚弹奏的钢琴曲叫什么名字,不过她似乎是醉翁之意不在酒。而许寒城还是说了曲名。

女孩点点头,说谢谢时扫了一眼苏格和孟斯年,突然一愣,半天才反应过来:"老天,孟……孟斯年……"

说着,女孩伸出手想要握手,孟斯年装作没注意地摸了支烟出来,低头点烟时想起这是餐厅,又收起了打火机,嘴里叼着烟含糊不清地说了句:"对不起,这是私人聚餐。"

他非常冷淡,甚至微微透露出了不耐烦,这和苏格认知里的那个孟斯年有些不一样,那种疏离感又出现了。

女孩见状,说了句"抱歉",失望地走了。

许寒城摇头感叹:"你这也没什么改善呀,真不怜香惜玉。"

孟斯年把烟从嘴里拿出来:"难道我要全程微笑着给她签名、合影、握手,再等她不远处的朋友们一起过来,继续没完没了地签名、合影、握手?"

苏格说:"您这态度容易上热搜,过气糊咖耍大牌之类的。"

许寒城笑道:"过气?糊咖?"

孟斯年也笑，佯怒："欠收拾。"

很快，程蓝喊苏格一起回学校，孟斯年还不准备放她离开，随口道："等下让她和许寒城一起回学校。"

"我不住学校，和她不顺路。"许寒城非常直接，完全不给孟斯年面子。

孟斯年抬眼瞥了许寒城一下，不紧不慢地对苏格说："我开车了，一会儿送你回去。"

苏格指着孟斯年对程蓝说："他开车了，一会儿会送我回去。"

等几人走了，孟斯年回到正题："关于作词，你也可以提别的要求。"

苏格眼珠一转："包括让您当我的钢琴老师？"

"想得美。"孟斯年想都没想，直接拒绝。

苏格"嘁"了一声："让人提又不同意。"

最后一口焦糖拿铁喝完，她站起身："走吧，爷爷说女孩不能太晚回家。"

"是吗？去沙溪那次可比这次晚多了。"孟斯年挑眉看她。

"就是那次之后才说的，被您害惨了。"

孟斯年跟着起身："……欠你的。"

"你俩故事还挺多。"许寒城饶有兴趣。

苏格说："我就是路见……不平？"

孟斯年也几乎同一时间开口："萍水相逢。"

许寒城愣了愣："……逢场作戏？"

苏格、孟斯年："……"

谁跟你玩成语接龙呢。

外面的温度似乎又降了几度，苏格穿着单薄，看了一眼孟斯年的连帽衫，喊了句："孟叔叔……"

孟斯年一看她的小眼神就知道这姑娘在打什么主意，他说："别想。"

苏格噘嘴："刚才还说欠我的。"

孟斯年失笑："脱了给你我就真的上热搜了。"

"那挺好呀，话题我都给您想好了——过气钢琴家在街头寒风中半身裸露，是酒后失态还是博人眼球的炒作？"

孟斯年双手插在裤袋里，居高临下地看着她："信不信还有一条——千棠音乐总裁街头怒打熊孩子，是熊孩子欠打还是熊孩子欠揍？"

许寒城没忍住，在一旁笑出声："孟斯年，认识你这么多年，第一次发现你这人也挺有意思的。"

"我也刚知道自己有暴力倾向。"

孟斯年的车是越野车，苏格对车子没什么概念，就觉得他这车真大，不比之前那商务小多少，怪不得他当初看自己的 Smart 时神色奇怪，估计没那么憋屈过。

他开车很稳，不急不缓。

快到学校时，孟斯年和许寒城有一搭没一搭说着话，突然回头看了苏格一眼，忽然问："和程蓝他们是怎么回事？"

"嗯？"苏格本来都迷迷糊糊要睡着了，一下被他问得有点蒙。

"宝贝对不起？"

"啊？没关系。"

孟斯年紧抿着嘴，不想说话。

苏格见他神色不对："你干吗道歉？"

许寒城笑得浑身颤抖，孟斯年透过后视镜，像看傻子一样看了她一眼，苏格反应过来，立刻说："哦……唱得挺好的。"

孟斯年见她装傻："以后你们可能会是一个公司的人，我可没时间帮你们处理什么爱恨情仇的狗血关系。"

"爱恨情仇倒也不至于……"苏格并不想让孟斯年知道论坛的事，说完，她突然反应过来，"不是，为什么我们会是一个公司？"

"萧树不是说要收你为徒吗？"孟斯年看着路，头也没回地说，"你考虑考虑。"

苏格不明白自己那从来不想杂事的脑子怎么突然要考虑这么多事情呢。

"作词那事想好没？"孟斯年将车子停在她学校的大门口。

"开到宿舍楼下呗，从这儿走过去得十五分钟。"苏格看了看外面，有保安大叔，还有些刚回来的学生，很热闹也很安全。

不过，她就是不想走，怪累的。

"先答应。"孟斯年一手扶着方向盘，侧着身子看她，"同意就把你送到楼下，不同意我就掉头把你扔荒山野岭去。"

苏格："……"

许寒城失笑："威逼利诱呀，我今天算是重新认识你了。"

"对有些性格奇特的人就不能好好跟她说话。"

苏格："……"

孟斯年打开车厢里的灯，苏格拿包挡了一下脸，她可不想明天在超话上看到自己与孟斯年的新消息。

她一边挡着脸一边说:"钢琴我要白色的,而且你要教我弹。"

"我没空,许寒城教你。"

苏格沉吟一下:"也行吧。"

许寒城无语:"我同意了吗?还有你苏格,什么叫也行吧?这么为难怎么回事?"

苏格说:"你别让我交学费我就不为难。"

"她还想白嫖?"许寒城看向孟斯年,觉得这两个人一个比一个无耻。

孟斯年安慰他:"反正你闲着也是闲着,她脑回路清奇,没事跟她斗斗嘴还是挺有意思的,她学费算我的。"

许寒城点头:"有学费就好说。"

苏格跟着露出一个灿烂的笑容:"谢谢孟叔叔。"

"跟资本家就不用客气。"

孟斯年:"……"

这俩人变脸也够快的。

目送苏格进了宿舍楼后,孟斯年才掉转车头,出学校的路上,车子迎面碰到回来的蓝三三几人的车子,灯光从驾驶座的程蓝脸上扫过。

两辆车子擦肩而过,许寒城突然开口:"最近学校超话里很热闹,关于蓝三三,关于苏格,也关于你。"

"我?"孟斯年诧异,"怎么回事?"

苏格和蓝三三那天的演出很精彩,热闹点也无可厚非,但扯上他就有点奇怪了。

许寒城找出那个帖子,直接把手机递过去:"你自己看吧。"

孟斯年将车子靠边停了下来。

他看得很快,几页翻完后,脸色也随之沉了下来。许寒城摩挲着下巴:"估计苏格因为乐队没处理好这件事在跟他们闹别扭呢吧,那天具体是怎么回事?"

"我也不清楚,听说苏格是在去吃饭的路上临时被蔡一子拉去的。"孟斯年启动车子,踩下油门前,有些不满地说,"程蓝他们在干什么?"

"所以小姑娘只是好心去帮个忙却被骂了一周。"许寒城说完,叹了口气,"别说有代沟了,有时候真的不知道这些孩子在想什么。"

孟斯年点燃一支烟,随手往后翻着帖子,越看脸色越难看:"我不太高兴。"

"我感觉到了。"许寒城道。

正浏览着，随即孟斯年的手指一顿，看到了ID名为程蓝的人在帖子下的留言："你们怎么说我无所谓，别连累无辜的人。苏格只是来帮我们忙，哪有那么多这心机那虚荣的，闭嘴吧都。"

留言时间是今晚上六点多，也就苏格在外面抽烟那会儿。

孟斯年扶额……

小屁孩，这话还不如不说。

苏格回到宿舍，刚打开门就见穗穗拿着她的米奇玩偶一脸凶巴巴："说，刚才送你回来的那辆车是谁？不然我掐死你的米奇。"

"你别一副我抢了你老公的模样好吗？"

"难道不是吗？"

"你老公是谁？"

"小的是程蓝，大的是孟斯年。"

苏格想了想，无话可说，自己走的时候是程蓝接的，回来是孟斯年送的，如果她是穗穗，估计也想掐死她的米奇。于是苏格心虚地咳嗽了一声："其实，我喜欢许老师。"

"你少来！"

穗穗根本不信她满嘴跑火车的话，她把米奇扔给苏格，说到许寒城，她问："你真的想学钢琴吗？"

"还挺有兴趣。"苏格到了一个什么乐器都想玩一下的阶段，她爸要还在世，肯定骂她。

苏格的话音刚落，手机突然响了起来。

穗穗一个箭步冲过来："大的还是小的？"

苏格忙说："大的，肯定是正事，你别激动。"

说着，她转身开门走出去，随即又回来抱走米奇。

走廊里有零星几个女同学经过，看到她后立刻压低了说话声，走远了还不忘频频回头看过来。

自从帖子发酵后，这些天总是这样，苏格也习惯了，她走到走廊尽头，靠在窗前接起电话："您有什么吩咐？"

孟斯年像是还在路上，那边有车流的声音，在若隐若现的鸣笛声中，他说："那个帖子我看了。"

苏格揉着米奇耳朵的另一只手一顿，半晌："哦。"

"需要我做什么？"孟斯年的声音从听筒里传来，与他平时的说话声不太一样，显得温柔低沉了些。

很简单的一个问句，六个字，却让苏格怔了半晌。她仰头看着天花板，随口说了句："还好，只是一些鸡毛蒜皮的小事。"

苏格说得轻松。

"这不是小事，这是霸凌。"孟斯年虽然总是穿得正式，但在大多数时候却是随意的。算起来他也不过是个还没三十岁的年轻人，但这句话的用词和语气却让苏格感受到了来自孟老板的严肃认真。

有些事没发生在自己身上，别人永远不会感同身受，那个帖子出来以后，有人跟帖推波助澜，有人回复义愤填膺，对所谓的弱者的同情让他们高举道德的大旗批判乐队自私，并咒骂苏格虚荣。

孟斯年说得对，这对乐队和她来说，就是霸凌。

即使她不去看帖子，走在路上也会有人投来奇怪的目光，在食堂吃饭会听到隔壁饭桌的人故意大声地讨论，甚至在乐团训练时别人对江染过度的关心和询问都是对她无声的批判。

这么多天，除了一腔热血只想与人掐架的穗穗，竟然……还有孟斯年，竟然还有孟斯年站在她这边，关心她的情绪，询问她需要什么帮助，还有孟斯年把这件事当成一件大事。

其实，苏格原本不想让他知道的，这让她觉得有点丢脸。

"等过段时间大家忘了就好了。"这话是几个关系还不错的同学对她的安慰，虽然苏格并没有从中得到任何安慰。

她是骄傲的，她不想把自己的窘迫拿出来谈。所以，说完这句话，她又立刻扬起语调："没关系啦，这么多天我都快忘了，我要去练琴了，您路上注意安全。"

电话挂断后，苏格又在窗前站了一会儿，看了一眼通话记录上的"孟叔叔"三个字，突然觉得这三个字变得温暖了些。

他们本来没什么交情的，不是吗？

苏格抱着米奇玩偶回到宿舍，穗穗赶紧给她看帖子："程蓝回复了！超话里又吵起来了，程蓝粉丝和一些路人撕得热火朝天。"

本来已经沉寂下来的话题因为程蓝的出现又被顶了上来，有人说程蓝飘了，有人说他被说中气急败坏了，反正大多数人先入为主地选择相信最早的爆料。

穗穗噼里啪啦地打字解释说江染是去参加小提琴面试才没去的，但根本没人注意，很快被淹没在了众多讨论中。

穗穗气呼呼地嘀咕："蓝三三这三个男人，直接曝光江染是觉得丢人吗？

是觉得欺负女生吗？怎么只字不提她啊。"

苏格看着程蓝的回复，说："乐队里也算有个长嘴的人了。"

穗穗奇怪地看向她："你也太好哄了。"

"又不是他哄好我的。"苏格说。

"难道是我？"穗穗嘻嘻一笑。

苏格也跟着笑："一半是你，你知道我为什么只有你一个朋友吗？"

"说好听点是因为你酷呗，说难听点就是性格奇葩。"

苏格坐回自己的位置："因为有你就够了。"

穗穗点头赞同，不忘夸自己："说白了还是我情商高，我为了陪你天天住宿舍，你看哪个富二代住校的。哎？不是，那另一半是谁？"

"孟斯年。"苏格的眼睛亮晶晶的，"穗穗啊，我想和孟斯年做朋友。"

穗穗翻了个白眼："我何止想和他做朋友啊，你能不能放肆一点。"

苏格："……"

穗穗："真是暴殄天物。"

周二下午苏格没课，乐团也没训练，穗穗约她去酒店喝下午茶，那种只适合拍照的贵妇下午茶苏格没有兴趣，所以一点不给面子地拒绝道："没钱。"

"我有。"

"关我啥事。"

"高傲死你吧！"穗穗气得想骂她，"那你干吗去？我陪你。"

苏格拿起从图书馆借来的《钢琴基础教程》："去上钢琴课。"

穗穗面露难色，说道："这课太好睡了，我就不给许老师添堵了。"

许寒城的课不止他们班级的人在听，旁听的也很多，苏格到的时候，阶梯教室里已经坐满了人。她找了最后一排靠窗的位子坐下，尽量不引人注目。

上课铃声响起时，老师拿着教材走进教室。突然有人惊呼，随即惊呼声此起彼伏，甚至夹杂了尖叫声和口哨声。

苏格抬头看向讲台，待看清那个人后，心想他最近出场频率很高啊。

孟斯年戴了一副无框眼镜，衬衫、工装裤搭配皮鞋的穿着像是老师，又像是气质出众的学长。他把教材放到讲台上，扫了一眼教室里的众人，食指轻轻地往双唇中间一放，示意大家噤声。

这个动作，他曾在曲桑时对苏格做过，苏格至今还记得他修长白皙的手指后那双漆黑幽深的眼睛。

他做完这个动作，苏格心想，你这是想让人安静吗？

果然，他这个样子，在教室瞬间静默后，引起了更大的欢呼声。

苏格心道，人气还挺高，后面一想，钢琴系的同学，应该没有人不认识孟斯年。

孟斯年凑近课桌上的话筒："大家好，我是孟斯年，今天帮你们许老师代课。"

教室里又不平静了。

孟斯年研究了一下电脑，过了半晌，抬头问："有没有课代表？帮我把课件调出来。"

第一排有人跑上去，下面的同学和他开玩笑："不用课件了吧，孟老师您弹几首曲子吧。"

这话得到了全教室人的附和。

"不巧，现在卖身不卖艺了。"

孟斯年的话让教室里的气氛火热到了极点，他在此起彼伏的欢笑声中扫了一眼整个教室，然后就看到了最远处靠窗边穿着红色外套的苏格。

那么多人，他自己都不知道为什么能一眼看到她。也许是因为她的安静与这里格格不入，又也许是因为他最近对红色比较敏感。

"就咱们交的这点学费，你们也别要求太多，孟斯年的音乐会门票多少钱知道吗？"有人说。

"关键花钱也听不到啊。"有人立刻附和。

孟斯年也不接话茬儿，开始讲课。他的话非常少，虽然不至于多高冷，但与温柔好脾气的许寒城比起来，还是多了一丝不可靠近的感觉。

他放了一首钢琴曲，慢条斯理地说："今天讲柴可夫斯基的《四季》之《六月船歌》旋律的把握和弹奏，先听一下。"

听曲子的时候，孟斯年站到了钢琴一侧，拿出手机，打开微信。

苏格正认真地听着音乐，察觉到裤袋里的手机在振动，她没有去看，而是继续认真地欣赏，随即手机又"嗡嗡"地振动了两次。

苏格掏出手机，锁屏上弹出信息——

孟斯年：来偷听许寒城的课被我抓到了。

孟斯年：你就没有别的颜色的衣服吗？

孟斯年：没有凳子高还坐到最后。

苏格抬头瞪他一眼，他斜靠在钢琴旁，午后的阳光暖洋洋地洒进来，他低着头按手机，侧脸被阳光镀了一层光，光亮让他与身后的黑色钢琴融为一体，像是画艺精湛的素描，又像文艺的明信片。

底下很多同学拿着手机拍照,他似乎并没发现,或者说是他不去在意。
苏格低头,打了三个字——

格格万福:想拉黑。
孟斯年:试试。
格格万福:算了,拉黑一次就找碴儿到现在。

孟斯年几不可闻地笑了一下,收起手机,扭头瞄了她一眼,结果看到半空中大家全在用手机对着自己。
教室里的人不知什么时候更多了,得到消息的其他同学都从外面赶来,不过一首曲子的时间,过道和窗外就挤满了人。
孟斯年挑了挑眉,又按了几下手机。
苏格的手机上立刻跳出两个字——

孟斯年:过气?

苏格心想,真记仇……

格格万福:这可是钢琴系,谁不认识您呀,毕竟红过。

孟斯年收起手机,不搭理她了,尽说他不爱听的。他摆了摆手示意大家把手机放下,同学们都挺配合,很快,这堂课有了课堂的样子。
一堂四十五分钟的课,他讲得游刃有余,下面人听得情绪激荡,最后快下课的时候,他点了一名同学上去弹曲子,被点到的同学激动又亢奋地弹完一曲,紧张地看着孟斯年:"孟……大神,能点评一下吗?"
孟斯年低吟一下,摇头:"槽点太多,我可能得说一节课。"
底下众同学笑起来。
孟斯年见那同学红了脸,不好再打击人,勾了勾嘴角,安慰道:"其实还好,许老师在你这个年纪还没你弹得好。"
同学们笑声更大了,那同学的脸越发地红,偷偷看孟斯年一眼,嘴角压不住笑地跑了回去。
"谁还想上来弹?"他站在钢琴一侧,随手点了几个音符,抬头看向最后排。有人察觉到他的目光,跟着回头看过去,窃窃私语声四起,多是猜测他在看谁。

突然有人说:"那不是苏格吗?"

苏格静静地坐在座位上,大眼睛眨巴眨巴,一脸无辜。

"苏格,你要试试吗?"孟斯年说完,只是一瞬间,所有人都回头看她。

苏格咬牙切齿,面上却很镇定,慢慢地摇了摇头:"我只会拉小提琴。"

"那你来上钢琴课?"

苏格面无表情地说:"陶冶情操。"

"哦,听说……"孟斯年双手插在裤袋中从钢琴后走出来,站定在讲台旁,微微弯腰,凑近话筒,吐字清晰且慢条斯理地问道,"上次的演出蓝三三乐队为了得到千棠的合约,临时把你换了上来?"

没人想到他会问这个问题,当他最后一个字说完后,四下一片哗然。

大神果然是大神,贴脸开大都这么游刃有余。

苏格愣了一下后,明白了孟斯年的用意,于是她再次镇定地、慢慢地一字一句回道:"是江染要参加盛阳乐团的面试没法去演出,蓝三三的蔡一子在路上碰到我,见我背着小提琴,就请我过去帮忙。"

周围讨论声越来越大,过了一会儿,苏格就听到有人朗声问:"既然这样,你们怎么不早说?"

苏格掀了下眼皮:"我室友说了啊,没人理她。"

"那江染怎么也没解释一下?"又有人问。

苏格没忍住,翻了个白眼:"那你问她啊。"

"既然这样,蓝三三怎么也没出面声明因为江染放鸽子?"有人继续问。

讲台上的孟斯年适时开口:"怎么说?说另一个同学临阵脱逃差点毁了乐队演出?然后你们大家再一起去骂那个同学?事情发酵后再给蓝三三扣个引导大众欺负同学的帽子?"

一时间,教室内无人说话。

孟斯年私下虽对蓝三三处理方式有些不满,在外面还是挺护犊子的。

很快,附近已经开始有同学心疼蓝三三了,有人嘀咕:"就是啊,这让他们怎么办嘛,说不说都不对。"

有蓝三三的粉丝心疼道:"我们程蓝那么傲的人,什么时候受过这委屈。"

"宁愿自己挨骂欸!"

"苏格也挺惨的,救场变跳火坑。"

"……"

在周围此起彼伏的讨论声中,苏格看向孟斯年,觉得这人情商真高,言简意赅地把她摘得干净,把她从被讨伐的对象变成了受害者,又帮蓝三三乐队口碑实现了逆转,顺便升华了一下他们的道德人品。

"美强惨"的人设果然何时何地都适用。

下课铃音响起，孟斯年目的达成，便不再多说什么，直接道："下课。"

同学们的注意力又被他吸引回来，似乎没有人想离开。

有人问他什么时候再来上课，有人询问可以合影或者签名吗，他摇了摇头，扫了一眼教室里乌压压的人，淡淡道："这节课感谢大家配合。"

话音一落，外面就走进来一个西装革履的人，似乎是助理，帮他开门，跟在他身后离开，显得派头十足。

很快教室里的人也都走光，苏格收拾好东西，背着书包慢悠悠走出教学楼，一眼就看到了站在路边车旁的孟斯年。

他仿佛在等她，见到她，隔着助理对她示意："过来。"

苏格看了看在楼梯下方流连的同学，自欺欺人地伸手将外套的帽子戴在头上，走到了孟斯年身边。

孟斯年打开车门让她上去，随即跟着坐到她旁边。

副驾驶座上的人靠在椅背上，戴着耳机在听歌，察觉到有人进来，他摘了耳机，回头道："搞定了？"

"走吧，送她回去。"助理坐进驾驶座后，孟斯年说。

"许老师？"苏格看着前面回头说话的人，微微有些诧异。

"他怎么说的我呀？说我逃班了还是生病了？"许寒城看着苏格，微微叹了口气，"唉，我的全勤奖呀。"

苏格看了他半晌，突然扭头看向一旁的孟斯年。孟斯年将车窗降下来，低头点烟，苏格盯着他，问道："收买人心？"

"嗯？"孟斯年挑眉。

苏格微微靠近他，说话时酒窝忽隐忽现："您这就是收买人心，不是说靠实力的吗？"

孟斯年夹着烟，没看她，随口道："对男的靠实力。"

苏格："对女人不靠魅力吗？"

孟斯年失笑："你是女人吗？小丫头一个。"

苏格看着他漆黑的眸子和嘴角勾起的弧度，突然觉得他的眼睛特别美，鼻梁很挺，笑起来非常好看，即使他刚刚质疑了她的发育程度。

说不感动是假的，他是谁啊，天价出场费的孟斯年！特意跑来代许寒城的课，就是想替她解释那么一句。

虽然她表现得不在乎，但他却替她在乎。

他把这件事当回事，他让她觉得自己也是有人保护的。

苏格没敢继续看他的眼睛，直视前方，说话时也没看他，她说："我会好好写歌词的,实际上我手里还有一首曲子,您要就给您。"

孟斯年把玩着打火机,听到她嘟嘟囔囔的话,说:"收买人心果然有用。"

苏格被逗笑,孟斯年突然认真道:"苏格,你来我这儿吧,跟着萧树,他对你很有信心。"

苏格敛了笑容,沉吟半晌:"我爸希望我去交响乐团。"

孟斯年看着她,半晌,问道:"那你的意愿呢?"

苏格没说话,许寒城回头,冲孟斯年伸手:"来一根。"

孟斯年抽出一根烟夹在手中,将整盒递给许寒城,再次看向苏格:"去交响乐团干吗?当首席的替补?"

苏格不服:"您怎么就知道我不比首席好呢?"

孟斯年笑,手里把玩着细长的烟:"现在他们第一小提琴演奏员是江米,她的状态正是巅峰,不说国内奖项都快拿满了,国际荣誉也拿了不少,你呢?还三心二意呢吧,怎么跟人比?"

苏格嘟嘟嘴:"我会进步的呀。"

许寒城回头说:"就是的,你不能这么打击孩子。"

孟斯年瞪他一眼:"你哪头的?"

许寒城回答得毫不犹豫:"苏格这边的呗,我们一个学校的。"

苏格和许寒城击了下掌。

孟斯年:"……"

苏格见孟斯年一言不发,她咬了咬嘴唇:"这是我爸生前的愿望。"

孟斯年把玩香烟的手一顿,半晌,哑声道:"抱歉。"

"而且总有出场机会吧,乐团演出又不是只要一个小提琴独奏。"苏格眨巴着大眼睛问。

孟斯年点头:"嗯,机会挺多,小提琴手需求量很大。"

许寒城失笑:"这还鼓励上了,你哪头的?"

孟斯年斜觑许寒城一眼:"闭嘴吧你。"

孟斯年来上钢琴课的事很快在学校超话炸开了。

除了夸孟斯年帅以及呼喊他复出的一些言论,还有在现场的同学将课上讨论的事情又复述了一遍。

然后,就有很多人喊江染出来说明情况。

结果,直到第二天,江染也依旧没有出现。

从头至尾她都像个局外人一样,没有只言片语。

当然,超话里依旧有人质疑苏格:"蓝三三这么护着江染,肯定关系不错,同意了她去面试。苏格直接推她出来挡枪,这不是故意引导你们吗?还真有一堆人上当帮她喊话江染。"

不过清醒的人更多,有人问那名网友:"苏格都背锅这么久了,为什么不能说?她说出实情有什么错?"

"难道为了保护一个自私自利、不管别人只顾卖惨的人,苏格要一直承受这些吗?"

"跟你这种脑子不清醒的人同校,我好尴尬。"

"……"

周末晚上,程蓝突然给苏格打电话,他说自己在楼下。

天还不是很晚,女生宿舍楼门口有很多人进出,还有送女朋友回来的男同学徘徊流连。

程蓝拿了一个小提琴盒子站在路对面的树下,很显眼。

苏格走过去,程蓝见到她,没有说什么,而是向楼后走了几步,避开了人,将手里的小提琴递给她:"送你的,帮了我们这么大一个忙。"

苏格没接:"举手之劳,不用这么破费,不是请我吃饭了吗?"

程蓝见她淡淡的模样,想着刚认识时,她虽然也是一副淡漠的样子,但比现在温和很多,有时还会看着他们笑,笑时很漂亮。

"抱歉,我好像把事情搞砸了,没帮你澄清,还让孟先生来善后。"程蓝很高,跟她说话时他站得笔直,低着头,手握着小提琴盒的带子,绷得紧紧的。他本是高傲又潇洒的人,平时跩得不得了,现在别别扭扭的,看起来一副非常不擅长道歉的样子,和他唱歌时左摇右晃、慵懒痞气的样子全然不同。

苏格不准备在意这事了:"没事,你也帮我说话了,别人怎么说是别人的事,而且现在骂我的人已经不多了。"

程蓝没说话,低着头看她,不远处有若隐若现的说话声传来,他们头顶的路灯因为电流的缘故突然暗了一下。苏格踩着地上的叶子,等他说话。

程蓝突然抓起她的胳膊,将小提琴盒的带子塞到她手里:"买了就没准备退,拿着。"

苏格摇摇头,还了回去:"太贵重了,我不要。"

程蓝不接,慢慢呼出一口气:"上楼吧,挺冷的。"

苏格看着他,见他情绪不是很高,想着再说点什么:"程蓝……"

"嗯?"

"这不是什么大事,过去了就不想了,你以后可能会遇到更多这样的事情,不要像现在这样在意。"苏格一直觉得,他会红,有话题也就会有争议,他应该有颗强大的心。

程蓝耸肩，笑了下："我没事，我这次就是觉得连累你了，有点丢脸。"

而且，他是来道歉的，反而变成她安慰他了，程蓝低头看着苏格晶莹的眼睛，突然心软得一塌糊涂。

苏格说："我翻篇了。"

程蓝突然敛起笑容，郑重地低声叫她的名字："格格。"

"嗯？"

程蓝看着她，沉默半晌："没事，叫叫你。"

气氛突然有点暧昧，苏格微怔，眼神闪躲一下，将小提琴塞回程蓝怀里："真不能要，我回了。"

程蓝猝不及防地接住，想再说什么，却见苏格走得飞快。

苏格走进宿舍楼，上楼梯时，听到走廊里有女生兴奋地说："那不是程蓝吗？"

"哪儿呢？"

"楼下啊，刚走过去。"

"快让个地方，让我瞧瞧。"

"……"

才华横溢的校草程蓝，是学校大部分女孩都喜欢的人，苏格从上学第一天起就听说了他，后来，见过他坐在教室里听课的样子，见过他在台上意气风发唱歌的样子，见过他开着敞篷车载着漂亮女孩从学校呼啸而过的样子……

她不过是个十八岁的女孩，情窦初开的年纪，不是没心动过的。

现在想想，好像仅限于曾经那一瞬的心动。

穗穗等在宿舍门口，见她回来，便一副发现大秘密的样子："我老公跟你表白了？"

这话听着十分别扭。

"瞎想什么呢，他只是想送我一把小提琴表示感谢。"

穗穗摇摇头："我可拿着高倍望远镜目睹了全过程，你走的时候他神色凄凉……"

苏格走进宿舍："你真变态。"

实际上，程蓝并没有神色凄凉，他走的时候，脚步比来时欢快多了，因为他能感觉到，苏格真的不生气了。

蔡子见到程蓝拿着小提琴回去，哀号一声："完了，没收，苏格不会原谅我们了！难道让我以死谢罪吗？"

程蓝挑挑眉："意料之中。"

蔡子咬唇："那怎么办？哄女孩你在行，再想想办法呀。"

程蓝不满地看他："我在行？我哄过谁？"

永乐"扑哧"一声笑出来："就是，都是人女孩哄着他。"

程蓝把小提琴盒立到墙边："你也不用以死谢罪，苏格不生气了。"

这晚苏格刚睡下，就被穗穗晃醒，她一脸兴奋："程蓝超帅，他又在那个帖子下回应了，没在怕的，太帅了，不枉费我喜欢他这么多年。"

程蓝的回应，与他一直以来给人的感觉一样，就是"出色的人都又跩又酷"。

他说——

> 我是程蓝，我郑重说下这件事。
> 先对苏格说声对不起，非常对不起。
> 原本跟我们训练的小提琴手那天临时有交响乐团的面试，进交响乐团是她的梦想，无法帮我们演出，我们完全理解。
> 她的选择无可厚非，谁的梦想不是梦想呢？
> 因为时间紧迫，蔡子直接从路上拉了个拿着小提琴的女孩来帮忙，就是苏格。
> 苏格察觉到我们的焦急，好心答应帮忙，在此之前，我们互相都不认识，可以说毫无交集。
> 她甚至不知道是什么演出，还因为帮助了我们，没赶上她原本的交响乐团的面试。
> 所以，停止你们的恶意揣测和所谓正义的谩骂。
> 最后，想道歉的就公开跟人姑娘道歉，不想道歉的闭嘴就行。

苏格没有去看帖子，其实从孟斯年来代课后，帖子的事已经影响不了她分毫，她也不需要那些陌生人的道歉。事已至此，再纠缠未免矫情。于是，她没理穗穗，翻身又睡了。

后来，多少听穗穗说起，超话里有人说，比起临上场前放鸽子，江染在乐队和苏格被误解时的沉默才叫恶毒。

然后，连着一周的校交响乐团训练，苏格都没见到江染，团长说她是请了假。

这一事情告一段落后，苏格的生活还是照常。

只是多了一个写歌词的任务。

她完全没有经验，自我感觉也没什么文学天赋，所以开始频繁去图书馆，她想着或许从著作中能找点灵感。

许寒城见到她的时候，她正在文学区选书，许寒城看了看她手里的书："你爱好还挺多。"

苏格在这里碰到他意外了一下，随即一脸无奈："我这不是被姓孟的坑了嘛。"

许寒城失笑，这下连"孟叔叔"都不叫了，看来真难住了："那就不写了呗。"

"我也想，但拿人手短。"苏格叹了口气，"老师您也来借书？"

"对，正好碰到你，跟你说个事。"许寒城说着从衬衫口袋里拿出一张票，"周末盛阳乐团音乐会门票，你一定要来呀。"

苏格愣了下，没懂他这个操作："啊？"

许寒城表情坦荡："别迟到了。"

正午时分，太阳很大也很晒，但风是凉的。

北方季节分明，立秋后的凉意来得明显，苏格和许寒城一起从图书馆走出来，苏格终于后知后觉地高兴起来："他们的票很难抢，我每次都抢不到，许老师您怎么买到的？"

许寒城神秘一笑："我上面有人，不可说不可说。"

苏格眼前一亮，带了点期待："那下次……"

许寒城冲她摇头："仅此一次，苏同学，不要太贪心。"

苏格想再努力一下："我给钱的，不白要，给您加点辛苦费也行。"

许寒城失笑："你当我是黄牛呀。"

苏格："……"

许寒城给的音乐会的票是第一排，苏格提前半个小时就到了，周围渐渐坐满人，男士西装革履，女士身着礼服和高跟鞋，打扮精致。苏格穿着大衣和小皮鞋，感觉和周围的人比也没那么突兀，坐得也心安理得了。

许寒城在开场前五分钟赶到，坐到她旁边，拢了下大衣，轻声道："抱歉，差点忘了。"

苏格看着近在咫尺的演出台："许老师，您上面的那个'不可说'还挺厉害，这个位置的票可不好搞。"

许寒城随口道:"还行吧。"

一场音乐会听得苏格心情激荡,尤其是近距离观看江米演奏,她全程竖着耳朵唯恐听漏了一个拍。

结束的时候大家都意犹未尽,掌声不断,乐团又多演奏了两首安可曲。

彻底结束后,苏格反倒有些失落:"江老师演奏得真好,这些小提琴手都好。"

她发觉自己跟人还是挺有差距的。

许寒城直言道:"如果你进了乐团,出场机会可能不多。"

苏格没说话,看着陆续离场的观众:"我们走吧。"

许寒城坐着没动:"等一会儿,带你见个人去。"

苏格不明所以:"见谁?"

许寒城看了下手表,见附近观众不多了,站起身理了理衣服,冲她温柔一笑:"你跟我去后台就知道了。"

苏格跟上去,还没走出观众台,大衣口袋的手机"嗡嗡"振动起来,她刚接起来,连"喂"都没来得及说,就听对面传来孟斯年命令式的声音:"出来,我在剧院门口。"

苏格又是一脸蒙:"啊?"

"啊什么啊?你不是和许寒城听音乐会呢吗?让他也出来,今天正好有空,给你上钢琴课。"

苏格看了下手表:"可是现在晚上九点了。"

"你们年轻人不熬夜吗?"孟斯年问。

苏格:"……"

这话说的。

许寒城接过苏格的电话,有点不高兴,但声音依旧不紧不慢:"怎么了?我现在准备带……没跟她说呢,正准备去……"

孟斯年不知道说了什么,许寒城挂了电话后也不说去后台的事了,嘀咕着:"走吧,计划有变。"

音乐会散场的时间段,街上车子很多,理所当然地堵住了,喇叭声此起彼伏,交警在奋力指挥。

许寒城眼尖,出门就看到孟斯年的车夹在车流中龟速走着,二人上车后,孟斯年回头看了眼后座的苏格,苏格以为他要说什么,结果他没搭理她,对副驾驶的许寒城说道:"去公司还是去我家?"

许寒城无语地看向孟斯年:"你不把她当女生,但不代表她愿意大晚上和两个男人去上什么钢琴课。"

孟斯年愣了下,想回头看苏格,不知道是尴尬还是觉得抱歉,侧了下脸,顿了顿才说:"我考虑不周,送你回学校。"

苏格其实也没多想,这两个人虽然有时候嘴有点欠,但看着挺正直绅士的。

不过这个时间,她确实不想上什么钢琴课。

车子龟速往前走着,一时间没人说话,苏格觉得车子里的氛围有点尴尬,她得说点什么:"您怎么知道我在这儿?"

"我什么不知道?"

说了等于没说……

又沉默了一会儿,苏格继续真诚发问:"孟叔叔您为什么不把我当女生?"

这下更尴尬了……

许寒城"扑哧"笑出声,转头等着看孟斯年笑话:"为什么呀?孟叔叔?"

车子正好走出拥堵路段,孟斯年转了个弯,油门踩下去车子冲出去一段路,才慢悠悠地说:"你不是小孩吗?"

"不是呀。"

"那你叫我叔叔?"

"对呀,怎么了孟叔叔?"

"……"

许寒城笑得肩膀都跟着耸动,他觉得这苏格绝对故意的。

孟斯年将车开到学校门口,轻车熟路地准备开进学校送她到宿舍楼下,没想苏格突然说:"孟叔叔,停车,我在这儿下。"

孟斯年将车停下,疑惑地看她:"不是嫌远懒得走吗?"

他还记得这姑娘特别不爱走路。

十一点宿舍楼锁门熄灯,所以十点多这个时间是学生回宿舍的高峰期。出去玩的、约会的、上完自习的都在往回赶,如果让他们送到楼下,不免又要被同学讨论,她最近只想低调做人。

苏格开门下车:"突然想起来老师让我们尽量选择低碳环保的出行方式。"

孟斯年、许寒城:"……"

这骗鬼的理由……

孟斯年也没计较,准备开车离开,看到后视镜里苏格走回来,敲了敲副驾驶的窗。

许寒城降下车窗,苏格歪头询问:"许老师您刚才要带我去见谁呀?"

许寒城意味深长地看了眼孟斯年，回头对苏格说："乐团团长，本来想带你争取个补考的机会。"

苏格瞪大眼睛，露出惊喜神色，还没说话，孟斯年率先开口："错过了就别想了，你最近安心写歌词。"

苏格愣怔了一下，看着孟斯年，突然明白了为什么孟斯年大晚上来接他们去上什么钢琴课，一瞬间怒上心头，再加上他慢条斯理说这话的样子，这无所谓的嘴脸，更显可恶。

苏格眉头紧锁，怒气中带了丝委屈："孟斯年你故意的吗？我说你怎么这么好心突然来接我，原来是想阻止我去乐团。"

孟斯年挑眉："不要妄加揣测没有根据的事情。"

"这还没根据？孟斯年，我请问你，凭什么干涉我的事？"

她声音不大，但语气、措辞之严厉，压抑的怒气和突如其来的气场，让许寒城怔了半晌，什么情况？

孟斯年看她，看不出情绪，不过车内的气压明显过低，许寒城终于反应过来，忙说："不是，苏格同学你先听我说……"

苏格抬手示意他别说："许老师不用替他解释，谢谢您的帮助和好意，您也不用为难，我的事我自己努力争取，麻烦您帮我通知一下姓孟的，我和他掰了。"

苏格说完，冷着脸转身走了，一脸决绝。

许寒城看了看苏格，又扭头看了看阴着脸的孟斯年，咳了一下："苏格让我通知你，她和你掰了。"

"我没聋。"孟斯年瞥他一眼。

"你是没聋，但你哑了，没长嘴吗？解释去啊，看给人气的。"

孟斯年翻他一眼："你嘴长多了。"

苏格怒气冲冲地走回宿舍，穗穗被她要杀人的气势吓了一跳："怎……怎么了？"

苏格把包往椅子上一扔，拿起水杯喝了半杯水才说："姓孟的太不是人了，真是'无奸不商'！"

"姓孟的是？"穗穗小心翼翼地问。

"孟斯年呗，长得人模狗样，一点人事不干。"

穗穗："……"

她怀疑自己耳朵听错了。

苏格越想越气，拿起手机发信息给孟斯年——

格格万福：曲子还给我，不给你用了。

孟斯年刚把许寒城送回家，听到手机振动，拿起来看了眼，回道——

孟斯年：你以为我们那合同是签着玩的？
格格万福：那你报警吧。

发完这个，苏格终于爽了。
孟斯年气得把手机往座椅上一扔，低头点了根烟。
半根下去，他气笑了："这臭脾气。"

十一月下旬，天气越发冷了些，今年旱季较长，校园里的银杏树在阳光下一晃，叶子透黄透黄的，一阵风来，像下起了黄色树叶雨一样。
苏格每天穿梭在银杏树下，上课下课，食堂寝室，把孟斯年再次拉黑后，生活又恢复了平静。
此刻的萧树，正在孟斯年办公室里撒泼耍赖："我的徒弟呢？你把我徒弟怎么了？你还我徒弟！"
孟斯年把手机递给他，萧树拿起来一看，他发给苏格的信息都是红色感叹号："怎么又给你拉黑了！你干了什么？你不会哄着就别说话行不行？"
孟斯年点头："嗯，我就是没说话。"
萧树愣："……那也不能不说啊。"
"你到底想我怎么着？"
"哄回来。"
孟斯年不想看他赖赖唧唧的样子，拿了车钥匙走了。

许寒城下课回到办公室就看到孟斯年坐在他的工位上，问道："怎么突然来了？"
"用你的手机给苏格打电话，让她来办公室一趟。"孟斯年直截了当地说道。
许寒城了然，幸灾乐祸道："还没哄好呢？那我可不管，省着你又说我多嘴。"
"就你多嘴给人得罪的，手机给我，我发。"
许寒城饶有兴趣地看着他："孟老板，怎么回事？你现在这样像被人甩了。"

下雨天

孟斯年瞥他一眼:"懂什么叫惜才吗?苏格就算是一老头儿我也这样。"

孟斯年用许寒城手机加了苏格微信,尽量学着许寒城的说话方式发了条信息过去——

> 许寒城:苏同学,一会儿你来我办公室一趟呀,我有点事情想找你聊聊。

发过去后,觉得语气有点生硬,他又发了一个害羞笑脸的表情包,这才满意。

在宿舍的苏格,看着手机里那个脸蛋通红的表情包,陷入了沉默,犹豫了一番,回了一句——

> 还猪格格:必须本人到场?

孟斯年也沉默了,这小孩什么脑回路?

> 许寒城:当然的呀。
> 还猪格格:聊什么?
> 许寒城:你来了我们面对面说呗。

许寒城凑过来看了一眼,闭眼缓了一下,咬牙切齿地说:"孟斯年,你像个变态似的。"

孟斯年无所谓,把手机还给他:"你的号,像变态也是你像。我这不是在模仿你说话吗?"

许寒城冷笑一声:"我这辈子没这么说过话!"

穗穗不在学校,苏格找不到人陪,只能硬着头皮自己过来,敲门时,许寒城从洗手间出来,看到苏格,说道:"直接进去就行。"

苏格见到他,用特别正直官方的语气说:"许老师,您要说什么?我们在这儿说吧。"

许寒城挑眉,见苏格眼神防备,心里骂了几遍孟斯年,随即冲她温柔一笑:"进去说。"

说着伸手去开门。

苏格立刻往后撤了一大步,拉开与他的距离:"许老师,我一会儿和男朋

063 ♪

友还有约,我们长话短说吧。"

许寒城八卦之心熊熊燃起,立刻追问:"有男朋友了?"

苏格看他这反应,心道自己猜测得八九不离十了,决定快刀斩乱麻,直截了当说:"对,很年轻,我喜欢年轻的,老的不考虑。"

苏格说这句话的同时,许寒城办公室门被打开,孟斯年出现在门内。

苏格愣了又愣,眼神在两人身上流转,许寒城憋着笑:"约你的是他,这话你跟他说。"

苏格坐在办公室的沙发上,孟斯年慢条斯理地给她泡了茶,苏格不接,孟斯年也不生气,放她面前。

许寒城调侃道:"他们这种年老的就爱给客人泡茶。"

孟斯年冷笑一声:"你比我还大两岁呢。"

苏格拿起来一口闷掉,满脸写着:有话快说有屁快放。

孟斯年不紧不慢地问道:"和男朋友约的几点?"

苏格心里暗骂了句,随即抬头大声说:"没男朋友,主要是许老师太吓人,像要表白似的。"

许寒城刚要坐椅子上,被她吓得一激灵站了起来。

现在的学生都这么直来直去吗?

倒茶的孟斯年手一抖,茶水洒到了茶盘上。

许寒城差点向苏格发誓:"我对你没兴趣。"

苏格表情比他更无辜:"你约我听音乐会还介绍团长给我,现在又约我来办公室,发的信息像个老流氓似的,不能怪我误会。"

孟斯年刚喝的一口茶一下呛在嗓子里,咳嗽了半天,许寒城边笑边解释:"像老流氓一样发信息的……"

孟斯年的咳嗽声更大了,完全盖住了他的说话声,许寒城无语地看他,孟斯年放下茶杯:"你可以走了。"

苏格站起来:"好。"

"没说你,坐下。"孟斯年声音不大,五个字说得却有种不容拒绝的气势。

但苏格是犟骨头一个,看都没看他一眼,抬脚就往外走,孟斯年习惯了说一不二,被她这反应搞得愣了一下。许寒城适时开口:"好样的,你成功引起了我们总裁的注意。"

孟斯年冷着脸站起身,拉住苏格的胳膊,指了指门,对许寒城说:"你出去。"

许寒城没再插科打诨,识相离开:"这丫头不好搞,祝你好运。"

苏格见他关门出去,也想走,甩了下手。他的力道不大,没握疼她,但也甩不开，苏格看着握着自己的手，手指白皙修长，骨节分明，她威胁道："要不是怕伤到你的手指，我势必要一根一根给你掰开。"

他松开她，迤迤然坐到沙发上："你总是跟我较劲。"

苏格在心里翻了个白眼："谁叫你为老不尊。"

孟斯年不跟她计较乱用成语的事，用命令式的语气说出让步的话："我们的合作还得继续，你可以提高条件。"

"我不跟你合作是因为想抬价吗？瞧不起谁呢？"苏格微抬着下巴看着他，一副较劲到底的样子。

还真叫许寒城说对了，确实不好搞，孟斯年想到萧树磨叽的样子就头大，他决定屈尊降贵再哄哄："那你想怎么样？"

"想掰！"

"不行，再想个别的。"

苏格无语，她是跟他讨价还价呢吗？她冷哼一声："绝交。"

孟斯年心里嘀咕，跟小孩打交道真是难啊，一言不合就绝交。

他若有所思地看着苏格，半响，突然问："要听钢琴曲吗？"

"现在？"苏格愣了下。

孟斯年点头："对，真人演奏。"

苏格挑眉："你要让许老师弹钢琴给我听，贿赂我？不好意思，我——"

孟斯年的神色有点严肃，说话依旧不紧不慢，他打断道："许老师弹钢琴也算贿赂吗？你们不是经常能听到？"

苏格眨巴眨巴眼睛，看着孟斯年："那还能有谁……"

说着，她猛地一顿，看着气定神闲坐在那里的孟斯年，逐渐确定了什么，她嘴角翘起，又努力压下，不想让他看出自己有多期待："好。"

孟斯年看她努力掩藏惊喜的模样，心下好笑，想着还行，也没那么难哄："听完曲子能跟我好好说话吗？"

"能，咳……也许。"苏格点头，尽量让自己的声音显得没那么雀跃。

放学时间，教学楼里几乎没人，苏格带孟斯年来到钢琴教室，她像做坏事一样，把窗户和门都关紧。

孟斯年见她做贼似的，有点好笑："我是没脸见人吗？"

"嘘，不能让人听到，不然以后你的复出演奏会就没噱头了，不值钱了。"苏格很认真地建议。

孟斯年挑眉："复出？"

大家都觉得他这辈子不会复出了。

"对呀,万一哪天你想弃商从艺了呢。"

孟斯年沉默了一瞬,想着网上说他年少成名、骄傲自大、疏于训练导致状态下滑严重,更甚者猜测他吃喝嫖赌样样不落,现在已经手抖如筛糠……离谱言论比比皆是,苏格却没那么多心思和猜测,只是觉得他心情好了或许就复出了,跟那些人比,她太简单了。

他心下一暖,但也没再多说,坐到钢琴前:"想听什么?"

苏格也不装了,受宠若惊地问道:"我还可以点?"

孟斯年打开钢琴盖板:"不可以。"

"那你问。"

"我随便弹了。"

苏格赶紧搬了个凳子,乖乖坐到不远处,看着他:"好的!"

孟斯年垂眸看着黑白琴键,眉头微蹙起来,教室里安静得没有一丝一毫的声音,孟斯年保持垂眸的姿势半响没动,像被点了穴。苏格等了会儿,忍不住举手询问:"是我喘气打扰到你了吗?"

孟斯年扭头看她,苏格被他眼中那说不清道不明的沉重惊了一下,她结巴了一下:"那、那我也憋不住呀。"

他十多年没开演奏会,估计已经不习惯弹琴给别人听了。苏格往边上挪了挪,尽量减少存在感,甚至觉得自己还挺贴心的。

孟斯年见她慌张可爱的样子,神情缓和,笑了下:"不至于。"

话音一落,他的手指抚摸上琴键,熟练地点了几个音,似乎找到了感觉,瞬间进入状态,手指灵活地在琴键上跳跃起来,紧接着连贯、流畅、优美的琴音萦绕在教室每个角落,他的弹奏行云流水又游刃有余。

最让人惊喜的是,他弹的是她写的曲子。

夕阳西沉,天边晚霞金灿灿的,苏格看着笼罩在光里、沉浸在音乐里的孟斯年,他的每一个动作都那么赏心悦目。

他的琴音纯净如泉水,婉转如鸟鸣,透明、清脆,音色盈盈亮亮,颗颗剔透,感情浓厚又丰富,苏格出神地看着他,心跳似乎都比平时快了,此时此刻,真是极致的视听享受。

夕阳越来越暗,金灿灿的晚霞变成了红彤彤的余晖,曲子也逐渐到了高潮部分。孟斯年微眯着眼睛,瞄了眼琴键,看到红色的光打在手上、琴键上,以及他的周身,突然灵活的手指仿佛石化般猛地顿住,不再动一下,琴声跟着戛然而止。

苏格回过神,看着静止的孟斯年:"这就完了?还是忘谱子了?"

听到她的问话,孟斯年将手从琴键挪到腿上,没有看苏格,额角渗出了汗珠，他搓了搓微微僵硬的指尖，几不可察地慢慢呼吸了几次："抱歉，我的情绪断了。"

苏格察觉到他不对劲。

孟斯年站起身，仿佛无事一般，整理了一下袖口，抬脚往外走，就是始终没看苏格："今天先到这儿，再联系。"

苏格蒙蒙地看他离开，门被无声地关上，不让她跟过去的意思明显。

苏格坐在空无一人的教室，看着笼罩在夕阳中的钢琴，它静静的，仿佛不曾被人弹过。半晌，她拿出手机搜索"孟斯年为什么退圈？"，回答的最多赞是——江郎才尽了呗。

苏格撇撇嘴，关了屏幕，心道：屁，他的水平绝对是天花板级别的，刚才都给我听傻了。

这天晚上，苏格回到宿舍，一字一句地跟穗穗说："刚才孟斯年弹钢琴曲给我听了。"

穗穗看看外面："天还没全黑呢，这就开始做梦了？"

苏格慢慢舒了口气，再次尝试跟她分享："真的，我一直想尖叫，憋着呢。"

穗穗见她煞有介事的样子，真的有点信了："真的？"

苏格郑重地点头："真的。"

随即，穗穗的尖叫声差点引来宿管阿姨。

第三章
脆弱一分钟

孟斯年说再联系,结果很长时间他都杳无音信,从深秋到初冬,苏格都没等来他所谓的联系。

有穗穗在,苏格的课余活动不丰富多彩都难,穗穗没事拉她出去泡吧,参加音乐节,看看话剧,听听相声……这段时间,苏格的小日子过得很是逍遥自在。

这天,吃完晚饭回来,苏格在宿舍楼门口看到了一辆孟斯年的同款车,不由自主地又想起了他。最近她总是频繁想起他,想他那天怎么了?想他们的合作是不是黄了?想他们以后是不是不会再见了?他把她的曲子弹得那么好听,她都想继续给他写词了,结果他却消失了。

想到当初自己撂下的狠话……

她也不好意思先联系。

如今,说不上什么感觉,就觉得她不想仅仅如此。

苏格拿出手机,看着置顶的孟斯年的微信,点开设置,准备取消置顶,但犹豫一下还是退了出来,想着还是再给他一天时间,再不联系就真和他掰了,省得总是影响自己心情。

她刚想退出微信,突然有个陌生电话打进来。

那边说是盛阳交响乐团,邀请她下周去面试小提琴手。

苏格惊喜又意外:"你们加了一轮初试吗?"

对方说是有人递了她和蓝三三的演出视频推荐她,乐团觉得她小提琴水平不错,直接让她过去参加复试。

苏格几乎立刻想到了许寒城,上次也是他要带她见团长。

和乐团确定了时间地点,苏格挂了电话就给许寒城打了语音通话:"许老师,盛阳交响乐团让我去参加复试了。"

许寒城的声音带着笑意:"恭喜恭喜呀,好好准备。"

"复试不是已经结束了吗?乐团最后选了一位大四学姐,学院里早就传开了。"

"多一个他们也养得起,谁不惜才呢。"

苏格郑重道谢:"许老师,谢谢您一直帮我的忙,我无以为报……"

许寒城笑了下,意味深长地说:"我其实就是个传话的,你谢别人吧。"

苏格:"嗯?"

"上次音乐会的票是孟斯年给的,团长也是他联系的,这次的演出视频同样是他递给乐团的。"

苏格一时没反应过来:"啊?不是……您是帮忙的,他是捣乱的吗?"

"音乐会那天团长临时有事提前走了,他怕你失望,赶过来接你。"许寒城声音从听筒传过来,温温和和的,"你说就这几句话的事,他也不好好跟你说。"

苏格惊讶了半晌才又问:"那、那为什么他不自己带我去见团长?"

"他去音乐会也太容易喧宾夺主了,帽子口罩墨镜全得戴上,他嫌麻烦。"

苏格跟着点头,随即舒了一口气,说道:"我就说孟叔叔看着不是那种阴险狡诈的人吧!"

许寒城失笑:"你当时可不是这么说的。"

"我那是被仇恨蒙蔽了双眼,失去了理智。"苏格想着自己之前对他的态度,心里有点不是滋味。

这孟斯年,还挺会让人愧疚的。

挂了电话,苏格立刻就给孟斯年发了消息:"我之前对你发脾气,是我年轻不懂事,我好好给你写歌词,我们和好吧,不掰了。"

宿舍关门前,穗穗从外面回来,看到苏格坐在书桌前盯着手机一副魂不守舍的样子,满眼八卦地凑过去:"失恋了?"

苏格发过去的信息石沉大海,几个小时了,孟斯年那边一点动静没有,她郁闷地叹了口气:"我最近叹气真多。"

"怎么了?"穗穗见她如此伤感,伸手抱了抱她。

苏格放下手机,想了想,说:"是这么个事,我有个朋友,她的……长辈一直帮她,她还误会那个长辈在害她,她还跟人家绝交,长辈也没生气,还弹……想办法哄我朋友让她消气,结果,我朋友气消了,那长辈却不理她了。"

穗穗听得云里雾里的,脑回路异于常人地问:"你除了我还有别的朋友?"

苏格咬牙切齿:"老家的朋友。"

"'无中生友'是不是？"

"是。"

"长辈是？"

"孟斯年。"

"啊……这涉及了我的知识盲区，那可是孟斯年啊，你干了什么？"

"没干啥，吼了他几句，然后跟他说我跟他掰了。"

穗穗捂着心脏，摇头感叹："你真是……真是……牛！"

意外地，苏格在睡前收到了孟斯年的回话："写完发过来。"

干净利落，看不出情绪。

苏格更郁闷了，在床上翻来覆去的，睡不着，想着他这态度到底是好是坏，实在想不通就干脆拿起手机给他打了个电话，准备从语气中判断一下，结果，接电话的是个女人："你好。"

苏格很是意外，立刻道歉："抱歉，打扰了。"

也没等人说什么，就挂了电话，她一脸八卦地掀开床帘对穗穗说："完了，我可能打断了孟斯年的好事。"

"怎么说？"穗穗问。

"我刚给他打电话，接电话的可能是……孟婶婶？"

"这个时间你给人家打电话？不是，孟斯年结婚了？"

"……"

苏格挺郁闷，本以为他刚回了信息，应该有空。

穗穗随手搜索了一下："不是，百科上说他单身呀，难道是秘密女友？"

"也不是不可能，毕竟也老大不小了。"苏格认真考虑一下，觉得很有可能。

"肯定有生理需求。"

两个女孩说完，"哈哈"笑起来。

这天，乐团训练休息间隙，几个团员围在一起聊天，聊到被招进交响乐团的学姐，众人不免全是羡慕之词，江染不爱听，撇撇嘴说："听说她家里有关系。"

"哎？我没听说呢，你听谁说的？"穗穗看不惯她在这儿造谣，立刻装作一脸好奇地问。

"很多人说。"江染模棱两可道。

"不能吧，不是说盛阳交响乐团只看实力吗？如果随便走个后门就能进，哪还能成为国内数一数二的乐团。"有人说。

"要能走关系,我也去走个,我家有钱又有人脉的。"穗穗一副天真的样子,还装模作样认真思考了一下可行性,"哎?不对呀,格格也没走后门啊,乐团不是还单独给她加了一场复试,周一是吧?"

江染脸色一变:"什么?"

几乎同时,苏格不满地看向穗穗:"周穗心!"

穗穗自觉失言,但还是嘀咕道:"他们也是看中你的实力嘛,有什么不能说的,演出视频这么火,他们注意到你也无可厚非。"

"什么视频?"有人问。

另一个团员说:"蓝三三那场面试吗?网上视频很多,应该是他们粉丝传的。"

江染脸色变了又变,随即冲苏格笑笑,看起来有几分真心地说:"那祝你好运,一定要面试成功啊。"

"就是,一定要面试成功,不然就要去千棠拜萧树为师了。"穗穗顺着她的话说。

江染脸上那真心祝福的表情差点破功,忍了忍,转身拿着琴走了。

穗穗凑到苏格身边,一脸得意,苏格好笑地问她:"爽了?"

穗穗点头:"爽!"

周一的面试约在了下午三点半,苏格上完课是两点半,打车过去也就十几分钟,时间本来算是宽裕,没想一场突如其来的冬雨铺天盖地落下来。

今年的天气异常,十二月了,没盼来初雪,竟然莫名其妙地下起了雨。

教学楼门口陆续有学生进出,很多没带伞的同学躲在门前避雨,苏格叫的车半天过不来,看导航显示路上堵得死死的,她冲进雨里打算去校门口碰碰运气,或许能拦到出租车。

枫林道上红黄落叶飘了满地,平时这是一条网红路,现下雨中人烟稀少,苏格踩在厚厚的树叶上,叶片下的水一汪一汪溅起,她也没管裤腿被溅湿,戴上鸭舌帽,又把毛衣外套上的帽子扣到鸭舌帽上,抱着小提琴盒低头往前跑时,突然听到了一阵喇叭声在身后响起。

雨下起来的时候,孟斯年刚从公司会议室出来,看着外面阴沉沉的天,又看了下时间,没搭理跟在身后还在汇报工作的萧树,拿上车钥匙就下了楼。

萧树跟他到电梯门口:"下着雨你去哪儿?"

"接孩子。"他没多说,按关了电梯。

萧树诧异:"接……接什么玩意儿?"

孟斯年去接苏格完全是临时起意,他见外面下雨就突然想到了第一次见她的场景,那日的天也像现在这样昏暗潮湿,想到她一会儿有面试,不由自主地担心这小孩该怎么去,也没多加思考就出了门。

枫林道上没多少人,他开车经过时一下就看到了戴着帽子低头往前走的人,几乎瞬间就认出了她,拐了个弯跟上,按了喇叭,她边回头边将帽檐上落下的枫叶拿掉,帽子下的发丝湿漉漉贴在脸颊,一双眼睛带了些茫然,像沾染了雨中的水雾,有种说不上的可怜兮兮,待看清他的车后,那眸子瞬间变得黝黑晶亮。

孟斯年看着在铺满枫叶的路上迎着细雨湿漉漉跑过来的人,只觉幸好他来了。

苏格打开副驾驶的车门,钻进车里,孟斯年立刻打开了暖风,怕她冷还调大了风速。

"好巧啊。"苏格系好安全带,转头冲他笑。

孟斯年也笑了下:"不巧。"

"来找我的?"苏格估摸着他有事要谈,但现在不行,"可是我有事。"

孟斯年看傻子一样看她:"我知道。"

车子开出学校,苏格才想起来取消网约车,付了三块钱的违约金。

"所以孟叔叔来接我面试?"

孟斯年开着车,拿了一包纸巾放她腿上,慢悠悠说:"帮人帮到底。"

苏格抽了几张擦干身上的雨水,轻轻抿嘴笑起来。

雨慢慢变小,但是没有停的意思,气温也逐渐降低,路上的雨水结了一层极薄的冰,湿滑异常,车子加不了速,能加速的刹不了车,几起剐蹭事故导致路况越来越堵。

孟斯年为了躲开拥堵路段绕了一大圈,看着临近的时间,苏格有些焦躁不安,面试迟到是犯了大忌。

孟斯年看出她的急切,安慰道:"天气恶劣,可以理解。"

"人家会想,为什么不早点出门呢?"

"就说你有课。"孟斯年说着,将车子停到停车位上,"到了,上去吧。"

路又滑又堵,平时十多分钟的路程他们用了快一个小时,到时已经晚了五分钟。

苏格解开安全带拿起小提琴就往楼里跑,孟斯年想说车里有伞都没来得及。

面试比苏格想的随意很多,没那么隆重,乐团经纪人带她去了训练室,随后去请了几位面试官过来，还是上次在学校面试的熟面孔，依旧和蔼亲切的，没人在意她迟到的事，倒是乐团经纪人一直说这天气让她跑来，很是抱歉。

这态度让苏格放松了很多，她自我介绍后拿出小提琴，瞬间大家都愣了下——

琴弦断了两根。

苏格非常意外，她实在想不出为什么琴弦会断，神色从疑惑到难堪，脑子在一瞬间的空白后，她立刻鞠躬道歉。

经纪人安慰她，说他们乐团就小提琴多。

工作人员很快拿给她一把琴，别人的琴手感不对，也可能是心情受了影响，苏格一曲毕，自认表现很一般。

结束后经纪人送她下楼，态度热情："我们有结果了会发邮件给你。"

苏格点头，内心不抱什么期望，比起失落，更多的是愤怒。

琴弦，不会无缘无故断掉。

经纪人看着外面的恶劣天气，虽然雨停了，但是气温骤降，路面湿滑，出行困难。她关心道："苏格，你怎么回去？"

说话间，两人走出大门。

苏格还没说话，那经纪人就看到了门外台阶上双手插兜站着的孟斯年，眼睛骤然一亮，忙伸手过去："孟先生？孟先生您好，您怎么在这儿？快里面请。"

孟斯年扭头看过去，伸手和那经纪人握了下，歪头看向经纪人身后的苏格："我等她。"

苏格乖乖叫人："孟叔叔。"

孟斯年若有所思地看着她，眉头微微皱了一下："怎么了？"

苏格愣了下，她觉得自己神色正常，惊讶这人敏感度太强了。

经纪人了然地看向苏格："原来是亲戚，怪不得孟先生对你的事这么上心，还特意发信息过来说路况太差，面试可能会迟到。唉，今天这路确实不好走，我们一会儿下班还不知道堵成什么样呢。"

苏格意外地看向孟斯年，这人也太面面俱到了吧。

孟斯年却转而对那经纪人说："不是亲戚，是朋友。"

经纪人看着两人共撑一把伞离开。

男人身形颀长，长相气质出众，举手投足儒雅从容；女孩粉雕玉琢，灵气动人，说话行事大方得体不卑不亢。

她嘴里呕摸着"是朋友"这三个字，成年人的"朋友"，可有太多的解

073

释了。

苏格抱着琴盒随着孟斯年走向停车场,他绅士地先送她坐进副驾驶。

苏格看着他整理雨伞,视线被他肩膀上的水珠吸引,一如他第一次出现在她家门口一样,透着湿漉漉的……性感。

孟斯年坐进车里后没有启动车子,迎着苏格的视线看过去:"怎么了?没发挥好吗?"

他继续了刚才被经纪人打断的问题。

苏格垂眸,尽量让自己的语气平静:"琴弦断了。"

孟斯年感到意外,这情况不常见:"撞到了?掉地上了?"

"打开就发现断了两根。"苏格没多说什么,"没事,换了个琴一样用。"

他观察她的神色,轻声问:"很难过吗?"

"还好,其实……"苏格摇摇头,沉默一瞬,抬眼看他,"其实没有想象中难过。"

孟斯年没说话,等她继续说,苏格犹豫一下,开口道:"你说得对,我并没有那么想加入乐团,我以为这是我的奋斗目标,其实是我爸爸给我定的目标。"

孟斯年点燃了一支烟,吸了一口将烟雾吐向窗外:"我们总是不自觉地去完成别人对我们的期待,轻易放弃自己真正所想要的。"

苏格思考了一下这话的深意,觉得这话不完全是说给她听的。

孟斯年继续道:"你要是非常想去乐团,当初也不会轻易放弃面试跟蓝三三走。"

苏格没说话,低头想着什么。

他意味深长地看了她一眼:"所以我邀请你来千棠,不是我眼里只有利益,是你自己本就不坚定。"

孟斯年启动车子驶离停车场,苏格才慢慢开口:"你知道我不坚定,还帮我跟乐团牵线搭桥。"

说起交情,她也就是借了个洗手间给他,送他去了趟沙溪而已。但他的回报早就超出她曾经的帮助,不仅帮她跟乐团搭桥,还亲自来送她面试,甚至细节到为她的迟到道歉。

他可是孟斯年啊。

他,太温柔了。

"不去试一下你会以为那就是你的梦想和追求,心里会一直觉得遗憾。"说完,他想到什么,弯起嘴角,"而且是你说的,让我收买人心。"

苏格不自觉地跟着笑,嘀咕了三个字:"老狐狸。"

孟斯年挑眉看她，以为自己听错了。

苏格有心事，没注意孟斯年直接将车子开进了学校，等反应过来发现已经到了宿舍楼下。

这个时间，校园的人正多，已经有不少人透过车窗看到孟斯年，好奇的目光不时看过来。

孟斯年坦荡自然地看着她，等着她下车，苏格看着人来人往的宿舍门口，用手挡住脸："要不……你送我回学校门口？"

"我要去找许寒城。"他没催她下车，只是抬手看了下时间……

无声的催促。

苏格突然怀疑，他是故意的。

她左右看了看，后座有个黑色鸭舌帽，她探头过去拿起戴上："借一下。"

孟斯年点头，随手递了个黑色口罩给她，苏格犹豫着没接，他说："新的。"

她立刻接过去，说了句"谢谢"，戴好，压了压帽子，用后视镜照了下，感觉是她爷爷来了都认不出来的程度，这才放心。

孟斯年好笑地看着她："这是干吗？"

苏格抱着小提琴盒下车："我不想和你传绯闻。"

语气很是嫌弃。

孟斯年再次以为自己听错了，他怎么会有一天被人嫌弃成这样？

苏格从孟斯年的车上下来，抱着小提琴低着头往前走，突然一声"苏格"从不远处传来，她下意识扭头看去，穗穗跑过来："格格你回来了？"

苏格无语地看着她，指了指自己："这都能认出我来？"

"啊，怎么了？一看就是你啊。"

苏格："……"

孟斯年的车从两人身后开过去，穗穗回头看，眼睛瞬间瞪大，提高音量："孟斯年送你回来的？"

苏格假装没看到四周那些好奇的眼神，扯着她往宿舍走："不是啊，你看错了。"

"啊？明明是啊，那绝无仅有的气质除了……"

"闭嘴吧你，闭嘴！"苏格咬牙切齿。

两人一起上楼，穗穗再次问起她面试如何，苏格摇头："一般。"

"一般？"穗穗疑惑地看她。

苏格问道："穗穗，昨晚上到今早上课之前，谁来过我们房间吗？"

穗穗想了下:"没有呀,怎么了?"

苏格:"那上课到放学时呢?有人碰过我的琴吗?"

穗穗一脸茫然地摇头:"没注意啊,怎么了?"

当晚,超话里果真有了新的帖子,话题讨论的是苏格和孟斯年的关系,热度很高。

最多赞答案是——听说孟神好像是苏格的叔叔。

和孟斯年一起用餐的许寒城把手机递给他看,孟斯年看完,拿刀切牛排时的力气都大了很多。

许寒城细细打量了他一番:"都说出名要趁早,我看也不太好,明明还这么年轻英俊,大家却都觉得你是上一辈的人了。"

孟斯年瞥他一眼:"许老师,我们半斤八两,听说你也很受学生爱戴,很是德高望重。"

许寒城失笑,拿起酒杯:"来,孟叔叔,和德高望重的许老师干个杯。"

临近期末,苏格忙着复习和训练,又要时刻想着还欠了孟斯年歌词,忙是忙了点,她倒是挺喜欢这种紧迫感。

写词这事,对她来说还挺难的,这段时间虽然临阵磨枪,"啃"了很多文学作品,但还是有点不知道如何下手。就在她捧着一本名家散文集抓耳挠腮时,一杯奶茶突然放到她面前。

她抬头看去,见程蓝正站在她桌边,垂眸看向她带了点烦躁和委屈的表情:"你这表情和我高中做数学题时一模一样。"

本就安静的自习室,因为他的出现愈发安静,同时,那些好奇的、兴奋的、探究的眼神从四面八方投射而来。

苏格不合时宜地想到,晚上超话里会不会出现新的帖子,探讨她和程蓝的关系?

挺烦的。

程蓝歪头看向苏格旁边的男生,也没说话,那男生像是接收到了什么苏格感受不到的雷达,突然站起身,麻利地收拾好东西,给程蓝一个眼神后,头也不回地离开……

程蓝顺势坐下,苏格收回目送男生离开的视线,问程蓝:"你认识?"

程蓝耸了下肩:"不认识。"

苏格:"……"

他俩这默契程度,像认识好几年的!

程蓝像是对周围的目光毫无所觉，懒洋洋地坐到座椅里，那不羁的气质和图书馆的氛围格格不入。

　　苏格压低声音提醒："同学，这不是你该来的地方。"

　　程蓝无辜回道："同学，期末了，我也有文化课要复习。"

　　说着，真从包里拿出书放到桌子上，挑眉看她，一副"我没骗你"的表情。这还有备而来。

　　苏格把桌上的奶茶推给他："我减肥呢，你喝吧。"

　　程蓝推回去："零卡糖的。"

　　说完，他注意到她手里的名家名作："你们期末考试还要写作文？"

　　苏格为避免麻烦不想理他，垂眸看书。

　　"练文笔吗？看汪曾祺、林清玄呀。喜欢诗歌吗？推荐给你我最爱的雪莱和木心。"

　　苏格睁大眼睛看向他，眼神满是疑惑。程蓝笑了下："这什么表情？谁还不是个文艺青年啊。"

　　说到文青，苏格突然想起蓝三三的那些歌，立刻问："你们乐队的歌都是谁写的？"

　　"我啊。"

　　"词呢？"

　　"我啊。"

　　程蓝说得随意，苏格听得兴奋，她一改冷漠态度，黑黝黝的眼睛更加明亮，闪着崇拜的光看着他："词怎么写？"

　　程蓝了然："原来你想写词啊，那你可找对人了。"

　　苏格这下也不嫌弃程蓝了，图书馆请教完，两人又一起吃了晚餐，甚至程蓝送她回宿舍时，她一路上还在向他讨教写作技巧，程蓝也是知无不言，倾囊相授："知道自己要表达什么，不要平铺直叙地表达，要用词营造语境，要找那种能让自己兴奋心动的感觉。你写曲子的时候什么感觉，在想什么，写词的时候找到那时候的心境和感受，自然而然就出来了。"

　　苏格感觉自己好像懂了，跃跃欲试，她一高兴，差点抱住程蓝，幸好反应过来及时刹车，改为拍了他肩膀一下："谢了，同学。"

　　程蓝无语，感觉她这动作，和"谢了，哥们"更配。

　　两人此时正好走到宿舍楼下，苏格摆摆手："我到了，今天谢谢你，有空请你吃饭。"

　　程蓝倒也不客气："我明天就有空。"

　　苏格更不客气："我明天没空。"

程蓝挑眉:"你说的有空是你有空?"

苏格:"对啊。"

程蓝失笑,真酷啊,这性格不搞乐队可惜了。

"签约时候我听萧老师说过,你的曲是他们的重点项目,你是要给那首曲子填词吗?"

苏格点了下头,问他:"你签约了?整个乐队?"

程蓝也点头,总是跩得不得了的脸,突然灿烂一笑:"上个月就签了,签完我一宿没睡。"

"为什么?"苏格疑惑。

"激动的。"程蓝道。

说完两人一起笑起来。

程蓝继续说:"我们会先出个EP(迷你专辑),希望能有你的作品。"

苏格微微敛了笑容,想着这是不是传说中的"约歌"?

她直言道:"我只管写,决定权应该在孟叔叔那儿。"

程蓝双手插在裤兜,无所谓地笑笑:"没事,不强求。我不是因为重点项目才想唱你写的歌,我单纯就是想唱你写的歌。"

苏格反应了下他这绕口令般的话,后知后觉明白了他的意思,再看过去,程蓝已经离开,头也不回地冲她摆摆手。

苏格走进宿舍楼,路过江染寝室的时候看到她正靠在门口,看样子在等她。

见她过来,江染热情地打招呼:"哈喽,格格回来啦?"

苏格有些奇怪她今天怎么这么热情,礼貌地点了下头:"嗯。"

"吃饭了吗?"

苏格停住脚步:"你想说什么?"

江染带着友好的笑容:"我刚看程蓝送你回来的?你们……关系很好?"

苏格不知道如何定义关系好不好,模棱两可地"嗯"了一声。

江染:"他在追你吗?"

苏格皱眉,感到奇怪地看她一眼:"没有。"

江染肉眼可见地舒了口气:"对了,你乐团面试结果出来了吗?怎么样?"

苏格:"还没出来。"

江染笑得更灿烂了:"那加油哦,等你好消息。"

苏格若有所思地看着她,突然问:"对了,你碰我的小提琴干吗?"

江染愣了下，马上满脸无辜道："我今天没有课，早上就出去了，这刚回学校，哪有机会碰你的琴呀。"

苏格笑笑："我又没说今天。"

江染表情一僵："哪天我也没碰呀。"

苏格"哦"了一声："最好是。"

穗穗陪苏格去店里换了琴弦，琴行老板说那两根琴弦像是被切断的。

穗穗气得拳头都硬了，说要报警处理。

那天，只有课间她去洗手间的时候让琴短暂地离开身边过。她把琴放到了教室后面的乐器架上，因为进出人多，加上监控盲区，根本无从查起。

苏格阻止了穗穗："我们心里有数就行。"

苏格终于在元旦来临前交上了歌词的作业——

> 格格金安：忐忑。
> 孟斯年：你的自信呢？
> 格格金安：我只在美貌上有自信。
> 孟斯年：盲目自信。
> 格格金安：穗穗说我是系花。
> 孟斯年：女人都喜欢互捧。
> 格格金安：刚发过去的歌词还能撤回吗？停止合作关系吧。
> 孟斯年：你试试。
> 格格金安：费劲收买的人心又让你撑回来了。

苏格等着孟斯年的反馈，等了很久，直到第二天中午，她先等来了华灵的电话。

电话中华灵的声音温柔如水，如她的那些歌曲一样婉转好听，她说："我难得有时间，一起喝下午茶呀？"

苏格惊讶她竟然会约自己，直截了当地问："华灵姐，你是找我有什么事吗？"

华灵没想到她这么直接，她笑着说："我很喜欢你，上次见你太急了，都没好好聊天。"

约好了时间地点，苏格带着疑惑挂了电话。

穗穗若有所思地看着她："格格啊，我怎么感觉跟你不是一个世界的人了。"

苏格:"说什么呢?"

"你看你都认识的什么人啊。"穗穗说,"那可是华灵,约你喝下午茶?"

苏格安慰她:"歌手而已。"

"还而已?也对,孟斯年都能给你钢琴独奏呢。"

苏格忍不住扬起嘴角,臭屁地冲穗穗眨眨眼:"低调。"

两人约在一家高端酒店。

苏格打扮得比华灵还像明星,连帽卫衣,圆墨镜搭在鼻梁上,黑口罩一戴,打眼看过去只有一个鼻头凸在外面。

华灵见到苏格,忍不住笑了:"这是干吗?和我见面还要偷偷摸摸的?"

苏格摘了帽子和她一起坐到沙发上:"你不知道我们学校超话多恐怖,我可不想再出现在上面,我只想低调做人。"

华灵忍不住又笑起来:"格格你怎么这么逗啊!"

说着就给她拿了一盒护肤品、一盒彩妆,一整套下来价格不低。

苏格惊讶,摇头道:"这有点贵重。"

"我代言的,品牌方送了很多,你不要我放手里也要过期。"华灵直接站起来拎着袋子放到她坐的沙发上,"薅资本家羊毛,不要白不要。"

苏格不太想要,让她送给别人。

华灵说能送的都送了,还一直表示拿都拿来了,不想拿回去。

苏格不好再扭捏,表达了感谢后,想着一会儿走的时候她来买单。

华灵很亲切,与她聊天不会冷场也不会尴尬。其间她说了些趣事,还抽空给认出她的几个歌迷签了名。苏格鼻梁上架着圆墨镜靠在沙发角落里,头也没抬地玩着手机。几个歌迷不时地看向她,似乎想探究她是不是哪个明星。

"我的一个小妹妹。"华灵解释说。

待她们走后,华灵眨眨眼,问苏格:"有没有听过我的歌?"

苏格点头:"听过。"

华灵:"你觉得我唱歌好听吗?"

苏格"嗯"了一声:"好听呀。"

华灵突然身子前倾,闪着黑眸看着苏格:"那我唱你写的那首歌怎么样?"

苏格眸光微闪,没说话。

"昨天老板拿来歌词,萧总监临时起兴自弹自唱了一遍,我真的特别喜欢。"华灵双手撑着下巴,对苏格卖萌,"格格,帮我跟老板说一声好不好?"

苏格低头喝着咖啡:"可是他不一定听我的。"

果然拿人手短,她都不太好意思拒绝了。

"你是创作人,你的建议多少会对他有一些影响嘛。"华灵起身坐到苏格旁边,抱着她的胳膊,眼巴巴地看着她。

苏格终于理解为什么男人都受不了女人撒娇,她嘟嘟嘴,拒绝的话在舌尖绕了一圈变成了迂回:"那我问问。"

这学期的课程在元旦前基本上结束了,元旦假期后就是期末考试,加上前后两个周末,苏格有一个礼拜的休息时间,她买了机票准备回家陪爷爷过元旦。

这天,她坐在机场候机厅,在登机前给孟斯年发了条微信。

格格金安:歌词行不行?

孟斯年:行。

格格金安:几天了也没个信,是不是想挟歌潜逃?

孟斯年:差你那几个钢镚儿?

格格金安:孟总财大气粗。

孟斯年:你能不能专心一点,天天改名。

格格金安:影响你和我的聊天体验感了吗?

孟斯年:我和你聊天体验感就没好过。

格格金安:那不差这点。

格格金安:歌做出来给我听听。

孟斯年:等录完音发你。

格格金安:谁唱?

她问完这话,孟斯年的电话就打了过来,苏格莫名地接起:"嗯?歌手的名字太难打了吗?"

孟斯年再次被她气无语了一瞬,随即说:"给蓝三三,作为他们EP的主打歌。"

苏格讶异道:"编曲是摇滚风?"

孟斯年听出她的惊讶,问:"可以吗?"

苏格:"我想象不出来。"

孟斯年听出她的犹豫:"还是你有更好的人选?"

苏格:"华灵呢?"

孟斯年有些意外："我以为你会更想给蓝三三。"

"嗯……也行。"苏格想，这算是帮华灵问了吧。

孟斯年那边没再说话，苏格以为要挂断，刚想说再见，只听他突然问："苏格，华灵找你了？"

苏格惊讶他这敏感度，避重就轻地说了句："就一起喝了一次下午茶。"

孟斯年沉默一瞬："你是觉得很适合她，还是她求你了你不好拒绝？"

苏格感叹孟斯年这老狐狸的脑子真不是白长的，猜得这么准。

"呃……"

"以后这种事多的是，你如果这么好说话那不乱套了。"

"嗯。"

"是不是强行塞给你东西了？"孟斯年太明白这些人精的处事方式，尤其像苏格这种单纯的学生，捏准了她脸皮薄。

"我没拒绝掉……"苏格有问有答，他跟在她身上装了监控似的。

"找个机会回礼就好。"

"已经让我爷爷寄了一个陶艺品给华灵姐。"

孟斯年"嗯"了一声，随即又说："你那酷劲儿别光耍给我，分点给别人。"

苏格："……"

"天天跟我劲劲儿的，关键时候跟别人就哑火了。"挂电话前，孟斯年又补了一句。

苏格嘟囔着解释："跟人不熟啊，也不好意思拒绝太狠。"

"跟我就好意思？"

"您是我的孟——"

没等她说完，孟斯年秒挂！

故乡的天依旧阴晴不定。

苏格刚出机场时天还是湛蓝湛蓝的，回曲桑的路上突然阴了半边天。

她到曲桑时已经是傍晚，陈水谣陪着爷爷等在大门口，远远地望着她来的方向。

的士司机放她到门口就走了，陈水谣高兴地抱着她跳了半天。

爷爷戴着老花镜，穿了件干净的长衫，笑眯眯地看着她："格格又长高了。"

"我才走三个月。"苏格挎着他的胳膊向院子里走。

"那也长了，照这个速度，过几天就一米七了，现在一米六了吗？"

"爷爷，我前年就一米六了。"

陈水谣哈哈大笑:"你们俩还是这么爱开玩笑。"

苏格最喜欢在门厅吃饭,闻着满园的花香,听着二楼的风铃声。

保姆阿姨的厨艺还是那么好,老爷子来了兴致会喊着她们喝几盅。

"爷爷干了。"老爷子心情好,仰头把酒盅里的酒给喝光。

他自己酿的桃花酿,度数不高,苏格也没阻止他,跟着喝掉酒盅里的酒。

陈水谣自己喝掉一小瓶,很是豪爽。

"学校里有什么好玩的事吗?"老爷子夹菜给她。

这句话问完,苏格脑中立刻想到孟斯年。其实孟斯年没什么好玩的,但就是想和爷爷说说他,她低头给两人的酒盅满上酒,随口说道:"爷爷还记得上次来借洗手间的叔叔吗?"

老爷子一笑:"气度不凡的一个男孩,你这个坏丫头,叫人家叔叔。"

苏格"咯咯"笑了几声,然后弯着眼睛对苏老爷子说:"我在盛阳又遇到他了。"

陈水谣惊讶:"这么巧?"

苏格使劲点头。

老爷子看着她笑:"看来我家格格很喜欢那个孟先生。"

陈水谣满眼八卦:"讲讲。"

苏格低头喝了口酒:"他是个好人,就是有点烦人,总是不和我好好说话。"

老爷子哈哈大笑,保姆阿姨把最后一个菜端上来,也跟着笑,对老爷子说:"时间过得真快啊,格格一眨眼都长大了。"

吃完饭,苏格陪着陈水谣回家,一路上,陈水谣缠着她讲孟斯年,最后做出总结:"你喜欢他。"

苏格点头,也不掩饰:"喜欢啊。"

陈水谣边打开自家大门,边笑得意味深长:"那种喜欢。"

"哪种?"苏格皱眉,"单纯的喜欢。"

陈水谣拉着长音说:"对,可单纯了。"

苏格奇怪地看她一眼,撵她回家:"你快进去吧。"

入夜时分,曲桑又下起雨来,苏格很喜欢雨天,每次雨后,她院子里的花花草草的个子都会变得高些,花朵也会开得更艳。

她待在二楼的房间,趴在窗边看远处云雾中的山脉。天再黑些时,就开一盏壁灯,洗完澡窝在窗边的沙发上,裹着毛毯看一部电影,听一场音乐会,什么也不去想,困了就睡,睁眼到天明。

大雨变成小雨，淅淅沥沥下到第二天早上。

手机"嗡嗡"两声吵醒了她，苏格迷迷糊糊地抱着毛毯坐了起来。

院子里一片清明，湿漉漉的青石板路像是新铺的一样。坐了一会儿，她拿出手机，时间显示——早上六点五十八分。

> 孟斯年：这是萧树的联系方式。
>
> 格格金安：晚上没有夜生活吗？起这么早？
>
> 孟斯年：苏格？
>
> 格格金安：对不起，我有点儿起床气，不应该嘲笑你。
>
> 孟斯年：就不能是我年轻吗？
>
> 格格金安：什么意思？
>
> 孟斯年：不知道什么意思就敢乱说，加一下萧树，让他把歌发给你。
>
> 格格金安：我现在并不想听，我只想睡觉。
>
> 孟斯年：今天微信名没改？
>
> 格格金安：才六点，还没来得及啊！
>
> 孟斯年：七点了，早间新闻开始了。

苏格走到窗边，看了一下院子里，门庭下没有爷爷早练的身影，照常他六点多就会起床。

她披了件毛衫下楼，走去爷爷的房间。

保姆阿姨通常是七点多钟来做早餐，这天早上她打着伞、拎着菜进来时，就见苏格白着脸从苏老爷子的房间急匆匆地出来，见到她就问："阿姨，救护车过来了吗？"

"我倒是听到动静了，怎么了？是老爷子哪里难受？"

"心脏不舒服，脸色很不对劲。"苏格尽量克制自己颤抖的声音，但不管怎么克制，手都在控制不住地颤抖。

"他前几天就不舒服了，我和阿谣都说让他去医院瞧瞧，他总说老毛病，缓缓就好。"

救护车来得很快，医护人员抬着担架进院子的时候，老爷子穿好衣服自己走了出来，精神看起来很不好，眼睛也是半睐着。他扶着门柱说："只是有点不舒服，格格你怎么叫来这么多人。"

苏格见他如此，眼圈微红，跑过去扶住他："一点点不舒服也得去医院瞧瞧。"

苏格假期的第一天是在医院里度过的,是提心吊胆的一天。这种恐惧到无力的心情她已经第二次体会到了,上一次是父亲心脏病发的时候。

窒息的感觉。

后来,因为害怕,因为不安,她学会了抽烟。

下午的时候,苏格与医生谈上了话,医生说老爷子的心脏很不乐观,需要做手术。但是他年龄大了,手术的风险也随之变得非常大。

窒息的感觉又来了,苏格拿着检查的单子,站在走廊上,不知道该往哪儿走。

只觉得冷,浑身都冷。

手机铃声在兜里响了很久,直到路过的人提醒她,她才反应过来去接。

"喂?"她几乎是机械式地开口。

"苏格,怎么没回微信?"是孟斯年。

苏格没说话,实际上,她都没听清他问的什么,脑子里一直回响着医生说的话——老先生的身体不乐观,需要做手术,但手术风险非常大。

"苏格?"孟斯年察觉到什么,轻轻地唤了她一声。

苏格慢慢坐到一旁的椅子上,深呼吸一口气:"嗯?"

她其实尽量控制了,但只发出这一个字的音,都带着掩藏不住的颤抖。

"你怎么了?"孟斯年立刻问,"发生了什么事?"

走廊有病床推过去,"哗啦啦"的声音非常刺耳。医生跟着病床冲进急诊室,后面跟着哭倒一片的亲人。苏格不敢去看,她抬头望向天花板,只觉得害怕。她哑着嗓子,开口唤了一句:"孟斯年……"

念出这个名字的时候,像是连恐惧和不安的感觉也一起念了出去。明明和他不是很熟,但不知道从什么时候开始,这个名字让她觉得安心。

孟斯年那边没立即回话,随着听筒中嘈杂的声音消逝,他再说话已经变得空旷清晰。他的声音柔和几分,仿佛怕吓到她似的,轻轻地问道:"格格,需要我做什么?"

还是那句话,简单却又可以安抚人心的一句话。苏格听着听筒中他询问的声音,慢慢地,她觉得自己拿着手机的手不再发抖,呼吸开始顺畅,不远处的哭声也渐渐远离。

她这才慢慢说:"孟斯年,我爷爷生病了。"

老爷子做了一系列检查,输了液,吃了医生开的一些药,到了晚上的时候非吵着回家。

观察了一天，医生允许出院后，苏格才开着她的车把老爷子载了回去。

"爷爷，您这个病需要做手术，国内只有盛阳医科大学医院能做这个手术，过几天跟我去盛阳检查一下吧。"

"老毛病了，做什么手术，别听医生危言耸听。"老爷子摆了摆手，"不用当回事。"

"我已经请人帮忙联系那边的医生了，爷爷您就听我的话再去检查一下嘛。"

孟斯年要了他爷爷的病历，让人去医大咨询。

可能是生病的原因，让老爷子想起了心脏病去世的儿子，他看着远处连绵的山："格格，回来还没去看你爸爸吧？抽空过去祭拜一下。"

苏格点头，应了声好。

"你爸爸从小就喜欢音乐，那是几十年前了吧，也是元旦，镇上请了乐团来表演，你爸爸第一次见小提琴，眼睛都放光，你奶奶当天就带他去县城买了一个。"老爷子说着，思绪飘远，想到那时候，小儿子晚上睡觉都恨不得抱着琴睡。

"听爸爸说过。"苏格也想到自己小时候，看爸爸拉琴，她也喜欢得不得了。

"你比他还夸张，路还走不稳就会拿琴杆划出音调。"老爷子说着，突然问，"你那个交响乐团的面试结果出来了吗？如果选上你爸爸肯定特别开心。"

苏格心下一紧，说不出地难过，她低声说："还没。"

"那再等等，你牙牙学语时候就说要当首席，别人问你叫什么名字，你一直说我叫首席。"老爷子说着就笑了起来。

苏格大为震动，是啊，这原本是她的梦想。

后来因为父亲一直用成为首席督促她，她以为这是父亲对她的期许，其实不过是父亲一直记得她的梦想罢了。

只是她忘了初心，不再坚定。

她说："爷爷，如果这次没通过，下次我再去试试。"

"嗯，还有下下次，爷爷相信你。"

曲桑的雨像是能感知心情一样，没完没了地下了两天。

这天又是一个烟雨蒙蒙的早上，苏格和保姆阿姨一起做了早餐，老爷子也起了早，看起来似乎和往常一样。他见了苏格，立刻拍着胸脯说："这不好了吗？格格就是大惊小怪，我心脏的毛病几十年了，能撑。"

苏格噘着嘴不高兴了一早上,自己鼓捣着花花草草故意不理他。

陈水谣也没来,听说家里安排了她相亲,她哭哭啼啼去和男生见面去了。

到了中午,天依旧不见晴,凉飕飕的风吹得树叶沙沙响,雨停后,保姆阿姨拎着菜来做午饭,乐呵呵地开门进来:"格格,你瞧我带谁来了?他们说是你的朋友,从盛阳来的。"

格格正蹲在墙边修剪平安树的枝丫,阿姨把蔬菜水果送进厨房的路上还在说:"我还没见过模样这么俊俏的男生。"

苏格突然心漏跳半拍,她站起身回头看向门外。

从保姆阿姨的描述中她隐约猜到来人是谁,但在见到他的那一刻,还是觉得惊讶,或许是惊喜。

孟斯年站在她家红色大门前,黑色长裤、白色衬衫,见她回头望过来,于是白皙清俊的脸上扬起一丝微笑。他迈开长腿走进来,踏上青石板路,带着风雨的气息。

苏格手里掐着一根平安树的枝丫,心里回响着保姆阿姨的那句话——我还没见过模样这么俊俏的男生。

好像只有她在叫他叔叔,爷爷和阿姨都觉得他是男孩子。

就在苏格走神时,孟斯年已经站定在她面前,微微弯腰:"苏老先生可还好?"

苏格"嗯"了一声,仰头看着他。半晌,冲他灿烂一笑,眼睛眯成了月牙儿,脸颊两侧的小酒窝儿可爱得不得了。

"要了命了,原来苏格还会这么笑。"孟斯年不是自己来的,他身后是拎着大包小包和各种营养品、保健品的萧树。

萧树穿着皮鞋和卡其色皮衣,戴着一顶帽子,与孟斯年的极简风完全不同,很有艺术家的范儿。他说完话,将东西放到地上,脱帽放到胸前,微微弯腰对苏格说:"好久不见,格格小姐。"

老爷子热情地要招待他们,被苏格强行撵去休息。

苏格请他们坐到客厅,学着爷爷平时的样子沏茶。

萧树接过茶杯,转了一圈,看了看花纹,又扫了一眼周围:"讲究,就觉得一般家庭养不出苏格这么有灵性的姑娘。"

"你们怎么突然过来了?"苏格低着头抿了口茶。

孟斯年看着她,随意地说:"元旦放假,散心。"

萧树"扑哧"笑了一下:"老板,你出门还看是不是假期呢?"

孟斯年看了一眼萧树,对格格说:"他翻山越岭地跑来是想收徒弟。"

"瞧我这诚意。对了,蓝三三EP快录好了,《山河曲》这歌是主打,"萧树有些激动,"我预测,今年下半年,这歌在排行榜上下不来了。"

苏格没想到他们速度这么快。

孟斯年把初录版拿给苏格听,这首曲子原本只是苏格灵感突发随意哼出来的调子,后来她修改了几次录成了小提琴曲。但现在它突然成了一首完整的歌,高水平的编曲,优美的曲调,还有程蓝几乎完美的演唱。

再听,感觉很奇妙。

苏格拿着孟斯年的手机听了两遍,很喜欢。

"有没有觉得特别有成就感?"萧树问她。

"有。"苏格将手机还给孟斯年,"我真是个天才。"

"这么不谦虚,像我徒弟。"萧树哈哈一笑,他看向院子,视线越过院墙,看着远处连绵起伏的高山,想着来时路过的碧波荡漾的湖泊,"在这么美的地方长大的孩子,能写出那么江湖气息的歌词也不奇怪。"

孟斯年顺着他的视线看过去,良久,突然问他:"你喜欢哪句?"

"向往鲜衣怒马走天涯,头也不回仗剑行侠。"萧树说完,问孟斯年,"你呢?"

外面又开始下起雨来,雨珠滴滴答答落地落在花叶上、泥土里,是大自然的声音;风一吹,又全是大自然的味道。

孟斯年收回望向院中的视线转而看向苏格,在"滴答"的雨声中,手机里程蓝正用干净磁性的声音唱到"要有多勇敢,走遍天涯万里,遇见你;要有多痴狂,放弃千山万水,跟随你"。

孟斯年说:"就这句。"

其实这句并没有多么让人惊艳,但孟斯年就是喜欢这句歌词里的态度,那样自由洒脱,又那样痴迷执着,谁会相信这是一个十八九岁的小女孩写出的歌词。

他觉得,他需要重新认识这个话很少又有点酷的小姑娘。

苏格的手机铃音还是《山河曲》这首歌的原始 Demo,简单的小提琴曲。响起来时,萧树跟着哼了两声,她晃了晃手机:"我出去接个电话。"

电话是盛阳交响乐团打来的,对面先说了抱歉,苏格就知道怎么回事了。

经纪人很客气,让她继续精进一下琴艺,说希望下次有合作机会。

场面话她还是听得懂的,其实她早有心理准备,但猛地听到明确答复,她还是很难过。

从医院回来,她和爷爷翻看了以前的照片,她学琴伊始的笑脸,她拿到少儿组的奖杯,后来去国外拜名家名师。

她记起回国后每个练琴的日夜,以前的琴谱上还写着她要成为乐团首席或者能开小提琴独奏会的目标。

像孟斯年那样，开音乐会，只有他自己，成千上万的人慕名而去，只为他。

"格格，我突然想起有个单子还没做完，明天人家就来取货了，你跟我去后面火窑瞧瞧。"苏格缓了一下情绪，准备回客厅时，老爷子突然走了出来，他披上外套，拿了门柱旁立着的雨伞就要走，"不好意思，两位先坐一下。"

雨不知道什么时候又下了起来，伴着风，天气凉飕飕的。苏格急忙拦住老爷子："您身体还不舒服，这是干吗，单子退了就好了。"

"身体已经好了，没有不舒服，你杨伯和阿谣帮着烧了，你来帮我推过来就行。"

"我们一起去吧。"孟斯年和萧树从客厅走了出来，孟斯年说着走到老爷子身旁，拿过雨伞，"在哪儿？格格带路？"

苏格也说不清楚自己为什么喜欢红色。

当她打着红色雨伞走入雨中，身后的孟斯年问她这个问题时，她想了半天，说："大概是显白吧。"

"你还要白啊，都白得透亮了。"萧树说。

"孟叔叔也很白。"苏格说话声音很轻，从前面的雨幕中传来，不甚清晰。

"是啊，孟斯年你以后也打红雨伞、穿红裙子吧，会显得更白。"萧树说。

孟斯年斜觑他："萧树你最近手头很宽裕？"

萧树"呵呵"一笑，唯恐被扣工资，不敢再多说，只轻声嘟囔了一句："好久没见你去结交新朋友了，孟老板。"

孟斯年仿若没听到一样，继续朝前走着。

火窑就在苏家宅子后面，不远，杨伯是老爷子的帮工，跟着他做陶器二三十年了，他们去时，杨伯正在检查那个一米多高的陶瓶。

萧树一看到那个制作精致、体型庞大的陶器，乐了："孟总，你这纤纤玉手确定能搬这个？"

苏格听到他的话，下意识地看向孟斯年垂在裤线一侧的手，果然是纤纤玉手，手指细长骨节分明。

"那你自己搬。"孟斯年说。

萧树神情一滞，苏格"扑哧"一声笑了："有专门的车子，推过去就好了。"

孟斯年看了一眼萧树，似乎在说"你不懂了吧"。

杨伯帮着把陶瓶放上手推车，用绳子固定好，孟斯年看了一眼，撑起伞对一旁的苏格说："我们走吧。"

萧树看了看前面打着一红一黑两把雨伞并行离开的人,又看了看车子:"行,您是老板您金贵,只带姑娘雨中漫步不干粗活。"

毛毛细雨中,三人顺着长长的、白色的墙边慢慢走着,萧树小心翼翼地推着车,他说:"苏格,我为了让你同意和千棠签约可是豁出去了,就我这身份,在哪儿不是被捧着的。"

苏格放慢了脚步,等着他走过来,伸手给萧树打伞:"萧老师,我还是想专心拉小提琴,想去盛阳交响乐团。"

走在前面的孟斯年停下了脚步,有些意外地回头看向她。

萧树也停了下来:"交响乐团?干吗去?"

"拉小提琴。"

"接到通知了?"孟斯年问。

"嗯,经纪人亲自打电话过来,"苏格顿了一下,觉得没什么丢脸的,"她让我继续努力,我准备下次再试试。"

孟斯年见她没有太难过,脸上还带着不服输的倔强,心想萧树悬了。

萧树皱了皱眉头:"怎么我的劲敌这么多。"

"还有谁?"苏格问。

"等蓝三三的 EP 发出去,得有一百个公司来和我们抢你。"

苏格眨巴着亮亮的大眼睛,高兴地问:"那我以后卖给你们的歌可以涨价吗?"

孟斯年撑着雨伞侧着身子看着苏格,直截了当地拒绝:"不可以。"

苏格歪头看他:"萧老师不是说我很抢手吗?那我当然可以涨价啊。"

孟斯年瞥她一眼,转过身,迈开长腿继续朝前走去,他清淡的声音传来:"还没火呢,看给你骄傲的。钢琴给你买了,还要那么多钱干吗?"

"我要换辆车,省得你总嫌弃它,我也是一个追求生活质量的人。"苏格说。

"我什么时候嫌弃你那辆小破车了?"孟斯年一手插兜,慢悠悠地走在前面。

苏格:"……"

这还不算嫌弃你当我聋啊?

萧树推着车子走在苏格旁边,看她鼓着腮帮子冲孟斯年的背影瞪眼睛,笑着说:"我说,你家那瓶瓶罐罐的,虽然我不太懂,但多少琢磨过,你随便卖点不就可以换车了。"

苏格瞥他一眼:"那是我爷爷的,不是我的。"

萧树:"……"

几人说着话，就走进了苏家院子。老爷子没让孟斯年和萧树帮着卸，他和苏格小心翼翼地把陶瓶搬下来，然后苏格将庭院的灯全部打亮，方便老爷子检查陶瓶烧制的情况。

萧树看着穿着红裙站在老爷子身边的苏格，女孩散着长发，脂粉未施，眼瞳黝黑闪亮。萧树越看越觉得她讨人喜欢，也就越舍不得放给别人，他碰了碰孟斯年的胳膊："怎么办啊？你想想办法。"

"用金钱诱惑她。"孟斯年说。

"你看她家像缺钱的样儿吗？"萧树看了一眼孟斯年那清俊的侧脸，笑着说，"不如你用美色？"

孟斯年瞥他一眼："不如你用父爱？"

"过分了啊，我不就比你大十岁。"萧树一直标榜自己是三十多岁的年轻人。

"我大苏格九岁她就天天叫我叔叔了。"孟斯年说起这事，就觉得她欠收拾。

萧树想了一下，突然高兴了："照你这么算，那你也应该叫我叔叔。"

孟斯年"呵呵"一声："照你这么算，她应该叫你爷爷。"

"照你这么算，那我应该叫老先生大哥。"

"你试试。"

"你试试。"

这句话，是孟斯年和苏格异口同声说的，不止用词，连那慢悠悠又自带威胁的语调都一模一样。

萧树咧嘴一笑："开玩笑。"

孟斯年看向苏格："竖着耳朵听我们说话呢是吧？"

"你们俩能小点声吗？"

"那你说说，我们怎么做能比交响乐团胜算大点？"孟斯年慢条斯理地问，"金钱还是色诱？"

苏格扬了扬眉角，云淡风轻地说："色诱吧。"

孟斯年和萧树都没想到小女孩会这么回答，在萧树的大笑声中，孟斯年微愣一下后，也笑了。

吃过午饭后，苏格抱着毛毯听着风雨声，在二楼卧室睡了一觉。

醒来时已经下午三点多，阴了几天的天空也终于放晴。万里无云的天晴朗得像是一面镜子，远处一直笼罩在雨雾中的连绵高山也清晰可见。

风不知何时随着雨停了，她窗前的风铃静止在暖洋洋的阳光中，铃铛一闪一闪放着光。苏格伸手扒拉了两下,"丁零零"的声音响起,她换了鞋子走下了楼。

楼下孟斯年和萧树在陪苏老爷子喝茶,萧树似乎对老爷子的一套茶具感兴趣,正与并不想卖的老爷子商讨价格。

"这是留给我们格格的嫁妆。"

"这是不是紫砂壶?您这嫁妆也忒大方了,不如您卖给我,您开个价,到时候给咱们格格买点好吃的比嫁妆来得实在。"

苏老爷子笑起来,但就是不松口。

孟斯年喝着茶,心情惬意,就那样悠闲自在地看着萧树在那里胡搅蛮缠。

苏格从楼梯上走下来,孟斯年先注意到她,注意到她睡眼惺忪地走过来要茶喝。

外面响起敲门声,保姆阿姨从厨房应着声走出去开门。不一会儿,她就带了个年轻男人进来,穿着马甲,戴着鸭舌帽,手里还拿着纸笔:"请问谁是苏格?孟先生委托我们送钢琴过来。"

本来还一副没睡醒模样的苏格眼睛突然一亮,举了下手:"我是。"

苏格用五分钟时间跟她爷爷解释明白这架钢琴是她自己挣钱买的,而且渠道正规,童叟无欺。

老爷子腾出客厅东北角给她放钢琴,并表示自己的不满:"你想要钢琴跟我说,自己跑去挣什么钱?还是上学的学生,瞎逞强。"

"这是孟叔叔送我的钢琴,因为我送给他一首歌。"苏格忙又改口,说完冲孟斯年眨巴了一下眼睛。

"什么歌值一架钢琴?"苏老爷子显然不信。

孟斯年看了一眼不停给自己使眼色的苏格,说:"苏先生,苏格很厉害,我们还觉得出价低了。"

萧树跟着附和,苏格冲两人竖了竖大拇指。

等老爷子走后,苏格问孟斯年:"这架钢琴多少钱?感觉比我看的那架七万九千九百九十九的好多了。"

孟斯年沉吟一下:"是比你那个好点。"

萧树说:"德国运来的,你掐指算算多少钱。"

听他这么说,苏格盯着钢琴看了半天,没动,只说:"我掐不出来,感觉你们在逼我卖身。"

等工人们把钢琴装好,孟斯年走过去,随手按了几个键:"这只是《山河曲》那首歌的报酬,和别的没关系,别有压力。"

苏格跟着走过去,摸着亮得泛光的正红色钢琴,抬眸看向孟斯年:"孟叔叔,帮我调音吧。"

不远处站着的萧树说:"苏格,你知道钢琴调律可不是一般人能干的。"

"孟斯年不是一般人啊。"苏格说。

孟斯年侧头看她,见她说得理所当然,笑了笑。

苏格又问:"好不好?"

他回:"好。"

萧树在镇上的客栈订了房间,孟斯年陪他吃了晚饭后又回到苏家宅子。

临走时,萧树送他到客栈门口:"说出去谁信啊,我萧树帮人当苦力搬货,你孟斯年去给人当钢琴调音师。"

"你几天前跟我说我都不会信。"孟斯年说。

"苏格这个小丫头,用人真不手软,"萧树看看手表,"调音这活没两个点完不了,这天就要黑了,你回来时要是害怕就给我打电话,我去接你。"

"当我十几岁小姑娘?"

"孟总,您娇生惯养,哪走过夜路。"

"闭嘴吧你,这一年工资都想给你扣了。"

"最后再说一句,别忘了正事,再劝劝她。"

……

孟斯年到苏家宅子的时候,老爷子已经睡下了,保姆阿姨收拾好杂务也回了家。曲桑夜晚的温度不比盛阳高上多少,他手臂上搭着外套走进客厅,带着外面的凉气。

苏格正窝在沙发上听音乐,孟斯年走过去,摘了她一只耳朵上的耳机放进自己耳中,是《六月船歌》。

这是当年他在个人音乐会上弹的。

苏格手里握着播放器,扭着头看他。她绾起了长发,换了一套家居服,长衣长裤,毛茸茸的,看起来很软,让人有伸手揉两把的冲动。

孟斯年将耳机又放回她耳中:"光听是练不好琴的。"

"也不用弹多好,"苏格从沙发上起身,跟在他身后,"我以前见我爸爸弹过,但是他不教我,他让我一心一意练习小提琴。"

"那你现在怎么三心二意了?"

"没有,我就是想多学一门乐器,学钢琴写歌也更方便不是?"苏格说着,用手指在琴键上点了点,歪头冲他笑。

孟斯年失笑,确实。

"孟叔叔你当我的老师吧?"

外面的天已经暗了，客厅只开了两盏昏黄的壁灯，小镇一如既往地安静，静得连风动的声音都没有。

孟斯年刚走到钢琴前，听到她的问话，回眸看向她。

苏格的手肘撑在钢琴旁的矮柜上，歪着头，有发丝垂落下来搭在脸颊上，一双眼睛闪烁着点点星辉，她又问了一遍："孟叔叔，教我弹钢琴吧？"

孟斯年侧身站定，低头看她，神色似笑非笑："请我当老师？我可是孟斯年。"

苏格歪着头笑："是啊，你是孟斯年啊，这可怎么办？金钱还是色诱？"

孟斯年神色未变，看着她，慢悠悠地说："色诱吧。"

不同于下午苏格开玩笑时说的那句"色诱"，这样漆黑的夜晚，昏暗的房间，只有他们两人，气氛实在太过暧昧。

苏格转着漆黑的眼珠回视他，模样看起来竟然有点无辜。

远处有狗叫声传来，在静谧无声的小镇里听得真切，孟斯年转身懒懒散散地靠到钢琴边："这样咱们俩是不是抵了？你来千棠，我教你钢琴，谁也不用出卖色相。"

苏格想了想，不太情愿地说："不能抵啊，我觉得我能成功，可你就不一定了。"

孟斯年刚抽出一支烟塞到嘴里，听到她的话扭头看她，气笑："哪来的自信？我对熊孩子没兴趣。"

他叼着没点燃的烟，说话时眯着眼上下打量她，平时看本是斯文俊秀的一个人，现在这慵懒的姿势再配上这似笑非笑的神情，陡生出一股痞劲儿，看得苏格差点脱口而出"试试啊"。

她双手插进肚子前面毛茸茸的兜里，也转身靠到钢琴边："巧了，我对老头儿也没兴趣。"

孟斯年点烟的手又是一顿，索性将嘴里那支烟抽出来，和打火机一起扔到了一旁，随手拿起手机："下午送货那小哥电话多少？我把钢琴退了吧。"

他就会这招！

苏格反应极快地伸手挡到他的手机荧幕前，特别能屈能伸地喊了声："哥哥。"

孟斯年抬抬眼皮，视线从她细嫩白净的手指上移到她脸上，眼神幽深，却没说话。

苏格见状，又乖乖巧巧地叫了声："孟哥哥。"

孟斯年极轻地扯了扯嘴角，似乎想笑，他收起手机，顺手拽了一下她家居服帽子上那个他一直想揪的兔耳朵，站直身子："干活儿，你靠点边。"

苏格："我帮忙。"

调音律看起来简单，其实要用的工具还挺多，苏格自告奋勇打下手，却对孟斯年要的东西一无所知。她鼓着腮帮疑惑地看着工具盒里的工具："哪个是倒退制止器调整扳？这名怎么这么长？我看哪个也不像。"

孟斯年走过来拿走工具盒："你玩洋娃娃去吧，还不够耽误事的。"

苏格跟着他："孟哥哥，你教教我，我就知道了，保准一遍就会。"

苏格似乎摸准了孟斯年的性子，知道他爱听，便一口一个孟哥哥。

孟斯年心情有点好，只觉得这小姑娘叫哥哥时娇娇软软的实在好听，伸手拿出调整扳："这个就是。"

苏格点头。

因为空间小，孟斯年把工具箱放到地上，两人就这样蹲在工具箱边上，他挨个儿拿起里面的工具："这是音叉，这是止音皮契……"

曲桑的天气一直都是变化无常的，渐渐地，外面起了风，树叶在风中哗哗的响动，孟斯年低沉好听的声音伴着风声随着院中花香一起传来，苏格突然歪头看他："孟叔叔你喝酒了？"

晚上吃饭时，老板推荐了他们店的米酒，太过甜腻，萧树倒是挺爱喝，但他只尝了一杯："闻出来了？"

问出这句话时他才意识到两人离得有点近，近到他只喝了那么点米酒她都闻到了。

他看着眼前苏格漆黑的双眸和白皙的面颊……孟斯年随便拿了根止音棒站起身，随口问："都记住了吗？"

苏格蹲在地上，仰着头看他："记住了，不过，喝了酒的你音准还准吗？"

孟斯年低头看她，只觉得她这模样像是一团蘑菇："Perfect Pitch，知道吗？"

苏格本懒懒散散的眼神忽地一亮，她站起身："绝对音感？"

孟斯年弯了下嘴角，不置可否。

苏格扯着他的袖口："能不能后天培养？教教我呀，孟……哥哥。"

"你要学的怎么这么多？"孟斯年将钢琴盖架起，"还要不要我调律？"

"等会儿再弄，"苏格依旧没松开他的袖子，歪着头看他，眉眼弯弯，颊边的酒窝若隐若现，说话时故意放慢了速度，有股子奶声奶气的味道，"孟哥哥你收不收徒弟呀？"

孟斯年一手拿着调音器一手按着琴键，头都没抬地说："不收。"

苏格："为什么？"

孟斯年："显老。"

苏格："……"

孟斯年毫不给面子地拒绝了她拜师的提议，苏格有点生气，索性也不给他打下手了，抱着抱枕窝到沙发上查看老爷子的病情资料去了。

孟斯年其实是个话很少的人，没了苏格捣乱，他得以安静地干活。

整个客厅里偶尔传出单个的钢琴音，低沉绵长，在古色古香的空间里绕了几圈后直击苏格的耳膜。明明声音不大，明明都没连成音调，但她的目光却从病历上稍微移开一点，扬了眼角看向孟斯年。

他坐在钢琴前，右手手指在同一个琴键上点了两下，很轻盈，很优雅。她不知道为什么会觉得优雅，他仅仅只是坐在钢琴前，可能有些人天生自带这种气质，如果他平时不总是找她的碴儿，这种气质可能会更明显。

曲桑的天气随性得毫无道理，心血来潮地晴空万里又心血来潮地刮风下雨，外面风声渐渐大起来，等雨滴淅淅沥沥飘洒下来时，孟斯年正好调好了黑白八十八个键。

他扣好琴盖站起身，看了眼手表，还没说话，苏格先发话："你是不是也不能晚归呀？孟婶婶会查岗？"

孟斯年奇怪地看她一眼："哪来的孟婶婶？"

苏格惊讶："有次晚上我给你打电话——"

"哦，那次，一个……公事上的朋友。"孟斯年打断她。

"所以百科说你单身是真的？"苏格忍不住八卦道。

"你还查我百科？"孟斯年失笑，"想知道什么直接问我就好了。"

"听说你隐婚了？"苏格想起之前看到的新闻，"和一个舞蹈家？"

"没有，单身。"他立刻否认。

"啊，看来小道消息不能信。说得有模有样的，还编出来一个舞蹈家。"

孟斯年不想多说，走到门口，看着淅淅沥沥的雨说："苏格，借我把伞。"

客栈在镇子的另一边，苏格怕他迷路："我送你去客栈吧。"

待她拿了两把雨伞走到正厅屋檐长廊下的孟斯年身边时，他看也没看她，伸手指了指房檐下塑胶空花盆："雨滴打在那上面的声音是什么音调？"

苏格："……"

"看来你不是绝对音感。"孟斯年见她鼓着腮帮瞪着自己，就知道她听不出来。

"哪那么容易就'绝对'呀。"苏格说着，把雨伞递给他。

孟斯年接过去，看了眼撑开小红伞的苏格："送我去客栈送习惯了？"

苏格说："这边小路多，万一走丢了我还得费劲去找你。"

孟斯年随手撑开伞，说话的声音在雨夜中显得没那么清晰，不过苏格还是止住了要迈下台阶的脚，因为他说："你们小镇闹鬼吗？你这种红雨伞最爱招那种东西了。"

苏格不动声色地收起伞，后退一步，即使害怕也要装出若无其事的样子。不过对他说话时，她还是流露出些许咬牙切齿的意味："闹，还都是女鬼，专门喜欢你这种俊俏的小白脸。"

孟斯年笑了笑，走进雨幕中："行，我去会会她们。"

苏格跟着他到了门口，待他出去后关了门，撒腿就跑回亮堂堂的厅里。想她苏格活了十八年，天不怕地不怕，就怕神神鬼鬼那些东西。这毛病还得追溯到她那脑回路不正常的堂哥那儿，那奇葩每次来曲桑都要追着她讲那些神鬼传奇、都市传说，多年下来，那些乱七八糟的东西便给她留下了不可磨灭的心理阴影。

房间太安静，有点瘆得慌，苏格打开电视机看了两分钟电视购物，在主持人激昂的推销声中，她接到了孟斯年的电话。听到他迷路的事情，她其实也没十分惊讶，甚至觉得他迷路才正常："迷失到哪个胡同里了？"

苏格最后一字的音还没发完，只听孟斯年低沉着嗓音，一字一句地说："你家东墙这边，你来一下。"

"胆儿不是挺大吗？都敢去会女鬼。"

"快点。"

听他声音发紧，苏格刚从电视购物的大忽悠主持人那里缓过来的心情一下子又让他弄紧张了，她披了风衣，换了把蓝绿格子雨伞走了出去。

孟斯年没走多远，苏格过去时，他正打着伞背对着她站在离陈水谣家大门口不远处的地方，紧盯着陈家大门一动不动。苏格踩着雨水过去，他听到动静回头瞥她一眼，视线丝毫没有停留地再次回到原处。

陈家大门左右两侧那两盏锃亮的高瓦数大灯泡将周围几米照得通亮，苏格站到他身边，顺着视线看过去，只见敞着的门口有一只不大不小的黄狗瞪着滴溜溜的眼睛看着他们。而孟斯年要想去客栈，必须经过陈水谣家门前，不然就要绕远路穿过田野。

苏格的眼睛在狗狗和他之间来回睃巡两遍，"扑哧"一声笑了。

孟斯年居高临下地垂睥睨了一眼身侧的她，那神情似乎是在说"你把它解决了我就原谅你嘲笑我的事"。

苏格："怕狗呀？"

"废话！"

"狗狗多可爱。"苏格仰着头看他，一副天真无邪的样子。

"我讨厌所有毛茸茸的还会动的东西。"孟斯年压低声音说完，突然发现

097 ♪

苏格风衣里那毛茸茸的家居服。他刚刚还揪过耳朵的,似乎是怕她不管自己,又加了一句:"你除外。"

苏格:"……"

这要是平时,他肯定不会加最后三个字。

苏格眼珠一转,突然问了句前不着村后不着店的话:"我和蓝三三合作那次,小提琴拉得怎么样?有没有哪个音不准?"

孟斯年挑眉看她,疑惑她为什么这时候突然想探讨音乐。

苏格的视线落到他握着雨伞的手指上,他细长的食指一下一下敲着伞柄。

就在他说话前,苏格突然喊了声:"黑豆,过来。"

陈家门口那只黄狗听到苏格叫它,摇着尾巴几步跑到他们面前。孟斯年神色微变,姿势僵硬地悄悄向后挪动半步。苏格和那只叫"黑豆"的黄狗一同瞪着大眼睛看向他,其间苏格还不忘夸赞黑豆:"它可听话了,我让它来它就来,我让它扑谁它就扑谁。"

孟斯年真的想把苏格掐死,如此威胁下,他索性把刚才想说的那些点评全咽回肚子里,状似诚恳地道:"特别好。"

"真的呀?"

孟斯年没说话,给了她一个无语的眼神让她自己去体会。

她继续问:"我真的很像小孩子吗?四舍五入我都二十岁了呢。"

"不像。"孟斯年咬牙切齿地说。

"我就说嘛,我这是年轻漂亮,"苏格仰头看着他,"你说是吧?"

"别得寸进尺啊!"孟斯年警告似的说,"差不多得了。"

苏格"咯咯"一笑,怕他真发脾气,不敢再逗:"黑豆,回家去。"

黑豆十分听话,转身就往回跑,顺着门缝溜进去,孟斯年这才彻底把心放下。没想那狗一转身,小狗头从门缝里露出来,依旧"狗视耽耽"地看着他。

孟斯年的心又提起了一半。

苏格见他仍旧不动,打着把黑雨伞跟柱子似的杵在那儿,想着他是真的怕,心一软走近一步,将有些凉意的手塞进他垂在裤线边的手心里,再轻轻地握住:"走吧孟叔叔,我保护你。"

孟斯年的手比苏格的手凉很多,所以当苏格握住他的手时,他只觉掌心温热,甚至有些瘙痒……

苏格晃晃两人握在一起的手:"这样黑豆就知道你是我朋友,不会咬你了。"

孟斯年刻意忽视掌心中传来的柔若无骨的细嫩触觉,不知是真夸还是讽刺地回了一句:"你们这儿的狗真聪明,跟人一样。"

两人各自打了一把雨伞向前走着,路过陈家大门,孟斯年不动声色地向苏格的方向靠了一下。

苏格和黑豆摆了摆手,说了句"拜拜"后随口问孟斯年:"你猜它为什么叫黑豆?"

"不猜!不想知道!"

他对这些毛茸茸的小东西毫无兴趣!

见他不说话,苏格自顾自地说:"因为它小时候是黑色的,不知道为什么一边长大一边就变黄了。"说完,似乎想到什么,她又加了一句,"跟你们男人一样。"

孟斯年:"……"

苏格的声音在细雨无声的小镇胡同中清晰悦耳,又带点少女惯有的软软的音调,慢悠悠地说:"因为叫习惯了黑豆,所以它变黄了也改不过来,就像习惯了叫孟叔叔,即使现在觉得孟叔叔又年轻又帅气,也还是改不过来。"

又年轻又帅气?

孟斯年咀嚼了一下这个形容,很受用,心情有点好。不过,他狐疑地看她一眼:"有话直说。"

"我们要不要做点不道德的事?"苏格歪了下伞,仰起脸看他,一双眼睛在巷子口昏暗灯光的映照下熠熠生辉。即使说着这样暧昧的话,却还是那么清澈干净。

孟斯年眉毛一挑,看她半晌:"说人话。"

"我想说,你要不要背着萧老师收我为徒?"苏格不知道想到什么,忽地一乐,"多刺激啊。"

孟斯年垂着眸子看着她:"你这脑袋里天天想什么呢?"

"你在跟谁说话?"不远处突然传来一声问话,打断了两人。

陈家大门的门缝里露出一个小脑袋,是个梳着学生头的年轻女孩。

苏格忙给孟斯年介绍:"这是我的好朋友陈水谣。"

陈水谣看着两人牵着的手,惊讶得下巴都要掉下来:"今天不是我去相亲吗,怎么有对象的是你?"

苏格丝毫没有心虚地说:"这是我叔叔。"

"又哪来的叔叔啊?你不是喜欢那个钢琴家吗?"陈水谣满脸八卦。

孟斯年微怔,挑眉看向苏格,苏格恨恨地瞪着陈水谣:"我不喜欢。"

陈水谣给她一个"鬼才信你"的眼神,随即打量起孟斯年,突然一惊:"这不就是那钢琴家?"

陈水谣觉得孟斯年比网上看起来还要年轻帅气,网上的视频和照片根本看不出气质，真人气质真是太出众了。

他就站在那里，不动不说话，就让人觉得亮眼，与众不同。陈水谣嘀咕："怪不得你喜欢。"

"你闭嘴吧。"苏格不想再跟她多说，拉着孟斯年就走。

两人很快拐到另一条路上，孟斯年松开苏格的手，将手插进口袋里。

苏格也换了只手握住伞柄，她轻咳一声："我之前跟陈水谣说你是个很好的叔叔，她就以为我喜欢你，我真的不喜欢你，孟叔叔你别误会。"

孟斯年看着她，没什么表情，看不出情绪，他慢悠悠地开口："知道了，那咱们也别拜师收徒了，没缘分。"

苏格愣住："不是，呃……我是说……"

苏格感觉自己有嘴说不清。

"后面我知道怎么走，你回吧。"孟斯年踩着湿漉漉的青石板路不紧不慢地朝前走。

路灯下，石板上的雨水反射着光芒，他想告诉苏格小心地滑，犹豫一下还是算了，不想搭理她。

孟斯年举着伞走在寂静无人的胡同，插在裤袋里的那只手上的温度还没完全消散，他搓了搓手指，心道：小没良心的，真会翻脸不认人。

他到底多不讨人喜欢，至于让她说两遍不喜欢他？

细雨持续到午夜便停了，这天的曲桑，阳光明媚得犹如迎来了春暖花开的季节。吃过早饭，苏格开着她的车带老爷子去医院复查，即使老爷子十分不情愿去。

孟斯年发来信息的时候她正坐在老爷子病床前给他读报纸——

  孟斯年：在哪儿呢？

  格格不在家：你猜。

  孟斯年：肯定不在家。

  格格不在家：……

  孟斯年：我和老萧去趟昆南，大概两天回来。

  格格不在家：怎么去？用我送吗？

  孟斯年：你那两座车？老萧坐车顶？

  格格不在家：他应该在车底，不应该在车里。

  孟斯年：……

见孟斯年忽地失笑，萧树好奇地凑过来看屏幕："那丫头说什么了？我发现你最近笑点有点低啊。"

萧树边说边看，随即也是"扑哧"一笑："什么歌都会呢，她一定不是正经的九零后。"

"她是零零后，"孟斯年纠正，"不正经的那种。"

Herman（赫尔曼）先生是苏家的老朋友，经常来买老爷子做的陶器，他来取货的时候看到苏格的新钢琴，这个英国大叔开心得不得了，非要和苏格合奏一曲。

孟斯年和萧树从昆南回到曲桑已经傍晚，陈水谣给两人开的门，见到孟斯年，陈水谣眼睛都笑弯了："孟大神，格格在里面，您请进。"

保姆阿姨也热情招呼："来得正好，我快做好饭了，孟先生您先去和格格玩一会儿。"

孟斯年道了谢，就听到屋里传来欢快的音乐声："有客人？"

"一个外国人，听不懂他们说什么。"阿姨说着走向厨房。

"是老顾客了。"陈水谣不敢明目张胆地打量孟斯年，只敢偷看，每一眼都心满意足，觉得她家格格眼光不错。

跟在孟斯年身后的萧树摇头感叹："我感受到了来自世界的恶意。"

"怎么了？"

"只要和你站一块儿，就没人搭理过我。"萧树越过他朝厅里走去，"受够了这个看脸的世界。"

"你不早习惯了吗？丑又不是一天两天了。"孟斯年跟上，不忘顺口提醒，"别踩到苏格的草了。"

萧树："……"

此刻苏格家的厅堂中，像是一场小型的艺术家交流会。一位金色头发、蓝眼睛的外国大叔激昂地坐在钢琴前弹奏着《欢乐颂》，苏格站在一旁拉着小提琴伴奏，苏老爷子似乎也来了兴致，挥着毛笔在案台上作画。

孟斯年很少见苏格笑得那么开心，眉眼弯弯，酒窝深深，可能为了方便苏老爷子写字画画，屋里开了最亮的灯，光亮打在女孩的脸上，素白的小脸干净清透。

看到两人进来，她笑意更浓："快来。"

萧树笑嘻嘻地过去："这种场合怎么能少得了我呢？"他巡视一圈，拿了墙边的吉他，加入到两人中。

孟斯年没进去，他环着臂轻轻地靠在门框边，看着欢笑的众人，似乎也被感染了，神色愉悦。

一曲毕，三人都有些意犹未尽，保姆阿姨喊吃饭的声音回荡在院子里，老爷子没有停笔，他的山水画还差最后一条小船，陈水谣一脸崇拜地在旁边磨墨，几人凑过去，静静地看着。

　　等老爷子盖上印章，苏格才说："吃饭啦爷爷，我饿啦。"

　　Herman 站起身，他还要回市里，一边穿外套一边和众人道别："下次有机会再一起弹奏，格格，你的朋友都很厉害！都是艺术家！"

　　苏格骄傲点头，看向站在门边的孟斯年："真正的艺术家不跟我们玩。"

　　苏格像往常一样将 Herman 送到门口，陈水谣帮他把包装好的陶器一一摆进后备厢。就在 Herman 要上车之际，他突然一拍脑袋，指着院子里跟出来的孟斯年："我就说看着这位先生面熟，Meng，我在伦敦听过你的演奏会，老天，这些年你去了哪里？"

　　陈水谣凑近苏格，小声说："你孟叔叔这么有名气的吗？"

　　Herman 说完就要上前去拥抱孟斯年，萧树倒是习以为常，孟斯年曾经有多强他是知道的，说一句享誉国际也不全是夸张。

　　孟斯年微微笑了下，镇定自若地说了句："对不起，先生，您认错人了。"

　　"怎么会？我家里还有你的专辑。"

　　"其实很多时候我看你们外国人也分不太清。"说话时，他的表情冷然淡漠。

　　Herman 带着疑惑离开。

　　饭间，苏格不时地偷偷看向孟斯年，孟斯年斯斯文文地吃着饭菜，丝毫未受她的影响。最后连萧树都察觉到苏格的视线，跟着她一起偷看。

　　孟斯年眉头一皱："你们……"

　　"别带我，我吃饭。"萧树收回视线，扒拉了两大口米饭以表无辜。

　　孟斯年看了一眼苏格："你有话要说？"

　　苏格点头："嗯，你知道'吃人家嘴短'这句谚语吧？"

　　萧树刚夹了一块排骨，听到她这话，不知道该放还是该吃，老爷子"呵呵"一笑，示意他多吃点。

　　孟斯年倒是丝毫没受影响，吃了口蘑菇："然后呢？"

　　"所以吃我家米就得回答我的问题。"苏格放下筷子，侧身看他，"孟叔叔，你为什么骗 Herman 叔叔呢？"

　　"因为我要是承认了，他会问我为什么不弹钢琴了，我并不想聊这事。"他倒是回答得痛快。

　　苏格："……"

　　此人道行颇深，把她要问的下一个问题给堵在了嗓子眼儿。

苏格拿起筷子继续吃,想着她为数不多的八卦之心就这样被扼杀在喉咙里,憋得慌。

饭后,几个人陪老爷子坐在院子里看风景,有一句没一句地闲聊着。

苏格拿了毯子盖在她爷爷腿上,随口问孟斯年:"孟叔叔,你们去昆南干吗了?"

孟斯年正拿手机搜索脚边小草的名字,听到她的问话,说道:"让朋友带着去医院咨询了一下苏先生的病。"

老爷子和苏格俱是一愣。

老爷子很是感动,非亲非故的人,只是借了洗手间,没想到他会对他的事情这么上心。而且听苏格说对方是很知名的钢琴家,竟然亲自去医院咨询:"孟先生,非常感谢你,我其实没什么大碍。"

苏格瞪着大眼睛看着他,黑漆漆的眼眸闪闪发光,一脸感动得不行的样子。

孟斯年心想,小姑娘真是好哄啊。

萧树接着说:"我们本来想您年龄大了,最好不要舟车劳顿,长途跋涉,所以去了昆南医科大详细咨询了一下,他们暂时没办法做这个手术,现下看来,还是得去趟盛阳,国内只有盛阳医大能做这个手术。"

"苏老先生,我联系的盛阳医大的那位教授是这方面的专家,过几天他就回国了,您有空就过去让他瞧瞧。"孟斯年说。

苏格眼睛更亮了,她充满感激地看了眼孟斯年,摇了摇爷爷的手:"既然孟叔叔跟人家说好了,那我们去看看吧。"

老爷子对孟斯年说:"老毛病了,不用手术,格格瞎紧张,还麻烦你去了。"

苏格换脸速度之快可谓是登峰造极,高兴的神色一收,立刻委屈巴巴地看着自家爷爷,那模样,泫然欲泣……

孟斯年勾了勾嘴角,说道:"先去检查一下,做不做手术看医生怎么说,到时候苏格也放心。我看她这几天总是拿着你的病历看,看起来很担心。"

夜幕降临时,苏格自告奋勇要把孟斯年和萧树两人送到客栈去,走到陈家大门口时,苏格伸出手在孟斯年面前晃了晃:"要牵手吗?"

孟斯年瞥她一眼,没动,目光威严,似警告。

萧树的视线在两人之间一徘徊,突然伸手道:"要,来,乖徒儿,扶着为师。"

"你也怕狗？"苏格把手背到身后，并不太想和他牵手。

"什么狗？"

"格格。"孟斯年突然轻声唤她。

苏格一脸疑惑地看他，如果没记错，似乎在他知道自己的全名后，就没这么亲切地叫过她了。

孟斯年嘴角轻扬，挑起一个完美的弧度，笑容亲切，帅气迷人得仿佛偶像剧里的男主角。仰头看人的苏格被这颜值晃了一下，微愣中只听孟斯年难得很有亲和力地说："我们休战，谁也不找谁的碴儿了好不好？"

这要是让萧树知道自己被狗吓到不敢走，让人姑娘牵着过去，他下半辈子就不用混了。

"我怎么会找孟叔叔的碴儿？你两句话就劝动爷爷跟我们去盛阳医大做检查，我崇拜你还来不及呢。"

苏格说话时的认真劲儿让萧树直点头，心说"就是嘛，哪来找碴儿一说"。

"崇拜我？"孟斯年抬了抬眼皮。

苏格点头："我就像黑豆崇拜我一样崇拜你。"

还敢提黑豆！

孟斯年收回视线，不动声色地迈着长腿朝前走着："你别说话了，你一说话我就生气。"

苏格："……"

这人有什么毛病！

第四章
心动

几人离开曲桑的那天,曲桑又是个阳光明媚的大晴天。萧树感叹着不想离去,叫的商务专车却呼啸而来,精准地停在了苏家门前。

司机摇下车窗:"是去机场的树先生吗?"

萧树应了声,对苏格和老爷子说:"凑合坐吧,我们来得低调,所以只能自己叫车。"

"不然呢,不低调的话会有人接驾吗?"苏格歪头问。

萧树笑道:"还是太年轻,以我和孟老板在我国乐坛的地位……"

"以你在我国乐坛的地位,连个徒弟都收不到。"孟斯年嗤笑一声,坐到了车后座上。

苏格想笑又觉得不地道,抿着嘴鼓了鼓腮帮。

萧树等苏格扶着老爷子坐上车后,问苏格:"徒儿,你就眼睁睁地看他这么欺辱为师而无动于衷吗?"

苏格钻进后座,挨着孟斯年坐下:"我发现孟叔叔的属性是——撑天撑地撑空气,撑你总比他撑我强。"

孟斯年似乎对她的形容不满,眉头微皱。

苏格:"……"

到了盛阳后,苏格算是真切体会到孟斯年的江湖地位,下了飞机他就将口罩戴了起来。即使已经退出演奏界多年,但架不住当年火得太狠,如今又身在圈子里,有点什么不大不小的事都会轮番上一遍娱乐新闻,所以,武装还是必要的。

苏格见萧树不知道从哪儿摸出来一顶帽子戴上,总觉得自己不装扮一下显得不太合群,伸手将背包里的圆框墨镜架到鼻梁上。苏老爷子扫了一遍他们三人:"这是干什么?"

"他们当明星的现在特流行'机场拍'。"苏格说。

老爷子穿着中式长衣长裤,拄着拐杖在三人旁边走得虎虎生风,完全不似生病的人:"不懂你们这些年轻人。"

这四人有老有少,风格各异,气质和气势非常吸引人,一路走过去,回头率高得出奇。

来接他们的车子是宽敞的保姆车,司机大叔是苏格上次在曲桑见过的。他扶着车门等几人一一进去,见到苏格后热情地同她打招呼:"又见面了,格格小姐。"

苏格感到意外:"您还记得我呢?"

"当然了,毕竟我家老板的女性朋友不是很多。"

然后,那天下午,苏格就在医院见到了孟斯年为数不多的一位女性朋友。

邱琳接到孟斯年电话后从住院部赶到停车场接他们,见到三人武装的样子,笑道:"这就是当名人的代价吗?"

"你们医生不也要戴口罩?"萧树不忘压低帽檐,遮挡住旁边路过的小姑娘探究的目光。

"我随时可以摘呀,你问孟斯年他敢吗?"邱琳穿着白大褂,说话时一直看着孟斯年,其间用右手捋了两次额边的头发。

孟斯年没接她的话茬,虚指了一下苏格,对邱琳介绍道:"这是苏格,这位是苏老先生。"说完,他转向苏格苏老爷子的方向,"邱琳,这里的医生。"

"你好,邱医生。"老爷子点头问好。

"您好,苏老先生。"邱琳礼貌地回应。

苏格将脸上挂着的墨镜往下拉了拉,露出一个可爱又亲切的笑容:"姐姐,你好。"

邱琳还没说话,孟斯年先不满了:"照你那辈分算,应该是阿姨。"

合着只有他是叔叔辈的?

"谁会叫漂亮姐姐'阿姨',心眼儿得多坏呀。"苏格一副"我懂事又机灵"的模样。

孟斯年点头:"你才知道你心眼坏啊?"

苏格皱着眉头看他,不满道:"咱们俩不是讲和了吗?刚达成的'谁也别撑谁'的协议你是不是忘了?"

孟斯年戴着口罩,神色看不太清,他那双漂亮的眼睛似笑非笑地眯了一下,随即伸手敲了一下她的脑门。

一旁的萧树说:"我服了你们俩了,一个三岁,一个四岁。"

老爷子倒是欣慰得不行,"呵呵"笑着:"挺好,挺好,格格打小不太和人亲近,倒是和孟先生聊得来。"

苏格、孟斯年:"……"

从哪里看出来他们俩聊得来了?

萧树乐了:"明明这俩人说不上三句话就得吵起来。"

几人走进电梯,邱琳扭头看了看苏格,又看了看孟斯年,最后看向萧树,问道:"这是你们家哪个明星呀?看着面生。"

萧树看了一眼戴着墨镜的苏格,还真有点明星范儿,他笑笑:"我的关门弟子。"

"萧老师,你开门看看,我什么时候拜你为师了?"苏格没给面子,直接揭穿他。

邱琳惊讶地看向苏格:"也就是说,萧树求着你让你拜师?"

苏格点头。

"你别看她年龄小,这丫头很灵的,过段时间她写的歌就要发了,你可以听听。"萧树说着,问苏格,"歌马上要上了,什么感觉?"

苏格:"没反应过来呢,总觉得那个我洗澡时瞎哼出来的曲子突然变成歌不太真实。"

萧树:"……"

孟斯年:"以后没事就多洗几次澡。"

苏格:"……"

会诊后,邱医生带着老爷子去拍片子,苏格坐在椅子上等着。见孟斯年一直在接电话,似乎很忙,她对萧树说:"萧老师你们去忙吧,爷爷这边有我就可以了。"

萧树摆摆手:"人家邱医生留美博士、脑科专家,跟护士似的在这儿帮咱们,我们走了说不过去,一会儿还要拍什么咱们自个儿去,没事,我不忙。"

苏格咀嚼了他这话,好奇心起,看了一眼不远处打电话的孟斯年:"这两人什么关系啊?邱医生看孟斯年时眼睛里都是小心心。"

萧树觉得苏格说话有意思,笑出了声:"没你那么夸张,但好感应该是有的。孟老板也老大不小了,家里着急,给介绍的女朋友。"

苏格意味深长地"哦"了一声,眼睛滴溜溜地转,也不知道在想什么,随口嘟囔道:"孟叔叔也确实到了该成家的年纪了。"

打完电话正走过来的孟斯年听到她这句话,脚步一顿,然后,他坐到苏格旁边的椅子上,尽量显得自己平静又温柔耐心地说:"我 1995 年 12 月末出生的,四舍五入也是零零后。"

"照你这么算,我 2005 年的,四舍五入一零后了。"苏格说。

"听苏老先生说过,你是一月份的,这么算,我也就比你大九岁零几天。"孟斯年希望他的意思苏格能明白,以后别总拿他的年龄说事。

"算得这么精确?"苏格瞪着大眼睛看他,孟斯年挑眉回视,半晌,她像模像样地叹了口气,"这么不服老。"

孟斯年神色微顿,深呼吸一口气,心想:绝不休战!

苏格像没事人一样用胳膊碰了碰孟斯年:"你女朋友和我爷爷回来了。"

孟斯年顺着她的视线看过去,邱琳手里拿着片子和苏老爷子从走廊尽头走过来,他看向苏格:"谁跟你说那是我女朋友了?"

"不是你的相亲对象吗?"苏格眨巴着眼睛。

孟斯年抬头瞥了一眼萧树,萧树轻咳一声,赶紧去迎接还离得老远的苏老爷子,没话找话:"哎哟,苏老先生您这是拍完了?挺快的啊……"

"家里确实有意撮合,"孟斯年站起身,似笑非笑地垂眸看她,"你想打听什么?"

"我就是想打听我有没有'孟婶婶预备人选'。"

他居高临下地看着她,天花板上的白炽灯晃人,苏格看不清他的双眸,只仰着头耐心等着。然后她就见孟斯年白色衣领下修长好看的脖颈上喉结微动,随即有低沉好听的声音传来。他说:"没有。"

"为什么?"

"我挑剔。"

"想要什么样的?"

"我喜欢的。"

"喜欢什么样的?"

"是呀,你喜欢什么样的?"走过来的邱琳突然出声,她似乎没察觉到氛围的微妙,带着探寻的笑容看着孟斯年,加入到两人莫名的针锋相对的较劲中。

因为邱琳的打断,这个话题就这样戛然而止。

苏格从椅子上站起来,几步走到苏老爷子面前,拽着他的手低声询问着有没有哪里不舒服。

孟斯年看了眼那边的三人,对邱琳说:"你去忙吧,这边我们自己来就行。"

"跟我客气什么呀,走吧,去教授那里。"

那天,因为苏老爷子需要做的检查太多,几人离开医院已经是晚上六点多。第二天早上苏格还要陪老爷子去医院，孟斯年便让人在医院附近的酒店订了房间，他和萧树又送苏格和老爷子到酒店安顿好。

　　折腾了一天，老爷子累极了，几乎是一到酒店就躺下睡着了。

　　苏格送两人到酒店大堂，或许因为累了，又或许因为老爷子的病情不明朗，平时看起来古灵精怪的人也神色恹恹的："你们放心，我不会被别人挖走的，如果我还能写出来你们满意的曲子，我一定给你们。"

　　与她道别正欲离开的两人，听到这话一同顿住了脚步。

　　萧树也收起了平时吊儿郎当的模样，像个长辈一样拍了拍苏格的肩膀："想多了吧，留人用得着我们俩亲自上阵吗？好好歇着，别瞎琢磨。"

　　孟斯年双手插在裤兜里看着她，待萧树说完话，伸手将口罩拉到下巴，问道："那次你开了很久的车把我从曲桑送到沙溪，当时你有什么目的吗？"

　　苏格不知道他要说什么，眨着大眼睛张嘴便道："看你长得帅想发展发展。"

　　孟斯年微怔，随即意识到她又胡扯，"啧"了一声，半伴怒半威胁道："再鬼扯？"

　　苏格嘟了嘟嘴，说："能有什么目的，碰到了能帮就帮。"

　　孟斯年笑了，他微微弯腰，看着她轻声说："所以，我们也不过看你一个小姑娘怪讨人喜欢的，谁碰着了这事，谁也不会袖手旁观的。"

　　孟斯年离开的时候，还不忘吩咐服务生送晚餐到苏格房间，苏格回房路上，脑中一直回响他那句——

　　小姑娘怪讨人喜欢的……

　　怪讨人喜欢的……

　　讨人喜欢……

　　喜欢……

　　……

　　萧树坐上孟斯年的车子，边系安全带边问孟斯年："小姑娘怪讨人喜欢的？"

　　孟斯年瞥他一眼，没说话。

　　萧树："有多讨人喜欢呀？"

　　孟斯年："哄小孩的话你也当真？"

　　萧树哈哈一笑："确实挺讨人喜欢的，我要有这么个闺女，得天天捧在手心里，你不会真把自己当人叔叔了吧？还挺会宠孩子。"

　　孟斯年一点也不想搭理他。

蓝三三的 EP 就在苏格考试那几天正式发行。

乐队本来就有点名气，自带粉丝，再加上千棠的宣传，里面的几首歌都上了榜单，尤其主打《山河曲》，一天就冲上了新歌榜榜首。

苏格很佩服千棠的效率，从编曲到录音，再从混音到发行，用时非常短，但整体呈现效果又特别好。

在一片好评声中，蓝三三算是迎来了一个开门红，据说演出邀约铺天盖地。

苏格趴在宿舍窗前，戴着耳机听着音乐平台上主推的这首歌，此刻真的觉得这个经历很奇妙。

她竟然在听自己写的歌。

穗穗从外面冲进来，抱着苏格噼里啪啦说道："蓝三三的《山河曲》，作词作曲写的是苏格的名字，这个苏格是跟我同居的那个吗？"

"以你对我的了解，你觉得呢？"

"不是。"

"呵呵。"

"你还'呵'我，你嘴咋这么严呢？这么大事竟然没透露一个字！"穗穗又激动又愤恨，边说边掐苏格。

苏格的手机进来消息，见是程蓝，她不敢让穗穗知道，不然她又得尖叫半天，于是趁机跑开。

  BlueBlue：苏格，你真是个天才，你还有多少技能没解锁？

  格格飘了：会讲冷笑话算吗？

  BlueBlue：比如？

  格格飘了：你是鱼吗？

  BlueBlue：为什么我是鱼？

  格格飘了：因为你微信名叫"卟噜卟噜"呀。

  BlueBlue：好好写歌，幽默这条路不适合你。

  格格飘了：呵呵。

  BlueBlue：我最近有点忙，等我空了请你吃大餐。

  格格飘了：好。

她嘴上敷衍着说"好"，其实她自己都不确定有没有时间。

她后面几天还有几科考试，正愁自己考试的时候爷爷那边怎么办，没承想赶到医院就听邱医生说孟斯年帮她请了两个护工。

邱医生说完还不忘侧面夸他:"有这样一个老板是不是特别幸福?"

苏格想起蔡子说她是吉祥物,感叹一句:"他才是我的吉祥物啊。"

邱琳扑哧一声笑出来,她还真没听过有人这么形容孟斯年。

老爷子经过一系列检查和专家会诊后,最终还是需要手术,不过手术要用的一种支架国内无法生产,又突然无法进口,几位专家研究了很久得不出好的替代方法,便安排了老爷子先住院观察。

老爷子穿着病号服靠坐在床头看报纸,见苏格考完试赶过来,他把报纸一放,摘掉老花镜,拉着苏格的手:"格格呀,爷爷这边有护工,你先认真准备期末考,不要这么辛苦两边跑。"

"不辛苦呀,也不远,我不过来看看你我考试都考不踏实。"苏格说着,给老爷子倒了水。

老爷子的老友众多,其中不乏一些商贾、文人和政客,但他为人要强,生病的事谁都没说,所以医院这边安排的高级病房和专业护工不用想也知道是谁的帮助,他问苏格:"这都是孟先生安排的吧?"

见苏格点头,老爷子接着说:"你找机会把钱转给人家,不好让人家如此破费。"

"好,不过我怕转钱他不收。"苏格坐到旁边的椅子上。

"那你就取出来给他。"

"好,爷爷你今天有没有哪里不舒服?"

"都好好的,就是想回家。"

"那不行,医生说可以回家咱们才能回去,您得做手术。"苏格目光坚定地说,"医生跟您说得多清楚,您的心脏不能再拖了。"

"知道了,我们家格格长成小唠叨婆了。"老爷子笑呵呵地拍着她的手。

苏格"哼"了一声,剥了个橘子给他,犹豫了一下,突然问:"爷爷,您想大伯吗?"

老爷子拿橘子的手一顿:"不想他,想这个不孝子干什么!"

怎么会不想?仅剩的唯一的儿子,两人互相置气了十多年,一个比一个倔。苏格想,或许可以趁这个契机让两人和好,她的声音温柔了一些,带着商量的语气:"我跟大伯说一声吧,告诉他我们来盛阳了。"

"别告诉他,看到还不够生气的。"老爷子把剩下的橘子瓣扔到一旁的桌上,转身背着苏格躺了下去。

苏格被他孩子气的动作逗笑了。

傍晚准备离开医院前,苏格去主治医生那里问了支架的情况,医生只说正在积极联系,但似乎希望不大。

"没有别的办法了吗?"苏格有点急。

"你爷爷的年龄大了,常用的手术方式行不通。"医生叹了口气,"国内的医院几乎都问遍了,全都没有,如果再想不出治疗方法……"

他没有接着说下去,苏格的脸瞬间就白了,她动了动嘴唇,再开口,声音带着轻颤:"最近的国家,哪里能做?"

"加州有个医院做这个手术比较在行,只是你爷爷的身体,不太适合长途飞行。"

苏格一路从医院走到酒店,只觉得心里像塞满了石头,步伐沉重,嗓子憋得生疼,即使这样她还不忘在自动取款机取了两万块钱。她抱着钱进酒店时,酒店的工作人员看到她被吓了一跳,担心别人在他眼皮子底下把小姑娘给打劫了,忙拿了一个纸袋给她。

苏格道谢,将钱装好后,给孟斯年打了个电话。

酒店负一层是个酒吧,孟斯年来的时候苏格正窝在靠门边的皮质沙发上抽烟,昏暗的环境里,时不时扫来的灯光晃过她的脸,她垂着眸子,几缕不听话的发丝垂在脸颊,面前的烟灰缸里已经七零八落散了一堆烟头了。

和平时那个笑起来干干净净、脸颊还有两个可爱小酒窝的苏格一点也不一样,有种纸醉金迷的堕落。

孟斯年走过去将烟从她手里抽走,苏格伸手抢没抢到,香烟被他一转手按进烟灰缸:"以后把烟戒了。"

"你自己抽得比谁都凶,干吗管我?"苏格说着,又从烟盒里拿出一支,孟斯年长臂一伸,转眼间那支烟又到他手里了,同时到他手里的还有她那剩不了几根烟的烟盒。

他把烟盒塞进穿着的棒球外套的衣兜里:"没收了。"

苏格皱眉看着他,一脸不服。

"烟抽多了不孕不育。"他决定以理服人。

"正好,省计生用品的钱了。"苏格和穗穗贫惯了,这话随口就来,说完,她自己先不自然地咳了一下。

孟斯年似笑非笑地看着她,良久才慢悠悠地说:"你这脑袋里天天想的都是什么?"

苏格嘟嘟嘴:"谁让你先说的。"

"怎么了?想借烟消愁?"孟斯年坐到她对面,打了个手势让服务生过来,"Dry Martini(干马天尼)。"

服务生看了看苏格:"一杯吗?"

孟斯年也看了眼苏格:"对,给她一杯白开水。"

苏格也懒得抗议,伸手从一侧椅子上拿过纸袋放到他面前:"邱姐姐说护工还有病房的钱你事先付好了,我也不知道多少,你看看够吗?"

孟斯年没动,只问:"有人给你打电话吗?"

苏格点头:"有。"

"多吗?"

"也不多,四五个吧,"苏格拿起服务生送来的白开水喝了口,瞥了眼孟斯年的鸡尾酒,想尝尝,但又不敢,"有直接报公司名号问我有没有新曲子的,还有歌手的经纪人直接约歌的。"

"你怎么说的?"

"我让他们去联系你,我说,我听你的。"

孟斯年倏然笑了,他放下酒杯,推给苏格:"这么会说话,奖励你,可以尝一口。"

苏格:"……"

感觉像是在喂小狗。

苏格看了眼他刚刚抿过的杯沿,她不动声色地转到自己的方向,拿起来喝了一口,有点辛辣,口感和她爷爷酿的酒很不一样。

她放下杯子,推回去给他:"喝不惯。"

孟斯年的手指摩挲着杯座,苏格瞥了一眼,观察他是否会和自己一样转个方向,但他却一直没再喝:"苏先生的情况不好吗?"

苏格的视线从他修长的手指移到他的脸上,微不可察地点了下头。

"有什么是我能做的?"

这话他不止一次对她说了,苏格笑了下,眸光闪了闪:"你已经帮我这么多了,就送你去一趟沙溪,用得着这么报恩吗?"

孟斯年的食指一下一下地敲着杯座,抬抬眼皮,看向苏格:"你想我怎么回答?"

苏格垂了下眸子,不知道他察觉了什么,沉吟一下,回答了他上一个问题:"这次,连我都觉得无所不能的孟斯年也帮不上忙了。"

"医生怎么说?"孟斯年皱眉。

"就是说先观察。"苏格道。

见她不想多说,孟斯年也没追问,想着她之前的那句话,挑了挑眉:"无所不能?看来,你是真的很崇拜我。"

苏格拿起杯子喝水:"我没见过世面嘛。"

孟斯年靠向椅背,将衣兜里刚从她那儿没收的烟盒拿了出来,叼了支烟

113

到唇间，没看她，突然含糊不清地问了句："格格，你父母呢？"

苏格拿水杯的手微顿，随即抬头看他，他正低头点烟，打火机的火苗照得他脸颊忽明忽暗，她说："十多年前我爸妈离婚，我妈走了，再没出现过，前几年我爸……生病去世了。"

孟斯年抬眼看她，见她脸上并无表情，眼眸依旧漆黑，她捧着水杯喝着水，可爱的酒窝因为颊边的动作若隐若现，孟斯年慢慢吸了口烟："抱歉。"

"没事啊，过去很久了。"苏格耸耸肩，假装无所谓的样子。

随着夜越来越深，酒吧的人也逐渐多了起来，空间变得闷热，孟斯年将脱了的外套扔到一边，只余一件T恤。苏格看了几眼，打趣道："今天像孟哥哥。"

孟斯年笑笑，没像往常一样开玩笑，接着两人又沉默了一会儿，他拿起她的水杯："我去给你添点水。"

"真的不能喝酒吗？"

"不能。"

孟斯年回来的时候发现苏格又把他外套里的烟盒摸了回去，嘴里的烟已经下了三分之一，他一手放杯子，一手将烟抽走："欠收拾了是吧？"

苏格没防备，被烟熏了下眼睛，她用手捂住，不满道："熏着我了。"

孟斯年把烟掐灭，将她的手拿下来："我看看。"

苏格仰着头，眯着眼睛看他，孟斯年一手捏着她的下巴一手把她眼角的泪渍抹掉，轻轻吹了下她被熏的那只眼睛："闭一会儿眼睛，很快就好了。"

因为他指腹的温度，因为他亲密的动作，苏格的身体僵了僵。

眼睛的不适已经渐渐消散，她慢慢睁开，便见孟斯年眉目舒展地低头看着她，温柔的神色带了丝笑意。苏格鼻头一酸，瞬间大滴的泪珠从眼角涌出，消失在漆黑的发丝中。

孟斯年慌了一下，伸手去抹她越涌越多的眼泪："熏疼了？"

苏格摇头，忙低下头吸了吸鼻子，泪珠随着她的动作砸在孟斯年的手背上，她闷声闷气地说了句话，孟斯年没听清，微微弯腰凑近她："嗯？"

苏格低着头又说了一遍："我只有爷爷了，我害怕。"

孟斯年保持弯腰的姿势没动，苏格这话让他的心狠狠一揪，似乎被一只手用力攥了一下，紧紧巴巴的，很是难受。

半响，他直起腰，伸手将苏格搂进怀里，拍了拍她的肩，想说什么又什么也没说。

苏格搂住他的腰，在他的衣服上蹭了把眼泪，头一埋，无声地啜泣起来。

两人一坐一站，姿态亲密，不知道过了多久，有经过的客人不小心撞了下孟斯年,他微微回神,低头见苏格还在他衣服上蹭眼泪,他摸了摸她的头发,低低地说:"你可真会让人心疼。"

苏格松开他,伸手从桌上纸巾盒里扯了几张纸擦了擦脸,也不抬头,半撒娇半威胁地道:"出了这个门就忘掉我刚才不小心哭了的事,不然……"

不小心?

孟斯年拿起酒杯灌了一口,将酒喝去了大半:"不然什么?"

苏格也没工夫观察他到底有没有就着自己之前的唇印喝,只急于眼前:"不然……我还哭……"

苏格的眼睛有些肿,眸子水润润的,鼻头泛着红,模样看起来着实可怜巴巴的,孟斯年将酒杯里剩的那口酒干掉:"你知道会哭的小孩会怎么样吗?"

"有糖吃!"苏格立刻回答。

"不,会挨打,"孟斯年屈了食指在她脑门上弹了一下,"苏格,事情总会有解决办法的。"

苏格闷声闷气地"嗯"了一声。

孟斯年说:"先送你回去。"

或许是因为刚才在他面前哭了一场,苏格有点不好意思,一路沉默地走到酒店房间。她看起来像是在想事情,其实是在刻意拉开距离,唯恐离得稍微近点孟斯年就会嘲笑她似的。

苏格刷了卡进去,随口问了句:"要进来吗?"

"不了,你早点睡。"说着,孟斯年把手里的纸袋放到她怀里,转身走了。

苏格问完那句话后才惊觉这话太容易让人误会,好在孟斯年一本正经的,那模样要多自然有多自然,一副问心无愧的样子……

还挺让人不爽的!

苏格把房卡插进卡槽,屋内立刻灯火通明,她低头换鞋的时候才后知后觉地发现自己手里拿着纸袋。这晚太不在状态,纸袋是什么时候回到她手里的,她实在回忆不起来。

于是,她弯腰重新系上鞋带,开门出去。

她一边按电梯一边拨打孟斯年的电话,猝不及防地被迎面出来的两个人撞了一下,纸袋里的钱没拿住,撒了满地。

"我的妈呀!怎么这么多钱?"有个人怪叫一声。

苏格觉得太阳穴突突地跳,她抿了抿嘴唇,也没看那两人,刚准备蹲下身捡钱,突然听到一个熟悉的声音:"苏格?"

苏格看过去，竟是多日不见的江染。

"妈呀，苏格？"她旁边的人显然比江染还惊讶。

苏格看向这个叫了两次"妈"的人，对视瞬间，两人俱是睁大了眼睛，样子竟有几分神似。

苏格诧异了一下，也没时间跟他叙旧，直接说："苏天濠，帮我把钱捡起来，快点。"

苏天濠下意识地要弯腰去捡，一旁的江染伸手拽了他一下："你俩怎么认识？"

苏天濠看向苏格："我妹，小叔家的。"

江染惊讶的神色一闪而逝，随即想到什么，意味深长地"哦"了一声："就你说过的那个乡下的亲戚吧？"

"对，当年要不是我妈坚持，我爸差点回乡下继承我爷爷的火窑还是啥的手艺。"

苏格把钱塞进纸袋里，忍不住想冲他翻白眼。

打给孟斯年的电话里传来忙线的声音，她也不着急了，想着这点时间他也走不了多远。

她刚站起身，便听到江染说："苏格你这个时间在酒店里，还拿了这么多现金……"

她拖着长音，没说完的话，一旁的苏天濠转着眼珠给脑补完了。随即，苏天濠脸色一变："苏格你干什么？你没钱和我们说啊！"

苏格刚才没翻的白眼终于在此刻补上了，心想这苏天濠过了这么多年还是个笨蛋。她没回答他的问题，挑着眉在两人之间睃巡："你俩来酒店干吗？"

苏天濠"扑哧"一声笑了："这问的不是废话吗？"

苏格看了眼江染，"呵呵"笑了声，然后跟苏天濠说："把大伯的电话号码给我，我有事找他。"

"要钱吗？"苏天濠说，"你乖乖叫两声哥哥，我给你啊。"

苏格打小就不爱叫他哥，苏天濠就爱想办法让她叫哥，没少欺负她。

苏格瞪他一眼，按了一直停留在这一层的电梯，走时还不忘说："苏天濠你不仅笨还没长眼。"

苏天濠还没反应过来，江染先冷了脸："苏格，你什么意思？"

电梯门适时地关上了。

苏格出了电梯就见到背对着她坐在酒店大堂休息处沙发上的孟斯年。

她几步走过去，听到他正打着电话，语气有着说不出的严肃。

"什么样的支架，全国都找不到？

"为什么不进口了?往上反映一下呢?

"加州?确定能做?需要提前多久预约?

"再近的没有了吗?坐那么久的飞机我怕苏老先生撑不了。

"嗯,刚才小姑娘哭得有点伤心,看着心疼。

"最近麻烦你了,邱琳。

"嗯,改天让苏格请你吃饭。"

"……"

苏格站在他身后听着他打电话的内容,觉得一整天都揪着的心突然变得胀胀热热的……

在孟斯年起身前,苏格转身回到电梯中,按了房间楼层按钮,原路返回。她不上前和他说话,是怕情绪太过外露。

这样的孟斯年,怎么会不让她感动呢?

怎么会……

不心动呢?

回到房间,苏格盘腿坐在床上,给孟斯年发了条信息——

> 太上皇长命百岁:到家了吗?
>
> 孟斯年:又改网名了?太上皇是谁?
>
> 太上皇长命百岁:我爷爷呀。
>
> 孟斯年:……
>
> 太上皇长命百岁:钱怎么没拿走?
>
> 孟斯年:帮个忙还收钱?
>
> 太上皇长命百岁:我再给你首歌吧。
>
> 孟斯年:发过来吧。
>
> 太上皇长命百岁:还没写。
>
> 孟斯年:洗洗睡吧你。
>
> 太上皇长命百岁:遵命。
>
> 孟斯年:你这么听话我有点不适应。
>
> 太上皇长命百岁:你有受虐倾向啊?
>
> 孟斯年:别睡了,来,下楼。
>
> 太上皇长命百岁:……本宫就寝了。

苏格拿着手机,把两人的信息看了又看,随即抱在怀里,在床上打了几个滚。

脑子里只有三个字——你完了。

苏格，你完了！

医院始终没有研究出好的治疗办法，苏格经常往医院跑，她爷爷怕耽误苏格考试，吵着要回曲桑。

苏格总觉得他其实是想见见大伯的，人一生病，通常都很脆弱。

她父亲去世那年大伯一家人回去过，她爷爷始终没给好脸色，那是苏格最后一次见他们，逢年过节大伯打过几次电话，老爷子次次挂断，慢慢地，往来就没那么密切了。

这天晚上，从医院去酒店的路上，苏格给江染打了个电话："学姐，方便的话给我下苏天濠的电话号码。"

江染那边很吵，在大大小小的说话声和音乐声中，苏格听到她说："苏天濠跟我在一起，你有事直接来说。"

电话挂断后，微信里收到一个地址，是盛阳一个非常有名的酒吧，苏格走向路边，伸手拦了一辆出租车。

她到的时候苏天濠已经喝得差不多了，眼睛眯着看了苏格半天："哎！苏格你都长这么大了，前两年见你还一小屁孩呢。"

苏格懒得搭理他，直截了当地道："给我大伯的电话号码。"

他们包下的卡座很大，四下坐了不少人，两人说话的工夫，有人凑了过来："这小姑娘谁呀？苏天濠你红颜知己真多。"

"我妹。"苏天濠闭着眼睛靠在座椅上，含糊地嘟囔着。

坐在他身边的江染立刻笑容满面地说："这是我学妹，刚才罗先生不是说想听小提琴吗？她也是学小提琴的，让她给罗先生演奏一曲吧。"

苏格皱眉看她："你又打什么主意？"

"出风头啊，你不就喜欢出风头嘛。"江染优雅地坐在沙发上，说话时表情温柔，语气轻缓，模样看起来要多无害就有多无害。

苏格面无表情地看着她："看来你真的很在意那次我和蓝三三的演出，可惜丢了西瓜，芝麻也没捡到。"

说到江染痛处，她面露恼色，还没说话，那个罗先生看了过来，也没细听他们聊什么，晃着酒杯说："刚刚和江染开玩笑说要听她拉小提琴，没想到她上心了，真弄来一个表演的。"

"我过去问问有没有小提琴，听他们那些架子鼓、破吉他闹得慌。"其中一个人积极地跑去找乐器。

苏格要笑不笑地看了眼那罗先生："苏天濠是我哥，我找他有事，不是来表演的。"

罗先生挑眉看过来，似乎并不在意她说的话，只问："你会演奏《我心永恒》吗？前两天听到用大提琴演奏这个曲子还挺好听。"

苏格见与他交流困难，问江染："这人谁啊？"

"星临公司的音乐总监罗泱。"江染压低声音，"劝你最好别得罪这些人，让你演奏你就去。"

"我不。"

苏格压根儿不搭理那罗泱，心想孟斯年我都不怕呢，何况这人？

所以当他们给她找来小提琴时，她也不接。

江染见气氛尴尬，立刻接过小提琴来，说："苏格你情商怎么这么低啊！你还想不想要苏天濠他爸的电话号码了？"

"我又不向你要。"苏格说着，也来了脾气，抬脚踢了睡着的苏天濠一脚，"你给我起来！"

苏天濠吓得一激灵，半醒不醒地眯着眼满脸不乐意："干吗呀？"

苏格还没说话，那罗泱不知道什么时候走到她身后，直接问："江染刚才叫你什么？苏格？"

苏格疑惑地回头看他，也是满脸的不乐意："干吗呀？"

旁边的人乐了："呵，这真是兄妹俩，一个脾气。"

"《山河曲》是你写的吗？"罗泱问。

"不是。"苏格不愿意搭理他，回头又踢了一脚苏天濠，在酒吧不大不小的音乐声中对他怒道，"爷爷生病了，在盛阳医大，反正我告诉你了，你们爱来不来！"

苏格说完转身就向外走，就在走出卡座区时，反应过来的苏天濠这才站起来追，因为酒劲没过，他跟跄了几步才抓住苏格。

苏格皱眉甩开他："疼。"

苏天濠晃了晃，扶着一旁的沙发靠背刚站好，罗泱也跟着说："苏天濠，拦着你妹先别让她走。"

他这一喊，从不远处经过的一行人扭头往这边瞥了一眼，这一瞥，站在几人中间的孟斯年突然问："那是苏格吗？"

话音刚落，只见一个醉醺醺的男人伸手去拽苏格，没轻没重地把一旁经过的服务生托盘里的酒水碰洒，弄得苏格浑身都是，气得她回头对他又踢又打："苏天濠你烦死了，烦死了！"

苏天濠忙去抓苏格的胳膊防止她越打越来劲。

跟在孟斯年一旁的程蓝一看情况不对，几步冲过去，二话不说拉过苏天濠，拳头就招呼到他脸上。苏天濠瞬间被打蒙了，倒到地上，苏格忙拦着还要动手的程蓝："程蓝，他是我哥。"

程蓝这才住手，诧异地看向苏格。

孟斯年见卡座里出来了几个人，说了句："你俩过来。"

苏格听到孟斯年的声音猛地回头，见到他，面上喜色一闪，几步跑过去，一只手塞进他的手掌中握紧，另一只手抓住他的胳膊，下意识地朝他身侧躲了下。

这是她第二次握他的手，第一次在曲桑，为了"保护"他，这次是寻求保护。

孟斯年察觉到她躲避的小动作，猜想她可能是被吓到了，紧了紧掌中的手以示安慰。

站在孟斯年身后的华灵，见到两人亲昵的动作，皱了皱眉。

那边江染最先出来，看到程蓝，也没工夫管地上的苏天濠，眼若秋水地盯着程蓝："程蓝，好巧啊，你也在这儿。"

程蓝没说话。

苏天濠被人扶了起来，罗泱的视线从程蓝身上转移到站在他们之中的华灵身上，随即走上前冲孟斯年熟稔一笑，问："孟老板的人怎么一上来就打人？刚出道火气就这么盛，小心传出去星路尽毁。"

孟斯年看了眼程蓝："他以为是欺负苏格的小流氓，路毁不了，传出去还得颁个见义勇为奖。"

罗泱哈哈一笑："兄妹俩打闹，误会了。"

说着，他注意到躲在孟斯年身侧的苏格，视线又落到两人交握的手上，笑道，"看来我确实没有孟老板有女人缘，你说是吧华灵？"

华灵没想到他突然跟自己说话，顿了一下后，回道："你男人缘也没见得好呀。"

这话撑得罗泱噎了噎，孟斯年不欲与他多说，捏了捏苏格的手："我们走。"

见几人要走，罗泱喊了声华灵，华灵落后两步："还有何指教啊，罗总监？"

"你失宠了？"

"没事吧你？"华灵瞪他一眼。

罗泱看向前面一起向外走的一男一女，冲华灵努了努嘴："一看关系就不一般。"

华灵顺着他视线看过去，说："苏格就是一小姑娘，你差不多得了，存的什么心思。"

"小姑娘？成吧，哪天你在千棠待不下去了可以再回星临，星临的大门随时为你敞开。"

华灵失笑："我为什么待不下去，好着呢。"

"爱而不得，由爱生恨啊。"

华灵："……"

因为苏格身上被洒了酒水，一出酒吧，风一吹她便打了寒战，孟斯年低头看她："冷啊？"

"冷。"苏格郑重地点了下头。

"活该。"孟斯年瞪她，"大晚上的不回去睡觉跑这儿来干吗？"

"你来干吗？"

"谈正事。"说话间，其余几个苏格没见过的人陆续与他们打招呼离开。

一阵风吹来，苏格又打了个寒战，一直没说话的程蓝脱了外套披到她身上，苏格说了句"谢谢"。

苏格笑眯眯地歪头看他："刚才谢谢你帮我揍苏天濠啊。"

程蓝奇怪地看她一眼："他不是你哥吗？"

苏格："我从小就想揍他。"

程蓝扯了扯嘴角轻笑一下："早说啊，刚才多帮你打几下。"

苏格被逗笑："你以后注意点啊，现在身份不一样了，是名人了，不能说打人就打人。"

程蓝一副"我不在乎"的表情："那也得分事，下次我碰到谁扒拉你，照样揍他。"

苏格抿唇一笑："看来我以前没暗恋错人。"

程蓝一怔，不可置信地看向苏格，耳朵瞬间红了。

"你们俩这是当着我的面谈情说爱呢？提醒一下，同公司的人禁止恋爱。"孟斯年松开握着苏格的手，在她额上轻弹一下。

苏格笑得很皮："跟你闹着玩呢，我暗恋的其实是孟叔叔。"

程蓝很快稳了心神，看向她的神色，五分责怪五分无奈。

孟斯年不动声色地看着她，信或者不信，情绪丝毫不外露。他伸手又在她额上轻弹了一下："你这叫暗恋吗？就差举个喇叭筒喊了。"

苏格"咯咯"笑起来，程蓝也笑了笑："你们叔侄俩感情真好。"

叔侄？

孟斯年眉头一挑，苏格笑得更大声了。

华灵从酒吧里走出来，视线在三人身上一转，笑道："这么热闹啊？"说着看向苏格，伸手搂住她的肩膀，"冷吧，衣服都湿了，我家就在这儿附近，跟我回去换下衣服。"

说着华灵的车子缓慢驶来，停在了几人面前，司机下来开车门。

苏格看了眼孟斯年。

华灵搂着苏格带她上车："咱们不和他们这些男人玩，他们都没有漂亮衣服。"说着，华灵握着她肩膀的手上下搓了搓，"格格小朋友太瘦啦，去我家吃好吃的。"

苏格又回头看了眼孟斯年。

"去吧，洗个热水澡。"孟斯年怕她冻着，痛快放人。

华灵的住处确实不远，在一个高档社区的顶层。

苏格洗完澡出来，看到客厅的沙发上放了好几套衣服，华灵还在往外拿："不知道你喜欢什么风格的，你快来挑，都是我没穿过的。"

"谢谢华灵姐。"

"客气，你先穿这个睡裙，今天就不要回去了，在客房睡。"华灵打量了一下她的细胳膊细腿，拿着裙子在她身上比了一下，"可能有点大……"

苏格随便换了一个看起来不那么贵的睡裙，想起孟斯年的话，心想这次不能这么好说话了。

华灵倒是没提《山河曲》的事，也没提别的，苏格就一直悬着一颗心，总觉得她这么热情定有所图似的，毕竟上次已经有过一次了。

苏格看着各种睡衣睡裙，说："华灵姐，你借我个外穿的衣服就行，我不在这儿打扰你了。"

"怎么会打扰，放心，这边只有我自己住。"华灵一件一件拿衣服往苏格身上比，"我爸妈住别的地方，他们最近出国旅行了，不然我就请你回家吃饭了，我妈妈做饭特别好吃。"

"妈妈"这个词对苏格来说已经很陌生了，不过她依旧记得她妈妈做菜也很好吃，可是"我妈妈也是"这几个字，她尝试了一下，却怎么也没说出来。

华灵晃了晃她的手："我叫了外卖，有甜品，零食，还有食香记的招牌菜，你走了我自己哪里吃得完呀，今天就陪陪我吧。"

结果就是，苏格没经住劝，留下吃饭，还和华灵喝了些酒，最后两人都喝多了。

华灵双眼迷离，抓着苏格的手，红着脸说："跟你说个秘密。"

苏格慢半拍地点头。

华灵小声说："我喜欢孟斯年，我特别、特别、特别喜欢他。"

苏格心头一跳，抿着唇没说话。

心道：我的秘密和你一样。

华灵的话匣子一打开，就开始说她的事。她以前是星临的签约歌手，为了孟斯年跳槽去了千棠，以为能"近水楼台先得月"，没想到他永远对人公事公办的样子，说着说着还委屈起来，抱怨孟斯年手下太多实力歌手，给她的资源没有她在星临时好。

可能喝了酒，苏格想到什么说什么，直接道："那你就回星临呗。"

华灵瞪大眼睛看着她，委屈巴巴地说："不要！回星临就看不到孟斯年了。"

"那你就去表白，等他拒绝你，你就死了这份心。"苏格喝了口酒，真心实意地提出建议。

华灵更委屈了，塞给苏格一瓶酒："你喝酒吧，别说话了，说的我都不爱听。"

第二天早上，苏格从《山河曲》的音乐声中醒来，她揉了揉自己的头，感觉头痛欲裂，她缓了半天才意识到，音乐声是她的手机铃声，在安静的早晨，再好听也很是烦人。

苏格从沙发上坐起来，一副"我是谁，我在哪儿"的神情。华灵比她好点，她趴在沙发另一边，眯着眼睛指着苏格扔在沙发下的手机："你的电话。"

苏格伸手去够，胳膊不够长，加上头晕，一下摔到地上，好在有地毯缓冲一下，没摔太疼，不过她又蒙了一会儿。

电话没人接，铃声戛然而止。

半响，她指着不远处地上横七竖八倒着的酒瓶，回头看了眼在沙发脚坐着的华灵："我们俩喝的？"

华灵揉着太阳穴："看样子是。"

苏格慢悠悠地冲她竖了个大拇指，华灵回道："彼此彼此。"

苏格捶了捶腰和腿："全身都疼，你是不是揍我了？"

华灵靠在沙发上，有气无力地说："我醒的时候，看到你的睡姿……一言难尽，不疼才怪。"

两人又相对无言地坐了会儿，混沌的脑子却依旧不太清醒。

门铃声响起时，两人揉太阳穴的手同时一顿。

"谁年龄小谁开门。"华灵眼睛都不眨地说。

"谁一大早来你家？"苏格撑着茶几站起来，腿还有点麻，她一蹦一蹦地走到门前。

华灵说:"保洁阿姨?"

苏格一手扶着墙,一手去开门,打开门的瞬间,苏格脑中只有一个想法——

去他的保洁阿姨!

孟斯年猜到或许她还在睡,但他没猜到她能睡成这副模样,头发像鸡窝一样顶在脑袋上,眼睛眯成一条细长的缝,完全没了往日那股机灵劲儿。她似乎因为他的打扰而不满地噘着嘴,宽大的真丝睡裙从肩膀一边滑下来,大片的白皙的脖颈和肩头明晃晃在外露着。

苏格在这几秒钟的时间内,忍住了尖叫、捂脸、大力摔门的冲动,深呼吸一口气,把睡裙往上一提溜,状似平静地问道:"你怎么来了?"

孟斯年神色复杂地看她一眼,咬牙切齿地回:"你说呢?你拿你手机看看,你昨晚上给我发了几百条语音。"

苏格手扶额头,微不可闻地叹了口气,心道再喝酒她就是猪!

睡裙没有了手提溜着,又掉了下去……

苏格偷瞄他一眼,轻咳一声:"那啥,先进来吧。"

她的话音将落未落,华灵尖叫一声:"不行!"

接着,本在沙发上大佛一样坐着的女人风一般地跑进卧室,"咣当"一声把门关上了。

苏格再次扶了扶额,轻咳一声:"那啥,先进来吧。"

说完,她转身单腿往回蹦,第一步腿就一软,差点又和华灵家的地毯亲密接触,好在孟斯年搭了把手,一把扶住她,苏格像老佛爷一样抓着他的胳膊,蹦着坐到沙发上,看他一眼,破罐子破摔地仰躺到沙发背上。

孟斯年坐到她对面,扫了眼地上的酒瓶以及桌子上倒着的红酒杯,抬眼皮看了眼苏格:"还能蹦吗?"

"啊?"

"去收拾一下。"

"这么……惨不忍睹吗?"苏格捋了捋头发。

孟斯年似笑非笑地看向她,薄唇轻启:"你刚打开门的瞬间我以为见鬼了。"

苏格:"……"

她伸手把睡裙提溜上来,瘸着腿离开。

要说女明星不是一般人,也就二十分钟,华灵换好了衣服,洗了脸、刷了牙、化了个妆,连头发都打理得一丝不苟。她变回平时那个精致优雅的当红女歌手,没事人一样给孟斯年倒了水。

而苏格,半天没从房间出来。

华灵去找她的时候,发现她蹲在洗手间门口……画圈圈。

"收拾好出来啊,你胆子怎么这么肥,让我老板等你半天。"华灵居高临下地看着蹲在地上的人。

苏格似有若无地"哦"了一声。

华灵失笑:"你这是干吗呢?"

苏格把脸埋进腿间:"本宫活了十九年,还没这么丑过!"

还让孟斯年给看到了!

她刚才进洗手间看到镜子里的人时,差点没把镜子砸了。

华灵笑着蹲下,捧起她的脸,揉了揉:"可爱的呀,巨可爱!"

苏格叹了口气:"你去陪你老板吧,让我再待会儿。"

华灵刚起身,苏格突然改了主意,站起来拦住她:"等会儿,你帮我拾掇一下。"

"洗把脸得了,你还需要怎么拾掇?"华灵挑眉看她,小姑娘年轻底子好,见的时候从来都是素颜,清爽干净,看着特别舒服。

"我也是有自尊心的,就你那眼线,红嘴唇,给我也来一个。"

华灵笑着说:"那你先洗个脸,柜里有新牙刷。"

很快,苏格换了套华灵的休闲服,乱糟糟的头发在头顶绾成个丸子,化了个淡妆后整个人精气神都回来了不少。华灵打扮完她,满意地看了半天,然后点着她的脑袋:"瞧给你漂亮的,让程蓝看到还不知道怎么心动呢。"

"啊?"

"少装傻,你俩肯定有事,他不是你们校草吗?你俩是不是互相暗恋来着?"华灵一副"我全知道"的表情。

苏格想解释,想了想又算了,估计以后和华灵接触也不多,不想浪费口舌。

见苏格出来,孟斯年起身往外走:"走吧,把包拿好。"

"怎么这么急?"华灵忙问。

"还有事,"他说着看了眼苏格,"送你去医院。"

苏格"哦"了一声,因为他没发现自己的变化而不满地嘟了下嘴。

每次见到孟斯年的车子,苏格都会暗暗下一次决心,挣钱换车。

在副驾驶坐好后,苏格直起身子,歪着头从后视镜看了看自己的妆容,心想孟斯年要是没发现,这妆不就白化了吗?

"孟斯年,我头发乱吗?"她状似无意地问。

"不乱。"孟斯年看都没看,启动车子倒出停车位。

"孟斯年,我眼睛还肿吗?"

"再肿也比萧树眼睛大。"孟斯年认真地看路况,还是不看她。

苏格深呼吸一口气,告诉自己要淡定,此刻应该生气的是萧树,她不再搭理他,扭头看向窗外。半响,她突然想起来什么,扭头问他:"你来干吗?"

孟斯年终于看她了,瞪她一眼:"还敢问?听你发的语音去。"

苏格从包里把手机掏出来,点开与孟斯年的对话框,划了几下没到头,又翻了几页,还是没到头,苏格嘟囔:"怎么这么多?这我得听到什么时候去?"

"你怎么不问问我听到了什么时候?"孟斯年的语气颇为埋怨。

"你就让我自个儿说去呗,别理我嘛。"苏格说着,点开第一条语音——

  太上皇长命百岁:洞拐洞拐,我是洞妖,洞拐听到请回答……
  孟斯年:发什么神经呢?
  太上皇长命百岁:你要说洞拐收到,洞妖请说。
  孟斯年:你喝酒了?
  太上皇长命百岁:哎呀,你这个洞拐怎么这么不听话呢!本宫赐你一丈红!

良久……孟斯年回了句语音:"洞拐收到,洞妖请说。"

听到这儿,苏格默默地把脸转向车窗,额头抵到车窗玻璃上,闭眼深呼吸一口气。

想死!

孟斯年听到"咚"的一声,看向她,见她那生无可恋的样子,失笑出声:"绝望得太早了,听听你给我讲睡前鬼故事那段。"

"啊?"

"讲到后面还把自己吓哭了。"

苏格:"……你好好开车吧,我自己来听。"

为了避免尴尬,苏格插了耳机。中间讲鬼故事的那段,她听了几句就全部跳过了,这故事还是小时候苏天濠讲给她的,吓得她好些天没睡好觉,然后,她就听到自己被自己吓哭的那条语音。

  太上皇长命百岁:好恐怖啊……呜呜……孟斯年,我害怕……

似乎被她哭得头疼了，下一条语音孟斯年稍稍温柔了声音："都是骗人的，别哭了。"

好像是躺在床上，他的声音带了丝慵懒的性感。

下一条苏格果然不哭了，只是语气中带了丝愤恨。

　　太上皇长命百岁：孟斯年你太不正经了，到处勾搭女生！
　　孟斯年：我勾搭谁了？
　　太上皇长命百岁：宁拆一座庙，不毁一桩婚，你听没听过，你这是作孽啊！
　　孟斯年：我到底毁谁了？

听到这里，苏格心里一惊，恐怕自己喝多了口无遮拦，把华灵的秘密说出去了。她忙点开下一条，只听她又换了话题："孟斯年我想爷爷，你来接我，送我去医院。"

　　孟斯年：你现在去睡觉，明天早上我让助理去接你。
　　太上皇长命百岁：为什么是助理？
　　孟斯年：我明早有事。
　　太上皇长命百岁：孟斯年，我不仅想爷爷，我也想你啦。

苏格闭了闭眼睛，竟然是撒娇的语气，太恶心了……

还有最后一条语音，是孟斯年发的，看时间，与她上一句语音相隔大概有两分钟，她竟然没有勇气点开，正犹豫时，一旁的人突然说话："到了，下车吧。"

苏格"哦"了一声，解开安全带，她现在心情有点复杂，不敢去看孟斯年，并在心里暗骂自己。

孟斯年戴上口罩，又绕到后备厢拿出一束花，准备走时见她一副心事重重的样子："想什么呢？"

苏格再次说："再喝酒我就是猪！"

孟斯年笑道："听完了？是不是对自己有了一个全新的认识，撒泼耍赖，说哭就哭，还霸道。"

苏格没说话，盯着他手里的花，半晌，快走几步跟上他的步伐。

等电梯时，她状似无意地问："孟叔叔你今天不是有事吗？"

孟斯年瞥她一眼："推迟了。"

苏格"哦"了一声，继续状似无意地说："邱医生今天好像休班。"

孟斯年："是吗？"

苏格接着说："那你这花可能要送我了。"

"送你干吗？这是给苏老先生的。"孟斯年看她一眼。

苏格抿住唇，压住要上扬的嘴角，低着头继续装作若无其事的样子鼓捣着手机："都一样，反正都是给我们家的。"

说着，她将微信里最后一条语音点开了——

　　孟斯年：嗯。

寂静的夜晚，男人声音低沉沙哑又带有一丝温柔的"嗯"字，让苏格的心，微微一震。

苏格心想，她彻底完蛋了。

电梯门打开，孟斯年率先走进去，苏格跟上，后面越来越多的人挤进来，他们一起站到角落，苏格垂眸，看了眼他垂在裤线边的手指，修长白皙，骨节分明，很美的一双手，仿佛就是为钢琴而生的……

想牵。

直到电梯到达病房那一层，苏格也没敢动。

他们进到病房时，老爷子正和护工聊天，见到两人，起身和孟斯年打招呼。

孟斯年走过去拦住："您不用客气，我就过来看看。"

护工接过花摆到柜子上，孟斯年说："老先生，你们刚才在聊什么？不要让我们打断了。"

老爷子在讲苏家几辈传下来的制作陶器的老手艺，说他如何天天练字练画，讲到在陶器上作画的难度，讲到外国人如何喜欢中国的这些工艺品时，老爷子骄傲之情溢于言表。

苏格倒了水给苏老爷子，喝水的间隙，一个护工问："您就苏格这一个孙女吧，那您这个传男不传女的手艺传给谁？"

"我爷爷有徒弟，是我的好朋友，"苏格不忘替陈水谣说话，"爷爷你们这传男不传女的规矩该改一改了，什么年代了，而且手艺就是传承，谁传不一样。"

老爷子不说话，屋里的氛围一下冷下去了。

老爷子坐在床上怔了半天，叹了口气："断了，断了，到我这儿断了。"

苏格笑了，摇了摇他的胳膊，不知是真心还是哄他："那就传给我吧，以后我生了儿子让他姓苏，我再传给他。"

"谁会同意让人家儿子跟你姓，瞎闹，你这不是激起家庭矛盾吗？"老爷子为人传统，自己接受不了，也觉得没人能接受。

"我生的我说了算，"苏格说着，回头看向孟斯年，"孟斯年你觉得呢？"

孟斯年抬眼，好看的眉眼看向她，眼眸漆黑沉静，让人猜测不到他分毫的心思。苏格回视，还没等到他的回答，她的手机不合时宜地响了起来。

她看了看电话号码，盛阳的陌生号，她以为是哪个音乐公司或者哪个歌手的经纪人，随手挂断了，没想电话立刻又打了进来，苏格皱眉，将手机塞给孟斯年："约歌的，你接。"

孟斯年挑眉，并不是很情愿，但还是接起："你好，我是孟斯年。"

那边不知道说了什么，他抬头看了眼苏格，随即回道："没有打错，这是苏格的手机，我让她接电话。我？我是她……偶像。"

苏格："……"

孟斯年将电话递给苏格："你哥。"

苏格已经记不起她爷爷笑得如此开心是什么时候了，虽说她对苏天濠没什么好印象，但她爷爷还是挺喜欢他这个大孙子的。毕竟是亲孙子，又几年不见，面相上苏天濠也算是继承了苏家的好基因，看起来一表人才，老爷子左看右看，越看越喜欢。

大伯就没有苏天濠这待遇了，他又倒水又拿水果的，老爷子"哼"了一声，看也不看他。大伯也不生气，坐到床边帮他掖了掖被子："爸，我刚才和医生谈了下您手术的事，我会尽快联系医院的。"

"不用你，你去忙你的吧。"

"爸，这都什么时候了，您还跟我赌气……"

"我什么时候跟你赌气了，你不愿意在曲桑待着，不愿意继承祖传手艺跟我学制陶，我也不逼你。你做你的生意，我生我的病，不用你管。"

苏格"扑哧"一声笑了，这还不是赌气？

她坐在窗边沙发摆弄着花瓶里的花，那边大伯好言相劝着，就拣着好听的说，苏天濠在一旁帮腔，老爷子没一会儿脸色就缓和了些，苏格坐得无聊，顺手摸出手机开了局游戏。

一旁的孟斯年抬手看了下手表，苏格注意到他的动作："孟斯年你的事情不是推迟了吗？"

孟斯年心不在焉地回了句："嗯。"

"那你看时间是有别的事?"趁间隙,苏格扭头看了他一眼。

孟斯年瞥了瞥她的手机屏幕:"我在想我把那么重要的事推迟了就为了一大早跑到医院来看你们家族团聚以及……看你打游戏?"

苏格把手机塞到他手里:"那我看你打吧。"

孟斯年垂眸看了看手里的手机,乱七八糟的画面,看不太懂:"再不拿走你就要死了。"

"死在你手里我愿意呀。"苏格歪头看他,软软地说了一句。

孟斯年瞥她一眼,也不接她的话,只把手机递给她:"给你,我可不想捧着'尸体'。"

得空的苏天濠几步窜到苏格和孟斯年身边,听到两人对话,他嫌弃的视线在两人之间来回巡视一番:"哇,幼儿园大班。"

"你小班的。"苏格回。

苏天濠没有反驳,似乎在想什么,随即恍然大悟道:"在酒店那天,我先后碰到了你们俩,那么你们……"

苏格立刻对苏天濠比了个"噤声"的手势,刻意压低声音说:"你知道的,爷爷的病需要好多钱,我这也是没办法。"

苏天濠脸色一变,刚要说话,孟斯年淡淡地开口:"苏格,你少给我造谣。"

苏格不满地瞪他:"苏天濠特别好骗,就是那种头脑简单的人,你真不配合。"

苏天濠不知道她哪句真哪句假,但中间那句倒是听懂了:"苏格你这话能背着我说吗?"

"我这是让你时刻认清自己。"苏格说。

两人斗嘴的工夫,孟斯年去走廊接了个电话,回来时手里拿了个三明治和一瓶牛奶。那边苏天濠被苏格气得似乎想要动手,孟斯年走过去站到苏格面前,不动声色地挡了下苏天濠不知是想掐她还是想拍她胳膊的动作,将三明治和牛奶给了苏格:"我先走了,你有事给我打电话。"

"好,再见。"

她乖乖道别的样子还真像幼儿园大班的小孩,孟斯年瞪她一眼,让开了地方,似乎暗示苏天濠可以继续。

苏天濠接收信息的能力为零,他找不到重点地嘿嘿一笑:"你俩闹别扭呢?"

孟斯年懒得搭理这兄妹俩,走到老爷子那儿与他道别,苏格大伯这才找到机会和他说上话。他站起身:"你好,年轻人怎么称呼?"

"这是苏格的朋友孟先生，人家可帮了我不少忙。"老爷子说完，"哼"了一声，"比那些亲儿子强多了。"

大伯尴尬一笑，忙伸出手："真是麻烦你了，太不好意思了。"

"苏先生不用客气，我并没做什么。"

两人握了下手，大伯看了看苏格，欣慰地笑道："时间过得真快，这才几年没见，格格这丫头都交男朋友了。"

苏格坐在沙发上咬着牛奶瓶中的吸管，眨巴眼睛看着他们，孟斯年解释："苏先生误会了，我和苏格是朋友。"

苏格不满地噘了噘嘴："谁跟你是朋友。"

孟斯年挑眉看他，苏格吸了口牛奶接着说："你不是我叔叔吗？这位长辈。"

老爷子哈哈一笑："坐着干什么，送送你叔叔啊。"

苏格："慢走不送！"

孟斯年："……"

他什么时候又给她得罪了？

可能是高峰期，电梯里的人特别多，孟斯年等第二趟的时候，苏格站到了他身边。孟斯年手里拿着一支烟，轻轻地转着圈，没有点燃："不是不送吗？"

苏格双手插在厚厚的连帽卫衣兜里，看也不看他："谁送你呀，我接人。"

孟斯年扭头看了她一会儿，见她完全没有搭理自己的意思，他把烟叼住，一手按在她的头顶将她的头转过来："化妆了？"

"我以为你是看不出来的。"此刻的苏格已经没什么热情冲他展示自己的妆容了。

孟斯年好脾气地笑笑，因为嘴里叼着烟，又居高临下地看她，有股子本不应该出现在他身上的痞劲儿，特别勾人。苏格仰着头眼睛眨也不眨地看着他，他手掌下移，用指尖点了下她的额间："好看。"

"谢谢叔叔。"

孟斯年垂眸看着她："又叫叔叔了？今天不是一直连名带姓地喊我吗？"

"叫顺嘴了，明天继续连名带姓地喊你。"苏格嘟嘟嘴说。

"我得罪你了？"孟斯年疑惑地问。

"明明是我想讨好你啊，你不是不爱听我叫你叔叔吗？"苏格一脸无辜地问，"你想我怎么叫呀？"

孟斯年咬了咬牙："叫名。"

电梯"叮咚"一声开了门，随即传来一声——

"格格！"

苏格扭头看过去，见程蓝单手大包小包地拎着一堆东西，另一只手还捧着一大束花，他走出电梯，看到孟斯年，立刻站直打招呼："老板也在。"

明明平时在学校里一副潇洒不羁的模样，见到孟斯年却像见到老师要敬少先队礼的小学生。

孟斯年没什么表情地点了下头。

两个人站在一起，一个比一个帅，路过的人频频回头。

程蓝怕有人认出自己，学着孟斯年，把下巴上的口罩拉上来，遮住半张脸。

苏格伸手去接程蓝手里的东西："孟斯年你快走吧，影响医院秩序。"

程蓝拎着东西的手躲了一下："沉，你拿花。"说着，将一大束花塞到苏格手里。

孟斯年越过两人走进电梯，电梯门关上前，他看到苏格鼓捣着怀里的花，微低头的侧脸带着柔柔的笑。

苏格和程蓝并肩朝病房的方向走去："我爷爷不喜欢花，你们为什么都送他花？"

程蓝："花是送你的，我手里的营养品是送你爷爷的。"

电梯门彻底关上，孟斯年手里拿着打火机，有些烦躁地想点燃嘴里的烟，似乎等不及出电梯了。

是啊，苏格喜欢花，在曲桑他总能看到她在弄那些花花草草。

坐上车，孟斯年抽了一支烟，又给程蓝发了条信息，让他不要耽误下午的行程，才放心开车离开。

孟斯年到卓悦那里的时候正赶上午餐时间，前台工作人员出来取外卖看到他，忙招呼道："孟先生，卓医生正在等您。"

工作人员一如往常一样将他带到二楼卓悦的办公室。卓悦见他进来，放下叉子，将饭盒推到一边，看了看手表："你晚了三个小时，导致我损失了很多钱。"

孟斯年脱下外套挂到衣架上："这三个小时算我的。"

卓悦笑道："老朋友了，算是赠送你的，你也太忙了，上次是半夜过来看诊，这次是中午。"

孟斯年扫了眼她桌子上的饭盒："打扰你吃饭了吗？你可以继续，时间也算我的。"

"减肥餐,不吃也罢。"卓悦说着,抬头凝视他,"你今天不开心?"

孟斯年正想着苏格,想着上次在曲桑她的家里吃饭,她吃得很多,但她还是很瘦,他早上扶她的时候握了她的胳膊,细细的,还有那宽松睡裙下的锁骨……

听到卓悦的问话,他回神:"如果你不介意,我想先抽支烟。"

"不介意,只要你能放松,干什么都可以。"卓悦将办公桌后的大窗朝里打开,"刚刚你在想谁?"

孟斯年靠在办公桌边抽烟,他将烟灰弹进烟灰缸:"一个小姑娘。"

卓悦感到意外,有些惊讶地说:"四年了,斯年,除了魏澜姗,你第一次和我说起别的异性。"

"是吗?这我倒是没注意。"孟斯年说。

"哦,还有一个,上次催眠那次,我接了你的一个电话,是那个女孩吗?"

孟斯年点头。

卓悦走到他面前的椅子上坐下:"她是个什么样的小姑娘?"

孟斯年吐了口烟,微眯着的眼睛在烟雾后模糊不清,他说:"很漂亮。"

"你身边应该没有难看的小姑娘吧,"卓悦笑着摇头,"你可是身在娱乐圈的人。"

他笑了笑,接着说:"很有个性,很聪明,很……讨厌。"

"你竟然用了'讨厌'这个词,"卓悦说完,突然问,"和魏澜姗比呢?谁漂亮,谁聪明?"

"为什么要和魏澜姗比?"孟斯年将烟头扔进烟灰缸。

"你没和我说过别的女人。"

孟斯年坐到不远处的躺椅上:"说实话,我不太清楚魏澜姗的具体性格。"

"你们那么熟,你不清楚?"卓悦的语气有些惊讶。

孟斯年垂眸思考着:"可能是我没花时间和精力去了解过她。"

卓悦又问:"魏澜姗最近联系你了吗?"

"前两天给我发了信息。"孟斯年皱了下眉头,"她说回国过春节,希望见一面。"

卓悦:"你怎么回的?"

孟斯年:"我没回。"

卓悦又叹了口气:"你还在怪她……或者在怪自己?"

"我不知道。"孟斯年靠到躺椅上,闭上了眼睛。

"她叫什么?"卓悦突然问。

"苏格。"孟斯年道。

"看来你真的一直在想她,我还没说问的是谁。"卓悦笑出声。

孟斯年闭着眼睛的睫毛轻轻扇动了两下,没说话。

"想和我说说苏格吗?她是谁?"

"你最近听《山河曲》吗?"

"听了,很多人推荐,主唱叫程蓝是吗?声音很有特色。"卓悦将椅子转了个方向,正对着孟斯年,"这首歌和苏格有关系吗?"

"嗯,是她作词作曲,才十九岁。"

卓悦感到意外:"看起来她是个很有想法和个性的人。"

"是啊,古灵精怪的。"

"你在想她什么呢?"

"她爷爷生病了,我刚才去医院看了她爷爷,送了束花给她爷爷,她很喜欢花。"

"然后呢?"

"我想送她很多很多的花,想看她高兴的样子。"

卓悦看着神色平静、似乎下一秒就要睡着的男人:"真难得,你开始对一个女孩有兴趣了。"

说完,她可惜道:"可是你没去做。"

孟斯年没再说话,不知道是不是真的睡着了,卓悦慢慢靠向椅背,半晌才轻轻地说:"已经是进步了。"

因为医院一直解决不了手术的事,苏格的大伯和大伯母说尽了好话才哄得老爷子搬到他们家去住,苏格正好考完试放假,也被要求一起过去住,苏格其实很想住学校宿舍,老爷子不放心,她只能硬着头皮答应。

想着反正有她爷爷,苏天濠应该也不太敢欺负她。

天气骤然变冷,凉风瑟瑟,苏格从院系领了奖学金证书,又赶去校乐团训练厅训练,因为乐团在校新年晚会上有演出,所以最近开始集训。

苏格因为一直跑医院,缺席了很多次训练,几个平时关系不错的同学询问她最近的动向,她也没明说,只说家里有些事情。

江染拿着小提琴进来,瞥了眼被几人围住的苏格,走了过去,对团长说:"虽然苏格回来了,但她一直没参与训练,现在加入恐怕会拖累我们的进度吧?"

几人尴尬地互相交换了眼神,团长看了看苏格,说:"苏格暂时不列入演出名单里。"

"这就好,我就是给您个建议。"江染说完仰着头转身要走之际,被穗穗的长笛刮了一下。

江染气愤地回头:"你……"

"你怎么不长眼睛啊?"穗穗先发制人,率先瞪她一眼,像模像样地认真检查起自己的长笛,"这是我爸从德国给我买的,撞坏了你赔得起吗?"

"呵,少在这儿瞧不起人,你怎么不问问你这乡下来的好闺密为了买小提琴典当了多少家当?"

苏格说:"没花钱,我的琴是我在米兰上学时,穆蒂先生送的。"

江染的脸色变了又变,在诡异的气氛中,她转身离开了。

待众人都走后,穗穗问苏格:"穆蒂是谁?"

"我瞎编的。"苏格说。

穗穗愣了一下,"哈哈"大笑起来。

团长一直很看好苏格,她让苏格抓紧时间练习,希望她赶上进度,一起参加新年演出。

苏格满口答应,顺便又问了监控调查的情况。

团长叹了口气:"小提琴放置的位置没拍到,走廊里的监控只能拍到后门进出的人,因为不知道你的琴在什么时间段被动过,所以很难查起。"

苏格猜到会是这样,但她还是十分感谢团长的帮助。

穗穗嘀咕着:"其实不查也知道是谁啊,姓江的呗。"

苏格用眼神示意她不要说,毕竟没真凭实据,很容易被扣上污蔑同学的帽子。

这天训练完,江染急急忙忙地收拾乐器往外走,有同学调侃她:"江染,你那富豪男朋友又来接你了吗?"

江染含着羞怯地一笑:"有个很难订位的餐厅,我们今天过去尝尝。"

"这也太宠了,你这毕业直接能嫁入豪门了,还努力什么呀?当阔太去呗。"

有别的同学问:"哪位富豪呀?听说他家里是开连锁酒楼的?"

江染点点头:"嗯,食香记。"

苏格挑了挑眉,拿出手机打给她爷爷,问苏天濠在没在家,让他来接自己回家。

然后她慢悠悠地收拾完东西走出训练厅,果然就看到苏天濠一脸不爽地等在门口,他见到苏格,咧着嘴笑嘻嘻地讨好:"好妹妹,我给你发了一千元的红包,你自己打车回去好不?"

江染坐在副驾驶，仰着下巴看她，说不出的傲慢。

苏格也不惯着苏天濠，拿出手机，当着他的面拨了爷爷的电话。

苏天濠赶紧阻止她："祖宗，祖宗，我送你还不行吗？"

说着，他拉开副驾驶的门，哄着江染出来："宝贝儿，你先下来，我晚点来找你，我先给这姑奶奶送回去，你不知道我爷爷多凶，他是真的能揍我。"

那边，苏格打通了电话，见苏天濠把江染拽了下来，心情愉悦："爷爷，苏天濠接到我啦，我们现在就回家。"

江染翻了好几个白眼，气得不行："你们姓苏的没一个好东西！"

苏天濠连着"啧"了好几声："说这话你可就没良心了，你忘了我怎么帮你教训欺负你的那小太妹？"

苏格诧异地看向他，想着江染这种性格还能让人别欺负了，好奇地问了句："哪来的小太妹？"

江染肉眼可见地慌张起来："苏天濠！"

苏天濠还挺骄傲地对苏格说："就她一个乐团的学妹吧，好像也是拉小提琴的，没少在学校欺负她，我找人给那学妹的琴弦弄断了，听说现在那学妹老实不少。"

苏格震惊过后，说不出地气愤，缓了几秒，看了看苏天濠，又看了眼江染，皮笑肉不笑地冷哼一声。

当晚回到大伯家，苏格当着几个长辈的面，边哭边告状，委屈得不行："本来乐团那边特别看好我，都单独面试我了，就因为苏天濠找人把我琴弦割断了，我才失去了进全国最好的乐团的机会。"

苏天濠一直喊冤："我哪知道是你的琴！这都是误会啊！"

苏格吸吸鼻子，一连串泪珠又掉下来："我爸爸生前的愿望就是我进盛阳乐团，我本来马上就成功了，我爸爸泉下有知……"

大伯听到这儿，气得猛地从沙发上坐起来，拿起拖鞋就砸向苏天濠："你这个浑蛋玩意儿！本以为你就是不学无术，没想到什么下三烂的事都敢做！"

老爷子抽了纸巾给苏格擦眼泪，心疼得不得了："这个小畜生！帮着外人欺负到自家妹妹头上了！"

大伯母也加入战局，扭着他的耳朵让他去院子里跪着："做出这么混账的事！我是太惯着你了，给我跪到明天！"

老爷子痛心疾首道："家门不幸啊，家门不幸！"

大伯吓得拍着他的背："爸，爸，你别动气，我去收拾他。"

苏天濠鬼哭狼嚎："妈，妈，耳朵掉了！我真的冤枉啊，我女朋友说她被欺负了，她就想弄断琴弦出口气，我想着我这不是保护女生吗？我的初衷是做好事啊！"

大伯母厉声道："什么女朋友！我不认啊，这种坏心眼儿的女生别想进我的家门！"

苏格又故意哭两声："明明挨欺负的是我，她怎么恶人先告状啊？"

大伯拿起拖把冲进院子："格格，好孩子，大伯今天就给你个说法，我打死他去！这个畜生，你让我怎么跟你叔叔交代！"

老爷子点头："打死，打死！"

苏格偷偷往外看了两眼，见苏天濠趴在石凳上被大伯拿拖把棍打屁股，心里痛快了不少。等了一会儿，估计他能长记性了，她这才一拍脑袋，惊呼道："琴弦被割断这事我报警了！"

"啊？"大伯母一惊。

"我当时不知道是我哥找人干的啊！"苏格一脸无辜。

大伯母吓到了，忙问："那这可怎么办？"

"明天得让我哥跟我去学校说明下情况，不然到时候给哥哥拘留了，可就留下案底了！"

大伯母忙点头："那得去，苏天濠听到了吗？跟着你妹妹去一五一十交代清楚，争取宽大处理！"

大伯把拖把一扔："拘留吧，长长记性。"

老爷子跟着帮腔："就是。"

苏格马上大人有大量地说："哥哥脑子……单纯，轻信了别人，罪不至此。"

老爷子"哼"了一声："智障。"

苏格心道，还是爷爷敢说。

其间，江染打了几个电话过来，苏格的大伯母拿过苏天濠的电话，直接给挂了，后面干脆拉黑了她，并跟苏天濠撂下狠话，不跟这女人断，就断绝母子关系。

苏天濠信誓旦旦地说立刻分手，就差举手发誓。他被江染利用害自己妹妹，他其实更生气。

当天，苏天濠在院子里跪到半夜，还是苏格求情才被允许回去睡，又因为屁股肿了，只能趴着将就了一宿。

第二天他载着苏格去学校路上都有点坐不住，一路上扭来扭去的。

苏格冷着脸不搭理他，心想活该。

苏天濠也没了往日的吊儿郎当，别别扭扭的，在等红灯时，磨磨叽叽地开口:"苏格,那啥,我真不是有意的。"

苏格:"你说一百遍了。"

"对不起。"苏天濠含糊地说完,正好绿灯,为掩饰尴尬,一脚油门冲了出去。

到学校后,苏天濠把事情原委一五一十地跟团长和校领导说了一遍,把帮他动手的朋友也叫来了,两人当着领导的面给苏格道歉。

校方那边联系江染亲自到场,江染先是说不清楚此事,后又说苏格联合她哥哥污蔑她,苏天濠当场拿出两人的聊天记录澄清,于是江染的电话便再也打不通了。

苏格表示接受苏天濠和他朋友的道歉,但江染毫无歉意,她要追究江染的责任。

校方那边给江染记一次大过,留校察看一年,团长也表示自己团里要不了这种人品的人。

江染那天后销声匿迹,再没去过乐团。

这事被知情的同学发上校超话,很多人说,她要是江染,直接退学,丢不起这人。

既然学校有了处理结果,苏格也就不再去关注此事,为了尽快让团长满意,每天都在练习小提琴,很是刻苦努力。

这天,结束一天的训练,她甩了甩酸掉的胳膊,忍不住发了条朋友圈——手残了。

孟斯年评论了句——脑袋呢?

苏格无语。

你才脑残!

新年演出那天,按照节目单,苏格她们乐团的演奏本是压轴,没想到,演出过程中,突然听到台下一片惊呼,她循声扫过去,便见到最后排站着的程蓝。他举着苏天濠找人定制的"格格吉祥"的牌子,像个小粉丝似的,左右晃着。

苏格:"……"

周围很多同学拿着手机拍,他也不以为意,热情地为苏格应援。

乐团演奏结束,程蓝直接把应援牌塞给苏天濠,外套一脱就上了台,蔡子和永乐也从后台走上去,这下尖叫声更大了。

他们演唱了《山河曲》。

苏格在后台看了全程,她第一次听这首歌的现场,心情有些雀跃,有些骄傲。

　　蓝三三在欢呼声中下了台，程蓝直奔苏格，笑得开怀："怎么样？没给你丢脸吧。"

　　苏格不吝啬地夸赞："特别好，现场演唱能力很强，你们可以去参加音综。"

　　"行程太满了，别的计划可能得等明年了。"蔡子凑过来说。

　　"对哦，你们这么忙怎么有时间过来？而且节目单上也没有你们。"

　　蓝三三乐队现在是炙手可热的新星，因为《山河曲》的爆红，他们成了年末各大晚会争抢的重点，乐队行程几乎全满，能来校晚会免费演出确实让人意外。

　　"老板帮我们推掉了一个行程让我们来参加校演出。"永乐说，"经纪人心疼坏了，那边给得特别多。"

　　"孟斯年？"苏格觉得这是他能做出来的事。

　　"对，他说母校的演出更重要。"程蓝说。

　　说起他，苏格才发觉两人好久没见了。

　　前段时间他询问过她是否有写新歌的打算，她说在紧急练曲，暂不考虑。那之后他再没联系她了。

　　想到这儿，她心里有些不痛快，这人这么现实，不写歌就不理人。

第五章
认真的雪

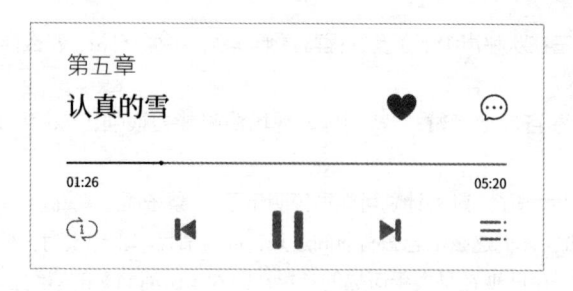

01:26　　　　　　　　　　05:20

盛阳的冬天与曲桑不同，这里总是北风呼啸，又干又冷，二月来临后便见不到一点绿了。苏格喜欢雪，曲桑气候太暖，几乎见不到什么雪花，盛阳虽然寒冷，但气候干燥，同样也不怎么下雪。

苏格穿着呢子大衣，围着厚厚的格子围巾从剧场出来，程蓝打发了乐队其余两人，跟在她身后："走这么急？"

"天气预报说有雪，我想出去等等看。"其实，她是想避免不必要的绯闻，今天程蓝还挺不避嫌的，没有一点明星该有的样子。

刚迈出剧场大门，天就下起雨来，苏格缩回脚，嘀咕道："几月份了，竟然还下雨？"

程蓝失笑，与她一同站在剧场玻璃门后，看着黑蒙蒙的天："跟我去停车场，我送你吧？"

"不去，再去咱俩的绯闻都要被坐实了。"

"还委屈你了怎么着？"程蓝不满地扬了语调。

可不就委屈她了，好好的日子给弄得乱七八糟的。

刚刚出来前，穗穗兴奋地告诉她，程蓝回母校演出上热搜了，很多人在发照片、视频，还有人讨论程蓝为什么举着"格格吉祥"的牌子，是什么梗吗？

苏格感到头大，她随手打开热搜，就看到有人发了程蓝和苏格在剧院门口亲密看雨图，还配文字——

程蓝身边的女生就是那个"格格吉祥"的格格。

苏格四周看了看，很多人被雨堵在门口，不少人拿着手机在拍他们这边，苏格不动声色地往远处挪了挪,程蓝跟着挪了挪:"躲什么?"

苏格一脸不爽地把热搜上的照片拿给他看,他瞄了一眼:"咱俩这身高还挺配。"

苏格瞪他,他笑道:"没事,这不没拍到你正脸吗?"

"你再过来就拍到了。"苏格嫌弃得不行,说着又挪远了些。

她后悔自己怎么让苏天濠先走了,正犹豫要不要冒雨去校门口打车时,手机微信进来一条消息,是穗穗发来的截图,她在那张照片下留言——

> 我家格格单身狗,我家蓝蓝单身贵族,只不过认识而已,请大家不要随便臆想,谢谢!

苏格问她为什么她是单身狗,程蓝却是单身贵族。

穗穗回:因为狗狗可爱。

苏格回了"绝交"两个字。

在许寒城办公室与之闲聊的孟斯年刚好刷到这个热搜,看到了这张"亲密看云看雨虐狗图"时,他看了下发图时间,一分钟前。

许寒城将泡好茶的杯子放到孟斯年面前,他没喝。

许寒城瞄了一眼他的屏幕说:"我没说错吧,苏格那小姑娘和程蓝可能真在谈恋爱。"

"你的业余时间都用来看热搜吗?真八卦。"孟斯年说着,起身便要走,"先走了。"

"你不是约我吃饭来的吗?"许寒城一脸疑惑地问。

"突然有事,下次。"

"剧场在东面,车子可以开过去。"

孟斯年没说话,只是觉得,有时候许寒城那聪明劲儿真够讨厌的。

程蓝扫了一把共享雨伞回来的时候,苏格看到一辆熟悉的车子停到了剧场门口,她眼睛一亮,抬脚就向外走,程蓝一把将她拽回来,把雨伞塞到她手里:"突发奇想想淋雨?你们文艺青年都这样吗?"

苏格把雨伞随手送给一旁避雨的女生:"同学,程蓝给你的。"

女生愣怔一下后,脸颊一红,忙接过去,羞赧地看了眼程蓝:"谢谢学长。"

程蓝:"……"

141

苏格将小提琴抱进怀里，低着头走进雨幕，程蓝见状，嘟囔了一句后也跟着大步走了出去。

和上次面试时一样，由于天气寒冷，雨下到地上冻成了一层冰，程蓝脱了外套，想追上苏格给她披上，结果刚加快脚步，脚下一滑，他便一脚铲倒了在前面走着的苏格。

他自己倒是反应迅速，手撑着地，快速站了起来，苏格就不太好了，坐在水汪汪的地上蒙了半天，米白色大衣湿了大片。程蓝边笑边扶苏格，她边起身边打他，看样子气得够呛。

"苏格。"不大不小的声音从雨幕中传来，两人循声看去，见到打着透明雨伞站在离他们不远处车边的孟斯年。

"老板，您怎么在这儿？"程蓝一如既往地流露出崇拜神态。

"来找许寒城，路过。"

许老师的办公室和钢琴教室都在另一头，完全不需要路过这里，程蓝疑惑地挑了挑眉。

"孟斯年，我快冻死了。"苏格几步跑进孟斯年的伞下，跺了跺脚，仰着头可怜巴巴地看他。

孟斯年将伞向她的方向移了移以确保不会有雨滴打到她身上，虽然雨不大，但她这么一摔一折腾，发丝已经湿了，一缕一缕地贴在脸颊上，看她脸色苍白，像是真的冻得不轻，他说："上车。"

孟斯年车里开着暖气，很暖和，苏格脱掉身上湿了的大衣扔到后座，拿他递过来的纸巾擦了擦头发，这才笑眯眯地扭头看他："多日不见，孟叔叔又帅了。"

"格格过誉了。"

又叫她小名？苏格觉得不对劲，想起刚刚热搜的"格格吉祥的格格"，她试探问："你不会八卦到看热搜了吧？"

孟斯年启动车子，不置可否地挑了下眉，然后说："不和你的贵族男友吻别吗？"

他绝对看了！

"程蓝这么红，肯定容易传绯闻，而我，就是那个倒霉蛋。"

孟斯年点点头："不和你的'绯闻'贵族男友吻别吗？"

他还加重了"绯闻"二字。

苏格："……"

她降下车窗玻璃，对准备离开的程蓝说："我衣服湿了，先蹭车走了，再见程学长。"

苏格故意加重了"学长"二字的语调。

程蓝站在树下，戴上他标志性的鸭舌帽："走吧，别把我老板的车弄脏了就行。"

这一个个都是什么人啊。苏格毫不犹豫地升上车窗玻璃，眼不见心不烦。

"送你去哪儿？宿舍还是你大伯那儿？"孟斯年问。

苏格眼珠一转，想到了一个充足的理由："不去我大伯那儿，我烦苏天濠。也不去宿舍，听说半夜要下雪，宿舍有门禁，我看不到初雪，许不了愿，我会郁闷到下个冬天的。"

孟斯年将车子驶离学校："要许什么愿？和程蓝百年好合吗？"

苏格没解释，只说："愿望不能说。"

"哦。"

"不过你是孟斯年，告诉你应该没事。"

"可以不说。"孟斯年眼角一跳，感觉苏格的愿望并不简单。

"我的愿望是找到一个很好的钢琴老师。"

孟斯年将车停在红灯前，一手搭在方向盘上，侧身看她："苏格你知道你为什么这么矮吗？"

苏格："……"

"因为心眼儿太多。"

苏格："……"

她就知道他要这么说。

外面的雨渐渐变了模样，细小的冰粒儿噼里啪啦地砸了下来，挡风玻璃前的雨刷器频率极高地摆动着。

苏格看着窗外恶劣天气，问孟斯年："我们去哪儿？"

"你还有别的地方能去吗？"

"你家？"

孟斯年没说话。

"行不行？"苏格充满期待地问，"我不会对你怎么样的。"

孟斯年失笑，没说行，但也没反驳。

苏格当他默认，漆黑明亮的眼睛看向他时，又亮了几分。

孟斯年也没看她，只说："你用这么火热的眼神看我是有什么企图吗？"

"你有没有金屋藏娇？"

"'娇'没有，小恶魔有一只。"

"谁？"

"你。"

"我是小仙女。"苏格纠正他。

"呵。"

车子一路往内环开,因为暖气开得太足,车厢里的温度也越来越高。孟斯年解开了衬衫的扣子,看了眼苏格,见她从剧场出来时冻得有点发白的脸色终于红润起来,那嫩红的颜色充满了青春的气息与活力。

她正将湿了的头发散开,身上浅色贴身毛衣的肩膀部分因为水渍变得有些清透,黑色的肩带在毛线下若隐若现。他又想起,那天在华灵家门口穿着宽大睡裙的苏格,睡眼蒙眬、衣衫不整。

后面传来不耐烦的鸣笛声,红灯不知何时变成了绿灯,孟斯年踩下油门,因为车子良好的性能,冲出去时,发出"嗡"的一声……

苏格看向他:"这个车速,有点过分了。"

这还是苏格当时送孟斯年去沙溪时,他说的话,如今原封不动地还给他。

孟斯年笑:"我可是老司机。"

苏格:"嗯,看出来了。"

孟斯年:"……"

外面的冰粒儿不再混乱地向下砸,除了车子发动机的声音和呼啸的风声,再没其他杂音,苏格透过车窗看出去,发现冰粒儿变成了雪花,在风中摇摇晃晃地飘洒着:"雪真美。"

"明天再出去看雪吧。"

"为什么?"

"你想发烧吗?又淋雨又玩雪。"

苏格看着他认真开车的侧脸,突然意识到自己在被他管着……

这感觉非常好,她弯起眼睛,笑得甜甜的:"好。"

孟斯年将车驶进一个高档商务区,在地下车库中停好车,他拿了外套递给苏格:"穿上。"

外套有他的味道,清香味混合着极淡的烟草味,苏格穿上后,拿了自己的大衣跟着他走到电梯口。

在宽大的外套下,苏格显得愈发娇小。孟斯年只穿了件衬衫站在她旁边,清瘦单薄,苏格敞开衣服:"孟斯年,你要是觉得冷就到我怀里来。"

孟斯年没说话,对于她的"调戏",伸手弹了下她的脑门。

苏格一直知道孟斯年有钱,但在这之前,对于孟斯年的有钱她并没有什么概念,直到进到他的家。

她换了他递过来的刚拆封的拖鞋,扫了眼非常豪华有质感的宽敞客厅:

"孟叔叔你家多少平方米？"

"三百多。"他倒了杯热水递给她。

苏格不动声色地"哦"了一声，接过水："那没我家大，我家加院子有六百多呢。"

孟斯年配合地点头："比不过你家。"

她走到大落地窗前看着从眼前飘洒着的雪花："从外面看我以为这里是什么会议中心。"

"风格确实和你家不一样，"他站到她旁边，低头点燃了一支烟，"我更喜欢你家。"

古朴的大门、石板路旁郁郁葱葱的植物、木质的楼梯、古色古香白墙绿瓦的小楼，如果下完雨，整个宅院都是清新透亮的，绿植红花像是被彻底清洗了一遍，干净得……

像苏格一样。

有次他看到苏格坐在屋檐下的竹椅上，耳中塞着耳机微眯着眼看着远处层峦叠嶂、高耸入云的山脉，空气中有花香伴随微风传来，楼上有隐约的风铃声入耳，除此之外，再无任何杂音。

他感受到了从没有过的平静，那种让人通体舒畅的平静。

思至此，他竟然开始想念曲桑了。

"下次再去曲桑时住我家吧。"苏格说。

他几乎毫不犹豫就答应："好。"

"省下客栈住宿的钱，可以给我叫个外卖吗？"苏格揉了揉肚子。

孟斯年再次失笑，他看了下手表，竟然已经六点多了："想吃什么，我去做。"

苏格忽闪着大眼睛看着他："有啥吃啥，我很好养的。"

孟斯年打量她细长的胳膊腿，心想，他来养的话，一定没这么瘦。

苏格准备说话，一开口却直接打了个喷嚏。

他特别自然地摸了摸她的额头，没感觉到发热，放下心来，说道："去洗个热水澡，把湿衣服换了。"

孟斯年说完拿出手机给助理打了个电话，吩咐他送套女生的衣服过来："对，从里到外，外套要羽绒服，长款的，S号吧。"

不知道那边说了什么，孟斯年看了眼苏格，苏格虽然趴在窗户上看雪，却支棱着耳朵听着呢，她听到孟斯年说："B。"

苏格一下就知道他们在说什么，她不满地回头瞪他，站直身子，手背在腰后，纠正道："D。"

孟斯年给她一个"你骗谁呢"的眼神。

"好吧,其实是C。"苏格摊摊手,承认道。

孟斯年垂眸扫了她一眼,不为所动。

苏格:"……"

孟斯年挂断电话似笑非笑地看着她,她脱了他的外套扔到沙发上,气呼呼地走了:"没法做朋友了。"

没两秒钟,她又退了回来:"浴室在哪儿?"

孟斯年在厨房熬粥的时候接到了苏格的电话:"这点地方还值得你打个电话?"

"因为我没有衣服穿。"听筒里传来她哀怨的声音,"好无聊,我的衣服什么时候来?"

"手机不是在你手里吗?你打会儿游戏。"

"裸着打啊?"

孟斯年:"……"

"而且你这浴室里也不放个椅子。"

"浴室里为什么放椅子?洗累了坐着喘会儿气?"

苏格:"……"

后来,孟斯年拿了他的浴袍给她送去。听到敲门声,细白的、带着水珠的胳膊从门缝里伸出来一顿乱抓,孟斯年将厚厚的浴袍塞到她手里:"衣服穿好出来吃饭。"

孟斯年的浴袍穿在苏格身上,长至脚踝下,她将腰间的带子系紧,拎着前襟跑到厨房:"孟斯年,你多高?"

"一米八四,怎么了?"他正在盛粥,听到苏格问话便回头看她,只见她将头发绾在头顶,脸蛋红扑扑的,笑眯眯地看着他。他视线向下,见浴袍盖住了脚,拖到了地上。

然后,他就听她说:"我猜你上学那会儿的外号一定是电线杆。"

孟斯年没搭理她,将粥端出去,她拖着浴袍跟着他:"我猜中了?"

孟斯年:"你的外号是矮土豆?或者细豆芽?"

苏格:"……"

他把饭菜一一端到餐厅的桌子上,苏格坐好,乖巧的样子像是等待喂食的小猫,孟斯年递给她一个勺子和一双筷子:"吃吧。"

白米粥熬得又香又浓,桌子中间摆着白灼菜心、西红柿鸡蛋和清炒菜花三个菜,苏格瘪瘪嘴:"你信佛吗?"

孟斯年看她："我是社会主义接班人，信党。"
"党也没要求你吃素啊。"
他笑："冰箱里没有肉了。"
"唉，我还在长身体啊。"
"多吃一顿肉也不会变成C。"
苏格："……"
人身攻击！

两人吃完饭后苏格起身帮着收拾碗筷："孟斯年，我来收拾。"
孟斯年看了眼她身后拖着的浴袍："你歇着吧，走路都费劲。"
苏格跟着他进厨房，漆黑的眼球转着圈圈，不知道在打什么主意。孟斯年刷着碗，头也不回地说："想洗碗？"
"嗯。"
"你还没有洗碗池高。"
苏格不高兴了，噘着嘴："孟斯年，咱们是不是说过休战？"
孟斯年用清水冲了冲手，回头看向苏格，见她一脸哀怨地看着自己，低声笑起来："行。"
他本是话少的人，却总爱跟她对着干，他伸手捏了捏她的脸颊："我尽量控制一下。"
还需要控制？苏格擦掉脸上被他沾上的水："难道我长了一张欠收拾的脸？"
"是啊。"容易炸毛，一生气就把眼睛瞪得溜圆，还不自觉地鼓腮帮。想到这儿，孟斯年弯起眉眼又笑了，看起来心情很好。
苏格仰着头看他，觉得他笑得太好看了，像阳光明媚的少年，她心中一热，伸手挡住他的眼睛："孟斯年你别这么笑。"
孟斯年没动，视线落到她白皙的手指上，若有似无的沐浴露味道传来，他竟不知他的沐浴露这么好闻，喉结微动，他低声问："为什么？"
苏格看着自己手掌下方他说话时轻启的薄唇，弧度是那样迷人，她哑着嗓子说："因为会让我想吻你。"
房间里有一瞬间死寂般的安静，只剩空调"呼呼"的风声，苏格的手举得有点酸，她动了动手指，慢慢把手放下，也没去看孟斯年，转身便走，结果没走动……
浴袍后摆被踩住了！
再试一次，还是没动。

苏格侧身看孟斯年，他直直地看着她，神情莫测，他慢慢地弯腰，靠向前。

苏格因为他的靠近，下意识屏住呼吸。

孟斯年说："苏格，别调戏我。"

苏格歪头看着近在咫尺的人，并没说话，只是神色倔强，像是在挑衅。

孟斯年见她如此，挑挑眉，伸手捏住她的下巴，姿态强势又充满进攻性。他慢慢凑近她。

苏格抿紧了唇。

孟斯年却在两人的唇将要碰到的时候突然停住。然后，他轻声开口："被调戏好受吗？"

苏格抿着唇没说话。

孟斯年似笑非笑地撤开一些。

苏格却突然一踮脚，唇轻轻地从他的唇边划过。

孟斯年的表情终于有了一丝变化，诧异从他的眼中一闪而过。

苏格睁着大眼睛，坚定地说："好受！"

孟斯年目光一凝，又上前一步，手刚抬到半空就听到外面的开关门声，在安静的房间里，声音是那样清晰，以至于两人同时微微一怔。

孟斯年像是什么事都没发生一样，从她身侧走出去："是 Yoko 来了。"

苏格深吸一口气，摊开一直握着的手，掌心里全是细细的汗珠。

孟斯年的助理叫 Yoko，年龄看起来比孟斯年大一些，听说已经跟他十多年了，上次孟斯年帮许寒城代课时苏格见过他一次，只是两人并没有说过话。

这次在这种情况下再见面，Yoko 那充满八卦气息的眼睛上下将苏格打量了好几遍，直到孟斯年站到苏格面前挡住了他的视线。

Yoko 立刻站好："老板，您还有什么吩咐？"

"等她换好衣服，帮我把她送回学校。"孟斯年说。

Yoko 眨眨眼："哦。"

老板这是提上裤子就翻脸？不像他的为人啊。这么多年了，好不容易带个女孩回家，怎么这么快就送回去？内心戏很足的 Yoko 微笑着将大大小小几个购物袋递给苏格，苏格道了谢后找房间去换衣服了。

Yoko 心想，苏小姐怎么看不出一点哀怨呢？这么淡定不科学啊。

苏格很快换好衣服出来，她背好书包跟着 Yoko 走出门。

孟斯年送她到电梯口："你的衣服我明天让阿姨送去洗衣店。"

"不用了，我这不是有新衣服了，"苏格双手扶着书包肩带，"那些你留作纪念吧,想我的时候可以拿出来睹物思人。"

孟斯年:"……"

Yoko:"……"

回学校的路上,苏格发现 Yoko 是个极健谈的人,但她却是个不善聊天的人。

仔细想想,她好像只对孟斯年话多一些。

Yoko 递了瓶矿泉水给她:"苏小姐怎么和我们老板认识的?"

"他去我家借洗手间。"

"真巧。"

"你看过《卡萨布兰卡》吗?"苏格突然问,"里面有一句很经典的台词。"

"哪句?"

"'世界上有那么多的城镇,城镇中有那么多的酒馆,她却偏偏走进了我的。'"

"懂了。"Yoko 笑,"你喜欢我老板吧?"

她和 Yoko 不过见过两次,苏格惊叹于他的观察力:"看出来了?"

"姑娘,很明显好吗?"Yoko 心下好笑,小姑娘真是有意思。

她也没问他怎么知道的,只说:"那你说孟斯年看出来了吗?"

Yoko 想了一下:"这还真说不准,他从小被喜欢惯了,你们看他那火热的小眼神在他眼里都是正常的。"

被……喜欢惯了?

"很多人追过我老板,他……没什么兴趣。"

"一个都没有?"苏格问。

"对。"

苏格不知道该高兴还是该难过,心道——瞧我喜欢上了个什么人啊!初次挑战,就是地狱级别。

"喜欢他的人那么多,他对你还算好的。"Yoko 说。

苏格:"……"

Yoko 又突然想起什么,继续道:"前段时间老板让我联系的香港那边的医院,今天回消息了,你爷爷那个手术他们可以做,但是要排到年后。"

苏格瞬间睁大了眼睛,她惊喜地看向 Yoko:"真的?他们说可以?哪个医院?年后几号可以做?"

她的问题太多,Yoko 笑起来:"真的,具体我把他们回复的邮件转给你,你看一下。刚才我想跟老板汇报来着,结果一看你穿着浴袍……呃,反正就忘了。"

149 ♪

"谢谢你啊，Yoko 叔叔。"

Yoko 看她一眼，想着，老板不会是喜欢这种吧，又纯又美的小女孩，笑靥如花，明朗又活泼。

苏格拿出手机似乎想给孟斯年打电话，号码还没调出来，她的手机突然响起来，接起刚听了两句，前一刻还高高兴兴的神色骤变……

孟斯年给 Yoko 打电话原本是想问他有没有把苏格安全送到学校，却听到 Yoko 说："老板，苏老先生病危，我把苏格送医院来了，我们刚到。"

孟斯年挂断电话，拿上外套和车钥匙就冲出了家门。

外面的雪已经停了，地上只有薄薄一层，他突然想起苏格要许愿的事，想着明天雪要是全化了，她会不会更不开心。

孟斯年赶到医院的时候，看到苏格和苏天濠坐在长椅上一动不动地盯着对面手术室门上亮着的灯，苏格的大伯不停地在走廊走来走去，大伯母站在手术室门边。

Yoko 见到孟斯年，忙走过去："还在抢救中。"

孟斯年点点头，走近苏格的时候，不自觉地放轻了脚步。直到他蹲到苏格面前，苏格才将视线从"手术中"三个字上移开，见到面前的人，她的眼泪突然大滴大滴向外涌："孟斯年……"

孟斯年见她如此，心疼难过的情绪瞬间也涌上来，心揪成一团。

他皱紧了眉头，伸手去擦她的眼泪，没想却越擦越多："没事的，会没事的。"

"你说的不算。"

"我说的算，"他冲她安抚一笑，"你忘了我是谁了吗？"

苏格泪眼婆娑地看着他："你是无所不能的孟斯年。"

"对，我是无所不能的孟斯年。"这是她说过的话，他凝视着她，再次肯定地说，"我说没事就没事。"

"灭了！"苏天濠噌的一下站了起来。

"手术中"的灯牌灭掉，医生出来的时候，几个人立刻围了上去，医生说："人没事了，但是不能再来一次了，有条件的话尽快想办法手术，别再拖了。"

苏格长舒了一口气，扭头看向孟斯年，她的睫毛上还挂着泪珠，却对他露出一个如释重负的笑容。

孟斯年也笑，伸手擦了擦她脸颊上的泪渍。

老爷子在医院养了段时间，能出院后非要回曲桑过年，说什么不在盛阳，他的老宅、他的火窑和陶器都让他放心不下。

大伯和大伯母劝不住又怕他动气，只得同意。他们的餐饮行业越是过年越是忙，也走不开，就让苏天濠陪着老爷子和苏格回去。

苏天濠十分不情愿：“我也很忙啊！”

"你那酒吧不是有合伙人，也不用你天天盯着，而且生意也不好，有什么好忙的。"大伯母一针见血，说得苏天濠哑口无言。

回曲桑那天，盛阳又飘起了雪花，苏格可惜地想，又错过了。

走那天孟斯年来送他们，不似他往常出门的装扮，牛仔裤、大衣和棒球帽，还有他必不可少的口罩。

老爷子坐在轮椅上，护工推着他，几人在安检前，老爷子让护工停住，对孟斯年说："让你费心了孟先生，格格不懂事，什么都要去麻烦你。"

"格格很懂事，还很孝顺，这不是小事，能帮到你们我也很高兴。"孟斯年说话时，看向苏格，夸她时带着几分笑意。

老爷子笑了笑，继续对孟斯年说："以后我的事就让我儿子孙子他们操心去，你平日里工作这么忙，就不要总挂念我，还有你的助理，年后去香港，别让他跟着去了，让人也歇歇。"

"苏先生不用这么客气，Yoko 平时也没什么事，香港那边都是他对接的，让他跟去你们会方便很多。"

站在孟斯年一旁的 Yoko 心里嘀咕，什么叫平时也没什么事？

"你们先进去吧，我和孟先生在这儿聊会儿天。"苏老爷子突然对几人说。

苏天濠排队安检去了，Yoko 说去车上给老板拿水，苏格在老爷子的眼神下，磨磨蹭蹭地走到休息长椅那边坐着。

苏格在长椅上坐了一下，见两人没注意自己，又悄悄挪回去，她躲在广告牌后面，刚站好就听她爷爷说："我一辈子光明磊落，没做过一件坏事，可是我却自私了一次。老大不愿意待在曲桑继承手艺，举家迁往盛阳，后来苏格的父亲放弃了他喜欢的小提琴，带苏格回了曲桑，是我困住了他。"

"苏先生，也许和小提琴比起来，您才是更重要的，苏格的父亲或许并不后悔。"

"可我后悔，当时苏格母亲闹的时候，我就应该把他放回去，这样格格也不会打小就没了妈妈，可怜的小姑娘。"

"格格被她父亲教得很好，善良、懂事，想来那些年你们生活得一定很幸福。"

孟斯年的语气像是在与他闲聊，但每一句话每一个字都是在宽慰他。

老爷子摇头叹息："这小格格啊，我最不放心她，所以我要自私第二次。

请你原谅我，孟先生，我临老了也不要这脸面了。格格性格孤僻，她父亲病逝后，她跟谁都不亲近，我看得出来她很喜欢你，孟先生，若是这次手术我撑不过去，请你帮我好好照顾格格。"

孟斯年沉声说了句："好。"

"我已经立了遗嘱，家产全部都是格格的，她只要不被骗被坑，这辈子可以衣食无忧。我主要担心这孩子太年轻，心理上有过不去的坎，你就多帮我关注一下，她遇到事情也帮帮忙开导开导，这样我也能放心。"

"好。"

"谢谢，谢谢你啊！"苏老爷子连说两声谢谢，"这孩子最近也没少哭，尤其一见到你，更爱哭了，小朋友遇到委屈后都是见到疼自己的人才哭，她知道你会心疼她，会安慰她。"

孟斯年沉默一瞬，郑重道："苏先生您放心吧。"

护工提醒老爷子情绪不能起伏太大，让他尽量少说话。

老爷子点头，随即又对孟斯年说："对不起，孟先生。"

"苏先生，您不用道歉，照顾苏格并不是麻烦。"

"她年龄小，没判断力，若是以后遇到什么男孩子，孟先生也要帮着把把关。"

孟斯年还没回答，苏格从广告牌后面跑过来："爷爷，该走啦！"

孟斯年抬眸看向她，低声问："哭了？"

"没呀。"苏格瞪大眼睛眨了眨。

"眼圈红了。"他说。

"因为我属兔子的呀。"

护工推着老爷子去安检，苏格看着打扮得像大学生似的孟斯年："你不要太想我啊，孟斯年。"

他露在口罩外面的眼睛微微一弯："嗯，不想。"

苏格瞪他一眼，转着眼珠问："要吻别吗？"

"我就不应该来。"孟斯年叹了口气，"别总跟我没大没小的，赶紧走吧。"

"你还真当自己是叔叔了。"苏格嘀咕。

"假期不要一直疯玩，回来时带首歌给我。"孟斯年交代她。

苏格没说同不同意，她觉得孟斯年对她好多少有这方面的原因。

因为她会写歌。

而且话里话外的都把她当小孩，还疯玩？她小学生吗？

苏格不是很高兴，"哼"了一声，转身走了。

孟斯年看她气呼呼的，插在衣兜里的手指摩挲着一个小袋子，在她快走远时叫了她一声:"苏格。"

"干吗?"苏格回头问。

他从兜里掏出那个袋子:"我在朋友那里看到这种植物,感觉很漂亮,要了些种子给你。"

隔着栏杆,他递给苏格,看着她空荡荡的脖子,心想她也不知道戴个围巾,这么不会照顾自己。

"是什么植物?"因为孟斯年知道她喜欢花草,还送给她种子,苏格低落的心情又雀跃起来。

"狐尾天门冬。"他看到朋友天天小心伺候着,好奇询问了一下,朋友说这是高级绿植,当时他就想着要送给苏格,她可以种在她那漂亮的小院子里。

苏格眨了眨眼,干笑一声收起种子:"谢谢你啊孟斯年,费心了。"

孟斯年人精一样,看她表情察觉到不对:"不喜欢?"

"喜欢啊,你送的我都喜欢。"

孟斯年细细看了她一番,转身道:"走了。"

他坐上车,越想越不对劲,拿出手机搜索"狐尾天门冬",看到"南方绿化带常见植物"这个介绍时,揉了揉太阳穴。

苏格几人下午到的家,陈水谣等在门口,看到他们就哭了,她扶着老爷子往家里走:"苏爷爷,你再不回来我就被我爸妈嫁人了。"

老爷子失笑,让她赶紧去嫁人,嫁人有什么不好。

"苏爷爷,最近我做了好多满意的作品,您先休息,等抽空了帮我看看。"陈水谣不接他的话,说着看了眼跟在几人后面一脸不爽的苏天濠。

她凑近苏格问:"这谁呀?你又换新男友了?没有上一个弹钢琴的帅啊,气质也没的得比。"

"喂!那谁,说话能小点声吗?"苏天濠本来就不想来他嘴里的"穷乡僻壤",现在发现这边冬天潮湿冰冷,一路上一直嘟囔自己被"魔法"攻击了,结果又遇到陈水谣贴脸点评,更不耐烦了。

"你什么态度?阿谣可是你的救命恩人。"老爷子瞪他。

老爷子说,苏天濠小时候跟父母回来探亲,自己偷偷跑去山上采蘑菇迷路了,大家都找疯了。在天黑前,又饿又渴的他被采完蘑菇准备下山的陈水谣捡到,陈水谣和她父母就顺手给苏天濠带了回来。

当时大伯和大伯母天天买一堆东西往陈家送,还送了好多漂亮衣服给陈水谣。

陈水谣对这段记忆已经模糊,朦朦胧胧中记得好像有这么个事,具体细节已经记不清了。

但是苏天濠记得,记得那天他不停地走也走不出去,边走边哭着喊爸妈,喊爷爷奶奶,又渴又累又饿又冷,本来都要放弃回家了,想找个树洞睡一宿,结果树上又掉下来一条蛇缠在他的胳膊上。就在他以为自己要死在深山老林时,就看到一个背着竹篓的小女孩跑过来,面无表情地把蛇拿走丢出去,蛇"呲溜"一下钻进了灌木丛。

那一刻,他仿佛看到了超人,看到了英雄,在他眼里,她就是发着光的森林女王!

下山的路上,苏天濠抓着阿谣的手就没松开过,虽然这小姑娘比他小很多,但在他心里她就是勇敢、强大的化身!

想到这儿,苏天濠激动地拉着陈水谣的手:"你就是阿谣啊!都长这么大了,和小时候一样可爱!终于又见面了,我这些年总能梦到你呢。"

陈水谣皱眉抽回手:"不好意思,我都不记得了。"

"没事没事,你还小,我也没怎么回来过,忘了是应该的,是我的原因。"苏天濠声音温柔,脸上带着和善的笑容,眼睛都快笑成一条缝了。

苏格目瞪口呆地看着他,觉得真是开了眼了。

自这天起,陈水谣身后就多了个狗腿子苏天濠,她干什么他都抢着帮忙,他也不烦躁了,也不吵着回盛阳了。

老爷子让苏天濠跟着陈水谣练字、画画,苏天濠从前很抗拒,现在一百个愿意,整日跟着陈水谣身后甜甜地叫:"阿谣老师。"

陈水谣每次都打他,让他别这么恶心。苏天濠挨打了也高兴,下次还故意这么叫。

陈水谣的父母见两人关系好,想撮合两人,苏天濠笑得嘴咧到耳朵根,表示没意见。

老爷子最高兴了,说两人要是结婚,立刻把祖传绝学全传给阿谣,以后生了曾孙子传给他,也不怕后继无人了。

苏天濠一听这敢情好,自己不用被爷爷逼着学制陶,还能和自己崇拜的人结婚。

苏格让陈水谣三思:"我感觉苏天濠是个渣男。"

陈水谣其实有些犹豫,她觉得自己可以为艺术献身,听苏格这么说,又打消了"献身"念头:"很多女朋友吗?"

苏格摇头:"那倒没有,就是他前女友很一言难尽,感觉他很不挑。"

陈水谣"啧啧"两声:"看着就不咋聪明,原来真的不怎么聪明。"

苏格赞同:"特别傻白甜。"

陈水谣当晚就跟老爷子表示，自己这辈子只想做陶，不想嫁人，老爷子说她胡闹，女孩子不嫁人怎么行，还是要找个依靠。

陈水谣不服："我的依靠就是我的手艺，而且格格也没男朋友啊，她也不准备嫁人，您先担心自己孙女吧。"

苏格无辜嘟嘟嘴："我准备啊。"

陈水谣惊讶："啊？"

老爷子笑得了然："我看她挺想嫁人的，天天盯着手机傻笑，张口闭口孟叔叔。"

苏格被说得有点不好意思，狡辩道："孟斯年跟我约歌嘛，我俩聊正事呢，而且他帮我们这么大忙，我这不是心存感激嘛。"

老爷子嘿嘿一笑："你看，一句话里提了两次他。"

苏格不理会两人调侃的眼神，躲到二楼回孟斯年信息去了——

孟斯年：别忘了新歌的事，不然我就去曲桑抓人了。

格格回宫：你这样说，我就更不想给了呀。

孟斯年：苏格你正经点。

苏格对着手机"喊"了一声，你才不正经，就会装傻充愣。

自从回来后，苏家就门庭若市。

很多老友前来探望，又因临近年关，串门的、送礼的络绎不绝，市艺术馆的人也三天两头上门，负责人有些担心老爷子身体，每次来都要看病历，还要上网查询研究一番。负责人很负责，经常在闲聊时有意无意、痛心疾首地表示，本市已经有七十多种非遗没有传承人了，很遗憾也很心痛："苏老师，中国的传统文化在慢慢消失，我们想保留下来，但有时候真的力不从心。"

老爷子会假装大方说，陶艺不会消失，这方面还是很多人在做的。

"派系不一样，工艺不一样，风格也不一样，你们苏家是自成一派的。"负责人话里话外让老爷子赶紧找好传承人，老爷子也知道苏天濠根本不是这方面的料，苏格更是只爱玩音乐，对此只能算了解皮毛，只有陈水谣，兴趣天赋都不错。

这晚，陈水谣拿了自己做的一个碗给老爷子看，其实他没怎么教过她，只是让她打打下手，她悟性高也十分热爱，自己钻研练习，倒是有几分他作品的神韵。

老爷子看着碗，叹了口气："阿谣，跪下吧。"

陈水谣一愣，还没说话，苏天濠先不乐意了："爷爷，就算不好也不用让阿谣跪下啊，至于吗？"

苏格让他闭嘴："什么都不懂，就会瞎说。"

苏天濠扯她辫子："有你这么跟哥哥说话的吗？以下犯上！"

那边陈水谣"扑通"一声跪下了，激动地磕头："师父！"

"乖啊，乖，阿谣，从明天开始我就先笼统教你一遍，我们得抓紧时间。"老爷子也有些激动，脸上带着欣慰的笑看着陈水谣。

陈水谣敬完茶，突然说："师父，先说好，我不嫁给苏天濠啊。这样……您还教我吗？"

老爷子叹口气："不嫁就不嫁，师父想通了，传给谁都一样，都是我们国家的。"

苏格立刻赞美道："爷爷大格局！"

只有苏天濠不高兴，一脸委屈地追着陈水谣问他到底哪里不好，他改。

见两人吵吵闹闹，苏格跟着笑，笑着笑着却笑不出来了，她爷爷这么急着教阿谣，她懂他的担忧，这段时间，她每日都提心吊胆着，也从来没像今年这样，盼着过年。

就在掰着手指数日子的过程中，年可算过完了，手术终于可以提上日程。

Yoko一直在负责苏老爷子看病的事，香港那边也是他一直在保持联系，过完年，Yoko和苏格大伯一起过来，忙前忙后准备证件、病历档案，有惊无险地等到了二月下旬，众人终于可以出发前往香港。

曲桑一直阴雨连绵，天气湿冷得让人浑身难受，苏格因为要上学，所以最终由她大伯和苏天濠带苏老爷子去医院，Yoko全程陪同。

走那天，老爷子郑重其事地将一本手稿交给陈水谣，这是他这些年断断续续记录的一些工艺图案、手法和技巧，他让陈水谣好好看，好好练习，陈水谣"哇"一声就哭了："师父，我等你回来教我。"

老爷子立刻严肃道："我要在医院待一段时间，你这段时间不能松懈，等我回来我要检查。"

陈水谣猛点头。

苏天濠不放心地看了又看，终是没忍住跑去跟陈水谣的父母说不要再逼她相亲了，连他这样的她都看不上，那就没人入得了她的眼，让他们别费劲了。

陈家父母哭笑不得，陈水谣白眼翻了好几个，大伯嫌他丢人现眼，给他提溜上车了。

一下子，人都走光了。

阿谣每日沉浸在工作室里研究新得的"武林秘笈",几乎见不到人,突然间这个家变得无比安静,苏格甚至怀念起有点吵的苏天濠。

她每日除了练琴就是练琴,累了就跟着教程学学钢琴放松一下,现在她已经能弹几首钢琴曲了,虽然过程还有些吃力。

她从来不知道自己的小提琴曲能这样悲伤,以前有爸爸陪着,后来有爷爷当观众,学校里有同学一起,现在,音乐只能在近处花草和远处连绵青山间飘荡。

孤孤单单过了几天,返校日期临近,苏格提前收拾好了行李,第一次对回盛阳感到高兴。

因为,要见到孟斯年了。

但是她没想到,这期待竟然提前被实现。

这天黄昏,苏格正练习一首新的钢琴曲,弹得磕磕绊绊时门外响起敲门声,她去开门,门外昏暗天色中站着着装考究又精致的一个人,他眉目舒展地看着她。

仿佛时光倒回,回到半年前,孟斯年敲响她家门的那一刻。

苏格一撇嘴,眼圈就红了,泪珠涌出,在睫毛下要掉不掉的。

孟斯年想伸手给她擦眼泪,手指转了个方向,点了点她的脑门:"弹得这么难听,是应该哭一下。"

苏格眼圈的泪立刻收了回去,看到他的那一刹的惊喜也一并敛去:"你又不教我!"

"不是想去交响乐团吗?好好练你的小提琴。"孟斯年跟着苏格向院子里走去。

他惊奇发现,在墙根那一片的空地上,狐尾天门冬已经长出了一些。

苏格顺着他的视线看过去:"我回来就把种子撒那儿了,这东西很好种。"

孟斯年心道,朋友看到不知道多羡慕,他每天祖宗一样伺候的植物,人家随意撒墙根就长这么高了。

"你怎么突然来啦?"苏格走在前面,回头看他,笑嘻嘻地问,"你是不是特别想我呀孟斯年?"

"我怕你一个人在家害怕,我答应了你爷爷好好照顾你,不能食言,对吧?"

还"对吧",对什么对?

苏格噘嘴:"那如果你没答应你还会来吗?"

孟斯年低头点烟,咬着烟嘴垂着眸子说:"没有如果。"

苏格倒了杯茶,本来想递给他,咬了咬牙,气哼哼自己喝了,喝完站起身,走到他面前,把他嘴里的烟抽出来塞到自己嘴里:"孟斯年你真能装。"

孟斯年靠坐在座椅上,也不问她自己装什么了,仰着头透过烟雾看着她:"不是让你戒烟了吗?"

"你自己先戒再说。"苏格不服道。

"你是不是叛逆期还没过?"

"我就没叛逆期。"苏格将烟头按进烟灰缸里,"你订房间了吗?"

孟斯年似笑非笑地看她:"这么快翻脸不认人了?不是说好我来曲桑住你家吗?"

苏格眼皮一跳:"好,那你住客房。"

客房一直是苏天濠在住,他走了之后阿姨收拾了一番,苏格想,应该可以直接入住,她想说让他把行李先送过去,突然发现他是空手来的:"你的行李呢?"

"没带。"他出门只拿了一张身份证,他看了看时间,"换洗衣物叫店里送过来了。"

苏格目瞪口呆,再次对这些有钱人有了新的认识:"娇气。"

孟斯年挑挑眉:"我不太习惯拿东西。"

苏格噎了噎,对,他的手不能拎东西,那可是钢琴家的手,她记得她以前拿稍微重点的东西都会被她爸阻止,孟斯年家应该更甚。

稍晚一些,两人去镇中心吃饭,路过陈家门口时,苏格说:"如果你害怕黑豆,我勉强跟你牵一下手。"

孟斯年看着空空如也的门口:"小朋友,请自重。"

苏格气呼呼一路没搭理他,心想,回来时候别求她。

孟斯年见她不爽的样子,没话找话,问:"你闺密呢?"

苏格看着菜单,没好气地说:"闭关修炼呢,我爷爷传给她了一本秘笈绝学。"

孟斯年失笑,他突然想起华灵说苏格这小姑娘特逗,说话很有意思。

想到华灵,他揉了揉眉心:"华灵跟你约歌了吗?"

苏格摇头:"但是过年间她寄来了好多东西,各种礼品、年货还有补品。"

应该是上次给她寄瓷器留下了地址。

"你都收了?"

"我可长记性了,我觉得来者不善,都拒收了。"

孟斯年又被她郑重的表情逗笑,心想怪不得过年期间华灵妈妈一直往他家跑,跟他母亲叙旧唠家常,走后他母亲让他多关照一下华灵,话里话外的意思是资源多向她倾斜,原来是在苏格这儿碰了钉子。

这晚，因为孟斯年住在楼下，苏格格外安心，之前那种无依无靠又凄凉的悲观情绪也消失殆尽，甚至现在想想有点可笑。

就在她将睡未睡之际，突然听到孟斯年在楼下叫她，声音不大，温柔亲切："格格，你睡了吗？"

苏格睡眼惺忪地从楼上露出头来："怎么了孟叔叔？"

孟斯年穿着齐整地站在楼下，整个人在昏黄的柔光中眉目柔和道："格格，你爷爷的手术很成功，现在脱离危险了。"

"啊？"苏格愣愣的，仿佛听错了一般，噔噔噔跑下楼，"不是明天才手术吗？"

"提前了，怕你担心，他们没告诉你。"

苏格终于反应过来，高兴到眼圈里又涌上来泪，她站在第二级楼梯上，尖叫一声伸手去抱孟斯年，因为站得高，她很容易搂住他的脖子，扑进他怀里，孟斯年猛地一僵，手扶着她的肩膀，在推不推开她之间犹豫不决。

苏格感受到了他的不自然，松开手，不满地嘟嘟嘴，转身往外走。

"你去哪儿？"

"去大街上找个人拥抱，分享喜悦。"

孟斯年伸手拉了她的胳膊，将她拽回来，无奈地看着她，将她抱进怀里，圈着她，拍了拍背："恭喜你们，格格。"

苏格搂紧他的腰，脸埋在他怀里重重点头。

她终于明白，为什么在她要回盛阳的前一天，孟斯年千里迢迢赶来找她，或许是担心万一有个差错，她独自一人难以承受。

苏格给苏天濠打去电话询问具体情况，又跑去陈家跟陈水谣分享喜悦，两人抱在一起又哭又笑，孟斯年看着她开心地折腾来折腾去，心情也跟着雀跃起来。

真好，这种全身心放松的快乐，好久没体会到了。

因为前一天晚上太兴奋，导致第二天苏格赖了床，下午一点的飞机，她十点多还在睡。

孟斯年在楼下喊了两次，她嘴上答应着，翻个身又睡了，他只能上楼敲门，结果发现，她的二楼房间根本没有门。

楼梯上去的左侧空间全部是她的卧室，估计平时没人来，所以也没有装门的必要。

房间里到处都是纱帘，显得整个空间精致又慵懒，还有一些瓷器作装饰品，绿植更是到处都是，她趴睡在一张圆形大床上，身上盖着碎花被子，头发散在枕头上,安静的空间里,均匀的呼吸声清晰地传来。

孟斯年站在楼梯上,透过木质栏杆看着这景象,没再开口喊人,转身想下楼,一挪动脚步吵醒了苏格,她抬头看了过来。

她睡眼惺忪地抱着被子坐起来,眯着眼睛看着楼梯上的孟斯年,哑着嗓子说:"这要在古代,你得娶我了。"

"你去洗把脸清醒一下,别说胡话。"孟斯年气定神闲地站在楼梯上建议道。

苏格打个哈欠,揉了揉自己略微凌乱的头发,少女的娇憨一览无余,孟斯年不动声色地移开视线,只听她继续说:"也就是你吧,要是换个人我就报警了。"

"这要换个人,我直接自己走了。"

孟斯年没有过催人赶飞机的经验,认识苏格后真是什么都体验了一番。

好在苏格提前收拾好了行李,在她吃完了孟斯年叫的早餐后,接他们的车子正好到门口。

路上,孟斯年开始有了孟老板的范儿,问苏格答应他的歌曲写完了没。

苏格没写,因为她一直没找到感觉。她要赖皮道:"我没答应你。"

孟斯年挑眉看她,心里劝自己好好跟她说:"萧树可一直盼着呢,他说你不拜师他可以接受,只要能给他歌就行。"

苏格垂着眸子,半响,像是下了决心一样抬头问他:"孟斯年你对我好是不是因为我会写歌?你怕我被别人挖走?"

孟斯年愣了下,良久没说话,她问得直白又突然,他从未深想过,也没敢细想,一时间不知道如何回答。

苏格见他不说话,觉得自己猜对了,心里有着说不出的难过和失望,但又隐隐有些庆幸,幸好自己会写歌,不然孟斯年从一开始就不会搭理她。

苏格心里堵得慌,到飞机上也没跟他说话,他坐头等舱,她是经济舱,孟斯年温声问她要不要升舱,苏格赌气般地说:"我没歌给你,你还是别花这冤枉钱了。"

说着就坐到自己的经济舱座位,戴上眼罩,一副"老娘不爽别惹老娘"的样子。

孟斯年倒是没多气,苏格跟他劲劲儿的也不是一次两次了,就是在萧树发信息来询问新歌情况时回复道:"你自己去要吧,别什么活都让老板干,我要你们干什么吃的?"

萧树拿着手机瑟瑟发抖,谁惹他了?

虽然到了三月，但盛阳今年的天气极端，竟然比她离开时还冷。

苏格心想，不知道还能不能盼到一场雪。

回到学校她又开始了三点一线的生活，穗穗交了男朋友，经常跟男友出去约会，苏格开始觉得她是这个世上独立的存在，和任何人似乎都称不上关系亲密。她独自去上课，去吃饭，去练琴，偶尔与苏天濠通电话询问情况，如果碰到爷爷醒着，也会聊上两句。

孟斯年也不来催歌了，两人较劲儿似的，断联了半个月。

这天从训练厅出来不过四点多，天黑得仿佛已到了夜晚，突然起了风，冰冷的空气让校园变得萧索空寂起来。苏格缠紧了围巾，将脸缩进去，迎着风回到宿舍，穗穗还没回来，开门后寝室也是一片冷寂，她将小提琴放好，坐在椅子上，摸出手机给苏天濠打了个电话。

"苏格啊，我去给爷爷买晚餐，他最近迷上了翠华餐厅的馄饨面，一次能吃一碗呢！我想喝口汤他都不给，抢他一个馄饨可费劲了。"苏天濠接起电话，语调激昂地说了一堆。

"出息。"

"不说了，我到了，我要多买几份，省得我爸馋了还不好意思向爷爷要。"

"嗯。"

外面风声大作，似乎比刚才还要凶猛，要变天了。苏格不想去食堂也不想叫外卖，她突然觉得干什么都提不起劲。宿舍里的灯进来时就没开，房间越发昏暗，她趴到桌子上，头贴着手背就那样迷迷糊糊地眯了会儿。

"嗡嗡"两声在寂静的房间里极为清晰，苏格被桌子上强烈的振动感吵醒了，她拿起手机发现是孟斯年发来的信息——

　　孟斯年：下雪了，去堆雪人。

短短七个字，其实并没有说什么，但是苏格却看了很久，他还记得，自己因为没玩上雪耿耿于怀的事。

苏格盯着手机，突然想通了，管他对自己什么心态，她努力改变就好了。她没有立刻回他，反而给穗穗发了信息——

　　格格凡心大动：我要勾引孟斯年！
　　穗穗：抽什么风？
　　格格凡心大动：这样一个男人，不属于我的话太可惜了。
　　穗穗：全世界的女人都这么想。

苏格没再回信息，这个并不是一定要让穗穗知道，她只是想找个人说说，给自己多些勇气。

苏格一直觉得自己是骄傲自信的，偏偏在和孟斯年这人扯上关系时，她却有一点说不清道不明的自卑。

怎么能不忐忑？那可是孟斯年。

这天，穗穗回来得比往常早，她进屋便兴奋地说："好奇怪的天气，这个月份了，突然下了好大的雪。"

苏格："很冷吗？你的脸真红。"

穗穗拍了拍脸颊，娇俏一笑，却什么都没说。

苏格笑了："你是不是和你男朋友做坏事了？"

"才没，我们才在一起多久。"

"那你害羞什么？"

穗穗又是娇羞一笑，问她："你知道摸头杀吗？"

"嗯？"

"摸头杀。"穗穗说，"就在刚才他送我到门口，我走的时候，他摸了摸我的头，我的天，心动得我差点没把他扑那儿。"

"呵！"苏格很是不屑，"摸一下头你就这样了？弱爆了。"

"你行，你能耐，那怎么到现在还没个男朋友，初吻还在呢吧？"穗穗调侃她。

苏格想起那天在孟斯年家，他们那个算不得"吻"的触碰，顶多算是"蹭"？

"穗穗，你说，女生能强吻到一个男生吗？"苏格突然问。

穗穗瞪大眼睛看着她："你要干吗？应该不能吧，他们男的反应有多快你是不知道！不过，如果他不想躲那就另说了。"

苏格的心突然漏跳半拍，那天孟斯年，故意没躲？

穗穗出声打断她的思绪："你还没说你怎么就突然想对孟斯年下手了呢？他做了什么？"

他并没有做什么，只是在一个十分对的时间发了条信息给她。

其实他做了很多让她感动、让她觉得温暖的事，只是这条普通的信息突然帮她下了决心，之前那些初露端倪的心动让她食髓知味，但孟斯年的态度又让她犹豫不决，这次她坚定了目标。

"人都是贪心的。"苏格不知想到什么，翘起嘴角一笑，"我本来只是想要一架钢琴的。"

"现在呢？"穗穗问。

"现在，我想要送我钢琴的那个人。"说着，苏格突然站起身，"我出去了。"

"这么大的雪，你干吗去？"

"堆雪人。"

孟斯年洗完澡出来发现手机上多了几条信息，全部是苏格发来的——

> 格格凡心大动：堆雪人吗？
> 格格凡心大动：下来。
> 格格凡心大动：你不会没在家吧？
> 格格凡心大动：那我和楼下保安小哥玩了。
> 格格凡心大动：缺根胡萝卜、几粒葡萄，如果有个塑料桶和扫把就更好了。

孟斯年拎着一个红色塑料垃圾桶和小扫把出现的时候，苏格正戴着厚厚的手套和帽子全副武装地堆着雪人。

不远处有保安小哥气喘吁吁地跑来："小姑娘，你看这个围巾行吗？"

苏格接过去："行，谢谢叔叔。"

孟斯年笑了下，她真是逮谁都叫叔叔，没记错的话，这位保安小哥比他还小几岁。

苏格听到雪地上传来的嘎吱声，回头看去，见孟斯年像是保洁员一样，一手拿着小扫把一手拎着塑料桶穿着灰色大衣走过来。

"孟斯年，你怎么从那边过来？"

"去超市给你买装备了。"他无奈道。

苏格接过去，见桶里有一根胡萝卜一串葡萄，笑了："感谢孟老板倾情赞助。"

"客气了。"

这天，雪越下越大，似乎完全没有停的意思。

苏格看着纷纷扬扬的雪花，又看向孟斯年："像要世界末日了一样，挺好的。"

如果世界末日时跟他在一起，真的挺好的。

苏格和孟斯年一起堆了个超大的雪人，以至于苏格用了四粒葡萄才正好凑成一只眼睛，当鼻子的胡萝卜和当帽子的塑料桶也有点小，不过好在出了反差萌的效果。

苏格将扫把插进雪人身体，站在它旁边，问孟斯年："我和它谁可爱？"

"它。"

"为什么？"

"因为它胖。"

"那我要增肥。"

"你先长个儿吧。"

苏格皱眉，不服气说："我正常身高，干什么都不耽误。"

"是吗？"

苏格见孟斯年挑眉看自己，似笑非笑的表情很气人，她就向前一步，踮起脚，伸手扯着他的大衣领子将他拽向自己。孟斯年微微弯腰，只一瞬间，两人面对面靠得极近，苏格挑衅道："你看，我要是想吻你完全够得着。"

孟斯年没说话，两人呼出的气息变成雾气在他们之间缓慢飘动，苏格看着他目光变得幽深，松开了拽着他领子的手。孟斯年却没动，他垂眸看了眼苏格的嘴唇，黑色高领毛衣下的喉结，微微地动了一下。苏格放缓呼吸，这才开始紧张。

她脑中盘旋起穗穗的话，突然眼神坚定，刚踮起脚，孟斯年伸手拍了一下她的额头，顺势将两人的距离拉开："苏格你少跟我耍流氓。"

苏格心想，果然反应挺快，确实亲不到。

她翘着嘴角敷衍地笑了下，垂眸掩饰眼中的情绪，说不上是期望还是失望，她刚刚有一瞬间真的以为他要吻她。

孟斯年居高临下地看着她，还没说话，苏格的手机响了，她接起，即使没开免提，程蓝的声音在寂静的雪夜也听得清晰，他说："下楼来堆雪人吗？宿舍里有没有香蕉、胡萝卜之类的？"

"我在外面。"

"难得我有空，下了飞机就来找你，这么晚了你竟然不在宿舍？"程蓝嘀咕着，"你不会交男朋友了吧？"

苏格抬眸看向孟斯年，他正低头点烟，似乎并不在意她在和谁通话，苏格刻意说："没男朋友啊，你先堆着，我一会儿过去。"

苏格将手机放进衣兜里，孟斯年没看她，转身离开："我去取车，送你回去。"

"不用，我打车回去，雪太大了，你回来时容易堵车。"

孟斯年没听到似的："停车场那边路滑，你去门口等我。"

他将苏格送到宿舍的路口，没再往里开，不知是不想见程蓝还是避嫌，苏格下车前，他面无表情地交代："别再闹出绯闻，上次给你们压热搜可花了不少钱。"

没想到他还花钱压热搜了？

当时她还以为是程蓝还没火，关注的人少，热搜就掉了，她嘟嘟嘴："那你还送我回来！"

"把帽子围巾戴好。"说完，他掉转车头开走了。

苏格纠结地想，让她戴好是因为他关心她还是担心她又被拍？

她走到宿舍楼下时，程蓝已经堆好了一个雪人，跟她刚堆的超大的那个比，他弄的倒是显得精致得多。

苏格见他鸭舌帽、口罩、围巾全副武装，心想：这次孟斯年花不到冤枉钱了。

程蓝看到她，立刻问："你干吗去了？"

"找朋友去了。"这是苏格来时想好的说辞，没算说谎。

程蓝也没细问，似乎玩心上来了，拉着苏格又在另一边堆了一个一模一样的，在宿舍大楼门口一左一右，像两个门神。

苏格和程蓝给雪人安完鼻子，蔡子和永乐姗姗来迟，蔡子拿出手机给两人拍照，程蓝察觉到闪光灯，抬头看过去，见是他们，心情大好，只露在外面的眼睛弯着，像是极其开心。

蔡子低头看着照片，顺手将照片发到了朋友圈，虽然两人都全副武装，以免外传他还是贴心地在发之前分了组。

发完，他不忘调侃程蓝："你不爱笑是对的，不然真就一点活路都不给别的男同学留了。"

这晚，苏格躺进被窝玩手机时看到了那张照片，宿舍楼下，厚厚的雪在路灯映衬下泛着亮光，可爱圆润的小雪人戴着黑礼帽，她微微弯腰摆弄雪人鼻子，程蓝站在她旁边，看着镜头，眼睛笑成了一条缝。

卓悦接到孟斯年电话的时候还稍微惊讶了一下，距离他上次找她，其实还没过多久。

她驱车来到孟斯年的住宅，他穿着简单的纯色家居裤和长 T 恤，趿着拖鞋来给她开门，头发也没特别梳理，发丝自然地垂落在额间，神色慵懒，甚至有些颓然，她很少见到他如此精神不济的样子。

打完招呼，卓悦弯腰准备换鞋时突然听他说："鞋柜里有拖鞋。"

"地上有一双。"她随口说。

"那是苏格的，鞋柜里有新的。"说着，他将大门关好。

卓悦微愣，随即她拿了双新鞋穿上，问："有哪里不舒服吗？"

孟斯年揉了揉眉心："最近睡眠不太好。"

甚至昨天和苏格堆完雪人到现在，几乎没怎么睡，夜半迷迷糊糊眯了没几分钟，又被噩梦惊醒。

"魏澜姗回来了？"卓悦猜测原因。

"嗯，她打了几个电话过来，说要见面，"他坐进单人沙发中，靠在靠背上，仰着头，"我拒绝了。"

"或许见见她能解开心结呢？你们几年没见了？五年多了吧？"

孟斯年没说话。

"最近有练琴吗？"卓悦坐到他旁边。

"嗯，状态不太好。"

"是因为魏澜姗回来了，所以总是想起关河吗？"

孟斯年再次沉默。

"我还是想说，关河的死不是你的错。"

孟斯年似乎不想讨论关于关河的事，突然说："跟你说说苏格吧。"

卓悦并不强求，说道："好啊，我这些日子一直在听《山河曲》，真的很好听，你和她怎么样？"

孟斯年想到苏格，弯了弯嘴角笑了下："我昨天差点儿吻她，实际上前段时间，有一次也差点儿。"

卓悦一直觉得作为心理医生，她是十分专业称职的，但是孟斯年说完这话，她确实又愣了一下，刚刚在门口的感觉似乎得到了证实，她问："你喜欢她吗？"

本以为他一如往常一样，遇到不想说的问题就以沉默代替，但这次，他停顿了一下，开口道："你会有冲动吻一个你不喜欢的人吗？"

他没有直接回答问题，反而又丢了一个问题回来，卓悦想了想说："有时候气氛太好，也不是没这种冲动。"

卓悦没继续纠缠这个问题，她回到刚才的话题："看起来你很喜欢她，为什么总是'差点'呢？"

孟斯年想到蔡子在朋友圈发的那张照片，灯火通明的宿舍楼下，年轻的男孩女孩站在矮胖的雪人旁，男孩的笑容明亮耀眼。

他突然说了句不相关的话："程蓝喜欢她。"

卓悦知道程蓝，蓝三三乐队的主唱，《山河曲》被他演绎得很好听，是个非常有魅力的男孩，刚一出道就收获大批迷妹，在舞台上随随便便一个眼神、一个动作都能惹来一片尖叫声。

她心理诊所的几个年轻小姑娘最近总是凑在一起聊他,甚至连手机壁纸都换成了他,一提起就捂脸害羞。

卓悦看着闭目靠在沙发背上十分放松的孟斯年,温柔地、缓慢地说:"程蓝不是关河。"

半晌,孟斯年回道:"我知道。"

"苏格呢?她喜欢程蓝吗?"卓悦又问。

孟斯年眉头轻轻一皱:"不清楚。"

卓悦再次试探问:"她喜欢你吧?"

孟斯年没说话,他手搭上额头,思考良久才说:"苏格太小了,这个年龄的女孩是不是很轻易喜欢一个人,也很轻易地不喜欢?"

卓悦再次愣住了,如果她没理解错,孟斯年在担心,担心苏格一时兴起的喜欢,担心苏格一时兴起的不喜欢。

他竟然不自信了。

门铃声让卓悦回过神,她站起身,说:"我去吧。"

走向门口的时候,卓悦还没从刚才的情绪中回过神,她十分好奇这个苏格到底是个什么样的女孩子,魏澜姗那样的女人都没让孟斯年心动过,这五年来他的圈子里各式各样的女孩也不曾让他驻足⋯⋯

而苏格,做到了。

卓悦打开门,看到门口站着一个穿着羽绒服的年轻女孩,女孩头发利落地扎在头顶,没有刘海遮挡的额头光滑饱满,一双又亮又灵的眼睛看着她,小巧的鼻头似乎因为天气太冷的缘故有些红。

与女孩漆黑的眸子对视片刻,卓悦脑中几乎立刻蹦出两个字——苏格。

"孟斯年呢?"她问。

卓悦回头看了一下,说:"他在睡觉。"

其实她本意并不是想说这四个字,但是说出口就变成了这样,连她自己都惊讶了。而眼前的女孩瞪大了眼睛,皱着眉看了她半晌。

就在卓悦想要开口补救的时候,苏格突然转身走了。

卓悦关上门,从玄关走进客厅,走向沙发时,她一直在回想女孩的那双灵气逼人的眼睛,想着女孩脸上每个细微的表情,想着女孩就连生气,都很美。

怪不得,他喜欢。

"是谁?"孟斯年依旧懒洋洋地靠在沙发背上,问话时也没抬头。

卓悦还没说话,门铃又响了,她起身再次去开门,门口站着的还是苏格。

似乎是热了,她把羽绒服脱了下来拿在手里,见开门的还是卓悦,她直截了当地问:"你是谁?"

卓悦没正面回答。

孟斯年毕竟不是普通人,他看心理医生的事如果传出去,媒体记者指不定要如何大做文章,写成什么样都有可能,所以,卓悦只说:"他的朋友。"

"什么类型的朋友?"苏格吃醋了,她非常确定,虽然知道自己并没有什么资格来质问眼前这个知性成熟的女人,但说出口的话,就那样不受控制地带了丝丝敌意和火气。

不过是刚过了一宿,他的家里便多了一个女人,而他竟然在睡觉。

"你呢?你是谁?"卓悦温和地冲她笑着,心里却在想,原来孟斯年喜欢这样的女孩,干净清透得似乎没沾染一点杂质,眼神很纯粹,有着很多人年少时都少有的"无所畏惧"。

苏格在她的打量下,一字一句说道:"我是他的女朋友。"

她说完这话,就看到了卓悦身后出现的孟斯年。

孟斯年挑眉看她,苏格并没有被抓包后的脸红害羞,她甚至就希望他听到。

孟斯年见她一脸挑衅的样子,失笑道:"谁定的?"

"我。"

"就你皮。"他伸手接过她的羽绒服,示意她进屋,"来干吗?"

"来看我的小雪人,"苏格打了个哈欠,"堆雪人好累哦,昨天都没睡好。"

"说了让你别玩太晚。"

苏格向里走去,经过孟斯年身边时,头突然一歪,抵到孟斯年胸前,撒娇似的晃了晃:"困。"

孟斯年伸手揉了揉她的脑袋:"活该。"

她突然想起穗穗说的"摸头杀",愣了一下,心变得又酥又麻,随即又软得一塌糊涂,原来传说中的"摸头杀",杀伤力这么大。

"怎么了?"孟斯年问她。

"摸头杀。"她仰着头说。

孟斯年失笑,又揉了一下:"你就这点出息。"

苏格不满:"别摸了,把我的发型弄乱了。"

孟斯年偏又故意揉了又揉。

苏格伸手推他,随口问他:"还有胡萝卜吗?"

"你真是属兔子的呀?"

"是楼下小雪人的鼻子没了。"

"被哪个像你这样的吃货顺走啃了吧?"

"举例子就举例子,非得带上我吗?"

"我高兴。"

跟在两人身后进去的卓悦,第一次见到对人温和有礼的孟斯年如此有少年气。

她突然意识到,一直以来她见到的孟斯年,并不是他全部的样子,也不是他最真实的样子,她并不认为是自己的治疗起了作用,或许只是因为,他面对的人是这个叫苏格的女孩。

苏格跟着孟斯年进到厨房,两人蹲在冰箱跟前搜罗了半天也没找到胡萝卜或者替代品,苏格感叹道:"咱们的小雪人注定要当个残疾人了。"

"黄瓜行吗?"孟斯年问。

"黄瓜当鼻子好奇怪呀。"苏格嫌弃道。

"难道胡萝卜不奇怪?"

"大家都用胡萝卜的,你堆过雪人没有呀?"

"没有。"

苏格:"……你把天聊死了。"

站在厨房门口的卓悦"扑哧"一声笑了,两人抬头看她,她朝苏格伸出手:"苏格,你好,久仰大名。"

苏格与她握手:"你好,这位姐姐……"

"叫我卓悦就行,很高兴认识你。"她说着,看了下时间,"孟先生,我们下次再谈,我先回去了。"

"好。"孟斯年微微点了下头。

卓悦笑了下,这才是她认识的孟斯年,礼貌疏离,即使他们认识五年了,他对她可以什么都说,却从未有过亲近感。

送走卓悦,苏格若有所思地看着大门,孟斯年问她:"想什么呢?"

"我打扰到你们了吗?"

"没有。"

孟斯年倒了杯水给她,苏格见他的穿着显得人修长又舒服:"我以为你这种老艺术家在家会穿那种中间系带的贵族睡衣,然后手里拿着高脚杯,品着红酒听着古典音乐,即使自己做饭,食材也都是白松露、鱼子酱那种,再不济就是煎牛排。"

孟斯年一下就找到重点:"老艺术家?"

"我这是对你江湖地位的肯定。"苏格喝了口水。

"我谢谢你?"他环胸垂眸看她。

"不客气。"

"拿了黄瓜赶紧走。"孟斯年气笑了。

他示意她自己拿，然后走回客厅转身坐进沙发，揉着眉心，似乎极其疲惫。

苏格放下杯子，有点委屈："你都不送送我吗？"

"我头疼，你乖一点。"他声音很轻，很缓。

大雪后的盛阳，干净纯白，连天空和太阳都像被彻底洗过一样，前者湛蓝高远，后者明亮温暖，午后的光线从大落地窗直射进来，铺洒在沙发上，暖洋洋的一片。

孟斯年就仰靠在这片明亮中，然后，他突然闻到一阵熟悉的清香，随即一只温热柔软的手覆盖在他的额头，他微微睁开眼睛，见逆光中的苏格低头看着他，眉心微皱。

"没生病，"他低声说，"只是没睡好。"

"那你睡吧，小姐姐给你唱摇篮曲。"苏格说着坐进他旁边的沙发中，真的轻轻哼唱起来。

大概是由于从小学小提琴的缘故，她的音准很好，而且声音好听，和她的人一样，干净清新。孟斯年在她悦耳的低声哼唱中渐渐有了困意，他觉得自己仿佛置身在曲桑的屋檐下。

这时，清风不躁，阳光正好，苏格在阁楼唱歌，音调清扬婉转，有花香和风铃相伴……

再醒来已经到了黄昏时分，他很久没睡得这样沉，意外地没有噩梦。客厅没开灯，火红的夕阳从窗外映进来昏暗的光，他坐起身，扫了眼房间，见苏格蜷缩着睡在了沙发的另一头。

屋内很热，但她蜷缩的样子似乎感觉很冷，孟斯年走过去发现她并没有睡着，苏格听到动静仰头看他，手捂着肚子，可怜巴巴地说："孟斯年，我肚子疼。"

孟斯年蹲下身，问："肚子怎么会疼？"

苏格："……"

这还需要明说吗？

两人顿了半晌，他后知后觉地懂了："那怎么办？"

"先帮我买下卫生巾吧。"她怕他不懂，又加了句，"二十四厘米，日用。"

客厅再次陷入沉默，孟斯年站起身，拿起柜子上的手机准备给 Yoko 打电话让他送来时突然想起他人正在香港，犹豫了一下，问苏格："你觉得我去超市买那东西合适吗？"

这很容易上头条。

"谁叫你家没有。"苏格将头埋在抱枕里,气哼哼地说。

孟斯年:"……"

他家应该有吗?

他打开外卖平台想着叫个外卖,没想最快也需要三十分钟才送到,见她难受得厉害,孟斯年换了衣服,戴上鸭舌帽和口罩就出了门。

楼下不远处有个二十四小时便利店,孟斯年推门进去,女售货员正趴在柜台上玩手机,抬头看了他一眼,立刻站直,微笑道:"孟先生,要买些什么?"

已经武装成这样了还能被认出来,孟斯年顿时有些绝望,只怪经常在这儿买东西从而与这个售货员太熟,他绕过货架,指了下她身后墙上摆的烟:"万宝路,爆珠那款。"

出了便利店,他回到车库取了车子准备去远一点的超市,路上等红灯时,他点燃了一支刚买的烟,抽了两口突然乐了。

这经历还真新鲜,养个闺女也没这么费劲吧。

孟斯年回到住宅时,外面天已经大黑,苏格还是以他走时那个姿势缩在沙发上,他看着就觉得不舒服,倒了杯热水放到沙发旁的茶几上:"刚才药店的人说,多喝热水。"

"你买药了?"

"正好路过药店,"他将购物袋放到一旁,"起来吃药。"

"起不来,抱抱。"她一动不动地说。

孟斯年笑了下:"都这样了还不忘耍流氓是不是?"

苏格若有似无地也笑了笑,撑着沙发起身,见到那么大一个购物袋:"怎么这么多?"

"我顶着这么大压力出去,"孟斯年将口罩帽子扔到桌上,"不多买点总觉得亏了。"

苏格:"……"

孟斯年做完晚饭,苏格吃的药已经起了作用,她好了许多,走去厨房想帮他的忙,见他正在盛粥,食欲立刻弱掉了:"我不需要松露、鱼子、海参、鲍鱼,但咱也别总喝白米粥成吗?"

"蹭饭还敢挑三拣四。"

苏格小声嘀咕:"你家哪都好,就是没好吃的,零食也没有。"

"我做了烤和牛,这不比零食好吃?"他指了指不远处还在工作的烤箱,"你没闻到?"

苏格高兴了:"本来闻到香味了,但看到白米粥我以为我饿到出幻觉了。"

孟斯年失笑,将粥递给她:"出息。"

吃完饭,孟斯年开车送苏格回学校,车子停在她的宿舍楼下,苏格开门下车,刚迈下去的腿突然又缩了回去,她轻声把门关好。

"怎么了?"孟斯年问。

苏格手指虚虚指了下宿舍大门的另一边:"我室友,等他俩亲完我再过去。"

孟斯年越过车窗看过去,在两个路灯中间的树下,两个人亲密地抱在一起,女孩仰着头,男孩低着头,吻得难舍难分。

两人坐在密闭的车厢中,一时无言,外面那对情侣像是摸准天冷人少,所以在寝室楼下就这样肆无忌惮起来。

"这学期忙吗?"孟斯年的手搭在车挡上,侧头看着她问。

"不忙,选修的都修完了。"

"听 Yoko 说,苏先生恢复得挺好,下个月应该就可以回来了。"他说。

"正好五一放假,我可以回去陪爷爷几天。"说到这儿,苏格肉眼可见地开心起来。

外面那俩人依旧在卿卿我我,孟斯年看了一眼,突然想起上次与苏格算不上吻的那个吻,那一瞬间的触感,如今还记忆犹新。偏偏苏格在此时小声抱怨:"我们家穗穗真能亲啊,嘴唇就这么好吃吗?"

孟斯年突然觉得口干,车里没有放水,他顺手拿起烟盒:"我可以抽吗?"

"除非你也给我一根。"苏格一脸严肃地盯着他手里的烟。

"别想。"说话间,他抽出一根烟。

苏格眼巴巴地看着他,决定"曲线救国",说道:"那我帮你咬爆珠呀,我最喜欢咬爆珠了。"

孟斯年刚想把烟塞嘴里,听到她的话,顿了一下,烟换了个方向,到了苏格嘴边,苏格以为他改了主意同意给她一根,"嘎嘣"一声,她张嘴精准地咬爆了珠子,随即,孟斯年毫不犹豫地将烟抽走放进自己嘴里,低头点燃。

苏格:"感觉自己像咬核桃的那个小兵。"

孟斯年好笑地纠正她:"那叫胡桃夹子。"

苏格没说话,因为她看到烟嘴上有她刚刚留下的口红印记,很淡,孟斯年每抽一口都会将唇覆在上面一次,因为这个细微的发现,她的心脏突然漏跳半拍:"孟斯年你是不是故意的?"

孟斯年开了车窗,朝外吐了口烟雾,也没看苏格,只说:"你室友亲完了。"

苏格扭头看过去,见穗穗已经朝寝室楼走去,她开门下车,乖巧地与孟斯年道别:"孟斯年再见。"

孟斯年目送苏格走进寝室楼,这才低头看向手里的烟,烟嘴上的口红印还在,他屈指摩挲了一下,弹了下烟灰,再次将烟叼进嘴里。

孟斯年在琴房练琴的时候,萧树打电话过来说他生日喊了很多朋友一起聚聚,让他明晚空出时间,孟斯年本想拒绝,萧树先发制人:"我四十岁大寿,这么重要的日子你可不能缺席。"

"生日礼物送到,我人就不去了。"孟斯年听到"很多朋友"就头疼。
"我喊的人大多都冲你来的,到时候见不到你都早退了我多尴尬?"
孟斯年合上琴盖,呼了口气,有时候真挺想退圈的。
"别忘了,挂了,我去通知苏格和程蓝。"
孟斯年想到苏格难受的样子,说:"苏格不舒服,别叫她了。"
"哪里不舒服?"
"……着凉。"

第二天下午,孟斯年听完蓝三三乐队那边汇报的年发展计划后,与他们研究起程蓝的形象定位,乐队经纪人半开玩笑地道:"我跟他们交代过了,以后对外说话,喜欢的歌手最好是国外的,喜欢的女生类型是善良孝顺型,能喜欢吃空心菜就不要说胡萝卜……"

孟斯年突然想起早上出门时楼下见到的那雪人鼻子上插的黄瓜,也不知道苏格什么时候安上的,用黄瓜做鼻子确实挺奇怪的,想到这儿,他低头笑了下,然后说:"胡萝卜怎么了,挺好,以后遇到什么采访可以随便说,不用太刻意。"

"我也觉得胡萝卜挺好,前天苏格和程蓝堆雪人剩的胡萝卜都让我啃了,脆甜脆甜的。"蔡子说。

经纪人翻了个白眼:"哎哟,祖宗,以后这种话可得少说。"

大家又是一阵哄笑,孟斯年抬眼看向程蓝,他靠坐在门边的椅子上,穿着休闲,戴着鸭舌帽,没像众人那样笑得爽朗,但也弯着嘴角满含笑意,这又让他想起了那晚的照片上他的笑。

桌子上的手机发出嗡嗡两声,孟斯年垂眸看了眼,是苏格发来的信息——

格格在冷宫：孟叔叔，你昨天买的药叫什么名？

孟斯年：还疼？

格格在冷宫：嗯……

孟斯年：在宿舍？

格格在冷宫：嗯……

孟斯年拿着手机站起身："程蓝你们明天还要回学校报论文选题吧？"

众人跟着站起来，程蓝几人点头说是，孟斯年抬脚向外走："回去准备吧，今天的会先到这儿。"说完，他想到什么，回头问，"开车来了吗？"

"没开，今天限号。"程蓝说。

"走吧，顺路捎你们。"

程蓝坐到副驾驶位，蔡子和永乐在后座，几人在孟斯年面前始终有些拘谨，程蓝还好些，他系好安全带，问道："老板你要去哪里？"

"去你们学校，"他启动车子，掉转方向盘，"去找苏格。"

说到苏格，蔡子立刻感慨道："吉祥物真是深藏不露啊，小提琴拉得好不说，还会写歌。"

孟斯年从后视镜看他："吉祥物？"

"嗯，她是我们的吉祥物。"蔡子说起苏格，眼睛闪闪发光，"虽然她不像吉祥物那么可爱，但确实给我们带来好运啦。"

孟斯年挑眉，继续透过后视镜看他："苏格不可爱？"

蔡子听到孟斯年反问的语气，结巴道："有、有点酷……"

一旁的程蓝突然轻声说："可爱啊。"

后面两人："……"

当着人家叔叔的面，他就不能收敛点吗？

"老板，您和苏格是亲戚吗？"聊了几句，蔡子不再拘谨，话痨本性暴露。

"不是。"

"她叫你叔叔，我还以为您真是她叔叔呢。"蔡子说。

孟斯年踩下油门："她就是欠收拾。"

车子进了校区，孟斯年放下乐队几人后轻车熟路地开向女生宿舍，到了苏格楼下，给她发消息："下来。"

苏格以为他来给自己送药，披了个大衣穿了双拖鞋就下了楼，刚走到他的车子旁边，孟斯年解锁了副驾驶的车门："进来。"

苏格坐进去，温热的空气扑面而来，她伸出手摊在他眼前："孟斯年你真是暖男。"

苏格说话时弯着眉眼看着他，颊边酒窝若隐若现，俏皮可爱，可能因为身体不适，脸色有些苍白，孟斯年边启动车子边说："带你去看医生。"

苏格一愣，立刻拒绝道："只是那啥痛，这是正常现象。"

"以前也疼吗？"

"……也不是每次这样。"

"如果医生说正常我再送你回来。"

苏格将大衣敞开，指给他看："我大衣里面穿的睡衣……"

孟斯年看了眼，毛茸茸的白色睡衣，和她在曲桑时穿的兔子睡衣像是同款，只是这个换成了猫咪。

她从狭窄的空间内抬了抬腿，指着脚说："还有拖鞋。"

孟斯年垂眸看去，只见毛茸茸的小猫咪拖鞋，还带着红脸蛋。

他没说话，踩下油门朝校外开去，心道蔡子到底从哪儿看出来苏格不可爱的？

见他不为所动，苏格认命地系好安全带："你的口罩、帽子或者墨镜之类的还有没有多余的？"

"带你去一个私人中医院，没几个人，不会有人注意你的。"

第六章
石青

　　音乐学院地处盛阳北外环，孟斯年出了学校，没往市中心开，依旧向北去，快到近郊的时候，他将车子拐进一个有着白色三层小楼的院中："院长伯伯也是我妈妈的私人医生，这几年把我妈妈的身体调理得挺好，我带你去找他看看。"

　　"好。"

　　孟斯年嘴里的院长伯伯看起来也就五十岁出头，见到孟斯年他惊讶了一下，随即招呼两人坐下："怎么了？是你不舒服还是这位小猫咪？"

　　苏格觉得自己太过憔悴，上车前把睡衣上自带的猫咪帽子戴了起来，听到院长的话，她举了举"爪"："是本喵。"

　　"你哪里不舒服呀？"院长歪头看她，慈祥的样子像是在哄小朋友。

　　"就……"苏格正想如何措辞时，办公室里屋的门突然被打开，一个人走出来。

　　"爸，今天没预约了吧……孟斯年？"来人正是邱琳。

　　苏格看看她，看看院长伯伯，似乎……长得是有点像。

　　"邱医生。"孟斯年点头与她打招呼。

　　苏格想起身，无奈肚子实在是不舒服，于是便冲她摆了摆手："邱姐姐。"

　　邱琳见她没什么精神头的样子，过来摸了摸她的额头："苏格？你哪里不舒服？"

　　"痛经。"和女生说这事，苏格完全没心理负担。

　　"那得调理，让我爸跟你说说。"

　　邱院长问了几个简单的问题，苏格一一作答，他在本子上写了半天，突然又问："还是小女孩吗？"

　　苏格疑惑地看他："难道我还是小男孩吗？"

176

邱院长和邱琳同时哈哈大笑起来，就连孟斯年都忍不住扬起嘴角，无奈地看了她一眼。

苏格一脸无辜，她并不懂他们在笑什么。

邱医生趴在她耳边悄悄说了句话，苏格眨了眨眼睛，余光看了眼孟斯年，冲邱院长点头："是。"

孟斯年扭头看她，她抿着唇，脸颊微微透红，不再像刚才那么苍白了。苏格这性格，如此娇羞的模样倒真是少见，她竟然也会害羞，真是稀奇。

把了脉后，邱院长大笔一挥："就是着凉了，以后注意。"

随即开了几服中药让苏格回去熬。

"你就是堆雪人堆的。"孟斯年说。

"你不也堆了，说我干吗？"

"我堆完不肚子疼呀，你不疼一个给我看看。"

"你倒是想疼，没这条件。"苏格撑回去。

"说你一句，八句等着。"

两人边说边往外走，说到最后，孟斯年忍不住戳她脑袋。

见两人打打闹闹离开，邱院长看着自家女儿，可惜道："看来孟斯年没机会成为我女婿了。"

"人跟我不来电。"邱琳低头帮他收拾东西，没什么情绪地说。

"那个小姑娘你认识？他女朋友？"

"见过。"邱琳透过窗户看下去，见两人出了院楼，往停车场走。

孟斯年拎着那些不算少的药，似乎还在数落苏格，苏格想到什么，去拿他手里的药，他没给："好好走路，穿个拖鞋再摔了，给你毛都摔脏了。"

"脏就脏呗，你别拎重物。"苏格伸手去拿。

孟斯年把药举高："不重，你乖点。"

他们的声音不大不小，从空旷的院中清晰地传来。

邱琳想起两人第一次见面，是在一个酒店的餐厅，他似乎是被家里逼来的，虽然绅士礼貌，但冷淡和不耐烦还是能让人感觉到的，两人一顿饭吃得冷冷清清。

离开的时候，酒店的旋转门出了故障，一旁的厚重玻璃门关着，他竟然挥手示意远处服务生过来开门，那时候她觉得这人也太少爷病了，便伸手推开了玻璃门，他不觉有任何不妥，微微点头表示感谢。

她当时很不解，全程绅士又礼貌的人怎么突然这样，后来才想到，他是钢琴家，手金贵得不得了。

后来她多有注意，确实没见过他推过门，没拿过任何稍微有点重量的东西。

所以，喜不喜欢，有没有那个意思，不用多亲密，从细枝末节就能看得出来。

第一次见苏格的时候，她就感觉到了两人之间不一样的气氛，现在看来，苏格于他来说，确实是与众不同的。

她并不是什么多愁善感的人，所以，对他存的那点心思就换成祝福吧。

苏格看着车后座的药："我觉得我要是在寝室熬药，宿管阿姨能把我和锅一起扔出去。"

"要不，直接吃？"孟斯年问。

"我谢谢你。"苏格瞪他一眼。

"以后还堆雪人吗？"孟斯年说，"玩雪玩到大半夜，你也真够可以的。"

苏格噘了噘嘴："好啦，知道啦。"

再说，这雪都要化了，她想玩也没了。

回去的路上，孟斯年接到了萧树的电话，因为连着车载蓝牙，萧树一说话，整个车厢都是他的声音在回荡。

他那边很吵，他说话的声音不自觉地增大："孟大老板，一堆人就等你了，说好要过来庆生的，你人呢？"

"有点事。"

"你干吗去了？不迟到显示不出你大牌是不是？人家华灵下了通告就赶了过来，结果主角还没到。"

孟斯年看了看时间："大概半个钟头能到。"

"成了，快来，一屋子天王天后要唱歌给你听，这听演唱会得多少钱啊，你还不珍惜。"萧树贫起来没完，孟斯年应了声把电话挂断了。

车厢中又陷入安静，苏格皱着眉头不知道在思考什么，孟斯年见她不说话，问道："还在疼？"

"过生日？"苏格说着，指了指后座的药，"一点心意，不成敬意，你拿去调理调理？"

孟斯年瞥她一眼："不皮一下难受？我生日早过完了，萧树生日。"

"恭喜你，三十岁了。"

孟斯年立刻纠正："二十九。"

苏格"咯咯"笑着，随即说："萧老师生日怎么没叫我，难道生气我不拜他为师？"

"我跟他说你不舒服，"孟斯年看向她，"你要去吗？"

"有点想，我主要是想听天王天后唱歌。"苏格再次抬起穿着小猫拖鞋的脚，"这样去行吗？"

他笑了下："挺好。"

"抢尽你的风头。"

"那你真是想多了。"

其实，很多时候孟斯年是低调内敛的，但是他骨子里又是骄傲的，时不时流露出来的那种意气风发的自信，会让人觉得，这个男人还是那个曾站在音乐顶端的那个人。

车子停到宿舍楼下，苏格再次将小猫帽子戴上，还顺手揪了揪猫耳朵："虽然我很想跟你待在一起，但我今天只想瘫着。"

不是想听天王天后唱歌，也不是想给萧树庆生，单纯的就是想跟他待在一起，孟斯年懂她的言外之意，心下一动，抬眸看向她，邀请差点脱口而出，手机铃声突兀地响起，他看了一眼，没立刻接起，对苏格说："把大衣穿好，帽子戴上，上楼瘫着吧。"

"好。"苏格转身离开，一阵寒风吹来，她拢了拢身上的大衣，随着微凉的风，若有似无地传来的是孟斯年低沉悦耳的声音。

他说："华灵？嗯，已经在路上了。"

苏格回到宿舍发现穗穗竟然在，看了看时间，不过七点多钟："分手了？"

"他去实习了。"穗穗冲她翻了个白眼，说着，又叹了口气，"男朋友走的第一天，想他。"

"你的室友拒绝了你的狗粮并踢翻了你的狗碗。"苏格说着，还像模像样地踢了下穗穗平时用来泡脚的木盆。

"戏精。"穗穗笑眯眯地说，"我可看到了，孟神的座驾送你回来的，你俩怎么样了？"

"不怎么样。"苏格叹了口气，"可能是我以前总叫他孟叔叔的原因，他还把我当小孩，如果早知道我现在能这么喜欢他，第一次见到他时，我就应该娇羞地叫他小哥哥。"

"你娇羞一下我看看。"

苏格想起今天看医生时，邱琳趴在她耳边问的问题，并不是十分难为情的问题，但是孟斯年的笑让她的心不受控制地突突乱跳，那时候，大概是娇羞的吧。

穗穗见她真的认真在思考，"扑哧"笑了："行了，知道你不会，你的勾引计划进行得怎么样了？"

"也没怎么样，就暗示了几下。"

"暗示没用，我男朋友追我可是直接说的，我们社团聚餐的时候他借着酒劲来表白，我当时也喝了点酒，脑子一热……"穗穗不知道想到什么，脸颊渐渐飙红，顿了半晌，她接着说，"你给他灌醉，强吻！保准一吻拿下。"

苏格本想拉开椅子坐进去，听到穗穗的话，她转着眼珠想了半天："酒这么好吗？"

"你多喝点就知道了。"

以前在曲桑她和爷爷喝酒，都是低度数的自酿酒，每次一两盅，从没喝多过，苏格想到上楼前，华灵的那个电话，她若有所思地站在桌边，手指无意识地一下两下敲着桌子，随即，她转身将大衣里的手机拿出来，给程蓝拨了个电话。

待他接起，苏格直截了当："萧老师今天过生日，你去吗？"

"正准备过去。"

"方便到我的宿舍楼下接我一下吗？"

"当然啊，荣幸之至。"

苏格冲进洗手间洗了把脸，又用极快的速度上了个淡妆，将头发放下来打理了一下，因为一直绑着，解开后形成的波浪卷还挺自然。

她故意穿了件和孟斯年今天那件休闲棉服同色系的羊绒大衣，像是情侣装，苏格心情大好。

程蓝打电话来的时候，她刚穿好她的英伦小皮鞋。

穗穗把她的小挎包递给她，等她挎好，边给她喷香水边赞叹道："完美。"

程蓝没开车，坐在出租车里等在宿舍楼下，见苏格过去，下车绅士地帮她开了车门。

苏格拿出手机照了照自己的口红，抿了抿嘴唇问程蓝："口红会不会太深？"

程蓝看着她，瞳仁幽亮漆黑，苏格等他回答之际，却想着——程蓝的脸真的小，天生的明星相。

"不会。"他说话间，眸色又深了几度。

苏格收起手机："那就好。"

"你化妆了。"他用的陈述语句。

苏格点头，手里鼓捣着手机，问道："我们用送什么生日礼物吗？"

"萧老师说不用，人去就行。"

"我也觉得你们男生过生日不怎么收礼物的，"苏格说着，"可是我还是准备了。"

她将手机解锁,调出一个歌谱,冲程蓝娇俏一笑。

程蓝接过手机,看了两行谱子,眼睛一亮:"为什么叫《石青》?"

苏格挑了挑眉,笑眯眯地看着他,却没回答,只问:"你觉得怎么样?"

"大手笔啊。"程蓝的目光停在手机屏幕上移不开,"你现在的作品应该很值钱。"

"或许吧。"

之前确实有人联系她买作品,对方很大方,直接让她开价。

她拒绝了。

程蓝看完,将手机还给苏格,他说:"萧老师一定很喜欢。"

"孟斯年呢?"

"老板肯定也喜欢呀。"

"是吗?你怎么这么确定?"

"因为我很喜欢,我们品味应该一样。"街边霓虹灯的光亮透过车窗照射进来,晃在程蓝脸上,斑驳闪烁,他眸光胶着在苏格脸上,带着些许期待,"乐队新专辑的主打歌还没定下来,可以让老板给我们吗?"

苏格歪头看他:"你过生日还是萧树过生日呀?"

程蓝笑着说:"反正他都是要给歌手的,我先预定,省得让别人抢了。"

苏格听他话里有话:"谁跟你抢了吗?"

程蓝点头,眸光闪了一下,说:"之前华灵姐的经纪人找我,说华灵姐看上了《山河曲》,已经向作者开口要了,如果老板依旧把这首歌给到我手里,我也要拒绝。"

"啊?"苏格惊讶地看着他。

"惊讶什么,这不正常吗?"程蓝的心态倒是好,"有时候一首歌真的会影响一个歌手的江湖地位的,但我就要,老子又不怕她们,大不了回家开便利店。"

苏格将这个消息消化了半天,实在想象不到亲切的华灵会这么直截了当地抢资源:"你跟孟斯年说了吗?"

程蓝扯了扯嘴角,靠向椅背:"你知道带出华灵那种歌手多费劲吗?老板不会对她怎么样的。"

苏格:"⋯⋯"

苏格发现,她其实对孟斯年了解得不多,工作中的他是什么样的,她一点都不知道。

他们的目的地是个私人别墅，透过大门能看到宽广的院子里一栋造型特别的建筑。

来接他们的乐队经纪人是个矮胖的中年男人，一双机灵的眼睛滴溜溜转，他见到苏格，似乎有些不满，说话也没背着她，直接问程蓝："私人聚会带外人来不好吧，让老板怎么看你？"

程蓝好笑地看了眼对方，随即对苏格介绍："我经纪人 Lucas，可以叫他卡哥。卡哥，这是苏格。"

"谁？"

"苏格。"

卡哥在程蓝肯定的眼神中，深吸一口气，脸上立刻爬上慈祥的笑容："原来是传说中的苏格小姐，久仰大名，今日见到果然名不虚传。"

苏格："……"

娱乐圈的人都这样吗？变脸变得好快。

卡哥热情地帮苏格开门，巴结意味十分明显。

室内的温度很高，夹杂着烟酒气息的暖流扑面而来，两人跟随卡哥朝右边大厅走去，进门是一个台球桌，两个男人在打台球，旁边站着一个千娇百媚的女明星。左侧墙边是两台游戏机，和商场里投币的差不多，有三个人挤在那里热火朝天地打着拳皇，远处还有唱歌的几人。

房子很大，四散着不少人，孟斯年坐在沙发区，男男女女围着他，他们喝着酒聊着天，时而昏暗时而闪烁的灯光下，烟雾弥漫，打眼看过去，他还真有些纸醉金迷的纨绔子弟的样子。

紧挨在孟斯年旁边的华灵凑近他跟他说话，孟斯年掐着烟头微眯着眼睛低头去听，华灵不知道说了什么，自己先捂着嘴笑起来，特别开心的样子，孟斯年也笑了下，烟雾后的他嘴角轻扬着。

"呀，这不是我们势头正猛的程蓝小哥哥吗？"一个打扮时尚的长发女生端着酒杯停在三人前面，她笑嘻嘻地看着程蓝，伸手拍了拍他的肩膀，"前途无量。"

女生眼神迷离，像是已经喝多了，说话间手里的酒杯晃了晃，酒水差点洒在苏格身上，程蓝扶着苏格后退一些，问她："洛姐喝多了吗？"

"没有！"被称作洛姐的人不满地瞪他，仿佛自己还能再战三百杯。

他们这边的动静惹得一旁几人看过来，有人打量着苏格，像发现什么新大陆一般，对众人说："程蓝带了个姑娘来。"

"谁啊？"

"女朋友呗，挺漂亮的，"那人说着顺势坐进沙发，"眼睛亮亮的，闪着光。"

因他的描述,男男女女都看过去,孟斯年就那样毫无防备地和苏格看过来的视线相撞。她将头发放了下来,黑发映衬下的皮肤愈发白皙,身上的大衣在视觉上显得她高了不少,孟斯年将视线停在程蓝扶着她胳膊的那只手上,瞬间,他面无表情地别开视线,随口应了句后面一直和他说话的女人一句什么。

仿佛不认识她一般。

苏格再一次觉得自己对孟斯年知之甚少,他现在跷着二郎腿、抽着烟坐在沙发上的样子实在陌生,浑身都散发着她平日没见过的颓唐忧郁又冷漠疏离的气质。

萧树看到他们,走了过来:"格格竟然来了,我说打电话给你,孟公子说你不舒服没让我叫你。"

"有点着凉,好多了。"苏格说话间,又看了眼孟斯年,见和他说话的女人又换了另一个风情万种的。

程蓝过去和孟斯年打招呼,苏格没去,房间的烟味让她犯了烟瘾,墙边的柜子上放着几盒烟,她抽出一根点燃,找了个放着单人沙发的角落,刚坐下,就听到屏风后传来两个女人的说话声。

"萱姐,程蓝带来的女孩是谁?我看萧总监对她挺热情的。"说话的是个年轻的女孩。

"就写《山河曲》的那个苏格,挺有才华的小姑娘。"

萱姐是华灵的经纪人,苏格曾听华灵提起过,她说话的声音清脆爽利。

"看起来她和程蓝关系不错?"年轻的女孩说。

"小瞧 Lucas 了,估计想霸占苏格当他们乐队的御用创作人,也对,手里有个小帅哥,不用白不用。"萱姐像是刻意压低声音。

"你是说色诱啊……"

两人说到这儿,心照不宣地笑起来,那女孩接着说:"Lucas 刚跳槽来我们公司,大概着急想干出成绩,但他不知道灵姐和咱们老板的关系,灵姐想要的话,那个苏格说了也不算啊。"

"老板……跟那苏格也关系匪浅。"萱姐意有所指道。

女孩惊讶道:"看着不熟呀,我见两人也没说话。"

"我听华灵说这苏格性格冷淡,华灵刚开始约她,她还不愿意出来呢,结果跟老板暗度陈仓。现在小姑娘,精着呢,看人下菜碟。"

"哎哟,这小孩这么高傲?"女孩诧异道,"要不是觉得她有点才华,咱灵姐能主动约她吗?"

"别这么说,好像华灵多有心机一样。"萱姐纠正那女孩,"华灵可能真的想交这个朋友吧,不然直接让华灵她妈妈跟咱老板他妈妈打个招呼,什么资源拿不到?"

"嗯嗯,是我瞎说了,灵姐那么好的人。"女孩说完可能觉得心迹还未完全表明,又道,"再说,很多人一辈子也就写出一首好听的歌,谁知道这个小姑娘是不是呢?灵姐确实没必要。"

此时,苏格的烟也抽完了,她将烟头按进烟灰缸,起身离开。打拳皇的那三人依旧玩得热火朝天,相较于那个角落,他们似乎单纯可爱得多,苏格站在几人身后看得津津有味。

"这谁带来的小姑娘?"有个人发现了她,"要玩吗?"

这个人苏格认识,号称"票房发动机"的一个男演员,他拽了张椅子放到旁边,拍了拍,示意苏格坐:"来,咱俩打一局。"

苏格坐过去,看着荧幕上的角色:"我只会玩不知火舞。"

"瞎按呗,没事。"

旁边两人是两位女士,她们好奇地凑过来看,苏格与男演员就这样比拼上了,前两个角色很快就被他弄死,第三个轮到苏格会用的不知火舞,结果,还是轻易被打到血条瞬间消失,苏格看着荧幕上的尸体,委屈巴巴地抱怨:"这和峡谷里的不知火舞不一样啊?"

三个人立刻哈哈大笑起来,其中一人对那男演员说:"你也不怜香惜玉点,看把人家小姑娘的不知火舞打得都不知所措了。"

说完,三个人又哈哈大笑起来。

苏格:"……"

"苏格。"程蓝从不远处走过来,喊了她一声。

几人回头看过去,见孟斯年他们都已经起身朝这边走来,程蓝对苏格说:"走了,去吃饭了。"

苏格站起身,看了眼走在最中间的孟斯年,他被人簇拥着,几个人边走边说着什么,他像是没看到她一般。

萧树笑嘻嘻地凑过来:"你被打得不知所措了?"

苏格:"……"

就你耳朵好使!

华灵也注意到苏格,走过去挎着她的胳膊:"格格来了,感觉好久没看到你了,在忙什么?"

"好好学习,天天向上。"苏格说。

华灵"扑哧"笑了,她看了看程蓝,又看了看苏格,神秘兮兮地一笑:"就知道你俩有事,第一次看你们表演的时候就觉得很般配。"

苏格见她没事人一样和程蓝开玩笑,仿佛当初找程蓝让歌的人不是她,苏格一脸正气地回:"我单身,而且爷爷和叔叔不让我早恋。"

爷爷是她爷爷,叔叔……

苏格瞥了一眼,叔叔被人簇拥着进了餐厅。

餐厅在别墅的另一边,苏格和程蓝跟着众人进去后,只剩门边的两个座位,长长的桌子另一头,孟斯年坐在主位,他身边是那些传说中的天王天后,苏格挨着程蓝坐下,抬头看向孟斯年,发现两人离得真够远的。

苏格没什么胃口,吃了面前沙拉里的几根菜后乖乖地坐在那里鼓捣着手机,他们开始倒酒的时候,苏格跟程蓝说:"不想喝怎么办?"

"躲去洗手间。"

苏格:"不能换个地方吗?"

萧树见苏格站起来,忙喊住她:"苏格,想跑是不是?"

苏格:"……"

瞧给你机灵的!

"她不舒服。"程蓝立刻说。

"哎哟喂,你俩咋回事?"萧树见程蓝护得太过明显,眼中闪着八卦的光芒,说着,还回头看孟斯年,"她叔,你知道怎么回事不?"

那边的孟斯年正端起酒杯抿了一口,眼皮也没抬,仿佛什么都没听到。

苏格察觉到四周的窃窃私语声,有人问这是谁,有人说苏格这个名字好熟悉。她见孟斯年那冷冷淡淡的样子,撇了撇嘴,拿出手机将谱子发给了萧树,对他说:"萧老师,祝您福如东海,寿比南山,生日礼物请查收。"

说完,冲他晃了晃手机。

萧树打开信息,见是谱子,眼前一亮,将手机凑到孟斯年面前:"这礼物我喜欢。"

孟斯年不紧不慢地用餐巾擦了擦手,接过手机,点开谱子,看了良久,后来他的左手下意识地在桌面敲了敲,像在弹琴。萧树也看得一脸兴奋:"白送的?"

"生日礼物有收钱的吗?"苏格问。

"大气。"萧树冲她竖起大拇指,随即推了推孟斯年,"怎么样,怎么样?"

孟斯年垂眸看着,没搭理他。萧树又去跟苏格说话,他看了眼程蓝:"格格啊,你不来公司,不考虑被我培养成当代著名词曲创作人是不是因为程蓝啊?"

苏格不解："怎么说？"

"因为我们公司规定同公司不可以谈恋爱。"萧树说完，故意挑挑眉。

苏格见众人看好戏似的看着她和程蓝，眉头微皱，刚要说话，孟斯年突然将手机扔到桌子上，"咣当"一声，瞬间吸引了所有人的视线。

苏格眉头皱得更紧了："不好吗？"

孟斯年看向她，好半晌才说："挺好。"

"哦。"

后来，大家都喝嗨了，孟斯年和程蓝也喝了不少，打拳皇的那三个人觉得苏格很有意思，拽着她和程蓝坐成一圈打起了游戏，正好五个人，一人捧着一个手机开五黑，男演员说："这次还让你用你那拿手的不知火舞。"

苏格："……"

其余两个女孩一个辅助一个射手，程蓝打野，几个人倒是默契，一连开了好几局。

远处华灵和另一个女歌手霸占了麦克风，一首接一首地唱着，因为唱功太好，丝毫不会让人烦躁，反而很享受。

孟斯年和萧树玩起了斯诺克，台球桌附近围了好几个人为孟斯年加油助威，萧树一边打一边骂那些人势利眼，不尊老。

苏格这边打得比他们还热闹，关键时刻，几个人喊起来丝毫不逊色台球区那边的加油助威声。

第四局结束，苏格感觉眼睛都花了，揉了揉手腕："我去洗手间。"

路过台球桌附近时，萧树也没注意苏格，台球杆往后用力一扯，苏格一下被他撞到一边，而旁边是单人沙发，上面坐着孟斯年。

苏格重心不稳，结结实实地坐到了他腿上，孟斯年下意识用手接了她一下。

苏格也吓了一跳，很快她意识到自己坐在哪里后，侧头娇俏一笑："对不起呀孟斯年。"

孟斯年没说话。

苏格收起笑容，瞪他："别人跟你说对不起你应该说什么呀？你今天怎么回事，一点都没礼貌。"

因为姿势亲密，距离过近，她回头看他时，两人的脸颊几乎要贴到一起，苏格感觉到他皮肤传来的热量，以及他呼出的气息，带着淡淡的酒味。

"还不起来？"他略微低沉的声音就在她耳边，苏格觉得自己耳边的汗毛都竖了起来。

她手撑着一旁的小圆桌站起身，谁知圆桌不稳，晃荡了一下，桌上的两个红酒杯摇摆了两下"啪嗒"掉落在地，苏格随着杯子的碎裂声再次猛地坐回到孟斯年腿上。

孟斯年极轻地闷哼了一声，轻到只有他怀里的苏格听得到，苏格以为坐疼了，忙回头问："疼？"

因为细微的摩擦，早在进来时就脱了厚外套的两人，很轻易就察觉到了什么。

苏格慢慢地回过头去，在萧树伸过手来时，小心翼翼也可以说是胆战心惊地握住萧树的胳膊从孟斯年身上站起。

她生命中为数不多的不知所措的时刻，这一刻能排第一。

即使已经站起来，苏格仍旧没敢去看孟斯年，蹲下身去捡破碎的红酒杯。

孟斯年眉头一皱，刚想阻止便见她的手猛地一缩，手指指肚上立刻涌出血珠。孟斯年起身把她扯起来："平时心眼儿多得跟马蜂窝似的，怎么说蠢就蠢成这样了。"

说着，将她手指头抓到眼前，见冒着血珠的伤口上面有一片薄薄的、极不易察觉的碎玻璃，他轻轻地将碎玻璃给拿了下来，这让苏格又是下意识地一缩，他手用力握紧不让她离开，抬了抬眼皮看傻子一样看她。

苏格本就因为他的冷漠很不高兴，受伤了还被他骂，她便还嘴道："就你聪明。"

"嗯。"他表示赞同。

苏格用力将手抽了回来，轻启红唇，舌尖一卷，将那只冒着细小血珠的手指卷入口腔中，其间还不忘愤愤瞪他一眼。

孟斯年的眼眸倏然变得深不可测……

她拿出手指，看了眼除了有些水渍外干净如初的指尖，在孟斯年眼前晃了晃："好了。"

苏格仿佛不知道自己刚刚做了什么，再一转眼，她又是那副天真模样。

不远处有人小声说："我这是见到活的纯欲风了。"

孟斯年垂眸不再看她，他不动声色地越过她走向萧树那里："你这一球打得够久的，差不多得了，一直耍赖当我真看不到吗？"

一楼的洗手间不知道被谁霸占着半天也不出来人，苏格询问了别墅的工作人员后去了二楼，和热闹的一楼相比，二楼十分安静。

苏格洗完手刚一出来，便被门边靠着的程蓝吓了一跳，他歪着头笑着看苏格："不知火舞玩得不错。"

苏格以为他也要去洗手间，让开了门口的路，站到另一侧："你的打野也不错。"

程蓝耸耸肩："问你个事，为什么不跟着萧老师做音乐？很多人求都求不来这个机会。"

苏格挑眉思索片刻，笑嘻嘻道："因为他们不让同公司的谈恋爱呀。"

程蓝愣了下，走近两步，站在苏格面前，居高临下地看着她，眼神逐渐暧昧："可以地下恋。"

"也行。"苏格认真考虑了一下，见程蓝离得近，脸颊红晕，知道他喝得不少，"不过不是和你。"

程蓝"呵"了一声："不是和我还有谁，萧树吗？"

说完他自己都笑了，苏格不准备和喝了酒的人说话，抬脚要走时他长臂一伸按到墙上挡住她的去路，她突然想起萱姐她们说的话："程蓝，他们说你为了让我给你写歌对我使美男计。"

程蓝微愣，随即笑意更浓："你信吗？我喜欢你的时候，哪知道你会写歌呀。"

苏格心里嘀咕，谁知道你什么时候喜欢我的。

但她不准备问，确实不信，程蓝他虽然喜欢音乐，但他不至于如此。

正想着，程蓝的眸色迷离起来，一手扶着她的下巴，低头便要亲。

苏格忙扭开头，冷声说："程蓝，你敢亲我我就……我就不给你写歌了！"

程蓝依旧笑着，他其实并不是一个爱笑的人，感觉喝了点酒就把以前的所有笑容都攒在今天笑完了。程蓝说："比起要你的歌，我更想吻你。"

见他再次低头，苏格刚想抬起脚踢他，突然听到孟斯年的声音从楼梯口传来，他说："不好意思打扰你们了，我要去洗手间。"

程蓝回头去看来人，苏格趁机将程蓝推开，她开口想和孟斯年说话，孟斯年却看都没看他们，直接进了洗手间。

程蓝"啧啧"两声："差一点就亲到了。"

"都说了，就算地下恋也不是和你！"苏格咬牙切齿地说。

见她神色不豫，程蓝的笑容渐渐消失，他看着苏格，她的瞳孔中映着他的样子，他有着女孩们普遍喜欢的长相，但是，这相貌对她却没用。

半晌，程蓝声音极低极沉地说："你不是一直叫他叔叔吗？"

苏格诧异地看向他，她这才意识到，原来他早就发现了。

"随便叫叫，早就不叫了，"苏格转身往楼下走，"逗他玩。"

这个世界上，大概只有苏格会这么说，逗孟斯年玩？亏她干得出来。

程蓝双手插兜，跟着她一起下楼："我并不是说你不好，但苏格，那可是孟斯年，出道十几年零绯闻的享誉国际的钢琴家。"

"零绯闻？真的吗？"苏格黑黝黝的眼珠转着，看起来很高兴。

程蓝见她找不到重点的样子，突然笑了："苏格，我是真的喜欢你，你知道吧？"

"刚刚模糊地……知道点。"

"喜欢到什么程度你知道吗？"

苏格摇摇头："要不，你还是放弃吧？"

程蓝勾了勾嘴角，一字一句说："喜欢到可以当你的备胎。"

苏格："……"

"我等你放弃老板。"

苏格不满道："我干吗要放弃他？你就不能盼我点好吗？"

程蓝却问："魏澜姗你听说过没？"

两人走到了落地窗边，苏格没忍住，又从柜子上摸了支烟，她问程蓝："我可以抽吗？你要吗？"

"不要，我很爱惜嗓子。"

苏格低头点烟："嗯，魏澜姗是谁？"

"舞蹈家，现在在意大利一个现代舞团当编舞，也是领舞，"程蓝说到这儿，停了一下才接着说，"老板的青梅竹马。"

苏格抽烟的手一顿，只听程蓝又接着说："很美的一个女人，这种天时地利人和的条件下都没搞定老板，你说为什么？"

"因为孟斯年不喜欢她呗，"苏格问，"魏澜姗的事你怎么知道？"

"有次萧老师喝多了和我们说的。"程蓝说，"魏澜姗前段时间回来了，萧老师就提起了这事，说她一直在等老板，一根筋地认定了他。"

"哦。"苏格的烟抽完了，她转身去找烟灰缸，走开时，她说，"程蓝，千万别对我抱有什么希望。"

"为什么？"

"我也是一根筋。"

除了他，她不会喜欢别人了。

临时组成的五黑战队竟然打得越来越默契，散场时，几人同时升了一个段位。

后半夜一点多，一行人出了别墅，夜晚很凉，风也比白天大，苏格紧了紧身上的衣服，跟在众人身后，男演员似乎意犹未尽，落后两步，对苏格说："哪天组个局，咱们啥也不干，就开黑。"

"好啊。"

众人叫的车子陆续开来，萧树对孟斯年说："代驾还没来吗？"

孟斯年说："你们的车来了就先走吧。"

"是不是偏僻叫不到代驾？"

"有人多叫一辆车吗？"

"或者谁顺路？"

众人七嘴八舌地说起来。

孟斯年却突然越过众人，看向最后的苏格，他说："苏格，你过来。"

苏格和那几个队友说了再见，走过去站到孟斯年面前，他将车钥匙给她："没喝酒吧？"

苏格摇了下头。

"真乖，你开吧，我家，"孟斯年说完，抬脚走向停在一边的车子，还加了句，"你知道。"

他说完这话，众人突然有一瞬间的安静，老板的家她知道？

大家面面相觑，然后心中默默得出一个结论，嗯，他们都不知道……

只有萧树，没察觉到异样的氛围，他说："苏格开车能行吗？天这么黑。"

"没事，她车技好着呢，更黑的路我们都开过。"孟斯年打开副驾驶的车门，坐进去前，对众人说，"都走吧，路上注意安全，今天谢谢大家了。"

苏格坐进驾驶座，启动车子驶离别墅。

有人突然回过神："这……什么关系？"

另一个人说："这大半夜的，老板竟然把苏格带走了？"

然后，大家都看向程蓝，程蓝双手插在裤兜中，还是之前酷酷的模样，他什么也没说，仿佛事不关己。

"走吧走吧，散了。"有人说。

成年人的世界，大家都心知肚明，没必要讨论得这么明白，尤其那个人还是他们老板。

"苏格没喝酒，帮老板开个车，你看你们，想什么呢？"华灵好笑地看着众人，"我先撤了，太冷了。"

华灵说着先上了车子，关上门的那一刻，她脸上的笑容瞬间消失殆尽。

"他俩这是好上了？"萱姐好奇问道。

半晌，华灵突然笑了下，灯光昏暗，萱姐看不出她具体神色，只听她说："有时候男人的直觉比女人准。"

"什么意思？"萱姐问。

"罗泱，他提醒过我，"华灵苦笑，"我还当他危言耸听。最大的隐患从来都不是魏澜姗。"

"要是真好上了,你好好巴结巴结苏格,说不定就是以后的老板娘。"萱姐提醒她。

华灵"喊"了一声:"小屁孩一个,你也太看得起她了,老板玩玩而已。"

"老板跟谁玩过?"

萱姐一句话,让华灵的脸色越发难看。

要说盛阳的交通,大概只有这个时间不堵吧,一路上连红灯都没怎么碰到,苏格觉得畅通得仿佛行驶在曲桑的小路。

孟斯年闭着眼睛靠在副驾驶座位上,像是睡着了,没有任何动静。狭窄的车厢内,有清幽的酒香气在弥漫,而且是带着他的气息的酒香。

"你是因为我没跟你打招呼就来了所以不高兴吗?"苏格不确定他睡没睡着,今天他这态度她很不舒服,所以要弄明白。

车厢内还是安静如常,苏格以为他真的睡着了,结果好半晌,旁边那人懒懒地开口:"我有不高兴吗?"

因为喝酒的缘故,他的声音变得缓而喑哑,有种说不出的性感。他微眯着眼睛斜觑她,表情让人猜不出情绪。

"没有吗?"

"没有。"

孟斯年看着她握方向盘的手,右手食指翘着,是刚刚被玻璃刺伤的那根,他伸手打开腿边的储物柜,没翻到创可贴。

"那就当你不是因为这个。"苏格说,"那就是我给程蓝的那歌你不喜欢?"

"给程蓝?"他停下手,挑眉看她。

苏格点了下头:"免费送给萧老师,他可以卖给蓝三三。"

"这首歌为什么叫《石青》?"他盯着她看,不想错过她脸上的任何表情。

苏格认真地看着路,随口回道:"石青是一种颜色,第一次见程蓝时,他的头发差不多就那个颜色,嚣张死了。"

苏格觉得《山河曲》被程蓝演唱得很好,他有他自己的理解和诠释,而且他的音色和萧老师的编曲她都很喜欢,是她想要的感觉,所以写第二首歌的时候,不自觉就想着他会怎么唱,于是就有了《石青》。

孟斯年关上储物柜的门,靠回到椅背,没说话。

苏格等了半天,一脸奇怪地看他:"你们不是一直让我写歌吗?写了又不爽。"

孟斯年却说:"有交警。"

上高速的收费站附近有几个交警在查车,其中一个交警摆手示意苏格靠边,她没再和孟斯年讨论歌的问题,踩着刹车将车子停到路边。

她摇下车窗,还没说话,那年轻的交警耸了耸鼻子,立刻皱紧眉头:"喝酒了?"

苏格指了指副驾驶的孟斯年:"他喝的。"

交警歪头向里看了下,随即对两人说:"不好意思,请出示一下驾照、行驶证和身份证,顺便再打开一下后备厢。"

孟斯年随手按下开后备厢的按钮,解开安全带开了门下去,苏格也跟着下车,将后座的包拿出来翻找证件:"现在都两点了你们还在查车?"

"最近有个国际会议。"交警说着看了眼她的驾照,刷了下身份证后走到后备厢那里。

孟斯年正站在一边抽烟,低着头,不知道在想什么,高速收费站的灯光照在他掐着烟的细长手指上,白皙又骨节分明。

烟雾缭绕下,他垂下来的几缕凌乱发丝后的眼眸亮得出奇,苏格与他对视,微微怔了一下。

他那漆黑的瞳孔看向她时,竟有几分专注。

她再一眨眼,他已经移开视线将身份证递给交警,顺手开了后备厢,再也没看她,仿佛刚刚是错觉。

后备厢里很整洁,除了一袋子胡萝卜和两大塑料袋零食再无其他。

苏格拿起了一根胡萝卜:"给我堆雪人用的?"

"不是。"他叼着烟,将后备厢扣上。

"零食呢?"苏格曾抱怨他家里没有任何零食来打发时间。

"关你什么事?"他语气低沉缓慢,说完转身要走,苏格终于被他的态度激怒,顺手便将手里的胡萝卜朝他扔过去。

就像打在棉花上——其实就是打在棉花上,他穿着棉服,胡萝卜打在他后背,落进雪地,悄无声息。

交警拿着酒精测试仪想让苏格吹一下,刚一伸手,便发现气氛不对。

孟斯年停住脚步,回头看她:"犯什么病呢?"

"你犯什么病呢?"

"你砸的我。"说着,他看了眼地上的胡萝卜。

"你先凶的我!"她也不甘示弱,"你是不是看不上那歌,看不上就还给我!"

他狠抽了口烟,将烟头扔在雪地上,苏格恍惚间似乎听到烟头与雪地接触时的呲啦声，然后就听站在冷风中的孟斯年，冷冷地说："别提那歌。"

苏格觉得他可能真看不上，想着自己白送给他，他还这副模样，更生气了。

她还没说话，一旁的交警突然说："先生，请不要乱扔垃圾，这位女士，请你吹口气，测下酒精含量。"

孟斯年说："你配合点，吹完赶紧上车。"

苏格没搭理他，吹了口气确定没问题，拿着包转身就走。

后面的几辆车子陆续靠边停下准备接受检查，其中一辆车中的萧树看到她，喊了句："苏格，怎么了？"

苏格没说话，只气呼呼地往马路边走，似乎想去拦出租车，然后车里众人就看到孟斯年冷着脸，迈着长腿，几步追上苏格，二话不说，拉着她就往自己车那边走。

"干吗呀你！"苏格想要挣脱，抽不回手。

"你的药还在我车上。"

"不要了。"苏格气呼呼地。

他没听到一样，将她塞进驾驶座，关上车门，弯腰趴在降下车窗的框上，看着她，稍微缓了下语气："苏格，你别闹。"

苏格一点不示弱："谁先找事的？你发神经我还不能走了？"

说着，她使劲推车门却推不开，孟斯年按住她要开门的手，说："我喝多了，格格。"

孟斯年的表现并不像苏格印象中一个醉酒的人的样子，但他身上的酒味确实有点大，眼睛微眯着，竟比以前还莹亮，只是眉头紧锁，像是在隐忍什么。

这时候交警走近了他们，越过孟斯年问苏格："女士，需要帮助吗？"

苏格瞪了孟斯年一眼，松开推着车门的手，对交警说："抱歉，没事，我们马上走。"

说着将车窗升了上去。

见状，孟斯年回到副驾驶。

苏格利落地系好安全带，"嗡"的一声，车子冲了出去，好在还有理智，速度控制在规定范围之内。

后面几辆车子中的人，再次目送两人的车子离去。

"我还是第一次见到孟老板这么不绅士。"有人说。

"我还是第一次见到有人敢对老板发脾气。"另一个人说。

"刚刚我差点帮苏格报警。"有女孩说。

"我就说你别冲动,这俩人郎有情妾有意的,调情的一环而已,"跟苏格打游戏的其中一个队友说,"孟老板在苏格打游戏的时候看了她不下几十次。"

车厢里传出此起彼伏的"啧啧"声。

而第二辆车中,看起来唯一一个像是能知情的萧树,头抵在前面座椅的椅背上,睡着了。

同车的人:"他是不是装的?"

一路上,苏格和孟斯年再没说话。

苏格从来不是好脾气的人。

但她所有的不能忍受,当跟孟斯年扯上关系时,都轻易地变成了"没关系"。

他发脾气没关系,他不是无理取闹的人,他一定有他的原因。他身上有酒味,混杂着烟味,也没关系,这让他看起来有了烟火气息,让她觉得他也是普通人。

因为他是孟斯年,所以她没了怒气,却有了委屈。

车子停到车库中,她送他进了电梯,孟斯年靠在电梯一侧,因为醉酒的缘故,懒懒散散的,左手拎着她的药,右手夹着烟没点燃,只慢悠悠地转着,突然生出的那股子痞劲迷人得不得了。

苏格看着他还不忘带自己的药,心软了几分,决定再跟他沟通一次:"你到底在生什么气?"

他动也没动,只是沉着声音说:"我心情不好你别说话。"

苏格的倔劲也上来了,她偏要说话:"孟斯年你这样我真的会生气,然后再不崇拜你了,也不喜欢你了。"

孟斯年看向她,双眸如深井般幽深无波,苏格察觉到狭窄的电梯中气氛的变化,她微微有些不安,然后就见靠在电梯壁的孟斯年突然直起身,把到他家楼层自动打开的电梯门又按关上。他走到苏格面前,弯腰伸手,只一瞬间,便将苏格圈在电梯角落里。

电梯停了一会儿又自动开始下降,苏格抿着唇瞪着大眼睛看着他,孟斯年慢慢地凑近,她以为他再次故意玩老把戏,要吻不吻的,"呵"了一声:"玩了几次了?你无不——唔……"

和前两次不一样,他这次,真的吻住了她。

苏格僵在那里,半天不知如何反应,他的唇柔软、微凉,轻轻柔柔地蹭在她的唇瓣上……

孟斯年又朝前迈了一步让两人贴得更近,他一手微微抬起她的下巴,一手挡住她睁得大大的眼睛,突然的黑暗让唇上的感觉被无限放大。苏格微惊,对方带着熟悉的烟草味加深这个吻,攻城掠地……

"轰"的一声,苏格觉得脑中发生了爆炸,无法思考。

电梯又回到了一楼。

不知过了多久,孟斯年松开她,抵着她的额头,两人微微喘息,气息交融着,分不清是她的清香还是他的酒香。

苏格以为他会说些什么,谁知他伸手将不知何时别到她耳边的那支烟拿了下来,转身,重新按了楼层。

"明天酒醒了你会忘了吗?"苏格看着他的背影问。

问完这话,她着实讶异了一下,刚刚这柔软娇俏得似乎能滴出水的声音竟然是她发出来的?

但她也没心思害羞,此刻,她还没从那个吻中缓过来,如鼓的心跳声让她怀疑孟斯年能听得一清二楚。

她第一次登台表演小提琴时,都没紧张成这样。

孟斯年迷离着双眼看着她,醉酒程度看起来并没有比刚才在车上时缓和多少。苏格不动声色地用舌尖舔了舔上腭,红酒味很浓,不知道他到底喝了多少,乱码的大脑开始天马行空地乱想时,孟斯年哑着嗓子开口:"如果今天我没出现,你会不会和程蓝这样?"

苏格皱眉,刚复活的脑子突然死机:"怎样?"

"你们不是找了没人的地方,准备接吻吗?"

苏格的眉头皱得愈发紧了,嘴也不自觉地嘟了起来,本应该发怒的,因为他的误会。但她,却突然笑了……

苏格仰着头看着他,神色笃定一字一句说:"孟斯年,原来,你是吃醋了。"

今天他的脾气如此反常,原来,是吃她和程蓝的醋了。

孟斯年"呵"了一声,随即又是"啪嗒"一声点燃了那支烟。经过那么激烈的拥吻后,那支烟竟然还能完好无损,苏格完全记不起这根烟是什么时候放到了她的耳边。

孟斯年嘴里叼着烟,在电梯门打开后,边说话边向外走:"苏格,如果你喜欢程蓝……"他走出电梯,转身,手撑在门框边,"别来招惹我。"

要是以前,苏格非得说几句撑回去,然后变本加厉地招惹他,但就在孟斯年收回手,电梯门开始慢慢关闭时,她看到电梯一侧走来一个女人,高挑苗条,优雅妩媚……

那个美得不可方物的女人瞥了电梯内的苏格一眼便收回视线,仿佛她是透明般，丝毫不需要她浪费目光。

电梯门彻底关死前，苏格听到这个美丽精致的女人说道："斯年，怎么回来这么晚？"

电梯楼层显示器上的数字一直在减少，直到到了一楼，苏格没动，站在电梯中很久，久到电梯对讲机突然响起。

保安似乎是实在看不下去了，他问："B栋一楼电梯里的那位堆雪人的小朋友，请问您需要帮助吗？"

苏格这才按开了电梯门，捡起地上的中药走了出去。

小朋友？

是啊，楼上那个才是女人，美得像个天仙似的女人。

她竟然还觉得自己刚才说话声柔软娇俏，刚才那个女人的说话声才娇得让人浑身发软。

孟斯年没想到，这个时间，魏澜姗会在他家门口。眼中的诧异一闪而过，随即不耐烦地问："你怎么来了？"

"想你就来了。"魏澜姗叹了口气，看着他的眼神，一如曾经那般执着中带着火热，"你也躲了我五年啦，还没消气吗？"

她竟然用"消气"这个词，孟斯年懒得和她说话，也没什么心情理她，瞥她一眼，转身去开门。

魏澜姗走近他："你退圈这么久了，竟然还有小姑娘来纠缠，刚刚是楼下蹲点的狂热粉丝吗？"

"魏澜姗，"孟斯年忍着气，边开门边说，"发生了那样的事，你觉得我们还能继续做朋友吗？"

"谁要和你做朋友？"魏澜姗扬了音调，有些急，"斯年，我晚上七点钟就过来等你，等到现在不是为了和你做朋友的。"

"别的更不要奢求了。"他开门进去。

"你喝酒了对吗？我们今天先不聊，我明天再来。"她说。

回答她的是无情的、巨大的关门声。

见到魏澜姗从电梯走出来的时候，苏格正坐在保安室的椅子上查她的百科资料。

她下来得比苏格想象中要快很多，见她冷着脸，苏格的心情莫名地有点好。

魏澜姗经过保安室的时候，像有感应一般朝保安室看了一眼，她挑了挑眼角，并不惊讶苏格还没走，大概觉得这粉丝有点疯狂，随即收回视线，开门走了出去。

"学舞蹈的气质是好哦。"一旁的保安小哥将视线从魏澜姗那儿收回，又回到苏格的手机上。

苏格没见过魏澜姗，但刚刚电梯中的一瞥便觉得就是她，而百科证明，她的第六感很准。她将手机锁屏，问保安小哥："你们这不是高档住宅吗？怎么随便放人进来？"

"你说这个……魏小姐？她是和孟夫人一起来的。"保安说，"后来孟夫人走了，她就一直等在门口。"

孟夫人是谁，不言而喻。

果然是青梅竹马一起长大，有孟斯年的妈妈撑腰，苏格"哦"了一声，没再说话。

保安小哥看看她，突然犹犹豫豫地问："你们三角恋吗？"

苏格："……"

她怀疑对方脑补了几十集电视剧。

保安小哥接着说："我刚才看到，呃……孟先生在电梯里亲你了。"

苏格觉得脸颊一热，她轻咳下，低头玩手机，状似无意地问："你觉得谁是女主角？"

保安小哥："啊？哦……呃……"

"你别说话了。"看他眼睛不由自主地还往外瞥的样子，苏格就知道他的答案了。说着，她解锁手机，改了个微信名，然后给孟斯年发了条微信——

宿舍门禁后无处可去蹲在孟神楼下保：安室等待认领的格格。

因为名字字数限制，前十六个字是名字，后九个字是内容。

孟斯年洗完澡出来看到微信，扫了一遍后差点笑出声，一晚上的阴郁和怒气似乎都烟消云散了。

孟斯年：上来。
宿舍门禁后无处可去蹲在孟神楼下保：腿麻了。

约莫过了五分钟，孟斯年湿着头发走出电梯，穿着他那看起来极其舒服的纯棉长衣长裤，轻薄的款式，显得他又瘦又高。

苏格指了指走过来的孟斯年，对保安小哥说："就那腿，才叫腿。"

因为椅子被苏格坐了,他蹲在椅子一侧,听到苏格的话,他朝玻璃窗外看了一眼,又低头看自己的腿,心道就不应该让她进来。

孟斯年开门进来,看了看端正坐在椅子上的苏格和憋屈地蹲在地上的保安小哥。

腿麻?

苏格跳下椅子,走近孟斯年,仰头看他,没了烟味也没了酒味,浑身散发着清爽的气息,她还没说话,地上蹲着的保安小哥先开口了:"孟先生来认领遗失的小朋友吗?怎么证明她是你家的?"

苏格眼睛一亮,悄悄地在身后冲保安小哥竖起了大拇指。

孟斯年视线在两人身上来回巡视,淡淡开口:"不要了。"

说完,他转身走出保安室,苏格嘬了嘬嘴,抬脚跟上,保安小哥以为他们这就离开了,没想,苏格从里面用力地把保安室的门关上了。

保安小哥愣了愣,把"大拇指"还回去:"有脾气。"

随即,门又被从外面推开,孟斯年靠在门框边,看着她:"椅子舒服吗?"

"不舒服。"

"那还不走?"

"你凶什么?"

他抿了抿唇,伸手牵住她的手腕,像是真的来认领走丢小朋友似的牵走了苏格。

保安小哥在后面喊:"小姑娘,在我心中你是女主了。"

苏格乐了,回头说:"以后你就是我们俩的 CP 粉头子。"

两人一进电梯,气氛突然有点尴尬,刚刚那个吻的记忆、触感、味道又都清晰地回来了,孟斯年松开握着她手腕的手,按了楼层按钮,还是那个姿势,斜斜地靠在电梯壁,不动、不说话也不回头。

一路到他的家里,两人都没再说话。

房间里一如既往地温暖,空气中有他身上的清爽薄荷味,像带有薄荷爆珠的香烟,让人上瘾。

孟斯年的酒意浅了很多,不过看起来还是不舒服,眉头微锁。他说话时依旧没看苏格,只是指了下走廊:"走廊尽头那间还有左边两间都是客卧。"

"主卧在哪儿?"

"右边。"

见他神色恹恹,苏格趿着拖鞋,接了杯温水递了过去:"魏澜姗怎么这么快就走了?我以为你们会叙叙旧。"

孟斯年接水杯的手一顿,挑眉,居高临下地看她:"你还知道什么?"

"唔……你们是青梅竹马的恋人？然后因为误会分手她远走海外，你痴情地等待多年？"苏格胡编乱造，张嘴就来。

孟斯年嗤笑一声，苏格接着说："你不弹钢琴是不是因为她？"

他突然敛了笑容，苏格心下一凉，知道自己可能猜对了，她"呵"了一声，学着他说话的语气："解决掉前女友之前，别来招惹我。"

孟斯年似笑非笑地看着她："我什么时候招惹你了？"

"刚才亲我的是鬼啊？"苏格仰着头，瞪他，"还是深吻。"

孟斯年面上不动声色，其实气得要咬牙了，这丫头真是什么都敢说！

"我们的 CP 粉头子都从监控看到了。"

"还有，你哪只眼睛看出来我喜欢程蓝？"想到刚才他说的那话，苏格就委屈，她恨恨地一字一句接着道，"我喜欢谁？你是瞎了吗？"

他回视着她，眼眸平静又幽深："我比你大十岁。"

"九岁。"她纠正。

他的语气突然变得严肃："苏格，你还小，等你再大点，如果还喜欢我，再来告诉我。"

苏格微愣，然后气笑了："你这个渣男，你亲我的时候怎么不觉得我小？"

孟斯年缓缓地呼了口气："我喝多了。"

他确实喝得有点多，酒精让他的意志力崩塌，让他顺从了内心，放纵了自己。

"你以前喝多的时候也亲别人吗？"

"……没有。"

"只亲过我？"

孟斯年不说话。

苏格见他默认，眉眼一弯，乐了。

孟斯年满脸无奈："你特别烦人，你知道吗？"

苏格笑意更深。

孟斯年抬脚要走，苏格伸胳膊拦住他："我不是小孩了，我不喜欢程蓝，还有……"

她往前迈了一步，抱住他精瘦的腰，脸埋进他胸前："我喜欢你，孟斯年，我都要喜欢死你了。"

孟斯年没动，没回抱她也没推开，两人一直维持着这样的姿势。

半晌，孟斯年几乎是从嗓子眼里挤出了几个字："程蓝喜欢你。"

苏格的耳朵贴在他的胸前，听着他胸腔的震动以及传来的不甚清晰的说话声，她抬头怒视他："这跟我有什么关系？"

"他喜欢你。"

"我美我招人喜欢也不行？"

孟斯年没说话。

"你是不是有病？"苏格真的有点火了。

他眼眸沉了沉，然后，回道："对。"

苏格气急，觉得他就是随便找借口拒绝她，抬脚踢向他的小腿，这下力道不轻，孟斯年没躲，生生地受着了，见他眉头紧锁，苏格也不怕他，"哼"了一声，昂着头走了。

然后孟斯年就见她大剌剌地走进了走廊右边的他的房间。

他提醒道："那是我的房间。"

苏格理也不理，开门进去后，用力地把门踢上了。

孟斯年的房间非常宽敞，落地窗、床都极大，装修风格不浮夸，却处处透露着精致与讲究，苏格研究了一下质感很好的落地灯，开了仿佛最新发明的高科技加湿器，挨个儿把那些稀奇的东西玩了一遍后，随手拉开他的衣柜，立刻灯光大亮，她伸头看了看，发现里面别有洞天，宽广得堪比一个新房间，她这才后知后觉地意识到这个衣柜其实是衣帽间。

一面墙摆满了鞋子，一面墙挂满了衣服，手表、领带、袖口之类的装饰品也各有归属，男人活得这么精致也真是少见。

她想进去，于是，发了个微信给他——

宿舍门禁后无处可去蹲在孟神楼下保：我没有换洗衣服，洗完澡可以穿你的衬衫吗？

孟斯年：不可以。

苏格发了语音过去，用肯定的语气说："那我就光着。"

他很快回："别找事。"

"谁找事？那么多衣服都不给穿，你安的什么心？"

过了一两分钟，他才回了俩字——

孟斯年：穿吧。

宿舍门禁后无处可去蹲在孟神楼下保：你的衣帽间我可以进去吗？

孟斯年：可以。

苏格没再回,孟斯年等了一会儿,拿起手机又说了一句——

孟斯年:你这就是在招惹我。
宿舍门禁后无处可去蹲在孟神楼下保:这也算?
孟斯年:穿我的衬衫,你说算不算?
宿舍门禁后无处可去蹲在孟神楼下保:是你对我心思不纯。

孟斯年觉得自己就多余说后面那两句话,胃里还是有些难受,他喝了些温水,看时间已经快凌晨三点了,他准备随便找个客房对付睡一下,当经过主卧室门前听到里面的水流声时,他突然停住。

她在洗澡……

意识到此事后,他便抑制不住脑中突生的某些想法,想着苏格穿他的衬衫是白色款还是黑色款,他还有深蓝色、墨绿色、浅灰色……

这晚,他本不太愿意思考的脑子,突然开始细细地将自己有的衬衫都想了一遍,甚至想了苏格穿上的样子,想着什么颜色配她的肤色……

他又去接了杯冰水,仰头灌下去,他有点后悔把这丫头从保安室给领回来了,就应该让她跟那个志同道合的保安小哥聊一宿,他俩挺有相见恨晚的感觉。

放下水杯,他点了支烟,却越抽越烦躁,索性将烟在烟灰缸里一拧,去了另一个洗手间又冲了一次澡。

再出来,主卧室已经没了动静,他随便开了个客卧的门,疲惫地躺在床上,手搭在额头,想着这一宿可真够折腾的。

苏格没说错,他对她,确实心思不纯。

苏格的觉很多,睡得也沉,她很少凌晨三点才睡,所以这天早上八点多,孟斯年敲门问她早餐要吃什么的时候,她困得眼睛都睁不开,烦躁地捂着耳朵躲进被窝里,喊道:"不吃不吃不吃,烦人烦人烦人。"

孟斯年放下敲门的手,心道:这臭脾气。

苏格再次被吵醒还是因为敲门声,她听到外面说什么"起没起床""早餐"之类的,顿时脾气又上来了,砰地跳下床,皱着眉头、眯着眼睛准备去告诉孟斯年她连中午饭都不想吃,只想睡觉!

结果快走到门边的时候,她突然一个激灵,醒了大半——因为外面的说话声,是女人的声音。

而就在她一停一顿之时,门口的人似乎听到了动静,压下了门把手,轻轻地推开了门，面带笑容的美丽妇人柔声道："斯年，我和澜姗给你熬了粥，听她说你昨天喝……"

苏格的眼睛彻底睁开了，看着门口和孟斯年有几分像的中年女士，她的困意瞬间全无，这是孟斯年的妈妈无疑，还有孟妈妈身后同样惊诧地看着她的魏澜姗，三个人，三双眼睛，全部瞪得滴溜圆，一时间谁都没说话。

随即，外面响起了开门声，门口的两个女人同时扭头看去，孟斯年手里拎着两个纸袋，看起来是餐食，他低头准备换鞋，见到地上的两双高跟鞋惊讶地抬头，看清走廊里的两人后，眉头瞬间皱起。

不过他倒是镇定，将纸袋放到一旁的边柜上，一边脱外套一边走过去，见到开着的主卧门，他立刻明白两个女人神色复杂甚至带了怒气的缘由。

孟斯年手里拿着大衣，歪头看向门内，漆黑的眼眸突然又幽深了几许，他本以为苏格正躺在床上睡得香甜，万万没想到的是，她正鼓着腮帮、红着脸颊站在门边。

他昨晚如何脑补，也没能脑补出这么香艳的画面——

她一头漆黑长发凌乱自然地散下来，脸上带着刚起床的懵懂和不知所措，上身松松垮垮地穿了件他的白衬衫，下身光着一双细白的腿，踩在地板上的白嫩脚丫似乎是因为冷或者是害羞，微微蜷缩着。

孟斯年转身站到门口，挡住了两人的视线："妈你怎么来了？"

苏格顺势朝他身后躲了躲，避开了她们不太友好的打量目光，孟夫人收回凌厉的视线，对孟斯年说："听澜姗说你昨天喝了酒，怕你胃疼给你送点粥过来。"

孟夫人说话的声音低沉有力，躲在孟斯年身后的苏格听不出什么情绪，孟斯年说："去客厅坐吧。"

同样也听不出情绪。

孟家的人都这样吗？祖传的不动声色。

孟夫人和魏澜姗抬脚离开。

孟斯年回身关门时，看了眼苏格，见她一副生无可恋的表情，觉得稀奇，然后他嘴角一挑，突然笑了。

笑得痞里痞气，像是恶作剧后的熊孩子。

门被他关上，苏格又站了一会儿，突然跑向床的方向，一下钻进了被窝，恼得在被窝里滚了又滚。

那是孟斯年的妈妈啊！互相的第一印象，足以用"惊悚"二字形容！

孟夫人和魏澜姗坐在沙发上，一个冷着脸忍怒，一个白着脸忍哭。

魏澜姗贴着闪钻的精修指甲死死地捏着身上的紧身裙，她记得那个女孩，昨天跟着孟斯年回家，被孟斯年警告不要招惹他的那个女孩，下楼时见到她在保安室，还觉得这小女孩太不知分寸。

可谁知，不过几个小时，她就衣衫不整地出现在孟斯年的卧室里，身上穿着孟斯年的衬衫，皱巴巴的……

她掐着裙子的指甲，开始泛白。

孟斯年不是随便的人，曾经他成名之初，盛名之时，多少女粉丝疯狂崇拜他、迷恋他，不是没有人在他的住宅蹲点，在公司楼下围追堵截的，但从没有人让他侧目。

"里面那个女孩怎么回事？"孟夫人问出了魏澜姗欲脱口而出的问题。

"朋友。"孟斯年没多做解释。

孟夫人顿了顿，犹豫地问："成年了吗？"

屋里那个女孩，细胳膊细腿，清纯又秀美的脸上还带着少女的稚嫩，即使知道他不是胡来的人，也忍不住问一句。

"虚一下都小二十了。"孟斯年似乎不想跟她们多说。

孟夫人依旧一脸严肃，化着精致妆容的脸冰冷沉着："我催你找女朋友，催你结婚，是想让你找个能照顾你的人，而不是让你找个闺女养的。"

"您也没见得怎么照顾我爸呀，家里还不都是阿姨在打理，什么年代了还讲究这些。"

孟夫人眉头一皱，还要说什么，突然闻到若有似无的药味："熬中药了？你怎么了？"

孟斯年早上起来去保安室把四处漂泊的中药拿回来就熬上了，估摸着她醒后温度凉下来刚好可以喝，见他妈妈担忧，他解释道："给她调理身体的。"

她是谁，不言而喻。

孟夫人立刻不满地看向他的手："谁让你去煲中药的？烫到怎么办？阿姨呢，这会儿怎么还不来？"

孟斯年见她要发脾气，看了看茶几上放的保温桶，又看了看手表："谢谢妈送来的粥，不过我马上要去公司，不留您了，晚上我回大宅吃饭。"

他话音一落，苏格突然披着毯子从房间冲出来，她倒是还记得礼貌，冲孟夫人鞠了一躬："阿姨好。"

说完，她猛地扯住孟斯年的袖子："完了孟斯年，我突然想起来我今天上午有训练。"

孟斯年不紧不慢地看了眼她光着的脚，随即把自己的拖鞋脱下来："把拖鞋穿上，到时候再吵肚子疼我可不管你。"

她立刻将脚丫塞进大她脚两圈的拖鞋中，可怜兮兮地仰着头问："怎么办呀？我无故缺席训练会被团长骂的。"

"把衣服换上，我送你过去，不堵车的话来得及。"

"堵车呢？"

"被团长骂。"说完，他笑了，有点幸灾乐祸的意思。

苏格瞪他一眼，伸手推了他一把，跑回房间。

随即，又传来她的声音："孟斯年，上次你送去干洗的我的那套衣服呢？"

"衣帽间里自己找。"说话间，孟斯年又将刚脱下来的大衣穿上，长身玉立、斯文俊秀，看得从进门开始就一句话没说的魏澜姗半晌没移开眼。

喜欢了十多年的男人，还是一如当年让人心动的模样，温雅的气质经过几年岁月沉淀更加内敛迷人，可偏偏他却一个眼神都吝啬给她，她想过他会心存芥蒂，但没想到他会无情至此。

更没想到，他能对一个女孩，温柔至极。

孟夫人也觉得诧异，孟斯年近三十的人，有女朋友她不惊讶，但从没想到他会找个年龄这么小的。见两人自然亲切，肢体语言和默契程度都在表示他们在一起不是一天两天了。

她看了看一旁白着脸的魏澜姗，拍了下她的手，转头问孟斯年："没上心吧？"

孟斯年被他妈妈气笑了："妈，我在您心里是很随便的人吗？"

他一点都不随便，洁身自好、重情守诺，所以他认定的人和事几乎不会改变。

孟夫人突然有些无地自容，因为她脱口而出的那句话。

她刚才瞥见魏澜姗神色，想到她苦恋多年，再加上如今这情况，也是突然心疼失了分寸，思及此，她不想过多停留，站起身："你晚上别忘了回家吃饭，澜姗，我们走吧。"

魏澜姗跟着起身，经过他身边时，侧头轻声对他说："斯年，这种小姑娘不适合你。"

"哪种？"孟斯年抬着眼皮看她，语气甚是冰冷。

"这种看起来什么都不懂的小女孩。"

"你了解她还是我了解她？"孟斯年对她说话毫不客气，"我喜欢你管得着吗？"

魏澜姗忽视掉他的态度，只想打探清楚他们的情况："你……是不是寂寞了？正好她送上门。"

孟斯年无语到了极点，他甚至不懂当年关河怎么就那么喜欢魏澜姗，瞧她这无脑言论，孟斯年挑着眼角，说："我自己招来的。"

魏澜姗本就有点没有血色的脸,愈发白了,但她依旧保持着表面上的优雅,她不紧不慢道:"只有我最适合你,抽空聊一下吧,我们的事早晚要解决。"

"我们有什么事?"比起冷声冷调,孟斯年从不会落于人后,他这些年刻意温和了许多,但并不代表脾气没了。

魏澜姗顿了半晌,缓了口气,压低声音说:"你知道的。"

孟斯年嗤笑一声。

孟夫人从门口唤她:"澜姗,走了。"

苏格换完衣服再出来,客厅里只剩孟斯年一个人,空气中魏澜姗香甜的香水味还没完全消散,苏格皱皱鼻子:"你前女友真香。"

"谁跟你说她是我前女友?"孟斯年问她。

"谁也没说,我就想听你说她不是,"苏格笑眯眯的,"听着开心。"

他却说:"你训练不着急了?"

这人永远不会正面回答问题。

"不着急。"

"那先把饭吃了,再把药喝了。"孟斯年示意她坐去餐桌。

"还熬了药?你看你前女友香的,我都没闻见药味。"

他挑衅地回视,一双笑意满满的眼睛仿佛在说,就不让你得逞。

苏格瞪他一眼:"幼不幼稚,跟我较什么劲?说一句'不是'能怎么着?"

"没大没小。"

苏格走去餐桌,憋着气一口干掉了碗里的药,她想说你虽然给我熬了药,但不能改变你渣男属性,结果一开口就变成了:"苦死了!"

孟斯年倒了杯水给她,她大口喝掉后,苦味还是很冲,她泪眼婆娑地看着孟斯年:"能亲亲吗?你帮我中和一下。"

孟斯年正在边柜抽屉里找东西,听到她的话,顿了顿,继续翻找,终于在一个铁盒里找到了巧克力,转身塞进苏格嘴里:"不能。"

意外地,到学校的一路上竟然不堵,只是等红灯的时候花费了些时间,苏格坐在副驾驶鼓捣着手机,也不急了,一副听天由命的样子。

她问孟斯年:"刚才你故意的吗?"

"什么?"孟斯年不明所以。

"没跟她们解释为什么我会睡在你的房间。"

他反问:"你是故意的吗?跑出来跟我撒娇。"

"是,我得在魏澜姗面前找下存在感。"苏格一直是这么直来直去的人,丝毫不会隐瞒自己的心思，她侧头看他，问，"你呢？你是故意气她的吗？"

"我和你平时不就这么相处的吗？"他漫不经心地说着，"无关紧要的人，我费这事气她干吗？"

其实，他与苏格的相处一直是很自在、舒服的，只是刚刚在她们面前，没有收敛罢了，倒也不是气魏澜姗，只是想让他妈妈知道他的态度，不要再乱牵红线。

孟斯年的车子停在训练厅门口，看时间不过晚了五分钟："进去后跟大家道个歉。"

倒真像苏格长辈，事无巨细地交代起来了。

苏格"哼"了一声，开门下车，越过车窗："孟斯年你昨天亲完我又用一个很随便的理由拒绝了我的表白，从此你在我心中改名叫'孟渣男'了，要想洗白……"

孟斯年挑眉道："怎样？"

"你得努力点追我。"

孟斯年笑道："你和程蓝先了断感情线我再考虑努不努力吧。"

苏格翻了个白眼："我当他是朋友，我问心无愧。你还拿这事说事？你怎么比我想象中还渣。"

孟斯年也没接她话茬，指了指后座："渣男的爱心早餐，别忘了拿走。"

苏格开了后门拿走纸袋，他问："洗白一点没？"

"哪那么容易？一点没有。"说完，她气呼呼转身要走，"还有，五一假期我要出去玩，今晚就走，咱们没事别联系。"

孟斯年立刻问："去哪儿？和谁？"

"管得太多了吧，孟先生？"说完，苏格也没管孟斯年什么表情，关上车门头也不回地走了。

孟斯年送完苏格后去公司忙了一天，下班时给苏格打了个电话，没打通，估摸着她可能上了飞机。

回到大宅时已经临近七点，没想到进屋就见到系着围裙、端着刚烤好的面包朝餐厅走去的魏澜姗。这让他心下立刻烦躁起来，想转身离开，没想还没动作，坐在沙发上的他的父亲看到了他："回来了？来，坐。"

孟斯年放弃溜走的想法，走过去坐到一侧的单人沙发上："爸。"

"公司最近很忙？"孟父问。

"是比之前忙了。"

"我是一直不赞同你去搞那什么流行歌曲公司的。"

孟父每次见他，都要念叨两句，孟斯年也习惯了，只笑笑不反驳，却也从未听过。

"心理医生有坚持看吗？这么多年了，也不见起色，不行就换个权威的。"

"好多了。"

"好到你能再开演奏会才算好。"孟父说到这儿叹了口气，"你对关河，也算做到了问心无愧了，该放下就放下吧。"

孟斯年猛地站起身，说："爸，我去厨房看看妈忙什么呢。"

见他想跑，孟父今天打定主意不放他走："你站住，我还没说完话呢。"

"爸，您说。"他倒是站住了，只是还一副随时要走的样子。

"我听你妈说了，你家里……有个女孩。"

孟斯年面无表情地看了眼餐厅门口的魏澜姗，她没了早上见他时的慌张与浮躁，察觉到他的视线，她大方地回视，随即冲他轻轻一笑。

孟斯年如没看到一般，又坐回到沙发上："嗯，是一个朋友。"

孟父生气了，上扬音调："什么朋友睡你的房间，连衣服都没穿？"

孟斯年低头喝了口茶，忍不住笑了："听谁说的没穿衣服，穿着我的衬衫呢。"

这有什么不一样，孟父不满地瞪他，又开始了老生常谈的话题："真是胡闹。之前邱院长的女儿，你不同意我们也不逼你，现在澜姗回来了，她打小是我们看着长大的，我们两家互相知根知底，你收收心，该定的事早点定。"

平时孟父说这些，他都是乖乖听着的，就算他们嫌他单身，嫌他工作忙，也不过念叨几句，等他说够了他顺着哄两句后一家三口和和美美地吃顿饭，他再陪孟父看会儿新闻，聊聊国家大事、国际关系，一直以来氛围也算其乐融融。

但今天魏澜姗在，他从进门开始，就是憋着火的。

她凭什么没有丝毫愧疚感，竟然还敢痴心妄想。

"爸，我和魏澜姗没有可能，一点可能都没有。"

"当着澜姗的面，你怎么说话呢这是？"孟父呵斥他，"赶紧给人姑娘道个歉。"

"我只是表明我的态度，"孟斯年再次起身，"对不起，爸，帮我和妈说一声，今天不在家吃饭了。"

不远处的魏澜姗看着孟斯年，神色凄婉地说："你不用走！"

即使她在尽量克制自己，但她说话的声音依旧在抖："这是你家，我走。"

孟斯年没说话，算是默认。

"怎么了这是，你俩怎么回事？"孟父这才意识到不对劲。

魏澜姗尽量让自己保持着体面："对不起孟伯父，是我打扰了。"

孟夫人皱着眉从厨房走出来,眼神凌厉地看向孟斯年:"你的教养呢?"

"孟伯母,你别怪斯年,我们俩之间有点误会。"魏澜姗红着眼圈哽咽解释。

魏澜姗在孟家父母眼中一直是个稳重大方的女孩,极少有失态的时候,孟夫人见她如此,语气温柔了几分:"你在国外待了这么多年,回来就见了他一两次,你们能有什么误会?"

"误会?"孟斯年看向魏澜姗的眼中满是讥讽,她竟然能云淡风轻地用"误会"两字概括,"你没心肝吧?"

"斯年!"孟父见他咄咄逼人,开口阻止,"你的风度呢?即使你对澜姗没别的想法,但她也是与你一起长大的朋友,你这么说话是不是太过分了?"

"道歉,孟斯年。"孟夫人将身上的围裙脱了下来,厉声道。

孟斯年突然轻飘飘地说:"谁给关河道歉?"

魏澜姗脸色一白,那张冷艳的脸上终于不再是那高高在上、睥睨众生的表情,一闪而逝的错愕后,她抿紧了唇。

"为什么提到关河?"孟夫人问。

"你们知道我无法弹琴是因为关河出事,那你们知不知道关河是因为什么才出事的?"孟斯年本就冷峻的脸,说完这两句话后,神色更加冷若寒冰。

孟父说:"他不是因为网络暴力引发的抑郁症吗?"

这个结论是大众普遍传播的,大多数媒体也是如此报道的。

孟斯年冷笑一声,斜觑魏澜姗。

"他就是抑郁症!跟我没关系!"魏澜姗沉声,一字一句地说完这句话,踩着高跟鞋,迈着长腿,犹如还是那个高傲的公主一样,开门离去。

在孟斯年眼中,她可谓是故作姿态、落荒而逃。

"对不起,爸妈,搞砸了你们的晚饭。"孟斯年敛了怒气,眉目舒展些,他拿起外套和车钥匙,"我过两天再回来,希望到时候家里没有别人。"

"斯年,到底怎么是回事?"孟夫人跟他到门口。

"没事,妈,快和爸吃饭吧,难得您有兴致下厨。"要不是时机不对,他今天是很想留在家里用餐的。

孟夫人关上门回去,见孟父一脸凝重,她走向餐厅,缓了语气:"别让这些小崽子影响了咱们的晚饭,咱俩吃。"

孟父无奈地叹了口气:"看到澜姗回来,我还以为抱孙子指日可待了。"

"那你真是想太多了,我想着他能愿意结婚就谢天谢地了。"

"所以到底怎么回事,他们俩一见面跟仇人似的?"

"约莫还是五年前关河那事。"孟夫人从厨房端出菜来。

"怎么又把澜姗扯进去了？"

"谁知道，不管他们，吃饭重要。"

孟斯年回到车上，靠着椅背连抽了两根烟，可依旧烦躁，空着的手不自觉地又摸出了手机，点击通讯录中苏格的名字。

其实他没想好要和苏格说些什么，但就是想听她的声音，听她说话，听她扬着音调叫他孟斯年，叫他孟渣男……

但电话还是不通。

他有点担心，她跟谁去玩，去哪里玩，几点的飞机，这些他统统不知道，这种不可掌控的感觉让他坐立难安，很快，他拨通了程蓝的电话。

程蓝接听："喂，老板？"

"嗯。"

听到程蓝声音的这一瞬间，他突然觉得自己的理智回来了些，开始后悔拨通这个电话，他都不知道苏格的下落，程蓝怎么会知道。

"老板？"程蓝又喊了一声。

"苏格说出去玩，你知道跟谁，去哪儿了吗？"

这话问出口并不困难，但却矛盾，他希望得到答案，同时又不希望对方知道答案。

"苏格？去香港了。"程蓝立刻说，"说去看她爷爷，我送她去的机场。"

孟斯年紧了紧手机，"嗯"了一声就挂断了。

刚说让她和程蓝保持距离，她倒是更来劲了，这是又跟他杠上了。

晚上他接到了Yoko的电话，确认苏格安全到达香港，他这才放心下来，他想发信息给她，犹豫很久也没开得了口，于是干脆给她转了一笔六位数的账——

苏格：？？？

孟斯年：《石青》劳务费。

苏格：那是萧老师的生日礼物。

孟斯年：你的作品很值钱，不要轻易送给别人，要千金难求。

苏格：萧老师不是你的人吗？你不是别人。

孟斯年看着这几个字，无奈地笑了，这丫头真挺会的。

他没有再回复，苏格那边估计等得不耐烦了，又发了几个字过来，看起来有些生气——

苏格：你是个耍完流氓不认账的渣男。

孟斯年：……

这晚孟斯年又约了卓悦，两人有一句没一句地聊了一会儿，卓悦很是担忧："感觉你很焦虑，最近能弹琴吗？"

说话间，他点燃一支烟："注意力没办法集中，一首曲子很难完整弹下来。"

"还有什么症状？"

他犹豫一下："……纠结。"

"纠结？"卓悦愣了下，"纠结什么？"

"想见苏格，想和她说话，想一直待在一起，想……追她，但又没去做。"

卓悦点点头，了然道："PTSD（创伤后压力心理障碍）的一种症状——逃避心态，你喜欢她，但是不想面对你们之间的那些根本不太可能存在的问题。"

"我知道，但是我控制不了我的想法。"

卓悦叹了口气，沉默半晌："我觉得你已经比前几年好很多了，但是还差一点，就一点了，你应该见见我的老师，如果你有时间。"

"你的老师？"

"有空去趟德国吗？"

第七章
明明很爱你

02:48　　　　　　　　　　　　05:20

　　五月假期结束前，医院终于准许老爷子飞回内地，于是苏格他们准备回盛阳，除了 Yoko。

　　Yoko 直接从香港飞去德国，苏格知道他是孟斯年的助理，基本上是孟斯年在哪儿他跟去哪儿的，所以在机场分别时，她忍不住问："孟斯年去德国了？"

　　Yoko 犹豫着点了下头。

　　"是去工作吗？什么时候回来？"

　　Yoko 有些为难，既然苏格不知道，说明老板没告诉她，那他就更不能说，只能摇头道："不好意思啊格格，我不能过多透露老板的事情。"

　　苏格嘟嘟嘴，觉得是孟斯年不让 Yoko 告诉她，有点不爽，不过为什么是德国呢？

　　是因为魏澜姗吗？

　　回盛阳后，苏格开始学校、大伯家两头跑，看着她爷爷的身体越来越好，一直悬着的心终于放下。

　　进入六月后，她跟随校乐团去各地演出，因为行程繁忙，她没联系孟斯年，也可能是和他赌气。

　　七月初，苏格参加完学校的期末考试，穗穗约她暑假出去玩，老爷子特别支持，让她趁毕业前好好走走，担心她以后工作了就没机会了，老爷子由她大伯和苏天濠陪着回了曲桑。

　　孟斯年这两个月从柏林往返盛阳了几趟，时差倒得他崩溃，其间，他给苏格打过两次电话，但都无人接听。

后来在公司，他有意无意跟程蓝打听了一下，才知道她一直在外地跑演出。

程蓝又知道！他有些介意。

暑假临近，他再次匆忙地从柏林飞回来，想在苏格离开盛阳回曲桑前见上一面，发了微信过去，和前几次一样，消息石沉大海。

他很想见苏格，只得再次打给程蓝询问她的下落。

"不知道呀，是不是回老家了？"程蓝这次终于不知道了。

孟斯年打给程蓝之前就已经让 Yoko 联系了她家里，苏天濠说她和同学出去旅行了。

"老板您等下，我问问蔡子他们。"

蔡子和永乐都表示不知道，等程蓝挂了电话，蔡子奇怪道："老板怎么总是找苏格？"

永乐笑了："这还不明显吗？"

"苏格是不是烦老板啊，所以总让他找不到？"蔡子又问。

"你看苏格像烦老板的样子吗？"永乐无语地看着他。

蔡子挠挠头，永乐说："臭情侣的把戏罢了。"

孟斯年在程蓝几人那里没打听到，他又将电话打到了许寒城那儿，对于孟斯年的询问许寒城惊诧了半天："学生放假了，去哪儿不用报告老师吧，再说我又不是她的辅导员。"

孟斯年立刻把电话挂断。

许寒城本是冷情的性子，对什么事都不上心，谁知这次突然好奇起来，他回拨回来："你不对劲啊，孟公子！"

"她一个小姑娘乱跑，出点事我怎么跟人爷爷交代。"孟斯年一本正经地解释说。

许寒城笑了下，拖着长音问："是吗？"

孟斯年顿了良久，然后也笑了，他慢悠悠地说："本来，我以为是。"

"你也有今天，所以人家为什么不搭理你了？"许寒城不八卦，但如果对象是孟斯年，他还是很好奇的。

吊人胃口这事，孟斯年最爱干。他什么也没说，挂断了许寒城的电话。

那天之后，孟斯年连着一周没有苏格的一点消息。

德国那边的心理咨询第一阶段已经结束，第二阶段他往后推了几个月。

如果再去，恐怕这一两个月也见不到苏格，他心里很不安。

这一周，孟斯年照常上班，照常安排工作，但员工们都感受到了老板的"低气压"。即使平时如何温和，一旦老板真冷了脸下来，他们所有人也是战战兢兢的。

千棠音乐在文化产业园区有一座独栋的五层小楼，因为是极具设计感的建筑，来产业园玩的人总是喜欢在门口拍照，时间长了难免混进来乱七八糟的人，所以千棠一楼设立了刷卡通道，通道一侧靠墙边摆了一排沙发，萧树拿着卡下来时，魏澜姗正坐在沙发上翻着杂志。

"魏大美女，怎么突然过来了？"萧树刷了卡后用手拦着栏杆等她进来。

"来找斯年，他在吧？"

"在是在，"萧树为难地沉吟一下，"我先带你参观一下我们公司吧，规模比关河在时大了许多……"说完，萧树差点没抽自己的嘴巴，提谁不好，提关河。

魏澜姗走进去，像是丝毫没受影响地冲他笑了下。

一路上，工作人员见到萧树，都会停下来打招呼，人缘看起来很好，而魏澜姗一如既往地保持着超高的回头率，她走在萧树身边的气场，仿佛是巡视江山的女王。

"你看到萧总监带的那个美女了吗？"员工 A 问。

"看到了，是哪个广告明星？帮谁拍 MV 的？"员工 B 说。

"魏澜姗你们都不知道，舞蹈家啊。"员工 C 插话进来。

"好像有听说过，"员工 A 一脸疑惑地道，"她一跳舞的来我们音乐公司干什么？"

"来找老板的，我进来的时候听到她说'来找斯年'。"员工 C 说。

"哟，斯年？"

"斯年……这个称呼也太亲密了吧？"

说完，三个人互相交换着仿佛知道了大八卦的眼神。

魏澜姗跟着萧树挨个儿楼层参观，开始时还有些兴致，后来就越来越冷漠，萧树也感觉到了氛围的变化，额头冒汗，开始想念 Yoko，这种场合，他最拿手了。

魏澜姗突然停住脚步，萧树连忙指着一旁的门，说："这是练歌房，要不要进去看看？"

魏澜姗看着他，没说话。

萧树十分尴尬，心想他这一把年纪了还要受这种苦，他早晚得和孟斯年绝交。

魏澜姗终于开口："孟斯年是不是不想见我？"

萧树却摆摆手："他太忙了，一时间抽不开身。"

他面上堆笑，心里却想：什么叫不想见你，我压根儿就没敢跟他说你来了。

"他最近不是一直在德国？听说把工作都交出去了，怎么还这么忙？"魏澜姗回道。

萧树轻咳一声："是我们认识的一个小朋友跑出去玩了，老板找不见人，有点着急，托人打听呢。"

正说着，旁边练歌房的门被打开，蔡子和永乐走进来，听到萧树的话，蔡子问："萧总监，老板还没找到苏格呢？"

"没呢，这丫头真是胆大，去哪儿了谁也不告诉，回头我得好好给她上上安全教育课。"萧树说。

"好像去西藏了。"永乐突然说。

蔡子惊讶："你怎么知道？"

"苏格的室友不是我们粉丝嘛，有次我逛超话看到她发的西藏的照片，照片上那个背影看着像苏格。"永乐说。

萧树立刻向外走："臭丫头，跑那么远，我得赶紧告诉你们老板去。"

魏澜姗跟上萧树，状似无意地问道："苏格是谁？"

"就我说的，我们的一个小朋友。"

"是长头发，大眼睛，瘦瘦白白的那个小女孩吗？"

萧树觉得奇怪，看她一眼："你认识？"

"她和孟斯年什么关系？"魏澜姗问。

萧树想了想，说："叔侄关系。"

魏澜姗回忆了一下："我怎么不知道孟斯年有这么大一个侄女？"

"哈哈哈，他俩叫着玩的。"

魏澜姗："……"

两人走到孟斯年办公室门口，越过玻璃门看进去，孟斯年正在打电话，皱着眉头，神情严肃。萧树敲了下门，孟斯年看他一眼，抬手示意他进去，萧树对魏澜姗说："你等我一下。"

魏澜姗却恍若未闻，直接跟着萧树走进了孟斯年的办公室。

萧树瞪大眼睛回头看她，她不以为意，越过他继续朝里走。

孟斯年察觉到来人，打电话的间隙，抬了抬眼皮瞥她一眼，眉头皱得更紧了。萧树认命地跟过去，指了指沙发，对她说："坐吧。"

等到孟斯年打完电话，萧树吸了口气，刚准备说话，孟斯年看也没看两人,率先问道:"萧树你怎么回事?"

萧树偷偷看了眼魏澜姗,干笑一声,知道是真惹孟斯年生气了,忙把苏格拿出来救场:"正带澜姗参观我们公司呢,听到苏格的消息,我就赶紧过来了。"

果然,孟斯年猛地抬头看他:"苏格回来了?"

"没有,不过听永乐说可能去西藏了。"

"西藏?"孟斯年这反应,比萧树刚听到时更惊讶。

"嗯……"萧树小心翼翼地回道。

孟斯年揉了揉眉角,咬牙切齿地说:"她真是欠收拾了。"

"嗯……"萧树继续小心翼翼地回道。

孟斯年按下内线,秘书的声音立刻传来:"老板。"

"查下今明两天去拉萨的航班。"

"好。"

萧树急了:"西藏这么大你去哪儿找她?"

孟斯年很烦,没搭理萧树,萧树还想再劝,他桌子上的手机却响了起来,孟斯年接起:"喂?是……拉萨寄来的物流?给保安就行。"

挂了电话后,他拿起车钥匙和外套就向外走,边走边交代工作:"老萧,音乐节的那个策划案没问题的话你批一下,蓝三三新歌的编曲得尽快完成,其余的你来处理,或者还是邮件联系我。"

萧树目送他离开,回头对坐在沙发上喝水的魏澜姗耸耸肩:"我就说吧,老板很忙。"

"没事,我过段时间再来。"魏澜姗还是冷冷淡淡的样子,她站起身,走到门口,开门出去前,问了句,"萧老师,孟斯年很喜欢那个苏格吧?"

"啊?"萧树先是一愣,然后认真地想了想,"是吧,苏格这小丫头古灵精怪的,我们都挺喜欢。"

显然,魏澜姗对他的回答并不满意,随意"嗯"了声,开门走了。

拉萨八廓街附近的一个特色客栈中,苏格趴在前台填好物流单子,对风情万种的老板娘说:"姐姐,上次那个物流帮我查一下到没到?"

老板娘拿着手机翻了一会儿:"刚签收,这又是邮给谁的?还是孟渣男?"

苏格点头。

"既然都是渣男了,还给他寄东西干吗?"老板娘觉得这小姑娘特别有意思,"他对你做了什么?"

"是呀，姐姐，"老板娘的弟弟阿苍凑过来，"渣男该忘就得忘，现在都流行小奶狗。"

阿苍露出一排牙齿冲她笑着，小麦色皮肤的映衬下，牙齿越发显得洁白锃亮。

说到小奶狗时，他用力指着自己，笑得阳光朴实。

苏格觉得好笑，心想他应该算是巧克力奶。她斜靠在吧台，问他："你猜我为什么叫他'孟渣男'？"

"因为他劈腿了。"小奶狗阿苍笃定地道。

苏格摇摇头，她那属于女孩特有的软软的音调传到阿苍耳中："因为他撩完不负责。"

从外面刚回来的穗穗听到她的话，一下扑过去："苏格！你和孟神果然有一腿，你还说没有，我就说不可能吧，那天你一宿没回来！"

苏格知道她又要打破砂锅问到底，忙脚底抹油要跑，穗穗紧跟其后："你慢点走，咱俩聊聊。"

"姐……"阿苍哭丧着脸看向老板娘阿玉。

阿玉瞪了眼自家弟弟："你没戏。"

"你怎么确定？"

"不是一类人，你老实点。"

"谁说的，别人跟苏姐姐搭讪她都不理的，她只理我。"

"那是看在我帮她找了便宜物流省了很多钱的面子上，咱们这儿快递费多贵啊！"阿玉将物流单贴到包裹上，随手将苏格空下来的电话一栏填上自己店的座机号。

然后，座机电话突然就响了。

"你好，苍玉客栈。"阿玉随手接起。

"你好，我找苏格。"

电话中传来的声音低沉好听，沉稳却又不失年轻的磁性，阿玉凭借多年的经验，笃定对面这人一定是个帅哥。她咳了一声，娇俏着问："您是哪位？"

"我是她的朋友。"

阿玉看着手边包裹上的收件人姓名，突然笑了："你不会就是孟渣男吧？"

孟斯年："……"

他心里盘算着，逮着苏格要先揍一顿才解气。

阿苍听到"孟渣男"三个字，好奇地凑过去听，阿玉接着问："苏格为什么叫你孟渣男呀？"

孟斯年礼貌地说:"请让苏格来接电话。"

"我让我弟去喊一下,你等会儿。"阿玉说完,示意阿苍上楼,阿苍一听去找苏格,高兴地三步两步蹿上楼梯。

阿玉接着对话筒那边的人说道:"孟渣男你要有空,欢迎到拉萨来玩,我给你住宿打八折。"

"你可以叫我孟先生。"

孟渣男这个名,只有从苏格嘴里叫出来,他才不会觉得讨厌。

"孟先生你是不是长得特帅?我见挺标致的一小伙儿跟苏格搭讪,她都不理人家。"阿玉似乎很有闲聊的欲望,前台没有人来办理入住,她闲来无事,抠着红指甲,夹着话筒,撩着男人,好不惬意。

孟斯年并不接她话茬儿,他嘴里叼着烟,点燃,问道:"苏格还没过来?"

阿玉听到打火机的声音,还有他含糊不清的说话声,推断他在抽烟,她问:"苏格抽烟是跟你学的吧?小丫头抽什么烟。"

孟斯年眉头一锁:"你告诉她,她再抽烟,我就把她寄来的破烂全扔出去。"

这时候,阿苍气喘吁吁地跑下来:"姐,苏姐姐说她不和渣男说话。"

阿玉"扑哧"一声笑了,她冲着话筒说:"孟先生,你听到了吗?哎,给这么可爱的小姑娘惹生气了,看来你确实挺渣。"

"能帮我问一下她什么时候回来吗?"孟斯年的耐心快要被这个健谈的老板娘磨没了。

"苏格住在三楼,我弟这楼上楼下地跑,他的腿不累的呀。"阿玉慢悠悠地说。

"没事,我再去问。"阿苍说着,又跑上去了。

阿玉翻了个白眼,对孟斯年说:"我弟弟今年刚满十八,可以交女朋友了,他特别喜欢苏格。"

孟斯年哼了一声:"喜欢苏格的人多了。"

意思是,你弟算老几?

阿玉不以为意,继续说:"住这儿久了,难免日久生情啊。"

孟斯年没说话,阿玉娇娇地笑着,继续道:"你不担心?"

"不担心。"

"为什么不担心,我跟你讲,我们这边帅哥超多的,什么类型都有。"

过了半晌,那边传来男人不耐烦但又笃定的声音,他说:"苏格不喜欢别的类型。"

"姐,苏姐姐说了,随缘。"阿苍从楼上跑下来,喊着。

阿玉愣了愣，问："什么随缘？"

"孟渣男不是问苏格什么时候回去吗，她说随缘。"

阿玉笑了，想再和孟斯年聊会儿，贴近听筒才发现只有忙音传来，那边已经挂了。

孟父六十大寿临近，孟斯年被孟夫人叫回大宅，他们准备大办，家里需要准备和安排的事情很多，孟斯年取消了飞拉萨的机票，准备等父亲生日过完再去。

孟夫人让他搬回了大宅住，他却三天两头地往他那边跑，孟夫人颇有微词，甚至怀疑那天那个小女孩被他藏在家了。

直到那天她买完东西，让司机顺道往孟斯年那儿拐了一下，一进门差点被大大小小的快递盒子绊倒，她这才知道孟斯年总往回跑的原因——拆快递。

"你买的这都是什么？"孟夫人看着拿着裁纸刀从里间走出来的孟斯年，惊讶地问。

孟斯年叹了口气，蹲下身，打开其中一个盒子，拿出一个转经筒纪念品，晃了晃。

孟夫人皱眉："你什么时候对藏文化感兴趣了？"

"我叫了钟点工过来帮我收拾出一间杂物室，妈，我这儿比较乱，就不叫您进来坐了。"说话间，孟斯年又拿出一幅装裱好的唐卡。

"哎，那个藏式毛呢的毯子蛮好看，递给我看看。"孟夫人指着不远处单人沙发上的毯子。

这天，孟斯年打电话到苍玉客栈时，苏格正趴在前台写物流单，阿玉接了电话，用嘴型对苏格说："孟渣男。"

苏格忙凑过去听，孟斯年还是一如既往的那句话："让苏格听电话。"

苏格指了指门外，阿玉立刻懂了，说道："她出去玩啦。"

"你跟她说，她买的毯子让我妈拿走了，有空再让她买一条。"

"行。"

"她的电话怎么一直打不通？"孟斯年感觉有太多问题要问了，电话不通，微信不回，微信名字自打改成了"格格微服私访记"之后就再没变过，不像她的风格。

"她的手机被偷了。"这个问题阿玉不用问苏格，她直接答道。

孟斯年顿了一会儿，接着说："你问她钱还够不够用。"

◆ 218

这么多天第一次听到孟斯年的声音,本来就想得厉害,他突然这么一问,苏格鼻子一酸,噘着嘴委屈地点头。阿玉好笑地看着她,看着挺酷的,骨子里还是个小姑娘嘛,于是,她故意对着电话说:"她说够用。"

"她是不是在旁边呢?让她接电话,"孟斯年不忘威胁,"不然把她买的东西都扔了。"

苏格拿过电话,生气地道:"扔了吧,不要了。"

孟斯年觉得自己最近确实不太对劲,听到苏格的声音,即使是气呼呼、凶巴巴的,他竟然舒了口气,嘴角微扬,心情颇好地笑了:"不扔,给你腾了一间屋子专门放你的东西,你买这么多要干吗?"

苏格:"给你带的纪念品呀。"

孟斯年:"……你快把拉萨搬我家来了。"

"反正你家大。"

"为什么去拉萨?"

苏格想了下,说:"求姻缘啊。"

孟斯年:"……"

"你不是来替你爷爷求健康的吗?天天往寺庙跑。"一旁的阿苍说。

苏格压低声音:"闭嘴。"

孟斯年那边嘈杂人声传来,还有道贺的说话声,觥筹交错,苏格问他:"你在参加宴会吗?"

"家里在举行生日宴。"孟斯年说。

"生日快乐,恭喜你孟斯年,你又老了一岁。"苏格立刻扬声道。

"这才多久怎么我就老了两岁了,有你这么算的吗?是我爸过寿宴。"

苏格"咯咯"地笑:"那祝孟爷爷福如东海,寿比南山。"

孟爷爷?

孟斯年咬牙切齿:"苏格你真是皮痒了。"

苏格笑得更开怀,听着她的笑声,孟斯年心间一软:"什么时候回来?"

苏格敛了笑容,轻声问:"回哪儿啊?"

这话着实把孟斯年问住了,是啊,她亲人都在曲桑,回也是回那边。

她向他伸出过手,但他拒绝了,像个懦夫一样,还没个小女孩勇敢。

孟斯年有一种类似于心疼的感觉溢在心尖上,只是他还没说话,苏格在这片尴尬的沉默中,突然说了句:"你说你想我了,我就回去。"

孟斯年:"……"

就在孟斯年这刹那的停顿中,她像是怕他拒绝一样,立刻又说:"回去也不找你,哼。"

等孟斯年要说话时，苏格那边已经挂断了。

孟斯年拿着手机，看着那个号码，几次想要回拨回去，最终，他却打到了卓悦那儿。

卓悦很快接起，她笑着说："孟先生，我老师说你们的治疗效果很好，我猜你这时候给我打电话一定不是为了心理咨询。"

他说："可能是。"

卓悦："怎么了？"

孟斯年沉默半晌，又说："没什么。"

"你刚刚说了所有心理医生最不爱听的三个字。"

孟斯年低笑："就是习惯和你敞开内心说话，所以突然想和你说……"

"嗯，孟先生，我在听。"

"我想说，"他呼了口气，缓缓地道，"我好喜欢苏格啊。"

孟斯年刚挂断电话，就见到华灵和她妈妈拎着礼物来到大宅，他上前去打招呼："阿姨，欢迎。"

"好久不见了，斯年。"华灵的母亲很年轻，看起来四十出头，因保养得当的缘故，和华灵站在一起更像是姐妹，"时间过得真快，我第一次见你的时候你才十多岁，这一眨眼十几年过去了，那时候……"

华夫人突然顿住，没往下说，孟夫人看到几人，忙过来迎接。

除了一些朋友，孟家的很多长辈都在，虽大多身居高位，但为人亲切低调，对华灵两人很是热情，华夫人也是得体大方："华灵演出结束我们就赶来了，还是来得有点晚，不好意思。"

"都是多少年的朋友了，说这话见外了。"孟夫人说。

孟斯年堂姐也跟着说："我好多朋友都是华灵的粉丝呢，一会儿华小姐帮我签些名吧。"

华灵笑得灿烂："当然没问题，我现在有些名气主要是我老板带公司发展得好。"

孟斯年笑了笑，没有接话，转身和不远处一个朋友聊天去了。

"我看斯年就是个工作狂，华灵，你偷偷告诉我们，他有没有女朋友？"孟斯年的姑母问。

"没有吧，老板为了我们的前程操碎了心，没空谈恋爱。"华灵笑着说。

"斯年打小眼光就高，也不爱和女生一起玩，这么多年，也就和我们家华灵熟悉些。"华夫人笑呵呵地说。

暗示虽然不是非常明显，但孟家人都是人精，听出了话里的意思，他们见孟夫人不说话，谁也没接这话茬。姑母见气氛尴尬，忙问孟夫人："嫂子你也不知道？咱家斯年这才华，这模样，怎么看都不像是没女朋友的人。"

刚开始孟夫人还一副看破红尘的样子，对于众人的轮番询问，只答"不知道""不管他""还小""不着急"之类的，后来可能被问烦了，直接说："有合适的给介绍一下。"

那些亲戚们似乎都在等这句话，立刻来了兴致，孟父泼冷水道："你还指望他能去相亲怎么着？"

"我拖着他去。"孟夫人斜斜地看了眼不远处坐着的孟斯年，故意拨高音量。

孟斯年头都没抬，假装没听到。

华灵坐到孟斯年对面沙发上："老板，没想到你家也催婚。"

孟斯年不甚在意："习惯了。"

"所以您近几年真没结婚的打算吗？"华灵又问。

孟斯年心不在焉地回道："随缘。"

华灵失笑："看来是没打算。"

孟斯年想了想，说："也不是没想过。"

华灵有些惊讶，还没说话，只听他又问："你们女生法定结婚年龄是几岁？"

"啊？"她的惊讶慢慢变成了震惊。

那边，七大姑八大姨热情地商量着自己知道的单身姑娘，不知道谁说了句："不要低于二十五岁的，太小的不定性。"

"对，小丫头片子肯定不行，也不顾家。"

孟斯年挑了挑眉，不满地看向那边，终于没忍住："小怎么了？"

因为他的一句话，空间突然静谧了一瞬，华灵也瞬间证实了自己刚刚的怀疑，脸上的笑容渐渐消失。

半晌，那边有人说："斯年喜欢年龄小的？我认识一个，你们俩见个面看看合不合得来？"

那人还没说完，孟斯年转回头，淡淡地道："不见。"

他拿了烟盒出去，外面的天阴沉沉的，看样子要下雨。

起风了，空气中飘来花园里花草的味道，他深吸一口气，觉得通体舒畅，低头点燃烟，顺手又拨了苍玉客栈的电话，老板娘阿玉已经记得了他的电话号码："孟先生，苏格出去玩了。"

又是这句话。

他靠在门廊边，一手拿着手机一手掐着烟："你说我想和她说话，帮我哄哄。"

阿玉失笑："这次，真的出去玩了。"

孟斯年："……"

合着前几次是假的了？

阿玉立刻又说："孟先生，你在盛阳吗？"

"嗯。"

"我从来没去过，你们那里是不是高楼林立的？街上全是帅哥美女。"

他没什么兴致闲聊："苏格去哪儿了？"

阿玉靠着柜台，夹着电话，找着话题和他闲扯，他却一句废话都没有，只问苏格。

"和我弟去羊卓雍措玩了，得过几天才回来。"

孟斯年将烟按进门旁的垃圾桶里："把你弟的电话给我。"

"那可不行，我怎么可以随便把弟弟的电话给陌生人呢。"

孟斯年没继续与她纠缠，挂了电话便开始查看飞拉萨的航班。孟夫人端了杯水出来递给他："怎么？烦了？"

"谢谢妈。"他收起手机，接过水。

"你确实该结婚生子了，瞧你爸见到你姑母家的小孙女都喜欢成什么样了。"

孟斯年笑了下："暂时还没打算。"

"那只结婚呢？"孟夫人问。

"也没。"

孟夫人叹了口气："你华婶其实也没说错，这么多年，你也就和华灵熟悉些，不喜欢澜姗的话，那华灵呢？"

"妈，您知道千棠禁止同公司员工谈恋爱。"他说。

"那还不是你定的。"

"就是不喜欢公司里的任何艺人，所以才定的。"

孟夫人恨恨地瞪他一眼："你华婶一直想撮合你和华灵，这是要失望了。"

"看出来了。"他想了想，突然说，"华婶跟华灵关系还挺好，她那个小不点的女儿呢，特别爱哭那个？"

"你还记得呢？我都快忘了，还在奥地利上学吧？"孟夫人说着，听到有人喊她，应了一声，开门之际突然想到什么，"对了，那个女孩呢？你家里那个。"

"她怎么了？"

"你没想和她结婚吗？"

孟斯年失笑:"她才多大,会吓到她的。"

孟夫人挑眉,了然地道:"所以你也不是不想结婚,而是因为她年龄小?"

孟斯年:"……"

套路好深。

孟夫人其实是有些诧异的:"说实话,我和你爸爸一直以为你在等澜姗。"

孟斯年嗤笑一声:"是什么让你们有这种误会?"

"你们从小一起长大,她是跟你玩得最久的女孩了,我们当然会这么认为。"

"玩得久是因为你们长辈之间关系好,总是见面我也不能不搭理人家,抱歉,妈,我不太想提起她。"孟斯年说着,又抽出一支烟来。

孟夫人虽然感到疑惑,但见他眉头深锁、不愿多谈的样子,只说:"少抽点烟。"

"嗯。"

"一会儿进来。"孟夫人说着便要回去,走了几步,又突然回头,"刚看你在查机票,又要去德国了吗?"

孟斯年抽了口烟,不想多说,几不可察地点了下头。

"往后推一推吧,你爸这次体检,甲状腺可能不太好,医生让做手术。"孟夫人突然说。

孟斯年拿烟的手一抖:"什么?"

于是因为这个原因,孟斯年决定去拉萨时,苏格也快开学了。

孟父的手术很成功,恢复得很快,除了脖子上留了一个刀口大小的疤痕,对其余生活也没什么影响。

八月末,孟斯年终于得空,虽然知道这时候苏格开学要回来,但他还是决定去一趟。

为了让她开心,让她知道她从来不是一个人,她也是有人担心有人牵挂,所以,他必须去。

八月末的拉萨气温在二十摄氏度左右,很是舒爽宜人,也怪不得苏格乐不思蜀。

孟斯年从贡嘎机场下机,他在拉萨的朋友已经等在出口,见他出来,边寒暄边递了车钥匙给他:"有没有高反?"

"吃了药了。"

"越野车,扛造,随便开,别去无人区就行,真不要我们招待?"

"不用,来办点私事,估计这两天就走。"

"什么私事？我跟你去呗。"

"哄女朋友。"

苍玉客栈不太好找，孟斯年在那儿附近绕了两圈，导航上的位置蹦来蹦去的，很是让人迷茫，他下车问了两次路才在一个小胡同里找到。

胡同虽小，客栈的门面倒是挺大，从外面看很有藏族特色，鲜艳的墙面，藏文和中文相间的招牌，一阵风吹来，楼顶吊下来的一条条彩色布条随风飘飞着，猎猎作响，空气中混杂着酥油茶的味道。

孟斯年停了车子，走进店中，前台柜台后站着一位瘦高的女人，她正和一位顾客聊着天，笑嘻嘻的，看起来十分好客。

阿玉注意到有客人进来，扭头看去，来人穿着牛仔裤和T恤，干净随意，戴一顶鸭舌帽还有一个黑色口罩，打眼看去只一双极其好看的桃花眼露在外面，清澈又明亮，即使这样全副武装，高挺的身形、修长的腿，以及清俊的气质还是非常惹眼。阿玉立刻换上更甜美的笑容："欢迎光临，先生您有预定吗？"

孟斯年站在柜台边，拉下口罩："苏格在吗？"

阿玉一愣，立刻认出这个声音，她惊喜道："孟先生？"

她曾想过孟先生或许是个帅哥，但怎么也没想到，他的样貌能如此出众，清朗雅致，举手投足，气派十足。

不远处听到动静的阿苍跑过来，歪头打量孟斯年，见他年轻帅气的样子，嘴一撇，不高兴了。

"她不会又出去玩了吧？"孟斯年扫了眼大厅，有人在喝咖啡，有人在用餐，但没有苏格。

"她去寺庙了。"阿玉说话间，一直盯着孟斯年瞧，心道终于知道这苏格对他念念不忘的原因了。

"哪个寺庙？"

"好像是扎基寺，让我弟弟送你去吧。"阿玉热情道。

孟斯年看了眼一旁有着健康小麦色皮肤的年轻男孩，想也没想就拒绝道："不用，我开车了。"

"那我给你带路，"阿玉仿佛感受不到他态度上的淡漠，说着便从柜台走出来，"弟，看店。"

孟斯年没有说话，跟着她走了出去。

扎基寺离得并不远，三四公里的路程，不过十多分钟便到了。一路上，阿玉热情洋溢地和他说着话，介绍着拉萨的风土人情。孟斯年礼貌地回了两句,阿玉见他兴致不高,话音一转,提到苏格:"你和苏格是在闹别扭吗?"

孟斯年淡淡道:"没有。"

"那她为什么来这里住着不走,待了一个多月了。"阿玉歪头看他。

"她不是来求佛吗?"他随口道。

"那为什么不接你的电话?"

"她怕听到我的声音忍不住回去。"

"为什么怕回去?"

"回去了心不就不诚了吗?"

孟斯年开着车,有问有答,但始终淡淡的,即使这个热情美艳的老板娘问了"十万个为什么"。

阿玉被他一本正经的胡扯逗笑,这人说得仿佛真的似的。

"我在拉萨开客栈开了十年了,也见过各式各样的人,最近准备写个故事集,苏格不给我讲你们的故事,孟先生你可不可以讲讲?"阿玉的语气很真诚,说完,她还加了句,"我会给稿费的。"

原来这么热情地跑出来带路是为了这事,孟斯年笑了下:"苏格为什么不和你讲?"

阿玉叹了口气,看起来颇为无奈,她学着苏格的语气道:"她说,你俩那些事卖给娱乐记者比我给的这点稿费高多了。"

孟斯年失笑,是她能说出的话。

见他笑了,阿玉觉得有戏,立刻问:"怎么样?孟先生,你有兴趣吗?"

"没兴趣。"

"为什么呀?"阿玉提高了音量。

"没什么要说的。"说话间,车子已经到了扎基寺,他找了个车位停下,边拔车钥匙边说,"我和苏格没什么故事。"

"你们看起来很有故事。"

"我们……"他想了下措辞,"简单的互相喜欢而已。"

因为是旅游淡季,扎基寺的人不多,但香火旺盛,四处弥漫着酒香。孟斯年进去后没怎么绕就看到了苏格,她手里拿着桑枝站在廊柱一侧,仰头看着墙壁上大大小小的千尊佛像,神态悠闲。

见到她的这一刹那,他竟有种恍若隔世的错觉。

的确很久没见了。

孟斯年长腿一迈,加快速度,很快就到了苏格身后,然后他就听到苏格朗声跟佛祖打着商量:"佛祖爷爷,我真的愿意减寿十年换我爷爷健健康康,然后您顺便保佑我和孟斯年百年好合、长命百岁，正好我减寿十年，到时候我俩一起上天堂，呃……您这儿不叫天堂，到时候我俩一起上西天。"

孟斯年听到前几句还感动了一下，结果，听完后几句差点没笑出声，他开口道："苏格，你是傻子吧，扎基寺是求财的。"

苏格正把桑枝和柱子旁边的酒放到佛祖脚边的台子上，听到身后传来那个让她魂牵梦萦的声音时，她还以为出现了幻觉。

她猛地回头看去，只见孟斯年站在几步之外的香火龛旁边，在高原特有的明晃阳光下，笑得灿烂，像个俊朗少年。

那笑容，畅快舒心，像一阵驱散她所有不安与焦虑的风，仿佛他这一笑，天地间都透亮了。

苏格在这样的笑容下愣怔许久，直到孟斯年再次说话："你确定要在人家财神面前，求健康和……姻缘？"

苏格这才恍然失笑，她走过去牵住孟斯年的手向外走，孟斯年紧了紧她有些冰凉的手，跟着她的步伐。

今天有点凉，风也很硬，给她带个外套就好了，他想。

阿玉正在寺庙门口和卖青稞酒的小哥聊天，见两人手牵手前后出去，忙跟上："哎，这么快就找着了？"

苏格避开人群在一座白色建筑的墙边站定，这才松开他，仰头细细地盯着他瞧，还是一个多月前的样子，丝毫没变，只是，似乎爱笑了。

一只黑猫蹲在白色墙头，眯着眼睛懒洋洋地看着他们，蓝天上的白云仿佛是它头上的棉花糖。

真好，他一来，所有的事物都变得可爱起来了。

孟斯年微弯腰，将她的手再次握进手里："手真凉，怎么不穿个外套？"

苏格没答，还是盯着他看，她抽出手："你来干吗？"

孟斯年见她闹情绪的模样，还有那久违的小酒窝，勾起嘴角又笑了，他轻轻吐出两个字："洗白。"

苏格眨巴眨巴眼睛，一脸疑惑地挑眉，随即，又恍然大悟，脸颊腾地就红了。她咬着下唇，半晌，委屈巴巴地说："你不是说等我斩断感情线才考虑吗？"

"等不及了，我帮你斩吧。"他很少见到苏格这种样子，觉得可爱得不行，忍不住伸手掐了掐她的脸。

"那也行，"她想了想，接着说，"不过你之前太渣了，洗白挺困难的。"

"没事，我有的是时间。"他笑着回。

"哦。"苏格漆黑的眼珠滴溜溜地转，不知道在打什么主意。

墙头的黑猫懒洋洋地"喵"了一声,伸了个懒腰跳下了墙头。

苏格说:"那啥,你别动啊。"

"嗯?"

孟斯年的尾音还没落,苏格便一下扑到他怀里,他微愣,刚想伸手回抱,便听怀里的人说:"没洗白啊,只是你来了,我有点高兴,表示一下心情。"

"嗯。"他抬手抱住她,缓缓地吸了口气,微凉的空气,让人浑身舒爽。

苏格穿了一件长袖连衣裙,质地很薄,孟斯年感觉自己抱着一个纤弱柔软的玩偶,他紧了紧胳膊,感叹道:"怎么这么可爱啊。"

"你怎么才发现啊。"

"不好意思,打扰一下。"阿玉在不远处,似笑非笑地看着两人,"孟先生,你的车挡着别人的车了,车主正在找人。"

被挡车子的车主是个女孩,其实孟斯年留出的空间足够她的车子出来,不过女孩自称是马路杀手,直言不讳地说,她怕蹭了孟斯年的车。

不过见到车主后,女孩有点后悔没有去剐蹭一下,尤其在这个帅得跟男明星似的男人没有嫌她笨,反而真诚地向她说抱歉的时候。

女孩火热的眼神他仿佛没看到一样,镇定自若地上车。

阿玉凑到苏格身边:"他还真是见一个爱一个啊。"

苏格想了想,问她:"你想说他人见人爱?"

"对。"

"你的短篇故事集是要用藏文写吗?"

"不啊,用汉语。"

苏格深表担忧。

车子倒了出来,两人一左一右要去拉车子后座的门,结果,"咔嚓"一声,车门锁上了。

苏格歪头看他,孟斯年惜字如金地说:"前面。"

"我不和渣男坐一起。"

"那你就走回去。"孟斯年威胁道。

苏格鼓了鼓腮帮子:"孟斯年你这辈子是洗不白了!"

刚才温馨甜蜜拥抱时的氛围,瞬间荡然无存。

见她气鼓鼓的样子,他忍不住笑了下,轻声哄:"别闹,快点上来,挡着人家的路了。"

"我就说看着面熟吧,真的是孟斯年。"听到苏格的话,那个车主惊呼一声,几步跑到驾驶座的窗边,此时,孟斯年身侧的窗户,自动升了上去,严丝合缝,看起来不是那么十分刻意……

苏格怕他引起围观,绕到副驾驶上了车,孟斯年随手开了后门的锁,阿玉也跟着上了去,车子绝尘而去。

"孟先生是明星吗?"阿玉这才意识到,当初苏格说的那句"卖给娱乐记者"不是开玩笑的。

"对,电影明星。"苏格随口回。

孟斯年瞥她一眼,没说话。

阿玉来了兴致,她觉得自己的故事集要成为畅销书了,她靠向前:"孟先生演过什么片儿?长这么倾国倾城,粉丝一定很多吧?"

"倾国倾城?"

阿玉的形容,让孟斯年挑了下眉梢,苏格笑嘻嘻地答:"就那种片儿。"

"哪种?"

"那种咯……"她故意拖着长音,侧头,冲她眨眨眼。

阿玉的眼睛渐渐瞪大,她讶异地看向孟斯年,还没说话,孟斯年先冷了声音,道:"苏格你是不是真想走回去?"

"哎呀,孟叔叔你真没幽默感。"

久违的孟叔叔!

孟斯年并不是很喜欢她叫他孟叔叔,这会时刻提醒他两人的年龄差,不过,比起孟渣男,孟叔叔这个称呼可以说是非常好听了。

阿玉的神色恢复正常,她这才想起苏格这丫头有随口胡扯的属性,什么事说得都跟真的似的,她问:"所以孟先生到底是干什么的?"

"弹钢琴的。"苏格说。

"艺术家啊,厉害厉害。"阿玉问,"在哪里弹?酒吧或者西餐厅那种吗?"

苏格笑了:"音乐厅。"

"早就不弹了。"他不想讨论此事,问阿玉,"前面怎么走?"

"右拐。"阿玉并没有理解孟斯年的意思,指完路,再次把话题带回来,"那孟先生靠什么生活呢?"

阿玉这是准备把两人的事一点一点打听出来。

其实现在做音乐是很不赚钱的,几年下来,大大小小的音乐公司倒闭了一批又一批,苏格一度怀疑孟斯年是在赔钱做公司,毕竟现如今已没人买专辑了,但见孟斯年奢侈的生活又不像拮据的人。有次她把疑惑说出来,惹得萧树哈哈大笑:"你也太不了解孟叔叔了,他曾经在国外出的那些专辑销量一直有,还有付费的音乐网站,就算什么都不做每个月也会收钱收到手软。"

"然后全赔到公司里?"

"别的音乐公司赔钱还有可能,千棠是赚钱的,我们歌手比较多,音乐品质也好,版权卖得贵,再说还有来自录音棚和音乐节的代言邀请,艺人代言收入最可观了。"

苏格这才放心,她怕以后孟斯年穷得揭不开锅了,她得去拉小提琴卖艺赚钱养他。

当初孟斯年接手关河留下的岌岌可危的千棠音乐,没人看好他,一个艺术家去经营公司,而且是日渐没落的音乐公司,很多人都持看笑话的态度。

后来事实证明,天才就是天才,只要他想,就能做好。

想到这里,苏格对阿玉说:"靠美色。"

孟斯年又瞥了她一眼。

阿玉不说话了,感觉自己还是什么都没问出来。

将两人送回到客栈后,孟斯年跟着她们下车,苏格问:"孟渣男你住哪儿?"

昙花一现的那句"孟叔叔"后,"孟渣男"这个称呼又回来了。

"住这儿。"孟斯年跟着她们走进客栈,拿出身份证往前台一放,"开一间房,谢谢。"

阿苍看到苏格回来,本来挺高兴的,再看到紧接着进来的孟斯年,脸瞬间垮下去,也不收他的身份证,只说:"对不起先生,我们没有房间了。"

阿玉怀疑地看着自家弟弟:"这么快就没了?"

阿苍嗫着嘴点头,阿玉随手按了下电脑,想到什么似的立刻道:"确实没有了,不如孟先生住苏格那儿吧,穗穗回去了,她自己睡大床房怪冷清的。"

苏格挑眉看她,孟斯年的那个"好"字刚一说出口,一旁来了一个人,喊了句:"老板娘,退房。"

"好嘞。"阿苍咧着嘴笑,热情得不得了。

阿玉摊摊手,对苏格说:"只能帮你到这儿了。"

孟斯年似笑非笑地看向苏格,苏格眨眨眼,一脸无辜,她全程可一个字都没说,说"好"的是孟斯年,阿玉到底在帮谁啊……

阿玉帮孟斯年办理了入住手续,等他们上楼后,她按照孟斯年身份证上的名字在电脑上检索了一下,接着将孟斯年的资料从头到尾瞄了一遍后,倒吸一口气,抓着阿苍的胳膊:"你快去做个牌匾。"

"做什么牌匾?"

"'世界著名钢琴家孟斯年曾入住本店'那种金光灿灿的牌匾。"

阿苍:"很浮夸……"

不知道是不是阿玉故意的,孟斯年的房间被安排在苏格房间对面,两个房间在走廊最里面,安静有风、阳光明媚,还有个通向天台的门。

苏格喜欢在天台的餐厅吃晚饭,因为天台总是能看到远处的山脉和落日后的火烧云,阴天的时候,静静伫立在远方的布达拉宫更显壮阔。

因为阳光比较晒,天台的玻璃花房餐厅没几个人,餐厅中有阿玉精心种植打理的植物和花卉,这也是苏格爱往天台跑的原因。

阿玉拿着小本本记着苏格点的餐食,问她:"点这么多?"

"孟斯年挑食,看他爱吃哪个。"

"你说你个小孩,怎么这么会疼人。"阿玉想了想,"应该说这么宠他。"

苏格笑道:"这么明显吗?"

"所以你们俩到底是什么关系?"看着像挺恩爱的样子,但又不太像情侣。

"你觉得呢?"

"他在追你?"阿玉问。

"其实我也不太清楚。"苏格想了想,他好像并没明说过。

"他到底对你做了什么?都来找你了,你还凶巴巴的。"阿玉问。

苏格:"就是他突然亲了我。"

其实苏格是不生气的,甚至可以说是高兴,她数次故意撩他,他并没有给出明确的回应,所以她从不觉得孟斯年喜欢她,就在那天,他主动亲了她。

她恍若做梦一般,然后欣喜若狂。

但由于惊讶过度,她的欣喜若狂并没表现出来,可以说完美地发扬了孟斯年"不动声色"的特质。

即使后来他说自己喝多了,她也还是高兴的,但他总要对他的行为有个态度。

因为那一次的酒后冲动,她知道了他并不是表面上表现的那样不为所动,所以她决定立刻消失,刻意躲他,没接他电话也不回信息。

于是,手机丢了她也没再买,果然他是着急的,知道她在苍玉客栈后,三天两头打电话过来,这已经达到了她的预期。

但他出现在拉萨,超出了她的预期。

"亲完呢?"阿玉还在等着她继续说。

"阿玉姐姐,你真八卦。"苏格不再说了,她推着阿玉,"我饿了,你快让厨师做菜嘛。"

阿玉无奈地拿着菜单离开,这两人的嘴,真是一个比一个严。

苏格在天台帮阿玉的花草修剪了一会儿枝丫后,服务生很快开始送饭菜上来,她看了看时间,跑下楼去敲孟斯年的门:"孟渣男,吃饭了。"

孟斯年湿着头发打开门,神色不快:"我不喜欢这个名字。"

"那你赶紧洗白啊。"

他斜斜地靠在门框边,扯了扯身上的浴袍,露出性感的锁骨,漫不经心地笑道:"洗得还不够白吗?"

以前的他,从来不会这样,苏格没有防备,中了美男计,她顿了半晌,嘟囔了句:"以前道貌岸然的样子都是装的吗?"

"你嘀咕什么呢?"

"谁说这个洗白了?"苏格瞪他一眼。

她以为自己这一眼瞪得很凶,其实在孟斯年眼里,那小眼神可以用娇羞形容,他低了声音:"我都追来拉萨了,还不'赶紧'吗?"

苏格想了想,这是在追她的意思吧?她应该没理解错,他都暗示好几次了,她咬着下唇,垂眸道:"换衣服上来吃饭。"

黄昏后的天台有些凉,苏格坐在大玻璃花房内,将点的饭菜重新摆了一遍。在花房里吃饭的除了苏格还有不远处的两个年轻男人,看起来也是来旅行的,两人吃着糌粑聊着天,还不时看向苏格,她却全然没注意,只专注眼下的餐食。

两人投过来的视线越来越频繁,孟斯年进来的时候,见到这幅场景,略微沉了下脸,走进去坐到苏格一侧,挡住那两人视线:"怎么点这么多?"

苏格见他来,拿起筷子:"我饿了。"

孟斯年没动筷,拿起一旁的甜茶倒了两杯,然后递给苏格一杯。苏格吃着面,随手接了过去,孟斯年看着她,觉得拉萨冷硬的风并没有把她的皮肤吹粗糙,只是稍微黑了一点点,总体来说,还是当初那个漂亮干净的女孩,精致又耐看……

孟斯年收回视线,侧头看了看那两个人,因为他的到来,两人放弃前来搭讪的念头,孟斯年这才踏实下来吃饭。

苏格推给他一碗酸奶:"我喝不惯酥油茶,阿玉推荐的这个'达雪'还挺好喝的。"

孟斯年却突然伸手,轻轻地摩挲了一下她的脸颊:"瘦了,是不是很多东西都吃不惯?"

苏格慢慢咀嚼着嘴里的牛肉:"没有,这个干炸羊排和凉拌牛肉超好吃的。"

"肉食动物。"孟斯年将羊排和牛肉换到她面前。

这两盘她认为最好吃的肉是她特意摆到他跟前的，现在又被换了回来。苏格看向他，他又在帮她倒甜茶，递杯子过来的时候，还顺手扯了两张纸巾给她。

一顿饭下来，苏格比平时多吃了很多，觉得自己被伺候得很舒服，她感叹道："果然都说年纪大的会宠人。"

孟斯年双手轻轻扯着她的脸颊："你再说一遍试试。"

玻璃花房不知道何时只剩下他们二人，连服务生都偷懒离开了，苏格笑嘻嘻地躲开，走到秋千处，转身坐了上去："孟斯年，你来推我。"

孟斯年看了下绳索："结实吗？"

"结实的，我见阿苍坐过。"苏格仰头看着秋千后的他。

孟斯年轻轻推动秋千的绳索，突然问道："苏格，你信佛吗？"

苏格仰着头靠着椅背，看玻璃房顶外的天空，星星点点，弯弯的月亮仿佛就在眼前，比她以前任何时候见到的月亮都大，她说："本来不信的，但爷爷生病后，总觉得有个寄托挺好的。"

"去了很多寺庙吧？"

孟斯年的声音说不上多有特点，但就是好听，不管是正常说话还是刻意压低声音，带着笑意或者冷冷威胁，每次回想起来，苏格脑中总会蹦出几个字——洋洋盈耳、思有余音。

他说话缓而沉，在这样的夜晚，又添了几分温柔，苏格也不自觉也温声细语起来："所有的都去遍了。"

"求了什么？"他问她时，嘴角噙着极浅的笑意，"苏先生的健康还有我们的……百年好合？"

苏格没想到他会直接问出来，她定了下心绪，跷着脚在悠悠晃动的秋千上看着天上月："拉萨很少有求姻缘的庙。"

"你还看功能拜佛的呀？今天不是跟财神求了姻缘？"他居高临下地看着她，说话时，微低头。

苏格嘟了嘟嘴："有人跟我说，每逢周三可以在扎基寺有求必应。"

"这样啊。"

"是呀。"苏格望着明月，闻着花香，还有个推秋千的梦中情人，觉得人生好不惬意，随手摸出烟盒，刚要抽出一支，这才想起孟斯年勒令她不许抽烟的事，再想装起来为时已晚，烟盒再次被没收。

后面那人将烟放进自己兜里，冷冷地道："苏格你当我的话是耳旁风？"

苏格："……"

刚刚那个夹菜、倒水、温声细语的孟叔叔呢？

"我好久没抽了,真的。"苏格坐起身,转身将腿跪搭在秋千上,看着秋千后的孟斯年,冲他哈了口气,"不信你闻。"

孟斯年眸子顿时一闪,苏格盯着这双眼睛,又微微倾身,弯着眉目冲他笑,又哈了口气:"是不是没有?"

因为她的动作,秋千顺势朝他晃去,他向前挪动一步,伸手扶住秋千,另一只手,覆盖住了苏格握在绳索上的手,随即星眸微转,波光潋滟,苏格差点沉溺其中之时,他突然弯腰,低头吻住她微张的红唇。

他的唇柔软温热,带了牦牛奶的味道,是苏格最近贪恋的那个酸奶蛋糕的原材料。这次他比第一次温柔,也更有耐心,苏格轻轻地推拒并不能影响他分毫。再后来,她下意识的回应让他更加用力地将她往自己怀里扯,直到苏格在他唇齿间挤出一个"疼"字,他才倏然放手。

苏格揉了揉被秋千椅背硌着的小腹,也不去看他,脸颊绯红地忙转过身坐到秋千椅上:"这次你可没喝酒,赶紧想想别的理由。"

孟斯年失笑,他是见识到了,女人真的记仇。

他绕到前面,蹲在苏格面前,双手搭在秋千椅两侧帮她固定住乱晃的秋千:"喜欢你这个理由行吗?"

没想到暗示之后,他会明说。

苏格感到诧异,怔怔地看着他,他没了那总是琢磨不透的神情,收起了那些漫不经心的笑,黑眸紧锁着她,神色肃穆,苏格突然开始胡思乱想,觉得孟斯年这表情,比她小时候加入少先队宣誓时还虔诚。

苏格突然起身:"和我预想的不一样啊,你的节奏怎么突然加快了,等我回去想想对策。"

孟斯年跟着起身,看着溜走的苏格,神色……更加严肃了。

想他孟斯年生平第一次表白,得到的回应,竟然是——回去想想对策?

他曾是有多难搞,才让苏格对待他时步步为营,即使他明确表露了心意,她依旧小心翼翼。

从苏格那儿没收的烟盒里只有两支烟了,他在花房抽完烟,扔烟盒时想到苏格那儿肯定不止这一盒,于是,孟斯年决定下楼来个突击检查。

苏格果然还有烟。

他敲开门时,屋内淡淡的烟味随着苏格身上清淡的花香味一起飘来,孟斯年努努嘴示意她让开,他要进去。

"是不是躲在房间里抽烟呢?"孟斯年进去后,环视了一圈,没发现烟灰缸。

"没有。"她关上门,一脸无辜地看着他。

孟斯年才不信她，伸出手，屈了屈指："交出来。"

"真没有，不信你搜身啊，"拉萨的夜晚有些凉，苏格换了家居长衣长裤，和以前那些毛茸茸的衣服比，这一套纯棉的衣服显得她纤瘦苗条，她学他傍晚时的样子，扯了扯衣服领口，"用不用脱衣服呀？"

见她的动作，孟斯年微敛神色，双手抵在门上将她禁锢到他与门之间，低头，鼻尖抵着鼻尖，低低地哑着嗓子警告："苏格，你别撩我，你以为我还跟以前一样，你跟我要流氓我不搭理你吗？"

苏格并不怕他的警告与威胁，她歪头看他，纯良的样子让他眼中火意更盛，她慢悠悠地说："你和以前怎么不一样了？"

"你今天敢脱衣服，"孟斯年说话间，嘴唇靠近她几分，"我今天就敢在这儿……"

后一句话，他几乎是咬着她的唇说的，他的声音越发地低，仿佛被他喂进她口中。

苏格觉得自己之前那些小打小闹的勾引简直是班门弄斧，孟斯年要是性感起来，她能从脚尖麻到头发丝。

苏格用最后一丝理智推开了他："别动手动脚的，你还没洗白呢。"

看来这就是她想的对策，继续吊着他。孟斯年笑道："好。"

苏格是个很敏感以及没有安全感的姑娘，她渴望情感，包括亲情、友情和爱情，但她又总是却步，她怕失去。

对待同学以及程蓝几人，对待大伯几位亲人，她都不曾尝试走近，只对他，鼓起勇气努力过。

虽然，她的努力和以前那些喜欢他的女孩比，不是非常明显。

甚至，没有一句表白。

但两人都懂。

如果，他的主动能让她心安一些，他会努力"洗白"。

苏格坐进那个铺着五颜六色藏式毛呢毯子的沙发上："你怎么突然……解放天性了？"

孟斯年失笑道："这叫解放天性？"

他发现苏格对自己的吸引力后，开始在奥尔蒂斯医生的鼓励下正视自己的内心，她却这么形容。

"不然呢？是什么让你突然跟老流氓似的？抢我人设。"

孟斯年："……"

洗白什么的，突然不想努力了。

其实，孟斯年看心理医生的主要原因是，他经常会无法完整流畅地弹奏一首曲子，男女感情这方面，卓悦认为他是因为魏澜姗从而对女生有了抵触。如果卓悦认识以前的他，她大概会将治疗重点放到别处，他对女生兴致缺缺这事一直就有，主要还是因为他挑剔。

而关河和魏澜姗，只是一小部分原因。

他父亲寿辰那天，和苏格通话后，他给卓悦打的那个电话让他彻底释然。

卓悦说："孟先生，不是每个人都是关河，程蓝和关河不一样，你若是因为程蓝而不给你和苏格彼此之间一个机会，这对你和苏格都不公平。"

他其实已经做了决定，只是想听到卓悦肯定的话来让自己更坚定。

"你想过，苏格如果和别人在一起了，你会怎么样吗？"

"我不想去想。"他直言道。

"我建议，你想一下。"

他大概会嫉妒死吧。

所以，苏格所谓的"解放天性"没什么值得说的契机，在电梯中迈出那一步后，后面就没那么难了，再加上她突然的失联、奥尔蒂斯的治疗、卓悦的鼓励，就到了如今这样。

"格格，我们什么时候回去？"他这句话问得随意又自然。

"后天吧。"

离开那天，阿玉和阿苍同时哭丧着脸将两人送到门口，阿苍是舍不得苏格，阿玉是因为没凑成完整的故事。

孟斯年拖着苏格的行李箱还不忘抽出手将苏格卫衣的帽子给她扣上遮挡阳光。

阿玉恋恋不舍地拽着苏格的手："你俩结婚时别忘了给我发请柬啊。"

"不用给我寄。"阿苍"哼"了一声，扭头看向一边。

苏格瞪大眼睛，眨巴眨巴半天，才说了句："谁要和他结婚啊。"

孟斯年放好行李，关上后备厢门问："那你要和谁结婚？"

苏格瞥他："我把你当叔叔，你却想当我老公？我爷爷托你照顾我，可没说让你这么照顾呀。"

阿玉立刻两眼放光，又知道了一些信息，感觉好有戏剧性。

孟斯年走过去，伸手弹了下她的脑门："苏格你的戏真多，让你玩音乐真屈才了。"

苏格挺高兴能和孟斯年一起回盛阳，但真离开这里，她发现竟有点舍不得。看着越来越远的苍玉客栈和客栈门口目送他们的姐弟俩，苏格探出头，对他们摆手："我以后再来找你们玩儿。"

孟斯年立刻说:"过几年再说。"

"为什么?"苏格回身,系好安全带。

"等阿苍结婚后再来吧。"他语气淡淡的。

"阿苍怎么了?"

"听说你俩去羊卓雍措玩了好些天?"

"没呀,我们十几个呢,当时穗穗还在。"

"哦。"

苏格看着他,眼珠滴溜溜转,懂了他的意思,抿嘴一笑:"吃醋了?我过段时间就来找阿苍玩,你管不着。"

孟斯年瞪她一眼:"你看我管不管得着。"

"我偷偷来。"

"腿给你打折。"

苏格笑意更浓,这样幼稚的孟斯年……真可爱。

孟斯年的朋友等在机场,负责接他,也负责送他,孟斯年将车钥匙还给朋友。

那人看着苏格,打趣道:"你怎么还拐了一个回来?"

"这趟就是来拐她的。"孟斯年说。

"你说哄女朋友我还以为你跟我开玩笑。"那人说着看向苏格,后者对于他看过去的目光,看起来似乎是不太想理,后又犹豫了一下,抬头冲他扯出一个清淡的笑容。

"原来你喜欢这一款的。"那人对孟斯年说。

孟斯年也看着苏格,见她鼻梁上搭着墨镜,漫不经心地靠坐在行李箱上鼓捣着手机,他笑了笑:"你以为我喜欢哪一款的?"

"我还真想过,我觉得要么是那种美艳的长腿细腰大美女,要么就是文艺至极的有思想有文化的才女。"

孟斯年指了指苏格,问他:"她是什么型?"

那人立刻说:"想法奇特又难搞又任性的中二少女。"

"说错了一点。"

"不奇特?不难搞?还是不任性?"

"不中二。"

"……"

心疼你,兄弟。

孟斯年订的是商务舱，到机场航空公司柜台后他把苏格预先订的经济舱也升到商务舱，苏格拿着登机牌，晃了晃："抱大腿的感觉真好啊。"

结果，说着要好好享受五星级服务待遇的苏格，上飞机后抱着毯子睡了整整一程。

下机后，苏格随着孟斯年坐上他停在机场停车场的车子时，还是处于迷糊状态中，看到他交了几百元的停车费时才稍微清醒："你就不能打车来吗？"

"自己有车干吗打车？"

苏格翻了个白眼，和土豪先生讲不明白打车比停车能省几百块的好处。

"你怎么困成这样？昨晚上几点睡的？"

"后半夜了，写了个曲子。"苏格打了个哈欠，"这一个多月我写了四首，回去拿给你听听。"

他帮她扣好安全带，摸了摸她的头发："辛苦了。"

"不辛苦。"

"我不着急要，以后不要熬夜。"

"不是为了你，"苏格说，"为了钱。"

孟斯年："……"

"我可以涨价吗？"

"等我评估一下看看。"

"哼。"

她刻意的哼声把他逗笑，他问："你要钱干吗？"

苏格想了想，说："攒嫁妆。"

孟斯年挑眉看她，半晌，笑了："行，随便你涨多少都行。"

"这么大方？"

孟斯年将车子开上高速，看了眼苏格还穿着的长袖，怕她热，开大了冷风，然后才说："反正都是咱家的。"

苏格消化了一下他的话，理解了一下他的深层意思，脸颊慢慢开始变红，而且有越来越热的趋势，半晌，她拍了拍脸："空调开低点呀，这么热。"

孟斯年看她一眼，笑了下，也不戳破她。

开学季，学校里已经陆续有同学回来，孟斯年将苏格送到她宿舍楼下，苏格刚要下车，孟斯年拦了一下："等会儿吧，你那个同学又在缠绵。"

苏格顺着车窗看出去，果然是穗穗和她的男朋友，光天化日朗朗乾坤，也不避人了这是。

"他俩怎么亲了一个假期了还没够。"说话间,孟斯年帮苏格把帽子戴好。

"小别胜新婚,穗穗陪我在拉萨待了好久呢,理解一下。"说着,苏格也不免抱怨,"这吻别也够长的。"

他扬着眼角,看着她:"你在暗示我太快了?"

苏格:"……"

她有点怀念以前的孟斯年。

穗穗那边像有感应一样,两人很快分开,苏格开门下车,喊她:"穗穗,过来帮我拿东西。"

孟斯年将她的行李箱从后备厢拿出来,苏格接过去时,他却没松手,微低头,眉眼含笑,问道:"格格,我们俩也算小别吧?"

苏格防备地看着他。

他接着问:"要不要也吻别啊?"

果然,流氓属性一开启,就会越来越禽兽。

跑过来的穗穗听到这句话,说了句"打扰了",转身又跑了回去。

苏格:"……"

一如既往,开学忙了一周后一切开始步入正轨,苏格给孟斯年的几首曲子他全要了,同时又给了她十多天的时间填词。

盛阳的盛夏很快过去,初秋悄然临近,十一小长假结束前一天,孟斯年给苏格打电话:"回来了吗?没事的话来公司签下合同吧。"

她假期回了一趟曲桑,陪了老爷子几天,这天一早赶了早班机飞回学校,刚进宿舍准备补觉,实在不想出门:"不去。"

"不想见面吗?"

"不想。"

孟斯年叹了口气:"可是,格格,我想。"

拉萨回来后,两人一下投入到工作与学习中,除了打电话聊表相思几乎没见面,后来孟斯年又出差了半个多月,他回来后苏格又放假回家了,一个多月没见,怎么会不想。

苏格拿着手机,坐在安静的宿舍中,只因他简单的几个字,心怦怦直跳。

这种话,真叫人招架不住。

尤其是他很少这样说话。

苏格用手掮着脸,趴在书桌上,一整颗心甜滋滋的。

吃过午饭,苏格穿了件棒球衫和一条贴身牛仔裤,换了双舒适的板鞋,背着小挎包坐着公交溜溜达达、晃晃悠悠地来到千棠大门口，刚想给孟斯年发信息，身边便停了一辆嚣张的跑车。

然后，魏澜姗踩着十几厘米的高跟鞋，穿着看起来质感极好的羊皮小外套和浅色连衣短裙从驾驶座走了下来。她的长发看似随意地披散下来，但又让人觉得每一根都经过精细的打理，光泽闪耀，长腿又细又直，手里拿着最新的限量款包包，下车的那一瞬间派头十足，气质冷傲。

苏格并没有像其他人一样将视线胶着在魏澜姗身上，她边上楼梯边给孟斯年发信息。

魏澜姗先注意到她，几步走到她身边，居高临下地看着她，喊出她的名字："苏格。"

语气冷淡，没有丝毫起伏。

苏格挑眉看她，没想到她会认识自己，点了下头，复又看向手机。孟斯年回得很快，他说让萧树去接她。

被如此无视后，魏澜姗也没当回事，她踩着高跟鞋走在苏格身边，没看她，一步一步优雅地上着楼梯，轻启红唇："你也来找斯年？"

这称呼太过亲密，苏格皱了皱眉头，问她："你是？"

魏澜姗神色微微凝滞，她将苏格当成情敌，以为苏格对她亦是如此，没想到这个小姑娘丝毫没把她放在眼里："我是斯年——"

"萧老师，我在这儿。"魏澜姗刚开口，就被苏格的呼唤声打断。

苏格再次无视了她，朝走出电梯的萧树挥了挥手。

萧树走过来，嘴里不免抱怨："老板在开会，让我来接你，我快成跑腿小弟了。"说着，他看到魏澜姗，惊讶道，"澜姗来了？好长时间没见了。"

"前段时间有演出，刚回国。"魏澜姗说完，接着又说，"斯年在开会吗？那我上去等他。"

"行。"萧树带着两个女人上了楼，一路上，回头率又高出了好几个百分点。

萧树带她们到了一个小休息室，没一会儿，他拿了两份合同过来，放到苏格面前："没问题签个字，这个报酬这里，你孟叔叔说你看着填。"

苏格不是第一次签这种合同了，也没细看，把该写的地方写完，递给了萧树，萧树看到她的报酬，眼珠子差点没瞪出来："你能不能正常点？"

她没觉得哪里不正常呀。

萧树头疼地拿着合同走了。

魏澜姗叠着腿坐在沙发上，突然开口问："你签的什么合同？"

苏格张嘴就来："包养合同。"

魏澜姗视线一扫,凌厉地看着她,音调更冷了:"什么包养合同?"

"就他出钱我出力的那种咯。"

终于,苏格从魏澜姗那张表情极少的冷漠脸上看到了一丝难得的恼羞成怒,心情微爽。

孟斯年开门进来的时候,魏澜姗刚站起身想要坐到苏格身边好好和她聊聊世界观、价值观和人生观。孟斯年也没看魏澜姗,直接将合同放到苏格面前:"报酬那项,你填'一辆跑车'是什么意思?"

"这么久没见,你确定第一句话要和我说这个?"苏格鼓着腮帮子,眨巴着眼睛,小模样要多无辜有多无辜。

她真是越来越会装了,孟斯年笑了,捏了捏她的脸:"胖回来了点,有乖乖听话好好吃饭。"

苏格鼓着的腮帮子始终没扁下去,她还是不满意。

他微微蹲下身,歪头看她,语气柔和:"嗯,想你了,刚才不是说了吗?"

苏格沉吟一下:"行吧。"然后,她指着合同解释,"就是我想要一辆跑车啊。"

孟斯年打着商量:"换一个,你开车太猛,跑车太危险。"

"我想光腿穿裙子,这个季节穿短裙必须配跑车。"

孟斯年揉了揉她头发:"这时候穿短裙,冻不死你。"

魏澜姗嗤笑一声,拽了拽自己的裙子,转身坐回到沙发上。

孟斯年将魏澜姗当空气,看都没看她,他将前两份合同扔到一边,又给了苏格两份新的:"这次好好填。"

苏格依旧是大笔一挥,看也不看,把几处要写的写完,随手递给了孟斯年。

孟斯年拿过去看了一下,嘴角挑起,拍了拍她的头,什么也没说就走了,表情看起来甚是愉悦。

魏澜姗跟他身后走过去,喊住他:"斯年,有空吗?我们谈谈。"

"没空。"孟斯年的声音冷得能冻死人,目光未转向她分毫,也没有丝毫停顿,伸手便要开门出去。

魏澜姗一下按住门,拿起他手里的合同看了眼,一颗悬着的心稍微放了下来,她回头冲苏格冷哼一声。

苏格觉得魏澜姗是她见过把白眼翻得最好看的女人,不过对方还挺单纯,竟然真信。

"松开。"孟斯年命令道。

"松开可以,你让我把我要说的话说完,谁有空天天往你这儿跑。"两人一个比一个强硬，魏澜姗这态度看起来完全不是来求和好的。

孟斯年没说话，魏澜姗当他默认同意，松开手，两人一前一后走向会议室里面的房间。

苏格收回视线，心中不合时宜地飘过两个字——霸气。

同时，她觉得似乎不是萧树说的那样，是魏澜姗对孟斯年爱而不得，从孟斯年的态度来看，他有恨。

而产生恨的原因，通常是爱过。

苏格不爽了，不过让她更不爽的是，孟斯年突然走了出来，将手里的合同递给她："格格，你把合同给萧树送去。"

苏格没动："不。"

"乖，我一会儿去萧树那儿找你。"他好脾气地哄道。

"你俩要背着我聊什么见不得人的事？"苏格看了眼站在房间门口的魏澜姗。

孟斯年突然俯身，苏格一愣，以为他要亲她，胳膊都举起来准备推他了，谁知他只靠近她的耳边，声音极低地说："是她见不得人的事，你要听吗？"

微凉的唇轻轻地擦着她的耳朵，他说话时温热的气流铺洒在整个耳边，痒得苏格微微一缩，耳根不受控制地红了起来。

孟斯年见她敏感至此，眉眼一弯，笑了。

苏格嘟囔了一句："才不要。"随即拿着合同出去了。

结果出门刚拐个弯就碰到了萧树，萧树接过合同，看到"一辆跑车"那里改成了"孟斯年"，他眉头一皱："什么意思？"

"就是我给他五首歌，他把他的人给我。"苏格说。

"孟斯年的人？包括身家吗？"

苏格见他问得认真，无奈地道："萧老师，您怎么一点浪漫细胞都没有啊？一点都不像艺术家。"

他怀疑这合同根本没有法律效力："这合同老板同意的？"

"对。"

"没一个正常人。"萧树嘟囔着拿走了合同。

苏格在走廊站了一下，转身回到刚才的休息室。

"关河的葬礼我不是故意不参加的，那天我有一个非常重要的演出。"一开门，苏格就听到魏澜姗的声音。

关河这个名字她不陌生，原创音乐界的天才，横空出世，横扫各大音乐排行榜，后又因为他的离世，近些年来有人开始用"传奇"来形容他。他的音乐流传度极广，不过几年时间，已经被奉为经典。

他去世那年，苏格也就十三四岁，因为年龄小，对此事了解得不多。她隐约记得，前些年家乡电视台总是在播放他的歌曲，因为关河和她一样，来自西南小城。

苏格靠在门边，记忆突然回到那个细雨蒙蒙的傍晚，孟斯年敲开了她的门，他说朋友忌日，他必须赶到沙溪。

那个人，是关河吧。

"哦，不是心虚啊。"孟斯年语气淡淡的，却充满嘲讽。

"我为什么要心虚？"魏澜姗不以为意，"我和他在一起时，他的抑郁症已经很严重了。"

"原来你知道他有抑郁症啊。"孟斯年的声音始终无波无澜。

"我不知道，后来看了媒体报道才知道的。"魏澜姗说这句话时，放低了声音，放缓了语气。

"所以呢？你想证明什么？不知者无罪吗？"

"知不知道我都没有错，我们只是男女朋友，分分合合不是很正常吗？"

"魏澜姗。"孟斯年叫了她的名字，缓慢又清晰。

他已经很久很久没这么叫过她的名字了，这样看着她，这样郑重其事地喊出她的名字。魏澜姗有些动容，轻轻地"嗯"了一声。

可接下来他的话，让她这一瞬间的动容立刻烟消云散。

孟斯年说："你是怎么做到道德感如此低下的？自私成这样，我也是大开眼界。"

魏澜姗提高了音量："孟斯年！"

"你要说的就这些吗？说完了吗？你可以走了。"比起魏澜姗，孟斯年的情绪可以说十分稳定了。

魏澜姗深吸了一口气，再开口，声音平稳了些许："你为什么非得把关河的死归咎于我身上？"

"非要摆明说吗？你玩弄关河感情的事真以为没人知道吗？"

"感情破裂还不让人分手了怎么着？"魏澜姗立刻说。

"感情破裂？你们俩有感情吗？不喜欢他为什么和他在一起？给他希望又亲手碾碎，好玩是吧？"

"谁让你帮他追我！"魏澜姗怒道。

"你失忆了吧，我帮他询问你的意思而已，没人逼着你答应。"聊到这里，孟斯年已经不再谈了，他觉得自己和她说不通，他烦躁地抽出一支烟，低头点燃。

"那也不行，孟斯年，你帮他了就不行。"魏澜姗低声喃喃道。

"你是不是有病？"孟斯年将打火机扔到桌上，"你知道我为什么不愿意搭理你吗？因为关河离世后，你事不关己的态度，让我觉得很……恶心。"

这样的孟斯年，对苏格来说是陌生的。她熟悉的是那个话不多却总是对她言笑晏晏的孟斯年，这样咄咄逼人、毫不留情的孟斯年，即使见不到人，她也能感觉到他的愤怒与尖锐。

他用了"恶心"这个词，魏澜姗的脸色瞬间变得煞白，她终于绷不住了，情绪再次爆发，她喊道："如果我有错，我唯一的错就是喜欢你！我喜欢你十几年！你说我的心是黑的，我倒想问问你，孟斯年你是没有心吗？"

苏格想出去，想离开这个房间，她后悔进来了。

然后孟斯年笑了，低低的笑声传出来，仿佛魏澜姗说了一个笑话，那笑声让苏格的心狠狠地揪了一下。

他轻轻地说："所以，是我们害死他的，魏澜姗，是我们俩将在深渊边缘挣扎的关河推了下去。"

那个房间内，很长一段时间没有人说话，苏格正考虑要不要离开时，魏澜姗的说话声响起，充满疲惫与无力："我想让你吃醋。孟斯年，骄傲如我，爱你却爱得这么卑微。"

"不要用'爱'来为你的恶毒开脱，你和关河分手时说的话，"孟斯年又点燃了一支烟，吐着烟雾，幽幽地道，"我都知道。"

魏澜姗愣了半晌，凄然一笑，不知道是释然还是彻底绝望，她说："最后再回答我一个问题吧，我们从小一起长大，你有没有，哪怕一瞬间，喜欢过我？"

"我很庆幸，没有。"

回答似乎在她的意料之中，魏澜姗嘲笑他："你爱过人吗？孟斯年你真可怜，你根本不知道爱一个人的感觉。"

其实，她知道自己才是最可怜的，爱一个人做到了这种地步，对方却依旧无动于衷，她太骄傲了，所以她一度觉得无地自容。

当初答应关河的追求到底是赌气还是想让孟斯年吃醋她已经不想深究了，总归是爱得太卑微，像关河对她一样。

她求而不得，绝望中对世界充满了恶意，仿佛伤害了别人她的伤口就会愈合一样，关河单膝跪下向她求婚那天，她说——

"我得不到孟斯年，你也得不到我，不过我还有希望能拥有他，但你这辈子绝对不会拥有我，你真可怜。"

后来她出国演出，一个多月后再得到关河的消息，是他的死讯。

她从不觉得，她的那几句话会是导致关河离世的原因。

后来媒体证实，关河自杀是因为他长期被抑郁症折磨……

魏澜姗问完那话，苏格开始后悔自己为什么没早点离开这个房间，万一孟斯年回答没爱过，她该怎么办？

"你怎么知道我没爱过？"他的声音依旧是波澜无惊的，清清淡淡，却那么好听。

苏格的心仿佛停跳了一拍。

"那个苏格吗？"

苏格这口气又提起了。

"别用你那傲慢的语气提她的名字。"孟斯年将烟头拧进一旁的烟灰缸里，"你要的谈话可以结束了，希望你信守承诺，别再出现在我眼前，毕竟我不像你一样，觉得事不关己。"

"孟斯年……"魏澜姗还想说什么，孟斯年已经不给她机会了，他开门走出来，脸色是前所未有的冷若冰霜，带着戾气与阴郁。

他面无表情地走出休息室，苏格怀疑，他可能没看到门边站着的她。

魏澜姗跟着出来，眼圈微红，表情有一丝狼狈，当她看到苏格时，错愕一闪而逝，瞬间，她又用她惯有的冷漠神情武装起自己，仿佛她还是那个美丽高贵的女王。

门突然又被打开，孟斯年去而复返，两个女人同时看向他，他牵住苏格的手，语带无奈："你什么时候能听话一次？"

苏格这次没跟他贫嘴，也没敢开玩笑，她垂眸道："对不起。"

她不应该进来的，她其实是想来听听孟斯年和魏澜姗的感情史，好奇二人是怎么由爱生恨的。可她怎么都没想到，孟斯年的"恨"不是由"爱"生的，而是因为"不爱"，还扯上了逝世多年的关河。

孟斯年边走边说："苏格，你是真的一点都不乖。"

"我真的错了。"她真心道歉，一句滑头的话都不敢说。

孟斯年没再说话，牵着她走了出去。

走廊里零星走过几个人，楼梯间的门边有两个女生在说话，似乎没看到他们过去，一个马尾辫女孩说："听说魏澜姗又来了，她真在追孟总？"

另一个说："是不是已经追到了？她长得好美，而且气质还好。"

"我看未必，她三天两头地来，也没见老板搭理她。"马尾辫说完，还压低声音，"听说，老板和音乐学院的一个女生有点关系，叫……苏格。"

"苏格是谁？"

"就写《山河曲》的那个苏格，还在上大学，长得……"说到这儿，孟斯年牵着苏格从两个说八卦的员工身边经过。马尾辫愣住，目送两人越走越远，她回神，用手指着苏格："那样。"

第八章
做我的猫

02:48　　　　　　　　　　　　　05:20

　　孟斯年把苏格带到自己的办公室，关门，顺手把百叶窗帘换了个方向，以防外面看到办公室的情况。然后他坐到办公桌后的椅子上，微微仰靠，看着站在桌边的苏格，苏格像是做错事被老师罚站的学生，装得乖巧。

　　"孟叔叔，批评或者骂两句什么的都可以，别动手就行。"

　　孟斯年看着她，半晌才道："怎么都行？"

　　苏格听不出他的语气，对方脸上也没什么表情，又是他独家的"不动声色"技能，她懒得探究，犹豫地点了下头。

　　"那给我亲可以吗？"孟斯年问。

　　苏格挑着眉毛看他，见他嘴角微微扬起了一个细微的弧度，眼睛也比刚才亮了，她还没答应呢，他就已经高兴了，情绪好像也缓和很多，突然间的成就感让苏格大胆地走上前两步，坐到了孟斯年腿上。

　　她想，孟斯年是喜欢她的吧，刚才魏澜姗叫她的名字，他都不高兴。

　　苏格双手搂住他的腰，将头埋进他胸前："关河……和你没关系，你别怪自己。"

　　虽然了解不多，但听完他们的谈话，苏格多少猜到了前因后果，孟斯年从她大胆的动作中缓过神，意识到她在安慰自己，伸手抱住怀里的人。她真的很瘦，他能轻易地将她完全圈住。孟斯年用脸颊蹭着她的发顶："我时常会想，如果关河不认识我，他现在是不是还好好地活着。"

　　苏格扬着头，倔强地看着他，坚定地说："跟你没关系，他是生病了。"

　　孟斯年摸着她柔软的发，仿佛她才是需要安慰的那个人，他接着说："关河他很爱笑，我以为他是个开朗的人，结果他有重度抑郁症。"

　　媒体说关河的抑郁症是因为网络上的言论，那些莫须有的抄袭被安到他身上，他出新歌网友们又说他江郎才尽，他做慈善也被说作秀……

245

后来，关河去世了，网上缅怀他的那些人，可能就有当初跟风黑他的那些人。

网友的记忆仿佛只有几秒，以为点了根蜡烛自己就是好人了，全然忘了自己曾是众多"凶手"之一。

"不是你的错。"她又向他怀里钻了钻，抱紧了他。

孟斯年抬起右手，垂眸看着："那年冬天，我们一起参加一个公益演出，在酒店里，他……"

听到这儿，苏格猛地抬头看他，他眼中凄然之色明显。

孟斯年顿了顿，接着说："一个人离开这个世界的决心得多强烈才能对自己下得了狠手，那天，我捂着他的伤口……这只胳膊的袖子里里外外都被染红了。"

苏格见他抬着的胳膊微微颤抖，立刻抓住他那只手，触感冰凉。

关于关河的死因各种猜测都有，警方通报里没明说，但苏格怎么都想不到，关河竟那么决绝。

"我不想听，别说了，你不要回忆了。"她搓着他的手，想要让他温暖起来，却丝毫不起作用，苏格急得眼圈都有点红，"你是冷吗？"

她眼中的心疼明显，焦急地搓着他的手，孟斯年有些动容："苏格，上次你在我那儿碰到的卓悦，是我的心理医生。"

她一愣："你怎么了？"

怕吓到她，他缓着语气："创伤后应激障碍，小问题。"

苏格眨巴着眼睛看着他，眼圈又红了："不能弹钢琴还是小问题吗？"

他的右手握了握拳，又松开，随意地道："只是偶尔……想到这只手上沾满了关河的血，会控制不住地发抖。"

"还有别的症状吗？"苏格一直觉得自己特别机灵，现在才发现自己迟钝得可以，和孟斯年接触那么久了，却对他的病，丝毫没有察觉。

他没有隐瞒，将最真实的自己展示给她看："噩梦，还有麻木感。"

"麻木感是什么？"

"情感上的禁欲与疏离感。"他很配合治疗，即使表面上尽量做到为人亲和，但心理上还是抗拒与人亲近。

"对所有人？"

他看着她，表情难得地郑重其事："可能，除了你。"

他话音一落，苏格突然倾身低下头，温热的唇贴在他的右手手背上，轻轻柔柔地亲吻。

那样虔诚。

孟斯年觉得有电流从手背上传遍全身，直达心脏，心脏里仿佛有什么破土而出，生根发芽，随即开始强烈地跳动。

他反手捧住苏格的脸，另一只手撑住她后脑勺推向自己，两人离得极近，呼吸交融。

苏格眼中的情绪还未退散，孟斯年望着她那水汪汪的眼眸，低头吻住她。她乖巧地仰着头，承受着。

他有些粗鲁，苏格觉得细细的疼，但又不闪躲，只想配合他，这样好的孟斯年，他想做什么都可以。

后来，他身上开始发烫，手也不知道什么时候从衣襟下钻了进去，向上游移时，办公室门口突然响起了说话声，苏格的理智回笼，睁开了眼睛。

显然，孟斯年也听到了动静，不过他只是眼睛微眯，嘴上、手上的动作并没有停顿，他的沉沦比她更甚，仿佛无法抽离。

门被打开，Yoko 的说话声清晰地传了进来，他在和别人说："老板应该没回来，他在的话从不拉窗——"

门口的说话声戛然而止，苏格抵着孟斯年的胸膛，侧过头与他分开，随即将脸埋进他的脖颈，孟斯年冷冷地看向门外："出去！"

Yoko 这才反应过来，慌忙地去关门，似乎太过急切，没掌握好力度，巨大的关门声震得苏格咯咯笑起来。

孟斯年被她的情绪感染，脸色也有所缓和，抱紧怀里调皮笑着的人，揉她的头发，她身上暖暖的、软软的，这又让他想起了猫："你像我外婆家的那只猫。"

苏格平复呼吸，问他："你喜欢那只猫吗？"

说话间，她温热的气息喷洒在他脖颈一侧，痒得不行，和那只猫趴在沙发背上睡觉时甩过来的尾巴一样的触感，痒遍全身，他说："喜欢。"

即使它总是让他打喷嚏。

很满意的答案。她又问："那只猫喜欢你吗？"

"不喜欢。"那只猫永远懒懒散散的，似乎谁都不喜欢。

"那我不像它。"

孟斯年懂她的意思，心情极好地笑笑，手指游走在她脸上，捏住她的下巴，低头又想亲她，苏格避开，回头看了眼紧闭的办公室门，问："刚才进来的是谁？"

"Yoko，还有程蓝。"说到程蓝的时候，他低头看她。

苏格不以为意，在他脖颈蹭了蹭，找了个舒服的姿势继续趴在他怀里："还亲？你不难受吗？"

孟斯年眸光微闪，好看的桃花眼眯了眯："格格，这种事不要挑开了说。"

"为什么？你会害羞吗？"苏格坏心地笑着，眼睛弯弯的，比猫咪的眼睛还勾人，"我可以动吗？"

孟斯年的手指捻着她的一缕头发，表面上不动声色，却咬牙切齿地问："苏格你是不是懂得太多了？"

"没吃过猪肉还没见过猪跑啊？"

"你见过哪只猪跑？嗯？"他的那个"嗯"字，语调轻扬，威胁意味明显。

苏格紧抿着嘴，眼珠滴溜溜转，还在想措辞时，拿在她手里的手机突然响了，是《石青》的小提琴曲，苏格接起："萧老师，怎么了？"

"法务说金额那里填'孟斯年'不行。"萧树无力的声音透过手机，清晰地传入苏格和孟斯年耳中。

孟斯年却说："我讨厌这首歌。"

苏格眨巴着眼睛，心思几绕，懂他讨厌的原因，用嘴形说："这是我写的。"

他依旧扯着她的那缕头发，微一用力，故意弄疼她："程蓝唱的。"

倒是没多疼，但是苏格还是"嘶"了一声，瞪他一眼，随即询问电话那边的萧树："孟斯年的身家有多少？"

"那得找律师来统计一下了，股票、版税、不动产，还有千棠。"孟斯年替萧树回答。

"我想要的话，都给吗？"苏格依旧坐在他怀里，说话时，一下一下地揪着他的衬衫纽扣。

孟斯年向前，双手抱着她的腰，将她抵在办公桌边，轻轻地吻她的脸颊和嘴唇，然后哑着嗓子说："你要我的命我都给你。"

苏格咯咯笑了，躲开他那让人全身发痒的啄吻："不要你的命，只想要你的钱，按市场价来吧。"

她从未想过嫁人，此刻却突然开始考虑攒嫁妆了。

"少了。"

"嗯？"

"市场价双倍？"

萧树后知后觉地发现自己仿佛听到了孟斯年的声音，他问："老板跟你在一起呢？你俩嘀咕啥呢？"

"我们在进行见不得人的金钱交易。"苏格说。

萧树沉默一瞬："行，你们聊好直接联系财务。苏格你一会儿不走吧，咱们开个会讨论一下这几首歌的改编方向，你问老板有时间没？"

本是来签合同的苏格，稀里糊涂地和他们开了个音乐议题会。

说说话就上乐器弹奏的会，她真的第一次开。萧树"音乐疯子"的名号果然名不虚传，拿着谱子的他一直都处于亢奋状态，他现场编了一段，让孟斯年和其余几个总监提意见，孟斯年在桌下把玩着苏格的手指，心不在焉地表示："可以。"

苏格将手抽出来，他又拽回来，两人来去几次，苏格干脆妥协。

坐在他们附近的几个人，假装没看到，并努力减少存在感。其中包括程蓝。

蓝三三乐队的新专辑筹备了几个月，似乎大家都不太满意，苏格的这几首歌来得及时，有可能全部给他们放进新专辑里。

程蓝全程垂眸，兴致不是太高，只有在萧树点他名字的时候，他才冷冷淡淡地说两句话，并且眼神丝毫不会移到苏格与孟斯年那边一下。

"你们能不能认真点，刚花巨资买的。"萧树看看程蓝，又看看孟斯年，手指恨恨地点着合同，那模样很是肉疼的样子，他忍不住跟其他人抱怨，"苏格真贵。"

苏格眨眨眼，孟斯年瞥他一眼："要你钱了？"

"要你的我也心疼。"

"又不是给别人。"

其余人早已听出孟斯年话里的意思，只有萧树还迟钝地继续说："给一小孩这么多钱，也不怕她学坏了。"

"我家小孩，我管着呢。"孟斯年就差跟他明说了。

"你这叔叔当得真合格，还当上瘾了怎么着？"

孟斯年："……"算了。

其他人："……"服了。

萧总监真的是凭实力单身这么多年的！

萧树完全沉浸在自己的音乐世界中，会间还不时地夸赞苏格的音乐天赋："这调子怎么想出来的？是不是脑海里自己蹦出来的？我跟你讲，你这就是老天爷赏饭吃。"

"我爸是小提琴专业的。"她妈妈是唱美声的，苏格想，她大概也遗传了些音乐细胞。

"怪不得，"萧树随口感慨，"你的小提琴是你爸爸教的？"

"不是，我爸管不住我，我小时候在奥地利待了六七年，萨勒乐团的首席小提琴手是我的老师。"

虽然孟斯年公司的人没当着她的面质疑什么，但见孟斯年与她关系亲密，背后腹诽她一个小丫头片子何德何能的人也不是没有，起码她听到过，所以苏格决定高调一下。

萧树冲她竖了竖大拇指，然后说："我跟你讲啊小苏格，我要是有你这成长环境，我就是当代贝多芬。"

苏格"哦"了一声："贝多芬也没有你的成长环境，但他还是贝多芬。"

大家哄笑，萧树气得点了点她："这嘴，还挺毒！"

孟斯年却神色淡淡，他注意到她只提起她父亲，中间顿了一下似乎想说她妈妈，却没有说出口。在笑声中他凑近她耳边，悄声问："格格，我从来没问过你，你想妈妈吗？"

苏格没想到孟斯年会这么问，愣怔后展颜一笑："以前想，现在不想了。"

桌子下，她握紧了他的手，不再可有可无地给他牵着。

苏格的手指动了动，轻轻地挠着他的手心，孟斯年见她笑盈盈地看着自己，心像小猫抓了一样，心痒难耐，突然觉得萧树真是聒噪，他有点不耐烦地道："会议什么时候结束？"

萧树的说话声戛然而止，他瞪大眼睛看着孟斯年，气呼呼的，半天没说出话来，他没见过这么不负责任的老板！

其余人也不敢说话，会议室的气氛一度十分诡异。

苏格低着头，在桌子下玩着孟斯年的手指，他的指甲修剪得工整干净，手指细长很有骨感，线条看起来很有力量，这是一只常年弹钢琴的手，苏格觉得他的手指应该可以轻易地跨十几度。

"你有急事？"萧树缓了口气，问孟斯年。

"对。"他现在什么都不想干，不想工作，不想思考，只想和苏格在一起待着。

就他们两人。

"那你走吧，我们自己开。"萧树说。

孟斯年立刻站起来，牵着苏格就向外走。

"哎？苏格不能走，她得留下。"萧树在后面喊。

"她也有事。"孟斯年替她回答。

"孟斯年，我罢工了啊！"萧树气急，威胁道。

苏格跟着孟斯年走出去，门关上前，回头问了句："萧老师，我明天上午没课，我再来行吗？"

孟斯年和苏格走后，会议室里的人默默地交流着眼神，程蓝也跟着离开："萧总监，我也先回了。"

萧树没什么心情了，摆摆手："全散了吧，散了吧，这公司要黄啊，一个个的怎么了这是。"

明眼人早看出了这三个人的状态,两个人热恋,一个人失恋,但没有人去提醒萧树,总觉得以他的脑回路,说了可能也不信。

"我们去哪儿呀?"苏格被孟斯年牵着朝电梯走去。

"回我办公室。"他说。

两人停在电梯口,苏格嫣然一笑:"孟斯年你是不是还想亲我啊?"

孟斯年将苏格拽进电梯中,逼进死角,雍容娴雅地靠在电梯壁上,一只手漫不经心地摸着她的脸颊:"我不是和你说了吗?有些事不要挑开了说。"

"挑开说怎么了?"苏格长着一张干净秀美的脸,如果再配上无辜的表情,那模样,会让孟斯年非常想"欺负"她。

他的手移到她的下巴上,微微抬起,脸颊凑近,哑着嗓子说:"那就是勾引。"

他歪头想亲过去时,苏格突然推了他一下:"有人。"

孟斯年一手撑在电梯壁上,身子没动,只轻轻地回头,眼角挑起向后一扫,那股痞劲儿,莫名地让人心跳加速。

他见要关上的电梯被人按开,打开的电梯门外,站着的是魏澜姗,眼神骤冷。

显然,魏澜姗没想到坐个电梯都能碰到孟斯年和苏格在电梯中卿卿我我,迈进电梯的步伐堪堪停住,眼中复杂情绪一闪而逝。

孟斯年有些不耐烦,长臂一伸按了关门按钮,也不管她进不进。

魏澜姗就那样直直地站在那里,看着电梯门重新关上。

因为这个小插曲,电梯中的暧昧氛围消散了不少,苏格看了看时间:"我晚上乐团有训练。"

"我送你回去。"

苏格跟他去了地下停车场取车,在上路后,一个红灯路口,他们又碰到了魏澜姗,她的车子停在孟斯年车子的一侧,苏格看着旁边十分显眼的跑车:"你俩缘分真不浅啊。"

"坐我旁边的可是你,咱俩的缘分岂不是更深。"孟斯年好笑地看她一眼,随即又凑到她耳边低声说了一句什么。

苏格愣了愣,好半响,才说:"孟斯年你臭流氓。"

孟斯年挑了挑眼尾,笑起来。

绿灯亮起,苏格看着魏澜姗冲出去的车子,问道:"你妈妈似乎很喜欢她?"

"我妈着急让我结婚,是个女的都喜欢。"

"你妈妈真好。"

孟斯年再次失笑:"催我结婚你觉得好?着急嫁我?"

苏格瞪他一眼,不愿意搭理他。孟斯年抓住她的手,捏了捏:"你想妈妈了吧,要我帮忙找一下吗?"

苏格犹豫半天,最终摇头:"他俩离婚,我跟我爸爸不是法院判的,是她主动不要的。"

孟斯年捏着她指尖的手微微用力,半响,说:"没事,叔叔爱你。"

苏格"扑哧"笑了,甩开他的手:"好好开车。"随即她感叹了一句,"以前正经的你,是装的吧。"

"以前我那是没想把你怎么着。"

"现在想把我怎么着?"

孟斯年似笑非笑地看她一眼:"真要我说?"

苏格觉得肯定不是什么正经话:"算了,你别说话了。"

孟斯年将苏格送到宿舍楼下,手搭在驾驶座的窗框边看着下车的苏格:"你明天几点去千棠?"

"你们几点上班?"

"十点,我九点半来接你?"他接着说。

"这么好?"

"努力洗白嘛,对了,我洗白了吗?"

有路过的同学频频看过来,苏格怕他们认出他来,忙搪道:"还有待观察,赶紧走吧你。"

孟斯年并不在意她的回答是什么,他在附近那些探究的目光下泰然自若地点了点自己的脸颊:"亲一口我再走。"

"你洗白了吗?"苏格问。

"之前还让亲,现在反倒不让亲了?"他不满地看着她。

苏格鼓了鼓腮帮,这是她非常喜欢做的动作,孟斯年觉得可爱,伸手去解安全带,想着她不过来,他就过去,今天必须亲到。

安全带的锁扣刚拔出来,他就察觉到脸颊上的一阵温热与柔软,苏格的气息就在鼻间萦绕,孟斯年微怔,刚想拉住她,她就跑开了,几步上了宿舍楼的楼梯,头也不回地挥了挥手。

孟斯年突然觉得心跳有点不受控制,虽然只是亲吻了脸颊。

他想,他和苏格这是在热恋中吧。

苏格刚认识孟斯年的时候,觉得他是个挺低调的人,不太喜欢说话,去人多的地方会戴口罩,不发微博也不接受采访。

可当她第二天早上九点半走出宿舍楼看到他的那刻,想的却是——

这叫低调？

不知道是不是因为她说想要跑车,今天孟斯年开了辆宝蓝色的跑车来接她。他没在车上等,而是靠在车边打电话,戴着口罩,声音低低地讲着电话。

盛阳十月的阳光明媚晃眼,他墨玉般的黑发在光照下反射出淡淡的光泽,眸子垂着看不太清,鼻梁高挺,随意地靠着驾驶座的车门,两条长腿交叠而立,附近走过的人都不自觉放慢了脚步,更有甚者,几个女孩凑到一起私语,他却毫无知觉般,完全没有抬头的意思。

孟斯年如此高调,真的不容易。

如果不是太惹眼,苏格一定会找个地方欣赏一会儿香车美男的唯美画面,她走过去站到他面前:"怎么不在车上等？"

孟斯年见到她,自然地拉住她的手,转身绕到副驾驶绅士地帮她开门,还不忘对电话那边的人道了别,随即弯腰帮她系安全带。因为他戴了口罩,苏格将所有视线都放到他莹亮的眼睛上,看着他迷人的眸子,说:"桃花眼都招桃花。"

孟斯年眼睛一眯,似乎是笑了下,扣好安全带随手将口罩拽到下巴,亲了她一口:"招你就行。"

"你从昨天到现在,亲我多少次了？"苏格说着,腮帮又不自觉地鼓了起来。

"抱歉,忍不住。"虽然说着抱歉,孟斯年却丝毫没有抱歉的意思,又亲了两下。

苏格看了眼外面,捂住嘴,闷闷地说:"快走吧,我不想传绯闻了。"

承她吉言,那天中午,校超话上《苏格和程蓝感情破裂？豪车美男车接车送》的帖子又火了。

穗穗打电话给苏格:"格格啊,超话里那个戴着口罩也能看出来帅得人神共愤的那男的,我和你赌两包辣条,肯定是孟神。"

"什么照片？"

"就是你被孟神牵着上了一辆很高调的跑车的那张照片。"

"哦……"

由此可见,他们学校的学生是有多无聊。

不过孟斯年的目的达到了,他说他就是为了让他们学校的人知道,苏格和程蓝没关系。

苏格看完那个帖子，对孟斯年说："我们学校的人觉得，程蓝甩了我，我故意找了个又有钱又帅的气他。"

孟斯年皱着眉头："你确定你们是音乐学院而不是戏剧学院吗？"

这脑回路和编故事的能力，不同常人。

这些日子，萧树终于如愿以偿，他有种"媳妇熬成婆"的感觉。苏格只要没课就去千棠跟他一起做编曲，他非常喜欢苏格提出的建议，哪个地方进什么乐器，哪个地方加什么元素，她说的那些，做出来后效果出奇地好。萧树开心疯了，见谁都要夸苏格是个音乐天才。

某天中午，萧树又提起这事，当时大家在一起吃午餐，听到他夸赞的话，众人习以为常，只有孟斯年回了句："当然。"

"你怎么有种'自己家闺女很有出息，我当爸爸的很骄傲'的感觉？"萧树问。

孟斯年说："可以把称呼换一下。"

苏格的思维控制不住地活跃，他的意思是"闺女"换成"老婆"？

萧树显然无法理解孟斯年的心思，他说："爸爸换成叔叔呗！"

大家又都不说话了。

气氛沉闷了一会儿，萧树突然问："对了，苏格有英文名吗？《山河曲》那曲子国外一个公司联系了我们，估计想要翻唱。"

苏格摇了摇头。

"不是叫Sugar吗？"孟斯年给她夹了块肉。

苏格默默地在心里读了两遍，不想说话。

"真的吗？"萧树问，"为什么叫'糖'？你一点都不甜。"

"不甜吗？"孟斯年挑着眉，问道。

萧树撇了撇嘴："……哪儿甜了？"

"我才不叫Sugar，他在开玩笑。"苏格并不想叫这么奇怪的名字。

其他工作人员默默地交流着眼神，默默地吃饭。私下里，大家开了个小赌局，猜萧总监猴年马月才能发现老板和苏格并不是他以为的"叔侄关系"。

"好冷啊这玩笑。"萧树很是嫌弃。

"冷？你没觉得我最近如沐春风吗？"孟斯年问。

苏格脑中立刻想到《动物世界》的台词——

春天来了，又到了小浣熊发情的季节。

随着天气越来越冷，十二月悄然来到。

苏格跟着萧树默契十足地做了一段时间编曲后，俨然一副黄金搭档的模样。萧树天天催孟斯年赶紧和苏格签正式合同，以确保她不会被别人挖跑。

孟斯年却不紧不慢的，完全不把这事放在心上，有次被萧树催急了，他说："千棠不允许同公司员工谈恋爱，等我把这个规矩改了再签她，现在就按歌付费吧。"

萧树感叹，老板真是好老板啊，为了程蓝的幸福，考虑得真周到。于是，有次他无意中和程蓝说起此事，程蓝的神色却复杂难辨，并没有萧树期待的感激之情。

萧树继续感叹，现在年轻人的心思真难猜。

某天傍晚，孟斯年带着几个人准备去参加一个音乐颁奖礼，本不需要他去，但因为是一直合作的平台举办的，他们也极力邀请，便应了下来。

没想孟斯年刚出千棠大楼，苏格突然跑来，二话不说跳到了他身上。

孟斯年的反应也是快，立刻托住她："犯什么病了？"

苏格笑靥如花："孟斯年，我爷爷要来盛阳啦，今年在这边过年。"

"嗯，那你先下来。"她的腿在他腰后踢来踢去，他十分心疼自己的高定西装。

苏格特别高兴，哪里会搭理他，侧头在他脸上亲了口，凑在他耳边说着："今年寒假也能见到孟斯年，好开心。"

孟斯年哪受得了她这样，身体僵了僵，对身边的人说："看什么，赶紧把她给我弄下来。"

苏格扁扁嘴，自己跳下来，扯着他那被她弄歪的领带："真凶，你打扮得这么帅干吗去？"

领带变形了，西装也脏了，此刻的孟斯年特别想拧一拧这个罪魁祸首的脸，他看了看身边神色各异的几个人，忍住冲动，对苏格说："去参加活动。"

"我也想去。"她说。

"知道干什么去吗？你就想去。"

她扯着他的手，晃了晃："我想跟你待在一块嘛。"

他勾起嘴角笑了，随即侧头跟 Yoko 说："联系主办方再预留一个座位。"

Yoko 闻言，突然觉得孟斯年有种昏君的气质，感觉只要苏格撒娇，跟他要星星，他也得安排人去摘。

因为孟斯年跟主办方那边有个应酬，苏格便被 Yoko 安排去蹭蓝三三乐队的保姆车。

苏格这两个月来总是往千棠跑，孟斯年虽然与她十分亲近，但她平时又

255

整天和萧树混在一起，不明情况的一些工作人员只觉得苏格身份成谜，与孟斯年的关系也扑朔迷离。

今天这么一看，动手动脚又动嘴的，似乎关系更加"迷离"了。

自打程蓝那次在办公室撞见苏格与孟斯年亲热后，他就极少与苏格说话。蔡子几人似乎也意识到自家兄弟失恋了，所以当苏格坐上他们车子后，几人都有些尴尬，一时间不知该说什么。

蓝三三的经纪人卡哥坐到苏格旁边，见氛围微妙，主动开口笑道："苏格，你怎么这么对待我们老板？"

"嗯？"苏格一脸纯真地看着他。

卡哥学她刚刚扯孟斯年领带的动作："使劲拽他的领带，我们在这边看到都吓到了。"

"不能扯吗？"她问。

卡哥心想：大概也就你敢，你是老板的女友嘛。虽说孟斯年平时挺温和的，但老板与员工的距离感和疏离感，还是让他们不敢与他太亲近。卡哥说："他可是孟斯年。"

"孟斯年怎么了？"苏格不以为意。

卡哥大概明白为什么孟斯年会喜欢苏格了，因为苏格不把他当作孟斯年，她不怕他，也不觉得他高高在上，不会对他小心翼翼，所以孟斯年与她相处时是那么自然。

"苏格，你成了我们老板娘了吗？"蔡子突然问。

这话问完，程蓝几人都抬头看她，苏格想了想："没呢，我还没答应。"

这次，就连司机都忍不住通过后视镜看向苏格，心想这小姑娘有点厉害。

"你还在坚持什么？"程蓝突然说。

他知道苏格有多喜欢孟斯年，他以为他们早在一起了，苏格这话，让他突然有了异样感觉，或者，她在犹豫？

"我就想折腾他，心里爽。"苏格的回答，彻底将程蓝心里的火苗浇熄。

程蓝"哼"了一声，闭目养神去了。

等苏格和众人到了会场后，发现千棠来的歌手除了蓝三三乐队，还有几个正当红的，她一进化妆间，就碰到了许久不见的华灵。

华灵见到苏格有些惊讶，不过她一如既往地对她热情如火，她让苏格坐到她身边："格格，听说你来我们公司上班了？"

"没有，这学期不忙，就和萧老师学着做编曲，感觉还挺好玩的。"苏格说。

"你们做的那几首歌好好听,格格你好厉害。"化妆师在给她做头发,华灵通过镜子看着苏格,眼睛笑得弯弯的,看她时,闪闪发光。

"你听了?"苏格挑眉。

华灵一直在国外拍MV,那几首歌做好后他们只给孟斯年听了,连程蓝几人都还没听到,华灵却已经听到了。

"嗯,有听到,挺符合蓝三三乐队的风格的。"华灵说。

苏格在心里松了口气,想着如果华灵开口要,她要怎么拒绝。

那天,华灵将助理打发离开便一直拉着苏格跟她待在一起,入场后也要苏格坐到她身边。苏格默默地跟着华灵,坐好后,她环视了一圈发现孟斯年在他们前排的中间位置,他旁边空了一个位置。

苏格想过去,无奈华灵拉着她天南地北地聊着天,她找不到理由离开。

孟斯年发微信问她在哪儿。

> 天才小格格:你家当红天后的身边。

孟斯年往后看了看,发现了离他不远处的华灵身边的苏格,两人视线在空中相遇,苏格扁扁嘴,孟斯年冲她微微一笑,低头回微信——

> 孟斯年:只有你是我家的。
> 天才小格格:这么会哄人,洗白指日可待。
> 孟斯年:快给我加官晋爵吧,想亲你都名不正言不顺的。
> 天才小格格:什么加官晋爵?
> 孟斯年:我要当格格的驸马。

苏格抿嘴笑起来,华灵凑近:"格格,你刚刚笑得春心荡漾的。"

苏格将手机锁屏,笑眯眯地看着她:"冬天真的适合谈恋爱。"

华灵看她的眼中满是探寻:"谈恋爱了?"

"差不多吧。"

"程蓝?"

"不是,"苏格不想多说,"等确定了再说吧。"

华灵旁边的位置是留给公司另一位歌手的,苏格见她过来,起身就走到孟斯年那边坐下,因为周围不少人都悄悄关注着孟斯年这边,苏格落座后两人没有说话,只是放在座椅下的手默契地握在了一起。

那天,蓝三三凭借《山河曲》获了两个奖项,面对媒体采访时,程蓝特意感谢了苏格,对着各家媒体,蔡子和永乐也不停地夸写这首歌的苏格是个音乐天才。

等在不远处的苏格怕那些记者回头来采访她,她完全没这方面的经验,于是她不动声色地、悄无声息地后退,刚要准备退出人群时,却一下撞到一个坚实的胸膛上。

孟斯年将想溜走却撞到自己身上的苏格扶稳,贴近她的耳边悄声说:"明年的颁奖礼再带你来,我猜到时候你会获奖,现在可以想想获奖感言了。"

听到他的声音,苏格放松身心,虚虚地靠着他:"谢谢爷爷,谢谢叔叔,谢谢萧老师之后我就下来怎么样?"

台上,华灵获得了一个最佳 MV 奖,领奖时她巧笑嫣然地侃侃而谈,苏格估计自己是做不来。

孟斯年摇头:"不能叫叔叔。"

"那叫什么?"

他捏了捏她柔软的脸颊,竟然有种如愿以偿的感觉:"老……"

"老板。"华灵拖着长裙走了过来,笑容可掬。

孟斯年没有说下去,松开蹂躏苏格脸颊的手,看向华灵:"下飞机就赶过来了?"

"是啊,幸好没延误。"

"辛苦了,"孟斯年看了看她捧着的奖杯,"恭喜。"

"只是个小奖,没有唱到我们格格写的歌真是遗憾,"说着,华灵热情地将胳膊环上苏格的肩膀,亲切得不得了,"格格明晚有空吗?我家开 party,来玩呀,好多人都来,而且我妈妈做菜特别好吃。"

苏格眨眨眼,看向孟斯年,华灵顺势说:"老板也来呗。"

"我明晚有事,"他说完,看向格格,"你想去的话就过去玩。"

"公司很多人都去,你也不陌生,那就这么定了,回头我发你地址。"华灵也不等苏格说话,就默认她同意了。

苏格想着,孟斯年有事不能陪她,那她去凑凑热闹也行,就应了华灵。

活动结束时已经十点多,孟斯年开车送苏格回去,经过一个路口他突然停住:"这个时间宿舍关门了吧。"说着,指了两条路,"这边是回学校,右拐去我家,怎么走?"

苏格无辜地看着他:"回学校呀,你快点开还来得及。"

"我不想快点开。"他靠在座椅上,歪着头看她,嘴角噙着笑。

苏格一脸单纯的样子,但是有点红的耳朵出卖了她:"我不想去你家。"

"又不是没去过,你以前胆子可比现在大多了。"他说。

苏格瞪他:"以前你多正经啊。"

"现在我怎么就不正经了?"孟斯年失笑。

苏格小声嘀咕:"你自己清楚。"

有一次苏格去千棠加班,晚上跟他们一起下班后,孟斯年带她回了家。

他知道她喜欢吃肉,特意让阿姨提前做了烤鸡和惠灵顿牛排,吃完饭两人窝沙发上看电视,也不知道谁先亲谁的,苏格也以为只是单纯的亲吻,结果亲着亲着她就被他压沙发上了……

好在苏格回过神,刹车及时,最后,两人抱在一起气喘吁吁。

苏格躺在沙发上委屈巴巴地看着孟斯年:"我还没跟你好呢。"

他将脸埋在她脖颈处,也委屈巴巴地问:"那你什么时候跟我好?"

"跟你好了你是不是更得寸进尺了?"

孟斯年第一次觉得"得寸进尺"这个成语似乎可以换个角度解读。

估计孟斯年也想到了那次意外,心虚地笑了笑,加快了车速赶在宿舍关门前给苏格送了回去。

华灵家的独栋小楼在郊区,平时她没工作的时候就会过去陪父母住,这次 party 开在这里也是因为大家都喜欢吃她母亲做的菜,听说手艺一绝。

苏格到的时候很多朋友已经到了,公司几个相熟的和她打了招呼,不认识的也有一些过来加了微信,因为听说她很可能是以后的老板娘,谁不想跟老板娘搞好关系呢?

院子不大,但打理得井井有条,很温馨干净,感觉华灵父母是很热爱生活的人。长桌摆在正中间,已经放了很多甜点、水果和菜品。

华灵热情地招待苏格,拿了很多吃的投喂她:"正在长身体,多吃点。"

苏格失笑:"我都二十了。"

"不吃这些也行,一会儿等我妈妈的拿手菜,她做的菌菇煲特别香,米其林餐厅都得来偷师的程度。"

苏格恍惚了一下,小时候她妈妈经常做的菜也是菌菇煲,她和她爸爸都很喜欢。

有人端了清蒸鱼过来,看到华灵,说道:"阿姨问人都到齐了吗?还问斯年有没有来。"

华灵看了看:"差不多了,你帮我跟妈妈说我老板今天有事不过来。"

那人应着声,走了。

"华灵姐,你妈妈和孟斯年很熟吗?"苏格好奇地问。

"我妈妈是孟伯母在音乐学院教学时的学生,因为处得来就成了朋友,我妈经常说小斯年比较可爱,现在不可爱了。"华灵说着,捂嘴笑起来。

"那你们是青梅竹马呀。"苏格心想,这孟斯年的青梅竹马真多。

华灵犹豫了一下,只说:"我妈认识他比较早。"

她想到什么似的,神神秘秘地靠近苏格:"我跟你说,老板在家里也被逼着相亲。"

苏格不知道华灵是故意的还是真不知道她和孟斯年的关系,她挑挑眉:"那看来你们很快要有老板娘了。"

华灵笑了下,笑意未及眼底。

通常周五的晚上,孟斯年都要回家吃饭,进了大宅后,他发现姑母家的车子停在院子里,透过窗户看过去,客厅十分热闹,姑母一家三口正陪着他妈妈说话。

见他进去,姑母忙喊他:"斯年,过来看看这张照片。"

孟斯年走过去,看了眼她递过来的照片,不明所以。

"上次你说喜欢年龄小的,我就记心里了,这小姑娘是你姑父那边的远房亲戚,她那边看了你的照片,挺满意的,就看你这边意思了,要不要一起吃个饭?"

孟斯年没什么兴趣,他瞥了一眼便将照片放到桌上,一旁的姑母还在使劲夸女孩如何优秀,说到考上哪个教授的研究生时,孟斯年打断她:"姑母,我有喜欢的人了。"

姑母立刻噤声,皱眉瞪他。

表姐"扑哧"一声笑了:"妈,你尴尬不?我就说孟斯年肯定有问题。"

以前她没什么感觉,直到叔叔寿宴那次她有种强烈的感觉,孟斯年肯定有情况,她一直觉得自己的直觉非常准。

姑母忙去看孟夫人,孟夫人摊了下手:"他没和我说。"

不远处和孟斯年的姑父喝茶的孟父抬头看他,问:"哪里的?多大了?做什么的?"

"等我追上了就带回来给你们看。"孟斯年对孟父说。

"还没追上?"几个人对此都感到很惊讶。

孟斯年换了个说法:"惹她生气了,等我哄好就带回来。"

其余几个人交换着眼神,看这样子是真挺喜欢,又哄又要带回家的。

姑母感叹:"时间过得真快,我们小斯年都要带女朋友回家了,我总觉得他还是那个弹不好钢琴就哭鼻子的小崽子。"

"可不是，三岁多的时候，哭得鼻涕泡吹得老大，我还留着那张照片呢。"

孟夫人说着，吩咐人去拿相册，几个女人又凑到一起看照片去了。

孟斯年心想这绝对是黑历史，又想着以后苏格可能看到，孟斯年坐不住了，想把那张照片偷走。

几个女人凑在一起，看得仔细，并且每一张照片都能聊出故事和段子，孟斯年完全没有下手的机会，他无聊地坐在她们附近的沙发上，鼓捣着手机等开饭。

"这个小姑娘好可爱啊，孟斯年你怎么一点笑容都没有？"表姐说着，看了眼孟斯年，"你小时候就很跩，特别讨厌。"

孟斯年懒得说话。

"这个小姑娘是我朋友家的女儿，打小在奥地利学音乐，这是有次回国她父母带她来玩，小姑娘可喜欢斯年了，但斯年嫌她黏人聒噪，都不理人家。"孟夫人说。

"这么可爱的小团子，脸圆圆的还带着小酒窝，我看到好想捏啊，孟斯年你竟然忍心不理人家。"表姐说着，抽出照片。

听到小酒窝，孟斯年看了看，他已经不记得有这么一个小孩了，不过再可爱还能有苏格可爱？

表姐随手将照片翻到背面，见到一行字，她顺口读道："2008年5月18日，格格与斯年，摄于梧桐小院。"

孟斯年猛地抬头，诧异地看向表姐。

表姐愣了下："怎么了？"

他立刻起身，几步走过去将照片拿过来，背面确实写着那几个字，随即他又将照片翻过来，照片色调看起来是那个时候的风格，虽然已经过去十几年，但色彩依旧艳丽。

照片背景是他家以前的院子，院子里有棵梧桐树，梧桐树下他垂手站着，在那粗粗的树干边，十三岁的他已经很高了，而他的身边站着一个白白胖胖的小女孩，矮矮的个子，扎着两个水冰月一样的辫子，她将小手塞进他垂在裤线边的手掌中，但他并没有握紧，小女孩笑得眼睛弯弯，颊边的酒窝很深，确实如表姐所说，可爱得不得了。

不过，这不是重点，而是这个小女孩笑起来的样子，和苏格一模一样。

孟斯年握紧照片，问孟夫人："她姓什么？"

孟夫人奇怪地看他一眼："这小丫头吗？你苏叔叔家的小格格，当然姓苏了。"

孟斯年的神色突然一软，眼睛有光闪过，他再次将视线移到照片上，良久没挪开分毫,原来他与她早就相遇过。

"妈,她在奥地利学的是小提琴吗?"苏叔叔是谁他记不太清了,他的父母朋友很多,他小时候又整日只知道弹琴,除了近些年还在联络的,其余大多数人他都不太记得了。

"是啊,你苏叔叔是我刚到音乐学院执教时的学生,他主修的就是小提琴。"孟夫人对孟斯年的反应感到有些奇怪。

孟斯年嘴角上扬,一双炯炯有神的眼睛盯着照片看,似乎是不舍得离开,他说:"妈,你看这个小胖团子像谁?"

孟夫人看了眼,越发疑惑:"像谁?"

"就那天你在我那儿碰到的那个女孩啊。"孟斯年的笑容非常愉悦。

"那我怎么可能记得住?"孟夫人瞪他一眼,嘀咕道,"就记得衣衫不整了。"

孟斯年笑得神采奕奕,说话的语调也是柔软的,他说:"她叫格格,苏格。"

孟夫人一怔,非常惊讶,她努力回忆那个女孩的样子,但确实是记不太清了,只记得瘦瘦白白挺漂亮的,却怎么都无法和这个小胖团子的形象重合在一起:"重名了?"

孟斯年摇摇头,他嘴角上挑,眼眸熠熠生辉,孟夫人看着儿子的样子,心中竟有些怅然。孟斯年这样生机勃勃的表情,她已经多年没见过了,上次见到还是多年前他开演奏会时,舞台上的他也是如此,整个人都放着光。

孟斯年说:"她也是学小提琴的,家在曲桑。"

孟夫人有些惊喜:"真的是格格啊?你们怎么认识的?她爸爸还好吗?"

孟斯年这才想起他的那个记不太清的苏叔叔已经去世了,因为姑母一家在,他不想破坏了气氛,只说:"挺好。"

"真想不到还能联系上他们,小格格父母离婚后我就再也没见过他们父女俩。"孟夫人说着,突然想到什么,"你那天不是还提起她,你华婶的那个亲生女儿。"

孟斯年一愣,随即神色大变:"华婶就是苏格的妈妈?"

"是呀,你忘了?以前你叫她苏婶,后来她和华灵父亲在一起后,你就改叫华婶了。"

孟夫人还想说什么,却见孟斯年抓起桌上的车钥匙匆匆开门离开了。

苏格在院子里听几个熟识的公司员工聊了会儿八卦,觉得甚是无聊,想着还不如去找孟斯年玩,她和几人打了招呼,溜达到了华灵家客厅。

客厅很大，入目就见到楼梯下整面墙的奖杯，苏格走近想仔细看，突然听到不远处传来说话声，言语中带着骄傲之情："我们灵灵真争气啊，奖杯多得这个壁柜都快放不下了，过段时间我再找人打一面墙的柜子。"

那声音很清脆，苏格莫名地觉得有种熟悉感。

苏格下意识地回头看去，找寻声音来源，只见华灵挎着一位气质卓越的妇人往外面走，苏格看着那道背影，越发觉得熟悉。

华灵说："妈，我有个很会写歌的朋友，你一会儿好好招待她，她这次给蓝三三的那几首歌我都很喜欢。"

"好呀，那我得好好为你争取一下，不行就找你孟伯母，让她开口去帮你跟斯年要。"

华灵用脑袋在华夫人肩膀上蹭了蹭："妈妈你真好，妈妈我是不是你的骄傲啊？"

华夫人立刻说："当然了，我们灵灵最棒了。"

这一幕让苏格想起了自己的母亲。第一次小提琴比赛获奖时，她妈妈也非常高兴地亲着她的脸，夸奖她："我们格格最棒了。"

看着这温馨的画面，苏格不自觉地跟上去，拿着酒杯的手微微颤抖起来，因为这个华夫人走路的样子、说话的声音和温柔的语气都那么熟悉，一切都太巧了，从那道菌菇煲开始，都太巧了。

苏格越靠近，心脏越是怦怦直跳，有人来跟两人打招呼，夸赞华夫人保养得当、年轻漂亮，还说她和华灵站在一起像是姐妹。

华灵母女笑着点头离开，刚与她们寒暄的两人立刻小声说道："华夫人是华灵继母，也就大她十多岁，可不就像姐妹。"

"啊？继母？那我刚才那么说不合适吧？"

苏格听到这儿，感觉脑中"嗡"的一声，见两人要开门出去，猛然开口喊道："华灵姐。"

华灵和她的妈妈一同回头，华灵先扬起笑容："妈，这就是我说的那个很会写歌的朋友，她叫苏格。苏格，这是我妈妈。"

苏格怔怔地看着华夫人，华夫人本要扬起笑容打招呼，却在听到华灵说的名字后愣住了。她猛地往前走两步，瞪大眼睛看向苏格，两人的视线相撞，一瞬间谁都没说出话来。

华夫人脸上的神色有惊喜、动容，以及不可置信，她将视线定在苏格身上，仔仔细细地打量着她，眼圈一红，声音极低地问："是格格吗？"

对比她的神情，苏格可谓是镇定多了，除了呼吸微微急促外，总的来说，算是面无表情。她深呼吸一口气，胸口堵着什么的感觉却并没有好转，半晌，她从嗓子眼里挤出两个字："不是。"说完，也不管华夫人什么反应，疾步从她身边经过，开门跑了出去。

苏格听到身后华灵的声音："苏格你去哪儿？妈？妈你怎么了？"

苏格跑出了华灵家，迎着凉风却觉得眼中一阵湿热，伸手一摸，脸上不知道何时有了泪痕，她跑到路边，慌乱地掏出手机打给孟斯年，孟斯年几乎秒接："格格……"

"孟斯年，你来接我，快点。"她不知道自己说话时有没有哽咽，但孟斯年几乎是立刻询问她是不是哭了。

"我不知道，孟斯年你快来。"她有点急。

"我马上到，别挂电话。"孟斯年的声音听着镇定，却低沉沙哑得厉害。

华灵追来得极快，她微喘着停在苏格身旁："苏格？你怎么了？"

苏格手里攥着手机，听到她的问话，也没看她，只微微摇了摇头。

华灵试探地问："你……认识我妈妈吗？"

苏格垂眸没说话。

"她刚刚有些激动，你们之间有什么过节吗？"华灵问。

苏格心中冷笑，过节？和自己亲妈有过节？

嗯，有的吧。

苏格抬头看向华灵，见她一双眼睛带着说不出的精明，却又装作一脸懵懂，不停试探询问，心下一阵烦躁。

其实苏格刚开始对她的印象不错，后来发现她目的性太强，虽然待人热情亲切，但总是让人看不出是真心还是假意，如今，她又有了个新身份——她亲生母亲的继女。

想到这儿，苏格眼中划过一丝凉意，直言道："华小姐，以后我们不要有来往了。"

华灵诧异地看着她，眉头皱紧，路边的灯光昏暗，她看不清苏格的表情，但能感受到她语气中的寒意，想到她刚刚还在给孟斯年打电话，她挑了挑嘴角，决定把话摆明了说："苏格，你和我一样吧，也喜欢孟斯年却不敢说。"

苏格突然笑了，她斜觑着华灵，眼角有着说不上来的嘲讽，她说："我和你不一样，我敢说。"

华灵眉头皱得更紧了："苏格，你这是在自掘坟墓，孟斯年不喜欢女人缠着他。"华灵被苏格激得不再伪装和善，"他可能一时图你年轻，图你有点才华，给你几分好脸，你别以为他真能跟你谈情说爱。"

说完，华灵幸灾乐祸地笑了一下，孟斯年虽然看起来温文有礼，其实他最冷漠无情。

苏格也笑了，举起手里的手机给她看，屏幕显示正在通话中，"孟斯年"三个大字在华灵眼前晃了又晃："背后蛐蛐自家老板不太好吧？"

苏格的话音将将落下，一辆宝蓝色跑车嗡的一声停到了两人身侧。

孟斯年从车子上下来，手里拿着手机，耳边挂着蓝牙耳机，他站到苏格眼前，眼神清亮火热，他定定地看着她："你敢说什么？"

苏格仰着头看他，嘟嘟嘴："不想说，心情不好。"

孟斯年了然地看了眼面色灰败的华灵，握了握苏格有些微凉的手："不说就不说，我反正知道了。"说完，又意有所指道，"你别听别人的，我挺想跟你谈情说爱的。"

华灵脸色又白了几分，刚想说话，她家的大门吱嘎一声被打开，华夫人走了出来，看到几人，脚步急切地奔过来，华灵疑惑地看着她妈妈，又看了看苏格。

苏格目不斜视地盯着孟斯年，握紧他的手："我们走吧。"

见状，华夫人边走边说："斯年来了？要不然一起进去吃饭？大家都在，里面很是热闹。"说着，小心翼翼地看向苏格，柔了声音，"格格也进去吧，吃点东西再走。"

苏格像是没听到似的，也不说话。

夜晚的风有些凉，孟斯年见苏格只穿着毛衣，脱下外套给她披上，顺手搂住她的肩膀，他淡淡地道："不了，苏格有点冷，我们先回家了。"

他没叫她华婶，他说，他们回家。

华夫人点头应了一声，一双炙热的眼眸看着苏格，不舍得移开分毫："冷就快上车，别感冒了，虽然年轻人抗冻，但也不能穿这么少，盛阳天气冷。"

华夫人虽然语气温和，但能听出一丝慌乱的急切，还有那不知所措的关心。

苏格始终没看她一眼。

华夫人和华灵目送两人上车，车门刚关好，车子如来时一般嗡的一声冲出去，拐个弯连车尾都见不到了。

他连道别都没跟她们说。

华夫人神色凄然地看着车子离去的方向，她少有的失态让华灵起疑："妈妈，你认识苏格吗？"

华夫人收回视线，顾左右而言他："灵灵，苏格和斯年是什么关系？"

被问到痛处，华灵咬了咬唇，声音有些哽咽："还不明显吗？"

华夫人看出她的难过和失魂落魄，她神色复杂地拍了拍华灵的手："没事，灵灵这么漂亮，不怕没人喜欢。"

"我只想要孟斯年的喜欢,妈,我太喜欢他了,你想想办法嘛。"

华夫人看着跟她撒娇的华灵,突然后悔了,后悔让华灵和孟斯年认识,她叹了口气:"我今天身体不舒服,没办法帮你招待客人了,我先上楼休息。"

苏格自从上了车,就没再说话,她睁着大眼睛,怔怔地看着前方,一副魂游天外的样子。

很快,他们就到了孟斯年家的地下车库,苏格跟着他进了电梯。见孟斯年也不问她发生了什么,她便主动说道:"孟斯年,我和你说个事。"

"嗯。"孟斯年牵着她的手,手指轻轻地刮着她的手背,"你说,我在听。"

她一句废话都没有,直接说:"华灵的妈妈,是我的妈妈。"

孟斯年见她抿着唇,瞪着大眼睛一眨不眨地看着自己,心疼极了,伸手将她抱进怀里:"我知道。"

苏格仰头看他,惊讶地道:"你早就知道?"

"刚知道,所以去接你了。"所以在她忍着哭让他来接的时候,他能立刻到。

天知道那一刻他想要把车子开到飞起来。

"在一起吗?"苏格突然问。

孟斯年有一瞬间的恍惚,目光灼灼道:"求之不得。"

电梯门打开,两人走进房间,还没开灯,苏格就被孟斯年压在门边的墙上,黑暗中,他的气息那样清晰,带着淡淡的烟草味。他吻过来的那一瞬间,苏格在心里叹了口气,他的吻真的像香烟一样,让人上瘾。

他这次的亲吻,没有像第一次那样蛮横粗鲁,也没有像后来几次那样温柔耐心,充满侵略性又有些急切。

后来,两人的气息都有些不稳,孟斯年在失控前放开她。

他抵着她的额头,两人微微喘息,黑暗中,他餍足的声音响在耳边:"名正言顺后的第一个吻。"

他笑了起来,伸手将室内的灯按开,结果看到苏格的样子,他立刻又关上了。

"怎么了?"苏格问。

孟斯年无论如何都想象不到,苏格会这个样子。

她嘴唇莹亮红润,微微张着喘着气,眼神迷离地看着自己,发丝凌乱,一如那天在沙发上,意乱情迷地看着自己的那副样子。

帮她整理了衣服,他这才去开灯,也没看她,转身去倒了两杯水:"哭完会渴。"

"我没哭。"

他不拆穿她的嘴硬:"还伤心吗?"

"我不伤心。"苏格神色倔强,她不想为这个不负责任的母亲伤心。

她曾经想过很多种原因,为什么妈妈不去看她,她也问过爷爷,他说,她妈妈不喜欢曲桑。

她想,下次见到妈妈,她会好好跟她说,只要偶尔联系就好,她不黏着她。

后来,好多年过去,她还是没见到妈妈,甚至爸爸去世她都没去。

那时候,她爷爷告诉她,别等了,她妈妈有了新家庭。

即使早就做好了妈妈已经有了新的爱人新的孩子的心理准备,但见到她将所有的爱都给了另一个人的那一刻,她当时是什么感觉呢?很悲哀吧,放着自己的亲生女儿不去宠爱,却与别人其乐融融,为那个人骄傲着、自豪着。

她怎么会不伤心?怎么会没有怨恨?

孟斯年见不得苏格这个样子,她本应无所顾忌无忧无虑的,他伸手将她搂进怀里,想说宽慰的话,开口却是:"饿了吧?"

苏格点了点头。

"我给你做好吃的,好不好?"

苏格继续点头。

孟斯年很快煎了两份牛排,每份都配了一个单面荷包蛋和一些通心粉,苏格拿起刀叉,突然问:"有酒吗?"

孟斯年站起身向一个房间走去:"红酒可以吗?"

她点头。

苏格喝惯了家里自酿的果酒、桃花酒,很少接触红酒,这一尝,孟斯年家的红酒味道竟然很合口味,一顿饭结束,两人喝完了一瓶。

孟斯年见她嘴角沾着番茄汁,抽了张纸巾,仔细地帮她擦干净。

她又吃了口通心粉,番茄汁再次沾到了嘴角,孟斯年这次没用纸巾,直接起身,弯腰侧头,伸出舌尖在她嘴角舔了舔,眼睛一弯,笑道:"甜的呢。"

苏格的耳朵又红了,在灯光下粉红透亮。

孟斯年没忍住,修长的手指捻上她的耳垂,轻轻地揉着,一时间爱不释手,直到苏格拍他的手,他才恋恋不舍地松开。

很简单的动作,却让他做得暧昧又满是情欲。

饭后,孟斯年收拾完餐桌出来,见苏格站在落地窗前看夜色,他看不到她的神情,却能从她的背影感受到伤心落寞。

他走过去从后面抱住她，歪头在她发间蹭了蹭："格格，你猜我为什么知道华灵的妈妈就是你妈妈？"

"不想猜。"苏格说。

"不猜我就不告诉你。"他特别喜欢威胁她。

苏格挠了挠他环在她腰间的手："你掐指一算？"

他轻轻一笑，将下巴放在她的头顶，说道："因为，你父母带你去过我家，在你三岁多的时候。"

"啊？"苏格惊讶地扭头看他。

孟斯年将那张照片拿了过来，在她眼前晃了晃："格格，我们俩就是天注定的你信不信？"

"啊，这不是我小时候吗？"苏格拿过照片，看到照片上的两人，又惊奇又兴奋，似乎因为酒劲上来了，她小脸红通通的，"旁边这是你吗？这是我们？"

她一脸不可置信，孟斯年点头："就是我们。"

"你合成的吧，哄我的吧？"

"我可有证人，这照片我爸拍的。"

苏格瞪着大眼睛反应半天，终于信了，再看向照片："你小时候就那么高了？"

孟斯年见她突然变得明媚的笑脸，并不想去提醒她，他比她大了九岁。

"你这跟谁摆脸子呢？不情不愿的，是不是不喜欢我呀？"苏格注意到孟斯年的表情，气哼哼地问他。

孟斯年弯腰想去亲她，苏格用照片挡住他的嘴："是不是不想和我拍照？"

"不记得了。"他实话实说。

苏格继续看照片："像我强迫你似的，这么可爱的小姑娘你都不喜欢，你一定是装的。"

"嗯，装的，其实喜欢死了。"他将她的手扣到背后，终于亲上了。

两人口腔中还残留着酒香，醉人又迷人。

不知道过了多久，孟斯年放开她，苏格又是刚才那副诱人模样，她仰着头，看着孟斯年，眼中星光点点："孟斯年，你猜我刚才在想什么？"

"不想猜。"他故意把她的话原封不动地送回去。

苏格也不在意，继续说："我在安慰我自己。"

"怎么安慰的？"

"就跟自己说，我有孟斯年就够了。"

孟斯年伸手将她紧紧抱进怀里，这姑娘太会撩人了，他声音低沉："不想看风景了是吧？不看咱们就做点别的。"

温馨感人的氛围被他两句话弄得烟消云散，苏格气得打他："登徒子，臭流氓，道貌岸然。"

"这词汇量给你丰富的，再说我真收拾你了。"孟斯年警告着。

"你还威胁我？斯文败类！"

"还说？"孟斯年说话算话，弯腰一下将她抱起向卧室走去。

苏格没拒绝，只觉得自己晕乎乎的，失重感让她伸手搂紧他的脖子。

看她不敢抬头的样子，他又问："害怕吗？"

她点了点头，又摇了摇头。

他低头亲吻她的额头，脸颊。苏格本就晕眩着，在他的轻触中又变成了浑身无力。他没有开卧室的主灯，将她放到床上后，随手按开了旁边的落地灯。

苏格这才开始紧张，她抓着孟斯年的衬衫，忙说："你别。"

孟斯年哪里理她，苏格闭着眼睛不动，孟斯年故意去挠她痒痒，苏格笑得打滚，随即她就感觉到他那热烫的指尖绕到她背后……

孟斯年没有将窗帘拉上，不过他的这栋楼对面并没有建筑，只有远方林立的写字楼群，鳞次栉比。夜色中灯火虚幻浮华，暗色的天空中，有零碎的几颗星隐藏在云雾中，若隐若现。

良久，埋首在她脖颈之间的孟斯年不再动，炙热的呼吸一下一下扑在她那被他留下星星点点红痕的细嫩皮肤上，他寻到她的唇，亲了两下，像是用了极大的自制力才从她身上离开，在床边地毯上找到自己的衬衫，又穿了上去，虽急切，却依旧耐心地一颗一颗地扣着扣子。

苏格都不知道他什么时候脱掉的衬衫，她看了会儿他衣襟下若隐若现的腹肌，只觉得红酒的后劲太大，她脸颊越发地热，见孟斯年将衬衫塞进长裤中，熟练地系着腰带，苏格扭头，将脸埋进枕头中。

"没提前准备，我出去一趟。"孟斯年又低声哄了她几句，出了卧室。

孟斯年在客厅喝了一杯水又平复了一下心绪，去了趟便利店再回到卧室，不过十分钟的时间，苏格却已经抱着他床上的抱枕睡着了。

眼睛紧闭，小脸通红，红唇微张，睡得香甜得不得了。

床头柜上的烟灰缸里有两个烟头，屋内还有消散不去的香烟的味道，孟斯年第一次觉得香烟是这么不吸引人，让他食髓知味意犹未尽的，现在只有苏格。

他俯身轻轻去亲她，想唤醒她，她却皱了皱眉头，不开心地伸手推他，嘟哝道："困。"

苏格困倦的迷糊样子让他无奈地笑了，他现在有些后悔让她喝了酒。

孟斯年进了衣帽间拿了换洗的衣物出来，见苏格从侧卧变成了趴睡，歪着头，头发全挡在脸上，睡相可谓是非常差劲，毫无形象可言。他居高临下地看着她，伸手将她的头发捋到后面，心道真是磨人。

天蒙蒙亮的时候，苏格被渴醒了，她睁开眼睛借着窗外初露的微暗晨光看清了自己所处的环境，不是第一次睡在这里，她还算习惯，刚准备起身，突然发现横在自己身上的手臂，顺着手臂看过去，是在她旁边侧着身睡着的孟斯年。

苏格脸腾地就红了，昨晚的记忆涌上来，想着喝了酒果然是大胆，她仔细回忆了一下，又悄悄掀开被子看了看孟斯年的衣着，家居长裤和V领T恤，很是绅士工整，看来两人还是很单纯的关系，没有进一步。

孟斯年睡觉很浅，察觉到苏格的动静，抖动了两下睫毛，睁开了眼睛。

本是睡眼惺忪，待看到苏格后立刻有了一丝哀怨，他揉了揉太阳穴，嗓音低沉喑哑："我昨晚上被你折腾死了。"

"我怎么了？"苏格还挺无辜。

"冰火两重天懂吗？"

她无辜地摇摇头。

"就是洗了凉水澡，回到床上又热得不得了，又去洗凉水澡又热得不得了……"

他毫不避讳，说着也不管苏格的脸又红成什么样，翻身压住她："继续。"

苏格忙推他："不、不行，我好渴，而且没刷牙、没洗澡……"

她话还没说完，孟斯年就将她抱起进了浴室，苏格惊呼："我自己洗！"

两人在天至微明之际荒唐到天光大亮，本是清冷的黎明，卧室内却充满了黏稠、潮湿的气息，后来折腾累了，苏格几乎秒睡过去。

再次醒来她是被孟斯年的电话铃声吵醒的，她闭着眼睛摸了半天，摸到了孟斯年的手，这才不情愿地睁开眼睛。

孟斯年就躺在她旁边，一只胳膊被她压在脖颈下，他也是睡眼蒙眬，眯着眼看了下手机，用另一只手接起："喂，妈？"

听到这个称呼，苏格完全清醒，她瞪大了眼睛看着发丝凌乱的孟斯年，听他用刚醒来时略带沙哑的嗓音说："嗯，还在睡，您过来了？在客厅吗？"

苏格紧张地抱紧了被子，她还记得上次被他妈妈撞到时的尴尬。她很想问，为什么她一在他这儿住，他妈妈就来。

孟斯年挂了电话，看向一旁的苏格，见她又露出像上次那副生无可恋的表情，笑着俯身亲了亲她："我出去看看，你接着睡。"

孟夫人一见到孟斯年就知道他刚从床上爬起来，她看了看时间，已经十点了，不像他的作息时间，问道："今天不上班？"

"晚点去。"孟斯年说着，倒了杯水灌了下去。

他睡眠质量本来就不太好，昨天又折腾了半宿，确切地说，是他自己折腾了半宿，好不容易睡下了，黎明时候又起来继续折腾，所以见到母亲他也没故意遮掩自己的精神不济。

"没睡好？"

"嗯。"

"还是失眠吗？"

孟斯年犹豫一下："不是。"

孟夫人挑了挑眉，看了眼门口的鞋子，是女孩的板鞋，了然道："有人在？"

孟斯年顺着她的视线看过去，落到那双工整地摆在鞋柜旁边的干净的小白鞋上，眼眸柔软了几分："嗯。"

气氛凝滞半晌，孟夫人突然说："别太放纵。"

孟斯年："……"

"你昨天怎么回事？还没说完话就急匆匆地走了。"孟夫人不再将注意力放到那双鞋子上。

"突然有点事。"说完，他发现母亲正盯着自己，一副并不好打发的样子，果然，她说："什么事？关于小格格的？"

她还保留着多少年前对苏格的称呼习惯。

孟斯年给母亲倒了杯水，放到她面前，坐到她旁边："昨天华灵邀请苏格去她家参加宴会，我怕苏格见到她妈妈伤心，所以就去把她接了回来。"

孟夫人没想到是这样，她消化了一下这个消息后，问道："小格格见到你华婶了吗？"

华灵和她这个继母的关系有多好，他们都有目共睹，当年华夫人和苏格父亲离婚的内情少有人知道，不过多少听说闹得很不愉快，导致华夫人一直见不到女儿，她对华灵的好有一部分可能是想念女儿的寄托。

失联这么多年，这种情况下见面难免尴尬，让本就有隔阂的母女俩，更加心生嫌隙。

"见到了，很伤心。"孟斯年说。

孟夫人垂眸，不知道在想什么，半晌她叹了口气："他们的家事，我们也不太好插手。"

"不过,你和小格格……"孟夫人犹豫了一下,看了卧室方向,"里面的人是她?"

孟斯年点头:"我准备过段时间带她回家,等下问问她的意思。"

孟斯年从小就特别有自己的主意,他从来没带任何女孩回过家,能主动带回去那就是说认定了,孟夫人心里感叹了一下这神奇的缘分,说:"你们商量时间,我也是挺久没见小格格了,再见竟然成我儿媳妇了。"

孟斯年笑道:"上次不是刚见。"

孟夫人嗔怪地瞪他:"那哪能算,你真是越来越会胡闹。对了,你看心理医生的事情格格知道吗?"

孟斯年点头:"跟她说过。"

"她不介意就好,下次什么时候去德国?"

"要看奥尔蒂斯的时间。"

"我觉得你有很大变化,"孟夫人神色欣慰,"笑容多了,话也多了,不像以前多几个字都不想说,情绪也不好。"

"有那么夸张?"

孟夫人也不跟他争辩,看了下时间:"不打扰你们了,我走了。"

她起身往门口走,突然又回头说:"你这是不是'从此君王不早朝'?"

孟斯年无奈地一笑:"就今天上班迟到就被您撞到了。"

"还有上次,我就来了两次,撞了两次。"

"巧了。"

孟夫人瞪他一眼,开门离开了。

孟斯年再回到房间,手里拎着两袋子刚叫 Yoko 送来的衣物,苏格从洗手间出来,小心翼翼地看了看外面:"你妈妈走了?"

孟斯年双臂环胸看着她,似笑非笑地点了点头。

苏格整理了一下沾湿的刘海,准备换衣服,孟斯年走近她,伸手将她圈进怀里:"要去哪儿?"

"爷爷来盛阳了,我去大伯家等爷爷一起吃午饭,下午还要回学校上课。"苏格在他怀里蹭了蹭。

他的手轻轻地抚着她的头发,声音慵懒暧昧:"不想让你走。"

苏格抬头看他,一双眼睛晶莹剔透:"你好黏人呀,孟斯年。"

孟斯年点头承认,瞥了一眼床:"还有时间,再睡会儿?"

苏格也跟着看了眼,凌乱的床单和掉在地上的枕头被子都在诉说着两人黎明时的疯狂，因为孟夫人突然造访导致她忘了害羞，这下想了起来，头埋进他怀里，摇摇头不说话了。

孟斯年看到她耳朵红红的，伸手摸了摸，低声说："脏了，确实也不能睡了。"

苏格耳朵更红了。

"要我送你吗？"孟斯年总觉得有点心虚，人家爷爷将苏格托付给他，意思是让他好好照顾，可没说让他这么"照顾"，所以找到机会他就想表现一下。

"你快去上班吧，萧老师打了好几个电话来，最后一个我接了，他说今天有例会，你不在场无法进行。"苏格将他扔在枕边的手机拿给他。

"萧树没问一大早你怎么接我的电话？"孟斯年说。

"问了，我说昨天喝多了在你这儿睡的。"

"他说什么？"

苏格有些无奈有些好笑："他说，为什么喝酒不叫他。"

孟斯年失笑，萧树真的迟钝得可以。

他拿过手机，翻了下通话记录，发现在萧树之前，还有两个未接电话，都是华夫人的。

孟斯年看了眼苏格，见她神色如常，估摸着没注意。

简单吃完早餐，孟斯年叫了个车将苏格送去她大伯家，他这才去千棠开会，路上他给华夫人回了个电话。

华夫人开门见山说道："斯年，婶婶请你帮个忙，我想和格格见一面，不知道她方不方便，你帮我问一下？"

孟斯年看昨天苏格的态度，猜到她可能不太想见面，但还是应了一声："好，华婶，我帮您问一下她。"

华夫人表示了感谢，随即又犹豫着询问："斯年，你和格格怎么认识的？还有，她什么时候回国的？她在盛阳是上学还是工作？"

孟斯年顿了一下，还没说话，华夫人先道歉："抱歉，我的问题有点多，我有些激动，昨天一宿都没睡，我、我已经七年零九个月没见到格格了，我有好多话想和她说。"

说到最后，华夫人逐渐哽咽，孟斯年有些动容，想着华夫人的样子不像狠心的母亲，他耐下心来一一回答："我在曲桑认识的苏格，她具体什么时候回国的我不太清楚，现在在盛阳音乐学院上学，大四了，偶尔会给我们写一些歌，她在这方面很有天赋。"

华夫人似乎愣了很久，随即又急急开口："大四了？已经在这边上学这么久了吗？"

"应该是，"说着，他将车子停到公司楼下，"华婶，我这边有个会，晚些问完苏格再给您回电话。"

萧树见到他进会议室免不了抱怨："老板啊，你最近真的很懈怠工作啊。"

孟斯年跟大家说了句抱歉："我忘了今早有会。"

"你和苏格去哪儿喝酒了？为什么不带我？"萧树吃醋了，"早上苏格接你电话的时候，我还以为打错了，喝多少啊，她竟然醉得住你家了。"

孟斯年轻咳一声："开始吧。"

萧树没注意到神色各异的众人，凑过去小声说："你也注意点，别老把苏格当小孩，人毕竟也是女孩，住你家这事传出去对她不好。"

孟斯年的眼刀扫过去："你不传谁知道？"

萧树无辜地耸肩："这你可怪不了我，打电话的时候我身边都是人，我也不能捂人耳朵吧，还有，你今天得赔我一顿，晚上有个局，人家点名让你去。"

孟斯年怕他没完没了地纠缠，点头应了："嗯。"

萧树这下高兴了，吩咐各部门开始汇报工作。

苏格到大伯家的时候，爷爷和大伯他们还没回来，大伯母看到她去，拉着她去小花园里看花。

大伯母很会生活，将小院子打理得鸟语花香，天气逐渐寒冷，她特意给花草打造了一间玻璃房，苏格很喜欢，心里不免想到孟斯年那房子大是大，就是没有花园给她养花。

两人聊了一会儿养花心得，前院传来说话声，苏格忙跑过去，见到她爷爷和她大伯还有苏天濠走进来，苏格一下扑过去，挤开苏天濠，牵着爷爷往房子里走，祖孙两人两三个月没见，很多要说的话，一直聊到下午爷爷要午睡，苏格才恋恋不舍地回学校。

苏天濠送苏格回学校路上，一直谄媚地、亲切地叫着好妹妹，给苏格叫得一身鸡皮疙瘩，终于忍无可忍："你有话就说，别这么恶心。"

苏天濠瞥她一眼："干吗这么说哥哥呀？"

苏格一脸想吐的表情："我想下车。"

"好了好了，我说就是，阿谣一直不同意跟我谈恋爱，她是你闺密，我是你哥哥，你是不是应该负起牵线搭桥的责任？"苏天濠死皮赖脸地冲苏格飞眼儿。

苏格撇撇嘴："我才不，你是个渣男，我怎么能把闺密往火坑里推。"

苏天濠哀号:"我怎么了我,又渣男又火坑的?"

"你自己知道,你看看你找的那前女友。"

"那都多久的事了,还不兴看走眼啊?"

"我在盛阳遇到你时可是在酒店,哪个正经人没事带女生去酒店啊?"苏格一脸鄙夷。

苏天濠急道:"你是古代人吗?你和孟斯年谈恋爱就干谈啊?"

苏格本来挺厚脸皮的,但他这话让她一下想到早上和孟斯年厮混的那些画面,红晕瞬间飞上脸颊和耳根。苏天濠见她这样,立刻了然:"你是不是双标?他是正经人,我就是渣男和火坑?"

"你俩能一样吗?"苏格硬着头皮说,"反正我才不给你牵线搭桥,阿谣她对男人没兴趣,而且你们异地怎么谈恋爱?"

"我可以去曲桑!"苏天濠立刻说,"酒吧哪里不能开?我看曲桑镇中心挺不错,我都去踩点了,那边只有一家酒吧,还很小,我去吞并它。"

苏格惊讶地看他半响,觉得不像开玩笑,但最后也没松口:"你这么大了,追女孩还让我帮忙害不害臊?"

苏天濠见她油盐不进,被她气够呛。

乐团例行训练完,苏格给孟斯年打了个电话:"孟叔叔你在哪儿?爷爷给你带了礼物。"

老爷子觉得自己身体恢复如初了,来之前闹着大伯陪他去了一趟镇里,他见苏天濠给他爸妈买的羊毛衫挺好,也跟着给孟斯年买了一件。

他觉得孟斯年对他们家太好,不仅帮着联系医院医生,还让自己的助理全程跟着去了香港,撵都撵不走,他没买什么太贵重的东西,想着自己身体再好些,亲自给他做个陶器。

苏格见羊毛衫那款式,觉得孟斯年肯定不喜欢。

老爷子盼咐苏格好几遍让苏格走的时候别忘带了,抽空给她孟叔叔送去。苏格也不好打击自家爷爷的热情,保证道:"我一定将爷爷的礼物送到孟叔叔的手上,我猜他肯定喜欢。"

孟斯年没深究她怎么又改口叫他叔叔了,反正这些称呼,苏格都是随心情来的,不过他现在的心情不太好,于是低声对她说:"貌似在相亲。"

苏格:"打扰了。"然后挂断了电话。

孟斯年回拨回去:"没说完话呢,挂这么快?"

苏格冷笑一声:"我差点把手机砸了。"

孟斯年笑道:"过来,把你家男朋友领回家,快点。"

苏格很快到了孟斯年"相亲"的餐厅，报了包间名，服务生将她引到包间门口。

她像是到了自己家一样，打开门进去，也不看孟斯年对面坐着的女士，直接坐到孟斯年身边，笑眯眯地看着孟斯年："这家日料店我想吃好久了，也不知道怀孕了能不能吃刺身。"

她正对面坐着的女人和她旁边坐着的男人几乎一同看向她的肚子，而她的毛衣下面，很鼓……

那位女士努力地扯了个笑容："孟先生，这位是？"

孟斯年将视线从苏格的肚子上移开："她是我——"

"媳妇儿。"苏格抢先说，说完还用一副"这还用问，你没长眼睛吗"的表情看着她。

孟斯年挑眉，很好，这个称呼他很喜欢。

那位女士的语气中有了丝尴尬："孟、孟先生已经结婚了？"

苏格仿佛是孟斯年发言人一样，不管那位女士问什么，他都看苏格，等着她现编。

苏格像模像样地叹了口气："我到法定结婚年龄还得好几年，唉，注定要当未婚妈妈了。"说完，她瞪了一眼孟斯年，娇嗔了一句，"都怪你。"

孟斯年已经开始后悔让她来救场了，这丫头的戏真的很多。

没多久，那位女士随便找了个理由就走了。苏格和孟斯年大眼瞪小眼半天，苏格拿起筷子："吃吧，浪费。"

孟斯年没动，漫不经心地笑着，说："怀孕了不宜吃生冷食物。"

苏格把外套里面团成一团的羊毛衫掏了出来，扔到对面的椅子上，想了想说："戏是不是有点过了？"

"过了。"孟斯年点头。

简直把他塑造成了一个变态。

苏格不以为意，她吃了口烤秋刀鱼："相亲的饭局你也敢来，是不是觉得我没脾气啊？"

孟斯年给她倒了杯茶，看着她吃东西："不敢，我是被萧树骗来的。"

"萧老师想撮合你和刚才那位？"苏格说。

孟斯年有问有答："可能吧。他来了没一会儿就找借口走了。"

苏格觉得自己拳头硬了！

萧树赶来的时候，两人差不多吃到了尾声，他一屁股坐到椅子上："怎么回事啊？孟斯年，你做了什么把人姑娘都气哭了？"

孟斯年瞥他，语气甚是不悦："你好意思说？约我吃饭自己溜了，我看是你朋友才没直接甩手走人。"

意思是够给你面子了,你还敢来兴师问罪。

萧树"哼"了一声:"这还不是为你的终身大事着想,我听姑娘哭着说什么孩子,孩子在哪儿呢?"

苏格咬了一口北极贝刺身,用筷子指了指羊毛衫:"你屁股下面坐着呢。"

萧树吓得赶紧站起身:"什么玩意儿?"

苏格又塞了块煎鳗鱼进嘴里,随口道:"孟斯年的儿子。"

孟斯年低笑出声,捏了捏她鼓溜溜的腮帮子,太皮了。

萧树翻了个白眼,起身走了:"认识你之后孟斯年都被你带偏了,越来越幼稚。"

苏格见他出去,站起身拿了椅子上的羊毛衫跟着他出了包间:"萧老师,等一下。"

萧树回头看她,他气还没消,没好气地说:"干吗?我说小苏格你是不是作业太少了,总跟你孟叔叔瞎混,他相亲你也来凑热闹?"

苏格将手里的羊毛衫塞到他怀里:"我爷爷送你的礼物。"

"谢谢老爷子,怎么突然送我礼物?"萧树惊喜地扯开看了看,"怎么连个包装都没有?这不是孟斯年的儿子吗?"

"这是行贿,以后别给孟斯年介绍女朋友了啊。"苏格说。

"为什么?他让你来收买我?拿件衣服?"萧树不明所以。

苏格叹了口气,心道这萧老师真是迟钝到一定境界了,她意味深长地冲他笑笑:"你说呢?"

萧树看着她,神情从好奇慢慢变得惊奇,他好像大概……也许……懂了什么:"你?"

"我。"

"你和孟斯年?"他惊讶地瞪大眼睛,一脸不可置信。

苏格不满地看着他:"怎么了?不配吗?孟斯年追了我小半年呢。"

"他?追你?小半年?"萧树下巴都要惊掉了,这么大的事他怎么一点不知道?而且孟斯年追人,还追这么久?说出去谁信?

"是啊。"

"你唬我的吧?"萧树记得苏格就喜欢满嘴跑火车。

"媳妇儿,你的乌冬面来了,你还能吃得动吗?"孟斯年出现在包间门口,他侧靠在门框边,似笑非笑地看着两人。

"能。"

"他、他叫你什么?"萧树觉得非常玄幻,一直不近女色的孟斯年,怎么就和苏格这小丫头片子搞到了一起？

"媳妇儿啊，"苏格说，"下次别再问我们喝酒为什么不带你的傻话了。"

萧树突然灵光一闪，一拍脑袋，仿佛什么都想明白了。

怪不得，每次碰到苏格和孟斯年，其他员工看他的眼神都很诡异："我不会是最后一个知道的吧？"

苏格想了想，说："好像是的。"

萧树气愤地离开了。

苏格笑嘻嘻地回到了包间，见她高兴，孟斯年也挑起嘴角："开心了？"

她点头："还能吃一碗乌冬面。"

两人用完餐离开时才七点多，孟斯年将苏格带上他的车："格格。"

苏格边系安全带边奇怪地看他，突然叫这么亲切，有点不寻常。

孟斯年没急着启动车子，他抽出一支烟，塞进嘴里，想打开窗又怕冷风进来冷着她，于是没有去点燃："你妈妈给我打电话了。"

苏格愣了愣，不知做何反应："啊，然后呢？"

"她说她想见见你，有很多话想说。"他把烟从嘴里拿出来，扭头看着苏格。

苏格垂着眸子，视线没有落点，沉默了良久："我没什么话想跟她说。"

孟斯年看着她这样子，有些心疼："你们这些年一次都没联系过吗？"

离婚的夫妻很多，但像他们这种丝毫不联系的母女确实少见，华夫人也不像如此无情之人。

"我和我爸爸回了曲桑后，她偶尔会打电话过来，也会寄东西，后来慢慢就失联了，现在我才知道，她去给大明星当妈妈去了，当然不要我了。"

孟斯年捏着烟的手指下意识一紧，他突然后悔帮华夫人传话了，见苏格始终低着头，他伸手摸了摸她下巴示意她抬头，苏格顺着他手的力量看过去，脸上带着委屈又倔强的表情，孟斯年心狠狠揪了一下，想着当初和她妈妈分开的时候，她是否也是这样，强忍着泪水假装坚强。

孟斯年单手解开安全带，想抱抱她，苏格先开口道："孟斯年，这支烟能给我吗？"

他看向自己拇指和食指之间捏着的烟，已经有些变形了，他摇摇头："不行，宝贝儿，你需要戒烟。"

"不行啊，"苏格下意识重复，另一只手"咔"一声解开安全带，"那可以接吻吗？"

孟斯年心下一阵波涛汹涌，几乎是她话音一落，他便伸手将她抱了过来，让她跨坐到自己腿上，他低头，她抬头，两人瞬间吻在一起。

他的车子停在日料店附近一个偏僻小巷，几乎没人经过，车内的空气逐渐升温，还是孟斯年先找回些理智，偏头吻了吻她的脸颊、耳朵，哑着嗓子说："不能在这儿。"

苏格迷蒙的双眼渐渐清明，她伸手抱紧他的脖子，将脸埋进他肩膀，声音娇软："我答应爷爷今天去他那儿。"

孟斯年叹口气："那你不早说。"

"现在说晚吗？"苏格天真地问。

"早说的话，你求我我都不亲你。"

他哀怨的语气逗笑了她。

第九章

温室效应

苏格在大伯家住了两天，苏天濠天天车接车送，扮起好哥哥角色不知疲倦，惹得老爷子都看他顺眼了不少，少挨了好几顿骂。

周五这天，孟斯年和苏天濠不约而同地去学校接苏格放学，苏格从教学楼出来，看着面前的两辆车，先跑到苏天濠的车前："我不是说不用来接我了吗？"

"你爷爷愿意吗？三点多就开始催我了，怕你找不到回家的路。"苏天濠也挺不乐意的。

孟斯年见到苏格出来就下了车，这才注意到路边的苏天濠，苏天濠了然的视线从孟斯年那边收回："怪不得不让我接你呢，有约会呀？"

苏格看向戴着口罩走来的孟斯年，心道不过两三天没见，怎么还心跳加速了。

她怕同学认出他，示意他去车上等，孟斯年停下脚步，转身又上了车。

苏天濠挑眉："真听话，教夫有方。"说完，想到什么似的，趁机威胁她，"你帮我跟阿谣说好话，我就回去帮你跟爷爷打掩护，你今天不回家住我都能给你编得合情合理合法合规。"

苏格特别无语，她想撂狠话，又怕苏天濠真回去乱说，话音一转："说好话就行？"

苏天濠见真有戏，立刻点头："嗯嗯嗯，多美言几句。"

"行，那你就跟爷爷说我明天学校有活动，今天住宿舍。"苏格说完，几步跑到孟斯年车边，坐进副驾驶。

孟斯年摘了帽子口罩，待她坐好立刻启动了车子，生怕慢一点她就被苏天濠接走似的。

苏格说话算话地给陈水谣发了条语音："阿谣，你以后如果要找男朋友，可以考虑一下苏天濠。第一他有钱,第二他特别喜欢你,第三他长得还行,第四你俩结婚了你就跟我亲上加亲,第五以上四点是我被他威胁说的。"

孟斯年被她逗笑,真是亲妹。

余晖散尽,最后一丝光亮隐没在地平线下,路灯一排排亮起时,苏格跟着孟斯年回到他家。

两人拎着食材从电梯中出来,苏格拎着稍重的购物袋,只留给孟斯年一些绿叶菜,他满眼歉意:"下次让人送过来,我们不要亲自去买了。"

两人本来是要在外用餐,苏格突然想和他一起逛超市,于是临时改了计划,买了食材回来。

苏格不以为意,从车位到电梯而已,她没那么脆弱,而且也没多重,哪有他的手重要!她晃了晃购物袋:"我有肱二头肌。"

孟斯年不满她调皮的动作,出声提醒:"你也小心手指。"

这晚,苏格负责洗菜切菜,孟斯年负责做饭,他似乎也不太擅长料理,一边看着教程一边炖牛腩,苏格将他要做海鲜焖锅的菜品洗切好,拿着菜谱给他念酱料顺序与用量,两人倒是配合默契。

"以前觉得你很会做饭,原来只会煮粥、煎牛排。"苏格说,"不过比我强,我只会煮泡面。"

"会煮面也很棒。"

苏格轻笑,这是把她当三岁小孩了?

两人等菜熟的间隙,亲亲热热地窝进客厅沙发,想找个电影或者综艺打发时间。就在苏格打开蓝三三参加的一档音综时,孟斯年搂在她肩膀上的手顺势向上,摸着她的脸颊让她转向了自己:"没别的可看了吗?"

"听说这个音综很好看,开播第一期就爆了,"她站在观众角度客观地解释,"而且又不止程蓝,还有别的实力歌手。"

他灼热的气息喷洒在她唇间,看着她嫩红的唇在眼前开合着说话,他的喉结缓慢地上下滚动,在电视里程蓝嗓音响起时,低头吻住了她。

他不知道苏格什么时候喝了冰箱里的青柠气泡水,清淡幽香充斥了整个口腔,这没有让他更清醒,反而愈发沉沦,若不是门铃突兀响起打断逐渐汹涌的欲望,他想,锅里的菜直到煳掉也不会有人去管。

孟斯年去开门,很意外门外站着的竟然是华婶,虽然她穿着考究,也化着精致的妆,但还是能看出精神不济。

她掩饰了一下眼中焦急的神色,尽量让语气缓和清晰:"抱歉斯年,我还是想请你帮帮忙，我想见见格格，你帮我劝劝她好吗？"

苏格那天拒绝见面后，孟斯年发了条信息给她，只说"抱歉，苏格不太想见面"。

孟斯年眉头微微皱起，华夫人立刻让步："不见面也可以，你把她的电话号码给我也行，斯年，婶婶这些年真的好想她。"

孟斯年还没说话，他身后突然传来一道凉凉的声音："是吗？"

华夫人看到孟斯年身后出现的人，惊喜一瞬间涌上心头："格格！"

相反，苏格没什么表情，和她的语气一样，冰凉又带着嘲讽。

孟斯年微微让开一些，苏格和她妈妈就这样一个门里一个门外，四目相对。

华夫人几乎立刻便红了眼眶，拿着包的手微微有些颤抖，她深呼吸一口气，颤了颤嘴唇："可以、可以和妈妈说说话吗？"

苏格在她火热期盼的眼神下，缓慢地摇摇头："我想我们没什么话好说。"

"怎么会呢，我们这么久没见了，你一定有很多话跟妈妈说，对不对？"华夫人急道，她说话的语气还像是把苏格当十多岁小孩子。

"没有。"苏格坚定地说，"华夫人请回，希望我们以后不要再见面。"

"为、为什么？"华夫人知道可能要费一番功夫才能让苏格和她关系缓和，但她没想到苏格会如此决绝，脸上满是震惊和心痛的神色。

"习惯了没妈，突然有了不习惯。"苏格说着，将手放进孟斯年手中，十指紧扣，拉了拉他，示意他关门。

孟斯年抱歉地看着华夫人，伸手要关门之际，走廊里传来熟悉的声音："妈？你怎么在这儿？"

几人同时一愣，看向电梯方向，来人是华灵。

而华灵看到穿着家居服和孟斯年十指紧扣的苏格，脸色微变。

孟斯年最先开口，他说："华婶帮我妈妈给我送点东西。"

倒不是故意瞒着她，孟斯年察觉到华夫人的慌乱与僵硬，才开口解围，他不想看到事情在他家门口发展得更复杂，这应该是华婶回家解决的问题。

华灵的注意力都在苏格身上，没有深究孟斯年的说辞，她笑得勉强："苏格也在呀？"

苏格看着她，轻声说："嗯，我住这儿。"

她承认她是故意的，似乎眼前这对母女不痛快她就能痛快点一样。

华灵是来找孟斯年谈工作的，孟斯年带她进了书房，华灵跟着进去随手关了门，孟斯年坐进椅子里，轻蹙眉心："敞着门。"

华灵怔了一下，有些尴尬地又把门打开。

孟斯年似乎对她的到来不是很开心，眉心始终没有舒展，他抽出一支烟，垂眸点燃，眼皮都没抬一下："什么事？"

华灵站在桌子前，昂着头，声音不大，但能听出急切："老板，《天籁》那个音综为什么不让我去？我真的很想上那个节目，也早跟您申请了。"

孟斯年弹了一下烟灰："理由我跟你的经纪人说了。"

"就因为那个是现场直播，您是怕我失误吗？"华灵不服气，"那蓝三三为什么可以上？程蓝刚出道，没有舞台经验就能让他上直播节目？您这个说法我无法接受。"

孟斯年眼中露出淡淡的不耐："让他们上是因为他们适合。"

"我怎么不适合？还是说您就是为了捧他们。"华灵越说越气，声音不自觉大了很多。

"直播需要台风和爆发力，你的唱法和曲风都比较抒情，上那个节目没优势。"孟斯年看着激动的华灵，语气沉稳而坚定，每个字都带着无法忽视的威严，说完，眼皮一掀，"接受了吗？"

华灵被他的气场震慑，慌张一闪而逝，随即又硬着头皮开口："资源呢？为什么全是蓝三三的？是苏格跟您吹了什么枕旁风吧？"

"她为什么要跟我吹枕旁风？"孟斯年反问。

华灵嘀咕道："谁不知道程蓝和苏格关系匪浅。"

孟斯年眼眸一沉，语气冷了几度："我怎么不知道？和苏格关系匪浅的人是我。"

华灵抿了抿嘴，嫉妒、难过一闪而逝，再开口时语带委屈："那反正现在全公司资源都倾向蓝三三，我什么都没有！"

孟斯年觉得这种事不需要他多说，因为他们现在当红，所以节目邀约多，商务多，EP卖得好当然要趁热出专辑，孟斯年有些烦了："你月末不是要去选秀当评委？还有个巨制剧的主题曲要唱？"

因为蓝三三的歌传唱度高，因为蓝三三成了公司炙手可热的组合，她心理不平衡，她觉得自己被压了一头，觉得自己不再是公司最看重的歌手，想着如果当初《山河曲》给她，现在这一切都是她的。孟斯年想，她的路确实走得有点太顺了，所以稍微不顺心就觉得自己被针对了。

华灵确实并不满足什么评委和主题曲，她想要更多："可是公司的几首新歌我都很喜欢，却一个都没给我。"

孟斯年耐心终于耗尽，眉眼冷厉，斜睨着她，语气微露讥嘲："你喜欢我就要给你？"

华灵察觉到孟斯年的不悦以及他伤人的话语，心下大骇。

孟斯年弹了下烟灰继续说："工作的事要在公司谈，希望以后不要擅自过来占用我私人时间。"

华灵嚅动了下嘴唇，一时间没说出话，深呼吸一口气后，即使内心翻涌着惊涛骇浪，面上却努力扯出一个难堪的自嘲的笑："知道了，老板。"

外面，华夫人借着华灵的光得以走进了房中，她站在客厅里眼神炙热地看着苏格，似乎在措辞如何开口，很快她找到了话题："格格你和斯年在谈恋爱吗？"

苏格没看她，不咸不淡地"嗯"了一声。

华夫人满脸欣慰："真好，斯年这孩子我看着长大，品性和样貌都是一顶一的好，妈妈为你高兴。"

苏格冷笑一声，意有所指地瞟了眼书房的方向："您女儿不也喜欢孟斯年？您的女婿都被抢走了，您高兴什么？"

华夫人听到"您女儿"三个字，心仿佛被撕裂，一下子痛得头都跟着发麻，张了张嘴想说什么又咽了下去，最终只化成一句："妈妈对不起你。"

"华夫人不要说得这么严重，我们像前些年一样，做个陌生人就好。"苏格嘴上说得潇洒，脸上也一副无所谓的样子，心里其实像是被巨石压住一样，又疼又堵。

华夫人手指微微用力地戳着手心，脸上神色紧张又痛苦，她颤着声音说："我怎么可能和你做陌生人，我做梦都想见到你。"

苏格只觉得她就会说好听的，真做梦都想见她，七年时间，走也走到曲桑了。

书房那边传来华灵要资源、要歌曲的声音，苏格脑中闪电般地窜出一个念头："哦，我知道了，华夫人这么积极来示好，是想让我帮您女儿写歌吧？毕竟她一直想要唱我的作品，但没成功，您只能屈尊过来，您这么疼女儿，真是个好妈妈。"

华夫人呆呆地看着苏格，似乎无法相信她曾经那懂事又可爱的女儿能这样跟她说话，她嚅动嘴唇想说话，结果睫毛一颤，泪珠落下，身体也似乎失了力气，坐到沙发上，微微扭开头，单手遮住眉眼，无声哭泣起来。

苏格哪里好受，伤敌一千自损八百，她不想在她妈妈面前哭，硬生生地憋红了眼眶。

华灵和孟斯年前后脚出来，华灵脸色铁青，孟斯年依旧是那副气定神闲的样子，他走到苏格身边："饿了吗？锅里的菜应该好了。"

"我刚刚关了火。"

在他们很日常的对话中，华灵目光阴寒地扫了苏格一眼，她心中是愤恨的，恨苏格轻而易举得到她梦寐以求的人，恨她将那高高在上的如同谪仙一样的人拉到人间沾染世俗烟火气。

华夫人也站了起来，擦干净眼泪，对孟斯年和苏格勉强一笑："不好意思，耽误你们吃饭了，我们先回去了。"

华灵踩着高跟鞋，一步没停地往外走，她甚至都没注意到自己母亲失控的情绪。

华夫人看着华灵离开的样子，歉意地冲孟斯年笑了下："斯年，她只是见《天籁》太火了，有些着急，你别跟她一般见识。"

孟斯年淡淡道："不会。"

言外之意是她并不值得他花费心力去跟她一般见识。

华夫人叹了口气，不舍地看了苏格几眼，转身要走之际，盘旋在嘴边的那句话，还是问出了口："格格，你爸爸还好吗？"

孟斯年察觉到他握着的苏格的手骤然一紧，他担忧地看向她，苏格却面无表情道："很好。"

华夫人露出今晚第一个真心实意的笑："那就好。"

两个不速之客走了后，孟斯年拉着苏格走进餐厅："我要给保安室打电话，再放人进来我就不交物业费了。"

苏格被他抱怨的语气逗笑："霸总威胁人也是这么朴实无华。"

孟斯年见她笑了，放心下来。

但整个用餐期间，苏格虽然也是有说有笑的，但孟斯年还是敏锐地察觉到她情绪中的失落。

吃完饭，他主动打开电视邀请她一起看《天籁》，还在蓝三三出场的时候与她讨论他们的表现，整集节目看完，苏格星星眼地看着孟斯年："你让蓝三三去参加不只是因为他们现场有爆发力吧，还因为他们综艺感好，程蓝负责装酷，蔡子缺心眼儿，永乐嘴毒，各有各的特色。"

孟斯年似笑非笑地看着她："听到我们说话了？"

苏格点头："还挺大声。"

"是有这方面考量。综艺比较吸粉，华灵一直想上，但不是每个人都合适，其实那个选秀让她当评委是给她抬咖了。"

谁知道她还是不满意。

苏格觉得孟斯年脾气真好，面对华灵的咄咄逼人，始终没说出那句"因为你没综艺感"！

她看着热搜里《天籁》几个爆了的话题，明白华灵那委屈又急切的心情，说起委屈，她也有："孟斯年，我真不喜欢程蓝。"

孟斯年疑惑地看她:"我知道呀,怎么突然说起这个?"

"华灵不是说我吹枕旁风吗?我有没有吹你知道的。"苏格鼓了鼓腮帮,觉得她真会给人扣帽子。

孟斯年眸光微动,牵起嘴角,微微靠近苏格,声音在安静的夜低沉了一些:"就那一次,哪有机会让你吹。"

在他这暧昧的话语中,苏格很清晰地感受到自己的脸颊烧起来了,她别开眼,不去看他,声音微糯:"孟斯年你干吗说这么直白?"

孟斯年伸手将她搂过来:"苏格你以前可没少跟我直白。"

苏格从他怀里抬头看他,面颊微红,眸子里含着春水,咬着唇反驳道:"我就是过过嘴瘾。"

"对,关键时刻怂得不行。"他意有所指。

苏格忙推开他,转移话题:"孟斯年,问你个事,你心情不好的时候都做什么?"

孟斯年心想,这你可问对人了。

他带她去了乐器室,除了落地窗边的钢琴、靠墙的电子琴,大小几个音响,一些收音设备,竟然还有个不能忽略的大提琴。

孟斯年说,他会。

苏格惊奇地看着他,看他岔开长腿,把大提琴放到中间,随手拉了一小段古典乐,苏格心咚咚地跳着,比看他弹钢琴还要心动。

落地窗外高楼林立,灯光点点闪耀,灿若繁星,天空中星月皎洁,他就在灿烂辉煌的背景前演奏着,音符仿佛随着月光穿过透亮的玻璃窗飘荡进来,在整个室内徘徊流连,在她心内激起一道道说不清道不明的涟漪。

他停下动作,微微抬头看向她,额头的几缕发丝垂下,悬在闪烁着盈盈光亮的黑眸上方,嘴角噙着一丝笑意:"苏老师,怎么样?还可以吧?"

视线接触的一瞬间,万籁俱寂。

苏格没说话,抬脚走过去,站到他面前时,他刚把大提琴放好,回身便被苏格搂住,她伸手勾住他的脖子,踮起脚与低头的他吻到一起。

夜空依旧安静着,苏格却觉得双唇相贴的瞬间,周遭犹如烟花炸开,她的心跳也震耳欲聋。

明明已经接吻过那么多次了,可还是会如此动情。

苏格没想到自己和孟斯年能如此荒唐,被他抱着去浴室时,她懒懒地说:"下次不许这样勾引我。"

孟斯年发丝凌乱,眼神暧昧,声音低沉:"谁勾引谁?你先过来亲我的。"

"是你撩我！"苏格肯定地说。

他故意拉大提琴给她看，故意那样勾引她！

"我心情不好时会运动，"他看向另一个方向，表明自己的清白，"本来还要带你去健身室的。"

苏格心想，怪不得身材这么好。

"结果在乐器室就锻……"苏格伸手捂住了他的嘴。

华灵回到家里，把包往沙发上一摔："妈，您知道吗？本来那个苏格跟我关系还行。"

华夫人神情恍惚了一下，这才把注意力移到她身上："你们现在关系很差吗？"

华灵冷哼一声："我想了下，大概从我跟她说我喜欢孟斯年开始，这小丫头看着人畜无害的，还是个厉害角色，背后耍阴招。"

华夫人目光一滞，顿时心头泛起苦涩："她看起来不像是那种人。"

"我当初就是被她这无辜单纯的模样给骗了，我老板认识她之后，我就没捞到过好资源，还不是她从中作梗，"华灵说着，语气越发刻薄，"估计她早就对孟斯年有非分之想了，知道我的心思后不知道恨成什么样呢。"

华夫人听不下去，严肃道："灵灵，你现在最主要的是专注自己的事业，斯年既然心有所属，那他就不是你的良人——"

"我不想听，妈妈您和孟伯母关系这么好，您找她说说好不好？"华夫人没说完，就被华灵打断。

"说什么？说孟斯年不给你资源？"华夫人觉得有些可笑，华灵的星路真是走得太顺了，竟然这么天真，"和蓝三三比，你不差什么。"

"妈妈您怎么回事呀，怎么一直在帮外人说话？"华灵一屁股坐进沙发，急道。

华夫人其实是想找孟夫人聊聊的，但是她又拿不准苏格和孟斯年的事孟夫人那边知道多少，不好贸然开口。她见华灵怨气很大，语重心长地劝她道："她现在是孟斯年的女朋友，你得罪了她不就是得罪了孟斯年，以后在公司怎么待？"

华灵嘴角浮现一抹冷笑，不屑地说："什么女朋友呀，她还在上大学就跟孟斯年同居，小镇出来的村姑，不就是想攀高枝嫁豪门，孟伯母才不会看上这种女孩。妈，这就得看您了，您跟孟伯母透露一下。"

华夫人听她如此说苏格，本还有些和蔼的脸色，瞬间罩上一层寒霜，眉头紧紧蹙在一起，看向华灵的目光也变得失望，见她傲慢地说着这些话，厉声道:"华灵,我看我和你爸爸是给你宠坏了,让你变得如此尖酸刻薄又心胸狭隘。"

华灵不可置信地看向她:"妈?"

"不要小瞧了你孟伯母,她是个很开明的人,对事情有自己的判断,我们也无权干涉别人的家事,你也收起你的小聪明,背后阴人这一套想都不要想,小心葬送你的前途。"华夫人冷声说完,转身离开前,告诫她好自为之。

之后,华夫人没有刻意去找孟夫人,倒是在一场音乐协会的活动上碰到。

活动结束后,两人相携着向外走,华夫人正措辞如何开口之际,孟夫人先说道:"听斯年说,你和小格格见到了?"

华夫人点了下头,随即眼圈一红,叹了口气:"这孩子不太能接受我。"

孟夫人理解地拍了拍她的手:"毕竟这么多年没见,陌生了。"

"孟老师,您见了格格?"

"我去孟斯年那儿碰到过她,很多年没见了,越长越漂亮了,要不是斯年告诉我,我都没认出来是格格。"

华夫人一时间看不出孟夫人的态度,不知道她是寒暄还是真情实意地夸赞,便开门见山道:"我听说他们两个人在谈恋爱?"

孟夫人笑着点头:"斯年还要带格格回来给我们见见呢!这么多年了,他这终身大事终于有点苗头,我和他爸都很高兴。"

华夫人悬着的心也放了下来,跟着笑道:"这也是缘分,兜兜转转,我们竟然成了亲家。"

两人说着话出了会议大厅,结果就碰到面带笑容迎来的华灵,华夫人猜到她来的目的,脸色变了几变。

华灵和孟夫人打了声招呼,挽过华夫人的手臂说来接她。孟夫人夸她孝顺,又不忘数落了一下孟斯年,说他天天忙得见不到人。

华灵笑笑,状似闲聊道:"我也总是见不到老板,他最近很少去公司,听我同事说老板在谈恋爱,正和同居女友蜜里调油呢。"

华夫人不满地看向华灵,眼底满是愤怒,孟夫人尴尬地看了眼华夫人,两人的视线默契地在空中相接,都带了丝无奈。

孟夫人笑了笑,表明态度:"年轻人的事我是不太管的。"

"确实,都有自己的想法,他们知道分寸。"华夫人压抑着怒意,跟着附和道。

华灵见华夫人不站在她这边,脸上的尴尬一闪而逝,刚要再说话,孟夫人先一步开口道:"苏格这孩子我很喜欢,我们想着今年年前给他们两人订婚。"

说完,还不忘拍了拍华夫人的手,算是给她一个承诺,让她放心。

"那还得看两个孩子的意思。"华夫人心下高兴,但表面上却不动声色道。

"斯年喜欢得紧,他巴不得早点跟人订婚呢,就看格格愿不愿意了。"孟夫人笑起来,"到时候啊,也好堵住那些好事者的嘴。"

说完,她看了眼华灵。

华灵垂下眼眸,眼看最后一丝希望破碎,她不再说话,只跟在华夫人一侧麻木地走着,脸色说不出地难看,整个人彻底沉寂下去。

华夫人目光明亮,语气也上扬了几分:"这就好,到时候华灵听到谁在背后嚼舌根,也可以帮着澄清。"

华灵扯了扯嘴角,几乎是从嗓子眼里挤出来两个字:"当然。"

上了车,华夫人阴沉着脸色,斥责道:"华灵,我花了那么多心血把你培养到今天,可不是让你半途而废的,为了个不爱你的男人,你看看你现在像什么样子?"

华灵的怒火不比华夫人少,她一字一句道:"我没有半途而废,我只是不喜欢苏格。"

"不喜欢就努力去喜欢,你和老板娘为敌,还想不想混了?"华夫人厉声吼道。

华灵听到她这么说就生气,声音尖锐:"以后什么样还不知道呢,结了婚还能离婚,孟伯母这么精明,刚刚那么说只是怕传出去对孟斯年名声不好。"

"你也知道你孟伯母精明,你在圈里这么多年就学会了这点嚼舌根的招数?还不够让人笑话的,还当自己是三岁小孩?"

华夫人为华灵付出多少她自己最清楚,华灵如今的地位可以说是她一手捧出来的。从最早一句一句教她唱歌,到后来利用自己圈内的人脉,给她走关系上节目,又帮她跳槽到千棠,此刻她虽在维护苏格,但也是在避免华灵走上错路,断送前途。

她知道华灵吃软不吃硬,凶完她,又安抚道:"听妈妈的话,咱们还有转圜的余地,《天籁》的副导演和我是校友,我会去帮你联系争取后几期的挑战位。"

华灵闻言,脸色这才稍微缓和。

孟斯年上次去德国的时候,就把公司大多事交给萧树处理,萧树接手后才知道原来管理公司这么不容易,什么事情都要经手。

他了解的孟斯年并不是个喜欢操心的人,以前的孟斯年,读书、弹琴、听音乐、看电影，沉浸在自己的世界里，仿佛外界的一切都与他无关，那是很多人一生都在追求的状态，可是他为了一个朋友，放弃了他最舒服的状态，选择了一条艰难的路。

因为孟斯年还要去德国，所以大多数事情他依旧让萧树经手，没有接回来，萧树虽然不想管，但又心疼他，只能咬牙忍着。

这天，萧树精神不济地来到公司，想偷会儿懒，结果椅子还没坐热就收到蓝三三团队发过来的《天籁》下一场演唱歌曲的录音小样。因为前一晚的应酬，宿醉后他只觉得头疼到炸裂，根本不想听，其他能帮忙的人要么出差，要么手里有活，他抓起手机给苏格打了个电话："女侠，救命。"

年末，大四的苏格课业越来越少，她没课的时候就会被萧树喊去公司，两人聊作曲聊编曲，慢慢默契起来，苏格逐渐有了兴趣，没少主动往萧树那儿跑。

萧树俨然把她当成自己的徒弟，每天都找各种理由找她。

苏格下午考完试才到公司，那时候天空飘起小雪，这是盛阳今年的初雪。

孟斯年有事外出没在公司，萧树见到苏格热情地打招呼，苏格嫌弃他的酒味："你大白天上哪儿鬼混去了？"

已经下午了酒味还没散，萧树抓了抓头发，瞪她："苏格，你一点都不可爱，孟斯年怎么会觉得你巨可爱？"

"那我走了啊。"苏格站在门口，佯装离开。

"女侠留步，"萧树立刻换上笑脸，"瞧这臭脾气，也就孟斯年愿意哄，我说你得对他好点。"

"怎么说？"

萧树想说因为当了代理老大后才知道孟斯年有多累："真累，太操心了。"

"那我劝他辞职，"苏格想了想，"以后一年让他开几场演奏会就够我们吃喝了。"

萧树抬着眼看她，想从她脸上看到开玩笑的神色，偏偏她说得很认真，萧树忙道："你真让他辞职了公司怎么办？"

"交给你？"

"我不管！"他只想安静地做音乐，不想当老大。

"那卖了？"

"你闭嘴吧，瞎出馊主意，再说，演奏会开不开……"萧树说到这儿，戛然而止，他眸光虚虚地向苏格那儿一瞥，"你赶紧过来干正事。"

苏格走过去，拽了张椅子坐到他旁边，等着他将小样调出来时，突然说：

"萧老师，我觉得孟斯年的心理障碍会好的，演奏会也会再开。"

这下，萧树惊讶了，他一脸诧异地看向苏格："他竟然告诉你了？孟斯年不能弹琴这事除了他家人可只有我知道。"

"能弹琴，只是怕有意外，所以不再在人前弹奏了。"苏格认真地解释。

萧树看着苏格，半响后点头："不错，已经有点家属的感觉了，我怎么有些吃醋呢？"

苏格笑道："放歌吧，我听听。"

两人听了不下二十遍，边听边聊，各抒己见，最后把达成一致的修改意见一汇总，和程蓝他们开了个会，几人一拍即合，准备重录。

"苏格你跟他们去吧，我继续补觉去。"萧树揉着眉心说道。

"好。"

萧树走时还不忘再次催促苏格，新歌别忘了写，反正每次见面他都要提，苏格嘴上答应，就是一直还没想法。

苏格和程蓝几人去录音室的路上，程蓝问苏格："这周末有空吗？要不要去《天籁》现场？"

自从苏格和孟斯年的关系在公司尽人皆知后，程蓝已经很久没跟她说话了，不知道是傲娇还是避嫌，苏格意外地看了他一眼："你不避嫌了？"

"我为什么要避嫌？"

"那你一直不跟我讲话？"苏格也不藏着掖着，什么都放明面上说。

乐队经纪人卡哥、蔡子和永乐竖起耳朵听着，八卦的眼神乱飞。

"我那是生气呢，气我自己怎么不在你大一时候就表白。"程蓝更是直言不讳。

"你要这么说，我就不能去现场了，"苏格嘟嘟嘴，"孟斯年该吃醋了。"

卡哥那边光听八卦了，差点撞到走廊旁边的绿植，蔡子扶了一下才没摔倒，他尴尬一笑："对了，苏格的新歌要给谁？"

"看孟斯年安排。"

"那他可能会给华灵，毕竟她今年就没什么好歌。"

苏格顿了顿，直接道："不给她，孟斯年听我的。"

卡哥立刻笑了："对，老板娘您说给谁就给谁。"

程蓝看他一眼："卡哥，你马屁拍得太明显了，真虚伪。"

"喷，我为了谁啊！"

几人说着话就到了录音室，却发现录音室已经被人占用。工作人员见他们进去，做出"向外请"的手势："不好意思卡哥，华灵姐在录歌。"

卡哥立刻不高兴了，对坐在录音室外间椅子上的华灵经纪人萱姐说："这个录音室这几天都是批给我们的,不好意思了萱姐,你们再找别的吧。"

"华灵这边有首歌要重录,你们等会儿吧。"萱姐完全不以为意,淡淡地看了几人一眼。

此时,负责录音的几个工作人员都不敢说话。

"我们这边的歌萧总监急着要听,请你们离开现在属于我们乐队的录音室。"卡哥几次在萱姐那儿受气,这次因为孟斯年给了乐队很好的资源,他也硬气了不少。

结果,卡哥和萱姐之间瞬间剑拔弩张起来,你一句我一句的,互不相让。

"还当你们是一姐呢?我们上一张专辑销售额卖得快赶上你们两倍了,音综也是稳稳的收视第一,通告和代言接到手软,你们牛什么?"

程蓝眉头一皱,他不喜欢卡哥这么说话,太容易予人话柄。

果然,萱姐冷笑一声:"不就发了几首破歌吗?至于吗?"

说着,还看了眼苏格。

华灵摘了耳麦走出来,一开门就听到卡哥说:"破歌?破歌你们不还是想尽办法想要却没要成?我跟你们讲,我们苏格的作品,一个音符都不会给你们!以后你们也就只能唱二流作品。"

"卡哥!"见他越说越离谱,程蓝忙出声阻止。

卡哥自觉失言,忙闭了嘴,他见华灵脸色铁青,没做理会,只小心翼翼地看了眼苏格,苏格什么也没说,转身离开,开门出去前说道:"程蓝,录完给萧老师听就行,我先走了。"

苏格倒不是因为卡哥的口无遮拦,只是单纯不想见华灵。

苏格出门便看见华夫人带了一个保温桶从电梯那边过来,见到苏格,华夫人面露喜色:"格格也在?吃晚饭了吗?我煮了海参汤。"

华夫人说着,将保温桶放到休息区的桌子上,可能是没想到会在这里遇到苏格,虽然脸上始终带着笑,但手忙脚乱的样子还是透露出她的紧张激动,她将保温桶打开,想要给她盛汤,苏格面无表情地看着她,问道:"我喝掉的话,您女儿喝什么?"

苏格这句话让华夫人手下的动作猛地一僵,手指也微微颤抖起来,苏格转身要走,华夫人忙上前拉住她,将她带到旁边空着的会客室,她哽咽道:"格格,别这样,妈妈求你了,我们不应该这样。你是不是生气我没有告诉家里人你的存在?我可以介绍你给他们认识的,明天、明天来家里吃饭好吗?"

苏格嗤笑一声,觉得莫名其妙:"我为什么要认识你的家人?你到底想干吗?"

"还是说，你怪我……怪我有了新家庭？"

"你和我爸爸离婚了，你找寻新的幸福没有任何错，我不会怪你。但同时，我也有我自己的生活，希望你也不要来打扰我。"

苏格说完又要开门出去，华夫人急道："我可以离婚！格格，如果你介意，我可以跟华灵父亲离婚，我只要你！"

苏格难以置信地看着她，还没说话，休息室的门"砰"的一下被推开，只见华灵怒目圆睁地冲进来，不知是急还是怒，脸色有些狰狞："有人跟我解释一下吗？"

华夫人愕然后忙走上前，想拉住华灵的手，却被华灵甩开，苏格不想与她们纠缠，对堵在门口的华灵说："让让，我要出去。"

"不说明白你哪里都不能去。"华灵怨毒地看着苏格，说话的声音尖锐刺耳，仿佛她做了什么十恶不赦的事。

门外华灵的助理和经纪人都神色复杂地看着屋内的三人，逐渐有别的员工围过来好奇地张望着，华夫人压低声音说："我回家跟你说，不要在这儿乱发脾气。"

苏格忍着怒意："让开！你们自己的事情自己解决，不要扯到我。"

华灵不仅没让开，反而指着她怒斥道："你来跟我抢妈，还让我妈跟我爸离婚，你现在又装无辜？"

华夫人脸色骤变："华灵！你不要乱说，有什么事我们回家说。"

外面的人越来越多，大家都窃窃私语地打探究竟发生了什么，苏格和华灵的关系看起来一直不错，华灵虽然有些时候会耍个小脾气，但都无伤大雅，毕竟是明星，大多数时候还是挺会做人的，很少与人为敌，现在与苏格如此剑拔弩张还是挺让人诧异的。

"你们在干什么？"孟斯年不知什么时候出现在门口，他的询问声让屋内三人同时看过去，孟斯年见苏格脸色难看，目光凌厉地扫了眼华灵，伸手牵住苏格往外走，因为迁怒，竟然也没跟华夫人打声招呼。

因为孟斯年的出现，外面已经没多少围观的人了，只有华灵的经纪人和助理在，华夫人忙跟了出去，也不遮掩，直接道："格格，我想我们可能有误会，今天时机不对，我们找时间好好聊聊吧。"

苏格没说话，也不看她，紧紧握着孟斯年的手，只道："孟斯年，我饿了。"

孟斯年捏了捏她的手指，低声说："好，回家吃还是在外面吃？"

"都行，不喝汤就行。"两人一同往电梯走去，电梯门关上的瞬间，苏格叹了口气将头抵在孟斯年胸前，孟斯年摸着她的头，感知到她的情绪，柔声问："刚刚怎么了？"

苏格委屈巴巴道:"华灵知道了,有点接受不了吧。"

孟斯年挑眉:"她还接受不了?"

"可能吧,感觉她跟她妈感情很深。"苏格说着,抬起头冲他扯了个笑,"没事,我想得开。"

"华灵母亲在她很小的时候就去世了,华婶以前是她的声乐老师,对她很关照,后来……"孟斯年措辞了一下。

苏格直接说:"后来我妈嫁给了她爸。"

他点点头:"华灵和你妈妈感情确实一直很好。"

电梯到达一楼后,苏格看到外面纷纷扬扬的大雪,心情好了些:"孟斯年,好大的雪啊。"

孟斯年顺着她的视线看出去:"雪这么大,不好打车,我又不能送你,你要不要跟苏老先生说不回去了?"

"你为什么不能送我?"

"因为雪太大了呀。"孟斯年一副"你在问什么傻话?"的表情。

苏格试探地问:"那这么大的雪你能开车带我回你家?"

"那能。"

苏格:"……"

华灵这晚一直没回家,华夫人知道她没通告,所以不放心地给她经纪人打了电话。经纪人说她和华灵在酒吧,华夫人听她说话已经有了醉意,忙开车出去接人。

华夫人赶到酒吧的隐秘包厢时,华灵已经喝大了,陪着她的经纪人和助理也都没清醒到哪儿去。

华夫人将华灵的外套罩在她的头上想带她出去,华灵却烦躁地掀开衣服,见到华夫人,情绪崩溃道:"苏格竟然是你女儿!你们一直都在骗我!"

"没人骗你,我以后慢慢跟你说。"华夫人说。

"亲生的就是不一样,她出现后一切都变了,她是来报复我的,报复我抢了她的妈妈。"

"华灵,不要乱说。"华夫人呵斥她。

"我才没有,"华灵站不稳,东倒西歪几下,最后坐进沙发中,"她就是来报复我的,先抢走孟斯年,再让你和我爸离婚,我们对你来说什么都不是。"

华夫人不准备和一个醉鬼理论,随她去说,她懒得解释。

华灵躺靠在沙发中嘟囔着,后来估计是累了,声音越来越小。

酒吧是苏天濠开的,他这晚正好在,听说有明星在,带人端了果盘进来打招呼,一开门便和站在门边的华夫人打了个照面,见华夫人穿着打扮很是贵气,苏天濠脸上堆笑:"阿姨看着面熟,也是名人吗?"

华夫人摇了下头,对端着果盘进来的服务生说:"不用了,我们准备走了。"她说着,似乎也觉得这老板面熟,伸手将包厢的主灯打开,白色灯光瞬间照亮了房间,华夫人看着眼前的年轻人,脱口而出:"小濠?"

苏天濠一愣,这么亲昵的小名只有他家人会叫,不过家里人现在也都开始连名带姓地喊他,他惊奇地问道:"您是?"

"你婶婶。"华夫人说。

苏天濠对她还是有印象的,两人热情地寒暄着,华夫人说有空去拜访他爷爷,进而问到了他家的地址。

夜尽,太阳爬上来,阳光透过落地窗照射到床上,随着时间的流逝,又从床脚移到床头女孩的脸颊上。

屋内暖气开得足,加上冬日暖烘烘的阳光,床上的人终于被热醒,她摸到床头柜的手机,见已经十点了,而她的旁边也空了。

她以为孟斯年上班去了,正抱着被子从自己这边滚到他那边,舒服地伸着懒腰时就见孟斯年从衣帽间出来,长款大衣下配着笔挺的西装,手里拿着领带满眼笑意地看着她:"真像那只猫。"

他不止一次这么说,苏格打了个哈欠:"到底哪里像?"

"柔软娇气,"他又想了下,"慵懒傲娇。"

她不置可否,眯眼看着面前衣冠楚楚,浑身散发着散漫又矜贵气质的人,立刻睡意全无,爬起来要帮他系领带,孟斯年眸色一深,按住她的手:"躺回去。"

"为什么?"苏格歪头问道。

"我不想迟到。"他说着,用眼神示意她瞧瞧自己衣衫不整的样子。

苏格很无辜,不过还是钻回了被窝,将被子拉到脖子上方,阳光再次照在她微红的脸颊上,她看向雪后初晴的天空,太阳快到高处:"孟斯年,你已经迟到了。"

孟斯年走到床边,弯腰亲吻她的额头:"怪谁呀?"

苏格煞有介事地说:"怪你自己。"

"十点半的会议,还来得及,宝宝你再睡会儿就起来吃饭,阿姨做好了。"

"我吃完饭就回去了,陪爷爷过元旦。"

他本来都要走了,听她这么说又转过身吻上她的唇,空出一只手去扯刚系好的领带:"应该的。"

被亲了半天,苏格气喘吁吁地问:"你又要干吗?"

"会议延期。"他言简意赅地说完,苏格不合时宜地想,他这个样子会不会把千棠干黄掉?

深冬的寒意一直未散,寒风呼号着,元旦假期,孟斯年回了大宅陪父母过节,苏格窝在大伯家不愿意出门。而华夫人不知道从谁那里问到了她的手机号,打过几次电话过来,苏格都没接,她不想介入他们的家庭,对她也心有芥蒂。所以,当华夫人又一次发信息过来时,苏格直接回道:"您不要联系我了,我觉得不太方便。"然后拉黑了她。

其实想了那么多年的母亲又重新出现在她面前,她也是有犹豫过的。可面对母亲时,要猜测她的关心是真情还是假意,会恼怒她把母爱完完全全地给了另一个人,更气愤那个人反而过来责怪她,明明这个母亲本来就是她的,那个人却一副被背叛、被抛弃的姿态,歇斯底里。

想到这些苏格很是厌烦,于是越发不愿意与她母亲接触。

她以为如此强势地表明态度后,她和母亲会再次做回陌生人,没想到假期最后一天,华夫人双手拎着礼品,敲开了大伯家的大门。

家里只有苏格、老爷子和大伯母三人,最惊讶的要数老爷子和大伯母,若不是刻意提起,大概他们都要忘了有她这个人了。

她来时老爷子在客厅工作台前戴着老花镜画设计图,华夫人笑容可掬地走进来,直奔他身旁:"爸,好久不见了,您身体还好吗?"

老爷子脸色难看,摘了老花镜扔到桌子上,语气不善:"你来干什么?"

华夫人把手里的营养品和蛋糕放到桌子上:"格格爱吃我做的蛋糕,这几种口味都是她小时候喜欢吃的,我听小濠说您年初做了个手术,给您带了点补品。"

"已经好了,不用外人关心。"老爷子看也不看她。

华夫人尴尬地笑笑,大伯母请她坐到沙发上,给她倒了杯茶水。

苏格在一旁收拾老爷子画的图,一会儿忙点这,一会儿忙点那,但就是不去华夫人那边。大伯母见华夫人视线胶着在苏格身上,对苏格说:"格格,过来坐,和你妈妈聊聊天。"

苏格还没说话,老爷子先开口:"格格还要练琴,交响乐团不是又要有面试了?快去准备吧。"

华夫人恳求道:"爸,让、让我们说说话吧。"

"婚都离了,孩子也没管过,没什么好说的。"老爷子伸手,让苏格扶他起来,"扶我回房间。"

苏格听话地扶起他，华夫人也跟着站起来，也不寒暄客套了，直入主题："爸，我跟您联系过这么多次，也回过曲桑，您每次都不让我见格格。您说她爸爸带她出国读书了，我问您学校名字您也不告诉我，我寄给她的东西都被拒收退回，但我和她爸爸是和平离婚，我不明白，您为何如此生气。"

苏格震惊地看向华夫人，又急切地看向自己爷爷，想要得到一个答案。

原来……她不是没管过自己。

在她的印象里，十多岁时，父母频繁争吵，关于职业规划，也关于她的教育问题，两人始终无法达成共识，那时候父亲要留在国外，而母亲想回国发展。后来，父亲终于妥协回国，但却是要回曲桑继承她爷爷衣钵。

两人最终决定分道扬镳，她母亲去了歌剧团唱歌剧，登上了她期盼已久的舞台，因为要各个城市跑，没有办法带着苏格，所以她放弃苏格的抚养权，苏格和父亲回到曲桑。

回曲桑的前两年，她母亲还会从各地寄礼物给她，也会打电话来关心她的生活和学业，后来她父亲去世，她母亲也销声匿迹，再也没出现过。

再后来爷爷告诉她，她母亲有了自己的新家庭。

苏格本来还纠结，父亲去世后，母亲要是将她接走，那爷爷怎么办？她那时准备了很多说辞用来说服母亲，让她能留在曲桑继续陪伴爷爷，结果她母亲从始至终都没出现。

苏格花了很长时间，接受自己被亲生母亲抛弃了的事实。现在却告诉她，她从来都没抛弃过她？

因为激动，她开口时嗓音紧涩："你……找过我？"

"你都结婚了，给别人当妈了，你还找我们格格干什么？让她去跟你的新老公新女儿一起生活吗？"老爷子厉声质问华夫人，越说语气越急。

华夫人的脸色略微泛白，用力地攥了攥手，带着几分苦涩地开口："我是她妈妈，我不会让她受委屈。"

"哼，说得好听。"

"您不应该剥夺她拥有母亲的权利。"华夫人无奈又心痛道。

"你、你还好意思说我，还不是因为你，你害得我儿子心脏病发，那么年轻就……"老爷子气急，指着她，颤抖着手，还没说完就剧烈咳嗽起来，他一边咳一边说，"我儿子因你而死，我怎么可能还当作没事一样让孙女和你联系！你要是带她去新家庭，她那么小、那么乖的小孩，受欺负了怎么办！这不是要了我的老命吗？！"

苏格闻言，脑子嗡的一声。

大伯母忙扶着老爷子坐到沙发上，又是劝他不要动气，又是倒水拿药，苏格脑子一片空白,耳朵嗡嗡作响,一时间对她爷爷的话无法反应,只机械地拍着爷爷的背。

华夫人也不比她好到哪里去,脸上露出难以置信的神色,愕然呆立着,一动不动,身子甚至有一瞬间的颤抖:"他……他怎么了?"

直到泪滴到手背上,给爷爷拍背的苏格才发现,自己的眼泪在哗哗地往下掉。

大伯母见每个人情绪都很激动,她叹了口气,开口道:"小弟心脏病发,去世了。"

"怎么、怎么会……"华夫人神情崩溃。

"还不是你,他听到你们以前的朋友说你再婚了,一时间……"老爷子说不下去,激动得老泪纵横,大伯母看他脸色不好,忙扶他去卧室休息。

华夫人怔怔地站在客厅里,眼神空洞无光像是丢了魂似的,良久,她抬脚离开,走的时候一眼都没敢看苏格,可以说是落荒而逃。

苏格也好不到哪儿去,站在客厅里不知该如何是好。

老爷子的说话声从远处传来:"我……我是不是说错了?我不应该让格格知道这件事的。"

大伯母温柔安慰着:"没事没事,格格不会怪你,孩子大了,应该知道的。"

"怪我,怪我啊,我怎么就说了!我可怜的格格……"

"爸,你别多想,快躺下休息!"

苏格撒腿就往老爷子的卧室跑去:"爷爷,我早就知道啦,我都不在意,您也别在意。"

"你……你知道?"

"嗯,知道,爷爷不用担心我,我没事。您好好休息,医生说您不能激动,您忘啦?"

"哎,好……"

大伯母神色复杂地看了眼苏格,随即转过头默默地抹眼泪,看刚才苏格的样子就猜到她压根儿就不知道,明明自己受到的打击也不小,却装作没事人一样安慰她爷爷。

这孩子真是懂事善良得让人心疼。

孟斯年是苏天濠叫来的。

苏天濠跟罗泱要了孟斯年的微信,加上后,他拍了张苏格坐在沙发上看电视的照片:"妹夫,你说她吓不吓人?她知道我小叔心脏病发去世是因为她妈再婚给刺激的,然后这孩子不哭不闹的一直在这儿看电视,听我妈说都看一下午了,而且还是动画片,从第一季看到第三季了。"

孟斯年本来要陪家人吃饭,许久未见的几个亲戚从国外回来,他刚到餐厅与几人寒暄时,就收到了这条消息。

他皱眉看了两遍,从苏天濠跳脱的表达中找到了重点,神色骤变,他忙看向父母,压低声音说:"爸妈,我有点急事要去处理。"

他们见孟斯年神色急切,都感到惊讶,两人还没说话,他已经站了起来,正好服务生分好酒,他端起一杯洋酒喝掉,对亲戚道歉说自己不得不离开,亲戚虽遗憾但也表示理解。

"私事?"孟父感到奇怪,公事他不会这样心急如焚,要是私事的话,他就要多问两句了。

"女朋友遇到点事。"他没多说,再次对众人说抱歉后,长腿一迈,急匆匆出了包厢。

孟父叹了口气,觉得儿子怎么有点恋爱脑。

苏天濠接到从出租车上下来的孟斯年,边引他进去边说:"我妈跟她商量着关了电视,又哄她吃了一碗面,她还挺有礼貌,跟我妈说了谢谢,然后说累了上楼睡觉了。"

"哭了吗?"孟斯年问。

"没有,看着可正常了,但这才不正常。"

苏天濠父母见到他带个男人进来,以为是他朋友,刚要招呼,发现竟是孟斯年,立刻喜上眉梢,孟斯年却先鞠躬致歉:"伯父伯母,抱歉我来得突然,我先去看看格格,下次再正式登门。"

苏天濠指着楼梯:"上去左拐最里间。"

外面天色昏暗,孟斯年走到房间门口后发现门缝里只透出落日收敛的光芒,他轻轻敲响了下门,没人回应,他叫了声苏格,声音不大,却回响在安静空旷的二楼走廊。

门很快被打开,孟斯年刚看到一个人影,还没说话,就被扑了个满怀。

她埋头在他怀中,搂紧他的腰,没说话也没动。

孟斯年的手滑向她的脸颊,想让她抬头,她却埋得更深,他没再强迫她,将她抱了起来。

跟上来的苏天濠见孟斯年抱着苏格进了房间,头也没回地用脚把门踢上。他摸摸鼻子,转身又下楼了。

房间里唯一的光源是窗外昏黄的落日余晖,他抱着她坐进窗边的双人沙发里。

她坐在他腿上,始终埋着头,两人都没说话,孟斯年一下一下拍着她的背,就在以为她睡着的时候,她突然开口:"你怎么来了呀?"

"你哥说你一直在看电视,我过来看看什么剧情这么好看。"他的声线清润温柔,带着说不出的缱绻温柔。

"我忘记了,"她的声音闷闷的,"好像是个动画片。"

孟斯年搂紧她:"还真是个宝宝,想睡觉吗?"

"睡不着。"

房间里越来越暗,两人安静地抱着,孟斯年没有安慰人的经验,恨不得把所有的伤心难过都替她承受:"宝宝,哭不代表软弱,你不要忍着。"

"我都不知道为什么哭,这事好像没有人有错。"她嗓音喑哑,像蒙了灰尘。

"只能说很多事我们都无能为力,"孟斯年低头吻她脸颊,"不需要为什么,难过就哭,我陪着你。"

房间始终没开灯,苏格坐起身,与他面对面,不怕他看清自己红着的眼眶:"你哭过吗?"

"哭过。"

苏格搂着他的脖子,将下巴搭在他肩上,良久:"你知道吗,我一直以为我妈不要我了,以前还反思过,是我不乖吗?讨人厌吗?不值得爱吗?"

今天才知道是她爷爷一直阻止她们的相见,还告诉她妈妈,她和她爸爸痛恨她有了新家庭,不想与她再联系。

她能理解她的爷爷,恨她害自己儿子出了意外,怕她带孙女去新家庭受委屈。

但同时,这些年她对母亲的怨也变得可笑,原来她不是被抛弃的小孩。

苏格觉得很混乱很无力,每个人她都能理解,理解他们的选择、无奈和痛苦,爷爷年龄大了想要子女在身边,父亲选择尽孝,母亲也有追梦和再嫁的权利,没人有错,可事情偏偏就到了这一地步。

心脏像是被绳子缠着,如窒息般的闷痛。

苏格小声诉说着大人的恩怨,没有委屈也没有抱怨。

"都过去了,现在有很多人爱你,不止你爷爷,苏天濠也包括在内,"孟斯年摸着她的头发,侧头去贴着她的脸颊,轻轻蹭着,"苏格,还有我,我很爱你。"

苏格的眼泪终于在这句话后掉下来,泪珠一滴一滴地落到孟斯年的肩上,淹没在他黑色毛衣中,她抽泣着问:"接吻吗?孟斯年。"

话音一落，他便一手扣住她的脑后，一手箍住她的腰，让她贴紧自己，将唇凑了过去。

他的吻通常不似他的人那样温柔，但今天的他耐心、轻柔、缓慢，却有安抚人心的力量。

所有感官都被对方的气息充斥着，苏格觉得真好，现在她终于不用去思考那些混乱的事了。

孟斯年再下楼已经是一个小时后，苏天濠在陪他爸妈聊天，见他出现，三人一同站起来。

大伯父对孟斯年的印象极好，一直念叨着他对老爷子手术的帮助，大伯母也对他早有耳闻，知道他非常有能力，只是没想到这么年轻英俊，上下打量一番，越看越满意，心道格格眼光真是不错。

他婉拒了几人请他喝茶的邀请，说要赶回去陪长辈吃饭。

送他离开时，苏天濠问起苏格的情况，孟斯年回头看了下二楼最里边的窗户："哭了一会儿，现在睡了，睡前情绪还好。"

他告诉她，不开心的事要在阳光下想，太阳会赶走所有阴霾。

苏格闷声闷气地问他从哪里学的这些话，他说心理医生告诉他的，她就心疼得忘了自己还在悲伤中。

后来，孟斯年告诉苏格，她母亲和华灵父亲分开了，两人分割完财产，很平静又互相理解地离了婚。

苏格一时间不知道作何反应，这不是她想要的。

她想，如果那天她拒绝了华灵的邀请，没有去赴宴，是不是她母亲和华灵父女一家三口依旧幸福着。

孟斯年却说此事与她无关。

很快，在一个雪天的午后，苏格收到了母亲的信息。

她离开了盛阳，没有说去哪儿，只说希望苏格幸福快乐。

苏格拿着信息看了良久，删删改改了半天，最后只回了四个字"我不恨你"。

她母亲应该也和她一样，删改很久才回，她说对不起，她说她永远爱她和她的父亲。

老爷子在见了苏格母亲后，精气神又差了许多，不知是思虑过重还是受了刺激，受凉一点就要咳嗽好久，平日里也神色恹恹，全家都担心得不行。

苏格放寒假后便住进大伯家，每天想着法哄老爷子开心，同时也是哄她自己。渐渐地,老爷子心情一好,身体也恢复了不少,苏格也跟着慢慢放下了这事。

进入二月,盛阳的天气依旧没有回暖的意思,甚至越来越冷。大伯担心老爷子不适应寒冬,预约了南方的一家高档疗养院,带着老爷子去那边过冬了。

大伯母开始忙他们的连锁餐厅,苏天濠的酒吧因为假期来临变得生意火爆,家里突然就只剩苏格,她这才想起被自己冷落良久的男朋友。

这天中午,她从大伯母的餐厅吃完午饭坐公交回家,路上打电话给孟斯年:"我去找你呀,你来接我吗?我要带挺多衣服、鞋子、零食、玩偶,这次在你那儿住到开学好不好?"

孟斯年并没有想象中的开心,只懒洋洋地说:"想起来你还有个男朋友?"

苏格笑道:"本宫一直挂念着您哪,晚上就翻你牌子。"

"那你可能没机会了,要过来的话,东西你得自个儿搬,车库里有车,你喜欢开哪个就开哪个,我今天要飞柏林。"孟斯年用一副十分哀怨的语气说,"五天没见你了。"

"去柏林干吗?什么时候回来?"

孟斯年收起玩笑的姿态,语气稍凝重了一些:"格格,我的心理问题一日不解决,我都是个病人,我想要给你一个健康的孟斯年。"

苏格本以为他是出差或者探亲,没想到是去看病。

公交车到了站点,叮咚一声之后开始报站名,苏格坐在第一排的椅子上,蹙眉道:"你就是健康的,我从不觉得你在生病。"

"格格,你要下车了。"孟斯年却说。

苏格这才发现她到了站点,忙在关门前跑下车。

"那说明我隐藏得很好,"孟斯年接着说,"我不喜欢与人交往,情绪会莫名低落,噩梦、失眠这些问题常有。"

"你愿意与我交往呀,我没发现你情绪低落。"

"仅限于你。"他说,"和你在一起时我开心都来不及。"

苏格怔了怔,有些动容:"孟斯年我要哭了。"

"不是在外面吗?边走边哭别人会以为你失恋了。"孟斯年笑道。

"和失恋也差不多吧,要好久见不到你了。"苏格闷闷地说。

"我想带你去的,但是,格格,我没办法让你看到我接受治疗的样子,这会让我自卑。"

孟斯年说,他会自卑。

苏格虽然从未表示过,但是,她是真的很崇拜孟斯年,他像她无所不能的守护神一样,在苏格的心里,孟斯年给的安全感甚至超越了她的爷爷,而这样一个人,他说,他会自卑。

苏格吸吸鼻子:"我才不去呢。"

孟斯年又笑起来,他比以前爱笑了很多,所以苏格都快忘了他生病的事。

他说:"你好好在家等我回来。"

"会去很久吗?会电击治疗之类的吗?"苏格总觉得有点紧张,这种感觉像是回到爷爷去香港的那天,惶恐不安,孤独无助。

孟斯年再次失笑:"电影看多了吧。"

"你为什么才告诉我呀?"

"我在和你闹脾气呗。"

苏格:"……"

她后悔了,应该早点去找他的。

"其实是预约的医生正好有了档期。"孟斯年耐心地对她解释道。

奥尔蒂斯难得有档期,第二期治疗也不能再拖下去,即使无法在国内过春节。

苏格寒假不回曲桑,孟斯年本以为可以和她一起过年,这让他第一次对春节有了期待,还想趁春节拜年的机会去拜访老爷子,再哄着苏格回家见他父母,偏偏计划被打乱。

收到奥尔蒂斯的邮件后,他一刻也没耽误,直接买了当天的机票,希望在她开学前能回来,也希望新的一年,他是健康的。

"谁和你去?"

"Yoko。"

苏格:"……"

莫名有点心疼 Yoko,不是去香港就是去柏林。

"几点的飞机?我想送你。"

"你乖乖在家,我见到你可能会舍不得走了。"

"你这样说,我会觉得你要走很久很久。"苏格声音闷闷的。

他犹豫道:"可能要待一段时间。"

"那我就出轨。"苏格威胁着。

孟斯年顿了顿,说:"那我就自我了断,我跟你讲,我有病。"

随即,两人一起笑起来,因为突然离别而产生的的伤感情绪都变得淡淡的了。

"在公司吗？我过去找你吧。"一想到很久见不到他，她十分舍不得。

孟斯年叹了口气："宝宝，我这边有个很棘手的事情要处理，马上要去一趟星临找罗泱。"

"为什么？"苏格奇怪。

"华灵要解约回星临。"

"啊？"苏格震惊了，"那、那你同意吗？"

"我去跟罗泱谈一下，把歌手约给他们，商务还留在千棠，这已经是我的让步，不行就打官司吧。"孟斯年语气始终淡淡的，但苏格能感受到他的强硬。

本来孟斯年这边是没的商量的，但是好多人来当说客，他这又要去柏林，索性让她一步，算是好聚好散。

当天，孟斯年踩着时间登机，没有见到苏格一面让他很是不痛快，难得骂了句罗泱"老东西"。

某天，孟斯年难得有空，心情颇好地听萧树汇报完工作，突然问："你老让苏格免费干活，是不是太欺负小孩儿了？"

萧树沉默良久："老板娘给自己家干活免费，不应该吗？"

"老板都有工资，为什么老板娘没有？"

萧树沉吟一下："确实不公平，那老板你也别拿了吧。"

孟斯年："行，为爱发电呗，算你一份。"

萧树哈哈一笑："开玩笑开玩笑，你看你，没点儿幽默感。"

于是，第二天，萧树到公司第一件事儿，就是让人事部聘请苏格为实习生，工资也按照实习工资发放。

苏格惊奇地问："资本家怎么良心发现了？"

"你男朋友见不得你吃一点儿亏。"

拿了工资，苏格便开始了早十晚六的打工人生活，因为孟斯年那儿离千棠近，她直接搬去了他那里住，还不客气地在公司选了一辆相对低调的车，用于上下班通勤。

二月末，元宵节后，本是初春的季节，盛阳反常地迎来了一场雪，这天下班高峰期导致路况很差。

不过苏格倒是不急，开着车一路走走停停，路程还未过半，积雪已经很厚了，纷纷扬扬落下的雪将路边的树枝裹了起来，人行道也被染成了白色，有人经过，苏格仿佛能听到咯吱咯吱的踩雪声。

下雪的天空雾茫茫的，没有任何焦点，显得格外低，苏格打开了车窗，寒风夹杂着雪吹进来，清冷的气息让人神清气爽，她看着街边商家冒雪出来铲门前的雪，看着文具店出来的学生们在雪中欢笑追逐，看着老爷爷老奶奶互相搀扶着拎着菜慢悠悠地往家走，凛冽寒风刮来的这一刻，她突然有了灵感，嘴里不自觉地哼出了曲子。

手边就有五线谱，她见前方车子没有松动的迹象，拿起笔，唰唰唰地将一个个音符涂了上去。

苏格收到孟斯年信息的时候刚练完琴，一边拿着换洗的衣物走进浴室一边回着消息——

> 格格独守空房：准备洗澡。
> 孟斯年：脱了？
> 格格独守空房：脱了上衣了。

发出后的下一秒，孟斯年立刻发来视频请求。

苏格："……"

她默默地又穿上刚刚快脱下去的衣服。

孟斯年那边阳光明媚，身后是大大的落地窗，窗外，柏林市区的高楼大厦比起盛阳更显鳞次栉比。

看到苏格穿着整齐，孟斯年眯着眼睛懒洋洋地吐出两个字："骗子。"

苏格勾着嘴角笑得得意："流氓。"

孟斯年不以为耻："你跟我客气什么啊。"

苏格笑意更浓："你这是在哪儿？"

"在奥尔蒂斯医生这里。"

苏格知道奥尔蒂斯是孟斯年的心理医生，但他很少提及这方面的事，今天竟然直接在诊所和她开了视频，苏格深思了一下原因，得出结论，没什么比要流氓更重要的了。

他那边是上午，阳光亮得耀眼。

苏格问："还没开始治疗吗？"

"医生马上过来。"孟斯年话音刚落，苏格就听到了开门关门声以及说话声。

奥尔蒂斯医生声音温和醇厚，他和孟斯年说的是德语："早安，我的朋友，今天天气真好，昨晚睡得好吗？"

好像外国人都喜欢聊天气与睡眠。

"还不错。"孟斯年回道。

"你在和谁视频？"

"抱歉，是我女朋友，我以为您还得过一会儿才来。"

"没关系，你们聊，对了，你和你的女朋友相处时会经常性烦躁以及提不起精神吗？"

"从没有过。"

奥尔蒂斯眼前一亮："我想看看你们的相处方式可以吗？"

孟斯年将视线移到屏幕上，还没说话，苏格先点了点头："当然可以了，我非常愿意配合。"

"只是继续让我们聊天，你这么斗志昂扬的干吗？"孟斯年失笑。

"我去沙发上坐着，我要一直说德语吗？"苏格认为这是在帮助孟斯年，她当然要斗志昂扬。

"不用，我们随意些，你当奥尔蒂斯医生不存在就行。"

苏格将手机放到茶几的支架上，想起今天是《天籁》直播，忙打开电视："孟斯年，今天程蓝唱的这个歌特别好听，我听了他的录音室版本。"

他挑了挑眉："我不在家你就看别的男人？"

苏格翻着白眼："你怎么连你家艺人的醋都吃？"

"我吃他醋干吗？他要是有能耐还能让我先追到你？"孟斯年损起自家艺人真是毫不嘴软，"我更嫉妒萧树天天跟你一起工作。"

苏格一本正经地说："我跟萧老师是清白的。"

孟斯年看她认真解释的样子，忍不住笑，随即又故意问："你跟谁不清白？"

"你啊。"

孟斯年眉目温柔、表情愉悦，显然是爱极了她这理所当然的样子。

奥尔蒂斯盯着他瞧得移不开眼，这样的孟斯年，他确实没见过。

孟斯年看着手机屏幕上她笑靥如花的脸："你有没有好好吃饭？站起来让我看看长高了没有。"

"你还说你不嫌我矮？"苏格提高了音量，说话时小酒窝若隐若现，看得孟斯年手指发痒，真的想捏一捏啊。

之前她住他这儿的时候，孟斯年总是倒牛奶给她喝，苏格不喜欢喝没有甜味的东西，他却总是哄着让她喝完。关于这个问题，苏格思考了很久，一直没有答案。直到有次听到班里一个高个儿男同学说他之所以长这么高是因为小时候他妈妈天天给他喝牛奶？苏格这才恍然大悟。

没等孟斯年回话，苏格便说："你就是嫌我矮。"

孟斯年不承认："没有的事。"

"那你总给我喝牛奶？"苏格控诉道。

孟斯年低低地笑了两声："补钙。"

"你觉得我信吗？"

"嗯……主要吧，站着接吻的时候要弯腰低头，很累……"

苏格皮笑肉不笑："那你不如换个超模女友。"

"我要喜欢超模也不会等到现在。"

"反正我就这样了，再努力也到不了一米七。"

"能长就长，不长就躺着亲呗，哪里敢嫌你，要说嫌你什么，"孟斯年挑着眼角，顿了下，满意地见到苏格扫过来的威胁的眼神，才慢悠悠地继续道，"我嫌你太小了，但凡大个几岁，我都想尽办法给你安我家户口本上了。"

"想得美。"她瞥他一眼，突然注意到不远处一脸好奇的奥尔蒂斯，问道，"孟斯年，咱俩在你看诊时间聊天用不用付心理咨询费呀？"

"要的，奥尔蒂斯的时间都是要花钱买的。"

苏格皱眉道："……这是我聊过最贵的一次天，他又听不懂，还要在旁边陪着，这给他心眼儿多的。"

孟斯年笑得开怀："幸好他听不懂。"

"可以说德语吗？"奥尔蒂斯终于忍不住了。

"抱歉，我们俩从没用德语聊过天。"孟斯年对奥尔蒂斯说，"我甚至刚知道她的德语还挺好。"

"我小时候在奥地利上的学。"苏格说。

"有所耳闻。"

"我可以和你的女朋友聊聊吗？"奥尔蒂斯突然说。

孟斯年看向苏格，征询她的意见。

奥尔蒂斯是个笑容可亲的白胡子大叔，他对苏格说孟斯年面对她时，状态好到他完全不觉得孟斯年有任何问题，苏格立刻说："我本来就不觉得他有问题啊。"

奥尔蒂斯说："我会研究一下你的说话方式和态度。"

苏格："……我是小白鼠吗？"

奥尔蒂斯又和苏格闲聊了会儿，聊到她和孟斯年认识的过程，奥尔蒂斯惊叹道："好浪漫的相遇，Meng，告诉我，是不是那时候你就很喜欢这个女孩子？"

孟斯年微微扬起眼尾，嘴角噙笑："对。"

苏格心脏像是停了一拍，奥尔蒂斯没注意到两人之间冒着粉红泡泡的微妙气氛，开心地继续说："音乐可以治疗人心，亲爱的朋友，你要不要为我们演奏一曲？"

苏格："……"

这个心理医生大叔真是的，听着音乐就想把钱挣了。

苏格拿起小提琴，对孟斯年说："我后悔学音乐了，我就应该去当心理医生，这工作真轻松，给他演奏还要给他付钱。"

孟斯年好看的眉眼被她逗得笑得弯弯的，如此温柔的宠溺是外人从未见过的样子。

苏格将小提琴架好，想到回来路上写的歌："孟斯年，给你听听我刚写的新曲子。"

苏格这边的夜静悄悄的，客厅内只开着一盏落地灯，窗外城市的灯光照射着飘落的雪花，苏格站在大雪纷飞的落地窗前，认真投入地开始演奏，缓慢悠扬，音调优美到仿佛有音符从手机屏幕中一个一个飞出来。

整个过程，孟斯年和奥尔蒂斯谁都没说话，甚至连一丝眼神交流都没有，他们都沉浸在这动人心弦的音乐声中。正午的阳光逐渐炙热，整个诊室一片明媚，明晃晃的光晕仿佛是一个个音符在跳动，直到苏格放下小提琴，询问两人："怎么样？好听吗？暂时还只有这一段。"

孟斯年火热的目光这才微微收敛一些，他垂眸，似乎还没从刚刚的音乐中缓过来，直到奥尔蒂斯说话："虽然我对音乐没什么研究，但我可以听出来这个曲子非常好听，请问叫什么名？"

苏格沉吟一下："《银粟地》。"

孟斯年惊讶这首只有一段的曲子竟然先有了名字："我以为你会像以前一样，最后填完歌词再取名。"

"今天盛阳又下雪了，应该是今年冬天最后一场雪，曲子是我堵在大雪的路上写的，所以叫《银粟地》。"

"'独往独来银粟地，一行一步玉沙声。'是取自这里吗？"孟斯年问。

这句诗苏格在她爷爷做的陶器上见过，诗人将雪花比作银粟，比作玉沙，以此来表达漫天纷飞的雪花簌簌落下时的景色和声音，这和她作曲时的情境、心境都完美契合。她目光灼灼地看着孟斯年，惊喜他竟然知道："对。孟斯年，你喜欢吗？"

其实，从他的眼神中就可以看出来他是喜欢的，但她就是想听他说，这会让她十分有成就感。

"喜欢，我喜欢的。"孟斯年眼中流露出的赞赏根本遮掩不住，"格格，改回之前的微信名吧。"

"哪个?"

"天才小格格那个。"

苏格咯咯地开心地笑着:"孟斯年,你夸人真特别。"

三月悄然来临,苏格回学校报到,这学期她只需要写好论文,递交实习报告即可,孟斯年的归期也终于要提上日程。

盛阳冰雪的融化速度加快,一场春雨后,城市露出了天地间本来的颜色。

这天天气太好,苏格起了个大早,九点多就到了公司,萧树还没来,他的应酬多,活动也多,见到人经常到下午。

苏格提交了论文选题后继续回千棠实习,她坐在工位收拾包的时候看到《银粟地》的曲谱,这才想起还没给萧树看,她把谱子压到他办公桌的鼠标下,准备等他来了给他一个惊喜。

作为实习小妹,苏格很是尽心尽责,因为开学旷了几天班,所以手里暂时没活干,等众人陆续上班,她问大家要不要她去买咖啡,她记得电视上都是这么演的。

众人都直摆手说不用。除去她和孟斯年这层关系,就是"萧总监关门弟子"这一身份,别人也不敢支使她跑腿。

苏格却从不承认自己拜了师,她暂时还不想改行,她跟萧树表示可以兼职当音乐创作人,主业还是要拉好小提琴,所以最近她除了写论文和实习,其余时间都在准备另一个乐团的小提琴手面试。

苏格一上午闲得四处乱窜,听同事们聊《天籁》直播的热度,又聊到蓝三三的爆火,大家都认为这是他们三人鲜明的个性、又强又跩的反差感台风,以及成功的选曲编曲造就的,苏格偷偷骄傲了一下,因为蓝三三的选曲编曲她也都有出力。

苏格正听得开心时,华灵团队打来电话和萧树的助理约时间,据说是商务方面的合同要签。她不想碰到他们,正好苏天濠发信息叫她陪着他去给阿谣买生日礼物,她立刻答应下来。

苏格和苏天濠在商场逛了一下午,挑了两份不算贵重但充满艺术气息的礼物,两人都很满意。

苏格想在商场吃火锅,但喜欢的火锅店排了几十号,苏天濠没那个耐心,建议买食材回家吃。

她嫌累不想去逛超市,直接上外卖平台配齐了货,苏天濠吐槽说她真是懒人有懒法,问她平时和孟斯年难道也这样买菜?

她理所当然地点头:"他的手不能拎重物,是用来弹钢琴的手。"

苏天濠第一次听说,充满求知欲地问:"那抱你呢?"

苏格挑眉看他:"偶尔……也没事。"

苏天濠啧啧两声:"感觉少了很多乐趣。"

苏格本没多想,见他贱兮兮的表情,无语地吼他:"苏天濠你脑子里能不能想点健康的东西?"

"回家回家,外卖一会儿到了。"苏天濠怕苏格动手打他,赶紧启动车子。

"帮佣阿姨还没回来?"

"好不容易放假回老家,不得让人多住几天,除了你家孟斯年,谁不回家啊。"苏天濠嘀咕道。

苏格瞪他,不满他的举例,苏天濠自觉失言,噘着嘴自己拍了两下:"瞧我这嘴,没把门的,嗐,我这是在酒吧听他们八卦,说孟斯年不在国内,程蓝最近又红得发紫,要想撬他墙脚手到擒来。"

苏格满脸问号:"墙脚是……"

"你。"

苏格越发疑惑:"为什么要撬我?"

"就说你和程蓝有事。"

苏格黑了脸:"谁说的?我们俩能有什么事?"

"星临的人说的,妹妹你放心,我帮你骂他们了,我说我妹和妹夫感情好着呢,不过他们不信,说程蓝和你可能早就暗度陈仓了。"苏天濠本想安慰她,结果越说越多,越说她脸越黑,他暗骂一声,又扇了两下自己的嘴。

苏格乍听之下还挺气愤,越听越觉得离谱,她自己都气笑了:"看来蓝三三是真红了,这么离谱的绯闻都有人信。"

第十章
会开花的云

一场突如其来的大雨后,盛阳迎来了一周的晴天,整个城市因为初春的骄阳显得明亮又纯净,让人心旷神怡。苏格很喜欢上班,每日在湛蓝天空下、明媚阳光中去到公司,又在夕阳西下时下班回家,自在又快乐。

新年后的工作逐渐步上正轨,公司越发忙碌起来,又是一个周一,苏格一到公司就被萧树拽着和蓝三三开会选曲,其他几个制作人和编曲推荐了几首,乐队唱了下感觉一般,萧树也不满意,苏格见他们抓耳挠腮、焦头烂额的,提议道:"那就新写一首呗。"

众人都觉得她在开玩笑,这说得跟上街买菜一样简单。萧树哄她:"那你写,你现在给我个曲子我们立刻做。"

苏格突然想起了压他鼠标下的曲谱,萧树却说没注意,要回去翻,苏格也没在意,把手机里电子版曲谱发给他:"没事,我发你个完整版,那个手写的只有副歌一段。"

萧树立刻让助理打印出来,用乐器简单和一遍后,众人一拍即合,就它了。

苏格和程蓝负责填词,曲名按照原名定为《银粟地》。

萧树带着其余人编曲,弄了一天,搞了个初版,录音棚里录了几遍,似乎总觉得差点什么,蔡子想到当初面试千棠时的表演,提议道:"要不然苏格再来一段小提琴。"

苏格刚想拒绝,程蓝眼睛倏地亮了起来:"我觉得特别可以。"

苏格有些犹豫:"抛头露面啊?"

永乐忙说:"这期有神秘补位歌手过来,八位歌手分四组,两两比拼,输的一方里要淘汰一位,最后一场淘汰赛了,挺过去直接进总决赛。"

"吉祥物,再救我们一次。"蔡子说。

程蓝也期待地看着她。

苏格想到星临那边的传闻,不无担忧地道:"不是,我和程蓝都传绯闻了,不得避嫌呀?"

程蓝眸光一闪:"怎么传的?我怎么不知道?"

苏格轻咳一声:"就私下听人说的,挺莫名其妙的。"

程蓝不以为意:"那正好,让人看看我俩多清白,越避嫌越显得心虚似的。"

苏格点头:"那倒是。"

萧树也支持苏格加入,看她有所松动,直接放大招:"你不是快要面试小提琴手了吗?有演出经验会加分的吧。"

苏格瞪大眼睛,还有这茬呢!于是立刻点头:"行,上!"

于是这天,苏格第一次加班了。

晚上回去和孟斯年视频的时候,苏格心情有点好,一是对歌曲满意,二是对舞台期待,那种跃跃欲试、手痒难耐的感觉从未这么强烈过,她想起离开时萧树的建议:"苏格你要不然直接加入乐团出道吧,在哪儿拉小提琴不是拉。"

孟斯年见她言笑晏晏:"今天有什么好事吗?"

"在想我出道的事。"苏格开玩笑道。

孟斯年正在去诊所的路上,伴随着那边的汽车鸣笛声,他问:"出道?小提琴?"

苏格笑得狡黠:"不是,我跟你说个事,我周五要上《天籁》,像上次一样帮蓝三三加段小提琴独奏。"

他那边着实惊讶了一下,随即又沉默了须臾,问:"认真的?萧树同意了?"

"嗯,编曲都做好了,今天在公司磨合了几次,大家都觉得好。"

"格格,上节目和在学校演出不一样。"他神色有些严肃。

苏格当然懂:"我知道呀。"

"会有人开始关注你,搜索你,讨论你,有赞美也有批判、诋毁,多难听的话都有可能说出来,这些你都能承受吗?"

苏格怔怔地看着屏幕那边语重心长的孟斯年,觉得自己还是天真了,想得太简单,不过想到晚上大家满意又激动的样子,她又觉得这些都不是问题:"我做好自己的工作不怕别人说什么,以后我可是要成为小提琴家的人,还能怕舞台不成。"

"以后你长大了，内心也会更强大，心境、承受力都和现在不一样。"孟斯年觉得自己应该尊重她，但还是担心她太小了，她太年轻了，他不舍得她被评头论足。

"你有没有听说过'出名要趁早'这句话？"苏格懂他的想法，关河在前，他的担忧不无道理。

"太早出名不利于身心健康。"

"你出名就很早啊。"苏格举例说明。

"所以我在看心理医生啊。"孟斯年说得理所当然。

然后两个人像是戳到了什么笑点一样，对着手机笑了半天。

"再说，也容易学坏。"孟斯年继续说。

"我的孟斯年就很好。"苏格继续以他为例。

"你有我的自制力吗？"

"我要是没有自制力刚认识你那会儿就给你扑倒了。"

孟斯年："……苏格你是不是要流氓呢？"

前面开车的Yoko想把耳朵堵上，谁能信孟斯年谈个恋爱能这么腻歪，绝了。

苏格傲娇地哼了一声："你反正管不着，萧老师都把名报给节目组了，演播厅就半个小时路程，我一脚油门就到了。"

孟斯年气笑了："你敢。"

"你猜我敢不敢？"

孟斯年无奈："你不是在准备小提琴的面试吗？我妈妈都跟乐团的领导说了，她儿媳妇正努力进他们团呢。"

"啊？走后门啊？"

"想什么呢，她就是炫耀一下她有儿媳妇。"

"吓我一跳，我可只想靠实力，还有，你得帮我解释一下，我接近你是为了你的美色，别让你妈妈误会我是为了你家资源。"

孟斯年再次失笑，他那边喧闹的声音渐消，还有别人的说话声，孟斯年说："格格，你乖乖的，我要去见医生了，你助演的事我会和萧树谈的。"

苏格："我多余告诉你，就应该先斩后奏……"

在挂电话前，她说："孟斯年，有你我就什么都不怕。"

孟斯年还是很好哄的，她说完那话，别说和萧树谈了，他问都没问，就这么随她去了。

苏格和乐队一直在磨合，萧树和编曲们也在各种版本中修修改改，终于在周三定了最后一版，苏格不仅参与小提琴独奏，独奏完的副歌，她还要和程蓝两人一起唱，萧树很喜欢她的音色，所以极力要求，苏格想着琴都拉了，也不差这几句歌，所以就应下了。

就在大家都斗志昂扬地准备拿这期冠军的时候，那些空穴来风的绯闻，这晚，关键时刻，突然就全网发酵了。

起因是一个稍有名气的狗仔直播时候这样说——

"最近挺火的那个乐队大家都知道吧，主唱挺帅挺跩，就叫他'布鲁'吧，之前在学校有个女朋友，小他一届，女朋友叫'公主'，这事他们学校的人都知道，俩人以前还一起在学校演出过，都能搜到视频，据说布鲁为了和公主一起演出还给原定的女生踢了，当时他们学校都在骂公主，布鲁为了公主还在网上跟大家吵架。

"听说在校期间布鲁经常开着跑车载着公主出入，很多人都见过，期末他们还一起在图书馆复习，他俩还半夜在学校堆雪人，这些都有视频照片为证的，反正俩人还挺浪漫，也算是郎才女貌天作之合。

"但是呢，布鲁想签约'钢琴王子'的公司，正好这钢琴王子对公主挺有好感，因为公主不仅长得好看，初恋脸吧，还有点才华，钢琴王子就吃她这款。那布鲁就让公主跟钢琴王子好了，钢琴王子一高兴，大把资源给布鲁他们的乐队，一下给捧红了，虽然公主跟了钢琴王子，她和布鲁还是有感情的，我听说趁钢琴王子最近不在国内，俩人又暗度陈仓了。"

狗仔讲的时候，直播间弹幕刷到飞起——

> 弹幕："布鲁"是程蓝。
> 弹幕："钢琴王子"是孟斯年。
> 弹幕：那"公主"是谁？
> ……

狗仔不敢说名字，只说公主不算圈内的，有兴趣的自己去搜。随即他继续说："我接着讲，公主确实挺有才华，写了一些不错的作品，之前一首挺火的歌，公司原定给百灵鸟的，布鲁为了拿到手，百般讨好公主，公主听他的，钢琴王子又听公主的，歌就给到布鲁乐队了，后来百灵鸟终于忍无可忍解约回老东家了。"

> 弹幕：百灵鸟招谁惹谁了？也是被三个恋爱脑搞怕了。
> 弹幕：布鲁成最大赢家。

弹幕：钢琴王子入行多少年了？听说手腕挺厉害的，怎么让一小姑娘拿捏了？

弹幕：没听主播说，他就吃她这款。

弹幕：这个我有发言权，跟他们有些商业接触，某次无意听到他们公司那个木总监说，公主要钢琴王子的命，钢琴王子都不会犹豫的。

弹幕：有点好嗑怎么回事？

穗穗永远走在八卦第一线，那狗仔没下播她的电话就打来了，苏格将睡未睡时接起："姐，几点啊你还不睡？"

穗穗看了下时间："这才十点多，你是不是作息太中老年了？不说这事，赶紧看手机，网上都在说你的八卦。"

苏格这下清醒了，爬起来各个平台的热搜刷了一圈，头皮有点炸！还很想骂脏话！

苏格立刻给萧树打了个电话，萧树比她行动还快，已经在公司和公关团队开会了，萧树让她放心，这种无中生有的传闻很快就会销声匿迹。

很快她又接到了程蓝的电话："你上次说的咱俩的绯闻就这个吗？"

"类似，但没这么细节，这也太离谱了！"苏格没遇过这种事，就觉得有点蒙。

"抱歉，又连累了你了。"

苏格大度道："没事，你也是受害者。"

程蓝叹了口气："怪我太红了，有人要搞我。"

苏格："我就是那个炮灰呗。"

"我这脾气本来立刻要澄清的，萧老师让我不要轻举妄动，怕本来小道消息大家听听得了，我一澄清闹得更大反而不好。"

"那听他们的吧，他们有经验，反正没人认识我这个小透明，骂不到我身上。"

"那还一起上《天籁》吗？"

苏格觉得自己的逆反心理到达顶峰："公司没问题我就可以，我怕他们？！"

结果，苏格这话说出去第二天，她的身份就被曝出来了。

网友：我知道公主是谁了，就是《山河曲》的词曲作者苏格，证据有三。

网友：一、纯欲风初恋脸；二、有才华；三、"格格"等于"公主"。

很快，苏格当初和蓝三三演出的视频以及超话里那场争端都被扒了出来，程蓝当初帮她的言论在这个节骨眼上显得很是暧昧，还有两人堆雪人的照片，从蔡子的朋友圈流传了出来，气得蔡子骂骂咧咧了一天："我都分组了，到底谁这么没品！"

很快，程蓝和苏格在图书馆、新年晚会演播厅的同框图纷纷被发出来，虽然两人全程没有什么亲密接触，但大家似乎很会脑补，再配合网上的爆料，几乎都要信了。

网友：这女孩看着人畜无害的，没想到这么厉害。

网友：有一说一，长得好看的女孩很多，长得好看还有才华的确实少见，怪不得布鲁和钢琴王子都沦陷了。

网友：没想到布鲁还挺豁得出去的。

粉丝：到底谁看我们家红了就造谣啊？还给人家女孩造谣？程蓝说过很多次了，单身！

粉丝：一起演出就是情侣？图书馆说句话就是谈恋爱？堆个雪人就是不清白？在座的各位都没异性朋友吗？

话题越吵越热，千棠音乐官方在事情发酵了一天后，终于发了辟谣帖，大概意思是，苏格和程蓝仅仅是校友关系，因为苏格在千棠音乐实习，才稍微有了接触，但绝对不是男女朋友关系。

辟谣帖发出后，立刻又发了律师函给那个造谣的狗仔。

萧树建议苏格不要去给蓝三三助演了，程蓝他们也怕继续给苏格带来麻烦，当即表示同意，苏格本是迎难而上的性格，但事关重大，恐怕影响了她小提琴面试，于是准备这段时间夹着尾巴低调做人。

因为事发突然，又是比赛直播前关键时刻，萧树怀疑有幕后黑手推动，大家也都觉得是冲蓝三三来的，所以《天籁》彩排的时候，千棠这边让节目组清了场，主打一个小心驶得万年船。

同时，这期的补位歌手也神神秘秘的一直没有官宣，甚至彩排时候，清场得比他们还彻底。

周五这天，苏格没出门，窝在孟斯年家刷手机，看粉丝和黑粉大战，纠结着要不要告诉孟斯年这事，最后决定不跟他说，因为他本来就对这些有阴影。

黄昏时，苏格在乐器室练琴，萧树打来电话让她马上去演播厅，苏格问怎么了，萧树只说："救场。"

苏格以最快速度过去，看到后台愁容满面的众人，她奇怪道："怎么了？"乐队的人都在，除了程蓝，"程蓝呢？"

蔡子一见到她，差点哭出来："程蓝被他爸派人抓回去了。"

苏格蒙了："啊？"

程蓝父亲看到那些八卦传闻，十分生气，本来对程蓝唱歌就持有反对态度，这下更是气得不行，听到别人说自己儿子为了签约、为了红不择手段，气得差点心脏病发，二话不说直接派人给他绑了回去。

人带去了哪里谁也不知道，除非他妈还能给他及时放出来，不然今晚的直播程蓝肯定上不了了。

苏格震惊地听完，疑惑地问："那叫我来是？"

"你顶替他，"萧树言简意赅道，"你听我说，这歌你写的，你跟着练的，你熟，再加上音色可以，音准没问题，那么今晚你就是蓝三三主唱。"

他说完，一时间谁都没说话，都在看着苏格，等她的态度，苏格像是被钉在那里，瞪圆了的双眸从茫然错愕到不可置信，她震惊地扫了一圈众人："没开玩笑？"

"火烧眉毛了，谁有空跟你开玩笑，没问题就彩排！"萧树拍了拍手，示意大家就位。

苏格就这样被赶鸭子上架彩排去了，唱了两遍后才真实地感觉到，她要上电视了？

跟做梦似的，太儿戏了。

休息间隙，她问蔡子："节目组也同意你们胡闹？"

蔡子说："节目组一听主唱换成你，商量了没五分钟就同意了。"

"啊？"苏格不明白，她这么有名的吗？

永乐一副过来人的样子："有话题度呗，你俩这两天正传绯闻呢，节目组也挺会火上浇油，反正今晚估计得挺热闹。"

"担不担心？我挺担心的，"蔡子叹了口气，"萧老师胆子真肥，也不怕老板回来给他撕了。"

"萧老师都不担心你担心什么。"永乐觉得天塌了有人顶着，"绯闻女友替唱，谁敢干这事啊。"

蔡子竟然还能笑出来："也就我们敢。想到大家看到苏格惊讶的样子，好刺激。"

"玩就玩把大的，谁怕谁。"萧树走过来，看起来竟然有点兴奋。

苏格见每个人都有种平静的疯感，挑眉一笑："那就来吧，上电视而已，我有经验。"

三人好奇地看着她。

苏格："我小时候上过我们镇电视台拉小提琴。"

彩排完众人回到休息室，苏格签了演唱合同后又被通知去做妆造，去化妆室的路上意外碰到了罗泱。

苏格与他有过一面之缘，罗泱当然也记得她，他饶有兴趣地停下来与她寒暄："苏格？"

"你好。"苏格不咸不淡地打了声招呼，惊讶他出现在这儿，便猜测补位歌手可能是星临的。

"你陪蓝三三参赛来了？难道传言是真的？"她这时候出现在这里，罗泱同样感到惊讶，是要澄清还是要官宣？

苏格翻了个白眼："造谣不是最先从你们星临内部传出来的吗，怎么你还问我？"

罗泱脸上闪过一丝诧异："星临传出来的？确定吗？"

"确定呀。"苏格其实不确定。

"那我得回去查查，我不知道这事，你和孟斯年是不是男女朋友我都不知道。"罗泱说完也不走，像是要等苏格回答。

苏格心道罗泱身为音乐总监竟然也这么八卦，既然他想打听她的事，那她也许可以打听补位歌手信息，也不急着走了："你好奇呀？那交换信息？"

罗泱顿觉这姑娘不好搞，但也更有聊天的兴致了："可以呀，这样我们都能知己知彼，也方便我挖墙脚。"

罗泱丝毫不避讳对她的兴趣。

"你挖走一个华灵还不够？"苏格也跟他打直球，"她今晚唱什么歌？"

罗泱有点意外，他心想哪里泄露的消息，随即又一惊，可能是诓他？就这一瞬间，心思百转千回，随即似笑非笑地说了句："原来孟斯年喜欢你这一款。"

"我是什么款？"苏格问。

"网上说的，什么纯欲初恋脸？"罗泱模棱两可道。

苏格见他不正面回答问题，也不想与他东扯西扯："罗先生，我要去化妆了。"

罗泱让开了路，目送她离开，一双精明的眼睛上下打量着她，毛衣、牛仔裤、平底鞋，简单清爽。怎么看都是个学生样，没想到会写歌会编曲，而且天赋很高，他看着她的背影，突然开口："我用什么办法能把你挖来？"

苏格停下脚步，回头看他，稍一沉吟："孟斯年用的方法是色诱，你觉得你比他帅吗？"

罗泱神色一滞，心里暗骂孟斯年，表面上依旧笑呵呵的："我们公司有很多帅气的小哥哥。"

"有孟斯年帅吗？"她还是这句话。

他竟然认真思考了一下："也差不了太多，不一样风格。"

"在我心里孟斯年是最好看的。"

"这可难办了，"罗泱笑道，"价格我给双倍也不行？"

"孟斯年给我空白支票让我随便填。"苏格淡淡地道。

罗泱咬牙切齿道："我是真的服了孟斯年了。"

"嗯，很会收买人心。"苏格表示同意。

"然后呢，你填了多少？"

"我填了'孟斯年'。"

罗泱："……情调？"

"你这种大叔可能理解不了，反正孟斯年挺开心的。"苏格想起那天，抿嘴笑了下。

"他开心是什么样？"罗泱很好奇，孟斯年那个喜怒不形于色的人，高兴会和别人一样哈哈大笑吗？

"就……抱着亲我咯。"

罗泱："然后呢？"

苏格瞪大眼睛看他："后面你还要听？"

罗泱："……"

不是，这不是正常聊天吗？怎么搞得他跟变态似的？

苏格摆摆手转身走了："希望华灵补位成功。"

补位歌手要赢了同组歌手才能晋级，不然直接一轮游。

罗泱摸不准她是真知道还是诓人，再次沉默，同时在心里暗骂，孟斯年是个人精，身边的人也是，一小丫头片子都敢当面跟他耍心眼子。

很快到八点直播，后台抽签时候，苏格还没妆造回来。主持人故意问蔡子和永乐主唱呢，两人打着哈哈说主唱要漂漂亮亮，所以还在化妆。

弹幕都在调侃程蓝偶像包袱重。

蔡子和永乐抽到了对战补位歌手，他们倒数第二个出场，补位最后出场。

前面的歌手或精彩绝伦或中规中矩地唱完，轮到蓝三三的时候，刚过十点。

苏格做了一个多小时的妆造，她很满意，妆造师见她喜欢，一直说苏老师喜欢就好。

苏格一时间没反应过来谁是苏老师，出了化妆室才反应过来是自己，她嘀咕道："这年头，谁都是老师。"

苏格回到休息室告诉蔡子和永乐补位歌手大概率是华灵，因为她套了罗泱的话，他没反驳。

他俩都挺无所谓的，等到最后一刻，程蓝还是没来，众人也没多失望，都是一副看破红尘的样子，甚至还喊了句口号——输赢随意，重在参与。

临上台前苏格才感觉有些紧张，永乐说："这有可能是你整个人生中最刺激、最兴奋、最难忘的时刻，不要想太多，完成表演你就是最牛的，咱们不求结果。"

苏格点头："淘汰也不赖我，到时候乐队粉丝怪我身上时你们快点公关，告诉他们我有多不容易。"

两人失笑："淘汰了怪程蓝呗。"

苏格继续点头："那行。"

倒计时后，三人上场，台下观众见到苏格站在麦前，迷茫、惊讶、疑惑各种表情精彩纷呈，直到音乐响起，程蓝都没出现，一片哗然中，苏格双手扶着麦克风支架，开口唱了起来。

苏格的嗓音属于女中音，清透、偏冷、慵懒，圈里少见，也很难得，她没什么舞台演唱的经验，就站在那里唱，尽量让自己沉浸在音乐里，想象着自己在曲桑家里的二楼，自由、快乐、无忧无虑。

第一段结束，到了苏格最拿手的小提琴独奏，她更是得心应手了，一段琴拉得越来越激荡高昂，第二段副歌，蔡子和永乐一起唱起来，俩人又嗨又疯，苏格也被感染，放开了跟着他们嗨，扭得还挺好看，随即音乐戛然而止，三人拥抱、鞠躬、下台。

现场观众意犹未尽。

歌都唱完了还很多人没反应过来到底是怎么回事，弹幕刷得飞起，乱七八糟的，说什么的都有，还有各种阴谋论，当然也有人讨论歌曲，苏格的音色很有记忆点和辨识度，但是高音没程蓝的水平，副歌时蔡子、永乐的大白嗓一进来正好补了这一点，整体舞台的完成度很高，还是让很多纯欣赏音乐的路人挺惊喜的。

路人退去后,粉丝开始不依不饶——

弹幕:不是,蓝三三乐队,三三都在,蓝呢?改名苏三三了?
弹幕:我家蓝蓝是不是被那姓孟的封杀了?
弹幕:谁能解释一下到底怎么回事?
弹幕:主唱没来,主唱的绯闻女友替唱?这个世界终于疯了。

唱完的歌手要去观众席观看后面的演出,苏格跟着蔡子永乐两人坐到台下歌手区时,前三组的六位歌手个个神色复杂地看着他们,不过都是混圈久了的人,很快大家开始赞美他们的舞台表现。

有位前辈说:"你们太松弛了,跟干完这票就要退圈似的。"

苏格瞪大眼睛点头:"我是,我真是。"

前辈继续问:"程蓝呢?你们这个乐队的主唱还能随便换?有你没他,有他没你?"

苏格叹了口气:"前辈,这事说来话长,总之我几个小时前还无忧无虑地在家思考晚上吃什么呢,结果就被领导叫来接这烂摊子,干这吃力不讨好只讨骂的活,打工人苦啊。"

前辈:"……"

蔡子怕苏格继续满嘴跑火车,忙提醒她:"有摄像机。"

"所以我不能说话是吗?"苏格眨眨眼,"刚说的那段不能播?"

"别说了,直播剪辑不了。"永乐扶额。

苏格立刻把嘴抿到一起,顺便还瞪了眼摄像机。

众人寒暄了一会儿坐好,观众投票结束后,补位歌手终于上台。

还挺没悬念的,就是华灵。

她的歌叫《涅槃》,和苏格他们一样,也是新歌,让人惊讶的是,竟然是她自己作词作曲,她以前专辑里有很多她作词的歌,亲自作曲却寥寥无几。只有很早期在星临的时候出过两首原创歌曲,因为没什么热度,所以鲜少有人知道。

华灵的风格偏R&B,第一句结尾就是满含技巧的一个转音,获得了一阵掌声。

苏格听得很认真,心道确实是有舞台经验的人,她的唱功和镜头感都没得说,只是苏格越听越觉得不对劲,旋律越来越熟悉,前面还好,副歌竟然和他们刚演唱的《银粟地》很像。

虽然一个摇滚,一个R&B,编曲也大有不同,但副歌部分的旋律有七八分相似。苏格惊讶地看向永乐和蔡子，两人似乎也察觉到了，神色诧异愕然，直到第二段，苏格也不管有没有摄像机，直接说："这一段和《银粟地》一样啊。"

两人被吓到，想去捂她的嘴，这话心里可以想，但不能说，万一那边告她诽谤也很棘手。

其余歌手也意识到这个问题，交头接耳地讨论起来，看向苏格这边的表情更是复杂了。

后面观众的窃窃私语声越来越大，各种视线从周围扫射过来，苏格哪受过这委屈，见摄像机一直在对着他们拍，她示意镜头过来些，然后对着镜头说："这不是巧合，如果之后华灵说撞旋律了别信她，撞不了这么多，这歌就是我写的，她抄我的。"

蔡子和永乐也都一副生无可恋的样子，随她去吧，捅多大篓子都有孟斯年顶着。

周围人都无声地看向她，那位前辈先找回声音："真是初生牛犊不怕虎啊，娱乐圈进来了一个活人！太勇了！"

当天，蓝三三乐队以三票之差输给了华灵，但因为票数高于其他败方组歌手，所以免遭淘汰。

但这都已经没人在意了。

公布完票数，众人送别了淘汰选手，又恭喜华灵补位成功，虽然氛围看起来和善友好，但又十分微妙。

苏格见华灵笑靥如花地道谢，终于还是受不了她胜利者姿态，冷哼一声，气不过想过去直接贴脸开大的时候，她被萧树带走了。

华灵看着她们离去的背影，良久，松开了握紧的、汗涔涔的手。

萧树不放心苏格，没让她开车，他主动送她回家，一路上他始终没什么情绪，见苏格也不说话，他先开口："今天表现很好。"

"谢谢。"苏格心不在焉道。

"《银粟地》的曲子你除了发给我还给谁了吗？或者说有没有别的泄露渠道？学校？家里？"萧树问的不是这个歌是不是你写的，而是问她对于如何泄露的有没有头绪。

对于这种信任，苏格鼻头一酸，眨了眨眼睛没让眼泪出来，真是委屈死了："只发给你了。公司里查查吧，我们排练的时候难免有人听到。"

"嗯。"萧树面色凝重，不像以前插科打诨地聊天，他的情绪看起来很差。

"萧老师，节目组没发现我们副歌一样吗？"苏格提出疑问。

萧树冷哼一声,只说三个字:"话题度。"

苏格不想再说话了。

萧树给苏格送到了苏天濠那儿,在她下车前,萧树嘱咐:"今天别看手机,什么也别想,睡个好觉,我会给你一个交代。"

苏格也觉得今天这大起大落的情绪对身体不好,网上的言论估计好不到哪儿去,毕竟比起华灵,她一个没粉丝的普通群众,一定被她粉丝追着骂,看了还不够心梗的,所以满口答应。

她进门前,提醒萧树:"萧老师,别跟孟斯年说这事,让他好好治疗。"

萧树犹豫一下,点头:"行。"

不说的话,孟斯年回来肯定收拾他,但,说了,又怕刺激到他影响病情,这方面本来就是他的心病。

苏格一进门就碰到冲出来的苏天濠,苏天濠看到她,愣了一下,忙关切地问:"苏格,你没事吧?"

苏格耸耸肩:"暂时没事。"

苏天濠咬咬牙:"你等着,我这就去找罗泱给你讨回公道。"

苏格总觉得苏天濠没脑子,做事冲动,不管后果只管当下心情,现在见他如此,倒有些感动,觉得他还是有点可爱的,以后也不是不可以帮他跟阿谣说说好话:"这大半夜你去哪儿找他?"

"他家啊。"

"他应该还没回家吧,算了,别管了,好好回去睡觉。"苏格拉着他往屋里走。

苏天濠歪头看她:"你怎么这么平静?不生气?难道是你抄袭的华灵?"

苏格恶狠狠地瞪他:"你、再、说、一、遍?"

苏天濠哈哈一笑:"逗你玩,你这么臭屁傲娇怎么可能抄别人。"

"知道还问!"

"你跟我说说你怎么去唱歌了?你出道了?程蓝呢?真让孟斯年封杀了?"

"你话好多。"苏格往楼上走。

苏天濠跟着她碎碎念,大伯母被吵醒,开门出来,吼苏天濠:"你吵什么呢?几点了不睡觉?滚去睡觉!"

苏天濠一溜烟跑了,大伯母打了个哈欠,看到苏格:"你也赶紧去睡,女孩子别熬夜,烂脸。"

苏格乖乖点头。

第二天，没有别的大事发生，所以曲子到底谁是原创的话题讨论度依旧居高不下。

苏格没去看网上的言论，也不知道事情发酵到什么地步了，吃过午饭，她被萧树喊去了公司，以为调查出了什么结果，没想是当面对峙。

萧树让她直接去会议室，苏格推开会议室的门后才发现，除了萧树、高层领导和公关团队，还有华灵团队的人。

萱姐一副兴师问罪的模样，华灵倒是气定神闲，苏格觉得她真会装。

"我感觉你们想趁孟斯年不在欺负我。"苏格说着，坐到了门边的椅子上。

这句话说完，那几个高层神色变得很复杂。

萧树轻咳一声："瞎说什么，我在这儿呢。"

苏格沉着眸子，扫了眼会议桌周围坐着的人，目光停在华灵那边："所以今天这局什么意思？谁是发言人？"

"华灵的原创歌曲，你先一步在节目上演唱，还说是你原创，你涉嫌侵权，涉嫌抄袭——"

萱姐还没说完苏格便打断她："抄袭个屁，这是我写的歌，我愿意什么时候唱，去哪儿唱，怎么唱，我说了算。"

苏格昨天忍到今天的这口气，终于爆发出来了："我还没说你们呢，你们倒是自己送上门了？还跟我搞恶人先告状这一套？"

苏天濠昨天半夜回到卧室，不放心地发信息交代苏格，别怕他们，如果要对线，气势上要先压倒对方。

穗穗也一直说，不行就发疯！

华灵轻笑一声："你写的？谁能证明？"

苏格看向萧树，萧树为难地、极轻地摇了摇头，他不知道华灵那边怎么搞到的曲子，他收到苏格的电子版是五天前，华灵那边什么时候得到的不得而知，大家都在互相试探，不敢轻易亮出底牌。

萧树凑近苏格，也不管众人在场，小声给她传递信息："华灵对公司的说辞是，她写这首歌的时候拿给了她继母看，怀疑继母离婚后把曲子给了她的亲生女儿，也就是你，我说你和华灵竟然还有这层关系呢？"

苏格翻了个白眼："太无耻了，你监控查得怎么样？"

"我办公室的监控已经过了七天，被覆盖了，彩排室和录音室都没发现什么异常。"

苏格心里叹口气，表面上不动声色地看向华灵："你又如何证明这首歌是你写的？"

"《涅槃》我们早就在制作了，可以去星临查，"萱姐说，"我听说你们这周才写出来《银粟地》。"

"所以呢？直接证据有吗？"苏格发现，自己越是怒火冲天，竟然越是冷静。

"这还不是直接证据？"华灵问。

"这首歌谁写的你我心里都清楚，我原以为你也就虚伪点，没想到你竟然还没底线，"苏格说完，站起身，"孟斯年回来之前，我不会聊这件事。"

"谁不知道你和老板的关系，想找他包庇你吗？"萱姐突然朗声说。

苏格果真说到做到，她一个字没再回应，开门走了出去，萧树也跟着她出去："你给我电子版之前是不是有个曲谱，我记得你说过你放我办公室了？"

苏格也想起这一茬，立刻问："谱子你找到了吗？"

"我回去好好翻翻。"萧树见苏格脸色难看，"是不是很委屈？难过的话就哭出来吧。"

苏格撇撇嘴没有哭，却带着哭腔说："多大点事，我才不怕他们！"

除了萧树，大家的态度都不明朗，华灵团队有恃无恐，显然有备而来。公司的公关团队也持观望态度，毕竟华灵的商务约还在千棠，处理不好闹出丑闻，有损的是千棠的名声和利益。

下午，千棠和星临联合发了声明，说已着手调查《涅槃》和《银粟地》之事，有结果了会给歌迷一个交代。

网上的声音很多，华灵沾了粉丝多的光，讨伐苏格的声音有些大。

有几个比较理智的制作人和乐评人让大家不要轻易下结论，但有个胆大的音乐自媒体号公开分析曲谱，认为苏格原创的可能性比较大，博主拆解着分析苏格的作曲风格，与之前的曲子也做了比较，认为《银粟地》延续了她的作曲习惯，结果这条视频被华灵粉丝骂到删除，博主出来道歉，说是自己武断，等最终结果。

还有个乐评人抛开原创不谈，只点评两人的演唱舞台，他认为苏格不应该输给华灵。

他说华灵的音准、气息、颤音都很完美，演唱技巧高超，弱混强混都很到位。但是他话锋一转，说道："歌这么唱真的好听吗？华灵很多地方刻意使用技巧，用力过猛，失去情感的真实表达，而且她高音有些吃力，最后是硬顶上去的，当然苏格高音也一般，她了解自己也没胜负心，所以处理得很舒服。苏格没有技巧，但是独特的音色和情感投入让她和歌曲浑然一体，轻盈度和通透度都比华灵好，听众能感觉到她在享受舞台，这才是唱歌。"

最后,乐评人做出总结:"苏格的《银粟地》我能反复听,华灵的《涅槃》我就听一遍。不只是歌手演唱方面原因,还有歌曲的精彩程度也差很多,撞旋律的副歌咱就不说了,单说主歌部分,《银粟地》好听太多,编曲上《银粟地》也是完胜。"

情况可想而知,他也被华灵粉丝冲了,但是这个乐评人不觉得自己说得有什么问题,不仅不删视频,还和粉丝辩论起来——

> 粉丝:抛开唱歌技巧不谈?那歌唱比赛不谈技巧谈什么?
> 乐评人:我说了这么多,你是一点不听啊。
> 粉丝:你收了多少钱?
> 乐评人:那就法庭见,看看我收没收钱。

晚上八点多钟,华灵在大家都吃完饭躺在沙发上刷手机的时间段发了条微博,模棱两可地说——

> 华灵:那个孩子虽算不上一夜成名,但也确实因为名利和赞美迷失了本心,她年龄太小,做错事也无可厚非,希望大家不要太过于苛责她。

苏天濠看到这个微博,拿给窝在沙发上发呆的苏格看,苏格瞄了一眼,深呼吸两口气,做出一个呕吐的表情。

苏天濠收起平时吊儿郎当的样子:"你不说点什么?你也发微博呀,发这种表面得体大方实际上阴阳怪气、恶心巴拉的微博!我跟你说,妹妹,有委屈别憋着,先干一架再说。"

苏格本来不想跟她们吵,一是觉得掉价,二是觉得没必要,她身正不怕影子斜。但她又觉得苏天濠说得有道理,略一思索,拿起手机打字。

> 苏格:她年龄大,做错事太不应该了,希望大家苛责她。

蔡子和永乐相继转发了华灵的微博,贴脸开大。

> 蔡子:颠倒黑白,为老不尊。
> 永乐:利用明星身份欺负女大学生。

公司公关团队和萧树挨个儿打电话来给他们三个骂了一顿，但三人都表示就不删，爱咋咋地。

当晚，华灵那边又放了一个大招。

罗泱发了微信截图，时间显示是三月八日，华灵发了电子版谱子给他，还有两人的一小段聊天记录——

华灵：罗总监，你看这段曲子怎么样？我最近可能经历的事情太多了，情绪和思绪起伏比较大，对事业、际遇和人生有了很多感慨，所以有了灵感写曲子。

罗泱：只有一段？

华灵：刚写的，你要是觉得不错，我们给它补完整，当作我回星临的第一首新歌吧。

罗泱：好，我看看。

关于这条微博，罗泱配文——

罗泱：我不知道怎么会发生这么离谱的事情，但这首歌华灵确实早就发给我了，不知道千棠那边着手制作的时间是否比我收到曲谱要早？

苏格算了一下时间，她给萧树手写曲谱那天就是三月八日，华灵团队来找萧树签商务约时也是三月八日。

萧树连夜让人把办公室里里外外又找了一遍，终于在桌角下找到了苏格的那张曲谱，但似乎没什么用，这样一张纸不足以说明任何问题。

华灵不用拿走谱子，拍个照片回去照着做个电子版给罗泱，天衣无缝。

萧树觉得事情非常棘手，忍不住给孟斯年打了电话，但是没打通。

苏格告诉他："他最近在做催眠治疗，还有什么眼动脱敏治疗，各种听不懂的名词，总之医生禁止他使用手机。"

萧树想联系Yoko，苏格说算了，算算日子也快回来了，不差这两天，她还安慰萧树："没事，我不去关注这事就好了，本来也不是圈子里的人，也不怕什么口碑崩掉。"

"我没替孟斯年保护好你，苏格，对不起。"萧树突然说。

"你相信我吗？"苏格问。

"当然了。"

"那就不用跟我说对不起。"

萧树笑了:"你比我想象的坚强。"

"不然怎么办,他们太坏了,早早就开始留证据。"苏格叹口气,这些人真是太会颠倒黑白,"等孟斯年回来吧,他是老板,他有责任保护自己的员工,对吧?"

"他也有责任保护自己的女朋友。"萧树说完往外走,"我去罗泱那儿问问情况,太难办了,他们都不怕我,要是孟斯年在这儿,哪还能让他们这么嚣张。"

整个周末,苏格关了手机、断了网络,也不许苏天濠对她说网上的任何言论,苏天濠憋得够呛也不敢开口,总是看着苏格欲言又止。

苏格本来在练琴,他在门口跟个幽灵似的飘来飘去,苏格忍无可忍:"苏天濠你有病吧?"

苏天濠见苏格理他了,跑到她身边,举着手机给她看:"妹夫霸气。"

苏格没看他,垂眸拉了几个音才问:"妹夫是?"

苏天濠咬牙切齿:"你说呢?我妹妹是谁?"

"谁知道。"苏格说完,眼皮一跳,眸光闪了闪,视线移到苏天濠的手机上。

苏天濠见她反应过来,故意犯贱将手机拿高,苏格把小提琴往他怀里一塞,跳起来一把将手机夺了过来。

孟斯年那一百年不发一条状态的微博号,突然在两个小时前发了条新微博——

> 孟斯年:
> 刚知道这件事,是我的失职。
> 首先,关于歌曲到底谁是原创作者,我知道,等我回国了解下具体情况会发声明。
> 其次,我和苏格确实是男女朋友,我喜欢她时她还不认识程蓝,我追她时她是单身,我们没有你们猜测的那些乱七八糟的关系,我们只是和万千情侣一样,认真地谈着恋爱,单纯地相爱着。
> 对于造谣的那位博主,我们将追究法律责任。
> 最后,格格,别怕。

此条微博一经发出,立刻获得了大量的转发与留言,甚至有不少大博主表示，孟斯年最后一句摆明了要护短，华灵的星途可能要凶多吉少。

苏格把手机开了机，未接电话的提醒和短信一条条进来，她顾不上看，回拨孟斯年的电话，依旧是打不通，点开微信是孟斯年的留言，他说等他回来。

苏格看到这条信息后，眼圈瞬间红了，她吸吸鼻子，立刻联系了萧树，萧树说他不比苏格知道得多，就突然看到热搜说孟斯年发声了，后面就再也联系不上他了。

周一，天气阴沉，风雨欲来，苏格要去乐团面试小提琴手，苏天濠不放心她自己出去，亲自开车送她。

路上，她尝试联系孟斯年，他的电话依旧是无法打通。

苏天濠将车子停在乐团楼下路边，苏格下车前戴上帽子口罩，在春寒料峭的季节也没显得多么突兀。

苏格刚下车就遇到了许久未见的江染，江染看了看苏格，将视线定格到跟着她下车的苏天濠身上，眼神有着说不出的哀怨，仿佛还对他余情未了。

苏天濠跟没看到似的，交代苏格面试完给他打电话，他过来接她。

江染气不过，说了句："苏天濠你这样很没品。"

苏天濠皮笑肉不笑："面对没品的人我为什么要有品？"

江染咬了咬牙，抬脚走了，她和苏格前后脚走进面试厅，在苏天濠那儿受的气忍不住往苏格身上撒："苏格你有病吧，都跟孟斯年处上对象了，还和我们抢工作？"

苏格闻言，反而笑了。她这是什么道理？她想做什么工作、想完成什么梦想和她男朋友是谁有关系吗？这个江染，还是一开口就让她无语。

"你是不是害怕我啊？知道技不如人，急了？"苏格问。

江染气急败坏："只会抄袭的人，嚣张什么啊你。"

苏格轻蔑一笑，她指了指监控："录着呢，正好我这列了要告的诽谤者名单，你也要加入？"

江染翻翻白眼，没再说话。

这次面试的乐团虽然不是苏格第一选择的盛阳交响乐团，但北华管弦乐交响乐团的水平和名气不在盛阳乐团之下，她也非常想加入。

发生这场闹剧前，她本来是充满信心的。不过她的心态经过这几天的锻炼，好了很多，《天籁》那样的舞台都上了，如今只面对面试官和面试者，似乎压力小了许多。

苏格被点名上台表演时，四周投来的目光让她觉得都是小场面。因为逆反心理，她表演的曲目是《银粟地》，她没理会别人嘲讽的目光，当众落落大方说，这是自己的原创曲目，惹得台下几处发出嗤笑声，她也没在意，拿出了自己最好状态开始演奏。

面试结束时，外面下起了暴雨，苏天濠发信息说他在停车场等她，苏格和一众面试者一起向外走，到门口时，江染不知道是出于什么目的，朗声询问："苏格，孟斯年的妈妈是这里的荣誉团长，你来面试就是走过场吧，其实早就内定好了？"

苏格蹙眉看向她，很快，她发现周围看向她的目光越来越不友好，讨论和质疑一声声传来："内定了？那还叫我们来干什么？太侮辱人了，她不是当创作人了吗？怎么还来乐团啊，怎么什么坑都想占！"

苏格隔着人群看着幸灾乐祸的江染，淡淡开口："江染，你在我面试前割断我琴弦的事我跟你说的荣誉团长聊聊吧，人品这么低下，我想哪个团都不会想要。"

江染怒道："你别血口喷人。"

暴雨中拥挤的门口，不知道是谁先推了谁，苏格只觉得后腰被猛地撞了下，前面是三四阶楼梯，她失去重心从楼梯上滚了下去，倾盆大雨兜头泼下，苏格反应极快地爬起来先抱住小提琴盒。

男男女女的面试者挤在那边，一时间无人说话，有人想过去扶她，被旁边的人拽住，让她不要多管闲事。

苏格觉得胳膊钻心地疼，揭开袖子一看，胳膊被防滑楼梯上的石子刮出一片血痕，雨水冲刷下，血迹被稀释，变成粉色没入水流中，接着，伤口上继续渗出血珠。

苏格咬咬牙想站起来，突然一件大衣披到了她的头上将豆大的雨点隔开，她以为是苏天濠，抬头看去，猝不及防与雨幕中近在咫尺的那双深邃黑眸相撞，她心脏骤然一停，鼻尖酸涩——

是她日思夜想的人啊。

孟斯年不比她好到哪儿去，他白着脸色，眉头紧锁，看向苏格的那一瞬间，心痛、担忧和自责要汹涌喷薄而出，他一句话没说，抱起她转身向路边的车子走去，边走边忍不住吻了几下她的额头。

Yoko打着伞匆匆追来，想到刚刚车子还没停稳他老板就往下冲还心有余悸，他给两人开了后座的门，孟斯年看他一眼，他了然，关门离开。

Yoko走到乐团大门口，他扫了眼众人，声音不大却严肃："刚刚的事情我们会调查清楚，希望各位配合。"

众人七嘴八舌地解释自己不知道怎么回事，自己也是被人推了，最后说着说着，不知道是谁指着江染说，是她先推的。

Yoko没说什么，点了点头表示会去找乐团负责人说明情况。

车内，孟斯年抱住她，脸颊蹭着她的发顶，他一句话没说，只是静静地抱着，仿佛这样就已经十分满足，苏格将脸埋在他怀里，抽抽搭搭地哭，他手臂轻颤，怕她察觉，越发收紧，苏格也哭得越发大声。

这几天她憋着一口气，倔强地一声没哭，见到孟斯年，终于还是没忍住，孟斯年想看看她，却无法将怀里的人拉开，苏格手脚并用地往他身上爬，把眼泪全蹭到他的白衬衫上："孟斯年，都怪你。"

怪他什么不知道，反正就想怪他。

孟斯年小心翼翼地搂着她，拢着她肩膀的指尖微微泛白，他合了合眼，声音低沉带着不易察觉的紧涩："对不起，宝宝，让你发生这种事，我还没陪在你身边。"

孟斯年没说完，就被苏格捂住了嘴，她说："你现在回来了，我觉得我浑身充满了力量。"

苏格带着哽咽说出这句话，孟斯年收紧抱着她的手臂，眼圈霎时就红了。

苏格将脸颊贴在他的衬衫上，不知道是泪还是雨水，湿乎乎地难受，她泪眼婆娑地抬起头，才注意到他一身风尘仆仆，发丝滴着水，眼底有着青色，脸色微白，她立刻伸手摸了摸他，孟斯年按住她的手："摸什么呢？"

她嘟嘟嘴："怎么瘦了？"

他没回话，只是抓着她的手的手指突然僵硬，可以说全身都突然僵住，苍白的脸色又白了几分，他屏着呼吸错愕地看着苏格的胳膊，苏格顺着他的视线看下去，上车的时候她把湿外套脱掉了，身上只穿着一件贴身的羊毛衫，胳膊伤口渗出的血迹在米白色的衣服上十分显眼。

苏格察觉到孟斯年身体的轻颤，立刻掀开袖子："孟斯年，没事，只是破了点皮。"

不只是一点皮，几道划痕泛着红，可能沾了雨水，边缘泛白，深的地方冒着细小的血珠，本来淋了雨两人的体温都不高，苏格发现他鬓边竟然生出冷汗，同时胳膊上也起了一层鸡皮疙瘩。

苏格知道他的心结，忙盖上袖子，将手背到身后，一字一句地说："孟斯年，看着我的眼睛，我没事，只是皮外伤而已！"

孟斯年迟钝地看向她，深呼吸几口气，嗓子沙哑到失声："去医院。"

苏格摇头："回家，你帮我擦碘伏可以吗？"

他固执地要求："去医院。"

苏格心疼地抱紧了他,眼泪无声地滑落:"孟斯年,你仔细听我说,伤口很浅,还没我感冒发烧打针疼,一点都不严重,所以不要担心。"

孟斯年僵硬的身体始终没有缓和,苏格抽出前座的消毒湿巾,当着他的面轻轻按了按伤口,把血迹擦掉:"你看,这样是不是没事了?"

孟斯年盯着她半响,轻轻垂眸,视线扫向她的胳膊,确实没那么触目惊心了。他慢慢呼出悬着的那口气,拿起她的胳膊,看了看,用湿巾小心翼翼地擦了下冒血珠的地方,等它冒出来,再擦,这样重复两三次,伤口不再出血后,苏格笑了,刚想安慰他,突然感觉到手背一热——他的一滴泪掉落下来。

她愣住,抬头看他,却被他抱住,他修长的手指按着她的头压向肩膀,不许她动。

直到 Yoko 上车,孟斯年才放开苏格,没事人一样示意 Yoko 送他们回家。

快到家时,孟斯年也已经做好了心理建设,见她胳膊不再流血,紧绷的神经全然放松下来,他见苏格乖巧地靠着自己,勾了勾嘴角,用另一只手摸了摸她的脑袋,低声说:"像找到主人的小狗。"

Yoko 把车子停到车库,又推着行李箱给两人送上楼,这才舒了口气:"老板,没什么事我回家和家人团聚了。"

孟斯年看向他,语气难得饱含歉意:"这段时间辛苦了,算是加班。"

Yoko 倒吸一口气,惊喜地问:"双倍工资?"

"三倍。"

Yoko 喜上眉梢,开口刚要说感谢词,孟斯年便无情地把门关上了。

孟斯年拉着苏格走进房子,因为两人淋了雨,他直接将人带进浴室,利落地给浴缸灌水,又开了暖风,抱起苏格放到宽敞的盥洗台上坐好,抬头便吻住她。苏格意乱情迷时,裤袋里手机开始振动,苏格突然想起苏天濠,她忙推开孟斯年接起电话,苏天濠问她:"你被选中了吗?当场留下开始拉小提琴了?"

苏格心虚道:"那个……我在孟斯年家,他回来了。"

苏天濠愣了愣,骂了句脏话,顺便和苏格第一千次断绝兄妹关系。

苏格挂了电话就见孟斯年拿了医药箱过来:"伤口擦下碘伏。"

擦完药他用一个大号的防水无菌贴将伤口仔细贴好,这才放心。浴室内暖风开到最大,两人都大汗淋漓,孟斯年将苏格抱进浴缸:"先泡个热水澡。"

苏格摸了摸他还有些凉意的指尖:"你不一起吗?"

"我用淋浴冲一下,一会儿要和萧树打电话。"说话时,他的指尖有一下没一下地刮着她的脸颊，爱不释手。

苏格乖乖地说："好。"

孟斯年没立刻起身，似乎好多话要说："格格，Yoko和我说时我吓坏了。"

苏格知道他的恐惧，手下意识地摸了下胳膊上伤口位置："我很聪明的，我关机断网了，外面说什么我都不知道。"

"真乖。"

"你治疗结束了吗？"从昨天晚上开始，他的手机就打不通，想来是知道后发完微博就连夜飞回来了，苏格担心耽误他的治疗进程。

"还有最后两次，不过我觉得没什么影响，"孟斯年不满地看她，"你应该第一时间找我，我没那么脆弱。"

"我也没那么脆弱，"苏格双手撩水，"孟斯年，我很好，胳膊也没事，你现在是不是一点都不怕了？"

孟斯年不说话，捏着她的下巴吻了过去。

思念到极致，仿佛千言万语都无从说起，最后只化为下意识的最亲密的触碰，不知餍足。

孟斯年冲了个澡后匆匆出了浴室，他和萧树通话了半个小时，再回浴室，苏格已经穿好衣服在吹头发，他特别自然地接过吹风机，她的头发本就多，又有些自然卷，更显得蓬松，孟斯年喜欢她的长发，修长白皙的手指穿梭在她的发中："比我第一次见你长了很多。"

苏格弯着眼睛笑："这两年没剪。"

孟斯年从浴室镜中与她对视，两人的目光像是有温度一样胶着着，孟斯年先移开视线："别勾我，一会儿我还要去千棠。"

苏格叹了口气："我每次都是特别单纯地看你一眼，你就说我勾你。"

孟斯年失笑："你一点都不无辜。"

她的一颦一笑都是在勾人，把他迷得晕头转向，只想巫山云雨那些事。

用过午餐，孟斯年和苏格赶去千棠，萧树见到他，也没寒暄，直接说："华灵那边的人都过来了，在会议室等你。"

"那直接过去吧，"孟斯年带着苏格往会议室走，一边走一边吩咐萧树，"公关、商务那边的人也叫来。"

突然，整个公司因为孟斯年的到来以及他的低气压变得人心惶惶。

没到两点，他需要的人全部到齐，苏格坐在会议室外围的一个角落，低头玩着手机，看起来存在感极低，但所有进来的人都第一时间看到她，"正当红"的风云人物,很难不注意到。

华灵和萱姐坐在一起,不时低声交谈,没了上一次的气定神闲、胜券在握,面对孟斯年,表现得十分稳重谨慎,多余的表情都不敢做,恐怕流露出分毫心思。

孟斯年靠在椅子上,等所有人坐好,他冷着脸环视一圈,眸色幽深,漆黑不见底,一圈人都不敢与他直视,包括他右手边的萧树,他中午已经隔着电话被压迫半小时了。

"公关部,"孟斯年淡淡地开口,"是不是想领失业金?"

"老板……"部门主管脸色一白,不知如何解释。

"华灵,你最近引导舆论花了多少钱?"孟斯年挑着眼角,斜觑着华灵,"这钱得算星临头上,千棠不报。"

华灵紧张地张了张嘴,没说出一个字。

萱姐立刻说:"老板,我们什么都没做,只是有点气不过发了条微博,我相信您在的话也会给华灵一个公道。"

孟斯年将视线移到她身上,冷笑一声:"我会好好给你们一个公道的。"

萱姐突然觉得从头凉到脚。

他继续道:"商务部,今天联系星临,将《涅槃》这首歌所有授权方全面下架,不然我们告他们侵权。"

"好。"

华灵有点急,刚想说话,被萱姐制止,孟斯年现在明显在气头上,不管是要反驳、辩解还是抗议都不是最好时机。

孟斯年看了眼一旁的萧树:"萧树,你还是好好做音乐吧,这么简单点事,处理得乱七八糟。"

萧树在公司的地位仅次于孟斯年,一直以来也极受尊敬,他这话说得挺重。但这事,萧树又想保苏格又不想毁了华灵,优柔寡断,把苏格顶到了风口浪尖,他自知理亏:"以后你给我我也不敢管了。"

"萧老师一直是相信我的,你别说他。"角落的苏格突然出声。

孟斯年看向她,轻轻"嗯"了一声,解释道:"我跟他闹着玩呢。"

众人:"……"

孟斯年再次把视线放到华灵身上,华灵低着头,却不自觉僵直了脊背,孟斯年声音很淡,听不出太大的情绪,他说:"华灵,没有人教过你怎么做人吗?"

华灵猛地抬头看他,脸和眼圈同时通红,她咬牙嘴硬道:"那曲子就是我写的!"

孟斯年凝视着她，一字一句地道："这句话你大声地冲在场的所有人再说一遍。"

华灵愣住，她没想到，孟斯年会如此当众咄咄逼人。

萱姐再次插话："老板，事情没经过调查您就这么偏袒苏格有失公允。"

萧树见萱姐死不承认还一副受害者的样子，气愤地道："罗泱收到你发的曲子时，苏格的曲谱已经放我桌上了。"

"谁能证明？"华灵说话声音不大，"你看到了？还是说这是你为了包庇徒弟，事先想好的说辞？"

明显，华灵有备而来。

"要是我说，苏格在很久之前演奏给我听过呢？"孟斯年说。

会议室中，安静到仿佛无人存在一般。

华灵见已经到如此地步，她索性也不再顾忌什么："她是你女朋友，你想护着怎么说都行。"

孟斯年微微眯了下眼睛，然后，慢悠悠地翻了下眼皮，嗤笑道："你咬死不承认是吗？这就没什么好谈的了，晚些我会发声明，律师团队着手准备一下与华灵团队的解约合同，散会。"

孟斯年本想给华灵留些体面，现在看来她不需要体面，他牵起全程像吃瓜群众的苏格向外走。

"老板，解约对我们损失很大。"商务部的人追过去想说服孟斯年三思，华灵的商务约解掉，只会更便宜星临，华灵那边估计也早盼着这一天。

现在舆论站在华灵那边，最近话题度也居高不下，后面商务只会越来越好，商务部不舍得放掉这条大鱼。

从利益角度出发，若要选择，大概所有人都会选择保住花费了大量资源与心血培养出的有流量又赚钱的知名歌手，而不是一个圈子都没进的小透明。

孟斯年回头看他："她抄袭在先，需要付违约金的是她。"

众人陆续离开，华灵白着脸坐在座椅上，不动也不说话，她焦躁慌张，因为孟斯年表现得太过于胜券在握，让她不得不担心，他是否真的有证据证明他早就听过那曲子。

萱姐和团队的几人也陪着她沉默，半晌后，她问道："华灵，你跟我说，曲子到底是不是你写的？"

良久，华灵闭着眼睛凄然一笑，她没说话，萱姐却已经明白，一瞬间通体凉透！她不可置信地低吼："你不是说是你有感而发？"

"骗别人的，你也信。"

那天，华灵在萧树办公室看到苏格的曲谱，见是潦草的一段，猜测她是刚写出来，萧树又没来，她鬼使神差地用手机拍了一张照片，又趁人不注意之际，将谱子踢到角落里来确保萧树不会第一时间看到，随即她马不停蹄地做出电子版发给罗泱，这样她首发的证明就有了。

本来计划是天衣无缝的，偏偏在国外的孟斯年那边竟然生出变故。

"华灵，你是不是疯了？你是小孩吗？干这种事？我那么信任你，还想尽办法帮你出气！"萱姐怒急攻心，扯着嗓子喊道，"你害死我们了。"

华灵也不甘示弱地喊了回去："谁知道孟斯年是不是诓人，解约而已，回星临赚得更多！"

萱姐"呵"了一声，有种天塌了的感觉："孟斯年从来都是说一不二的，你让我的职业生涯有了污点，我当初就不应该答应老板做你经纪人。"

"你现在说这些是在怪我了？"华灵嗓音尖锐。

萱姐也不跟她吵，用那双能看透人心的眼睛盯着她，淡淡地说了句："你嫉妒苏格。"

华灵脸色骤变："我可是华灵，我嫉妒她一个还在上学的小丫头干什么？！"

"是啊，你可是华灵，你妒忌她一个还在上学的小丫头干什么？"

苏格和孟斯年刚回到办公室，萧树紧跟着两人进来，他拿着一沓资料放到孟斯年桌上："我来汇报工作，正好把活交接给你。"

孟斯年坐在办公椅上随手翻了翻文件，说道："最近辛苦了。"

萧树见他不骂人还慰问起来，一时摸不准他的态度："不、不辛苦，为老板排忧解难是我们当员工的宗旨。"

"那你再帮我排忧解难一次，跑趟腿，告诉公关部，奖金扣三个月。"孟斯年掀着眼皮，语气淡淡地说着狠话。

萧树连忙求助地看向苏格，孟斯年太不是人了，得罪人的事净让他去干。

苏格哪里有空接收他的信号，满脑子都是孟斯年不怒自威的样子，不吼人不骂人，一个眼神就给人说得不敢再辩驳，惹得她那颗少女心乱跳。想到此，苏格从椅子后面抱住孟斯年的脖子："孟斯年，我要跟你澄清个事儿。"

"嗯？"他挑着唇角侧头，等她说。

"就我之前说喜欢你那事。"

"这需要澄清？"

"嗯，说错了，我不是喜欢你，"她趴在他的耳边，唇瓣贴着他的耳朵，说话时哈着热气，她声音很小，带着少女的娇俏，"我是爱你，孟斯年，我爱你。"

孟斯年侧头的姿势没动,抓着苏格手腕的那只手紧了紧,萧树看着搂搂抱抱的两人很是无语,刚想调侃几句时,突然惊奇地发现,孟斯年的耳朵红了。

粉红粉红的,那颜色鲜艳欲滴。

"老萧,告诉公关部下不为例,"孟斯年突然说,"出门的时候帮我把门关好。"

"我什么时候说要出去了?"萧树一脸奇怪地问。

"谢谢。"他视线扫过去咬牙切齿地挤出这两个字。

萧树这才反应过来,嘟嘟囔囔地走出办公室,碰到送文件过来的其他工作人员,他没好气地说:"老板在忙,晚点再来吧。"

办公室内,阳光从百叶窗的缝隙中洒进来,将办公室内镀上一层柔光,苏格靠着办公桌坐在孟斯年腿上,小脸红扑扑的,她微喘着气弯着眼睛看着孟斯年,见他又欲将她往怀里拽,她忙伸手撑在他胸前,问道:"你说的声明要怎么发?"

"发视频。"

"什么视频?"

孟斯年懒洋洋地靠在椅背上,手指绕着她的头发,淡淡地道:"之前我同意了奥尔蒂斯在治疗过程中录像的请求,他想要保存案例以做研究。"

"所以呢?"苏格听不太懂,这和声明有什么关系?

"所以,我们视频那次,有录像。"

苏格懵懂地看着孟斯年,突然反应过来他说的是哪次,立刻瞪大眼睛,惊喜道:"真的?"

"真的。"

苏格却又想到什么,笑容瞬间敛去:"不行,这样大家都知道你生病了,知道你不能弹琴了。"

"我无所谓。"

"我有所谓。"

"真的没关系,格格,没有什么比你更重要。"

苏格嘴一扁,眼圈和鼻头一起红了,孟斯年失笑,忙说:"你要是哭我还亲你。"

她吸吸鼻子:"反正我不同意,我不允许别人讨论你,说你生病了,或者嘲笑你无法弹琴,我不能接受。"

"我也不允许别人讨论你,说你抄袭,说你偷别人的曲子,"孟斯年让她将心比心,"宝宝,这件事我已经决定了,奥尔蒂斯医生晚点就会发视频过来。"

苏格抿紧了嘴,泪从眼角滑落,隐没在发丝中,用拇指抹去痕迹,苏格做最后的挣扎:"能不能剪辑一下?"

"要是剪辑的话,大概会有人质疑视频的真实性吧,"孟斯年一下一下地拍着她的背,"我总要面对这些的,而且我发现我不在意了。"

下班前,奥尔蒂斯的助理准时将视频发来,孟斯年把视频从邮箱里导出,丝毫没有犹豫地打开了微博。

"一定要发吗?"苏格趴在他的办公桌上,看着他收邮件,看着他回复感谢,看着他导出视频,很不安,"我不想让你发。"

孟斯年伸手摸了摸她的脸颊:"相信我,没事的。"

苏格摇头:"我又不是什么名人,过段时间大家就忘了,但是你不一样,不知道他们要怎么说你,提起你都会说你是个不能弹琴的钢琴家。"

"你觉得我一直都没办法弹钢琴吗?"

"你会好的。"

"所以他们不会说很久。"

"那等你能弹了再发。"

孟斯年失笑,无奈地道:"苏格,你好难劝啊。"

"孟斯年,你好难劝啊。"她把话还给了他。

老爷子从疗养院回来了,苏天濠来千棠接苏格回家,苏格走之前还在尝试说服孟斯年:"先别急着发呗,我们再想想别的办法。"

孟斯年只说让她好好陪老爷子。

晚上八点多,苏格哄她爷爷休息后刚回到房间,就看到孟斯年发来语音,他只说了简短的三个字:"我发了。"

苏格气呼呼地说:"先斩后奏?"

孟斯年又发了条语音过来:"苏格,不要生气,不发我会觉得我没资格做你的男朋友。"

苏格不生气,她心疼。

这时,苏天濠从走廊那边跑来的声音震得楼仿佛都在摇晃,苏格在大伯母的骂声中,心里倒数着:三、二、一!

然后,她的卧室门被苏天濠敲响,他大喊:"苏格,妹夫霸气!"

苏格失笑,苏天濠就没别的形容词。

孟斯年发完视频后没多久就上热搜了，视频是从奥尔蒂斯来到诊室按开录像机那刻开始的，视频从头至尾没有任何剪辑，诊室安静，设备专业，所以录音也很清晰，苏格拉的小提琴曲让人很轻易就能听出是《银粟地》和《涅槃》的副歌。

最关键的是，视频左上角显示的时间，早了罗泱发的微信截图上收到华灵曲子的时间整整八天。

视频最后还定格了设备拍摄信息，名称、时间、大小、参数、路径和地点全部展现出来。

孰是孰非，一目了然。

孟斯年在视频上方配文——

　　发出这一段视频我是需要勇气的，苏格说，这样所有人都会知道我是个不能弹钢琴的钢琴家。
　　我说服自己不要去在意，因为这不是丢人的事。
　　下面这些话我不是要讨伐谁，我只是想说，我的创伤后应激障碍是源于网络。
　　不知道是否有人还记得关河。
　　五年前，他患上了重度抑郁症，然后他在我的面前决绝地离开了这个世界。
　　也就是在那之后，我才患上创伤后应激障碍的。
　　就在我积极配合治疗时，苏格却被卷入了莫名其妙的舆论中。
　　你们认为的所谓"正义"的发声，其实很多时候是在助纣为虐，希望大家以后在遇到事情时，思考后再做判断。
　　如果不能做一个纯粹的好人，也请别做坏人。
　　关于华灵，我只能说很遗憾。
　　苏格和我都不希望还有人继续陷入这些纷争，所以，愿此事到此为止。

那些心疼华灵被一个心机小丫头欺负了的网友们，一时间销声匿迹。

只有华灵粉丝还在替她洗白，说这只能说明苏格早就偷了华灵的曲子，网友们也不好骗了，纷纷转发罗泱之前的微博，罗泱发的微信截屏上赫然展示着三月八日那天华灵亲口说，这首曲子是她刚写的。

事情迎来反转，路人纷纷心疼苏格。

华灵的粉丝都在刷让子弹飞一会儿，似乎还期待再有反转，而华灵那边始终没再发只言片语。

　　网友们也看出她在绝对的证据面前也无话可说，说什么都像跳梁小丑做垂死挣扎。

　　千棠音乐的官方微博发布了与华灵解约的声明。
　　很快，罗泱发微博跟苏格道歉，说自己也被蒙蔽了。
　　星临音乐官方号删掉了《涅槃》的演唱视频，当晚下架了所有平台《涅槃》的授权。
　　《天籁》节目组称，对抄袭者零容忍，此后终止与华灵后续的演唱合作。
　　相继，华灵代言的品牌方纷纷解约，有人分析，违约金就够她吃不消了。
　　苏天濠蹲在走廊刷了两个小时评论，他以为孟斯年这个微博发出来大家都会深思一番从而有所感悟再有感而发，甚至深刻探讨一下网络时代存在的问题，没想到，留言竟然全是——

　　　　啊啊啊啊！苏格和孟神的相处模式好苏。
　　　　为什么苏格不怕孟神？？？过于尊敬他就是我得不到孟神的原因吗？
　　　　我以为苏格和孟神相处过程中她都是小心翼翼的啊，那可是孟斯年啊。
　　　　没有人觉得孟神巨宠无比吗？想变成那只手机。
　　　　这段视频中，孟斯年冲苏格笑了一百零八次，我数了十遍。
　　　　孟神完全看不出来有什么心理问题，甚至还有种苏格小迷弟的气质。
　　　　公主可爱，想亲。
　　　　我真的信孟斯年说他和苏格在认真谈恋爱。
　　　　不是，还有人记得我家程蓝吗？

　　苏天濠皱着眉头关上手机，嘟囔道："这都是什么玩意儿？就没有一个正常评论吗？网友的脑子里都是什么？"
　　苏格没去看留言，她觉得她还是无法接受别人讨论孟斯年有心理障碍这种事，孟斯年在世人的眼中就应该是完美无缺的，想到他们同情他怜悯他，她就难过。
　　刚过九点，孟斯年信息再次发来——

孟斯年：我下班了。
格格沉冤昭雪：快回去倒时差。
孟斯年：爷爷睡了吗？
格格沉冤昭雪：睡啦。
孟斯年：出来。

苏格一惊，趴窗户向外看去，别墅对面，他站在车旁，举着手机跟她摆手。

苏格套上大衣向外跑，差点被走廊里蹲着刷微博的苏天濠绊倒，苏格被他吓一跳，稳住脚步后就打他："你真有病，屋里没网啊？"

苏天濠刷得太起劲，忘记回房间，现在是腿麻到想回也回不去，他摆摆手："你赶紧走吧，我慢慢爬回去。"

苏格感到奇怪，这苏天濠竟然不问她去哪儿？她疑惑地回头，正在扶墙挣扎起身的苏天濠一副了然的姿态："我知道你去孟斯年那儿，你俩这么久没见，他舍得放你回家才怪。"

苏格就知道他狗嘴里吐不出象牙，转身跑下楼，悄悄开门冲出去，扑进孟斯年怀里。

苏天濠在二楼卧室看着外面的臭情侣，羡慕地拿起手机给阿谣发了条语音："阿谣，爷爷回来了，说想你，你来盛阳看看他吧。"

陈水谣很快回复："师父跟我说，盛阳还挺冷，他近期打算回曲桑。"

苏天濠心道他爷爷竟会扯后腿。

孟斯年前一天连夜从柏林飞回来，又马不停蹄地在公司忙了一下午，处理了一堆工作，加完班跑了趟苏天濠那儿接回苏格算是用尽了力气，他洗漱完躺进床里，抱歉道："宝宝，今天没精力了，还要倒时差，我先睡了。"

苏格正在喝水，假装不懂他的言外之意："快睡你的吧。"

孟斯年这一觉睡了整整十二个小时，苏格从洗手间出来，见孟斯年醒了，跳上床钻进他怀里，搂着他的腰："早安，我的孟哥哥。"

"嘴这么甜？"刚醒的孟斯年嗓音微哑低沉，他半眯着眼睛看她，嘴角带笑，一醒来就温香软玉在怀，心情说不出地好。

苏格仰头回视，觉得半梦半醒中的孟斯年实在太性感，于是她噘起嘴："要尝尝吗？"

孟斯年立刻翻身将她压到身下："要。"

苏格被他亲了一会儿后终于忍不住咯咯笑起来，不停地瑟缩着，孟斯年不满地看着她:"干吗呢?"

苏格伸出手指摸着他的下巴:"你的胡子扎我,好痒。"

孟斯年笑了,故意去拿下巴刚冒出的胡楂蹭她的脸。苏格哈哈大笑,因为被他按着,躲也躲不开,她就用脚去踢他,结果,这样一闹,氛围就有点变了。

苏格推了推他:"我十点要上班。"

孟斯年愣了一下,意识到她的班指的是去千棠实习,他趴在她身上笑起来:"老板都不去,实习生也不用这么积极。"

"那不行,我能跟老板比吗?"苏格话音一落,他的唇舌咬上她的耳朵,不轻不重的,痒得人心痒难耐。

"你跟老板请个假。"

"理由是什么?"

"编一个。"

苏格张口就来:"老板,我今天请假,因为苏天濠家的法斗要和隔壁家的金毛联姻,我要参加婚礼。"

孟斯年亲不下去了,被她逗得趴在她脖颈处笑个不停。苏格却说:"真的,今天它们结婚。"

孟斯年笑得更厉害了。

苏格再次醒来已经中午,阳光明晃晃地照射进来,洒在床边的地毯上,一室温暖。

她没动,只睁着眼睛看着窗外的景色,有种不知道是何时何地的茫然感,稍微一动,感觉全身酸酸的。

孟斯年就在她旁边,搂着她的腰,睡得香沉,苏格突然想起他有个症状就是做噩梦。她拽下被子细细看他,此刻的孟斯年神色平静柔和,仿佛在做什么美梦。

苏格想起以前看的一本书里描写人睡觉,作者用了"好生讨人喜欢"来形容,她当时不懂睡个觉有什么值得喜欢的,现在她是非常透彻地了解了。

孟斯年安然的睡颜,真的是……好生讨人喜欢。

似乎是察觉到她灼热的视线,孟斯年悠悠转醒,见到眼前睁着大眼睛看着他的苏格,伸手将她抱紧到怀里:"竟然醒得比我早?"

苏格随口道:"你太累了嘛。"

孟斯年挑眉看她,她干巴巴地解释:"我是指你坐了很久的飞机。"

"我不累。"他说。

"哦。"

"要证明吗？"

"嗯？"

孟斯年捏着她的下巴亲上去。

苏格嘤嘤地抗议着："我累，是我累……"

闹了良久，午后，阳光更加暖洋洋了，苏格瘫在孟斯年怀里，连手指头都不想动，孟斯年拿起床头柜上的手机，问道："有没有看留言？"

她蔫蔫地说："没有，我不想看。"

孟斯年低头亲了她一口，继续按着手机。

"你也不要看了。"苏格伸出胳膊去拿手机，孟斯年却伸得更高，苏格放下胳膊，刚养回来的力气这一下又用没了。

他说："没事，我看看。"

结果过了半天，他都没说话，苏格等了会儿，紧张地看他："怎么了？"

"画风不太对……"孟斯年说。

苏格爬起来，看向他的手机屏幕，然后苏格感受到了昨天苏天濠的感受。

这都是什么玩意儿？

没想到她和孟斯年喜提海量粉丝，CP 名叫"公主殿下"，公主是她，殿下是孟斯年。

孟斯年困惑地问："我为什么是殿下？"

苏格打了个冷战："因为你外号是钢琴王子。"

孟斯年：……

又看了好一会儿，孟斯年心情舒畅了，因为夸苏格的留言很多，见达到预期，他兴致一来，随手又发了条微博——

> 孟斯年：心理问题基本痊愈，感谢大家关心，说格格可爱的，我非常赞同。为了证明这是事实，请看图。

配图是一个俊秀少年牵着一个可爱的小胖丫头，站在梧桐树下的照片。

傍晚，两人兴致勃勃地在厨房做晚餐时，门铃响了起来，苏格手上干净，主动跑去开门。

来人是华灵，苏格倒是没意外。

显然，华灵没有像苏格一样做出足够的心理准备，她见到苏格，愣了愣才说:"我找孟斯年。"

"他应该不想见你,"苏格扶着门,并没有要请她进来的意思,"解约合同不都签了吗?"

话外之意是你们之间已经没任何关系了,为什么还来纠缠。

"我找孟斯年。"华灵又说了一遍。

苏格朝厨房那边喊了一声:"孟斯年,华灵找你。"

孟斯年走到门口:"不好意思,在忙,你有什么事可以先和 Yoko 预约一下。"

华灵急道:"孟斯年,你一定要做到这么绝吗?"

孟斯年面无表情地问她:"你对苏格留情面了吗?"说完,不再理她,走进厨房,"格格,过来帮忙。"

苏格冲华灵耸了耸肩膀,做出要关门的动作:"如果我是你,绝对不会来自取其辱。"

在华灵恼羞成怒前,苏格咣当一下关上了门,几乎下一秒,门铃又急促地响起来,苏格皱眉,再次打开门:"他不想和你说话。"

华灵直接对苏格说:"你妈分走我爸一半财产,这些年他们夫妻共同财产有很多是我的赠予——"

苏格打断她:"你想说什么?"

华灵似乎也觉得自己的要求有点无理取闹,但还是存了一丝希望,咬牙道:"你能联系上她吗?我希望她能把我的钱还给我。"

苏格愣了愣:"抱歉,我和她没联系。"

看来违约金是不小的数目。

后来,再听到华灵的消息,是她开始低价抛售房产。

四月,苏格收到北华管弦交响乐团的面试通过邮件,她从千棠离开,开始去乐团实习。与她一同进乐团的还有一男一女两个小提琴手,他们说,有次去别的乐团面试又碰到了江染,她私下贿赂面试官,被面试官当众点出来后落荒而逃,后来就再没在面试上见过她,小道消息说她被各大乐团的招聘会除名了。

苏格倒是不意外,她行为处事狭隘极端,出事是早晚的。

七月,苏格毕业。

奥尔蒂斯医生又有了档期,建议孟斯年去柏林一趟,他想对孟斯年进行一次心理评估。

整个暑假乐团都在国外演出，实习生苏格还没正式登台，留在国内无所事事，乐团让她好好享受最后一个暑假。正好闲下来，她威胁孟斯年，这次如果不带她去柏林，她就真出轨给他看。

对此威胁，孟斯年用他的特殊方式收拾了苏格后，决定带她去。

见时间宽裕，苏格亲自回曲桑取了趟护照，孟斯年陪着她，再次踏足那个美丽的西南小镇。

七月的西南，比烈日炎炎的盛阳凉爽很多，距离孟斯年第一次在曲桑遇到苏格，已时隔两年。

车子送他们到了镇口，孟斯年牵着苏格沿着那条狭长的青石板路，慢慢地走向她家的老房子。

这天阳光柔和，清风徐徐。

走在田间的小路上，苏格看着湖那边错落有致的白色建筑群，她的家并不是非常显眼，她问他："你当时就想好要敲我家的门了吗？"

他想了想，说："随意走的。"

她满是好奇又觉得神奇："为什么是我家呢？"

孟斯年的心情很愉悦，亲了亲她的脸颊："我不知道为什么要去敲你家的门，但我就那样做了。"

"如果你没敲我家的门，我们是不是就不认识了？"苏格继续问。

他摇头："没有如果。"

"万一呢。"

孟斯年见她执着，认真地思考了下，说："也许，我会在去学校找许寒城时遇到去上课的你；也许，我会在听音乐会时遇到拉小提琴的你，哦，我一定会在蓝三三表演时遇到给他们助演的你。"

"那样你还会喜欢我吗？"

"当然。"

"你什么时候喜欢我的？"苏格之前没有具体问过，他微博上说，他喜欢她时，她和程蓝还不认识，她当时十分惊讶，竟然那么早吗？

两人说着，来到了家门前，爷爷和阿谣去市里参加文化馆的活动，要两天才能回来。

苏格找出门口石头下的钥匙，开门进去，保姆阿姨将院子打理得井井有条，和苏格在的时候没有什么两样，还有她宝贝的那些花花草草，更加旺盛了，想来爷爷和阿谣没少悉心照料。

孟斯年跟着苏格走进客厅，一路过来，他还特别注意了一下不要踩到她的小草。客厅里那架红色钢琴依旧静静地放在角落，孟斯年走过去，揭开盖子，轻轻地点着琴键："我原以为，就是在这儿。"

"什么？"苏格不明所以。

"我在回答你刚才问我的问题。"孟斯年将她抱上钢琴一侧的椅子上，弯腰圈住她，神情柔软，带着浅浅的笑意，"那天帮你调音时，你蹲在地上问我那些工具的名字，我当时就有吻你的冲动。"

苏格想起那天的情景，她竟然丝毫没有察觉到，她伸手搂住他的脖子："孟斯年，你隐藏得真好，果然老奸巨猾。"

孟斯年一低头，堵住她聒噪又爱乱说的小嘴。

那时就在这里，他忍住了。

此时她正在怀里，笑靥如花，他不需要再忍。

保姆阿姨不知道他们回来，所以没人来做饭，两人的晚饭是在孟斯年曾经住过的客栈解决的。饭后伴着月色回去的路上，他们又碰到了黑豆。

孟斯年一如既往躲它远远的，黑豆见到苏格兴奋地围着她转了好几圈，苏格说黑豆又胖了，黑豆觉得是在夸它，将尾巴摇得更来劲了。

小镇的夜晚一如既往地安静。

不知道院子里的哪株花朵在静静开放，香气扑鼻，孟斯年洗完澡从浴室出来，听到二楼若隐若现的风铃声，还有满园的花香飘来，他站在通往苏格卧室的楼梯下，想起他第一次叫她的名字的场景，恍似昨天。

于是，他再次轻轻地唤了一声："格格。"

苏格从扶手后出现，居高临下地低头看他，刚洗完澡的她，长发还有些潮湿，缕缕发丝从一侧垂了下来，不远处吊灯的灯光映照在苏格的双眸中，一闪一闪的。

"孟斯年，你叫我了？"她眉眼弯弯地看着他，挑着嘴角，笑起来酒窝很深。

孟斯年将擦头发的毛巾随手搭在扶手上，几步跨上楼，一把抱起她，低头在她唇上啄了两下："叫你了。"

苏格搂着他的脖子："叫我干吗？"

"叫你睡觉。"

还有那次，他上楼来叫她起床赶飞机，她躺在床上睡觉，孟斯年站在楼梯上只看了一眼，便心乱如麻，心里背了一段曲谱才压下不该有的心思。

苏格的床是古色古香的实木床，吊着白色纱帘，看着仙气又敦实，但在某个时刻会随着地板吱吱啦啦地一起响。

那晚，二楼的卧室断断续续地响了很久，直到天微微露白才彻底停止。

搂着苏格睡得沉沉的孟斯年，做了个梦，他不做噩梦后，已经很少做梦了。

梦中，他在细雨中走着，在浓浓的花香与叮咚的风铃声中，敲响了一扇陈旧的木门，开门的女孩扎着两股麻花辫，眼睛亮得像星星，她眨着眼睛歪头看着他，然后轻轻地笑了。

那一刻他觉得，心不受控制地猛地一跳……

然后，孟斯年突然醒来，低头吻了吻怀里女孩光洁白皙的额头。

想来，第一次对她心动的时间……

或许，可以再提前点。

——正文完

番外一
斯文败类

03:56　　　　　　　　　　05:20

　　这年冬天，苏天濠的法斗怀孕了，但孩子却不是隔壁那只金毛的，因为那只金毛绝育了。苏天濠天天在街上溜达，扬言要找到那只小畜生！

　　大伯母看不下去了，觉得他这神经兮兮的样子影响她家名声，就承认是她小姐妹带她家法斗来玩，一眼没看住……

　　苏天濠骂骂咧咧到法斗生崽那天，看到四只小可爱闭着眼睛张着嘴凑在一起睡觉后，再也骂不出来了。

　　满月时候，大伯母的小姐妹带走了一只，隔壁邻居要走一只，苏格没忍住，带到孟斯年家一只，想着孟斯年怕狗是没接触过，接触多了就能克服了。

　　这天，孟斯年下班回来，进门就见苏格拿着矿泉水瓶盖给怀里小狗喂水，头皮一麻。

　　"这个丑东西哪来的？"他站在门边没进来。

　　苏格见到他回来，几步过去将法斗塞他怀里："哪里丑，多可爱，你抱抱它。"

　　孟斯年摸到它软软的身体的那一瞬间，就觉得自己汗毛都立起来了，他强忍着扔掉它的冲动，双手捧着放到了苏格旁边的椅子上："重点是，哪来的？"

　　"苏天濠那只狗生的。"

　　孟斯年欲言又止，最后赞美道："……苏天濠还挺厉害。"

　　"苏天濠养的那只狗生的。"苏格为苏天濠正名。

　　孟斯年不打算纠结这个问题，他有不好的预感："你要把它带到哪里去？"

　　苏格转着眼珠，轻咳一声："这么小的狗带不上飞机。"

　　"所以呢？"

"送不去曲桑。"

"所以呢？"

"我们养它好吗孟叔叔？"她尽量让自己的声音显得甜美些，讨好人的时候还故意叫他孟叔叔。

"叫哥哥。"孟斯年挑眉，命令道。

"哥哥，我们领养它好不好？"

孟斯年暗爽："我觉得还是叫老公吧。"

"老公，我们领养它好不好？"为了狗，苏格能屈能伸，心想今天受到的威胁她先记下，以后再找机会复仇。

"不好。"

苏格眯眼瞪他："孟、斯、年！"

"我对毛过敏。"他说。

"那你怎么不剃成秃子？"

"苏格，你是不是以为我不舍得揍你？"

苏格一点都不怕他，不过现在有求于人，她换上一副可怜兮兮的表情："你看，它没毛的。"

"那也不行。"孟斯年打定主意绝不松口。

"为什么？"

"它丑。"

"它眼睛比你的都大。"苏格指着怀里小法斗的黑眼球。

要不是苏格怀里抱着狗，孟斯年非得过去收拾她，他说："我干吗要和狗比？"

苏格朝他走近几步，孟斯年站直，忙说："把狗放下再过来。"

她将小法斗放到地上，钻到孟斯年怀里撒娇道："求求你啦，哥哥……老公……"

孟斯年失笑，苏格是极少撒娇的，他没忍住，伸手搂住她，柔下声音："我有什么好处？"

"随便你呗……"苏格意有所指。

"好，就这么定了。"孟斯年立刻同意。

苏格："你这样一点犹豫都没有就答应让我很是忐忑。"

"后悔也来不及了。"孟斯年说着，对小法斗说了句，"小狗狗，我家欢迎你。"

苏格："……"

两人到宠物店给小法斗买宠物用品时，苏格见宠物店的笼子里关了很多长毛狗,担忧地问孟斯年:"你进去没事吗?"

"没事,只要不在我鼻子跟前蹭就行。"孟斯年说着,戴上口罩,牵着她走了进去。

"幸好伯母给你买的羊绒围巾让我送给萧树了。"苏格说。

孟斯年停住脚步,不开心道:"为什么你要把我的礼物送给别人?"

"你过敏呀。"她说得理所当然,其实她就是觉得那款围巾和他的穿衣风格不符。

"短毛的没事。"

"那我回头去萧树那儿要回来。"苏格说。

孟斯年嫌弃地说:"我才不要他用过的。"

店员终于在两人谈话的间隙找到机会开口,热情地询问两人买什么,苏格举了举手中的小法斗:"我现在有一只狗,还缺什么?"

店员笑道:"了解了,我来给您配个全套。"

孟斯年和苏格坐在椅子上,看两个店员在他们附近忙来忙去,苏格注意到一旁架子上挂的狗牌,她碰了碰孟斯年:"咱们给它取个名字吧。"

"随便。"孟斯年还是不太想搭理这只狗。

"你说叫你爸爸还是哥哥?"苏格又问。

"都不行。"他想也不想就拒绝。

苏格一撇嘴:"我要带它离家出走。"

孟斯年恨恨地捏了捏她的脸:"必须选吗?"

苏格点头。

"……哥哥吧。"

"那就是随你,'斯'字辈的,'斯'什么好呢?"苏格歪头想。

"斯文败类吧,"苏格看着孟斯年,"随你。"

孟斯年垂眸看她:"'是'可忍孰不可忍。"

"不行,太长了。"

孟斯年:"……"

店员很快配齐了"斯文败类"要用的东西,苏格很开心,催促孟斯年:"快给咱弟弟结账。"

孟斯年边付款边说:"苏格,你不要得寸进尺。"

到了家里,苏格抱着"斯文败类"熟悉新环境,孟斯年楼上楼下地跑了两趟才把狗窝、狗粮、狗盆和狗玩具搬完。

等第二趟他拿着一堆东西进电梯时,碰到了楼下的邻居,一个被称为"老公专业户"的男演员,孟斯年和他一起出席过活动,算是认识。

他见到孟斯年拿的东西,好奇地道:"孟先生,你养狗了?"

"女朋友养的,"孟斯年说着,看了看手里的各种物品,"一只小狗竟然要用这么多东西。"

那人了然地一笑:"挺好,你这儿终于有点烟火气息了,生活就是这样,柴米油盐、家长里短。"

孟斯年挑眉,问道:"前辈,我以前不接地气吗?"

"是啊,你以为呢,"那人说着,手指向上指了指,"就一直在天上端着。"

孟斯年失笑,高高在上的孟斯年沦落到给小狗搬东西,但他似乎并不觉得不情愿,反而乐在其中,如果苏格不把注意力全部放在那只小东西身上,他肯定更情愿。

不过,想到因为她,家里开始热闹起来,手里那些小狗用品仿佛突然变得可爱起来。

孟斯年心情大好地开门进屋,苏格见到他,立刻说:"'斯文败类',斯年哥哥回来了,我们去迎接他。"

苏格跑了过去,"斯文败类"好像能听懂一般,也跟着往门口跑,孟斯年抱住笑靥如花的苏格,又看向一扭一扭跑来的"斯文败类",觉得它也没那么丑。

某天,苏格从国外演出回来,到家时已经晚上八点多,她想给孟斯年一个惊喜便没告诉他,拖着行李打开家门发现没人,"斯文败类"也没在。

这个时间,通常是他下班吃完晚饭的遛狗时间,苏格下楼找他时碰到保安小哥:"看到孟斯年和一只小狗了吗?"

保安小哥立刻点头:"孟先生带'斯文败类'去便利店了。"

好家伙,保安都认识它了。

附近只有一家二十四小时便利店,苏格开门进去,"叮咚"的门铃声响起,年轻的店员小姐笑容可亲地说道:"欢迎光临。"

孟斯年斜斜地靠在柜台边,手里拿了根烤肠举在半空,坐在柜台上的"斯文败类"在狂啃伸在它嘴边的香肠,那小模样,馋得眼睛仿佛都在冒绿光,孟斯年似乎觉得挺有意思,满脸新奇地看着它。

见此场景,苏格完全没有那种"美男萌狗"组合的养眼感觉,她怒道:"孟斯年!"

孟斯年猛地站直,条件反射地把香肠藏到身后,他看向鼓着腮帮过来抱"斯文败类"的苏格,笑道:"宝贝,怎么突然回来了?"

"别以为藏起来我就没看到,咱家'斯文败类'才三个月,乱吃东西会死的,"苏格摸着怀里的小狗,瞪着孟斯年,"你这个凶手。"

孟斯年将香肠扔进一旁的垃圾桶:"它又没死,我听说狗都爱吃香肠。"

他明明在宠爱它。

"那你就是杀狗未遂的凶手。"说着她转身往外走。

孟斯年跟上苏格,胳膊搭在她的肩膀上,用力地将她拽向自己:"我和'斯文败类'在你心中谁重要?嗯?"

"你不是说不和它比的吗?"苏格好笑地看着他。

孟斯年不搭理她,继续收紧手臂,威胁着:"你好好想想怎么回答我,要是我不满意,趁你晚上睡着了我就把'斯文败类'扔出去。"

店员目送他们离去,喊着"欢迎下次光临",见两人走远,她立刻拿出手机和闺密在线嗑起了 CP。

真情侣就是好嗑。

番外二
我爱你，永不止息

几年后的某天，孟斯年带苏格回孟家大宅吃饭。

孟斯年的姑姑也在，亲切地拉着苏格坐到沙发上，顺手塞了一堆零食给她。

苏格觉得，孟斯年的亲戚总是把她当三岁小孩，每次见面，她们都要拿零食哄她，还一副看可爱小宝宝的表情，就差拿玩具给她玩了。

饭间，不只孟斯年给她夹菜夹肉，一旁的姑姑也没闲着，不停地把她刚吃出坑的饭碗堆成小山，苏格没一小会儿就吃饱了，见孟斯年还有要夹菜的意思，立刻阻止："不要了。"

"才吃多少，再吃一块春卷。"苏格喜欢吃大宅这边阿姨做的春卷，每次来，孟斯年都提前点这道菜。

苏格深吸一口气，吃完春卷后警告孟斯年："不吃了，再吃就要吐了。"

"吐了？"姑姑惊讶地喊了一声，"怎么了小格格？你不会是怀上了吧？"

"啊？"苏格一时没反应过来。

姑姑立刻对孟妈妈使了个眼色，孟妈妈立刻放下筷子，走到苏格身边："哎哟，这可是大事，几个月了？"

"不是，"苏格忙摆手，"伯母，你们误会了——"

她还没说完，孟妈妈打断她："我看像一两个月了吧？"

说着，看向孟斯年，孟斯年摇摇头："我……不确定。"

苏格瞪大眼睛看着他，什么叫不确定？

"喂，怎么可能？我们每……"

"格格，别傻乎乎的什么话都说。"孟斯年很"贴心"地打断了她。

苏格鼓了鼓腮帮，怎么有种不祥的预感。

"格格到法定结婚年龄了吧？"孟爸爸问。

果然，预感很准。

"到了很久了。"孟斯年立刻回答。

为什么她觉得他这句话说得很哀怨？到了还不行，还加句"很久了"？

"那就先领个证吧。"孟爸爸拍板定夺。

"也行，我着手开始准备婚礼，不然到时候肚子大了穿不了好看婚纱了。"孟妈妈说。

"好，明天我正好有空。"孟斯年嘴角扬着笑看着苏格。

"行，大家继续吃饭吧。"孟爸爸吩咐。

苏格："……"

你们家定大事都这么随意吗？

回去路上，苏格气呼呼地说："第一次看到全家上阵逼婚的。"

孟斯年解释："我爸妈着急，没事，你明天没空的话，我们领证就改后天。"

"是有没有空的事吗？你……"

都没好好求婚，她委屈巴巴地腹诽。

孟斯年没再说话，苏格生了一路闷气。

直至回到家，苏格气呼呼地打开门，才发现满屋子的人。

一阵欢呼传来，同学、同事、好友全部出现在苏格眼前，苏格还没反应过来，就被人拽了进去，地上铺满了鲜花，踩上去软软的，各式各样的气球飘在天花板，闪闪的灯光下是造型精致的多层蛋糕，以及……单膝跪地的孟斯年。

苏格愣愣地看着他，他手里拿着戒指，还没说话，却先红了眼眶："苏格，你是我此生唯一的、最坚定的选择，请你让我成为这个世界上最幸运的存在。我爱你，永不止息。"

番外三
亿万斯年

03:56　　　　　　　　　　　　　05:20

　　程蓝他爸自从儿子当了明星后,天天捧着手机看关于儿子的新闻,心情也跟着起起伏伏。
　　当年程蓝缺席《天籁》那场比赛后,粉丝每天四处喊话找程蓝,眼看着要报警时,蔡子发了条微博——

　　蔡一子:
　　　程蓝被他爸抓回家继承亿万家产去了,程叔叔受不了你们说他儿子为了成名毫无底线,他在娱乐圈赚的钱不过他家的零头,真不至于。程蓝还能不能回来,主要看程叔叔放不放人了。

　　于是粉丝们每天开始喊话程叔叔,甜言蜜语轮番轰炸,好像娱乐圈缺了程蓝是巨大的损失,是不可估量的打击。程老板终于迷失在粉丝天花乱坠的吹捧中,在程蓝妈妈偷放程蓝出去的时候,睁一只眼闭一只眼让他溜出去了。
　　后来,蓝三三乐队全球巡回演唱会的最后一站开在盛阳。
　　他们一年十几场演唱会场场爆满的成绩,已然证明乐队的成功,程蓝的风头一时无两。
　　在演唱会的最后一首歌之前,只负责唱歌不负责说话的程蓝突然拿过话筒:"有一件事,我不想埋在心里。"
　　他微微一顿,全场便一片欢呼。
　　待安静下来,他继续道:"我有个非常漂亮的学妹,她不喜欢说话,看着很酷,其实单纯又善良。她不笑的时候一副不好接近的样子,像个问题少女,但一笑起来又甜甜的,可爱得不行。"
　　坐满了人的万人体育场很安静,大家都在认真地听程蓝说话。

程蓝这次停顿了很久，突然低头一笑："对，我暗恋她。"

欢呼声、掌声此起彼伏，不知谁起的头，大家齐喊："表白，表白……"

程蓝将食指轻轻地放在唇前，示意大家安静："表白过，不过被拒绝了。"

一片哑然，程蓝的歌迷不相信竟然会有人拒绝程蓝的表白。

"你们无法想象被拒绝后的我说的是什么……我说，我可以当备胎。"

蔡子走过去拍了拍他的肩膀。

"今天，她和她的男朋友去领了结婚证，还在朋友圈发了照片，我想点个赞，但手指就是无法按下去，我心有不甘，为什么娶她的不是我？"

"我们爱你。"内场靠近舞台处，某个歌迷大喊。

程蓝笑了下，继续道："你们想知道是谁吗？"

歌迷："猜到了！"

程蓝拿着话筒，低着头不知在想什么，又过了很久，他问道："我们乐队这几张专辑的音乐制作人是谁？"

歌迷："苏格！"

"对！苏格，"程蓝抬起头，脸上带着释然的笑，"我爱过你。"

欢呼声和尖叫声再次响起，程蓝又一次示意大家安静："我老板现在大概很想封杀我。"

大家哄笑。

"不过没关系，谁让他们要借我的场子秀恩爱，下面，用你们最大的欢呼声欢迎苏格、孟斯年。"

在口哨声和尖叫声中，孟斯年牵着苏格走出来，他凑到话筒前，神情严肃地道："程蓝，你演唱会后来我办公室一趟。"

台下又是一片哄笑。

孟斯年送给苏格的新婚礼物，是给她一个万众瞩目的场地，再上台疯一把！而苏格给孟斯年的礼物是她和程蓝一起演唱的一首新歌。

孟斯年想，这礼物不要也罢。

程蓝当年没赶上《银粟地》的演出，这在他心中始终是个遗憾，好在他还有机会。

苏格写的新歌的歌名叫《亿万斯年》，她站在麦克风前："这是我为孟斯年写的歌，祝他新婚快乐。"

随着苏格的话音落下，所有人都看到升降台上升起了一架白色的钢琴。

孟斯年走到钢琴前的凳子边，微微躬身行礼，尖叫声瞬间响彻云霄。

观看过蓝三三乐队那场演唱会的观众，很长一段时间都以看过那场演出为荣，《亿万斯年》那首歌虽然没有正式录音上架，但因为演唱会主办方发布的高清视频在网络上流传甚广,以至于那段时间,校园、酒吧、街尾小巷……总能听到别人的哼唱——

> 傍晚,清风,她在花间
> 用世间所有的花瓣铺平了路
> 引你来到她的门前
> 细雨,微茫,你裹挟她的一生
> 踏入她用所有运气装饰的门槛
> 从此
> 风可以不吹她脸庞
> 花可以不为她开放
> 雪可以不为她飘扬
> 月可以不为她明亮
> 独你
> 不可以不与她对影成双
> 自由可弃
> 富贵可离
> 唯你
> 此生不离不弃
> 生生世世
> 生死相依
> ……

番外四

意料之外

03:56　　　　　　　　　　　　　　　　05:20

　　苏格过完二十五岁生日后，怀了第一个宝宝，那一年她刚成为乐团的小提琴首席，意外怀孕后，她怨言颇深。

　　苏格闹了一顿，孟斯年不停道歉。

　　两人掰着手指头算日子，突然想到春节假期两人在海岛度假，仗着安全期，便都存了侥幸心理，没想到竟然就这么中了。

　　这一年，乐团的演出都在国内，给苏格安排的出场也不多，也不算耽误太多工作。

　　年末，苏格生了个男孩。

　　给孩子取名的时候，苏格竭尽所能地和孟斯年对着干，因为苏格觉得自己没生出女儿是因为孟斯年不争气。

　　孟斯年面对苏格的故意找碴，脾气好到令人发指，萧树总说孟斯年是魔鬼，宠妻狂魔的"魔"。

　　因为两人在名字上一直达不成共识，小孟同志快满月了还没有个名字。这天，萧树拎着玩具来到孟斯年家，开门就问："别告诉我那小崽子还没名字。"

　　苏格叹了口气："他爷爷说叫孟文，再生一个叫孟武，让我给拒绝了。"

　　"呃……他爷爷你都敢拒绝？"

　　"孟斯年你的名字为什么这么好听？"苏格觉得孟斯年他爸这是区别对待。

　　孟斯年说："我的名字是我爷爷取的。"

　　苏格："……"

　　孟斯年坐到苏格旁边，问："叫孟爱格怎么样？"

　　苏格皱眉："他是男孩，叫这么少女心的名字？他长大会恨你的。"

孟斯年拿起茶几上的葡萄，剥了一粒喂给她："那宝宝你说叫什么就叫什么。"

站在婴儿床边逗"孟爱格"的萧树嘟囔："葡萄也要剥皮？"

"葡萄皮很涩。"孟斯年说着，又剥了一颗喂进苏格嘴里。

"苏格不会吐葡萄皮吗？"萧树皱眉，觉得他们两人过于离谱。

苏格将葡萄籽吐到孟斯年手心，问："萧老师你是不是心疼孟斯年？你为什么不心疼我？我这么年轻，莫名其妙就生了个孩子。"

孟斯年想塞葡萄进她嘴里，见她不配合，转手扔进自己嘴里："意外。"

苏格灵光一闪，"我想好取什么名字了。"

孟斯年问："什么？"

"孟意外。"

孟斯年："……"

萧树："……"

后来，出生证上登记的"孟文"的名字，最终还是被孟斯年和苏格顶住压力换掉了。

孟父对此只有一句点评："孟斯年跟苏格那小孩学叛逆了。"

孟桑雨周岁宴的时候，根据孟家历来传统，要抓周。

这天，孟家大宅热闹得堪比过节，亲戚朋友坐满了客厅。晚宴后，阿姨们将孟妈妈准备好的东西搬到大堂，摆成一圈，众人凑过去，好奇孟桑雨会抓什么。

孟斯年把手搭在苏格肩膀上，问："你说桑桑会拿哪个？"

"小提琴吧。"苏格说。

孟斯年挑了挑眉："为什么不是钢琴键？"

苏格理所当然地说："我想让他拉小提琴继承我的衣钵，这叫传承。"

"那我的衣钵呢？"孟斯年居高临下地看她，思考着是不是还得再生一个才能平均分配。

"我来继承。"她说。

孟斯年挑着眉："也行。"

苏格疑惑地看着他，觉得其中必定有诈："你为什么这么痛快就同意了？"

孟斯年轻笑："让我教钢琴是有条件的，还记得吗？"

苏格恍然记起曲桑那个雨夜，她问他"金钱还是色诱"，当时孟斯年不动声色地说——

"色诱吧。"

苏格嫌他又不正经，主动将话题带回正轨："你抓周时抓了什么？钢琴键？"

孟斯年漆黑的眸子闪了下，似乎有些不自在。

"是什么？"苏格晃他的胳膊，越发好奇，"告诉我呗。"

孟斯年轻咳，小声在她耳边说："那你不许告诉别人啊。"

"我保证。"苏格点头，"快说。"

"……是一个洋娃娃。"他说完，苏格先是诧异了一下，咧嘴刚要笑，就被孟斯年捂住嘴巴，"给我把笑憋回去！"

萧树从后面推了推孟斯年，小声说："你俩差不多得了，要抢你们儿子风头啊。"

孟桑雨被放到红色垫子上，他一点也不怕生，不管周围有多少人，他看也不看，咿咿呀呀地爬着，看看这看看那，越过笔墨纸砚，越过钢琴键，越过小提琴、听诊器、画板……

最后，他眼神定格在穗穗旁边的程蓝身上。

程蓝正拿着手机回信息，突然觉得氛围有些不对，再一抬头，见众人的目光都聚焦在他身上，他早已习以为常，不过今天这种场合，似乎……有点诡异。

更诡异的是，有什么东西似乎在拽他的裤脚。

他低头一看，白团子似的小胖子趴在他脚边，小肥手拉着他的裤脚晃荡，嘴角流着口水，仰着头笑着看着他，一副……他很好吃的样子？

程蓝僵了僵，不知道怎么办，无助地抬头看向苏格，苏格看向孟斯年："这怎么说？"

孟斯年想了想说："可能想当歌手？"

苏格指了指后面的麦克风，孟斯年哼了一声："臭小子，欠揍！"

程蓝："……"

他想知道"臭小子"指的是谁？是他还是孟斯雨？

"程蓝，您屈尊抱一下我儿子呗。"苏格见桑桑仰头仰累了，程蓝还无动于衷的样子，有点心疼。

程蓝一脸为难："我不会啊。"

孟斯年走过去熟练地将桑桑抱起来，重新放进圈里，霸气地宣布："重来！"

第二天，某知名娱乐记者不知从谁那儿得到消息，以危言耸听的标题写了篇文章——

《孟斯年和苏格的儿子抓周,他却当众抓住程蓝不放手,是意外还是血脉相连?》

点进去后,这篇文章先详细介绍了那天的情况,在描写抓周时,设置了各种悬念,高潮迭起,最后所有人都以为要爆大料时,文风一转,变成了——

若不是孟桑雨与孟斯年长相太过相似,大家都要以为孟桑雨与程蓝有什么关系了。

看来,只是个意外。

程蓝关上文章页面,冷哼一声:"我连苏格的手都没摸过,这无良媒体差点给我们安个儿子。"

"我跟你说过多少次,要叫老板娘。还有我不是吓唬你啊,要不是你赚钱,我怀疑老板早给你雪藏了,你老实点吧。"经纪人卡哥痛心疾首地喊道。

程蓝:"……"

另一边,孟斯年关上文章页面,冷哼一声:"没有最后几句,我能把这个记者告到破产。"

苏格道出实情:"程蓝戴了个墨镜,桑桑好奇而已。"

孟斯年从鼻孔里哼了一声。

番外五
布拉格之日

孟斯年复出之后,不仅开了巡回演奏会,甚至惊掉所有人下巴——去参加了一档旅行综艺。

国内某综艺团队来到布拉格录节目时,发现孟斯年在维也纳开演奏会。由于双方离得不远,于是两方一拍即合,孟斯年和节目组签了一期飞行嘉宾。

那天一早,孟斯年就被节目组接到了几个明星的住处。

房东是一家华人,会说一些中文,这家的女儿给孟斯年开的门,见到孟斯年她愣神了半天,随后尖叫着跑到了厨房,拉着父母叽里咕噜地说了一堆。

在吃早餐的明星们以为发生了什么,惊慌失措地准备去询问时,就见孟斯年拖着行李箱走了进来,神色淡淡地与众人打招呼。

正在喝咖啡的程蓝差点喷出来,见摄像机在拍,又硬生生咽了进去。他半天没说出话,一旁的前辈忙拍他背:"怎么了这是?"

他缓了口气,挤出三个字:"我老板。"

"老板就老板,你怎么跟见到老师似的这么害怕,最近你又撩他媳妇儿了?"前辈问话时,镜头差点撑她脸上拍,导演眼睛都放光了,满脸写着"会说话你就多说点"。

程蓝那没缓过来的一口气又憋在了胸口。

大家互相打完招呼,两个关系比较好的女明星凑在一起嘀咕着:"我们节目要火啊。"

小花说:"最近孟老师好像挺活跃,还时不时地下凡与民同乐,这是缺钱了?"

大花假装咳嗽了半天,咬牙切齿地说:"你小点声。"

孟斯年准备去房间放行李的步子停了一下,回头看向她们,两人立马立正站好,吓得要死时,却听他说:"是啊,手头紧。"

362

两人尴尬地笑起来,以为孟斯年在开玩笑。

中午,众人逛完景点后在街边找到了一家物美价廉的餐厅用餐,等餐时,小花拿着手机随手翻了翻微博,意外刷到了一条街拍图,苏格背着名牌包和婆婆逛街,博主配文——

苏格生活骄奢导致孟斯年不停接活填补家用。

前辈在小花旁边,正好看到这条微博,叹了口气,对孟斯年说:"孟老师你也不容易啊。"

孟老师不明所以,接过前辈递过来的手机,看了眼说:"这包不是我买的。"

程蓝又被嘴里的水噎了一下,看大家的表情逐渐精彩纷呈,似乎要开始联想,忙举手说:"老板,对不起,那包是我买的。"

孟斯年的表情肉眼可见地冷了下去,导演示意镜头撑脸拍,他没管镜头,问程蓝:"你想干什么?"

"她……她过生日。"孟斯年"嗯"了一声,看了看图片:"限量款?"

程蓝不敢看他:"……嗯。"

前辈看了看四周:"我觉得你们俩可以找个地方聊聊,要是打起来,这里空间不够。"

程蓝垂着眸子不说话,孟斯年拿出手机拨了通电话。

菜品一一上来,众人假装吃饭,其实全部竖起耳朵听。孟斯年一旁的收音麦都快贴他手上了,孟斯年皱眉,问举麦大哥:"你要不塞我耳朵里听?"

一旁的摄像大哥不怕死地问道:"要不您开免提?"

导演嘿嘿一笑,对摄像比了个赞的手势。

孟斯年没搭理他俩,瞥了眼程蓝,开始通电话:"蓝三三的合约什么时候到期?嗯……新合同要压一下程蓝的价格,商务上可以适当调整一下分成。"

程蓝撇嘴,欲哭无泪,对着镜头无声地说:"奸商!"

孟斯年挂断电话继续吃饭,程蓝的手机立刻响起,他犹豫着不想接,导演在旁边急吼吼地用嘴型说着:"快接啊!"

程蓝硬着头皮接起,电话那头立刻传来经纪人卡哥的咆哮声:"你怎么得罪老板了?你是不是又对老板娘犯花痴了?都给你接国外的节目了,你还不老实!"

程蓝轻咳一声:"我和老板在一起。"

"骗谁,他在维也纳。"

"我在布拉格,车程三小时。"程蓝给他死亡一击,"电话漏音。"

卡哥几乎秒挂。

不知道谁先笑的第一声,第二声,第三声……

众人笑倒一片。

下午去参观教堂,房东女儿主动来当导游,女孩会弹钢琴,还参加了大学的乐团,从小就对孟斯年很是崇拜。

所以参观全程她一直跟着孟斯年,热情洋溢地介绍着教堂历史,孟斯年想保持礼貌距离,无奈女孩过于热情,看向他的时候眼中的崇拜简直不要太明显。

孟斯年忍了一下午,终于不耐烦地拉过程蓝,示意他:"帮我挡一下。"

"苏格会让您跪搓衣板吗?"程蓝好奇地问。

孟斯年不想回答,但是有求于人,只好说:"会睡沙发。"

"能不给我降工资吗?"程蓝乘人之危。

其余的嘉宾脸都快笑抽了。

孟斯年无语地说:"成交。"

程蓝立刻过去,指着教堂上的壁画问房东女儿:"这是什么?可以讲讲典故吗?"

孟斯年转身坐到教堂长椅上,终于清净了。他掏出手机给苏格发了串信息——

孟斯年:在干吗?

孟斯年:格格?

孟斯年:宝宝呀……

苏格没回。

孟斯年觉得无聊了,有点想回国,他收起手机站起身,对众人喊道:"走吗?晚上是不是还要录做饭场景,凑一凑够时长了吧?"

工作人员似乎也饿了,同意离去,前辈问他:"凑什么时长?你要走?"

"想明天走。"

晚餐是众人一起在家做的,每个人都发挥自己的长项做了一道菜,孟斯年平平无奇地煎了牛排,房东女儿又是一脸崇拜。

众人:"……"

正要吃饭时,导演让孟斯年再做一份,说还有嘉宾过来。

小花奇怪道:"怎么还有?我们没有房间了呀。"

"够用。"导演意味深长地说。

门铃响起时,依旧是房东女儿跑去开门,门外拎着行李箱的年轻女孩大方地打招呼:"你好。"

房东女儿要接她的箱子,女孩说她自己来就行。但房东女儿还是将箱子拿了过去,解释说她还兼职"客房服务",说着便热情地将她带进去。

女孩走进餐厅,对众人打招呼,正在喝红酒的程蓝再次差点喷出来:"苏格?"

苏格扫了一圈,问:"孟斯年呢?"

"在厨房。"众人敛住惊讶的神色,一同回答道。

房东女儿奇怪地看着这个似乎比她还小的小姑娘,想着为什么她会直呼孟斯年的大名,这里就连那个年长的前辈都会叫他孟老师。

房东女儿问导演:"她住哪个房间?行李放哪里?"

孟斯年端着牛排走出来,苏格指了指他,对房东女儿说:"放他房间。"

房东女儿惊讶地看看她,又看看孟斯年,想从他们脸上看到开玩笑的神色。

孟斯年对房东女儿说:"麻烦了。"

说着,他一手端着盘子,一手搂住苏格,带她走向餐桌:"他们给你多少通告费?"

"这是能说的吗?反正够我买好多包了。"苏格看了看周围,坐到座位上,闻了闻牛排,"孟叔叔你的手艺……"

孟斯年咳嗽了一声,苏格一本正经地改了称呼:"孟老师你好久没煎牛排了,手艺还是这么好呀。"

孟斯年跟着落座,歪头问她:"你买什么包?"

"名牌包,名牌包真的好看啊!"

孟斯年瞥了眼程蓝:"她以前对名牌包没概念的,也不稀罕。"

苏格痛心疾首道:"以前是我不懂事。"

程蓝连忙认错:"老板,是我不懂事。"

那前辈终于听明白了,插话道:"不是,你们公司要破产了吗?还得自家媳妇儿亲自出来赚钱买包?"

苏格将牛排推给孟斯年,孟斯年拿起刀叉熟练地给她切牛排。

程蓝对那前辈解释道:"老板刚捐了五百所音乐教室。"

苏格托着下巴看着孟斯年慢条斯理地切牛排："他还要继续捐，我感觉这辈子都过不上豪门富太的生活了，其他的节目还缺人吗？导演我有空，后期帮忙把工作邮箱用字幕打出来。"

虽然苏格这样说，但她看向孟斯年的眼神却满是崇拜。

其余人目瞪口呆地看着苏格……这么硬核吗？

孟斯年被逗笑，镜头立刻转过去，摄影师都要感动哭了，跟拍一天了，也没见笑几下，这回笑得这么灿烂真是太不容易了。孟斯年将切好的牛排推给苏格，捏了捏她的脸："少不了你肉吃。"

房东女儿终于意识到，这刚来的嘉宾是她男神孟斯年的老婆，不是女朋友，是老婆，她感到绝望，整个人都蔫了。

吃过晚饭，孟斯年和苏格坐在花园里和孟桑雨视频聊天，房东女儿经过，好奇地看了几眼，孟斯年问她："我儿子可爱吗？"

房东女儿硬着头皮点头说可爱，其实她都要哭了，她可是女友粉来着。

孟斯年满意地点点头："全世界第二可爱。"

房东女儿哦了一声，看了眼苏格，并不想知道全世界第一可爱是谁。

夜深人静，苏格洗完澡穿着浴袍从浴室出来，准备换衣服时，问孟斯年："这里没摄像头吧？"

"没有，你可以随便脱。"孟斯年看着她，等着她进一步的动作。

苏格还是不放心："我还是进浴室换吧。"

孟斯年一把将她抱过来按在床上，苏格差点尖叫出声，在他亲下来时又"咯咯"笑起来，孟斯年开始扯她的浴袍带子："换什么，反正要脱的。"

苏格撒娇似的说了句："不给脱。"

孟斯年眼眸幽深，低声问："我走了几天？"

苏格娇娇地掰着手指回答："四天。"

孟斯年低笑："全补上？"

苏格一愣，使劲推他："不要！我们这是工作时间，你老实点。"

孟斯年把她的浴袍扯开，沙哑的声音从她颈间传来："下班了。"

半晌，苏格又找回声音："这隔音好吗？"

"不清楚，忍忍。"

"你怎么不忍忍？"

"忍不住。"

苏格心想，这人脸皮真是越来越厚了。

番外六
谣是遥远的谣

05:03　　　　　　　　　　　　　　05:20

阿谣在制陶方面天赋颇高，没几年已经可以独当一面，老爷子体力不似从前，渐渐地不再出作品，而陈水谣的作品售价也随之水涨船高。

当初逼着她早早结婚生子的父母也懒得念叨，跟人提起她，总要凡尔赛一下——

"我那个只有事业心的女儿，不结婚不生孩子，赚这么多钱也不知道给谁花。"

这一年，苏天濠的酒吧终于开到了曲桑的镇中心，因此他一年中有半年以上会待在曲桑。

不忙的时候他还是像以前一样，跟在阿谣身后，当她搬不动大件陶器时帮她搬；当她画设计图时帮她添茶倒水扇风；当她忙起来顾不上吃饭时追着她喂三明治；当她赶工期时苏天濠还会当助理打下手。

原本，他对制陶没有任何兴趣。

小的时候，苏天濠爷爷追着他要教他学手艺，他哭着喊着就是不学。虽然也被打过骂过，可他始终不肯学。

如今为了阿谣，他经常会帮她配置土陶泥料到后半夜。

这年春节，老爷子早早被苏格接到盛阳，苏天濠却还在曲桑不舍得离去，导致他妈妈一天五个电话催促他回去。

这天中午，苏天濠帮阿谣把陶瓷瓶从火窑里搬出来后，沉着声音说："阿谣，我今晚回盛阳。"

阿谣一愣，咬了咬唇："什么时候回来？"

苏天濠回道："明年夏天吧。"

阿谣没说话，推着车子向前走。

苏天濠离开前，阿谣送他到机场，苏天濠目光灼灼地看着她，伸出手："要走了，可以抱一下吗？"

阿谣摇头："等你回来，我用拥抱欢迎你吧。"

苏天濠见她摇头，本来心都凉了半截，可听到后半句话，心又瞬间回暖。

进安检前，他犹豫着开口："我妈给我安排了很多场相亲，她希望我春节过后就能订婚，不然就跟我断绝关系。"

阿谣愣了一下，张了张嘴，半晌才说："那你如果春节后没找到订婚对象，就要被逐出家门了？"

苏天濠点头。

"那你可以来曲桑。"她干巴巴地说。

"来曲桑干吗？"苏天濠问道。

"开酒吧呀。"她说。

苏天濠"哦"了一声，神色落寞地说："那我走了。"

他刚转身，就听阿谣突然又说："我家也在逼我相亲。"

她咳嗽一声，解释道："我家给我找大师算了一下，说我从后年起要一直犯太岁，但是明年结婚的话就没事。"

苏天濠看着她，眼珠转了又转，慢慢变得明亮，试探开口："那……我们要不要互相帮个忙？"

阿谣抿唇看着他，不知道是不是来的路上冻的，耳朵有些红，她绞着手指，轻轻点了下头："好。"

苏天濠长舒一口气，眼角泛酸地看向外面天空。

终于啊，终于……

番外七
蓝是多情的蓝

05:03　　　　　　　　　　　05:20

　　伦敦的夏季温和凉爽，孟斯年在皇家歌剧院开音乐会那天，气温罕见地达到了三十多度，不过，那晚依旧是座无虚席，大家拿出和天气一样火热的情绪来欢迎他，除了放弃前排位置跑去百老汇看歌剧的苏格和程蓝。

　　饶是对什么都没在怕的大明星程蓝，也有些不放心："我们不去真的没事吗？"

　　此刻，苏格和程蓝坐在百老汇附近的咖啡厅等待歌剧开场，咖啡很美味，程蓝却食不知味，有种带老板娘私奔的感觉。

　　"没事，弹得再好，听多了也挺烦的。"苏格吃着说不上名字的蛋糕，看了眼时间。

　　"我说的不是我们愿不愿意听的问题……"程蓝脑中浮现起解约合同被扔到自己脸上的画面。

　　"心疼票？没事，我放网上卖了。"

　　程蓝瞪大眼睛："卖了？"

　　"对，然后买票请你看歌剧了。"

　　"不是你请我，是你威胁我陪你来。"程蓝面无表情地纠正。

　　"差不多。"苏格招手示意服务生过来，她又点了一个甜点。

　　程蓝："……"

　　哪差不多了！孟斯年拿你没办法，不代表他不搞我啊！

　　音乐厅内，孟斯年穿着定制西装在全场的欢呼声中走出来，与观众打招呼时，他满含深情地看了眼苏格的座位方向，却发现那里坐了位陌生女士。他不动声色地收回目光，若无其事地坐到钢琴前，深呼吸一口气，示意乐团的人可以开始了。

　　音乐会临近尾声，在热烈的掌声中，孟斯年又多弹奏了两首曲子。鞠躬谢幕后,他走到后台,从 Yoko 那儿要来手机,想要给苏格打电话,却首先看到的是新闻推送,点开便是苏格和程蓝在百老汇看歌剧的热搜。

Yoko 把收到的烫金名片拿出来:"老板,沈先生和沈太太想约您明天见面,这是名片。"

孟斯年扫了眼名片,没有伸手去接,只问:"哪个沈先生沈太太?"

助理将名片凑到眼前,想看清上面的名字:"这上面写的是……沈氏集团的……"

"帮我回绝,说我行程比较满。"孟斯年说着,拨了苏格的电话,苏格竟然直接给他挂了。

很快,苏格给他发了微信——

> 孟是孟浪的孟:老公,歌剧没有你的音乐会好看,我后悔了,我不应该乱跑的,我知道错啦。

紧接着,她又给他发了几个撒娇卖萌的表情包。
孟斯年失笑,明知道这丫头故意哄他,却依旧吃这一套。
孟斯年回她了一个亲亲的表情。

> 孟斯年:几点结束,我去接你。

说完,又威胁道:"把你的微信破名改了,不然我会让你知道什么是孟浪。"

Yoko 从外面回来,凑近孟斯年,低声说:"沈先生说关于国内公益的事想要和您谈谈,想问您可否挤出时间去他们在约克郡的古堡做客?"

孟斯年正在回苏格信息,听到助理的话,接过助理再次递过来的名片看了看,拿起手机问苏格——

> 孟斯年:想看欧洲古堡吗?
> 孟是孟浪的孟:想!

孟斯年将名片收进口袋,让 Yoko 回了一张名片过去:"和沈先生说,明天可以,如果他们方便。"

稍晚一些,"孟斯年演奏会结束后去接苏格"的热搜就上来了。

没一会儿,"孟斯年接走苏格将程蓝扔在伦敦街头"的热搜随即而来。

网友们闻风而动,开始帮程蓝P自行车、电动车、三轮车让他自力更生,还有哭着喊着要接他回家的粉丝们。

孟斯年抱着苏格从浴室出来,两人都没有去看手机,苏格细瘦的胳膊从浴巾里伸出来,搂着孟斯年的脖子,有气无力地说:"我知道错了嘛,下次我再跑出去玩,不和程蓝一起。"

"别撒娇。"孟斯年轻轻将她放到床上,"不累是吗?"

苏格委屈巴巴,她哪里撒娇了?

她没了力气,说话声音小了点,音调拉长了点就是撒娇了吗?

"他真的不喜欢我了,你怎么就不信呢。"苏格嘟嘟嘴,继续委屈。

孟斯年顺势亲过去,深吻半响,才抬头,哑着声音说:"没有人会不喜欢你。"

"他就住隔壁的房间,你去敲门问问。"苏格嘀咕着。

"他怎么也住这个酒店?"

真是阴魂不散。

程蓝在伦敦拍MV,碰到孟斯年的演奏会,便和苏格约着一起来捧场,酒店是公司订的,在他们隔壁也是意外,他是真的无辜。

半夜十分,话题的热度好不容易下去了些,又突然冒出来三条微博扰人清梦——

孟斯年:有什么合情又合理的理由开除看不顺眼的员工?急,在线等。

网友1:程蓝,祝你平安。
网友2:程蓝,祝你平安。
网友3:程蓝,祝你平安。
……

苏格:怎么哄好吃醋的老公?急,在线等。

网友1:别说话,躺好。
网友2:别说话,躺好。
网友3:别说话,躺好。
……

程蓝:如何能让老板放心我?急,在线等。

网友1：娶我！
网友2：娶我！
网友3：娶我！
……

苏格没有详细询问沈先生沈太太是谁，她只当这是一对长期居住在英国的华人夫妻，可能思念家乡，所以想做一些公益来回馈国家。

沈家派了车子将他们从伦敦接到约克郡的家里，中间在剑桥停留了两个小时吃午饭，到约克郡时，刚过午后。

城堡沐浴在烈日骄阳下，一片金光灿灿，苏格下了车子，眯着眼睛看了看，问孟斯年："孟斯年，这里有没有吸血鬼呀？"

"有，跟紧我才不会被吸血鬼抓走。"孟斯年一本正经地说。

副驾驶跟着走下来的程蓝，无语地看了两人一眼，仰头望天：神经病。

管家带着几人到客厅，安排入座后，礼貌道："我去叫先生太太，您三位稍等。"

沈先生和沈太太是一对很年轻的夫妻，他们相携走来，看起来感情很好。

两人主要想询问孟斯年做公益的捐赠途径以及基金会的一些情况，聊天中，孟斯年了解到他们有一个做了很多年的儿童先天性心脏病基金会，于是对这对夫妇很是刮目相看。

因为有共同想要做的慈善事业，孟斯年和他们聊得很投机，沈太太也特别喜欢苏格，在夫妇两人热情的邀请下，他们同意留下用过晚餐再走。

因为伦敦暴雨，程蓝的 MV 拍摄只能延期，想来反正也无所事事，索性也跟着来了约克郡，现在又有了一下午悠闲时光，他看着聊天的几人，抱歉道："我独自转转可以吗？"

程蓝和老板、老板娘坐在一起，实在是有压力，尤其他昨天刚得罪完老板。

"当然可以，先生，您请。"沈先生说。

程蓝脚底抹油，溜了。

程蓝在城堡里漫无目的地瞎溜达，这里的用人似乎都知道今天先生太太有宴请客人，所以见到他也没惊讶，只停下打招呼。

程蓝不知道自己是如何走到击剑室的，只是觉得门敞着，里面有说话声，他就进去了。

里面两个穿着白色击剑服的人似乎刚比完一局，个子高的那个人摘了面罩,是个金发碧眼的中年男人,他笑着摇头,用英文和对面的人说:"我认输了,可以放我走了吗?不然错过你师母的生日会,她就要和我离婚了。"

对面的人没回答他的话,似乎是看到了程蓝这个不速之客,像是疑惑了一下,随即问道:"Who are you?"

是清脆的女孩的声音,程蓝正措辞如何回答时,女孩又说:"无所谓,你会击剑吗?陪我打两局?"

程蓝摇摇头,想离开。

那个欧洲男人乐得有人来拯救自己,忙放下剑钻进了更衣室溜走了,走之前还不忘提醒女孩:"Sara小姐,你可以教他,而且,他是东方人,或许你换一种语言他就会理你了。"

叫Sara的女孩拎着剑走到了程蓝面前,抬头看他,程蓝低头看着黑色面罩后若隐若现的女孩的脸庞,用英文回道:"抱歉,我无意打扰。"

他刚转身离开,Sara突然举剑拦住了他;他侧着身子看着伸在自己身前的细细剑身,皱眉。

Sara摘了面罩,意料之外,竟然不是和那个金发男人一样的人种,而是一个黄皮肤黑头发的东方面孔,是一个看起来十分健康、干净又漂亮的少女。

Sara出了很多汗,发丝贴在白皙稚嫩的脸颊上,她甩了甩头发,程蓝闻到一股夹杂着汗味的玫瑰香,不难闻,甚至,有种热血又迷人的感觉。

Sara那双莹亮的眼睛一直看着程蓝,再开口时换了中文:"你是我堂哥的朋友?"

程蓝挑眉,随意道:"或许吧。"

"我好像见过你。"Sara疑惑地看着他,说完,突然觉得自己这句话太像搭讪借口,又加了句,"你以前来过吗?我真的觉得面熟。"

程蓝倒是没觉得她在搭讪,毕竟对自己面熟才正常。

Sara把剑放到一旁架子上,重新用皮筋绑了头发,程蓝本应该离开的,但是他没有,就站在那里等着她,等她干什么他也说不上来。

Sara将头发绑好后,整个人清爽了很多,她时不时看向程蓝,应该在想自己到底在哪里见过他,不过看她迷茫的眼神,似乎并没有头绪。

程蓝也不提醒她,礼貌地回视着。

"算了,想不起来,"她放弃了思考,"你真的不会击剑吗?"

"不会。"程蓝说完,想着,这次可以走了吧。

Sara却又拿起剑,还一下拿了两把:"那正好,我教你吧,我当你的师父,我叫沈司音,你叫什么名字?"

程蓝失笑,看着眼前这个小女孩不过十七八岁,说话倒是像大人似的,听起来直来直去，倒是不讨人厌。

沈司音再次戴上面罩，程蓝看了看时间，想着似乎可以在这儿陪小孩玩会儿，于是接过剑，回道："师父，我叫程蓝。"

沈司音顿了顿，歪头看向程蓝，终于想起了他："啊，你就是国内挺火的那个明星吧，我就说面熟。"

说实话，程蓝有点失望，没有预想的女孩见到他惊讶又惊喜的样子，不要合影的话要个签名也行，可是对方都没有，她就像见到路人一样，随口说了句"你就是那个明星吧"，便没了下文。

他掂着手里的剑，纠正道："是乐队主唱。"

"嗯，那我回头买几张专辑听听，毕竟我是你的师父。"沈司音说完，示意他，"换上衣服，举剑。"

程蓝："好。"

竟然，有比苏格还酷的女孩。

回国后，大明星程蓝突然比以前还忙，只要休息就往英国飞，别人问起，他一本正经地说："我在英国报了个击剑班。"

"国内没有吗？"

"教得不好。"

"英国教得好？"

"对，特别好，"程蓝说这话的时候，嘴角翘起，完全忍不住笑意，连眼睛都弯起来，声音也跟着温软了，"一对一私教，我师父超可……超厉害。"

约克郡的古堡中，击剑室内，沈司音放下剑，看了看时间，对她的老师说："您不回去陪师母吗？"

"她今天有别的约会了，我时间充裕。"击剑老师说。

"可是我没时间了，我等的人要来了。"沈司音摘下面罩，静静地看着自己的老师，等着他放剑离开。

老师突然觉得有点受伤。

老师离开后，又等了差不多十分钟，击剑室的门才被打开，沈司音将剑横在门口拦住进来的人，程蓝扭头看她，突然眼前一亮，她没穿击剑服。

"好看吗？"沈司音换了一件连衣裙，衬得她皮肤很白，身型修长纤瘦，少女的青春气息扑面而来。

程蓝眼眸黝黑，垂眸看她，点头。

"今天不练习吗？"他问完，才发现自己的声音低沉又温柔。

"练。"沈司音不怎么笑，但是笑起来的时候，笑容清纯又单纯，让程蓝移不开眼。

她笑道："我很喜欢这条裙子，所以特意穿给你看。"

"为什么要穿给我看？"他静静地看着她。

"因为我穿着好看，所以想让你看到。"沈司音直言道。

"你知道自己说的话是什么意思吗？"他要确认，毕竟她的普通话很一般，常常词不达意。

她紧盯着他，点头："程蓝，你的几千万粉丝让你谈恋爱吗？"

程蓝摇头："不让，但我通常不太听话。"

沈司音难得羞怯地看他，随即又问："你想接吻吗？"

程蓝眸色加深了几许，呼吸也不自觉地屏住，他将依旧横在身前的剑推开，伸手搂住她的腰，将她带向自己，低头将吻不吻时，低声问："沈司音，你成年了吗？"

沈司音看着他近在眼前的唇，软软糯糯地说："没成年如何？"

"没成年我只吻你。"

"成年了呢？"

"那我们能做的事可太多了。"

沈司音先是愣了一下，随即笑了起来，剑掉在地上的声音夹杂着她的说话声，她说："我成年了。"

程蓝笑着，吻上她，半晌又低语道："你别是骗我的？"

沈司音的笑声更大了，清脆又开怀。

番外八

有生之年

05:03　　　　　　　　　　　　　05:20

1.

某天，苏格心血来潮，领养了一黑一白两只小猫。
一只取名孟斯月，一只取名孟斯日。
孟斯年不同意，并准备离家出走。
苏格甜甜地喊了两声"老公"，离家出走的孟斯年到楼下溜达了一圈，顺手买了两袋猫粮回来。

2.

某天，苏格心血来潮，买了个专门用作直播的话筒和耳麦。
她在无人指导的情况下开了一场直播，本以为没人观看，结果程蓝将她的直播间转发到了微博。
苏格在密密麻麻的弹幕要求下，又唱了一遍《亿万斯年》。
孟斯年回到家，见到抱着吉他唱歌的苏格，唱的还是为他写的歌，他走过去，弯腰亲她。
那天，他们给几十万人直播了法式热吻。
孟斯年第二天上班后才知道此事，想公关都赶不上热乎的。

3.

某天，苏格心血来潮，让孟斯年陪她去坐过山车，孟斯年拒绝了。

苏格用孟斯年的微博账号发了条微博报复他——

　　孟斯年：格格让我陪她坐过山车，我不敢。

萧树拿着手机跑到孟斯年办公室给他看："全世界都知道你很怂。"
孟斯年揉着眉心，问萧树："你知道世界上什么最可怕吗？"
萧树一如既往地回答："女人。"
说完他又加了句："熊孩子。"
孟斯年摇头："这个熊孩子是你的女人才最可怕。"

4.

某天，苏格再次意外怀孕。
她怀疑是孟斯年蓄谋已久，生气地将他撵出了卧室。
孟斯年为了睡回卧室的床，遛了一周的"斯文败类"，还为孟斯月和孟斯日铲了两周的屎，这才成功睡到他的床。

5.

某天，苏格发现她和孟斯年的 CP 名从"公主殿下"变成了"黏黏胶夫妇"，因为两人总是形影不离——
她的音乐会，他亲自接送。
他的演奏会，她会去捧场。
工作以外的时间，两人也总是被拍到一起度假、逛超市、看电影……
甚至游戏也都是组团组队一起开黑。
黏黏胶夫妇名副其实。

——全文完

图书在版编目（CIP）数据

亿万斯年 / 狄戈著. -- 成都：四川文艺出版社，
2025. 8. -- ISBN 978-7-5411-7272-4
Ⅰ. I247.5
中国国家版本馆 CIP 数据核字第 2025XR8241 号

YIWANSINIAN
亿万斯年
狄戈 著

出 品 人	冯　静
出版统筹	刘运东
特约监制	王兰颖
选题策划	刘丽伟
责任编辑	鲍威宇　朱丽巧
特约编辑	杨晓丹
封面设计	@Recns
责任校对	段　敏

出版发行	四川文艺出版社（成都市锦江区三色路238号）
网　　址	www.scwys.com
电　　话	010-85526620
印　　刷	天津鑫旭阳印刷有限公司
成品尺寸	145mmX210mm	开　本	32开
印　张	12	字　数	430千字
版　次	2025年8月第一版	印　次	2025年8月第一次印刷
书　号	ISBN 978-7-5411-7272-4
定　价	42.80元

版权所有·侵权必究。如有质量问题，请与本公司图书销售中心联系更换。010-85526620